태학총서 33

조선시대 시가 연구

조선시대 시가 연구

성호경(成昊慶)

- 1952년 1월 24일 생.
- 서울대학교 국어국문학과 졸업. 문학사(1974), 문학석사(1980), 문학박사(1986).
- 경남대학교 국어교육과 전임강사, 조교수를 거쳐(1981~1984), 영남대학교 국어교육과 조교수, 부교수, 교수를 지냄(1984~2000).
- 미국 University of Washington 방문학자(1993~1994).
- 현재 서강대학교 국어국문학과 교수. 국문학회장, 한국시가학회장.
- 제16회 도남 국문학상 수상(1997), 제29회 두계 학술상 수상(2010).

- 저서 : 『조선전기시가론』(새문사, 1988)
  『한국시가의 유형과 양식 연구』(영남대학교출판부, 1995)
  『한국시가의 형식』(새문사, 1999)
  『고려시대 시가 연구』(태학사, 2006)
  『신라 향가 연구』(태학사, 2008)
  『한국시가 연구의 과거와 미래』(새문사, 2009)
- 편서 : 『조선 후기 문학의 성격』(서강대학교출판부, 2010)
- 논문 : 「16세기 국어시가의 연구」(박사학위논문) 등 60여 편.

태학총서 33

조선시대 시가 연구

초판 제1쇄 인쇄 2011년 11월 28일
초판 제1쇄 발행 2011년 12월 10일

지은이 성호경
펴낸이 지현구
펴낸곳 태학사
등록 제406-2006-00008호
주소 경기도 파주시 문발동 파주출판도시 498-8
전화 마케팅부 (031) 955-7580~2 편집부 (031) 955-7585~90
전송 (031) 955-0910
전자우편 thaehak4@chol.com
홈페이지 www.thaehaksa.com

ⓒ 성호경, 2011

값은 뒤표지에 있습니다.

ISBN 978-89-5966-468-9 94810
     978-89-7626-500-9 (세트)

태학총서 33

조선시대 시가 연구

성호경

태학사

머리말

엄밀하고 튼튼한 학문을 꿈꾸며 저자가 한국시가 연구의 길에 들어선 지 30여 년이 지났다. 그 동안 근대 이전 시가에서의 주요한 현상들과 작품들을 살펴서 그 본질과 특성을 구명하고자 노력하여, 60여 편의 논문을 발표하고 몇 권의 책을 펴내었다.

저자는 근래의 한국 고전시가 연구가 조선시대 특히 그 후기에 편중되는 경향을 우려하여, 한참 동안 고려시대 시가와 신라 향가를 살피는 데 관심과 노력을 주로 기울였다고 여겨 왔다. 그러나 헤아려보니 조선시대 시가에 대한 논문이 박사학위논문(「16세기 국어시가의 연구」, 1986) 등 17, 8편으로 가장 많고 분량도 상당한 편이다. 조선시대 시가에 대한 관심과 노력도, 간단없이 이어지지는 않았지만, 적지 않았던 것이다.

조선시대는 약 500년 동안에 여러 계층의 사람들에 의해 지어진 다양한 장르와 양식의 수많은 시가 작품들을 남겼다. 그 전기에는 고려 후기 이래의 경기체가와 15세기 초·중엽의 모색을 거쳐 시형이 확립된 시조와 가사가 양반 사대부들을 주된 담당층으로 하여 유교에 순화된 성정(性情) 등을 전아하게 표현하며 발달하였고, 후기에는 이와 더불어서 중인들을 주 담당층으로 하여 통속성이 두드러진 사설시조와 '평민가사', 그리고 시정(市井)의 하층민들을 주 담당층으로 한 유락적 노래인 잡가 등이 발달하였다.

저자는 이러한 조선시대 시가의 주요 장르들을 대상으로 하여 그 장르들의 개념, 양식과 그 특성, 장르적 본질과 예술적 성격, 발달 과정과 연관 양상 등을 밝히고자 하였다. 그리고 주요 작가 및 작품의 특성과 시세계를 구명하거나 작품 자료를 소개하고, 연구사를 정리하기도 했다.

이로써 조선시대의 시가에서 꼭 살펴야 할 것들이나 살피고 싶은 것들에서 저자의 힘이 미치는 것은 어지간히 살폈다고 생각된다.

만족할 만큼의 성과를 거두지는 못하였지만, 그 연구들에서는 막연한 추정이 아니라 확실한 근거에 기초하여 논리적으로 추론하는 논증의 성격을 갖추고자 노력한 바가 많다. 그리고 이전의 통설이 지닌 문제점을 지적하고 그 해결을 위해 합리적인 대안을 제시하고자 했거나 선학들의 연구에서 간과했던 중요사항을 살펴본 바도 적지 않다. 그래서 그 가운데는 발표된 지 여러 해가 지났지만 여전히 새로운 시각에서의 접근이거나 정당한 문제 제기와 그 해결책으로서 아직도 유효한 것들이 없지 않을 듯하다.

이제 저자는 지금까지 살핀 것들을 정리하는 일에 힘 기울여야 할 때에 이른 것 같다. 그 동안 펼쳤던 불충분한 논의들을 수정하고 보완하거나 통설이 지닌 문제점을 새로 찾아 제기하고 그 해결책을 강구하는 일 등은 뒷날의 숙제로 미루거나 뒷사람들의 과업으로 남겨둘 수밖에 없다. 이 때문에, 단행본(『조선전기시가론』, 1988)으로 따로 발간된 박사학위논문과 오래 전의 어설픈 글 한 편(「한시현토체 악장의 일 고찰」, 1981)을 제외하고, 조선시대 시가에 대해 연구한 결과들을 한데 묶어 책으로 펴낸다. 변변치 못한 것이나마 그 논의들이 조선시대 시가에 대한 연구의 발전에 약간이라도 도움 되었으면 한다.

30여 년간에 걸쳐 이루어진 작업들이어서 그 여러 글들에서는 연구 성과의 축적에 따라 보완이 적지 않게 이루어지게 되었지만, 연구의 관점과 이론적 기반 등의 기본적인 틀은 바뀌지 않은 편이어서 이전의 내용을 거의 손보지 않고 실었다. 간혹 같은 내용이 몇몇 장(章)에 중복되어 나타나는 경우도 없지 않지만, 이는 논지 전개상 필요하다고 판단되는 것이어서 그대로 두었다. 그러나 용어와 표현에서는 정확성과 일관성을 기하기 위해 적절히 고친 바가 적지 않으며, 장 제목을 약간씩 바꾸기도 했다.

이 책에 실린 글들 가운데는 1995년에 처음 내었고 이제는 절판된 졸저 『한국시가의 유형과 양식 연구』에 실렸던 것들이 몇 편 있는데, 그 글들을 다시 싣는 데 동의해 준 영남대학교출판부의 후의에 감사한다. 그리고 몇 편의 글들이 연구비 지원으로 이루어진바, 특히 한국학술진흥재단(현재는 한국연구재단)에 고마움의 뜻을 전한다. 또한 『고려시대 시가 연구』(2006)와 『신라 향가 연구』(2008)에 이어서 이 책의 출판도 맡아 애써주신 태학사의 여러 분들께도 감사드린다.

2011년 7월

성 호 경

제3부 조선 후기의 시가

제4부 작가와 작품

제1부 연구사

1장 조선시대 시가 연구의 동향과 성과

조선시대 시가 연구의 동향과 성과

1. 선초 악장시가

악장(樂章)은 넓은 의미로는 궁중악곡(宮中樂曲)에 실려 가창 또는 음영된 시가를 이르지만, 오늘날 일반적으로 말하는 좁은 의미의 악장은 조선왕조의 창업과 번영을 송축하기 위해 15세기에 주로 지어진 궁중 악가(樂歌)를 가리킨다.

조선 초의 악장에 대한 연구는 1920년대 안확(安廓; 自山)의 『조선문학사』(韓—書店, 1922) 이래 간간이 이루어졌지만, 1950년대 전반까지는 간단한 언급 정도에 그쳤다. 그러다가 1950년대 후반의 김사엽(金思燁)의 『이조시대의 가요 연구』(대양출판사, 1956) 이래 주요 연구대상으로 자리 잡게 되었으나, 활발한 연구는 이루어지지 않다가, 1964년에 서울대학교 동아문화연구소에서 '〈용비어천가(龍飛御天歌)〉에 대한 종합적 고찰'이란 주제의 연구발표회를 열면서부터 〈용비어천가〉를 중심으로 한 연구가 활기를 띠게 되었다.

그 뒤로 윤귀섭(尹貴燮)의 「악장시가의 형태사적 고찰」(『국어국문학』 34·35, 국어국문학회, 1967)과 김문기(金文基)의 「선초송도시(鮮初頌禱詩)의 성격 고찰」(한국어문학회 편, 『조선전기의 언어와 문학』, 형설출판사, 1976) 등의 논의를 거쳐, 1980년대 이후 조규익(曺圭益)의 『조선초기아송문학연구』(태학사, 1986)·『선초악장문학연구』(숭실대학교출판부, 1990) 등에서 악장 전반에 대한 체계적인 연구가 본격적으로 이루어졌다.

선초 악장시가는 그 범주 속에 여러 다양한 형태의 작품들이 들어있기 때문에, 이를 단일한 역사적 장르로 볼 수 있는가의 문제를 둘러싸고 논란이 있어 왔다.

일찍부터 악장을 단일한 장르처럼 인식하는 경향이 높았으나, 이능우(李能雨)의 「국문학 genre의 이동(異同) 연구」(『숙명여자대학교 논문집』, 1961)에서는 그 주된 경향성이 한시(漢詩)에 있으며, 얼마 안 되는 우리말 악장들 사이에도 형태, 후렴(後斂)의 유무(有無), 구문(構文)의 본질 등의 여러 면에서 상이성(相異性)이 있다고 강조함으로써, 악장을 단일한 장르로 보는 관점에 대하여 강한 회의를 보였다.

이에 대해, 김흥규(金興圭)의 『한국문학의 이해』(민음사, 1986)에서는 선초 악장이 독자적 문학 장르로서의 실체를 지니는지에 대해 회의를 가지면서도, 작품들이 공유하는 기능적 특수성의 지배가 예외적으로 강하므로 하나의 특이한 장르로 인정하는 관행을 수용하여, 교술적인 시가로 보았다. 그리고 조규익(1986)에서는 악장을 포함한 선초 궁정문학 전체를 '아송문학(雅頌文學)'으로 일컫고, 잡다한 형태의 여러 관습장르들을 포괄하는 하나의 독자적 장르로 인식하였고, 조규익(1990)에서는 '선초악장'이란 이름으로 그 장르적 성격을 '교술적 어조로 전개하는 특수한 문학'이라고 했다.

한편 조동일(趙東一)의 『한국문학통사 2』(지식산업사, 1983)에서는 악장 가운데서 우리말 시가만을 대상으로 하여 단형의 교술시(敎述詩)와 장형의 서사시로 나누었다.

그러나 선초 악장이 과도기적인 문학으로서 일정한 양식으로 정립되지 못했다는 점에 유의하여, 그것을 단일성을 지닌 역사적 장르로 볼 수 있을지에 대해 회의하는 시각을 가진 연구자들도 적지 않은 편이다.

악장시가의 대표적인 작품이라 할 〈용비어천가〉에 대한 연구에서는 장르적 성격과 구성 방식에 관한 관심이 가장 두드러졌다.

1960년대부터 〈용가〉를 서사시적 측면에서 살피는 경향을 뚜렷이 보였다. 장덕순(張德順)의 「용비어천가의 서사시적 고찰」(『도남조윤제박사회갑기념논문집』, 신아사, 1964)에서 〈용가〉가 기형적이고 파격적인 서사시라고 주장한 이래, 성기옥(成基玉)의 「용비어천가의 서사시적 짜임」(『백영정병욱선생환갑기념논총』, 신구문화사, 1982)에서는 '역사＋일화(逸話)'식 구조화 방법을 원용한 서사적 짜임을 보이는 영웅서사시임을 입증코자 했다. 한편 조동일(1983)에서는 〈용가〉가 단편적인 영웅시의 집합으로서, 순수한 서사시라기보나는 교술적인 서사시라고 해야 마땅하다고 했다.

이에 대해, 조규익의 「용비어천가의 장르적 성격」(『국어국문학』 103, 1990)에서는 각 삽화(挿話)들 간에 뚜렷한 서사적 접속원리를 찾을 수 없으므로 영웅서사시로 보기 어렵다고 하고, 그 짜임이 '조선 건국의 천명적(天命的) 당위성'과 '왕조 영속(永續)의 당위성'을 반복, 제시한 것이며 제작 의도도 교훈적인 것이어서, 그 장르적 성격을 '부분적으로 서사적 성향을 띤 교술시'라고 했다. 한편 Peter H. Lee의 *Songs of Flying Dragons*(Cambridge, Massachusetts: Harvard University Press, 1975)에서는 〈용가〉를 찬미시(찬미가; eulogy)로 보았다.

〈용가〉의 수사법·화제(話題)·표현기법 등에 대한 폭넓고 진지한 연구가 Peter H. Lee(1975)에서 이루어졌고, 그 형식에 대한 연구 가운데는 통사론적·율격적 구조를 살핀 정병욱(鄭炳昱)의 「용비어천가이 형식 구조에 대하여」(『눈뫼허웅박사환갑기념논문집』, 과학사, 1978)와 그 율격의 시가사적 의미를 살핀 김수업의 「용비어천가의 가락이 지닌 뜻」(『白江徐首生博士華甲紀念論叢』, 형설출판사, 1981) 등의 성과가 주목된다.

〈월인천강지곡(月印千江之曲)〉의 경우는 일찍부터 그 서사시적 성격이 인식되었는데, 특히 사재동(史在東)의 「월인천강지곡의 불교서사시적 국면」(黃浿江 외 3인 편, 『한국문학연구입문』, 지식산업사, 1982)에서 편찬 경위 등에 대한 고증을 통해 소설의 구조를 지닌 장편서사시임을 재천명한 것 등이 돋보인다. 그리고 조흥욱(趙興旭)의 「월인천강지곡의 형식에 대한 소론(小論)」(『백영정병욱선생10주기추모논문집』, 집문당, 1992)에서는 율격을 중심으로 하여 형식을 분석해서 〈용가〉의 형식과 동일함을 밝혔다.

이 두 작품 외의 선초 악장시가 작품들은 거의 주목받지 못하여 연구가 드문 편이다.

2. 시조, 사설시조

한국 고전시가 가운데서 가장 일찍이 학문적 관심의 대상이 되었고, 또 가장 많은 학자들이 참여하여 가장 많은 연구결과를 낳은 장르가 시조다. 그 창작이 현대에 들어서도 이루어지고 있지만, 여기서는 조선 후기까지의 고시조에 대한 연구사를 살펴보기로 한다.

1920년대 후반에 최남선(崔南善)의 「조선 국민문학으로서의 시조」(『朝鮮文壇』 15, 조선문단사, 1926. 5)가 발표되자, 시조에 대한 관심이 크게 일어 그 창작과 더불어 연구도 활발히 이루어지기 시작하여, 이병기(李秉岐)와 조윤제(趙潤齊) 등이 시조에 대한 학문적 정립을 시도하였다. 그리고 1940년대 전반의 암흑기를 거쳐, 1945년 광복을 맞아 고조된 국학(國學) 연구열 속에서 시조 연구도 활기를 띠었는데, 작품들에 대한 주석(註釋)·주해(註解)가 다수 이루어졌고, 『청구영언(靑丘永言)』의 원본에 가깝다는 조선진서간행회본(朝鮮珍書刊行會本; 珍本 또는 吳氏本)이 소개되었다(1948).

시조 연구는 한국전쟁(1950~1953)으로 인해 한동안 침체되었다가, 1950년대 후반부터 활기를 되찾게 되었다. 광복 후에 대학을 졸업한 연구자들을 중심으로 하여 시조 연구의 체계화가 시도되었고 시조의 여러 부면들에 대한 연구도 다양하게 이루어지기 시작했다. 『병와가곡집(瓶窩歌曲集)』이 발굴·소개되었고(沈載完, 「瓶窩歌曲集의 研究」, 『청구대학창립10주년기념논문집』, 1958), 고시조 작품들을 집성한 정병욱의 『시조문학사전』(신구문화사,

1966; 총 2,376수)과 심재완의 『교본(校本) 역대시조전서』(세종문화사, 1972a; 총 3,335수)와 같은 노작(勞作)들도 이 시기에 이루어졌다.

1970년대부터는 방법론적 모색과 고민을 통해 시조 연구가 본 궤도에 올라, 작품 구조에 대한 문예학적 연구가 본격적으로 이루어지기 시작했고, 담당층에 대한 연구와 가단(歌壇)을 중심으로 한 조선 후기 시가계의 동향에 대한 연구 등이 활발해졌으며, 시조의 조선시대 발생을 주장하는 논의와 사설시조의 문학적 성격을 새롭게 살피는 연구 등이 뚜렷이 나타나기 시작했다. 19세기 후반 이세보(李世輔)의 작품 450여 수가 발굴되었고 (秦東赫, 『註釋 李世輔時調集』, 정음사, 1985 등), 총 5,492수의 작품들을 수록한 박을수(朴乙洙)의 『한국시조대사전』(아세아문화사, 1992; 고시조 4,836수, 개화기시조 656수)도 이 시기에 이루어졌다.

1990년대 이래의 연구에서는 19세기의 시조와 음악적 연행에 주목하는 연구가 눈에 띤다.

시조 연구에서 활발하게 논의가 이루어졌던 사항들은 그 형식, 구성 방식, 발생, 내용적 특징, 시조(平時調)와 사설시조의 관계, 조선 후기 시조계의 동향, 작가론 등이었다.

시조의 형식에 대하여 종래에는 '3장(章) 6구(句), 45자 내외'로 보는 견해가 널리 통용되었으나, 정병욱의 「고시가 운율론 서설(序說)」(『최현배선생환갑기념논문집』, 사상계사, 1954) 등에서 음보(音步) 중심의 율격론이 도입된 이후로는 '4음보격(音步格) 3행시(行詩)'로 규정하는 쪽으로 기울어졌다. 그 작품 구성에 대하여는 1920년대에 시조창(時調唱)의 구성을 따라 '3장'으로 보아 '3단 구성'으로 본 것이 널리 받아들여지고 있지만, 조윤제의 「시조의 본령」(『人文評論』 2-2, 인문평론사, 1940. 2)에서는 '초·중장＋종장'의 2단으로 보아야 한다며 종장의 특별한 중요성을 강조하기도 했다.

시상(詩想) 전개에서는 '동의적 전개형' 특히 초장과 중장이 항등항(恒等項)을 이루고 여기서 종장이 유도되는 방식이 가장 많이 쓰였다고 하는데 (鄭惠媛, 「시조 의미구조에 관한 분석」, 『國文學研究』 12, 서울대학교 국문학연구회,

1970), 그 근거로서 '기(起)-서(叙)-결(結)'의 3단 구조(정병욱, 1966)나 '기-승-전-결'의 4단 구조로서의 논리적 구조를 들기도 하고(우리어문학회, 『국문학개론』, 일성당서점, 1949), '자아와 대상의 동일화'라는 시적 인식의 태도를 들기도 한다(金大幸, 『한국시가구조연구』, 삼영사, 1976).

내용적 특징에 관련된 연구로서, 그 서정성에 대하여는 김열규(金烈圭)의 「한국시가의 서정의 몇 국면」(『東洋學』 2, 단국대학교, 1972)에서 작품 구조, 자아와 자연과의 관계 등을 통해 깊이 있게 살폈고, 주제와 소재 면에서의 특징과 그 변천상에 대하여는 김흥규의 「조선후기 사설시조의 시적 관심 추이에 관한 계량적 분석」(『韓國學報』 73, 일지사, 1993)과 김흥규·정흥모(鄭興謨)·우응순(禹應順)의 「색인어 정보연산에 의한 고시조 데이터베이스의 분석적 연구」(『韓國詩歌研究』 3, 한국시가학회, 1998) 등에서 전산처리에 의한 통계적 분석이 성과를 거두었으며, 조선 전기 시조의 한 특징을 이루던 '강호가도(江湖歌道)'에 대하여는 최진원(崔珍源)의 『국문학과 자연』(성균관대학교출판부, 1977)과 김흥규의 「강호자연과 정치현실」(『세계의 문학』 19, 1981) 등의 천착이 있다. 그리고 시어(詩語) 등의 외현(外現) 요소 및 시·공간 의식 등의 내재(內在) 요소와 화자·청자 등에 따른 유형을 살펴서 본격적인 시조시학(時調詩學)의 정립을 꾀한 연구로 김대행의 『시조 유형론』(이화여자대학교출판부, 1986)이 있다.

시조의 발생시기를 1920년대 후반에는 작자 고증이 부실한 일부 가집(歌集)들(六堂本『靑丘永言』 등)의 기록에 따라 삼국시대로 보았으나, 이후 향가와 고려시대 시가의 소개 및 연구의 진척 등에 따라 고려 초로 늦추어 잡게 되었다. 그러다가 조윤제의 『조선시가사강』(東光堂書店, 1937)에서 '고려 중기 발생, 고려 말엽 형태 완성'이라는 견해를 내놓았는데, 이는 '시조(時調)'라는 말을 충렬왕대(忠烈王代)의 '신조(新調)·시조(詩調)'와 같은 말로서 우리말을 차자표기한 것이라고 잘못 이해한 바를 주요 논거로 한 것이지만(조윤제, 「時調名稱の文獻的研究」, 『靑丘學叢』 4, 靑丘學會, 1931; 그 뒤 조윤제, 『한국문학사』, 동국문화사, 1963에서 그 오해를 시인하였음) 이후의 대다수 연구자들에게 널리 받아들여지게 되었다.

그러나 이능우(李能雨)의 『이해를 위한 이조시조사』(이문당, 1956)에서 시조가 조선시대에 발생했을 가능성이 높다는 견해가 제기되었고, 최동원(崔東元)의 「시조의 형성계층과 형성기」(『부산대학교 문리과대학 논문집』, 1977)에서는 '고려 말 형성, 조선 초 형태 완성'으로 늦추어 보았으며, 김수업의 「시조의 발생시기에 대하여」(趙奎卨·朴喆熙 편, 『時調論』, 일조각, 1978)와 강전섭(姜銓燮)의 「단심가(丹心歌)와 하여가(何如歌)의 소원적(遡源的) 연구」(『東方學志』 35, 연세대학교 국학연구원, 1982) 등에서는 시조가 16세기에 발생했고, 그 이전의 작이라는 것들은 후대의 위작(僞作)일 가능성이 높다고 하였다. 또 성호경(成昊慶)의 「16세기 국어시가의 연구」(서울대학교 박사학위논문, 1986) 등에서는 4음보격의 율격이 15세기 전반까지는 확립되지 않았다고 하여 시조형의 발생시기를 15세기 후반으로 추정하면서, 고려 말의 〈단심가〉·〈하여가〉 등은 본래 '4음보격 3행시'가 아니던 것이 후대에 들어 시조형으로 변모된 것으로 보았다. 그리고 권두환(權斗煥)의 「시조의 발생과 기원」(『冠嶽語文研究』 18, 서울대학교 국어국문학과, 1993)에서는 14·15세기에 현행 가곡(歌曲)의 조종(祖宗)인 '만대엽(慢大葉)'의 곡조가 성립되고, 15세기에는 이에다 노랫말을 얹어 부르는 관행이 이루어졌다고 보아, 시조가 민요에 기원을 두며 15세기에 발생했을 가능성을 검토하였다.

시조의 기원에 대해서는, 한시[絶句]나 중국시가의 영향을 받았다는 외래기원설이 뚜렷한 증거를 제시하지 못하여 우리 시가 자체의 전통의 계승이라는 내부기원설이 우세한 가운데서, 그 원천을 각기 향가·고려속요·민요 등으로 보는 다양한 의견들이 제시되었다. 정병욱(1954)에서 고려속요 〈만전춘별사(滿殿春別詞)〉와 시조와의 유사성을 살핀 이래 고려속요를 모태로 보는 견해가 널리 받아들여지게 되었지만, 민요를 그 원천으로 보는 견해도 힘을 얻어 가고 있는 편이다(조동일, 「민요의 형식을 통해 본 시가사」, 『한국시가의 전통과 율격』, 한길사, 1982 등).

시조(평시조)와 사설시조의 관계에 대해서는, 초기에 이병기의 「시조란 무엇인가?」(『東亞日報』1926. 11. 24)에서 시조창(時調唱)의 '음악형식'에 평시조 · 엇시조 · 사설시조의 세 종류가 있다고 하면서 그 분류를 시조의 문학적 분류로 도입한 이래, 이를 수용하여 그 세 유형들에 대한 문학적 형태 규정이 이루어지기도 했으나(李泰極, 『時調槪論』, 새글사, 1956 등), 점차 평시조(短型時調)와 사설시조(長型時調)의 두 가지로 분류하는 경향을 보이게 되었다.

사설시조의 성격에 대하여, 초기에는 평시조의 연장선상에서 이해하는 경향이 두드러졌지만, 이미 고정옥(高晶玉)의 『국어국문학요강(國語國文學要講)』(대학출판사, 1949) 등에서 그 독자성을 강조한 바 있고, 1970년대에 김학성(金學成)의 「사설시조의 미의식 구조」(서울대학교 석사학위논문, 1972)와 정병욱의 「이조후기시가의 변이과정」(『創作과 批評』 31, 창작과비평사, 1974) 등에서 그 미의식 등이 평시조와는 많이 다름을 부각시켰다. 이에 따라 그 성격을 평시조의 변용으로 보는 견해와 양자가 별개의 장르라는 견해가 맞서게 되었는데, 후자의 견해가 점차 더 널리 받아들여지게 되었다. 박철희(朴喆熙)의 「사설시조의 구조와 그 배경」(『震檀學報』 42, 진단학회, 1976)에서는 사설시조가 시조와는 다른 장르일 가능성을 시사하고, 그 '무형시(無型詩)'를 자유시의 선편(先鞭)으로 보기도 했다. 한편 성호경의 「사설시조의 정체에 대한 신고찰」(『千峰李能雨博士七旬紀念論叢』, 1990)에서는 사설시조라는 것 속에 여러 잡다한 형태의 작품들이 있으므로, 이를 단일한 장르로 보기 어렵다는 견해를 보였다.

사설시조의 발생시기에 대해서는, 조윤제(1937)에서 조선 후기인 17세기 무렵에 평시조의 변형으로서 나타난 것으로 본 것이 이후 학계의 통설이 되었으나, 이태극(1956) 등에서는 그 시기를 16세기 후반으로 소급하기도 했다. 그러다가 사설시조를 평시조와는 별개의 장르 · 계통으로 보는 관점이 대두됨에 따라, 그 발생시기를 14세기 또는 15세기 후반으로 보는 견해도 나타나게 되었다(黃浿江, 「大隱 邊安烈과 不屈歌」, 『단국대학교 논문집』 2, 1968 등).

사설시조의 주된 작자층에 대하여는, 일찍부터 평민층 또는 서민층으로 막연하게 파악하는 경향이 높다가, 고정옥의 『고장시조선주(古長時調選註)』 (정음사, 1949) 등에서 중인층으로 명확히 한정하였다. 이에 대해 그 주된 작자층이 양반층이라는 반론이 제기되기도 했으나(김대행, 1986; 김학성, 「사설시조의 시학적 기반에 관한 연구」, 『古典文學硏究』 6, 한국고전문학연구회, 1991 등), 중인층이라는 견해가 더 널리 받아들여지고 있는 편이다(고미숙, 「사설시조의 역사적 성격과 그 계급적 기반 분석」, 『語文論集』 30, 고려대학교 국어국문학과, 1991; 姜明官, 「사설시조의 창작 향유층에 대하여」, 『민족문학사연구』 4, 민족문학사연구회, 1993 등).

사설시조의 문학적 성격에 대하여는 조규익의 『우리의 옛 노래문학 만횡청류(蔓橫淸類)』(박이정, 1996) 등에서 체계적으로 밝히고자 했다.

조선 후기에 들어서 시조계는 몇 가지 주목되는 동향을 보였는데, 중인 계층인들이 가객(歌客) 등으로서 가단(歌壇)을 형성하기도 하며 시조 및 사설시조의 창작과 향수에 활발히 참여하게 되었고, 그들에 의해 시조집 편찬도 활발히 이루어졌다.

조선 후기의 시조에 대한 관심은, 국사학계에서 제창한 '내재적 발전론'에 힘입어서, 1970년대부터 18세기의 시조(특히 사설시조)를 중심으로 하여 그 속에서 민중성·현실비판 등의 근대적 성격을 찾는 경향을 보이며 고조되어 왔다. 그러나 1990년대에 들어서자 그 민중성에 의문을 가지며 중간 계층(中人)에 주목하는 연구가 이루어졌다. 그리고 그동안 시조사에서 쇠퇴기라 하여 소홀히 되었던 19세기의 시조에 주목한 연구도 나타났는데, 그 대표적인 예로 고미숙의 「19세기 시조의 전개양상과 그 작품세계 연구」(고려대학교 박사학위논문, 1993)·신경숙(愼慶淑)의 「19세기 여창가곡의 작품세계」(고려대 고전문학·한문학연구회 편, 『19세기 시가문학의 탐구』, 집문당, 1995) 등이 있다.

조윤제(1937)에서 『해동가요(海東歌謠)』의 "金君壽長與南坡金天澤(김군수장여남파김천택) 相對敬亭山(상대경정산)"(張福紹 後序)이라는 언급에 따라 경정산가단(敬亭山歌壇)을 가정한 이래로, 최동원의 「경정산가단과 노가재가단(老歌齋歌壇)에 대하여」(『國語國文學』 13·14, 부산대학교 국어국문학과, 1977)와 권두환의 「조선후기 시조가단 연구」(서울대학교 박사학위논문, 1985) 등이 조선 후기에 출현한 가객들의 가단 성립과 활동 상황을 검토하였다. 그런데 조윤제·권두환 등이 경정산가단의 존재를 긍정적으로 본 데 비하여, 최동원은 김천택과 김수장의 관계가 소원하였음에 비추어 그 구절이 잘못 해석되었다고 하여 그 성립을 부정하였다.

한편 조선 전기의 가단에 대한 연구로, 조윤제의 「퇴계(退溪)를 중심으로 한 영남가단(嶺南歌壇)」(『청구대학 논문집』 8, 1965)에서 경북 안동(安東) 일원에서의 가단의 존재 가능성을 추정한 이래, 정익섭(丁益燮)의 『호남가단(湖南歌壇) 연구』(진명문화사, 1975)·『개고(改稿) 호남가단 연구』(민문고, 1989) 등에서는 전남 담양(潭陽) 일원의 면앙정가단(俛仰亭歌壇)·성산가단(星山歌壇)을 살폈으며, 최재남(崔載南)의 「분강가단(汾江歌壇) 연구」(『士林의 鄕村生活과 詩歌文學』, 국학자료원, 1997)에서는 조윤제(1965)에서의 견해를 고쳐 이현보(李賢輔) 중심의 분강가단으로 설정하였다. 그리고 가단을 설정하지는 않았지만, 이동영(李東英)의 『조선조 영남시가의 연구』(형설출판사, 1984)에서는 영남지방 사림(士林)의 시가를 세 지역(嶺左, 嶺右, 江岸)으로 나누어 살폈다.

시조집 편찬에 관한 연구로서, 조윤제의 「해동가요 해제(解題)」(『朝鮮語文學會報』 3, 조선어문학회, 1932)·「역대가집의 편찬의식에 대하여」(『震檀學報』 3, 1935) 등을 이어, 정병욱의 「삼대(三大) 고시조집의 전승체계 소고(小考)」(『時調研究』 1, 시조연구회, 1953) 등에서는 시조집 상호간의 전승체계 등을 살폈고, 권두환의 「18세기 가단의 성립과 시조집」(『白江徐首生博士華甲紀念論叢』, 형설출판사, 1981) 등에서는 시조집 편찬을 둘러싼 배경을 검토하였다. 또 강전섭의 「송곡편(松谷編) 고본(古本) 청구영언의 복원문제」(『국어국문학』 47, 국어국문학회, 1969)·「고시조집의 신빙성문제」(『韓國學報』 33, 1983) 등에서는 시조집의 복원 문제와 시조집의 작자 고증의 문제점들을 검토하였다. 그리고 심재완의 『시조의 문헌적 연구』(세종문화사, 1972b)와 정명세

(鄭明世)의 「고시조문헌연구」(영남대학교 석사학위논문, 1982)에서는 시조를 수록한 문헌자료들을 섭렵하여 그 서지적 특성을 정리하고, 각 문헌에 따른 작자와 작품의 이동(異同) 관계를 치밀하게 살폈다. 한편『해동가요』의 육당본과 일석본(一石本)을 교합(校合)하여 주해(註解)한 김삼불(金三不)의『교주(校註) 해동가요』(정음사, 1950)도 주요한 성과이다.

자료의 발굴과 소개에서는 김동욱(金東旭; 「杜谷時調研究」,『東方學志』 6, 1963), 정병욱(1966), 강전섭(「淸溪歌詞 중의 短歌 86수에 대하여」,『語文學』 19, 한국어문학회, 1968), 심재완(1972a), 이상보(李相寶; 「異本 海東歌謠 및 永言選 고찰」,『韓國文學』 63, 한국문학사, 1979)), 진동혁(1985), 박을수(1992) 등이 많은 성과를 보였다.

작가론은 대체로 정철(鄭澈)·황진이(黃眞伊)·윤선도(尹善道)·김천택(金天澤)·김수장(金壽長)·안민영(安玟英) 등에 집중되었는데, 이재수(李在秀)의『윤고산(尹孤山) 연구』(학우사, 1955)를 비롯하여 윤선도에 대한 연구가 가장 많은 편이다.

시조 작품은 매우 짧은 분량을 지니기에, 연작(連作; 연시조)이 아닌 경우에는 작품론의 대상으로 삼기 쉽지 않다. 감상의 차원을 넘어 작품의 구조를 분석하고 시세계를 밝힌 본격적인 작품론은 드문 편으로, 권두환의 「송강의 훈민가(訓民歌)에 대하여」(『震檀學報』 42, 1976), 성기옥(成基玉)의 「도산십이곡의 재해석」(『震檀學報』 91, 2001) 정도가 두드러진다.

시조와 그 작자(층)의 삶의 관계에 대한 연구로는, 18세기 전남 장흥(長興)의 향촌사족(鄕村士族)인 위백규(魏伯珪)의 현실적 삶의 조건과의 관련 속에서 그의 문학을 이해하려 한 김석회(金碩會)의『존재(存齋) 위백규 문학연구』(이회문화사, 1995)와 16세기의 사림들이 그들의 향촌생활 속에서 시조를 향유한 양상을 살핀 최재남의『사림의 향촌생활과 시가문학』(1997) 등이 있다.

3. 가사

가사(歌辭)에 대한 학문적인 연구는 1930년대부터 이루어졌으나, 1940년대까지는 그 명칭(歌辭·歌詞)과 개념 및 범위의 설정에서부터 혼란을 보였다. 1945년 광복 후에는 작품의 발굴과 소개가 연구의 중심을 이룬 가운데, 조윤제(趙潤濟)의 「가사 문학론」(『조선시가의 연구』, 을유문화사, 1948)에서의 논의를 계기로 하여 그 장르적 성격에 대해 논란이 일게 되었다.

1950년대부터는 주로 조윤제의 가사 개념('4-4조의 연속체 장편시가')에 의거하여 각종 연구들이 활기를 띠게 되었다. 그러나 발굴된 작품들이 불충분한 데다 그나마 조선 후기의 작품들이 대다수였기에, 가사의 전반적 양상과 발달과정 등에 대한 연구는 충실히 이루어지기 어려웠다.

이후 계속된 작품 발굴·소개를 거쳐서, 1960년대에 필사본『잡가(雜歌)』의 발굴(1963)로 〈면앙정가(俛仰亭歌)〉 등 16세기의 가사 작품들이 소개된 것(『국어국문학』 39·40, 국어국문학회, 1968에 사진본이 수록됨) 등에 따라 가사의 본격적인 연구를 위한 기반이 마련되었다.

1970년대부터는 조동일(趙東一)의 「가사의 장르 규정」(『語文學』 21, 한국어문학회, 1969)이 가사 연구의 본격화를 불러, 그 장르적 성격에 대한 논의가 기존 관념에 대한 반성과 이론적 탐색의 경향을 띠며 활발히 이루어졌다. 한편 '평민가사(平民歌辭)'를 중심으로 하여 조선 후기 가사의 근대적 성격을 찾는 일도 가사 연구에서 주요한 관심사로 부상되었다.

1990년대부터는 화자·청자의 관계를 중심으로 한 담화론적(談話論的) 연구가 활발히 이루어지기 시작했고, '평민가사'의 작자층과 성격에 대한 기존 논의들에 대한 비판적 시각이 나타나게 되었으며, 가사 작품들을 집대성한 대규모의 가사집들도 속속 간행되었다.

가사의 개념과 범주에 대하여, 이병기(李秉岐)의 「시조의 발생과 가곡과의 구분」(『震檀學報』 1, 진단학회, 1934) 등에서는 조선 후기에 경기지방의 가객(歌客)들 사이에서 성행한 '십이가사(十二歌詞)'를 연구의 출발점으로 삼아 고려 말엽 이래의 시가 중 '5자(字) 내지 9자구(字句)들을 길게 나열하여 일편(一篇)을 이루는 것'을 '가사(歌詞)'로 보았다. 이에 비해, 조윤제의 「조선시가의 형식적 분류 시론(試論)」(『震檀學報』 6, 1936) 등에서는 18세기부터 영남지방의 여성들 사이에서 성행한 규방가사(閨房歌辭)를 주된 모형으로 하여 가사를 '4·4조(調)의 연속체(連續體) 장편(長篇)' 등으로 규정하였는데, 이후 학계에서는 이를 기반으로 하여 가사를 주로 조선시대에 발달한 '4음보격(音步格) 연속체'로 규정하게 되었다.

가사의 발생시기에 대해서는, 15세기말에 정극인(丁克仁)이 지었다는 〈상춘곡(賞春曲)〉을 현전 최고(最古)의 작품으로 보는 조선 초기 발생설(趙潤濟, 『朝鮮詩歌史綱』, 東光堂書店, 1937 등)이 한동안 통용되었으나(〈상춘곡〉을 후대의 僞作으로 보는 견해도 있음), 1950년대에 들어 14세기 후반에 나옹화상(懶翁和尙; 慧勤)이 지었다는 〈서왕가(西往歌)〉 등을 효시 작품으로 보는 고려 말엽 발생설(李秉岐·白鐵, 『國文學全史』, 신구문화사, 1957 등)이 제기되고, 그 뒤 김종우(金鍾雨)의 「나옹과 그의 가사에 대한 연구」(『부산대학교 논문집』 17, 1974)에서 이두(吏讀)로 표기된 〈승원가(僧元歌)〉의 필사본을 발굴·소개하여 고려 말엽 발생설을 보완함으로써, 이 두 가지의 학설이 팽팽히 맞서게 되었다.

가사의 기원에 대하여는, 경기체가의 붕괴로 형성되었다는 견해(조윤제, 1937 등)가 조선 초기 발생설과 연계되어 널리 받아들여져 오고 있는 가운데, 고려 말엽 발생설과 관련되어 교술민요(敎述民謠)의 상승이라는 견해(조동일, 「민요의 형식을 통해 본 시가사」, 『한국시가의 전통과 율격』, 한길사, 1982 등)도 제기되는 등 내부기원설이 주류를 이루고 있다. 그러나 그 발생과 발달 등에 중국 사(辭)·부(賦)의 영향이 많았다는 견해(李慶善, 「歌辭와 辭賦의 비교연구」, 『中國學報』 6, 한국중국학회, 1967 등)도 적지 않은 호응을 얻고 있다.

가사의 형식과 관련된 연구로서, 여러 사람들이 가사와 시조의 형태적 유사성을 강조하고, 심지어 그 유사성에 근거하여 가사를 시조의 확장으로 보거나 또는 시조를 가사의 축약으로 보는 견해들도 있었지만, 성호경(成昊慶)의 「16세기 국어시가의 연구」(서울대학교 박사학위논문, 1986)에서는 양자가 대조적인 구성을 지녀서, 시조가 '체험의 집약'을 구성원리로 함에 비해 가사는 '부가작용'을 원리로 하는 확장적 구성을 지닌다고 보고, 가사의 말행(末行)은 시조의 말행(종장)과 형태 면에서 유사하지만 기능 면에서 차이를 보여서 시편의 요약부로서의 구실을 거의 하지 못함을 밝혔다. 한편 조세형의 「가사장르의 담론 특성 연구」(서울대학교 박사학위논문, 1998)에서는 가사의 담론 유형을 분류하고 그에 따른 담당층의 의식과의 관련 양상을 살폈다.

가사의 장르적 성격에 대한 논의는 매우 활발히 전개되었다. 초기에는 서정적 시가로 인식되었으나, 조윤제(1948)에서 시가와 문필(文筆)의 중간적 형태임을 거론한 이후, 우리어문학회 『국문학개론』(일성당서점, 1949)에서는 '중세기의 산문문학'으로, 이능우(李能雨)의 『입문을 위한 국문학개론』(국어국문학회, 1953)에서는 '율문(律文)으로 된 수필'로, 장덕순(張德順)의 『국문학통론』(신구문화사, 1963)에서는 서정적 가사(시가)와 서사적 가사(수필)로 양분하여 보는 등 분분한 논의를 보였다. 그러다가 조동일(1969)에서 가사가 교술장르에 귀속된다고 주장한 이래, 그 교술적인 성격에 유의하여 주종연(朱鍾演)의 「가사의 장르고 Ⅱ」(『국어국문학』 62·63, 1973)에서는 서정적 가사·서사적 가사·교시적(敎示的) 가사로 3대별하였으며, 김학성(金學成)의 「가사의 쟝르 성격 재론(再論)」(『백영정병욱선생환갑기념논총』, 신구문화사, 1982)에서는 '공시태(共時態)로서는 개방성과 복합성을 지닌 관습적 장르이며 통시태(通時態)로서는 역사적 장르로서 서정의 형식에 정신면으로는 서정·서사·교술의 복합성을 동시에 지니면서 그것이 문학사적 변모를 거치면서 세 가지 성격 중의 어느 하나로 극대화하는 방향을 취해 온 유동적 장르'로 보았다. 그리고 김흥규(金興圭)의 『한국문학의 이해』(민음사, 1986)에서는 서정적·서사적·교술적인 면이 공존하는 개방적인 '혼합 장르'로 규정하였다.

한편 이러한 시각과는 달리, 이능우의 『가사 문학론』(일지사, 1977)에서는 가사의 개념을 '우리말로 구성지게 씌어진 문학적 작품들이면 몰아쳐 붙여졌던 당시의 한 관례일 뿐'으로 각종 다양한 장르들이 복합 또는 착종(錯綜)된 것으로 보아 그 장르적 단일성을 부정했는데, 김병국(金炳國)의 「장르론적 관심과 가사의 문학성」(『現象과 認識』 1-4, 한국인문사회과학원, 1977)에서도 가사를 장르 개념으로 인식하는 것에 대해 회의를 보였다. 또 성호경의 「가사의 개념에 대한 반성적 고찰」(『民族文化論叢』 12, 영남대학교, 1991)에서도 가사는 하나의 장르라기보다 그 속에 몇 종의 장르들을 포용하는 '장르 복합체(複合體)'로서 이해되어야 한다고 했다.

가사의 하위유형에 대한 연구는 불교가사, 규방가사, 기행가사(紀行歌辭), 천주가사(天主歌辭), 동학가사(東學歌辭), 개화가사(開化歌辭) 등에 집중되었다. 불교가사에 대하여는 김성배(金聖培)의 『한국불교가요의 연구』(아세아문화사, 1973) 등에서, 규방가사에 대하여는 권영철(權寧徹)의 『규방가사연구』(이우출판사, 1980)·『규방가사 각론(各論)』(형설출판사, 1986)과 나정순·고순희·이동연·김수경·최규수·길진숙·유정선의 『규방가사의 작품세계와 미학』(역락, 2002) 등에서, 기행가사에 대하여는 최강현(崔康賢)의 『한국기행문학연구』(일지사, 1982)와 임기중의 「연행가사(燕行歌辭)와 연행록(燕行錄)」(국어국문학회 편, 『가사 연구』, 태학사, 1998) 등에서, 천주가사에 대하여는 하성래(河聲來)의 『천주가사 연구』(성·황석두 루가서원, 1986) 등에서, 동학가사에 대하여는 윤석산(尹錫山)의 『용담유사(龍潭遺詞) 연구』(민족문하사, 1987) 등에서, 그리고 개화가사에 대하여는 조동일의 「개화기의 우국가사(憂國歌辭)」(『開化期의 憂國文學』, 신구문화사, 1974)와 신범순의 「개화가사의 양식적 특징과 현실의미의 전환 양상」(『국어국문학』 95, 1986) 등에서 전반적인 양상을 살폈다.

1970년대부터 관심의 초점이 된 조선 후기의 '평민가사'의 성격에 대한 논의로, 김문기(金文基)의 『서민가사(庶民歌辭) 연구』(형설출판사, 1983)와 김학성의 「가사의 실현화 과정과 근대적 지향」(한국고전문학연구회 편저, 『근대문학의 형성과정』, 문학과지성사, 1983) 등에서는 현실비판 정신이나 근대 지향 의지 등을 찾고자 했다. 그러나 성호경의 「조선 후기 시가의 양식과 유형」(『民族文化論叢』 13, 1992)에서는 그 담당층을 중인계층으로 보고, 그 작품들이 조선 후기의 중인계층인들이 지니던 양면적(兩面的) 성향을 반영하여 한편에서는 양반가사의 아류(亞流)로서의 성격을 띠고 다른 한편에서는 그들 계층의 삶과 정서를 표현하여 독자적인 문화의 정립을 추구하는 양상을 보인다고 했다.

가사의 개별 작품에 대한 연구는 문헌적·실증적 연구가 주류를 이루어, 작품 소개와 함께 작자 고증, 작품 창작의 연대 및 동기 추정, 배경 고찰 등이 주요 논의 내용이 되었고, 본격적인 작품론으로까지 나아간 것은 얼마 되지 않는다. 작품론의 주요 성과로, 정재호의 「속미인곡(續美人曲)의 내용분석」(『국어국문학』 79·80, 1979)에서는 작품의 구성방법을 비롯하여 내면 구조 문제를 정밀하게 분석하였고, 박영주의 「관동별곡(關東別曲)의 시적 형상성」(『泮橋語文研究』 5, 반교어문연구회, 1994)에서는 〈관동별곡〉의 시적 형상성을 '표현 언어의 청신성'·'이념과 흥취의 조화'·'풍토성의 형상화'라는 세 측면에서 살펴, 그 작품이 '절창(絶唱)'이 될 수 있었던 요인을 구명코자 하였다.

작가론의 경우는 정철(鄭澈)·박인로(朴仁老) 등 여러 편의 작품을 남긴 몇몇 작가들에 대해 연구가 집중되었다. 1960년대까지의 연구로 김사엽(金思燁)의 『정송강(鄭松江) 연구』(계몽사, 1950)·이상보(李相寶)의 『박노계(朴蘆溪) 연구』(일지사, 1962)·박성의(朴晟義)의 『송강·노계·고산(孤山)의 시가문학』(현암사, 1966) 등이 있고, 1970년대 이후에도 여러 사람들의 연구논저가 나타났으나, 그 대다수는 작가의 부분적 특징만을 다루었거나 또는 문헌고증의 차원을 크게 넘어서지 못하였다. 작가의 총체적인 삶과 의식을 통해 그 문학의 전반적 특징을 밝히고자 한 연구로는 박영주의 『송강 정철 평전』(중앙M&B, 1999) 등이 있다.

다수의 작가들을 배출한 지역을 중심으로 하여 가단(歌壇)의 형성 가능성을 살핀 논의로는, 호남지방의 면앙정가단(俛仰亭歌壇)·성산가단(星山歌壇) 등을 살핀 정익섭(丁益燮)의 『호남가단 연구』(진명문화사, 1975)·『개고(改稿) 호남가단 연구』(민문고, 1989) 등이 두드러지고, 영남지방의 경우는 홍재휴(洪在烋)의 「영남가사문학연구」(『대구교육대학 논문집』 8, 1973) 등이 있다.

가사 작품의 발굴과 소개는 오랫동안 많은 사람들에 의해 이루어져 왔는데, 그 가운데서 필사본 『잡가』의 발굴과 소개를 비롯하여 김동욱의 「허강(許橿)의 서호별곡(西湖別曲)과 양사언(楊士彦)의 미인별곡(美人別曲)」(『국어국문학』 25, 1962)·「임란선후가사(壬亂前後歌詞) 연구」(『震檀學報』 25·26·27, 1964) 등이 가사 연구에 크게 기여하였다.

가사 작품집으로는 신명균(申明均) 편 『가사집(歌詞集) 상(上)』(中央印書館, 1936) 이후에 김성배(金聖培)·박노춘(朴魯春)·이상보·정익섭 편저 『주해(註解) 가사문학전집』(정연사, 1961), 권영철 편 『규방가사』(한국정신문화연구원, 1979), 이상보 편 『한국가사선집』(집문당, 1979)·『한국불교가사전집』(민속원, 1980)·『17세기 가사전집』(교학연구사, 1987)·『18세기 가사전집』(민속원, 1991), 김동욱·임기중 편 『교합(校合) 악부(樂府)』·『교합 가집』·『아악부가집(雅樂部歌集)』(이상 태학사, 1982), 임기중 편 『역대가사문학전집』(전 50권; 동서문화사·여강출판사·아세아문화사, 1988~1998), 단국대학교 율곡기념도서관(栗谷紀念圖書館) 소장본 『한국가사자료집성』(전 12권; 태학사, 1998) 등이 손꼽히는 노작(勞作)들이다.

4. 잡가

잡가(雜歌)는 오랫동안 한국 고전시가 연구에서 별 주목을 받지 못하다가, 1970년대에 들어서야 학문적 연구의 대상으로 부각되었으며, 1980년대부터 연구가 활기를 띠기 시작했다.

잡가란 원래 음악의 명칭으로서, 조선 후기의 시정(市井)에서 직업적·반직업적 소리꾼들에 의해 가창된 유락적(遊樂的) 노래들의 총칭이었다. 그 속에 갖가지 형태의 다양한 작품들이 있었는데, 문학 형식면에서 어떠하든 잡가식 창조(唱調)로 부르면 잡가로 보았던 것이다.

이러한 잡가를 문학적 연구의 대상으로 삼게 되면서 많은 혼란이 나타났다. 그 다양한 형태·유형의 작품들 사이에서는 일정한 공통성을 찾을 수가 없기 때문이다. 이에 혹은 그 여러 유형들 가운데서 일부에 초점을 맞추어 하나의 역사적 장르로 보고자 했고, 혹은 잡가 전부를 하나의 장르로 보았으며, 혹은 복수의 장르로 나누기도 했고, 혹은 하나의 장르로 설정할 수 없다고 했다.

처음에는 잡가에 속하는 작품들을 널리 섭렵하지 못한 상태에서 연구가 이루어졌기에, 그 논의가 주로 가사와 유사한 작품들과 가사와의 관계를 살피는 방향으로 전개되었다. 조윤제(趙潤濟)의 「시가의 형식적 분류」(『震檀學報』 6, 진단학회, 1936)에서는 가사가 속화(俗化)하여 창곡적(唱曲的) 시가로 전개한 것을 '잡가'로 가칭(假稱)하여 가사와 구별하고 넓은 뜻의 가사에 포함시켰다가, 『국문학개설』(동국문화사, 1955)에서는 잡가가 어떤 전형적인 시가를 의미하는 것이 아니고 보통 가곡(歌曲)에서 사용되는 그 노랫말을 의미하는 것이라고 하며 가사로부터 분리하였다. 이에 비해, 고정옥(高晶玉)의 『조선민요연구』(수선사, 1949)에서는 상층인들의 가사가 유흥의 거리에서 강하(降下)되어 대중화한 종류의 노래를 '속가(俗歌)'라 하고, 현대의 유행가와 같은 것이라고 보았다.

그러다가 조동일(趙東一)의 「18·19세기 국문학의 장르체계」(『古典文學硏究』 1, 한국고전문학연구회, 1971)에서는 전문적인 소리패가 흥행적인 목적으로 지어 부른 시가 모두를 잡가로 보았고(국악에서 俗歌·西道唱·立唱이라고 한 것과 판소리 短歌를 포함하며, 민요는 제외함), 이를 서정잡가와 교술잡가로 나누었다.

그러나 정재호(鄭在鎬)의 「잡가고(雜歌攷)」(『民族文化研究』 6, 고려대학교,

1972)에서는 잡가집들에 실린 작품들 중 시조·가사·한시·창가(唱歌) 등을 제외한 것들을 잡가로 보아 독립된 장르로 설정하고자 했고, 김문기(金文基)의 『서민가사연구』(형설출판사, 1983)에서는 그 가운데서 분련체(分聯體)만을 독립된 장르로서의 잡가로 보고자 했다. 또 김홍규(金興圭)의 『한국문학의 이해』(민음사, 1986)에서도 잡가류의 창법으로 불린 노래 가운데서 일부 시조와 민요를 제외한 나머지를 문학적 장르로서의 잡가로 보고, 이는 18세기 무렵부터 발달한 대중적 혼합가요라고 보았다.

한편 이규호(李圭虎)의 「잡가의 정체」(張德順 외, 『한국문학사의 쟁점』, 집문당, 1986)에서는 잡가가 가사·사설시조·민요의 세 장르들의 양식적 복합 현상이므로, 이를 하나의 장르로 설정하기가 곤란하다고 하였다. 그리고 손태도의 「1910~20년대 잡가에 대한 시각」(『고전문학과 교육』 2, 淸冠古典文學會, 2000)에서는 잡가가 정가(正歌)에 대한 평가절하식 명칭으로 시대와 지역에 따라 그 범주가 다른데, 1910~1920년대에는 서울을 중심으로 한 지역에서 가곡·시조·십이가사(十二歌詞)에 들지 못한 격이 떨어졌던 노래들을 잡가라고 지칭했다고 하여, 잡가가 특정 노래 장르의 명칭이 될 수 없다고 하였다.

이렇듯 그 개념 및 범주와 그 장르적 성격에 대하여 많은 논란이 있기 때문에, 잡가는 아직도 문학적 연구의 대상으로서 뚜렷이 자리 잡지 못하고 있는 상태라고 할 것이다.

잡가의 담당층에 대하여, 이노형(李魯亨)의 「잡가의 유형과 그 담당층에 대한 연구」(『國文學研究』 80, 서울대학교 국문학연구회, 1987)에서 19세기 초·중엽까지는 그 가창 집단이 최하층 신분의 인물들이었고, 수용집단도 서민층 이하의 하층민들로 이루어졌다가, 19세기 말엽 및 20세기 초엽에 담당층의 변모를 보여 종전의 고급가창집단과 상층인물들도 적극적으로 가창, 향유하였다고 했다.

잡가의 작품 형성원리를 살핀 연구로는 김학성(金學成)의 「잡가의 생성 기반과 사설 엮음의 원리」(『世宗學研究』 12·13, 세종대왕기념사업회, 1998) 등이 있다.

잡가 자료들을 집성한 책으로는 이창배(李昌培)의 『한국가창대계(韓國歌唱大系)』(홍인문화사, 1976) 등이 있으며, 잡가집들을 모은 책으로는 정재호의 『한국잡가전집』(전4권, 계명문화사, 1984) 등이 있다.

원제: 「고전시가 연구 50년」(발췌, 일부 보완)
이화여자대학교 한국문화연구원 편, 『국문학 연구 50년』(혜안, 2003. 10)

제2부 조선 전기의 시가

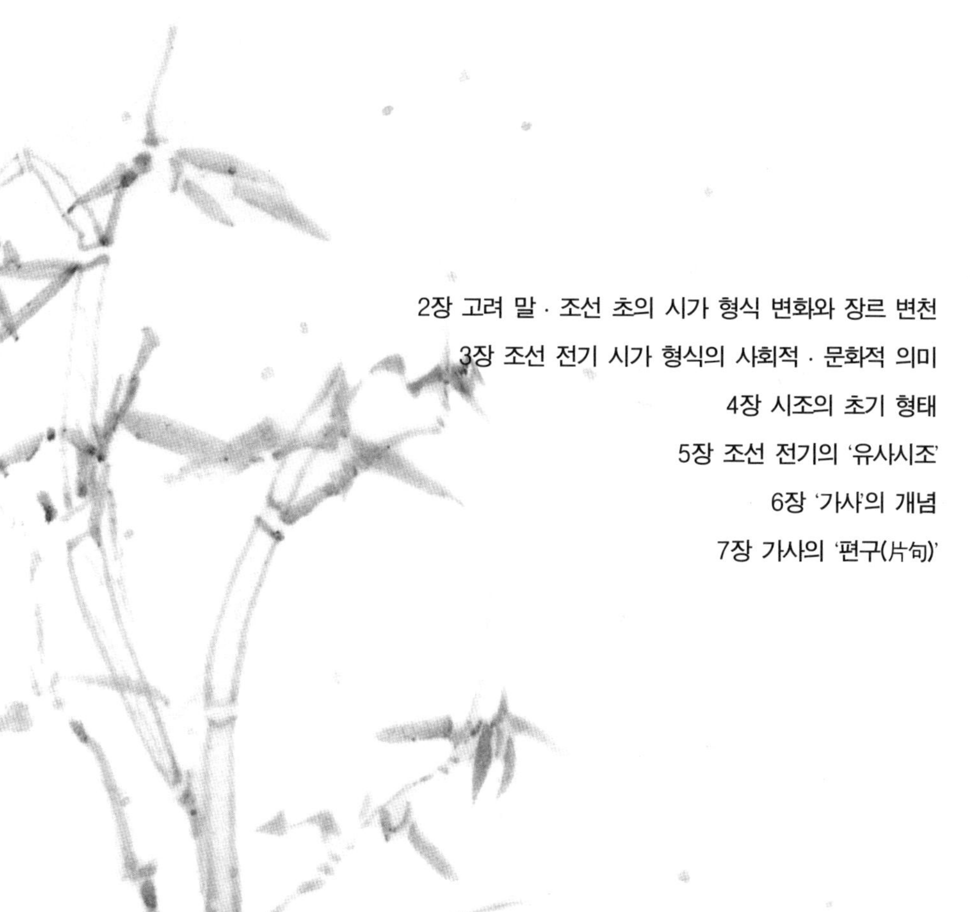

2장

고려 말·조선 초의 시가 형식 변화와 장르 변천

1. 서론

한국시가사에서 고려 말 이래 조선 초에 이르는 동안은 주목할 만한 변화와 변천이 이루어진 시기였다.

고려 후기 특히 13세기 후반 무렵부터 본격적으로 중앙에 진출한 향촌 출신 세력들은 신흥사대부층을 형성하였다. 이 신흥 세력은 새로 유입되기 시작한 성리학을 적극 수용하면서 점차 집권세력인 권문세족들(문신귀족층)과는 이념과 이해관계를 달리하게 되었고, 권문세족 중심의 구질서를 타파하기 위해 일련의 사회개혁운동을 추진하였다. 그리고 그 일부가 북방 출신 무인들과 손잡고 1392년에 고려왕조를 넘어뜨리고 새 왕조를 세우게 되었다.[1]

이들 신흥사대부들은 조선왕조의 집권층을 이루어, 고려시대가 남긴 문화유산을 일단 이어받으면서도 그것을 청산하고 새로운 조선적 문화를 건설하고자 노력하였다. 이러한 노력이 성종대(成宗代; 1469~1494)에 들어서 결실을 거두어, '유학을 지도이념으로 하는 양반관료사회'로서의 조선 사회

---

1) 韓永愚, 『朝鮮前期 社會思想硏究』(지식산업사, 1983), 9~10면 참조.

의 통치체제와 그 기반으로서의 제반 제도 문물이 확립되었다. 그리고 이러한 15세기의 모색과 확립을 기반으로 하여 16세기에는 성숙된 유학적 이념과 교양을 바탕으로 한 양반 사대부들의 문화가 활짝 펼쳐지게 되었다.

이와 같은 변화는 시가에서도 나타나서, 고려시대 시가의 양식들이 청산되고 새로운 조선적 시가 장르들인 시조와 가사가 이 무렵에 형성되어 발달해 나가게 되었다.

이 글은 이러한 변화·변천을 뚜렷이 보인 15세기에 이루어진 시가 형식 변화와 장르 변천의 주요한 양상들을 체계적으로 살펴보고자 하는 것이다.

먼저, 고려 말에서 조선 초에 이르는 동안에 이루어진 시가 형식의 변화와 그 요인 및 성격을 살펴보겠는데, 형식 변화는 시편(詩篇) 구성 면과 율격 면을 중심으로 하게 될 것이고, 초점이 맞추어지는 시기는 변화가 가장 많이 이루어진 15세기가 될 것이다. 다음에는, 그 동안에 이루어진 시가 장르의 변천상을 살피겠는데, 고려 후기의 시가 유형들이 조선 초에 들어서 변천된 양상과 새로운 장르들인 시조와 가사가 형성되고 발달해 간 과정을 밝히는 것을 위주로 하겠다.

이러한 고찰에서는 각 시기들의 시가를 비교하는 일이 필요하므로, 고려 후기의 시가 작품들과 15세기 초·중엽의 시가 작품들, 그리고 15세기 말엽 이후의 시가 작품들의 형식을 비교하여, 주로 그 차이를 통해 변화와 변천의 양상을 살펴보기로 하겠다(현전하는 고려 후기의 시가 작품들과 15세기 초·중엽의 시가 작품들은 대체로 궁중을 중심으로 한 樂章 위주의 작품들임에 비해 15세기 말엽 이후의 시가 작품들은 주로 일반 사대부들의 작품들이어서 담당층과 향수 양상 등에서 서로 이질적인 면을 얼마간 지니기는 하지만, 작품 자료가 제한적인 실정이어서 그러한 차이를 제대로 반영하지 못하는 단선적인 비교가 불가피할 것이다).

필자는 작자에 대해 논란이 많은 작품들은 고찰 대상에서 제외함을 원칙으로 하지만, 고려 후기의 시가는 현전하는 작품들의 수효가 얼마 되지 않기 때문에, 다수의 연구자들이 그 존재를 인정하고 있는 경우에는 부정적인 증거가 뚜렷하지 않는 한 포함시키기로 하겠다.

2. 고려 말·조선 초의 시가 형식 변화

1) 고려 말·조선 초의 시가 형식 변화

(1) 고려 후기 시가의 형식

무신정변(武臣政變; 1170년) 이래의 고려 후기의 시가계는 얼마 남아있지 않은 작품들에서 다기한 유형들과 다양한 형식들을 보여주는데, 이 시대에 지어졌을 것으로 추정되는 작품 18편의 구성형식은 다음과 같다.

> 단련체(單聯體) 4편: 〈이상곡(履霜曲)〉(11~12행); "白雪(백설)이~"(李穡 작, 3행), 〈하여가(何如歌)〉(李芳遠 작, 3행), 〈단심가(丹心歌)〉(鄭夢周 작, 3행)
>
> 연형식(聯形式) 11편: 〈가시리〉(4연), 〈동동(動動)〉(13연), 〈청산별곡(靑山別曲)〉(8연), 〈정석가(鄭石歌)〉(11연 또는 6연), 〈서경별곡(西京別曲)〉(3연); 〈만전춘(滿殿春)〉(6연), 〈후전진작(後殿眞勺)〉(<北殿>; 忠惠王 작, 5연)[2]; 〈쌍화점(雙花店)〉(4연); 〈한림별곡(翰林別曲)〉(8연), 〈관동별곡(關東別曲)〉(安軸 작, 8연), 〈죽계별곡(竹溪別曲)〉(안축 작, 5연)

---

[2] 〈후전진작〉(또는 〈북전〉)은 조선 초에 散逸되었는데, 각기 따로 전하는 시조형의 작품들을 찾아 복원을 시도한 바에 따르면, 전 5연으로 이루어졌고(제5연은 不明), 그 연 구성 양상이 〈만전춘〉과 비슷한 것으로 나타난다. 成昊慶, 「고려시가 後殿眞勺(北殿)의 복원을 위한 모색」, 『국어국문학』 90(국어국문학회, 1983), 재수록: 성호경, 『고려시대 시가 연구』(태학사, 2006), 389~426면 참조.

비연체(非聯體) 3편: 〈처용가(處容歌)〉(45행 내외); 〈승원가(僧元歌)〉(懶翁和
　　尙 釋慧勤 작, 2음보격일 경우 405행, 4음보격일 경우 210행 내외),
　　〈역대전리가(歷代轉理歌)〉(申得淸 작, 2음보격일 경우 183행, 4음보
　　격일 경우 100행 내외)[3]

　이와 같이 고려 후기의 시가에서는 구성 면에서 단련체의 작품들과 비
연체의 작품들도 얼마간 지어졌지만, 연형식으로 된 작품들이 단연 우세
한 것으로 나타난다.
　그리고 율격 면에서는 3음보격이 다소 우세한 가운데(〈가시리〉, 〈동동〉,
〈청산별곡〉, 〈정석가〉, 〈서경별곡〉; 〈쌍화점〉), 3음보 시행과 4음보 시행이 혼
용되거나(〈이상곡〉; 〈처용가〉), 3음보격과 4음보격(또는 2음보격)이 함께 나타
나기도 했고(〈한림별곡〉, 〈관동별곡〉, 〈죽계별곡〉), 4음보격 또는 2음보격의
율격으로 이루어지기도 했다(〈만전춘〉; 〈승원가〉, 〈역대전리가〉; "白雪이~",
〈단심가〉, 〈하여가〉).[4]

---

3) 〈승원가〉는 19세기에 지어진 작자 미상의 〈自責歌〉("원아는 금유차일 사바세계 남섬
　부주~")의 이본이라고 하지만(姜銓燮, 「傳懶翁和尙作 歌辭 四篇에 대하여」, 『한국언어
　문학』 23, 한국언어문학회, 1984, 재수록: 강전섭, 『韓國詩歌文學硏究』, 대왕사, 1986,
　82~100면), 이두식 표기로 전한다는 점 등에서 여전히 많은 사람들이 이를 나옹화상
　의 작으로 인정하고 있으므로, 일단 그의 작으로 보아두겠다. 그리고 마찬가지로 이두
　식 표기로 전하는 〈역대전리가〉도 僞作일 가능성이 적지 않지만, 〈승원가〉와 함께 가
　사형으로 채 확립되지 못한 전단계 양식('前歌辭型')의 작품으로 일단 인정하기로 한다
　(그러나 논란이 많은 〈西往歌〉·〈樂道歌〉 등 나옹화상이 지었다는 다른 작품들은, 이
　를 인정하는 견해들에 비해 후대의 僞作 또는 假托으로 보는 견해가 더 합리적인 것으
　로 판단되므로, 인정하지 않겠다. 같은 글, 70~82면 참조).
　　이 두 작품에서는 4음보격으로 율독할 경우에 의미 면에서 호응하지 않는 사례가
　적지 않으므로(특히 〈역대전리가〉에 많음), 그 율격을 2음보격으로 보는 편이 적합할
　것으로 판단된다.
4) "白雪이~"·〈하여가〉·〈단심가〉는 『梁琴新譜』·珍本 『靑丘永言』 등 17세기 이후의 문
　헌들에 '4음보격 3행'인 시조형의 모습으로 실려 있는데, 그 작품들이 지어진 14세기
　말에는 그 율격이 어떠했는지 잘 알 수 없다.

(2) 조선 초의 시가 형식 변화

조선왕조 개창(1392년) 이래 15세기 말엽인 성종대 무렵에 이르기까지의 시가계에서는 전대로부터 물려받은 경기체가를 제외하고는 여러 작품들이 일정한 양식의 틀을 확립시키지 못한 채 다양한 양상으로 나타났다.

이 동안에 지어진 작품 33편의 구성을 살펴보면 다음과 같다.

> 단련체 4편: 〈신도가(新都歌)〉(鄭道傳 작, 7~8행), 〈불우헌가(不憂軒歌)〉(丁克仁 작, 7~8행; 이상 漢詩懸吐體); "오ᄂ리~"(〈慢大葉〉, 3행), "이시렴~"(成宗 작, 3행; 이상 國語體)[5]

> 연형식 24편: 〈용비어천가(龍飛御天歌)〉(安止·權踶·鄭麟趾 작, 125연), 〈월인천강지곡(月印千江之曲)〉(世宗 작, 현존 194연), 〈유림가(儒林歌)〉(6연), 〈감군은(感君恩)〉(4연; 이상 국어체); 〈문덕곡(文德曲)〉(정도전 작, 4연), 〈납씨가(納氏歌)〉(정도전 작, 4연), 〈정동방곡(靖東方曲)〉(정도전 작, 5연), 〈경근곡(敬勤曲)〉(9연), 〈횡살문(橫殺門)〉(15연; 이상 한시현토체); 〈상대별곡(霜臺別曲)〉(權近 작, 5연), 〈구월산별곡(九月山別曲)〉(柳穎 작, 4연), 〈화산별곡(華山別曲)〉(卞季良 작, 8연), 〈가성덕(歌聖德)〉(禮曹 작, 6연), 〈축성수(祝聖壽)〉(예조 작, 10연), 〈오륜가(五倫歌)〉(6연), 〈서방가(西方歌)〉(釋義相 작, 10연), 〈연형제곡(宴兄弟曲)〉(5연), 〈미타찬(彌陀讚)〉(釋己和 작, 10연), 〈안양찬(安養讚)〉(석기화 작, 10연), 〈미타경찬(彌陀經讚)〉(석기화 작, 10연), 〈기우목동가(騎牛牧童歌)〉(釋智불 작, 6연), 〈불우헌곡(不憂軒

---

5) 진본 『청구영언』과 『海東歌謠』에는 15세기의 시조 작품으로 孟思誠·金宗瑞·成三問·朴彭年·王邦衍·南怡 등이 지었다는 작품들도 들었지만, 그 작품들은 본디 시조형을 갖추지 못하던 것이 후대에 들어 시조형으로 변모되었거나 또는 후대인들에 의한 위작 또는 가탁일 가능성이 적지 않을 것으로 추정되므로 제외하였다. 성호경, 「16세기 국어시가의 연구」(문학박사학위논문, 서울대학교, 1986), 재수록: 성호경, 『朝鮮前期詩歌論』(새문사, 1988), 31~32면 참조.

曲)〉(정극인 작, 7연), 〈금성별곡(錦城別曲)〉(朴成乾 작, 6연), 〈배천
곡(配天曲)〉(예조 작, 3연; 이상 景幾體歌)
비연체 5편: 〈봉황음(鳳凰吟)〉(尹淮 작, 30행 내외), 〈북전(北殿)〉(任元濬·
成俔 등 작, 15행 내외), 〈관음찬(觀音讚)〉(25행 내외), 〈능엄찬(楞嚴
讚)〉(15행 내외?; 이상 한시현토체); 〈매창월가(梅窓月歌)〉(李仁亨 작,
19행; 국어체)

고려 후기에 성행했던 연형식은 이 시기에도 성행하여, 대다수의 작품
들이 연형식으로 이루어졌다. 그리고 율격 면에서 15세기 초·중엽까지의
시가 작품들에서는 2음보(또는 4음보)로 된 시행과 3음보로 된 시행이 함께
쓰이거나 또는 3음보 시행이 중심이 되어 있다.

다음은 14세기 말엽(1394년)의 작품인데, 율독(律讀)에 어려움이 없지는
않지만, 3음보로 된 시행과 4음보(또는 2음보)로 된 시행들이 함께 쓰였음
을 볼 수 있다.

네는 楊州ㅣ 쇼올히여
디위예 新都形勝이샷다
開國聖王이 聖代를 니르어샷다
잣다온뎌 當今景 잣다온뎌
聖壽萬年ᄒ샤 萬民의 咸樂이샷다
아으 다롱디리
알픈 漢江水여 뒤흔 三角山이여
德重ᄒ신 江山 즈으메 萬歲를 누리쇼셔 [鄭道傳 작 〈新都歌〉]

15세기 중엽의 〈용비어천가〉(1445년)와 〈월인천강지곡〉(1447년)에서의
율격도 일정한 방식으로 통일되지 않아서 2음보(또는 4음보)로 된 시행과 3
음보로 된 시행이 함께 나타난다.

海東 六龍이 ᄂᆞᄅᆞ샤/ 일마다 天福이시니/ 古聖이 同符ᄒᆞ시니 [〈龍飛御
天歌〉 1]

太子ᄅᆞᆯ 하ᄂᆞᆯ히 글히샤/ ᄆᆞᆮ ᄠᅳ디 일어시ᄂᆞᆯ/ 聖孫ᄋᆞᆯ 내시니이다
世子ᄅᆞᆯ 하ᄂᆞᆯ히 글히샤/ 帝命이 ᄂᆞ리어시ᄂᆞᆯ/ 聖子ᄅᆞᆯ 내시니이다 [8]

拯民을 爲커시니/ 攻戰에 ᄃᆞ니샤/ 不進饍이 현ᄢᅵ신ᄃᆞᆯ 알리
南北珍羞와 流霞玉食 바ᄃᆞ샤/ 이 ᄠᅳ들 닛디 마ᄅᆞ쇼셔 [123]

巍巍 釋迦佛 無量無邊 功德을/ 劫劫에 어느 다 ᄉᆞᆯᄫᆞ리 [世宗 작 〈月印
千江之曲〉 1]

世尊 오샤ᄆᆞᆯ 아ᅌᆞᆸ고/ 소사 뵈ᅀᆞᄫᆞ니/ 녯 ᄠᅳ들 고티라 ᄒᆞ시니 [29]

迦葉의 됴ᄒᆞᆫ ᄠᅳᆮ 아라/ 虛空이 말로 들이니/ 竹園ㅅ 길흘 卽時에 向ᄒᆞ
니 [147]

이렇듯 3음보격의 율격이 잔존한 현상은 15세기 말엽(1472년)의 〈불우헌
가〉에서도 나타난다.

浮雲似 宦海上애/ 事不如心ᄒᆞᆫ 이 하고만코 ᄒᆞ니이다
뵈고시라 不憂軒翁 뵈고시라/ 時致 惠養ᄒᆞ신 口之於味 뵈고시라/ ······

그리고 이러한 양상은 한시현토체로 된 시가 작품들의 경우에도 거의
마찬가지일 것으로 여겨진다.

山河千里國에 佳氣鬱葱葱ᄒᆞ샷다

金殿九重에 明日月ᄒ시니/ 群臣千載예 會龍雲이샷다

熙熙庶俗은 春臺上이어늘/ 濟濟群生은 壽域中이샷다

高厚無私ᄒ샤 美旣臻ᄒ시니/ 祝堯皆是 大平人이샷다

熾而昌ᄒ시니/ 禮樂光華ㅣ 邁漢唐이샷다

　　……(이하 생략)……　　　　　　[尹淮 작 〈鳳凰吟〉, 1419~1486년 사이]

世界衆生이 迷失本覺 隨波逐浪이어를

如來哀憫ᄒ샤 始修行路ㅣ 無非一大師ㅣ시니

阿難尊者ㅣ 眞慈方便으로 副爲末學이어시늘

觀世音圓通을 文殊ㅣ 獨善이샷다.

　　……(이하 생략)……　　　　　　[〈楞嚴讚〉, 연대 미상]

　이처럼 15세기 초·중엽까지는 고려시대에 성행한 3음보격 율격과 고려 말에 부각된 것으로 여겨지는 2음보 또는 4음보가 함께 쓰이고 있었는데, 성종대인 15세기 말엽 무렵에 들어서 4음보격의 율격이 뚜렷이 확립되는 양상을 보이게 되었다.[6]

　　이시렴∨브듸 갈다　아니 가든∨못손냐

　　므더니∨솔터랴　남의 권을∨드런는다

　　그려도∨하 애닯고나　가는 뜻을∨일너라

　　　　　　　　　[成宗 작, 1494년(車天輅, 「五山說林草藁」)]

　이 무렵에 4음보격 율격이 확립된 데에는 고려 말 이래의 시가들에서

---

6) 고려 후기의 〈만전춘〉에서도 4음보격의 율격이 나타났지만, 그 여러 부분들에서 율독의 어려움이 나타나는 등(특히 각 연의 끝 행) 정연한 4음보격을 갖추지는 못한 것으로 보인다.

적지 않게 나타난 2음보로 된 시행 둘이 합쳐져서 하나의 시행이 되는 '시행 통합'을 통해 4음보격을 이루게 된 면도 없지 않았고, 고려시대 시가에서 두드러진 3음보 시행에서 제2음보와 제3음보가 하나의 음보로 축약됨으로써 2음보 시행을 이루는 '음보 축약'에다, 그 시행들이 둘씩 묶여 하나의 시행으로 통합되는 과정을 거쳐서 이루어진 면도 있었을 것이다(〈청산별곡〉과 〈경근곡〉·〈횡살문〉 등 한시현토체 시가 일부에서 이러한 면이 두드러짐).[7]

이후 16세기의 시가계는 15세기 말엽 무렵에 4음보격 율격이 확립됨에 따라 '4음보격 3행'과 '4음보격 연속체'로 그 시형들이 확립된 시조와 가사의 양 장르를 주축으로 하여 이루어졌고, 경기체가도 그 중엽 무렵부터 3음보격으로 된 전절(前節)을 탈락시키고 4음보격으로 된 후절(後節)만으로 이루어지거나 또는 그 후절이 장형화되는 변혁을 보이면서 그 말엽까지는 명맥을 이어갔다(周世鵬 작 〈道東曲〉·〈儼然曲〉·〈太平曲〉·〈六賢歌〉, 權好文 작 〈獨樂八曲〉). 이 밖에 16세기 중·말엽부터는 이장(李璋)의 〈이장 장가(李璋長歌)〉("鄭光弼 細筆奴~"; 9행, 1532년), 정철(鄭澈; 1536~1593)의 "심의산~"(4행)·〈장진주사(將進酒辭)〉(10행) 등 일정한 정형을 갖추지 못한 별양(別樣)의 시가 작품들이 간간이 나타나기도 했다.[8]

이러한 16세기 시가의 형식에서는 '4음보격 율격의 성행'과 '연형식의 퇴조(退潮)'가 두드러졌다.

이에 고려 말에서 조선 초에 이르는 동안에 나타난 시가 형식의 변하는 '4음보격 율격의 확립 및 성행'과 '연형식의 퇴조'의 두 가지로 특징지을 수 있고, 그러한 변화의 과정에서 나타난 '15세기 시가의 형태적 다양성과 유동성'도 주목된다고 하겠다.

---

7) 성호경, 「漢詩懸吐體 樂章의 일 고찰」, 『경남대학 논문집』 8(1981), 168~170면 참조.

8) 이에 대한 자세한 논의는 성호경, 「조선 전기의 類似時調 연구」, 『人文硏究』 11-1(영남대학교 인문과학연구소, 1989), 166~173면(이 책, 131~152면)을 볼 것.

2) 조선 초 시가 형식 변화의 요인과 성격

(1) 15세기 시가의 형태적 다양성과 유동성

15세기 초·중엽의 시가계에서는 율격이나 시편 구성 등의 면에서 일정한 양식적 정형을 갖추지 못한 채 여러 시가 형태들이 다양하게 나타나서 (특히 한시현토체 시가가 집중적으로 나타났음), 얼마 지속되지 못하다가 15세기 말엽 이래 시조와 가사의 홍기에 따라 사라지고 말았다.

이렇게 15세기 초·중엽의 시가가 형태적으로 다양하고 유동적인 양상을 보인 것은, 그 앞 시대인 고려 후기의 시가 양식을 청산하고 15세기 말엽에 이루어진 시조와 가사 시형의 확립을 위한 다양한 모색을 보인 과도기적인 현상으로서 나타나게 된 바일 것이다.

예술사회학에서는 각각의 사회가 독특한 예술적 표현양식들을 지닌다는 가설이 널리 받아들여지며, 그 표현 형식들은 그 사회의 본질 등과 밀접한 관계를 가질 수밖에 없다고 한다.[9] 그리고 일반적으로 문학 형태들의 상대적 안정성과 사회체계들 사이에는 의미 깊은 상호관련이 있다는 점이 명백한데 대부분의 유동적·혁신적·실험적인 형태들은 그 새로운 특질들이 명백히 나타나거나 또는 지배적인 양상을 띤 사회체계들에 속한다고 한다.[10] 이로써 보면, 15세기 초·중엽 시가의 형태적 다양성과 유동적인 양상은 고려 후기적인 사회에서 조선 전기적인 사회로 이행하는 과도기로서의 그 시대의 유동적인 사회체계를 반영하는 것일 가능성도 있다고 할 것이다.

---

9) Milton C. Albrecht, "Art as an Institution," Milton C. Albrecht, James H. Barnett and Mason Griff ed., *The Sociology of Art and Literature*(New York: Praeger Publishers, 1970), p. 17, pp. 29~30.

10) 그리고 사회체계들 사이의 주요한 과도기적 시대들은 통상 근본적으로 새로운 형태들 (결국에는 정착되어 공유케 되는)의 출현에 의해 표시된다고 한다. Raymonds Williams, *Marxism and Literature*, 이일환 역, 『이념과 문학』(문학과지성사, 1982), 228면.

(2) 4음보격 율격의 확립과 성행

15세기 말엽 이래 16세기 동안의 시가 작품들 대다수에서 보이는 4음보격의 율격은 그것이 양식적으로 확립된 시기인 15세기 말엽 무렵과, 그 확립된 양식이 시대양식(period style)·집단양식(group style)으로 발전하고 정비되어 간 시기인 16세기의 사회·문화적 환경과 긴밀한 관련을 지니는 것일 가능성이 높다.

시조와 가사 등에서 나타나는 4음보격의 율격은 각 시행들이 각각 두 개씩의 음보들로 이루어진 전구(前句; 안짝)와 후구(後句; 바깥짝)의 짝짓기(聯句)를 동해서 대칭균형을 이룸으로써 안정감을 보인다는 특성을 지닌다. 조선 전기의 시가 작자는 거의 모두가 양반 사대부들인데, '질서에의 순응'을 지향하는 유교의 성격[11]은 대다수가 유학도로서 유교적 이념·취향을 지녔던 그 작자층으로 하여금 질서·안정을 추구하게 했다. 이러한 점에서, 4음보격 율격의 확립과 성행은 조선 전기 사대부들의 유교적 이념 및 취향과 호응하는 것으로서, 그 작자층의 문화적 특질을 반영하는 것이라고 할 것이다.

그런데 고려 말에 부상한 신흥사대부층의 한 사람으로 조선 초에 유학을 국가의 지도이념으로 확립시킨 정도전(鄭道傳; 1337~1398)이 지은 〈신도가〉·〈문덕곡〉·〈납씨가〉·〈정동방곡〉에서는 4음보격의 율격이 뚜렷이 드러나지 않는다. 그 작품들에서는 3음보 시행과 2음보(또는 4음보) 시행이 함께 쓰이고 있는 것이다. 그리고 이러한 양상은 15세기 중엽의 〈용비어천가〉와 〈월인천강지곡〉 등에서도 마찬가지로 나타난다.

이처럼 다 같이 유교적 이념을 지닌 사대부들에 의해 지어진 시가 작품들이면서도, 15세기 초·중엽까지의 작품들에서는 3음보 시행과 2음보(또는 4음보) 시행이 함께 쓰이는 것이 일반적인 양상임에 비해, 15세기 말엽

---

11) Max Weber, *Konfuzianismus und Taoismus*, 李敦寧 역, 『儒教와 道教』(휘문출판사, 1972), 493~494면 등 참조.

이후의 작품들에서는 4음보격의 율격이 지배적인 것으로 나타나게 된 현상은 그 작자층이 지닌 유교적 이념과 관련된 안정된 질서 추구의 성향에 따른 것이라는 점만으로는 충분히 설명되기 어려울 것이다.

구체적인 역사적 환경 아래서 대다수의 장르들은 한 시대 또는 한 특정한 기간 내에서의 집단양식들 중에서 다수를 차지하는 것과 같은 양식을 지니고자 하는 경향이 높으며, 일반적으로 문학 작품이 시대양식에 부합하면 할수록 그것이 특정한 역사적 상황에 의존하는 정도는 더 커진다고 한다.[12] 그렇다면 안정감을 지니는 4음보격 율격이, 내우외환으로 혼란스럽던 고려 말이 아니라, 15세기 말엽 무렵에 확립되어 시대양식·집단양식으로서 16세기 동안 성행했다는 사실은 곧 성종대에 확립된 조선 전기적 제도와 문물을 기반으로 하여 대체로 안정된 상황 속에서 양반 사대부 중심의 문화를 발전시켜 나간 그 시대 사회체계의 안정성을 반영한 바일 가능성도 있다고 하겠다.[13]

(3) 연형식의 퇴조

16세기의 시가에서는 연형식 구성의 퇴조가 두드러지게 되었는데, 고려 후기와 15세기에 성행한 연형식은 16세기에 들어 경기체가 등 전대 시가의 유산을 계승한 경우 외에는 거의 찾아볼 수 없게 되었다.

연형식의 구조는 음악과 긴밀히 관련되기 때문에, 노래함을 지향하는 시의 제재들은 으레 연을 형성하게 된다.[14] 궁중악가로 많이 쓰인 고려 후기와 15세기의 시가 작품들에 연형식이 많은 것도 바로 '노래함'과의 밀접

---

12) Fritz Martini, "Personal Style and Period Style," Joseph Strelka ed., *Patterns of Literary Style*(University Park, Pennsylvania: Pennsylvania State University, 1971), pp. 95~96.

13) 집단적인 성격을 띤 대부분의 안정된 문학 형태들은 역시 비교적 집단적이고 안정되었다고 특징지을 수 있는 사회체계에 속한다고 한다. Raymonds Williams 저, 이일환 역, 앞의 책, 228면.

14) Paul Fussell, *Poetic Meter and Poetic Form*(Revised edition, New York: Random House, 1979), p. 110.

한 관계에서 연유한 바가 클 것이다. 그러므로 16세기의 시가에서 연형식이 퇴조하게 된 것은 곧 그 시대의 시가인 시조와 가사가 전대의 시가에 비해 음악과의 긴밀한 관련으로부터 다소 멀어지게 된 점을 반영한다고 할 수 있을 것이다.

15세기의 악장시가들은 그 음악으로 대체로 고려의 향악곡(鄕樂曲) 등의 선율을 차용해 썼는데,[15] 조선 전기에 연주되었던 고려의 향악곡들이 차츰 하향길을 걷게 됨에 따라서, 고려 향악곡에서 발견되는 확대형식·유절형식(有節形式)·변주형식은 조선 전기에 더 이상 새로운 방향으로 발전되지 못했던 것으로 보인나고 한다.[16] 그러니까 유절형식의 악곡을 주로 취하는 연형식 시가의 존립기반이 쇠퇴하게 되었던 것이다.

그러다가 '만대엽(慢大葉)'이라는 5장(章; 旨)형의 새로운 형태의 성악곡이 나타났는데(고려시대 향악곡의 하나인 '鄭瓜亭'의 三機曲에서 유래되었다고 함), 그 형성시기는 세조대(1455~1468) 무렵으로 추정된다(世祖代의 악보들을 실었다고 하는 『大樂後譜』에 실려 있음). 이처럼 15세기 중엽 무렵에 만대엽 악곡이 생겨나 성행하게 되면서부터 이를 음악적 기반으로 하여 시조의 발생과 발달이 촉진될 수 있었을 것이지만,[17] 16세기 초·중엽까지의 시조 작품들은 대체로 그 악곡에 맞추기보다는 악곡의 엄격한 규제를 받지 않는 도가(徒歌; '가락 맞추기')의 방식으로 가창되었을 가능성이 높으며, 노래로 불리지 않은 작품들도 상당수 있었을 것으로 추정된다.[18]

---

15) 宋芳松, 『韓國音樂通史』(일조각, 1984), 249면 등.

16) 같은 책, 316면.

17) 權斗煥, 「時調의 發生과 起源」, 『冠嶽語文硏究』 18(서울대학교 국어국문학과, 1993), 27~45면에서 이에 대한 폭넓은 논의가 이루어졌다(만대엽이 가곡 창법으로 시조를 얹어 부르는 악곡이 된 것이 넓게 보아 14세기에서 16세기 초반에 이르는 어떤 시기라고 보았음).

18) 이에 대한 자세한 논의는 성호경, 『조선전기시가론』, 53~75면을 볼 것.
　　그런데 이러한 양상은 16세기 말엽 이래 적지 않게 달라졌다. 그 무렵에는 시조와 그 시형이 널리 보급된 데다, 이에 발맞추어 음악에서도 시조 작품 등을 얹어 부를 수 있는 악곡의 레퍼토리가 풍부하게 되었던 것이다. 北殿調(3旨式)에서는 큰 변동이 없었

음악과의 친연성·유사성이 적고 노래함에 대한 지향이 약한 비연체[19]
의 가사 작품들은 상당수가 노래로 불리지 않았을 것으로 판단된다.[20]

3. 고려 후기 시가 유형의 변천과 시조·가사의 형성

1) 고려 후기 시가의 유형과 그 변천

체계적인 고찰을 위하여, 시가를 시편의 크기(size, magnitude)에 따라 단편
시가(短篇詩歌)·중편시가(中篇詩歌)·장편시가(長篇詩歌)의 세 부문으로 나누
어서,[21] 그 속에서 고려 후기의 각 시가 유형(장르)들이 지닌 시상 및 시형

지만 大葉調(5章式)에서 적지 않은 변동이 생겼는데, 만대엽이 퇴조하고 中大葉이 발달
하게 되었으며, 數大葉이 나오게 되었고, 이들에서 여러 곡들이 파생되기 시작했다. 이
에 따라 시조의 가창도 활기를 띠게 되었을 것으로 보인다(이에 대한 자세한 논의는
성호경, 「조선 전기의 '유사시조' 연구」, 191~192면; 이 책, 159~161면을 볼 것).

19) Robert J. Getty, "Stich(os)," Alex Preminger, Frank J. Warnke and O. B. Hardison Jr.
ed., *Princeton Encyclopedia of Poetry and Poetics*(Enlarged edition, London: Macmillan
Press, 1975), p. 810 참조.

20) 가사 작품을 가창하기 위해서는 '三腔八葉' 등의 음악적 장치를 덧붙이거나(A), 또는
따로 악곡을 짓거나(B-1) 다른 작품의 곡에다 얹어야 했는데(B-2), A의 경우는 楊士彦
이 許橿 작 〈西湖詞〉를 33節로 만들고 '三腔八葉'을 붙여 〈西湖別曲〉으로 노래하게 한
것 외에는 뚜렷한 사례를 찾기 어려우며, B-1과 B-2의 경우는 현전하는 악곡이 없는
데다, B-1은 저명한 몇몇 작품들에 국한되었을 것이고, 그것도 작품 전편이 아니라 그
일부분에 한정되어 이루어졌을(部分唱) 가능성이 적지 않을 것으로 판단된다.

21) 문학의 種 곧 역사적 장르(historical genre)는 '어떤 뚜렷한 외적 구조를 항상 포함하는
실재적이고 형식적인 모습들의 복합에 의해 특징지어지는 일정한 크기의 문학작품의
한 유형'으로, 모든 역사적 장르들은 반드시 특유한 크기를 지닌다고 한다(Alastair
Fowler, *Kinds of Literature*, Cambridge, Massachusetts: Harvard University Press, 1982,
pp. 60~64, p. 74 참조).
크기는 문학 작품에 대한 지각과 관련되는 기억의 한계에 의해 결정되는 것이면서,
또한 예술적 통일체로서의 작품 전체와 그 부분들 간의 역학적 관계를 반영하는 것이
기도 하여(Elder Olson, "An Outline of Poetic Theory," R. S. Crane ed., *Critics and*

식의 특성을 살피고, 그 형성 및 발달과 변천 양상을 살펴보겠다.

(1) 단편시가 부문

3~6행 정도의 크기로 이루어진 단편시가로서 고려 후기에 발달한 유형으로는 단련체로 된 "白雪(백설)이~"·〈하여가〉·〈단심가〉 등의 유형('前時調型')이 있었다. 이 유형은 고려 전기의 토착 시가양식의 〈정읍(井邑)〉·〈사모곡(思母曲)〉 유형이 쇠퇴한 뒤, 14세기 후반 무렵부터 그 양식을 변형 계승하여 형성되었을 것으로 추정되는데, 그 매우 짧은 시편 속에서 단편적이고 순간적인 정시적 체험을 응축적·집약적으로 표현하였다.

그리고 단편시가의 구성방식 면에서의 속성과 이 유형의 양식이 지닌 매우 짧은 시편 크기 때문에 시상을 제대로 다 표현할 수 없는 경우에는 동일한 주제나 제재의 범주를 지니는 몇 개의 작품들로써 한 편의 작품을 이루는 현상을 보일 수도 있다는 점에서, 이 유형은 연형식 중편시가의 유형들과 서로 넘나들 수도 있었다고 할 것이다.

이 유형의 양식은 15세기에 들어 〈경근곡〉·〈횡살문〉 등의 일부 연형식 한시현토체 악장시가의 각 연들에 계승되었다가, 15세기 말엽에는 그 양식을 기반으로 한 '4음보격 3행'으로서의 시조형이 형성되었다.

Criticism, Chicago: University of Chicago Press, 1952, p. 559), 작품의 형상화와 존재방식에서 매우 중요한 구실을 하는 요소이다. 그러므로 시가 장르들을 시편의 크기에 따라 분류할 수 있을 터인데, 그 크기는 일반적으로 단편(short)·중편(medium)·장편(long)의 세 가지로 크게 구분된다. 19세기까지는 우리나라에서의 시가 분류도 시편의 크기에 따른 경향이 두드러졌다(현저한 예로서, 丁克仁은 자신이 지은 〈不憂軒歌〉와 경기체가 〈不憂軒曲〉을 '短歌'와 '長歌'로 나누었고, 李賢輔도 두 종류의 〈漁父歌〉를 이와 같이 나누었으며, 李睟光은 『芝峯類說』 권14 「文章部7」에서 시조를 제외한 여러 시가 작품들을 '長歌'로 분류하였음). 이처럼 시편의 크기는 시 작품의 형상화에서 중요한 구실을 하는 데다, 오랫동안 시 분류에서 가장 널리 쓰이던 기준의 하나라는 점에서, 시가 장르들의 계통 등을 체계적으로 살피기 위한 틀을 마련함에 매우 유력한 요소가 될 수 있을 것이다.

(2) 중편시가 부문

① 단련체 중편시가

단련체 시가 가운데서도 10행 내외의 크기로 된 작품들은 단편시가와는 비교적 뚜렷이 구별되어 중편시가의 일종으로 볼 수 있을 것이다. 단련체 중편시가에 속하는 작품들은 단편적·순간적인 정서적 체험의 표현이라는 면을 적지 않게 드러내면서도, 또한 단련체 단편시가보다는 큰 시편 속에서 대상에 관한 지식을 제한적이나마 지속적으로 서술하는 면을 함께 보일 수 있다(이러한 면에서 단련체 중편시가는 단련체 단편시가와 비연체의 장편시가를 절충한 중간적인 성격을 적지 않게 지닌다고 할 수 있음).

고려 후기에는 〈정과정〉 양식을 계승한 〈이상곡〉 유형이 있었는데, 이 유형의 양식(3음보와 4음보 혼용의 11행 내외)은 선행한 토착 시가양식인 신라시대 이래 10세기 중엽까지의 10구체 향가의 양식(2음보격의 10행 내외)을 변형 계승하여 12세기 무렵에 형성되었다.

이 유형의 양식은 이후 "白雪이~"·〈하여가〉·〈단심가〉 유형('전시조형')의 양식이 형성되고 시조형으로 확립되어 성행하게 된 상황 속에서 율격 등의 변천을 겪으면서도 조선 후기까지 명맥을 이어갔는데, 이는 매우 짧은 시편으로 된 전시조형이나 시조로써는 제대로 충족시킬 수 없는 시적 요구의 일면에 부응할 수 있었기 때문일 것이다. 15세기의 〈신도가〉(7~8행)·〈불우헌가〉(7~8행), 16세기의 〈이장 장가〉(9행)·〈장진주사〉(10행)·〈안인수가(安仁壽歌)〉("어와 셜온지고~"; 9행, 안인수 작), 그리고 조선 후기의 일부 사설시조 작품들(10행 내외) 등에서 그 양식을 변형 계승한 양상을 보여준다.

② 연형식 중편시가

둘 이상의 연(聯)들이 모여 작품을 이루는 연형식에서 그 각 연들은 대체로 단련체 단편시가와 비슷한 성격을 지니기 때문에, 연형식의 구성은 응축되고 엄밀히 제한된 정서나 논의의 경우들에 가장 적합하다고 한다. 그러면서도 그 구성에서는 둘 이상의 연들을 통해 두 갈래 이상의 체험(행동이나 관념)을 표현할 수 있게 된다. 연형식 구성의 본질은 동일한 크기와 형상을 가진 패턴의 규칙적 반복에 있다.[22]

고려시대 시가 가운데는 ⓐ〈유구곡(維鳩曲)〉·〈상저가(相杵歌)〉 유형(민요형; 2음보격 및 4음보격의 4행체), ⓑ〈가시리〉·〈동동〉·〈청산별곡〉·〈정석가〉(및〈서경별곡〉) 유형(3음보격, 규칙적인 연 구성), ⓒ〈쌍화점〉 유형(3음보격, 각 연 '전절+후절' 구성), ⓓ〈한림별곡〉·〈관동별곡〉·〈죽계별곡〉 유형(경기체가; 각 연 '전절+후절' 구성, 전절 3음보격, 후절 2음보격 또는 4음보격), ⓔ〈만전춘〉·〈후전진작〉 유형(4음보격, 불규칙적인 연형식)이 이러한 연형식 중편시가에 속하는데, 고려 후기의 유형으로는 ⓑ유형, ⓒ유형, ⓓ유형, ⓔ유형이 있다(고려 후기에는 민요형의 ⓐ유형으로 된 작품이 남아있지 않지만, 그 각 연 4행체의 연형식은 어느 시대에나 존재하는 양식이므로 고려 후기에도 존재했을 것임).

고려 후기의 연형식 시가 가운데 가장 많은 작품들이 속하는 ⓑ유형의 작품들은 3음보격의 율격과 각 연들의 시행구성이 비교적 일정한 양상을 보이는데(연형식 시가의 전형적인 양상에 가까운 이러한 양식은 음악과의 친연성이 매우 높음), 그 양식은 토착 시가양식인 ⓐ유형의 양식을 바탕으로 하여 고려 후기에 형성되었을 것으로 추정된다. 이 유형의 양식은 15세기 중엽 무렵까지는 〈감군은〉·〈문덕곡〉·〈납씨가〉·〈정동방곡〉·〈경근곡〉·〈횡살문〉 등의 여러 작품들에 변형 계승되어 성행했으나, 그 뒤로는 거의 나타나지 않게 되었다.

ⓒ유형(〈쌍화점〉)과 ⓓ유형(경기체가)의 작품들은 각 연 내에서 '전절+후절'의 결합 양상을 보이는데, 이는 ⓑ유형의 양식에서 파생되어 13세기 후반 이후에 형성되었을 것으로 추정된다(그 '전절+후절' 결합은 元代의 중국에서 성행한 散曲 중의 帶過曲 등의 영향을 받았을 가능성이 있음). ⓒ유형의 양식은 이후에 계승된 자취를 뚜렷이 찾기 어렵지만(15세기 초·중엽의 〈유림가〉

---

22) Paul Fussell, *op. cit.*, p. 110 참조.

가 그 양식을 변형 계승했을 가능성이 있고, (d)유형 양식 형성의 기반이 되었을 가능성도 있음), (d)유형의 양식은 경기체가 장르로 확립되어 15세기에 성행하였는데, 〈한림별곡〉의 형태를 전형으로 하고 다소간의 신축성을 보이기는 하였으나 거의 그대로 계승되다가, 15세기 중엽 무렵부터 변화를 보이기 시작했고, 16세기에 중엽 이후 전절을 탈락시키고 후절만이 남거나 그 후절이 다시 장형화하는 등 커다란 변혁을 보이며 명맥을 이어가다가, 그 말엽에 소멸되었다.

연형식 작품들의 대다수는 첫 연의 형식을 제2연 이하에서 거의 그대로 반복하지만, 종종 불균등한 연들로 이루어지는 불규칙적인 연 구성 등의 변화를 보이기도 하며, 종결부에서의 변형을 보이기도 한다. 고려 후기의 시가에서도 일부 연형식 작품들은 서로 다른 형식의 연들로 이루어져 있는데, (e)유형의 작품들에 이러한 면이 뚜렷이 나타난다.

(e)유형(〈만전춘〉, 〈후전진작〉)의 양식(불규칙적인 연형식, 4음보격)도 (b)유형의 양식에서 파생되었을 것인데, 13세기 말엽 이후에 이루어졌을 것으로 판단된다. 이 유형의 양식은 이후 15세기에 〈봉황음〉·〈북전〉(개찬가) 등 장형(長形)의 한시현토체 악장시가 일부에 계승되었지만, 연형식을 벗어나서 비연체로 바뀐 모습으로 나타났다.

(3) 장편시가 부문

장편시가는 체계적이거나 광범위한 시상(대상의 특성, 보편적인 진리 등)의 표현·전달에 적합하며, 대체로 비연체의 구성을 취한다. 고려시대의 시가 가운데는 〈처용가〉 유형과 〈승원가〉·〈역대전리가〉 유형('前歌辭型')이 이러한 비연체 장편시가에 속하는데, 두 유형 모두 고려 후기에 나타났다.

〈처용가〉 유형의 양식(3음보와 4음보 혼용의 연속체)은 13세기 말엽 무렵에 새롭게 형성되었을 것으로 추정되는데, 이 유형의 양식은 이후 계승된 자취를 뚜렷이 찾아볼 수 없다. 이는 이 유형의 양식이 지닌 일정한 율격 및 구성방식으로 확립되지 못한 점[23] 등의 한계 때문에 비연체 장편시가에 대한 시가계의 요구가 〈승원가〉·〈역대전리가〉 유형이나 그 양식을 기반으로 하여 형성된 가사 장르로 쏠리게 되었기 때문이거나, 또는 〈처용가〉가 특수한 작품(儺禮 등의 의식에서 쓰인 巫歌)이었기 때문일 것으로 추정된다.

〈승원가〉·〈역대전리가〉 유형('전가사형')의 양식(2음보격 또는 4음보격의 연속체)은 그 이전의 어떤 토착 시가양식을 계승하였거나 또는 그것을 기반으로 하여 14세기 중엽 무렵에 형성된 것으로 추정된다. 이 유형의 양식을 기반으로 하여 15세기 말엽에 '4음보격 연속체'로서의 가사형이 형성되었을 것이다.[24)]

2) 시조와 가사의 형성

(1) 시조

시조의 발생시기를 1920년대에는 작자 고증이 부실한 육당본(六堂本) 『청구영언(靑丘永言)』 등의 기록에 따라 삼국시대로 보았으나, 1930년대에 들어서는 향가와 고려시대 시가의 소개와 연구의 진척 등에 따라 고려 초로 늦추어 잡게 되었다.

그러다가 조윤제가 '고려 중기 발생, 고려 말엽 형태 완성'이라는 견해를 내놓았는데,[25)] 이는 이후의 대다수 연구자들에게 널리 받아들여지게 되었다. 그러나 이 견해는 뚜렷한 논거 제시가 없는 막연한 추정의 성격을 벗어

---

23) 15세기에 〈처용가〉를 개찬한 작품은 비연체의 〈봉황음〉이지만, 그 음악으로 연형식 작품인 〈만전춘〉의 악곡을 그대로 썼다는 점에서, 〈처용가〉 유형의 구성방식과 〈만전춘〉·〈후전진작〉 유형의 구성방식 사이에 서로 넘나들 수 있는 중요한 공통기반이 있었다고 할 것이고, 이처럼 연형식 시가 유형의 구성방식과 준별되지 않는다는 점에서, 〈처용가〉 유형의 구성방식은 확립되지 않았다고 할 수 있을 것이다.

24) 이상은 성호경, 「고려 후기 시가의 계통과 형성과정 고찰」, 『韓國文化』 37(서울대학교 규장각한국학연구원, 2006), 재수록: 성호경, 『고려시대 시가 연구』, 344~352면에서의 논의를 정리한 것임.

25) 趙潤濟, 『朝鮮詩歌史綱』(東光堂書店, 1937), 120면.

나지 못한 것인 데다 '시조(時調)'라는 말을 충렬왕대(1274~1308)의 '신조(新調)·시조(詩調)'[26] 등과 함께 고유어의 차자표기(借字表記)로 잘못 이해한 바를 주요 기반으로 하여 이루어진 것이다.[27]

이에 대해, 시조가 조선시대에 들어서 발생했을 것이라는 견해들도 1950년대 이후 간간이 나타났다.[28]

시조의 발생이란 곧 시조형의 발생을 말하는데, 시조형은 '4음보격 3행'으로 파악된다. 그렇다면 시조의 발생은 '4음보격 3행'의 정형시가가 처음 생겨난 것을 가리킨다고 할 것이다.

앞서 살핀 바처럼, 4음보격의 율격은 15세기 말엽 무렵에 들어서 확립된 것으로 판단된다. 그렇다면 4음보격을 갖춘 시조형도 그 무렵이나 그 이후에 형성되었을 것이다.

15세기 중엽의 작품들로 추측되는 〈경근곡〉·〈횡살문〉 등에서도 이에 가까운 모습을 보이기는 하나 여전히 4음보격의 모습을 갖추지 못하고 있어서, 이를 시조라고 할 수는 없다.

皇天이 眷大東ᄒ샤 聖繼而 神承이어시ᄂᆞᆯ

我后ㅣ 今受之ᄒ시니 王業이 載中興이샷다

萬有千歲ᄅᆞᆯ 享天福ᄒ쇼셔 [〈敬勤曲〉 1(『世祖實錄』 권49, 「樂譜」)]

---

26) "金元祥… 製新調大平曲"(『高麗史』 권125, 列傳38 「金元祥」); "元祥… 製詩調 曰大平曲"(『東國通鑑』 권40, 「忠烈王 22년 7월」).

27) 趙潤濟, 「時調名稱の文獻的硏究」, 『靑丘學叢』 4(靑丘學會, 1931), 재수록: 최철·설성경 편, 『시가의 연구』(정음사, 1984), 267~268면.
　그 뒤 조윤제, 『한국문학사』(동국문화사, 1963), 100~101면에서는 그 오해를 자인하였다.

28) 李能雨, 『理解를 위한 李朝時調史』(이문당, 1956), 9~10면; 김수업, 「시조의 발생시기에 대하여」, 趙奎卨·朴喆熙 편, 『時調論』(일조각, 1978), 3~26면; 강전섭, 「丹心歌와 何如歌의 溯源的 연구」, 『東方學志』 35(연세대학교 국학연구원, 1982), 재수록: 강전섭, 앞의 책, 26면; 성호경, 「16세기 국어시가의 연구」, 25~35면; 권두환, 앞의 글, 21~45면 등.

錦城絲管이 日紛紛ᄒ니　半入江風 半入雲이로다

此曲이 只應天上有ㅣ니　人間애 能得幾時聞고

아으 大平曲調를 奏明君ᄒ습노이다 [〈橫殺門〉 1(『時用鄕樂譜』)]

　그러다가 15세기 말엽에 들어서는 앞서 든 성종 작 "이시렴~" 등과 같이 '4음보격 3행'으로서의 시조형을 뚜렷이 갖춘 작품이 지어진 것으로 나타난다.[29] 이에 필자는 시조형의 확립시기를 성종대로 추정한다.

　그런데 16세기까지의 악곡을 주로 실은 『양금신보(梁琴新譜)』(1610년)의 '중대엽(中大葉)'에 정몽주의 〈단심가〉가 있고, '북전(北殿)'의 "흐리누거~" 가사 다음에 "又(우)"라고 하여 "白雪(백설)이"라는 말이 나오는데, 이는 이색(1328~1396)의 작품 "白雪이 ᄌ자진 골에 구루미 머흐레라~"를 가리킨 것으로 추정된다. 그리고 작자 고증에 신중한 태도를 보인 진본 『청구영언』과 『해동가요(海東歌謠)』에도 고려시대의 시조 작품으로 이 두 작품과 함께 태종(李芳遠) 작 〈하여가〉가 실려 있다는 점에서, 이 세 작품들이 고려 말에 지어졌다는 점을 부정하기는 어려울 것이다.

　그러나 그 작품들이 창작 당시에는 후대에 기록되어 전하는 바와는 적지 않게 다른 모습을 지녀서, '4음보격 3행'인 시조형과 거리가 있을 것으로 추정된다. 앞서 살핀 것처럼 그 시대에는 4음보격의 율격이 채 확립되지 못하고 있었기 때문이다.

　이와 관련하여 '만대엽(慢大葉)'(心方曲)에 따르는 노랫말[歌詞]의 변천상이 주목된다.

　국립국악원(國立國樂院) 소장의 『금보(琴譜)』(편자 및 연대 미상)에서는 조성(趙晟; 1492~1555)의 악보('趙晟譜')를 옮겨 실었다고 하며 그 가사를 다음

---

29) 성종이 兪好仁(1445~1494)의 辭職 歸省을 전별하는 자리에서 지어 불렀다는 작품인데, 車天輅(1556~1615)가 가까운 시대의 至尊에 관한 사실을 날조하거나 잘못 기술하였을 리 없으리라는 점에서, 이 작품은 신뢰할 수 있는 最古의 시조 작품이라고 할 수 있을 것이다.

과 같이 기록하였다.

> [一旨] 오ᄂ라 오ᄂ리오   [二旨] ᄆ일에 오ᄂ리
>
> [三旨] 져ᄆ디도 새디도 마ᄅ시고
>
> [四旨] 새러ᄆ 오ᄂ리오   [五旨] 댱셩의 오ᄂ리 오쇼셔[30]
>
> ※ *는 '리', **는 '미', ***는 "므'의 오기(誤記)로 추정됨.

   이것이 현전하는 '만대엽'의 가사들 중 가장 오래된 것일 터인데, 삼지(三旨)와 오지(五旨) 부분의 가사가 뚜렷한 3음보의 양상을 보이며, 사지(四旨) 부분의 가사가 따로 한 구(2음보)로서의 양상을 지니므로, 시조형이라고 하기가 어렵다. 이처럼 초기에는 시조형이 되지 못했던 '만대엽'의 가사가 후대로 내려오며 변모되어서,[31] 1728년에 편찬된 진본 『청구영언』에는

> 오ᄂ리 오늘이쇼셔   每日에 오늘이쇼셔
>
> 덤그디도 새디도 마르시고
>
> 새라난   미양쟝식에 오늘이쇼셔

와 같이 시조형에 가깝게 동화된 모습으로 실리게 되었다(그러나 원 작품의 형상을 완전히 바꿀 수는 없기에 그 동화·변모에도 한계가 있어서 완전한 4음보격을 갖추지는 못하였으며, 또 그 뒤의 시대에는 이미 쓰이지 않는 옛 음악에 따른

---

30) 국립국악원 편, 『한국음악학자료총서 2』(전통음악연구회, 1981), 176~178면.

31) "[一旨] 오ᄂ리 오ᄂ리나 [二旨] 미일에 오ᄂ리나/ [三旨] 졈므디도 새디도 오ᄂ리/ [四旨] 새리나 [五旨] 미일댱샹의 오ᄂ리오쇼셔"(1572년 편찬 『琴合字譜』 '平調慢大葉)
   "오ᄅ리 오ᄅ리오 미일에 오ᄅ리/ 졈므디도 새디도 오ᄅ리/ 새라 미일댱샹 오ᄅ리쇼셔"(같은 책, '琵琶慢大葉')
   "[一旨] 오ᄂ리 오ᄂ리쇼셔 [二旨] 미일에 오ᄂ리쇼셔/ [三旨] 졈그디도 새디도 마ᄅ시고/ [四旨] 새라난(나ᄂ) [五旨] 미양댱식에 오ᄂ리쇼셔"(1610년 간행 『梁琴新譜』 '中大葉')

노래였던지라 더 이상 변모될 소지도 거의 없어졌다).

이와 마찬가지로 고려 말의 "白雪이~"·〈하여가〉·〈단심가〉 등도 본래는 '4음보격 3행시'로서의 시조형을 갖추지 못하다가 16세기 이후에 시조형으로 바뀌었을 것으로 추정된다.

지금까지 살핀 바를 종합해 보면, 고려시대 이래의 시가계에서 단편적이고 순간적인 정서적 체험 위주의 시상을 표현하는 단련체 단편시가 부문에서는 고려 전기에 '3음보격 6행체'로서의 양상을 보이는 〈정읍〉·〈사모곡〉 유형이 존재했는데, 14세기 무렵에 들어 "白雪이~"·〈하여가〉·〈단심가〉 등이 '전시조형'이 모습을 드러내어, 앞의 유형을 대체하였고, 이 전시조형이 조선시대에 들어 여러 다양한 모색을 거쳐서, 15세기 말엽 무렵에 4음보격의 율격이 확립됨에 따라 '4음보격 3행'의 시조형으로 확립되었던 것이다.

15세기 말엽 무렵에 시형이 확립된 시조는 16세기에 들어서도 초엽까지는 그리 떨치지 못하다가 중엽에 들어서야 비로소 활기를 띠게 되었고, 말엽부터 크게 성행하게 되었다.[32] 그리고 이 시기에 들어 시조는 시형의 완비로써 전범화(典範化)되어 갔는데, 이전의 작품들에서 보이던 다양하고 진지하던 창작태도가 이 시기에 이르러서는 기계적이고 상투적인 공식적 구

---

32) 이 동안에 지어진 작품으로 그 연대를 살필 수 있는 것만을 연대순으로 배열해 보면 다음과 같다.

　成宗 작 "이시렴~"(1494); 金綏 작 "나오다~"·"올히~"(1518년경), 김구 작 "山水~"·"泰山이~"·"여괴를~"(1518~1522년 사이), 安東權氏 작 〈宣飯歌〉(1528), 李賢輔 작 〈效嚬歌〉·〈聾巖歌〉(1542), 周世鵬 작 〈君子歌〉·〈學而歌〉·〈問津歌〉·〈浴沂歌〉·〈春風歌〉·〈至善歌〉·〈孝悌歌〉·〈靜養吟〉·〈動察吟〉(1542~1544년 사이); 宋純 작 "곳이~"(1545); 송순 작 "風霜~"(1547~1550년 사이), 이현보 작 〈漁父短歌〉 5수(1549), 주세붕 작 〈五倫歌〉 6수(1549~1550년 사이), 許磁 작 "無極翁이~"·"江湖~"(1551년 이전), 이현보 작 〈生日歌〉(1553), 金麟厚 작 "어와~"(1560년 이전), 朴雲 작 "라는~"·"花山에~"·"어제~"·"늘고~"(1562년 이전), 李滉 작 〈陶山十二曲〉 12수(1565), 姜翼 작 "믈아~"·"柴扉예~"·"芝蘭을~"(1567년 이전), 金應鼎 작 "三冬애~"(1567년경); 송순 작 〈致仕歌〉 제1 외 2수(1569).

　이후에는 다수의 사람들에 의해 많은 작품들이 지어졌다.

조를 고수하는 경향을 많이 보이게 되었다.[33]

(2) 가사

가사의 형태를 '4음보격 연속체'로 파악할 때, 앞서 시조형의 형성시기를 논하며 살핀 바 있듯이, 그 '4음보격' 율격의 확립은 고려시대에는 말할 것도 없고 조선시대에 들어서도 성종대 무렵 전까지는 뚜렷이 이루어지지 못하고 있었다. 그러니 '4음보격 연속체'로서의 가사형의 형성은 성종대 이전으로 소급하기 어려울 것이다.[34]

현전하는 가사 작품들 가운데서 신뢰할 수 있는 것으로서 가장 오래된 것은 이인형(李仁亨)이 성종 6년(1475)경에 지은 〈매창월가(梅窓月歌)〉일 터인데, 이 작품의 전 29구에서 4음보 시행은 10개밖에 되지 않고, 편구(片句)[35]가 9개나 된다.

梅窓에 들리 쓰니   梅窓의 景이로다

<u>梅</u>는 엇더흔 梅고

<u>林處士 西湖</u>에

氷肌 玉魂과   脈脈 淸宵에

---

33) 성호경, 앞의 글, 99면 참조.

34) 고려 말의 가사 작품이라는 것들은 대체로 전승 과정이 不明하여 신빙하기 어려우므로 후대의 僞作(贋作) 또는 假托으로 보는 견해가 적지 않은데(金東旭,『國文學槪說』, 민중서관, 1962, 53면; 鄭在鎬,「歷代轉理歌 眞僞考」,『東方學志』39・40, 연세대학교 국학연구원, 1983; 강전섭,「傳懶翁和尙作 歌辭 四篇에 대하여」등), 나옹화상의 작이라는 〈승원가〉와 신득청이 공민왕 20년(1371)에 지었다는 〈역대전리가〉를 인정하는 경우에도, 그 두 작품은 2음보격으로 율독되는 편이 나을 것으로 판단된다는 점에서, 가사형으로 채 영글어지지 못한 것으로 보아야 할 것이다.

35) 가사의 4음보 1행은 2음보 句 둘의 짝짓기(聯句)에 의해 이루어지는 것인데, '片句'는 짝짓기를 이루지 못하고 외짝만으로 1행을 이루는 것을 말한다. 이에 대한 자세한 논의는 성호경,「가사의 '片句' 현상에 대한 試論」,『人文硏究』9-1(영남대학교 인문과학 연구소, 1987), 111~134면(이 책, 205~233면)을 볼 것.

　　吟咏ᄒᆞ던 梅花로다

　　窓은 엇더흔 窓고

　　陶靖節 先生

　　漉酒 葛巾ᄒᆞ고　無絃琴 집푸며

　　瑟瑟 淸風에　비기엿던 窓이로다

　　달은 엇더흔 달고

　　李謫僊 豪傑이

　　朶石 江頭에　一釣船 씌어 두고

　　夜被 錦袍　倒著 按罹ᄒᆞ고

　　玉盞에 수를 부어

　　靑天을 向ᄒᆞ야　問ᄒᆞ든 달리로다

　　梅도 이 梅요　窓도 이 窓이요

　　달도 이 달[이니]

　　[이시면] 一杯酒요　업시면 淸談이니

　　平生이 흔 詩를　을푸기 죠와 ᄒᆞ노라 [『梅軒先生實紀』]

　　※ [ ] 속은 원전에서 누락되어 잘못 전해진 것으로 판단되는 부분을 보
　　　완한 것임.[36]

　이보다 약 50년 뒤에 지어진 이서(李緖)의 〈낙지가(樂志歌)〉(1523년경)의
일률적인 4음보와 비교해 보면, 형식상의 차이가 현저하여 양자를 동일한
양식으로 보기도 쉽지 않을 정도이다.

　　崑崙一脈 쑥 썰러저　小中華로 드러올 제

　　唐堯曾祝 華山으로　夫子昔登 泰山 되야

---

36) 李相寶, 『韓國 歌辭文學의 硏究』(형설출판사, 1979), 74면 참조.

七百洞庭 나려 오며   十二巫山 얼풋 짓고

秦始皇帝 萬里城을   天開地裂 헥터리며

乘彼白雲 구름 속의   海東朝鮮 도라보니

天府金城 터이로다   萬世基業 지어보싀

　　　…… (68행 생략) ……

書不盡意 圖不盡情 이 닉 事業 뉘 알소냐

仲長統의 樂志論을   我亦私淑 ᄒ여셔라 [『夢漢零稿』]

〈낙지가〉가 단조로운 4음보격 연속체의 모습을 보임에 비해, 〈매창월가〉는 연형식 구성에서 연별 분단이 허물어져서 이루어진 듯한 모습을 보인다.

이로 보아, 초창기 가사의 형성에는 단조로운 연속체 장편시가를 변형 계승한 경로 이외에, 연형식 시가에서 연형식이 붕괴되어 비연체를 이루게 된 경로도 있었을 것으로 추정될 수 있다.[37] 이처럼 연형식이 붕괴되어 비연체로 바뀐 사례는 고려 후기 시가 가운데서 불규칙적인 연 구성을 지닌 〈만전춘〉과 〈후전진작〉이 15세기에 들어서 개찬될 때 비연체의 〈봉황음〉[38]과 〈북전〉으로 된 데서도 나타난 바 있는 것이다.

필자는 고려시대 이래의 시가계에서 체계적이거나 광범위한 시상을 기술하는 비연체 장편시가 부문에서 14세기 무렵에 들어 〈승원가〉·〈역대전리가〉 등의 '전가사형(前歌辭型)'이 모습을 드러내었는데, 이 전가사형이 15세기 말엽 무렵에 4음보격의 율격이 확립됨에 따라, 그리고 또 한편으

---

37) 연형식의 작품으로 추정되는 許塈 작 〈西湖詞〉 '6闋'을 고쳐서 비연체의 가사 작품 〈西湖別曲〉으로 만든 경우도 이러한 경로가 있었음을 시사하는 한 예라고 할 수 있을 것이다. 『先祖永言』의 「西湖詞跋」(許穆)에서의 "公 … 又有西湖詞六闋 蓬萊楊使君載之樂府 爲三腔八葉 總三十三節 謂之西湖別曲 後公多刪改增益 與樂府所載不同"(김동욱, 『韓國歌謠의 研究·續』, 선명문화사, 1975, 199면에서 재인용) 참고.

38) 〈봉황음〉은 〈처용가〉를 개찬한 작품이지만, 악곡으로 〈만전춘〉의 형식에 따른 '만전춘곡'을 썼다는 점에서 〈만전춘〉의 개찬가로도 볼 수 있을 것이다.

로는 고려 후기의 연형식 중편시가 부문에서 불규칙적인 연 구성을 지니
던 〈만전춘〉·〈후전진작〉 유형의 양식이 15세기에 들어 연형식에서 비연
체로 바뀌는 등의 변화를 거쳐서, '4음보격 연속체'의 가사형을 형성하게
되었을 것으로 추정한다.

가사도 시조와 마찬가지로 15세기 말엽 무렵에 시형이 확립되었으나,
16세기에 들어서도 초엽까지는 그리 떨치지 못하다가, 중엽에 들어서야
활기를 띠었고, 말엽(선조대)부터는 정철(鄭澈) 등의 뛰어난 작품들에 힘입
어 안정된 율격[39] 속에서 다양한 문학세계를 개척하며 계속 발전하게 되
었다.[40]

---

39) 가사의 4음보격 율격에서 벗어난 '片句'는 16세기 중엽까지의 작품들에 집중적으로 나
타났고, 16세기 말엽 이래의 작품들에서는 정연한 4음보격의 규칙성을 추구하는 定型
化 추세가 나타나서 그리 흔치 않거나 거의 나타나지 않게 되었다(그러다가 18세기 무
렵부터 다시 적지 않게 나타나게 됨). 성호경, 앞의 글, 133~134면(이 책, 232면) 참조.
40) 이 동안에 지어진 작품들을 연대순으로 배열해 보면 다음과 같다.
  李仁亨 작 〈梅窓月歌〉(1475년경); 李緖 작 〈樂志歌〉(1523년경), 洪暹 작 〈寃憤歌〉(失傳,
1536년경); 陳復昌 작 〈歷代歌〉(〈萬古歌〉; 실전, 1550년경), 白光弘 작 〈關西別曲〉(1555
년경), 楊士俊 작 〈南征歌〉(1555년경), 楊士彦 작 〈美人別曲〉(?), 許橿 작 〈西湖詞〉(〈西湖
別曲〉; 1565년경); 李滉 작 〈道德歌〉(1570년 이전), 曹植 작 〈勸善指路歌〉(1572년 이전),
宋純 작 〈俛仰亭歌〉(1569년경), 鄭澈 작 〈關東別曲〉(1580년경), 宋寅 작 〈水月亭歌〉(실
전, 1584년 이전), 정철 작 〈思美人曲〉·〈續美人曲〉(1587~1588년 사이), 정철 작 〈星山
別曲〉(1585~1589년 사이), 高應陟 작 〈陶山歌〉(1592) 등.
  丁克仁(1401~1481)이 지었다는 〈賞春曲〉은 1786년에 간행된 『不憂軒集』 속에 후손
에 의해 그의 작으로 잘못 편입되었을 것이라는 견해(權寧徹, 「不憂軒歌曲研究」, 『國文
學研究』 2, 효성여자대학 국어국문학과, 1969, 39~91면; 崔康賢, 「歌辭의 發生史的 研
究」, 국어국문학회 편, 『歌辭文學研究』, 정음사, 1979, 64~78면 등)가 타당성을 지닌다
고 판단되어 제외했고, 曹偉(1454~1503)의 작이라는 〈萬憤歌〉와 작자가 許蘭雪軒인지
巫玉인지 불분명한 〈閨怨歌〉, 그리고 〈道德歌〉 이외의 이황 작이라는 작품들(〈琴譜
歌〉·〈退溪歌〉 또는 〈歸田歌〉·〈還山別曲〉)과 李珥 작으로 알려진 작품들(〈自警別
曲〉·〈樂貧歌〉·〈樂志歌〉)도 작자에 대한 논란이 적지 않으므로 제외했다(성호경, 「16
세기 국어시가의 연구」, 37면, 172~173면 참조).

4. 결론

앞에서 필자는 고려 말·조선 초의 전환기에 이루어진 시가 형식 변화와 장르 변천의 주요 양상들을 체계적으로 살펴보고자 했는데, 그 결과를 요약·정리하면 다음과 같다.

고려 말에서 조선 초에 이르는 동안에 이루어진 시가 형식의 변화는 '15세기 시가의 형태적 다양성과 유동성', '4음보격 율격의 확립 및 성행', 그리고 '연형식의 퇴조'의 세 가지로 특징지을 수 있다.

15세기 초·중엽의 시가에서의 형태적 다양성과 유동성은 고려 후기의 시가 양식을 청산하고 조선적 시가인 시조와 가사 시형을 확립하기 위한 모색을 보인 과도기적인 현상으로서 나타난 것인데, 그 시대의 유동적인 사회체계를 반영하는 것일 가능성도 있다. 안정감 있는 4음보격 율격이 15세기 말엽 무렵 이래 확립되어 성행한 된 것은 유교적 이념·취향을 지니던 조선 전기 사대부들의 문화적 특질을 반영한 바인데, 성종대 이래의 사회체계의 안정성을 반영하였을 가능성도 있다. 16세기의 시가에서 연형식이 퇴조하게 된 것은 시조와 가사가 전대의 시가에 비해 음악과의 긴밀한 관련으로부터 다소간 멀어지게 된 점을 반영한다고 할 수 있을 것이다.

고려 후기의 시가 유형들이 조선 초에 들어서 변천된 양상은 다음과 같이 파악된다.

단련체 단편시가로는 14세기 무렵에 나타난 "白雪이~"·〈하여가〉·〈단심가〉 유형(전시조형)의 양식이 15세기에 들어 몇몇 연형식 작품들의 각 연에 계승되었다가, 15세기 말엽 무렵 4음보격의 율격이 확립됨에 따라 '4음보격 3행'의 시조형을 형성하게 되었다. 15세기 말엽 무렵에 시형이 확립된 시조는 16세기에 들어서도 초엽까지는 그리 떨치지 못하다가 중엽에야 비로소 활기를 띠게 되었고, 말엽부터 크게 성행하게 되었으며 전범화되었다.

단련체 중편시가로는 〈정과정〉을 이은 〈이상곡〉 유형의 양식이 율격 등의 변천을 겪으면서 명맥을 이어갔는데, 15세기의 〈신도가〉·〈불우헌가〉, 16세기의 〈이장 장가〉·〈장진주사〉·〈안인수가〉 등에서 그 양식을 변형 계승한 양상을 보여준다.

연형식 중편시가에서 규칙적인 연 구성을 지닌 〈가시리〉·〈동동〉·〈청산별곡〉·〈정석가〉(및 〈서경별곡〉) 유형의 양식은 15세기 중엽 무렵까지 〈감군은〉·〈문덕곡〉·〈납씨가〉·〈정동방곡〉·〈경근곡〉·〈횡살문〉 등의 여러 작품들에 변형 계승되어 성행했으나, 이후 거의 나타나지 않게 되었다. '전절+후절' 구성을 지닌 유형들에서 〈쌍화점〉 유형은 이후 계승된 자취를 찾기 어렵지만, 경기제가는 15세기에 성행하게 되었는데, 〈한림별곡〉의 형태를 전형으로 하다가 15세기 중엽 무렵부터 변화를 보이기 시작했고, 16세기 중엽 이후 전절을 탈락시키고 후절만이 남거나 그 후절이 다시 장형화하는 등 커다란 변혁을 보이며 명맥을 이어가다 그 말엽에 소멸되었다. 불규칙적인 연 구성을 지닌 〈만전춘〉·〈후전진작〉 유형의 양식은 15세기에 〈봉황음〉·〈북전〉 등 장형 한시현토체 시가 일부에 계승되었지만, 연형식을 벗어나 비연체로 바뀐 모습이 되었는데, 이 양식은 이후 가사형 형성의 한 기반이 되었을 것이다.

비연체 장편시가에서 〈처용가〉 유형의 양식은 이후 계승된 자취를 뚜렷이 찾아볼 수 없지만, 14세기 무렵에 들어 모습을 드러낸 〈승원가〉·〈역대전리가〉 등의 전가사형이 15세기 말엽 무렵에 4음보격 율격이 확립됨에 따라 '4음보격 연속체'의 가사형을 형성하게 되었다. 가사는 15세기 말엽 무렵에 시형이 확립되었으나, 16세기에 들어서도 초엽까지는 그리 떨치지 못하다가, 중엽에야 활기를 띠었고, 말엽부터는 안정된 율격 속에서 크게 발달하게 되었다.

고려 말과 조선 초 동안에는 이와 같이 한국시가사에서 주목할 만한 여러 변화와 변천들이 이루어졌던 것이다. 그리고 이러한 변화·변천을 통해 확립된 새로운 조선적 시가 장르들인 시조와 가사는 이후 다소간의 변화를 겪으면서도(특히 18세기 무렵의 변화가 주목됨), 조선시대 말까지 상층

시가계의 주축을 이루는 장르들로서 확고한 위치를 지켜나갔다.

　그런데 서론에서도 밝혔듯이, 고려 말·조선 초의 작으로 남아있는 작품들이 신뢰성에서 다소 문제되는 것까지 포함해도 수적으로 불충분한 데다, 그 각 시기들 사이에 시가의 담당층과 향수 양상 등에서 이질성을 얼마간 지니기도 하기 때문에, 이를 대상으로 하고 단선적으로 비교하여 각 시기별 시가의 형식과 그 변화·변천의 양상을 살핀 이 고찰 결과는 타당성을 확보하기에 어려움이 없지 않다. 게다가 전환기·과도기라고 할 15세기 초·중엽의 시가에서는 율독의 어려움까지 적지 않기도 하다. 이러한 문제점들을 해결할 수 있을 진전된 연구방법이 요망된다.

『韓國詩歌硏究』 제23집(韓國詩歌學會, 2007. 11)

조선 전기 시가 형식의 사회적·문화적 의미

1. 서론

각각의 사회는 독특한 예술적 표현 양식들을 지닌다는 가설이 널리 받아들여지고 있다. 그렇다면 예술적 표현 양식들은 그 사회의 본질이나 유행하던 문화적 모형 등과 밀접한 관련을 가진다고 할 것이다.[1]

조선시대에는 단련체(單聯體)의 단편시가인 시조(時調)와 비연체(非聯體)의 장편시가인 가사(歌辭)가 시가계의 대표적인 장르들로서 자리 잡고 있었다. 시조와 가사는 모두 조선 전기인 15~16세기에 흥기하여 그 사회의 문화적 엘리트들이던 양반 사대부들을 주된 담당층으로 하여 활발히 창작, 향수되었고, 조선 후기인 17~19세기에는 시적 성격 및 형식과 담당층에서 다소 변화를 보이기도 하면서 계속 성행하였다. 이러한 시조와 가사의 흥기와 성행은 그 환경인 조선시대의 사회 및 문화와 긴밀한 관련을 지녔을 것이고, 그 표현 양식들도 그 장르들이 흥기하던 조선 전기의 사회구조 및 문화적 특질들과 밀접한 관련을 지녔을 것이다.

---

1) Milton C. Albrecht, James H. Barnett, and Mason Griff ed., *The Sociology of Art and Literature*(New York: Praeger Publishers, 1970), pp. 29~30 참조.

조선 전기에 흥기하여 성행한 시가 장르들의 시적 형식이 지닌 성격을 총체적으로 이해하고 그 발생요인을 바르게 파악하기 위해서는, 그 형식이 그 환경과 어떠한 관련을 지녔는가를 살펴 그 사회적·문화적 의미를 구명하는 연구가 필요할 것이다. 이러한 연구의 성과는 그 형식에 대한 이해에만 그치지 않고, 조선 전기 시가 장르들의 성격을 그 시대의 전체 사회와 문화의 체계 속에서 살필 수 있도록 해 주며, 그 형식이 조선 후기에 들어 발달하고 변천하게 된 요인과 조건을 밝히고, 조선 후기에 여러 계층의 사람들에 의해 창작되고 향수된 시가 장르들의 다양한 형식이 지니는 사회적·문화적 의미를 구명하는 데도 적지 않게 이바지할 수 있게 될 것이다.

한국시가의 형식에 대한 문학사회학적 연구의 일환으로서, 필자는 이 글에서 조선 전기 시가의 형식이 그 담당층(특히 작자층)의 문화적 특질이나 사회구조 등과 어떠한 관련을 지니는가를 구명해 보고자 한다.[2]

---

2) 국문학계에서 문학사회학적 연구의 중요성은 1970년대 후반부터 뚜렷이 인식되기 시작한 편이다. 그러나 이 방면의 실제 연구 성과는 얼마 안 되는 데다, 그나마 주로 현대문학 분야에 치우쳐서 이루어졌다.

　고전문학 분야에서는 시조의 발생문제를 중심으로 하여 그 형식과 작자층과의 관련에 대한 논급들이 간간이 나타나기도 했으나(鄭炳昱, 趙東一 등) 체계적인 연구로서 확립되지는 못한 편이었다. 그러다가 1980년대 후반부터 문학사회학적 연구에 대한 관심이 고조되기 시작하여, 1993년에 韓國古典文學會에서 '문학과 사회집단'이라는 연구과제를 내걸어 이 방면에 대한 관심을 제고하였고, 이와 관련된 연구결과들을 집중적으로 발표하도록 했으며, 그 결과들을 책으로 묶어 내놓기도 했다(한국고전문학회 편, 『문학과 사회집단』, 집문당, 1995). 그러나 그 연구 성과들의 대부분은 특정 문학 장르들의 담당층(작자층)이 지닌 이념, 성격 등을 구명하는 데 그치는 것으로서, 그러한 담당층의 이념과 성격 등이 그 문학에 끼친 영향의 양상을 구체적으로 밝히는 데까지 나아가지는 못하고 만 편이다.

　최근에 들어 金大幸이 가사 양식의 사회적·문화적 의미를 구명하려는 시도를 보였지만(金大幸, 「歌辭 樣式의 文化的 意味」, 『韓國詩歌硏究』 3, 한국시가학회, 1998), 그 논의는 가사의 독자와 향유방식을 위주로 한 것으로서, 가사의 형식과 사회·문화의 관련에 대해서는 거의 살피지 않았다.

　이에 이 글은 한국시가의 시 형식과 사회구조 및 문화적 특질과의 관계에 대한 구체적 연구로서는 거의 처음으로 시도되는 것이라고 할 것이다.

먼저 시(시가) 형식과 사회의 관계에 대한 주요 이론들을 살펴보고 조선 전기 시가의 작자층과 형식의 주요한 양상 및 그 성격을 개관함으로써 이 연구의 이론적·실제적 고찰 근거들을 마련하고 나서, 그 시가 형식의 핵심적인 요소들인 율격(律格; meter)과 시편(詩篇) 구성방식 등을 중심으로 하여 그 두드러진 양상들이 지니는 사회적·문화적 의미에 대하여 살펴보기로 한다.

이러한 연구를 위해서는 예술과 사회의 관계에 대한 예술사회학자들의 연구 성과를 널리 참고할 필요가 있다. 그런데 그 연구들에서는 사회구조 및 문화적 특질과 관련되는 시 형식의 구체적인 양상에 대한 논급이 얼마 되지 않아, 실제 연구에서 참고하기에 부족한 편이다. 이에 필자는 문예학적 연구의 성과를 참고하여 시의 형식이 지니는 내재적인 양식적 성격을 살펴서, 그것이 사회구조 및 문화적 특질과 관련될 수 있을 면을 찾아봄으로써 그 부족한 면을 보충하겠다.

문학사회학적 연구에서는 문학 형식을 사회 상황의 직접적인 표현으로 보기 쉬운 경향 등의 함정들이 있는데, 필자는 이를 경계하겠다. 아울러 시 형식과 사회·문화적 환경 사이의 우연적인 일치나 유사점을 양자 간의 필연적인 상호관련으로 견강부회하지 않도록 함에도 유념할 것이다. 그리고 문학사회학의 일반적인 이론이나 연구 성과를 그대로 적용하기보다는, 특정한 시 형식과 그 사회·문화적 환경과의 관련을 논리적이나 실증적인 논증을 통해 구명함에 연구의 초점을 맞출 것이다.[3]

---

3) 한편 조선 전기의 시가계에서 15세기 초·중엽의 시가 작품들에서는 양반계층인들 이외에 이 시기까지 문화엘리트층에 속했던 일부 불교승려들도 작자로서 참여하였다. 그러나 이 시기의 시가에 대한 연구의 성과가 충분히 축적되지 못한 실정을 감안하여, 그 작자층 가운데서 불승의 사회계층적 성격 및 문화적 배경과 그 시가 작품들의 시적 형식과의 관계에 대한 논의는 이 글에서 살피지 않겠다.

2. 시의 형식과 사회의 관계

문학작품의 가장 명백한 원천은 그 창조자인 작가다. 문학은 기본적으로 작가가 그의 개성적인 체험과 인생관을 표현하는 것이다.

그러면서도 문학은 한편으로 그 작가가 속한 시대와 사회의 반영이라는 측면도 지니고 있다. 문학이 인생을 표현한다고 할 때, 그 인생이란 대부분 사회적 현실인 것이다. 이러한 점에서 문학은 사회의 한 표현이라고 할 수도 있게 된다. 그리고 문학이 문화의 일부로서 사회적 맥락 속에서만 발생한다는 점도 간과할 수 없다. 문학작품의 가장 직접적인 환경은 그 언어적이며 문학적인 전통일 것이지만, 문학은 특정한 사회제도와 밀접한 관련을 지니고 발생하였으며, 그 자체가 사회제도의 하나이기도 한 것이다. 그러므로 문학은 사회와 밀접한 관련을 가진다고 할 수 있다.[4]

시의 형식은 작가가 그의 사상이나 정서를 정확하고 효과적으로 표현하기 위한 수단으로서의 성격을 지니는데(한편으로는 미적 구조물인 형식 자체가 예술로서의 시에서 추구하는 목적의 일부이기도 하다), 이러한 시의 형식을 결정하는 데에는 심리학적·양식사적 조건과 함께 사회학적 조건도 개입하게 된다.[5]

각각의 사회는 독특한 예술적 표현양식들을 지닌다는 가설이 널리 받아들여지고 있다. 이처럼 각 사회가 독특한 예술적 표현방식들을 발전시킨다면, 이 방식들과 그 특질들은 그 사회의 본질 및 그 유행하던 문화적 모형과 밀접한 관계를 가질 수밖에 없는 것이다(예술사회학의 주요한 임무 중의 하나가 예술 형식들의 특질 및 양식과 사회생활 및 사회구조의 성격 사이의 대응성을 발견하는 것이다). 예술의 보편적 개념으로서, 전 세계의 모든 사회에

---

4) René Wellek and Austin Warren, *Theory of Literature*(Harmondsworth, England: Penguin Books, 1970), pp. 94~95, p. 105 등 참조.

5) Arnold Hauser, *Methoden moderner Kunstbetrachtung*, 황지우 역, 『藝術史의 철학』(돌베게, 1983), 25면 참조.

서 미학적 표현은 사회구조들 및 문화적 특질들에 대한 지각을 고양하고, 그것들에 상징적 형식으로 의미를 부여한다고 한다.[6] 형식은 우연적이거나 임의적인 것이 아니라, 예술과 삶에 필수적인 질서이다. 형식의 법칙과 관습은 인간의 물질에 대한 지배를 구체화한 것으로서 그 속에 전승된 경험이 저장되고 모든 성과들이 보관된다. 이 점에서 형식은 '응고된 사회적 경험'인 것이다.[7] 이러한 점은 시의 형식의 경우에도 거의 마찬가지일 것이다.

예술은 어떤 사회계층이나 공통의 이해관계를 가진 인간 집단의 표현이라는 성격을 띤다. 공통이 이해관계를 가진 집단늘 가운데서 사회계층이 가장 영속적이고 가장 실효적(實效的)인 집단이기 때문에, 예술에서의 표현의 필요와 수단은 '계층 조건적(階層條件的; class conditioned)'인 성격을 띠게 된다고 한다.[8] 그렇다면 시의 표현 수단으로서의 형식도 그 시를 창작하고 향수하는 집단이나 사회계층의 계층적 성격을 다분히 반영한다고 할 수 있을 것이다.

예술의 형식과 그 담당층의 계층적 성격과 관련하여, 아놀드 하우저는 경제적·사회적 요인보다도 교육적 요인이 더 중요한 의미를 지닌다고 보고,[9] 교육계층에 따라 담당층을 나누어 예술을 '고급예술, 민중예술, 통속예술' 등으로 구분하였다.

---

6) Milton C. Albrecht et al. ed., *op. cit.*, p. 17, pp. 29 ·30.

7) Ernst Fischer, *The Necessity of Art*(Harmondsworth, England: Penguin Books, 1978), p. 152.

8) *Ibid.*, p. 148.

9) 아놀드 하우저는 예술과 문화의 사회학에서 경제적·사회적 이익공동체에 의거한 史的 唯物論的 해석이 채우지 못하는 '지속적인 전통, 고양된 감수성, 세련된 취미, 그리고 창조력, 재능 및 자기비판의 신장' 등의 예술 생산의 요인들에 대하여는 교육적인 요인들이 더 중요한 의미를 가진다고 보았다(게다가 교육 자체가 물질적인 전제조건들을 가지며, 비교적 소수층의 경제적·사회적 특권들과 관련되어 있기도 하다). Arnold Hauser, *Soziologie der Kunst*, 崔成萬·李丙珍 역, 『藝術의 社會學』(한길사, 1983), 189면.

교육 엘리트층이 주된 담당층인 고급예술은 인생의 제반 문제에 대한 진지하고도 부단한 추구를 지향하는데, 제도적으로 확실한 모든 것을 존중하는 담당층의 태도로 인해 안정성을 추구하는 경향을 띠게 된다. 고급예술 작품들은 대체로 상투적인 인습과 공식적인 구조를 고수하지 않으며, 보다 저급한 교육계층을 위해 제작된 예술품보다 훨씬 더 풍부하고 다양한 유형을 제시해 준다. 그리고 고급예술도 만족과 즐거움, 오락적 수법 등 저급한 예술의 요소를 포함할 수 있으며, 종종 민중예술이나 통속예술의 형식과 접촉하기도 하여 통속예술로 전락하기도 하고 소박한 민중예술로부터 부상하기도 한다.

도시화·산업화되기 이전의 교육받지 못한 계층(농민층과 소규모 촌락 거주민 등)이 주된 담당층인 민중예술은 유희(遊戱)와 장식품으로서의 성격을 지니고, 공동소유물이거나 또는 모든 사람들의 소유로 받아들여질 수 있는 정신적 내용만을 표현하며, 형식적인 면에 무관심하여 비교적 단순하고 서투르며 진부한 양상을 보인다. 민중예술은 대체로 교육 엘리트층의 예술을 서투르게 모방하는 경향이 많지만, 때때로 고급예술에 영향을 끼치기도 한다.

어느 정도 교육받은 대중(일반적으로 집단행동을 하는 경향이 있는 도시 거주 하층계급 등)의 요구로 만들어지는 통속예술은 오락과 심심풀이로서의 성격을 지니는데, 비속하기는 할지언정 그 나름대로 세련되고 기술적인 면에서 고도로 발달한 양상을 보이고, 일반적으로 확증되고 쉽게 조정될 수 있는 공식을 고수한다는 특징을 지닌다.[10]

그 논의에는 민중예술과 통속예술에 대한 다소 지나친 가치폄하 등의 문제점도 있지만, 각 유형들의 전형적인 양상과 성격에 대한 지적은 시의 형식을 살핌에도 참고할 만하다.

그런데 예술사회학의 한계와 관련하여, 시의 형식과 사회와의 관계를

---

10) 같은 책, 194~257면 참조.

살핌에는 주의해야 할 점이 적지 않다.

모든 예술들이 사회적인 조건에 의해 한정되기는 하지만, 예술의 모든 것이 사회학적 용어로 규정될 수는 없다. 시의 형식과 관련하여 예술사회학이 할 수 있는 일은 시 작품에 나타난 형식적 요소와 양상을 그것의 현실적인 기원에 의해 설명하는 것 정도로서, 시의 형식이 시각적으로나 청각적으로 조건 지워진 개인적인 의식의 형식일 뿐만 아니라 사회적으로 조건 지워진 세계관의 표현이기도 하다는 점을 주장할 수 있을 뿐인 것이다.[11]

그리고 이러한 경우에도 유의해야 할 것은, 문학이 어떠한 시대에도 그 시대의 사회 정세를 정확히게 반영하지는 않으며, 구체적인 경제적·정치적·사회적 환경과는 매우 간접적인 관계밖에는 가지고 있지 않다는 점이다.[12] 사회적 조건이 좀처럼 시의 형식에서 직접적으로 반영되지 않으며, 새로운 시적 형식과 관념들이 새로운 사회 내용과 완전히 일치하지는 않기 때문에, 모든 시 작품이나 양식의 요소를 어떤 계층이나 사회 상황의 직접적이고 명백한 표현물로서 이해하는 것을 경계해야 한다.[13] 더욱이 시의 형식에서는 반드시 그 언어의 특질에 맞춘다는 면이 다른 무엇보다도 기본이 되는 것이다(이는 특히 리듬과 율격의 경우에 두드러진다).[14]

그렇기 때문에, 시의 특정한 형식과 그 요소들을 특정한 사회 형식의 동질적이고 결론적이며 직접적인 표현으로서 제시하려고 해서는 안 될 것이다.[15]

---

11) Arnold Hauser 저, 황지우 역, 앞의 책, 20면; Ernst Fischer, *op. cit.*, p. 149.

12) René Wellek and Austin Warren, *op. cit.*, pp. 94~95 등 참조.

13) Ernst Fischer, *op. cit.*, p. 149, p. 151 참조.

14) A. L. Kroeber, "Style in the Fine Art," Milton C. Albrecht et al. ed., *op. cit.*, p. 134 참조.

15) 예술 형식과 사회 사이의 대응성이 음악과 미술(공간예술)의 경우에는 비교적 뚜렷이 나타나는 편이고, 이에 관한 연구도 많다. 이에 비해, 문학의 경우에는 그러한 연구가 그리 뚜렷이 이루어지지 못한 편인데, 이는 문학의 형식과 사회 사이의 대응성이 다른 예술들의 경우에 비해 덜 직접적이고 덜 명백하다는 점에서 연유하는 바 적지 않을 것이다.

3. 조선 전기 시가의 작자층과 형식

1) 작자층과 그 성격

조선왕조의 개창(1392년) 이래 성종대(成宗代; 1469~1494)에 이르는 동안인 15세기의 시가는 남아 전하는 작품들도 얼마 되지 않는 데다, 그 전해지는 작품들도 『악학궤범(樂學軌範)』·『악장가사(樂章歌詞)』·『시용향악보(時用鄕樂譜)』·『금합자보(琴合字譜)』·『대악후보(大樂後譜)』와 『세종실록(世宗實錄)』·『세조실록(世祖實錄)』의 「악보(樂譜)」 등 주로 궁중악을 수집한 문헌들에 실려 있기 때문에 궁중의 악장(樂章)으로 쓰인 작품들이 다수를 차지한다. 이 때문에 전체상을 정확히 살피기는 어렵다.

그 가운데서 한문체(漢文體; 漢詩)를 제외한 작품들을 국어체(國語體), 한시현토체(漢詩懸吐體), 경기체가(景幾體歌)의 세 종류로 나누어 그 작자층을 살펴보면 다음과 같다.

우리말로 이루어진 국어체 시가에서는 작자로 명기되어 있는 〈신도가(新都歌)〉(『악장가사』)의 정도전(鄭道傳; 1342~1398), 〈용비어천가(龍飛御天歌)〉(『龍飛御天歌』)의 안지(安止; 1377~1464)·권제(權踶; 1387~1445)·정인지(鄭麟趾; 1396~1478), 〈월인천강지곡(月印千江之曲)〉(『月印千江之曲 上』)의 세종(世宗; 1397~1450, 재위 1418~1450), 〈불우헌가(不憂軒歌)〉(『不憂軒集』)의 정극인(丁克仁; 1401~1481) 등이 모두 양반계층인들(및 王)이며, 연대와 작자를 정확히 알 수 없는 〈유림가(儒林歌)〉·〈감군은(感君恩)〉(이상 『악장가사』)·〈만대엽(慢大葉)〉(國立國樂院 소장 『琴譜』) 등도 양반계층인의 작일 것이다.[16]

---

16) 金思燁은 〈유림가〉를 세종대의 작으로(金思燁, 『李朝時代의 歌謠 硏究』, 대양출판사, 1956, 18면, 112면), 〈감군은〉을 '세종 초기 이전'의 작으로 추정했는데(같은 책, 28면), 필자도 일단 이 추정을 따른다. 그리고 〈만대엽〉은 세조대의 음악을 실었다는 『대악후보』에도 나오므로 세조대의 작품으로 보겠다.

한시(한시구)에다 우리말 토를 달아서 우리말의 구조에 호응하도록 만든 한시현토체 시가에서는 작자로 명기된 〈문덕곡(文德曲)〉(『악학궤범』)과 〈납씨가(納氏歌)〉·〈정동방곡(靖東方曲)〉(이상 『악장가사』)의 정도전, 〈봉황음(鳳凰吟)〉(『악학궤범』)의 윤회(尹淮; 1380~1436), 〈북전(北殿)〉 개사(改詞; 『악학궤범』)의 임원준(任元濬; 1423~1500)·성현(成俔; 1439~1504) 등이 양반계층인들이며, 작자명이 밝혀지지 않은 〈경근곡(敬勤曲)〉(『세조실록』)·〈횡살문(橫殺門)〉(『시용향악보』) 등도 양반계층인들의 작일 것이다. 그리고 연대를 정확히 알기 어려운 〈능엄찬(楞嚴讚)〉(『악장가사』)·〈관음찬(觀音讚)〉(『악학궤범』) 등은 불교승려 또는 불교에 조예가 깊은 양반계층인의 작일 것으로 추정된다.[17)

그리고 15편이 남아 전하는 이 시대의 경기체가 작품에서 작자로 명기된 〈상대별곡(霜臺別曲)〉(『악장가사』)의 권근(權近; 1352~1409), 〈구월산별곡(九月山別曲)〉(『文化柳氏 左相公派譜』)의 유영(柳穎; ?~1430), 〈화산별곡(華山別曲)〉(『악장가사』)의 변계량(卞季良; 1369~1430), 〈불우헌곡(不憂軒曲)〉(『불우헌집』)의 정극인(丁克仁), 〈금성별곡(錦城別曲)〉(『五恨公遺稿』)의 박성건(朴成乾; 1414~1487) 등이 양반계층인들이며, 예조(禮曹)에서 지었다는 〈가성덕(歌聖德)〉·〈축성수(祝聖壽)〉(이상 『세종실록』)·〈배천곡(配天曲)〉(『成宗實錄』)과 작자 미상인 〈오륜가(五倫歌)〉·〈연형제곡(宴兄弟曲)〉(이상 『악장가사』) 등도 양반계층인의 작일 것이다.

한편 15세기의 경기체가 가운데는 〈서방가(西方歌)〉(『念佛作法』)의 석의상(釋義相; 세종대), 〈미타찬(彌陀讚)〉·〈안양찬(安養讚)〉·〈미타경찬(彌陀經讚)〉(이상 『涵虛堂語錄』)의 석기화(釋己和; 1376~1433), 〈기우목동가(騎牛牧童歌)〉(『寂滅示衆論』)의 석지언(釋智言; 세조대) 등의 불승들에 의한 작품들도

---

17) 16세기 중엽의 魚叔權은 「稗官雜記」에서 〈관음찬〉이 고려 때의 작임에 틀림없다고 하였고(『大東野乘』 권4), 『增補文獻備考』에서도 '高麗流傳'이라고 하였다(권46, 「樂歌」). 그러나 『세조실록』 권123, 31년 2월 丙子조의 기사와 관련하여 〈능엄찬〉·〈관음찬〉을 金守溫(1409~1481)이 이때 지은 것으로 보는 견해도 있다(김사엽, 앞의 책, 28면).

적지 않은 편이다.

이처럼 15세기의 시가 작품들의 작자층은 양반계층인들을 주축으로 하면서, 부분적으로는 이 시기까지도 문화엘리트층에 속했던 일부 불승들도 이에 참여하고 있었던 것이다.

양반계층인들이 작자층의 주축을 이룬 현상은 연산군대(燕山君代; 1494~1506)에서 임진왜란(壬辰倭亂; 1592~1598)에 이르는 동안인 16세기의 시가계에서도 마찬가지여서, 주요한 시가 장르들인 시조, 가사와 경기체가의 작자는 대부분 양반계층인들이었다.[18]

부분적으로는 이들의 접대역을 맡던 기생 등 일부 타 계층인들도 시조의 창작에 참여하였으나, 이는 매우 적은 수에 지나지 않았다. 또 그 예외적 소수인 기생들의 문학은, 한편으로 그들 계층에 특유한 삶의 체험을 나타낸 면도 있지만, 그들과 생활 및 문학에서 교유를 가졌던 양반계층인들의 문학을 거의 그대로 수용한 면이 많기 때문에, 대체로 양반층의 문학에 준하는 것이었다고 볼 수 있다. 그러기에 16세기 시가계의 주요한 장르들인 시조·가사·경기체가는 양반층의 문학이었다고 말할 수 있는 것이다.

조선조 양반층의 주류는 본래 고려시대의 향촌 세력(鄕吏 등)에 뿌리를 두었다.

이들 향촌 세력들은 향촌에 중소지주적 경제 기반을 가지고 성장하여, 원(元) 간섭기 동안에 본격적으로 중앙에 진출해서 신흥사대부층을 형성하

---

18) 16세기에 지어지고 작자가 비교적 확실한 것으로 추정되는 작품들로는 시조에서 47명의 작자에 의한 259수, 가사에서 10명의 작자에 의한 13편, 경기체가에서 3명의 작자에 의한 6편을 들 수 있는데, 그 작자는 거의 모두 양반계층인들이고, 타 계층인이 지은 작품으로는 시조에서 기생들의 작품으로 黃眞伊 작 4수, 洪娘·寒雨 작 각 1수씩으로 3명에 의한 6수가 있을 뿐이다.

한편 이들 16세기 시가 작품들의 작자는 관료·학자·布衣 등 양반계층 전반에 걸쳐 있지만, 중종·명종대까지의 작자들에서 勳舊세력에 속하는 사람들은 거의 없고(가사 〈樂志歌〉의 작자인 李緖만 왕족임), 거의 모두가 士林派 인사들이다. 成昊慶, 『朝鮮前期 詩歌論』(새문사, 1988), 42~43면 참조.

였다. 이 신흥 세력은 때마침 유입되기 시작한 성리학을 수용하면서 점차 집권층인 권문세족(權門世族; 문신귀족층)과는 이념 및 이해관계를 달리하게 되었고, 대지주인 권문세족 중심의 구질서를 타파하기 위하여 일련의 사회개혁운동을 추진하였다. 그리고 그 일부가 또 다른 신흥 세력인 북방 출신 무인들과 손잡고 마침내 고려왕조를 넘어뜨리고 새 왕조를 세우게 되었다.

이들 신흥사대부층의 주도로 세워진 조선왕조는 신분제 면에서 초기에는 양인(良人)과 노비(奴婢)의 이원(二元) 체제를 지향하였다. 이에 따라 권문세족이 양인으로 편입되고 많은 하층민들이 자유스런 양인으로 신분이 상승됨으로써, 15세기에는 양인이 대폭 늘어나게 되었다.

그러던 것이 15세기 말엽 무렵 이래 양인의 계층분화가 촉진되어 사족(士族; 兩班)과 서인(庶人; 中人)계층이 새로이 형성되고, 다수의 일반 양인은 피지배층으로 차츰 전락하게 되었다. 이에 따라 사회신분은 크게 양반, 중인(醫生·譯官 등의 雜職 기술관과 胥吏·鄕吏·軍校·驛吏 등의 吏胥, 그리고 양반의 서얼도 포함), 상민(常民; 平民이라고도 하며, 농·공·상업에 종사하는 일반 백성), 천인(賤人; 노비와 廣大·무당·娼妓·白丁 등)의 넷으로 다시 정립된다.[19]

이 가운데서 상급 지배신분인 양반은 본디 문반(文班)과 무반(武班)을 가리킨 말이지만, 관직을 차지할 수 있는 지배적인 사회집단의 계급을 뜻하게 되었으며, 사족·사대부라고도 일컬어졌다.

양반은 농·공·상업이나 특수 기술직과 같은 다른 생업에는 종사하지 않고, 학업에만 종사하여 관직에 올라 '치군택민(致君澤民; 임금에게 몸을 바쳐 충성하고 백성에게 혜택을 베풂)'하는 것을 주된 목표이자 본분으로 삼게 된 신분층인데, 과거에 응시할 권리를 가졌고, 역역(力役)·군역(軍役) 등의 의무에서 거의 면제될 수 있었으며, 신분상의 특혜와 국가권력을 이용하여 많은 토지를 소유하는 지주가 될 수도 있었다. 또 이 경제적인 뒷받침

---

19) 韓永愚, 『朝鮮前期社會思想研究』(지식산업사, 1983), 9~16면 등 참조.

을 통해 교육의 기회를 거의 독점적으로 누릴 수도 있었다.

양반은 지식업으로서 도덕·학술·교육에 힘씀으로써, 과거를 통해 관직에 나아갈 수 있는 계기를 만들고, 관직에 나아가 치도(治道)에 참여할 수 있는 역량을 기르며, 양반으로서의 지위를 보존할 수 있었다. 이와 같이 지식업을 그 주된 소업(所業)으로 하고 있었다는 점에서 양반층은 대체로 독서계층 또는 지식인계층(literati)이라고 할 수 있을 것이다. 그리고 유학(儒學)이 조선조의 통치이념·지도이념이었고, 양반층이 그 통치의 직접적인 담당계층이었던 만큼, 당대의 양반 사대부들은 거의 예외 없이 유학도였다고 할 것이다.

2) 형식

(1) 15세기 시가의 형식

조선왕조 개국 이래 15세기 말엽인 성종대 무렵에 이르기까지의 시가계에서는 전대로부터 물려받은 경기체가를 제외하고는 여러 작품들이 일정한 형식의 틀을 정립시키지 못한 채 다양한 양상으로 나타났다.

15세기에 지어진 작품들을 구성형식별로 나누어 보면 다음과 같다.

단련체(單聯體): 〈신도가(新都歌)〉, 〈불우헌가(不憂軒歌)〉, 〈만대엽(慢大葉)〉
    (이상 국어체)
연형식(聯形式): 〈용비어천가(龍飛御天歌)〉(125연), 〈월인천강지곡(月印千江
    之曲)〉(현존 194연), 〈유림가(儒林歌)〉(6연), 〈감군은(感君恩)〉(4연, 이상
    국어체); 〈문덕곡(文德曲)〉(4연), 〈납씨가(納氏歌)〉(4연), 〈정동방곡(靖
    東方曲)〉(5연), 〈경근곡(敬勤曲)〉(9연), 〈횡살문(橫殺門)〉(15연, 이상 현
    토체); 〈상대별곡(霜臺別曲)〉(5연), 〈구월산별곡(九月山別曲)〉(4연), 〈화
    산별곡(華山別曲)〉(8연), 〈가성덕(歌聖德)〉(6연), 〈축성수(祝聖壽)〉(10연),
    〈오륜가(五倫歌)〉(6연), 〈서방가(西方歌)〉(10연), 〈연형제곡(宴兄弟曲)〉(5

연), 〈미타찬(彌陀讚)〉(10연), 〈안양찬(安養讚)〉(10연), 〈미타경찬(彌陀
經讚)〉(10연), 〈기우목동가(騎牛牧童歌)〉(6연), 〈불우헌곡(不憂軒曲)〉(7
연), 〈금성별곡(錦城別曲)〉(6연), 〈배천곡(配天曲)〉(3연, 이상 경기체가)
비연체(非聯體): 〈봉황음(鳳凰吟)〉, 〈북전(北殿)〉, 〈능엄찬(楞嚴讚)〉, 〈관음
찬(觀音讚)〉(이상 현토체)

이 가운데서, 대체로 고려 말엽의 〈한림별곡〉을 모형으로 해서 지어졌
던 경기체가는 연형식과 '전대절(前大節) + 후소절(後小節)' 구성 등의 일정한
정형을 뚜렷이 지니지만, 국어체 시가와 이 시기에 두드러진 한시현토체
시가의 경우는 일정한 정형을 지니지 못한 것으로 보인다.

이러한 15세기 시가의 양식에서 두드러진 것으로 '연형식'을 들 수 있다.
고려시대에 성행한 연형식은 이 시기에도 성행하여 대다수의 작품들이 연
형식으로 이루어졌다. 그리고 '3단 구조'도 이 시기의 연형식 시가와 단련
체 시가에서 비교적 많이 나타났는데(〈만대엽〉, 〈감군은〉, 〈경근곡〉, 〈횡살문〉
등), 그 중엽까지는 '3행시'로서의 모습을 제대로 갖추지 못한 편이다(그리
고 이는 그 말엽의 시조형 확립에 주요한 기반이 되었을 것으로 추정된다).

오ᄂ리 오ᄂ리오 ᄆ일에 오ᄂ리
져ᄆ디도 새디도 마ᄅ시고
새러ᄆ 오ᄂ리오ᆞ 당셩의 오나리 오쇼셔 [〈慢大葉〉]

錦城絲管이 日紛紛ᄒ니/ 半入江風 半入雲이로다
此曲이 只應天上有ㅣ니/ 人間애 能得幾時聞고
아으 大平曲調를 奏明君ᄒ습노이다 [〈橫殺門〉 1]

한편 율격의 양상 면에서 15세기 초·중엽까지의 시가 작품들에서는 2
음보(또는 4음보)로 된 시행과 3음보로 된 시행이 함께 쓰이거나 또는 3음

보 시행이 중심이 되어 있다.

  국어체 작품들 가운데서 〈용비어천가〉와 〈월인천강지곡〉에서의 율격 양상은 일정한 방식으로 통일되지 않고 2음보(또는 4음보)로 된 시행과 3음보로 된 시행이 함께 쓰였고, 〈신도가〉나 〈감군은〉 등에서도 3음보 시행과 4음보(또는 2음보) 시행이 함께 쓰였다.

네는 楊州ㅣ 고올히여/ 디위예 新都形勝이샷다
開國聖王이 聖代를 니르어샷다
잣다온뎌 當今景 잣다온뎌
聖壽萬年ᄒ샤 萬民의 咸樂이샷다
아으 다롱디리
알ᄑᆞᆫ 漢江水여 뒤흔 三角山이여
德重ᄒ신 江山 즈으메: 萬歲를 누리쇼셔 [鄭道傳 작 〈新都歌〉]

海東 六龍이 ᄂᆞᄅᆞ샤/ 일마다 天福이시니/ 古聖이 同符ᄒ시니 [〈龍飛御天歌〉 1]

太子를 하ᄂᆞᆯ히 ᄀᆞᆯ히샤/ 兄ㄱᄠᅳ디 일어시ᄂᆞᆯ/ 聖孫을 내시니이다
世子를 하ᄂᆞᆯ히 ᄀᆞᆯ히샤/ 帝命이 ᄂᆞ리어시ᄂᆞᆯ/ 聖子를 내시니이다 [8]

四海를 平定ᄒ샤: 길 우희 糧食 니저니/ 塞外北狄인들 아니 오리잇가
四境을 開拓ᄒ샤: 셤 안해 도ᄌᆞ 니저니/ 徼外南蠻인들 아니 오리잇가 [53]

拯民을 爲커시니: 攻戰에 ᄃᆞ니샤/ 不進饍이 현뻐신들 알리
南北 珍羞와: 流霞 玉食 바ᄃᆞ샤/ 이 ᄠᅳᆮ들 닛디 마ᄅᆞ쇼셔 [123]

巍巍 釋迦佛·' 無量無邊 功德을/ 刼刼에 어느 다 술븡리 [世宗 작 〈月印
千江之曲〉 1]

世尊 오샤믈 아습고/ 소사 뵈슨븡니/ 녯 뜨들 고티라 흐시니 [29]

迦葉의 됴흔 뜯 아라/ 虛空이 말로 들이니/ 竹園ㅅ 길흘 卽時에 向흐
니 [147]

이러한 면은 한시현토체 악장시가의 경우에도 마찬가지여서, 〈횡살문〉
과 〈경근곡〉 등은 대체로 3음보 시행이 중심이 되어 있다(예외적으로 〈儒林
歌〉는 2음보 또는 4음보 시행으로 됨). 그리고 여전히 3음보격의 율격이 잔존
한 현상은 성종대 초엽의 〈불우헌가〉에서도 나타난다.

이처럼 성종 초년까지의 시가 작품 대부분이 아직도 전대로부터 이어받
은 3음보격의 면모를 크게 벗어나지 못하고 있던 것이 당대의 율격 양상
이었다.

대체로 15세기에는 고려시대에 성행한 3음보격 율격과 고려말에 부각된
것으로 보이는 2음보격 율격이 함께 쓰이다가, 그 말엽인 성종대 무렵에
들어 4음보격의 율격이 양식적으로 뚜렷이 확립되었다. 필자는 이러한 4
음보격 율격의 확립에 발맞추어 시조(4음보격 3행)와 가사(4음보격 연속체)의
양 시형이 15세기 말엽 무렵에 확립되었을 것으로 판단한다.[20]

---

20) 시조와 가사의 형태를 '4음보격 3행시'와 '4음보격 연속체'로 규정하는 한, 그 시형들
이 확립된 시기를 15세기 말엽 무렵보다 앞으로 소급하기는 어렵다. 4음보격의 율격
은 고려시대에는 물론이고 15세기의 초·중엽까지도 확립되어 있지 않았기 때문이
다. 그러므로 필자는 시조와 가사의 발생시기를 그 4음보격의 형태가 확립된 15세기
말엽 무렵으로 추정한다(그렇다고 이처럼 '4음보격'의 형태로 확립되지는 못했지만
이에 가까운 모습을 지녀서 '前時調型'과 '前歌辭型'이라 부를 수 있을 만한 시형으로
된 작품들이 15세기의 초·중엽은 물론이고 14세기에도 있었음을 부정하는 것은 아
니다).

(2) 16세기 시가의 형식

16세기의 시가계는 양반계층인들에 의하여 15세기 말엽에 시형이 확립됨으로써 흥기한 시조와 가사의 양 장르를 주축으로 하여 이루어졌다.

'4음보격 3행시'로서의 시조와 '4음보격 연속체'로서의 가사는 15세기 말엽(성종대) 무렵에 그 시형들이 확립되었으나, 16세기에 들어서도 초엽까지는 그리 떨치지 못하다가, 중엽(중종대 말엽~명종대)에 들어서야 활기를 띠었고, 말엽(선조대)부터는 크게 성행하게 되었다.[21] 이 동안에 그 형식들이 점차 정비되어 가서 말엽 무렵에 완비되었고, 이에 따라 시조에서는 전범화(典範化; canonization)의 양상이 나타나게 되기도 했다.[22]

그리고 전대에 비해 많이 쇠퇴했지만, 경기체가도 큰 변혁을 보이기도 하면서 그 말엽까지는 명맥을 이어갔다.[23] 이 밖에도 16세기 중·말엽 무렵부터는 이장(李璋; 1505~?) 작 〈이장 장가(李璋長歌)〉(1532년 작), 정철(鄭澈; 1536~1593) 작 "심의산~"·〈장진주사(將進酒辭)〉 등 시조와 가사에 친숙해 있던 양반계층인들에 의해 일정한 정형을 갖추지 못한 별양(別樣)의 시가 작품들이 간간이 지어지기도 했다.[24]

이에 따라 살펴볼 때, 15세기나 그 이전에 지어졌다는 작품들 가운데서 시조로는 성종이 그 25년(1494)경에 지은 "이시렴 브디 갈다~" 등이 신빙할 만하고, 가사로는 李仁亨이 성종 6~8년 사이에 지은 〈梅窓月歌〉("梅窓에 둘리 쓰니~") 등이 신뢰할 만하다. 그 나머지 이 시기나 그 이전에 지어졌다고 하는 작품들은 거의 모두 후대의 僞作·假托이거나 또는 그 원형을 적지 않게 잃고 후대적 모습으로 변형된 것들이어서, 그대로 시조와 가사 작품으로 인정하기 어렵다. 성호경, 앞의 책, 31~38면 참조.

21) 이에 대한 자세한 논의는 같은 책, 39~41면을 볼 것.

22) 성호경, 「조선 전기의 類似時調 연구」, 『인문연구』 11-1(영남대학교 인문과학연구소, 1989), 187~188면(이 책, 156면) 참조.

23) 고려 말 〈翰林別曲〉의 형식을 전범으로 하던 경기체가는 15세기 말엽 이래의 변화를 거쳐, 16세기 중엽부터는 후절만으로 구성되는 대변혁을 보였고, 또 그것이 장형화되어 가서 경기체가의 본래적 모습에서 크게 벗어나게 되고, 이내 자취를 감추고 말았다. 성호경, 『조선전기시가론』, 41면 참조.

24) 필자는 이 작품들을 '類似時調'로 불렀는데, 현재까지 발견된 13편의 작품들은 대체로 시조형의 확장에 따른 4~5행 크기의 단형과, '시조와 가사의 중간적 양식' 또는 '가사의 변종'으로서의 성격을 띤 10행 내외의 장형의 두 가지로 분류될 수 있다. 이에 대

16세기 시가계의 양식에서는 '4음보격 율격의 성행'과 '연형식의 퇴조(退潮)'가 두드러진다.

이 시기의 시가들은 어느 장르든 간에 대체로 4음보격(tetrameter)의 율격을 지니고 있었다. 이 시기에 크게 성장한 시조와 가사는 물론이고, 본디 4음보격을 주된 율격으로 하지 않던 경기체가조차 이 시기에 들어서는 여러 작품들이 3음보격의 전절을 탈락시키고 4음보격의 후절만으로 남게 되기도 했다.

> 率ᄒ리 天命之性 養ᄒ리 浩然之氣
> 率ᄒ리 天命之性 養ᄒ리 浩然之氣
> 偉 至誠無息이아 本니이다 [周世鵬 작 〈道東曲〉 6]

> 太平聖代 田野逸民 太平聖代 田野逸民
> 耕雲麓 釣烟江이 이 밧긔 일이 업다
> 窮通이 在天ᄒ니 貧賤을 시름ᄒ랴
> 玉堂 金馬ᄂᆞᆫ 내의 願이 아니로다
> 泉石이 壽域이오 草屋이 春臺라
> 於斯臥 於斯眠 俯仰宇宙 流觀品物ᄒ야
> 居居然 浩浩然
> 開襟獨酌 岸幘長嘯 景 긔 엇다ᄒ니잇고 [權好文 작 〈獨樂八曲〉 1]

이에 4음보격 율격은 16세기 동안 양반 사대부층의 시가에 두루 쓰인 공통적 양식으로서 시대양식(period style)이자 집단양식(group style)이라고 할 수 있을 것이다.

4음보격 율격은 고려시대 시가 일부(〈相杵歌〉, 〈滿殿春〉 등)에서도 간혹 나

한 자세한 논의는 성호경, 앞의 글, 167~184면(이 책, 132~152면)을 볼 것.

타났지만,[25] 15세기에도 초·중엽까지는 양식적 확립을 뚜렷이 보이지 않다가, 말엽에 들어서야 양식적으로 뚜렷이 확립되었을 것으로 판단된다.

이 시기에 4음보격 율격이 확립된 데는 고려 말 이래의 시가들에서 적지 않게 나타난 2음보로 된 시행 둘이 합쳐져서 하나의 시행이 되는 '시행 통합(詩行統合)'을 통해 4음보격을 이루게 된 면도 없지 않았고, 고려시대 시가 등에서 두드러진 3음보의 시행에서 제2음보와 제3음보가 한 음보로 축약됨으로써 2음보의 시행을 이루는 '음보 축약'에다 그 시행들이 둘씩 묶여 하나의 시행으로 통합되는 과정을 거쳐서 이루어진 면도 있었을 것이다.[26]

4. 조선 전기 시가 형식의 사회적·문화적 의미

1) 4음보격 율격의 확립과 성행

율격(meter)은 시에 나타나는 측정 가능한 율동적 양식을 가리키며, 시에

---

25) 〈雙花店〉 각 연의 제4행과 〈處容歌〉에서 4음보로 이루어진 시행들을 찾아볼 수 있으나, 이 작품들은 3음보격 율격을 기조로 하거나 또는 3음보 시행과 4음보 시행들이 혼용된 것들이다.

   한편 趙東一은 신라시대의 향가에서 이른바 10구체가를 '다섯 줄(5行) 형식'으로 파악하여 4음보격의 율격을 지닌 것으로 보았다(조동일,『한국문학통사 1』, 제3판, 지식산업사, 1994, 146~147면 등). 그러나 그의 시행구분은 뚜렷한 근거나 기준이 없이 史的 비교 고찰에 적합하다는 편의적인 면을 위주로 하여 이루어진 것으로서, 그 문제점이 〈讚耆婆郎歌〉 등의 경우에 뚜렷이 드러난다. 그러므로 그 시행구분 방법은 합리적이라고 하기 어렵고, 따라서 향가가 4음보격의 율격을 지녔다는 견해도 받아들이기 어렵다(성호경,『한국시가의 형식』, 새문사, 1999, 58면 참조).

26) 〈靑山別曲〉과 〈敬勤曲〉·〈橫殺門〉 등 선초의 한시현토체 시가 일부에서 이러한 면이 두드러진다. 성호경,「漢詩懸吐體 樂章의 一考察」,『慶南大學 論文集』8(1981), 167~170면 참조.

서 질서를 부여할 수 있는 가장 기초적인 기법이다.

문명화(文明化)는 질서를 향한 한 욕구(충동)라고 할 수 있고, 시에서의 율격적 조직화를 향한 욕구도 질서를 향한 더 크고 포괄적인 인간적 욕구의 일부분이라고 보기도 한다.[27] 이러한 면에서, 율격의 의의는 비단 시의 한 기법이라는 차원에만 머무는 것이 아니라, 문명화와 마찬가지로 질서를 향한 인간적 욕구와도 연관되어 보다 광범한 사회 · 문화 구조와도 일정한 관계를 지니는 것이라고 할 수 있을 것이다.[28]

15세기 말엽에 들어서 양식적으로 뚜렷이 확립된 4음보격의 율격은 그 이래 16세기에도 상층계급의 시가에 두루 쓰인 시대양식이자 집단양식이었다.

시조와 가사 등에 나타나는 4음보격의 율격은 각 시행들이 각각 두 개의 음보들로 이루어지는 전구(前句; 안짝)와 후구(後句; 바깥짝)의 짝짓기(聯句)를 통해 대칭균형을 이루게 됨으로써 안정감을 보인다는 특성을 지닌다.[29]

이시렴∨브듸 갈다   아니 가든∨못 손냐
므더니∨술터랴   남의 권을∨드런는다
그려도∨하 애답고나   가는 뜻을∨일너라 [成宗 작]

關西∨名勝地예   王命으로∨보니실시

---

27) Paul Fussell, *Poetic Meter and Poetic Form*(Revised edition, New York: Random House, 1979), pp. 4~5.

28) 리듬도 율격과 긴밀한 관련을 지니지만, 그 형성이 주로 그 언어의 특성에 기반을 두고 이루어지는 것이기 때문에, 그 양상과 사회 · 문화와의 관련을 살피기는 어려울 것으로 판단된다.

29) 일반적으로 짝수율격은 안정감을 주고, 2음보격의 중첩인 4음보격은 안짝과 바깥짝이 구조적 평형을 유지함으로써, 확고한 안정성을 지니는 율격이라고 한다. 조동일, 「시조의 율격과 변형 규칙」, 『한국시가의 전통과 율격』(한길사, 1982), 68면; 성기옥, 『한국시가율격의 이론』(새문사, 1986), 210면 참조.

行裝을∨다사리니 칼 흔ᄂᆞ∨샏이로다

延詔門∨ᄂᆡ달아 모화고기∨너머드니

歸心이∨샏르거니 故鄕을∨思念ᄒᆞ랴

…… (이하 생략) ……   [白光弘 작 〈關西別曲〉]

이러한 면은, 3음보격의 전절을 탈락시키고 4음보격의 후절만으로 구성
되거나 또는 그것이 장형화된 16세기 중엽 이후 경기체가(周世鵬의 〈道東
曲〉·〈儼然曲〉·〈太平歌〉·〈六賢歌〉와 權好文의 〈獨樂八曲〉)의 4음보격 율격에
서도 거의 마찬가지로 나타난다.

일반적으로 시대양식·집단양식은 특정한 역사적 상황과 긴밀한 관련
을 지닌다.[30] 이 점에서, 15세기 말엽 이래 16세기 동안의 시가작품들 대
다수에 나타나는 시대양식·집단양식으로서의 4음보격 율격의 확립과 성
행은 특정한 역사적 상황, 특히 그 율격이 양식적으로 확립된 시기(15세기
말엽)와 그 확립된 양식이 시대양식·집단양식으로 발전하고 정비되어 간
시기(16세기)의 사회적·문화적 환경과 긴밀한 관련을 지니는 것일 가능성
이 높다고 할 수 있을 것이다.[31]

---

30) 구체적인 역사적 환경 아래서 대다수의 장르들은 한 시대 또는 한 특정한 기간 내에서
    의 집단양식들 중에서 다수를 차지하는 것과 같은 양식을 지니고자 하는 경향이 높으
    며, 일반적으로 문학작품이 시대양식에 부합하면 할수록 그것이 특정한 역사적 상황에
    의존하는 정도는 더 커진다고 한다. Fritz Martini, "Personal Style and Period Style,"
    Joseph Strelka ed., *Patterns of Literary Style*(University Park, Pennsylvania: Pennsylvania
    State University, 1971), pp. 95~96.

31) 조선 전기의 각 시기의 사회적·문화적 상황들이 모두 이러한 역사적 상황에 해당하
    겠지만, 그 가운데서 4음보격 율격과 가장 긴밀한 관련을 지니는 것으로는 아무래도
    그 율격이 양식적으로 뚜렷이 확립된 시기인 15세기 말엽의 상황을 들어야 할 것이다.
    이 15세기 말엽의 사회적·문화적 상황이야말로 그 시기에 확립된 문화적 양식이 구
    체적인 모습을 갖추도록 작용한 가장 주된 환경이 되는 것이다. 다음으로는 그 확립
    된 4음보격의 율격이 시대양식·집단양식으로서 널리 확산되고 정비되며 발전하도록
    작용한 16세기의 상황을 들어야 할 것이다(한편 그 율격이 모색·형성되던 시기인 15
    세기 초·중엽의 사회구조와 문화적 특질도 이와 관련되는 역사적 상황으로서 또한

이와 관련하여, 조선왕조가 유교를 국가의 지도이념 · 통치이념으로 하였고, 조선 전기의 시가 작자가 거의 모두 양반층의 사람들로서 기본적으로 유교적 이념 및 취향을 지니고 있었다는 점에 먼저 유의하자.

유교의 기본 성격은 '천도(天道; 天命)에 합일(合一)하는 인도(人道)의 길을 찾음'에 있다고 할 수 있다.[32] 이에 따라 유교는 '인도'로서의 인간관계의 문제에 크게 관심을 기울여 왔으며, 인륜의 문제를 그 기본 덕목으로 한다는 점에서 다분히 윤리학적인 성격을 띠는 것이다. 그것은 불교와는 달리 전적으로 세간내(世間內)의 세속적인 윤리였으며, 세간에 대한 그 질서와 인습(因襲)으로의 순응이라는 성향을 다분히 지니는 것이었다. 세계의 모든 우주적 질서(天道)는 변함이 없는 것이며 사회의 질서 또한 이의 한 특수한 예이므로, 사회의 질서에 대한 순응은 곧 우주적 질서에의 순응으로 확대되는 것이고, 이 우주의 질서에의 순응을 통해 천하의 행복한 평온과 영혼의 균형이 이루어지는 것이라고 보았다. 유교는 이러한 '질서에의 순응'을 추상적 이론보다는 구체적인 생활에서의 실천을 통해 성취하고자 했기에, 현실적인 인간과 사회, 그리고 현실계에서의 사상(事象)들에 주로 관심을 기울였다. 그리고 그것은 비합리적인 것에 대한 거부로 나타나는 면이 적지 않았다.[33]

이와 같은 유교의 성격은 자연히 유학도들로 하여금 질서 · 안정 · 평화 · 순응을 지향하게 하고, 현실적 · 합리적 사고방식을 추구하도록 작용하였다. 조선조의 유교도, 16세기 말엽에 들어 형이상학적 · 이론적인 면에 많이 기울어시기는 했으나, 이러한 성격에서 그리 벗어나지는 않았으

적지 않은 의의를 지닐 수 있지만, 이 시기에는 다른 여러 율격 양상들도 함께 나타나고 있기 때문에, 시조 · 가사 등의 주요 형식요소로서의 4음보격 율격의 직접적인 환경이라고 하기는 어려울 것이다).

32) 琴章泰, 『儒教와 韓國思想』(성균관대학교출판부, 1980), 43~45면 참조.

33) Max Weber, *Konfuzianismus und Taoismus*, 李敦寧 역, 『儒教와 道教』(휘문출판사, 1972), 490면, 493~494면, 509면 참조.

며, 또 그 이념과 교양에 젖어 있던 당대의 양반 사대부들에게서도 이러한 유교적 성향은 뚜렷이 드러나고 있었다.

이러한 점에서, 안정감을 갖추는 4음보격의 율격은 질서와 안정을 추구한 조선 전기의 양반 사대부들의 유교적 이념 및 취향에 잘 호응하는 것으로, 그 담당층(특히 작자층)의 문화적 특질을 반영하는 것이라고 할 수 있을 것이다. 게다가 성종대 이래 중종·명종대까지의 시가 작자들이 거의 다 사림파 인사들이며, 이 사림파가 훈구파에 비해 유교적 이념 및 교양에 더 충실했다는 점을 고려할 때, 시조·가사와 같이 이 시기에 흥기한 시가 장르들이 그 작자층의 유교적 이념이나 취향과 밀접한 관련을 지녔을 가능성은 매우 높다고 할 것이다.

고려시대의 시가에서 두드러진 3음보격의 불안정한 율격[34]은 안정을 추구한 조선시대 양반 사대부들의 유교적 이념 및 취향과 잘 호응하지 않는 것이었다. 그러기에 16세기에 들어 경기체가가 3음보격의 전절을 탈락시키고 4음보격으로 된 후절만으로 남게 된 것도 이 시대의 문화적 특질로서의 유교적 이념·취향과 관계있는 것으로 보아야 할 것이다.

한편 정병욱은 시조가 주자학의 열렬한 신봉자였던 유학도들에 의해 발견된 시형이라고 하여, 시조의 발생과 성리학과의 관계가 밀접함을 말한 바 있다.[35] 그리고 조동일도 시조의 발생이 고려 후기의 신흥사대부의 성장과 긴밀한 관련을 지녔다고 했는데, 고려가요가 일반적으로 3음보격 율격을 지님에 비해 시조가 4음보격 율격을 택하게 된 변화는 시조의 창시자였던 신흥사대부가 4음보의 안정감을 원했기 때문에 일어났다고 하여, 시조의 4음보격 율격이 그 작자층이 지닌 안정된 질서 추구의 성향에서 비롯된 것이라고 하고, 이러한 성향은 신흥사대부층이 성리학 또는 이기

---

34) 일반적으로 홀수율격은 구조적 안정성이 결여되어 불안감을 준다고 한다. 조동일, 앞의 글, 68면; 성기옥, 앞의 책, 187면 참조.
35) 정병욱, 『한국고전시가론』(신구문화사, 1977), 137~138면.

철학(理氣哲學)을 그들의 이념으로 삼았다는 사실과 깊은 관련을 가지고 있다고 보았다.[36]

이러한 견해는 시조의 4음보격 율격이 그 작자층이 지닌 유교적 이념 및 취향(안정된 질서 추구의 성향)과 밀접한 관련이 있다는 면에서는 지금까지 살핀 바와 대체로 일치하지만, 다음과 같은 중대한 문제점들을 지니고 있다.

고려 말에 부상한 신흥사대부층의 일원으로서 조선조 개국 초에 유학을 국가의 지도이념으로 확립시킨 정도전이 지은 〈신도가〉나 〈문덕곡〉, 〈납씨가〉·〈정동방곡〉의 경우에서 보아도 4음보격의 율격은 뚜렷이 드러나지 않는다. 이들 작품들에서는 3음보 시행과 2음보(또는 4음보) 시행이 함께 쓰인 것이다. 그리고 이러한 양상은 15세기 중엽의 〈용비어천가〉와 〈월인천강지곡〉 등에서도 마찬가지로 나타난다.

이처럼 다 같이 유교(성리학)적 이념을 지닌 신흥사대부들에 의해 지어진 시가작품들이면서도, 15세기 초·중엽까지의 작품들에서는 3음보 시행과 2음보(또는 4음보) 시행이 함께 쓰이는 것이 일반적인 양상임에 비해, 15세기 말엽 이후의 작품들에서는 4음보격의 율격이 지배적으로 나타나게 된 현상을 단순히 그 작자층이 지닌 유교(성리학)적 이념과 관련된 안정된 질서 추구의 성향에 의한 것만으로는 설명하기 어렵다.[37]

---

36) 조동일, 앞의 글, 100~101면; 조동일, 『한국문학통사 2』(제3판), 187~191면 참조.
　　정병욱과 조동일 등은 고려시대의 시조 작자로 고려 말의 禹倬(1262~1342), 李兆年(1269~1343), 李存吾(1341~1371), 崔瑩(1316~1388), 李穡(1328~1396), 李芳遠(조선 太宗; 1367~1422), 鄭夢周(1337~1392) 등을 들었다.

37) 조동일은 상층의 시가는 하층 민요가 상승한 것이라는 가설을 세워, 시조의 형식은 '줄 수가 제한된 짧은 민요'(기본 형식이 4음보격 2행시)를 근거로 해서 생겼고, 가사는 '여음이 삽입되어 있지 않은 긴 민요'(주로 교술민요)의 형식을 채택한 것으로 보았다(조동일, 「민요의 형식을 통해 본 시가사」, 『한국시가의 전통과 율격』, 33~44면; 조동일, 「가사의 장르 규정」, 『語文學』 22, 한국어문학회, 1969, 재수록: 조동일, 『한국문학의 갈래 이론』, 집문당, 1992, 70~71면 등 참조). 그렇다면 시조와 가사가 채택한 4음보격 율격과 작자층과의 관련은 일차적으로 하층 민중을 대상으로 하여 고찰되어야

그리고 조동일은 시조와 마찬가지로 4음보격 율격을 지니는 가사의 경우에는 그 장르가 고려 말에 생겨나서 나옹화상(懶翁和尙) 혜근(慧勤; 1320~1376)의 〈서왕가(西往歌)〉·〈승원가(僧元歌)〉 등의 불교가사 작품들을 중심으로 하여 발달하였다고 했는데, 그렇다면 그 가사의 4음보격 율격은 불승들의 불교적 이념 및 취향과도 긴밀한 관련을 지닌 것으로 보아야 하는 문제가 생겨나는 것이다.[38]

게다가 고려 말의 신흥사대부층은 당시의 권문세족에 비하자면 유교적 이념 및 교양에 더 충실했던 편이지만, 14세기 말엽의 사상과 문학에 지대한 영향을 끼친 이색(李穡)의 예에서도 나타나듯이 그들의 의식과 삶이 16세기 무렵의 양반 사대부들만큼이나 유교적 이념 및 교양에 철저했다고 하기는 어렵다는 점도 유의해야 할 것이다.[39]

할 것이다.

그러나 성기옥은 '4음보격은 정리된 생각의 깊이나 안정된 정서를 보인다는 특징을 지니고, 따라서 이념적이거나 교시적인 토운(tone)으로 흐르는 경향성이 강한데, 이러한 점들이 어느 정도의 지적인 세련의 과정을 거쳐야 나타날 수 있는 것이라는 점을 감안한다면, 그 근원적인 바탕을 민요적인 단순성에 두고 있지 않음을 짐작할 수 있다'고 하여, 4음보격 율격이 하층 민중과는 거의 관련이 없는 것이라고 보았다(성기옥, 앞의 책, 210면).

38) 조동일은 가사가 고려 말 승려들이 마련해 일반 대중을 상대로 불교 포교를 하는 데 쓰던 것이었는데, 조선시대에 들어와서 사대부가 승려들의 전례와 마찬가지로 흔히 있는 정형 교술민요를 받아들여 격조 높은 표현을 갖추어 가사 창작에 더욱 열의를 가지게 되었다고 하였다(조동일, 『한국문학통사 2』, 319면 참조).

시조의 경우에서 논의한 바와 같은 방식이라면, 가사의 4음보격 율격은 사대부들의 유교적 이념·취향에 맞는 것과 마찬가지로 또한 승려들의 불교적 이념·취향에도 맞다는 점을 밝히는 논의가 있어야 할 터이다. 그러나 그러한 논의는 현실적으로 어려움이 많을 것으로 여겨지고, 또 그렇게 되면 시조 시형과 신흥사대부들과의 관련상에 대한 앞의 논의는 무의미하게 되고 말 수도 있다.

39) 이색은 성리학자였지만 불승과의 교유가 많았고 好佛한 것으로 널리 알려졌으며(『太祖實錄』 권9, 5년 5월 7일 癸亥조; 『太宗實錄』 권21, 11년 6월 29일 戊午조 등), 그의 문집인 『牧隱詩集』·『牧隱文集』 속에는 불교적 용어나 내용이 있는 글들이 적지 않다. 이 때문에 李滉(1501~1570)은 東方理學의 鼻祖를 鄭夢周로 보았고, 이색에 대해 '부처에 아첨한 요망한 자들의 우두머리(佞佛妖妄之雄)'라 한 비난에 동조하기도 했다(『退溪先生言行錄』 권5, 「論人物」).

이러한 문제점들은 본래 그 논의들이 시조의 발생기를 고려 후기로 본다는 전제에서 출발하였기 때문에 생겨난 것이지만, 논의 과정에서 15세기 시가계의 율격 양상을 제대로 살피지 않은 데다 그 4음보격 율격의 확립과 성행의 사회적 환경에 대하여도 거의 고려하지 않았기 때문에 그 문제점이 더욱 심화되어 간 것으로 필자는 판단한다.

각각의 사회가 독특한 예술적 표현 형식들을 발전시킨다면, 그 표현 형식들은 그 사회의 본질 등과 밀접한 관계를 가질 수밖에 없다고 하는데, 4음보격 율격의 확립과 성행도 그 시대의 사회적 환경과 밀접한 관련을 지닐 수 있음을 고려해야 할 것이다.

일반적으로 문학 형태들의 상대적 안정성과 사회체계들 사이에는 의미 깊은 상호 관련이 있다는 점이 명백한데, 집단적인 성격을 띤 대부분의 안정된 문학형태들은 역시 비교적 집단적이고 안정되었다고 특징지을 수 있는 사회체계에 속한다고 한다.[40] 이에 4음보격 율격이 15세기 말엽에 확립되어 시대양식·집단양식으로서 16세기 동안에 성행하게 된 것을 그 시대의 사회체계의 성격과 관련하여 살펴보기로 하자.

조선조 건국 이래 15세기의 사회는 강력한 중앙집권 체제 구축을 통하여 정치적·경제적으로 성장과 안정을 추구해 나갔다.[41] 이러한 15세기 초·

이색은 시대적 여건과 그의 불철저한 성리학적 道統觀 및 闢異端論으로 인하여 의식적으로는 불교를 이단시하고 그것과 일정한 거리를 두고자 하면서도 실제로는 상당한 관련을 가졌다고 하는데(呂運弼, 『李穡의 詩文學 硏究』, 태학사, 1995, 50~51면), 이러한 양상은 대다수의 고려 말 신흥사대부들에서도 거의 마찬가지로 나타나는 것이라고 할 것이다.

40) Raymonds Williams, *Marxism and Literature*, 이일환 역, 『理念과 文學』(문학과지성사, 1982), 228면.

41) 조선조의 건국을 전후해서 추진된 일련의 사회개혁운동은 사회구조 전반에 걸쳐서 중요한 변화를 초래하였다. 정치 면에서 강력한 중앙집권 체제의 구축을 지향하여 지방 郡縣제도를 크게 개편, 정비하고 모든 군현에 수령을 파견함으로써, 전 국토가 중앙정부의 일원적인 지배 아래 놓이게 되었으며, 통치조직과 통치원리에서 근대관료제적 요소가 크게 성장하여, 정치의 주도권은 과거로 선발된 관료집단에게 장악되고, 국왕의 실권은 약화되었다. 경제 면에서는 국가 통치체제의 강화에 발맞추어 시행된 일련

중엽 동안의 모색과 노력이 그 말엽인 성종대에 들어서 결실을 거두게 되어, '유학을 지도이념으로 하는 중앙집권적 양반관료사회'로서의 조선적 사회 통치체제와 그 기반으로서의 제반 제도·문물이 확립되었고, 성종의 뛰어난 치적에 힘입어 승평(昇平)이 계속되어 사회가 매우 안정된 상황을 보였다.[42]

그리고 16세기의 사회도 임진왜란 이전까지는 대체로 안정된 상황을 유지해 나간 편이었다.[43] 성종대에 확립된 조선 전기적 통치체제와 제도·문물은 이후 16세기를 통하여 적지 않은 변화를 보이게 되었지만, 그 변화가 그 통치체제와 문화의 기본 구조를 바꿀 만큼 격심한 것은 아니었다. 이에 16세기의 사회는 15세기 말엽에 확립된 제반 제도와 문물을 기반으로 하여 대체로 안정된 상황 속에서 양반 사대부 중심의 문화를 계속 발전시켜 나갔다고 할 것이다.

이로써 보면, 4음보격의 율격이 15세기 말엽 무렵에 양식적으로 뚜렷이

의 국가통제적 경제정책의 결과로 국가와 백성의 경제력이 함께 향상되었다. 한영우, 앞의 책, 9~16면 참조.

42) 성종은 『經國大典』의 완성과 반포 등 개국 초부터 추진해 오던 제도 정비를 마무리했으며, 유교를 治國의 要道로 삼아 그 진흥에 주력하였고, 弘文館·讀書堂 등을 설치하여 인재를 양성하고 학문과 문예를 장려하여 文運을 일으켰으며, 각종 편찬사업을 활발히 추진했고, 士林으로부터 인재들을 등용하여 훈구세력을 견제함으로써 정치적 균형을 이루게 하였다. 그리고 압록강과 두만강 방면의 女眞을 토벌하여 그 入寇를 막는 등 국방도 튼튼히 하였다. 이 동안에는 태조대 이래의 사대정책으로 明과의 관계가 원만하였고, 세종대의 癸亥條約(1443) 이후 왜구의 창궐도 진정된 상태였다. 이러한 안정 속에서 정치와 문화는 무르익어 갔다. 震檀學會 李相佰, 『韓國史 近世前期篇』(을유문화사, 1962), 103~104면, 536면 참조.

43) 대외정세는 대체로 평온한 편이었다. 對明관계는 여전히 순탄하였고, 북방의 여진이 간헐적으로 국경을 시끄럽게 했으나 대규모의 무력충돌은 일어나지 않았다. 그리고 일본 및 倭에 대한 관계도 교린정책을 통해 왜구의 창궐을 진정시켰기에, 三浦倭亂(1510)·乙卯倭變(1555) 등의 사건이 있기는 했으나 큰 전란으로 발전하지는 않았다. 대내적으로도 연산군의 폭정과 中宗反正(1506), 몇 차례 士禍(戊午·甲子·己卯·乙巳 등), 그리고 명종대 林巨正 등 도적의 횡행이 있기는 했으나, 國基가 흔들릴 정도의 격동의 시기는 아니었다.

확립되어 시대양식·집단양식으로서 16세기 동안에 성행했다는 사실은 곧 조선 전기, 특히 15세기 말엽 무렵과 그 이래 16세기 말엽에 이르는 시대의 사회체계의 안정성을 반영한 바일 가능성이 적지 않다고도 할 수 있을 것이다.

2) 연형식의 퇴조와 비연체 구성의 성행

16세기 시가에서 두드러진 양식적 특징으로는 '연형식(stanzaic form)의 퇴조'와 '비연체 구성(non-stanzaic form)의 성행'도 들 수 있다.

고려 후기와 15세기에 성행한 연형식은 16세기부터 크게 퇴조하게 되어, 경기체가 등 전대 시가의 유산을 계승한 경우 외에는 거의 찾아볼 수 없게 되었다. 가사의 형식은 연형식과는 거리가 먼 비연체의 구성인 데다, 시조의 경우에도 중종대까지의 작품들로 남은 것에 연형식의 모습을 띤 연시조(連時調)는 한 편도 없는 것이다.[44]

연형식의 구조는 음악과 긴밀히 관련되기 때문에, 노래함을 지향하는 시의 제재들이라면 으레 연을 형성하게 된다.[45] 궁중가요 등으로 많이 쓰인 고려 후기와 15세기의 시가 작품들에 연형식이 많은 것도 바로 이러한 '노래함'과의 밀접한 관계에서 연유한 바가 크다.

그러므로 16세기의 시가에서 연형식이 퇴조하게 된 것은 곧 당대의 시가인 시조와 가사가 전대의 시가에 비해 음악과의 긴밀한 관련으로부터 나소간 멀어지게 되었음을 나타낸다고 할 수 있을 것이다.[46]

---

44) 명종대의 작품들에서 李賢輔 작 〈漁父短歌〉 5수, 周世鵬 작 〈五倫歌〉 6수, 李滉 작 〈陶山十二曲〉 12수 등의 작품에서 같은 주제 또는 같은 제재의 범주에 속하는 일련의 내용을 여러 편으로 나누어 노래했기에, 그것이 연형식에 가까운 것들이라고 볼 수도 있겠으나, 시조는 그 이전의 작품들에서부터 이미 연형식의 양상에서 벗어나 있었다. 성호경, 『조선전기시가론』, 42면 참조.

45) Paul Fussell, *op. cit.*, p. 110.

46) 이에 대한 자세한 논의는 성호경, 『한국시가의 형식』, 99~101면, 116~117면, 139~

이러한 현상은 특히 재발(반복)되는 균질적인 시행들로 구성되는 비연체 시가인 가사에서 두드러지게 나타났다. 비연체의 시가 작품들은 음악과의 친연성·유사성이 적고 노래함에 대한 지향이 약하여, 노래로 불리기보다는 낭송되는 것이 일반적이어서,[47] 조선시대의 가사 작품들 가운데서 상당수가 노래로 불리지 못했던 것으로 판단된다.[48]

한편 가사 등의 장편시가에서 두드러진 비연체 구성은 유교적 이념 및 취향 등에 익게 되었던 조선 전기 양반 사대부들의 계층적 성격(문화적 특질)과도 일정한 관련을 지니는 것으로 추정된다.

시의 구성형식에서 연형식은 응축되고 엄밀히 제한된 정서나 논의의 경우들에 가장 적합하다고 하며, 축하(송축)나 회상의 경우에 이 구성을 기대하게 된다고 한다. 이에 반해, 시행들의 형식적 무리짓기(聯)가 없는 비연체에서는 사상(事象)들에 대한 기술에서 단절이 거의 없으므로 시상의 선형적 발전(線形的 發展; linear development)의 효과를 기할 수 있다. 이 때문에 비연체는 대규모의 확장적인 서사적·극적·명상적인 행동을 기술함에 가장 적합하여, 사회적 논평이나 사회적 또는 윤리적 행동의 서술에서 이 구성을 기대하게 된다고 한다.[49]

144면을 볼 것.

47) Robert J. Getty, "Stich(os)," Alex Preminger, Frank J. Warnke, and O. B. Hardison Jr. ed., *Princeton Encyclopedia of Poetry and Poetics*(Enlarged edition; London: Macmillan Press, 1975), p. 810.

48) 金東旭은 시조는 물론이고 가사까지도 적어도 숙종대(1661~1720) 이전에는 모두 가창되었을 것이라고 주장했지만(金東旭, 『韓國歌謠의 研究·續』, 선명문화사, 1975, 223면), 이는 수긍하기 어렵다. 가사를 가창하기 위해서는 '三腔八葉' 등의 음악적 장치를 덧붙이거나(A), 또는 따로 악곡을 짓거나(B-1) 다른 작품의 곡에다 얹어야 하는데(B-2), A의 경우는 楊士彦이 許橿 작 〈西湖詞〉 6闋을 33節로 나누고 3腔과 8葉을 붙여 노래할 수 있게 한 〈西湖別曲〉 외에는 뚜렷한 사례를 찾기 어려우며, 뚜렷한 구별이 쉽지 않은 B-1과 B-2의 경우는 현전하는 악곡이 없는 데다, B-1은 저명한 몇몇 소수의 작품들에 국한되었을 것이고, 그것도 작품 전체가 아닌 일부분에만 한정되었을 가능성이 적지 않을 것으로 판단되는 것이다. 이에 대한 자세한 논의는 성호경, 앞의 책, 84면, 116~118면을 볼 것.

가사는 독자적인 부분들이 집적되는 부가작용을 구성원리로 하면서 체계적·지속적인 서술을 필요로 하는 일련의 지식을 교시(敎示)함을 위주로 한 장르인데,[50] 16세기에 지어진 양반 사대부층의 가사 작품들은 내용에서 유교적 이념을 밑바탕으로 한 것이 대부분이다.[51]

이 시기에 지어진 가사 작품으로 신빙성이 높은 13편[52] 가운데서 '도덕가사'에 속한다는 〈도덕가(道德歌)〉(李滉 작)와 〈권선지로가(勸善指路歌)〉(曺植 작)는 직접적으로 유교적 이념을 가르치거나 또는 그 윤리의 실천을 요구하는 내용으로 되어 있다. 또 '유배가사'에 속한다는 〈낙지가(樂志歌)〉(李緒 작)·〈사미인곡(思美人曲)〉(鄭澈 작)·〈속미인곡(續美人曲)〉(鄭澈 작)과 '은일가사'에 속한다는 〈면앙정가(俛仰亭歌)〉(宋純 작)·〈성산별곡(星山別曲)〉(鄭澈 작)·〈서호별곡(西湖別曲)〉(許橿 작)·〈도산가(陶山歌)〉(高應陟 작) 등에도 충군(忠君; 戀君)이나 안빈낙도(安貧樂道) 등의 유교사상이 바탕에 짙게 깔려 있는 것이다. 그리고 '기행가사'에 속한다는 〈관서별곡(關西別曲)〉(白光弘 작)·〈관동별곡(關東別曲)〉(鄭澈 작)과 '전쟁가사'에 속한다는 〈남정가(南征歌)〉(楊士俊 작) 등도 유교사상을 바탕에 적지 않게 깔면서 사회적 논평이나 사회적 또는 윤리적 행동을 기술하고 있다.

그리고 15세기 말엽에 지어졌다는 작품들에서도 이러한 양상은 마찬가지로 나타난다.

가사 작품들에 이러한 유교사상의 표현이 많이 나타나게 된 것은, 일차적으로는 그 작자들이 유교적 이념 및 취향을 지닌 양반 사대부층이 사람

---

49) Paul Fussell, *op. cit.*, p. 110.

50) 성호경, 『조선전기시가론』, 107~108면, 130면 참조.

51) 조세형은 발생 초기의 가사에서는 사대부가 민중의 언어를 자신들의 談論 영역 안으로 포괄하면서 민중들의 세계관을 일정하게 수용하였으나, 16세기에 들어서자 성리학의 이데올로기가 가사 담당층들에게 내면화됨으로써 민중언어적인 요소는 약화시키는 대신 성리학적 관념으로 포착한 세계를 그리게 되었다고 하였다. 조세형, 「가사장르의 담론 특성 연구」(문학박사학위논문, 서울대학교, 1998), 185면.

52) 성호경, 앞의 책, 167~173면 참조.

들이었기 때문이겠지만, 다른 한편으로는 비연체 시가가 지니는 '사회적 논평이나 사회적·윤리적 행동을 기술함에 적합하다'는 특성과 상통한다는 점에 힘입은 바도 적지 않다고 할 것이다. 인도(人道)로서의 인간관계의 문제에 크게 관심을 기울이고 인륜의 문제에 대한 윤리학적인 성격을 다분히 띠는 유교의 성격은 비연체 시가의 그러한 속성과 적지 않게 상통하는 것이기도 하다.

그러므로 15세기 말엽 이래 16세기 동안에 가사는 유교적 이념을 중심으로 한 사회적 논평이나 사회적 또는 윤리적 행동을 기술하는 면을 다분히 지니고 발달해 갔다고 하겠고, 이러한 점은 가사의 발달이 그 비연체 구성의 속성과 작자층인 양반 사대부들의 계층적 성격(문화적 특질)과의 상응에 따라서 이루어진 면이 적지 않음을 알려준다고 할 수 있을 것이다.

그리고 15세기의 시가계에서 비연체 구성으로 된 장편시가 작품들(한시 현토체 악장인 〈鳳凰吟〉·〈北殿〉·〈楞嚴讚〉·〈觀音讚〉 등)이 그 전대에 비해 부쩍 많이 지어졌던 현상[53]도 앞의 경우와 마찬가지로 그 작자층의 계층적 성격(문화적 특질)과의 관련으로써 살펴볼 수 있을 소지가 없지 않다(그러나 불교적 찬가로서의 성격을 띤 작품들인 〈능엄찬〉과 〈관음찬〉의 작자와 창작연대도 뚜렷하지 않은 데다, 15세기의 시가에 대한 연구의 성과가 아직 충분히 축적되어 있지 못한 것으로 판단되기 때문에, 이에 대한 논의는 보류하겠다).[54]

---

53) 전승의 문제로 인한 면이 적지 않겠으나, 고려시대까지의 시가에서는 비연체의 장편이 고려 말의 〈處容歌〉와 〈歷代轉理歌〉(申得淸 작이라 함) 등의 몇몇 작품들만이 남아 있을 뿐이다(나옹화상이 지었다는 가사 작품들은 후대의 假托이나 僞作일 가능성이 적지 않을 것으로 판단됨).

54) 세종대에 尹淮가 〈處容歌〉를 개찬한 〈鳳凰吟〉과 성종 21년에 任元濬·柳子光·魚世謙·成俔이 개찬한 〈北殿〉은 조선의 문물 제도와 왕의 德治에 따른 태평성대를 찬미하고 왕의 만수무강과 王家의 태평을 기원하는 노래들로서, 이 작품들에는 왕의 신성성이나 절대성을 이상사회의 최고이념으로 내세우면서 사회적 논평이나 사회적·윤리적 행동을 기술하는 면이 다분히 나타나고 있다. 이들 장편 악장시가 작품들의 작자층은 고려 말에 등장한 사대부계층이거나 그들의 자손들이 대부분이다. 조규익, 『조선초기악송문학연구』(태학사, 1986), 150면 참조.

3) 15세기 초·중엽 시가의 형태적 다양성

앞에서 살핀 바와 같이, 조선 초인 15세기 초·중엽의 시가계에서는 율격이나 시편 구성방식 등의 면에서 일정한 양식적 정형을 갖추지도 못한 채로 여러 유형의 시가 형태들이 다양하게 나타났다가, 얼마 지속되지도 못한 채로 15세기 말엽 이래의 시조와 가사의 흥기에 따라 사라지고 말았다. 이렇게 15세기 초·중엽의 시가가 형태적으로 다양하고 유동적인 양상을 보이게 된 이유가 무엇이고, 그것이 지니는 의미가 무엇인가에 대해 살펴보기로 하자.

조선왕조의 개국 직후인 15세기는 '창업(創業)과 수성(守成)'의 시대로서, 이 동안 고려적인 통치체제와 문화를 청산하고 새로운 조선적 체제와 문화를 확립하기 위해 많은 노력이 기울여진 시기였다. 15세기의 초·중엽을 통해 이루어진 여러 노력들은 15세기 말엽인 성종대에 들어 결실을 보게 되어, '유학을 지도이념으로 하는 중앙집권적 양반관료사회'로서의 조선적 사회 통치체제와 그 기반으로서의 제반 제도·문물이 확립되었다.

새로운 시대와 사회의 기운에 걸맞은 제도와 문물이 정비되지 못했던 조선조 개국 직후의 상황에서는 시가 작품도 고려 후기에 발달한 양식을 일단 물려받을 수밖에 없었으나, 이는 경기체가를 제외하고는 대체로 당대 사대부들이 지닌 유교적 이념이나 취향과 잘 맞지 않는 것이었다. 이에 그들은 그들의 이념이나 취향에 부응하는 '조선적인' 새로운 시가 형식을 확립하기 위해 모색을 거듭했으며, 그 결실로서 15세기 말엽인 성종대 무렵에 들어서 시조(4음보격 3행시)와 가사(4음보격 연속체)의 양 시형이 확립

그리고 〈능엄찬〉과 〈관음찬〉은 작자가 불승일 가능성이 더 높을 것으로 추측되지만, 양반 사대부층에 의한 궁중악장 작품들과 형식면에서 큰 차이를 보이지 않는다. 이에 조선 초의 승려층은 불교의 교리를 전파하기 위해 문인층의 한문가요나 이에다 현토를 첨가하는 방식을 모방하여 기존의 승려층 고유의 한문가요 형식을 변형시켰던 것으로 보기도 한다. 朴京珠, 『한문가요연구』(태학사, 1998), 273면.

되어 이후 점차 시가계의 주축을 이루어가게 되었다.

이로써 보면, 15세기 초·중엽의 시가가 보인 형태적 다양성과 유동성은 곧 15세기 말엽에 이루어진 조선적인 새로운 시형의 확립을 위한 모색의 과정에서 나타난 실험적 시도의 결과라고 할 수 있을 것이다.

대부분의 유동적·혁신적·실험적인 형태들은 그 새로운 특질들이 명백히 나타나거나 또는 지배적인 양상을 띤 사회체계들에 속하며, 사회체계들 사이의 주요한 과도기적 시대들은 통상 근본적으로 새로운 형태들(결국에는 정착되어 공유케 되는 형태들)의 출현에 의해 표시된다고 한다.[55]

이러한 실제 정황과 일반 이론을 함께 고려할 때, 15세기 초·중엽의 시가가 형태적으로 다양하고 유동적인 양상을 보이게 된 것은, 한편으로는 고려 후기적인 사회에서 조선 전기적인 사회로 이행하는 과도기로서의 그 시대의 유동적인 사회체계를 반영하며, 다른 한편으로는 그 앞 시대인 고려조의 시가 양식을 청산하고 그 말엽에 이루어진 시조와 가사 시형의 양식적 확립을 위해 다양한 모색을 보인 과도기적인 현상으로서 나타나게 된 것으로 보아야 할 것이다.

5. 결론

조선 전기의 시가 형식이 지니는 사회·문화적 의미에 대해 지금까지 살펴본 바를 요약하여 정리해 보면 다음과 같다.

15세기 말엽 이래 16세기 동안의 시가 작품들 대다수에서 보이는 4음보격의 율격은 그것이 양식적으로 확립된 시기인 15세기 말엽과 그 확립된 양식이 시대양식·집단양식으로 발전하고 정비되어 간 시기인 16세기의 사회·문화적 환경과 긴밀한 관련을 지니는 것일 가능성이 높다.

---

55) Raymonds Williams 저, 이일환 역, 앞의 책, 228면.

조선 전기의 시가 작자는 거의 모두가 양반 사대부들인데, 유교의 성격은 대다수가 유학도로서 유교적 이념 · 취향을 지녔던 그 작자층으로 하여금 안정을 지향하게 했다. 이러한 점에서, 안정감을 지니는 4음보격 율격의 확립과 성행은 안정을 추구한 조선 전기 사대부들의 유교적 이념 및 취향과 호응하는 것으로서, 그 작자층의 문화적 특질을 반영하는 것이다. 그리고 안정감을 지니는 4음보격의 율격이 15세기 말엽 무렵에 확립되어 시대양식 · 집단양식으로서 16세기 동안에 성행했다는 사실은 곧 그 시대의 사회체계의 안정성을 반영하는 것일 가능성도 있다(이로써 보면, 시조가 고려 말의 신흥사대부들에 의해 창시되거나 발견되었다고 하는 견해는 적지 않은 문제점을 지녔다고 할 것이다).

16세기의 시가에서는 비연체 구성의 성행이 두드러지고, 그 대표적인 장르인 가사는 15세기 말엽 이래 16세기 동안에 유교적 이념을 중심으로 한 사회적 논평이나 사회적 또는 윤리적 행동을 기술하는 면을 다분히 지니고 발달해갔다. 그러한 가사의 발달은 '사회적 논평이나 사회적 · 윤리적 행동들의 기술에 적합하다'는 비연체 구성의 특성과 작자층인 양반계층의 문화적 특질(인간관계 문제에 크게 관심을 기울이고 윤리학적인 성격을 띠는 유교적 이념 및 취향을 지님)의 상응에 따른 바일 가능성이 적지 않다. 그리고 15세기에 들어 장편 비연체의 시가 작품이 그 앞의 시대에 비해 부쩍 많이 지어진 현상도 앞의 경우와 마찬가지로 그 작자층의 계층적 성격과의 관련으로써 살펴볼 수 있는 소지가 없지 않다.

한편 15세기 초 · 중엽까지의 시가에서 일정한 정형을 갖추지 못한 채 다양한 여러 시가 형태들이 유동적인 양상을 보이며 나타났다는 점은 곧 15세기 초 · 중엽이 과도기적인 시대임을 반영하며, 그 앞 시대인 고려조의 시가 양식을 청산하고 그 말엽에 이루어진 시조와 가사 시형의 양식적 확립을 위한 다양한 모색으로서의 과도기적인 현상일 것이다.

이러한 내용 가운데서 일부는 이 연구가 이루어지기 전에도 상식처럼 받아들여지던 것이기도 하고, 또 일부는 새로운 사실을 지적하기는 했지만 그 고찰 근거로서 관련되는 연구 성과들을 충분히 확보하지 못하여 불완전한 논의에 그치기도 했다. 그러나 이 글에서 초점을 맞추어 재조명하고 구체적으로 살핀 바를 통하여, 조선 전기의 시가 형식의 핵심적인 요소들인 율격과 시편 구성방식에서 두드러진 4음보격 율격과 비연체 구성에 관련된 양상 등이 지니는 사회·문화적 의미는 보다 뚜렷하게 또는 새롭게 밝혀진 면이 없지 않을 것이다.

사회사에 대한 충분한 지식이 없이는 문학사가 제대로 쓰일 수 없다는 점에서,[56] 한국시가사를 충실히 확립하기 위해, 또 각 시가 장르들의 성격을 다면적으로 살펴 총체적으로 이해하기 위해, 이러한 문학사회학적인 연구는 활발히 이루어져야 할 것이다.

앞으로 이 글에서 살핀 바를 토대로 하여, 조선 후기의 시조와 가사, 사설시조와 '평민가사', 잡가와 민요 등의 시적 형식들이 그 사회구조 및 문화적 특질들과 어떠한 관련을 지니는가를 구명하여야 할 것이다. 그리고 아직도 논란 대상으로 남아있는 고려시대 시가 작품들의 작자층 구명의 문제도 이러한 연구들에서 얻어지는 성과들을 활용하여 그 시적 형식의 양상과 성격을 살필 때 해결의 실마리를 찾을 수 있을 것으로 여겨진다.

원제: 「조선 전기 시가 형식의 사회·문화적 의미」
『語文學』 제69집(韓國語文學會, 2000. 2)

---

56) Leo Lowenthal, "Literature and Sociology," James Thorpe ed., *Relations of Literary Study*(New York: Modern Language Association of America, 1967), p. 108.

4장

시조의 초기 형태

1. 서론

1920년대 후반 이래 고조되기 시작한 시조(時調)에 대한 관심은 그 형태(형식)에 대해 많은 논의를 불러일으켜서, 이광수(李光洙)·이은상(李殷相)·이병기(李秉岐)·조윤제(趙潤齊)·안확(安廓; 自山) 등 여러 사람들이 신문·잡지를 통해 각자의 견해를 활발하게 발표하였다.[1] 또 해방 이후에도 시조 형태에 대한 논의는 족출(簇出)한 국문학사(國文學史)와 시조 연구 단행본·논문 등을 통해 계속되어 왔다.[2]

---

1) 그 가운데서 주요한 몇몇을 들면 다음과 같다.
   李光洙, 「時調의 自然律」, 『東亞日報』, 1928. 1. 1.
   李殷相, 「時調短型芻議」, 『東亞日報』, 1928. 3. 18∼25.
   李秉岐, 「律格과 時調」, 『東亞日報』, 1928. 11. 12.
   ──, 「古今時調의 形態」, 『半島史話와 樂土滿洲』, 新京(長春): 滿鮮學海社, 1942.
   趙潤齊, 「時調字數考」, 『新興』 4, 1931. 1.
   安廓, 「時調詩學」, 『朝鮮日報』, 1939. 10. 5∼7, 11∼12.
2) 그 가운데서 주요한 몇몇을 들면 다음과 같다.
   李泰極, 「時調字數律再考察」, 『국어국문학』 5, 국어국문학회, 1953.
   鄭炳昱, 「時調의 歷史的 形態考」, 『現代文學』 45, 현대문학사, 1958. 9.
   李能雨, 「時調의 律性」, 『陶南趙潤齊博士回甲紀念論文集』, 신아사, 1964.

이들의 논의는 시조의 기본형(基本形; 또는 基準型)을 설정하고, 그 형태적 특징과 리듬을 살피는 등, 시조 형태의 구명에 많은 기여를 해 왔다. 그러나 이들의 논의는 대다수가 그 고찰에서 18세기의『청구영언(靑丘永言)』이래 시조집들에 정착된 것을 주된 대상으로 하였기에, 시조 형태의 전모(全貌)이기보다는 주로 후기 시조의 형태를 살펴본 것이다.[3]

시조 형태의 완성을 고려 말기로 보는 것은 통설로 되어 있는데, 그 형태가 오랜 기간을 통해 변천이 적지 않았을 것임은 쉽사리 짐작할 수 있음에도 불구하고, 기왕의 논의들에서는 여기에 주목하여 그 변천 양상을 밝히려는 시도가 거의 없었다.

다만 조윤제가

> 그나마 원작(原作)이 된 후 구송(口誦)으로 전하야 오다가 문자에 표기되었고, 또 이래 몇 번이나 전사(傳寫)되는 동시에 그 시대인의 언어 감정에 개작(改作)되여 온 관계상, 현대인의 시조가 되고만 고려조인(高麗朝人)의 그들의 작품이 과연 얼마나 원색(原色)을 보여주는지 의심쩍지 않을 수 없으나 …….[4]

라고 하여, 시조 작품의 형태가 후대에 들어 변모되었음을 지적한 바 있다. 또 심재완이 시조 작품의 변이 양상(變異樣相)을 구명한 바 있으나,[5] '유사현

---

3) 그 대표적인 예로서, 조윤제, 앞의 글에서 시조 형태 고찰을 위한 통계의 대상으로 19세기 말에 편찬된 『歌曲源流』를 택했다는 점을 들 수 있다. 조윤제는 이 『가곡원류』소재 시조의 字數 통계 결과로 시조의 기본형을 제시했는데, 이후 많은 사람들이 이 견해를 따르게 되었다.

한편 그 통계는 오류가 많아 신빙하기 어렵다. 전체 626수 중 평시조 411수를 통계 대상으로 한다고 했으면서도, 통계 결과에 나타난 작품수의 합계가 중장에서 제1구('3장 12구'설에서의 '구'로서, 音步에 해당함) 268수, 제2구 311수, 제3구 412수, 제4구 311수로서 정확성을 결하고 있다. 그리고 그 통계를 기반으로 하여 제시된 기본형도 시조 형태의 실상과 정확히 부합하지 않는다. 조윤제, 앞의 글 참조.

4) 趙潤齊, 『韓國詩歌史綱』(東光堂書店, 1937), 121면.

상(類似現象)'의 요인(要因)과 작품에서의 변이 양상만을 밝힘에 그치고, 그 변이를 통시적(通時的)으로 살피는 데는 이르지 못하였다.

필자는 임진왜란(壬辰倭亂; 1592~1598) 이전에 문집(文集) 등에 정착된 시조 작품들의 형태가 임란 이후의 시조들에 보이는 형태와는 적지 않은 차이를 보이고 있다는 점에 착안하고, 각종 시조집에 전하는 여말(麗末)에서 임란까지의 시조들이 그 정착에 이르기까지의 전승 과정을 통해 원형을 잃고 변이된 형태를 보여주고 있다는 점에 유의하여, 임란 이전의 초기 시조의 형태적 특징을 살펴보기로 하겠다.

주로 초기 시조와 후기 시조 산의 통계적 대비(對比)를 통해 고찰하겠는데, 그 통계에서는 선학(先學)들의 연구와 큰 차이 없이 음절수(또는 字數)를 주로 살피겠다.[6]

그리고 시조의 형태를 음악(唱)과 관련시켜서 파악해야 한다는 견해는 일찍부터 대두되어 온 것이지만, 첫째 필자는 시의 율격이 음악과 밀접한 관계를 가지기는 하나 반드시 부합하는 것은 아니라는 관점[7]을 지니고 있고, 둘째 시조의 형태를 음악(唱)과 결부시켜 비교하고자 한다 해도 그 대상이 될 만한 악보가 영성(零星)하다는 점 등의 이유로 인해, 이는 고려하지 않을 것이다.

그런데 음절수(자수)의 비교라 해도 조윤제는 각 음보(音步)를 이루는 모든 글자수(全字)와 최빈치(最頻值)를 추출함에 그치고 말았지만, 이 글에서는 각 음보별(音步別)·구별(句別) 음절수의 유의범위(有意範圍; 통계적으로 有意한 수순으로 나타난 음절수의 범위)와 빈출치(頻出值; 빈번히 나타난 음절수),

---

5) 沈載完, 『時調의 文獻的 研究』(세종문화사, 1972), 319~392면 참조.

6) 이는 통계의 가장 객관적인 準據가 바로 이 字數(음절수)뿐이라는 점, 그리고 이 음절수(자수)는 대체로 音量과 상응하며 音步가 가지는 음량의 長·短 배열이 우리 시가의 리듬(長短律)을 형성한다는 점(成昊慶, 「景幾體歌의 構造 研究」, 『國文學研究』 49, 서울대학교 국문학연구회, 1980, 22~32면 참조) 등의 이유로 인해 부득이하다.

7) 같은 글, 18~20면 참조.

그리고 앞뒤 음보 간(音步間)·구 간(句間)의 음절수 차이 등 다양한 면모를 살펴 비교함으로써, 독단에 의해 실상의 파악에 지장을 초래하거나 단순화시키는 오류를 피하고자 한다. 또한 사소한 차이나 우연적인 현상까지도 초기 시조와 후기 시조의 형태 간의 두드러진 차이로 오인하지 않도록 하기 위해, 여러 통계들을 통해서 일반적인 현상인지의 여부를 확인하기로 한다.

이와 같이 하여 드러나는 초기 시조와 후기 시조의 형태상 차이 및 초기 시조의 형태상 특징은 시조의 실상이 어떠하였는가에 대해 다소간 접근할 수 있게 해 주고, 그리하여 시조의 초기 형태와 그 변천 양상을 알 수 있게 해 줄 것이다.

이 글에서 작품 인용과 그 문헌상의 제 면모는 주로 심재완 편저, 『교본(校本) 역대시조전서(歷代時調全書)』(세종문화사, 1972)에 의거하겠다.

2. 초기 시조의 전승 및 정착과 원형 보존

1) 초기 시조의 정착과정과 원형의 보존 및 변이

시조의 정착(定着)이라 함은 문헌상의 기록화를 말하는데, 그 과정과 방법은 크게 두 가지로 나누어 볼 수 있다.

첫째는 작자 자신에 의한 정착으로서 작자가 그의 생존시에 직접 작품을 친필(親筆)로나 판각(板刻)으로 기록하여 남기는 경우다.

이에는 이황(李滉)의 자필 판각인 〈도산육곡(陶山六曲)〉(其一, 其二), 정철(鄭澈)의 친필인 "長城萬里(장성만리) 밧쯰~", 이숙량(李叔樑; 1519~1592, 李賢輔의 제6남)의 자작자필본(自作自筆本)인 〈분천강호가(汾川講好歌)〉 6수, 그리고 유희춘(柳希春; 1533~1577)의 〈감상은가(感上恩歌)〉("머리를 고텨꾀워~"; 『眉巖日記草』) 등이 있다.

이들은 모두 작자 자신의 정착에 의한 것이기 때문에 전승(傳承)을 통한 와전(訛傳)이나 변이의 여지가 없이 그 원형을 그대로 충실히 보여주고 있어서 당대 시조의 양상을 극명하게 드러내 주고 있다. 또 이 작품들이 후대에 전승되면서 타 가집 등에 재정착(再定着)되는 경우 등을 통하여 초기 시조의 형태가 후대에 들어 어떻게 변모되었는가를 살펴볼 수 있게 해 준다는 점에서 큰 의의를 지니는 것이다.

둘째는 타인에 의한 정착인데, 이는 두 가지 경우가 있어 작자와 동시대 기록자에 의한 정착과, 후인(자손과 후대의 기록자)에 의한 정착으로 나누어 볼 수 있다.

전자의 경우에는 약간의 와전 가능성은 있지만 대체로 원형으로부터 크게 벗어나지는 않게 되는데, 김천택(金天澤: 1686?~1745)이나 김수장(金壽長; 1690~1769?) 등이 그들과 동시대인인 작자의 작품을 『청구영언(靑丘永言)』(珍本 1728년)이나 『해동가요(海東歌謠)』(朴氏本 1755년, 一石本 1763년, 周氏本 1767년) 등에 수록한 경우가 이에 속한다.

후자의 경우에는 그 정착의 방법에 따라 많이 달라지기는 하나,[8] 대체로 작자로부터 연대가 멀어질수록 와전이나 변이의 가능성이 훨씬 더 커진다. 이현보의 작품에서 〈귀전록(歸田錄)〉 3장(章)은 그의 아들 이숙량의 자필본이므로 원작을 충실히 전사(轉寫)했을 것이라고 추정되지만, 고려 말의 작품들은 거의 400년 이상이나 구전(口傳) 등에 의해 전승되다가 18세기 이래 문헌에 정착되었기 때문에 와전이나 변이의 가능성이 매우 커서 창작 당시의 원형과는 상당히 다른 모습을 보여주고 있는 것으로 추정된다.

이러한 작품의 변이 양상에 대하여 심재완이 상세히 밝힌 바 있는데, 그는 그 변이의 요인으로 다음의 몇 가지를 들었다.

---

8) 예를 들자면, 傳來의 草本 등에 의하는 경우에는 訛傳이나 변이의 정도가 그리 심하지 않고, 그냥 口傳되는 경우에는 와전이나 변이의 정도가 보다 심한 편이다.

① 작품의 원작이 문자 정착에 많이 늦었다.

② 형식이 단형(短形)이므로 창영(唱咏), 모작(模作), 개작(改作)이 용이했다.

③ 표기에 있어 한자 지식이 박약하면서 즐겨 이를 쓰려 하였고, 한자의 음과 의미를 잘못 이해한 데서 기인하였다.

④ 일반적인 언어 변천에 따른 자연발생적 현상으로 용어가 변이되어 가기 때문이다.

⑤ 창영자(唱咏者)가 자구(字句)에 구애되지 않고 순간적으로 혹은 무의식적으로 큰 의미 변동 없는 한도에서 개작하는 수가 많았다.

⑥ 기존 작품의 가의(歌意)가 창영자에 맞지 않을 때 자의(恣意)로 개작하거나, 전수(傳授) 때의 착오에서 기인하였다.

⑦ 송영자(誦咏者)의 주관적인 감정이나 유희심(遊戲心)에 의하여 적절히 개작하는 수가 있었다.[9]

이러한 요인들 때문에 초기의 시조 작품들은 후대에 들어 적지 않은 변이를 보이게 되었는데, 그 변이된 모습은 표기법·어휘·음운 등은 물론이고, 형태상의 골격이 되는 리듬에서도 나타나게 되었다.

그러한 변모의 예로서 몇몇 작품을 들어 살펴보자.

古人도 날 몯 보고 나도 古人 ①몯 뵈/ 古人를 ②몯 봐도 녀던 길 알픽 잇닉/ 녀던 길 알픽 잇거든 아니 녀고 엇뎔고 [李滉, 〈陶山六曲〉 2-3]

이 작품이 후대에 들어서 ① '몯 뵈'가 '못 뵈오되'(靑가)[10]·'못 보오니'(源國, 源圭, 源河, 源朴, 源皇, 海樂, 源一, 協律, 花樂)·'못 뵈오니'(源六, 源

佛) 등으로 변이되고, ② '몯 봐도'가 '못 뵈와도'(瓶歌, 源國, 源朴, 源皇, 海樂, 源一, 協律, 花樂)·'못 보아도'(詩歌, 靑洪, 靑詠, 源六, 源佛)·'몯 뵈와도'(源圭)·'못 뵈워도'(源河) 등으로 변이됨으로써, 후기 시조의 리듬에 가깝게 개작되었다.

> 歸去來 ①歸去來 말쏸이오 가리 업싁/ 田園이 將蕪ㅎ니 아니 가고 ②엇뎔고/ 草堂애 淸風明月이 나명들명 ③기드나느니 [李賢輔]

이 작품은 후대에 들어서 ① '歸去來(귀거래)'가 '歸去來 ㅎ딕'(瓶歌, 詩歌, 靑洪, 靑가, 靑詠, 靑六, 歌譜, 興比, 時調, 源國, 源圭, 源河, 源六, 源佛, 源朴, 源皇, 源樂, 源一, 源柬, 協律, 花樂, 南太, 詩餘, 大東)로, ② '엇뎔고'가 '엇지홀고'(瓶歌, 詩歌, 靑詠, 靑六, 大東)·'어이ㅎ리'(靑洪, 時調, 源圭, 源國, 源河, 源六, 源佛, 源朴, 源皇, 海樂, 源一, 源柬, 協律, 花樂, 南太)로, ③ '기드나느니'가 '기다린다'(詩歌, 靑洪, 靑가, 靑詠, 靑六, 源國, 源圭, 源河, 源六, 源佛, 源朴, 源皇, 海樂, 源一, 源柬, 協律, 花樂, 南太, 詩餘, 大東)로 후기 시조의 리듬에 가깝게 개작되었다.

> 山頭에 ①閒雲이 起ㅎ고 水中에 ②白鷗이 飛이라/ 無心코 多情ㅎ니 이 두 거시로다/ 一生애 시르믈 닛고 너를 조차 ③노로리라 [이현보]

특히 초장(初章; 제1행)에서 리듬이 파격(破格)을 보이는 이 작품은 후대에 들어서 ① '閒雲이 起ㅎ고'가 '閒雲起ㅎ고'(瓶歌, 詩歌, 靑洪, 靑가, 靑詠, 槿樂, 靑六, 永類, 興比, 東歌, 大東)로, ② '白鷗이 飛이라'가 '白鷗飛라'(瓶歌, 海一, 海周, 詩歌, 靑洪, 靑大, 靑詠, 槿樂, 靑六, 永類, 東歌, 大東)로 각각 두 음보(音步)를 한 음보로 통합하게 되었고, ③ '노로리라'는 '노니라(놀니라, 놀이라)'(瓶歌, 詩歌, 靑洪, 靑詠, 槿樂, 靑六, 興比, 東歌, 大東)로 후기 시조의 리듬에 가깝게 고쳐졌다.

그리고

群鳳 모다신 듸 외가마기 드러오니/ 白玉 ①사힌 곳애 돌 흔아 갓다마
는/ ②두어라 鳳凰도 飛鳥와 類시니 뫼셔 논들 ③엇더ᄒ리 [朴仁老]

에서, ① '사힌 곳애'는 '싸힌 듸'(甁歌, 靑珍, 海一, 海周, 詩歌, 靑가, 靑詠, 靑六,
源河, 花樂, 大東)로, ③ '엇더ᄒ리'는 '엇더리'(甁歌, 靑珍, 海一, 海周, 詩歌)로 후
기 시조의 리듬에 가깝게 바뀌었고, ② '두어라'는 '鳳凰도 飛鳥와 類시
니'(3 · 6)에 맞추어 탈락되었다(甁歌, 靑珍, 海一, 海周, 詩歌, 靑가, 靑六).

이상은 초기 시조 작품으로서 후대에 널리 애호되었으며 원형의 변이
양상을 잘 보여주는 몇몇 작품들을 들어본 것인데, 이 밖에도 후기 시조의
리듬에 가깝게 원형을 개변시킨 예는 많이 있다.

시조 형태의 변천은 시대를 따라 점차적으로 이루어져 온 것이지만, 그
중에서도 특히 임진왜란 이전과 이후의 형태 간에는 상당한 차이를 보여
주고 있다.

조선조의 문화는 임란을 큰 분수령으로 하여 전기(前期)와 후기(後期)로
나뉘며, 양 시대의 문화는 커다란 차이를 보인다. 이러한 변화는 이미 16
세기 초엽부터 조선사회 스스로의 역량에 의해 내부적으로 마련되고 있던
변화에의 기운이 임란과 병자호란(丙子胡亂; 1636~1637)을 촉매로 하여 가
속적으로 촉진된 까닭에서인 듯하다.[11] 문학에서도 이를 계기로 하여 경기
체가(景幾體歌)가 소멸하고 사설시조(辭說時調)가 대두하며, 시조와 가사(歌
辭)에서 내용상 변질을 가져온다는 점 등이 주된 변화로 지적되고 있는
데,[12] 이와 같은 문학사 및 문화사 일반에서의 중요한 전환점인 임란을 계
기로 하여 시조의 형태도 크게 변모된 것이다.

그러므로 고려 말에서 임란까지의 시조를 '초기 시조'(또는 前期時調)라고

---

11) 姜萬吉, 「壬辰 · 丙子 兩亂의 意義」, 독서신문사 편, 『韓國史의 再照明』(독서신문사,
   1977), 417~421면 참조.
12) 鄭炳昱, 「李朝後期時調의 變異過程」, 『創作과 批評』 9-1(창작과비평사, 1974), 138~163
   면 참조.

할 때, 임란 이후의 시조는 '후기 시조'라고 할 수 있을 것이다.

2) 비교대상의 구분과 그 성격

초기 시조와 후기 시조의 형태 비교를 위한 통계의 대상으로는 첫째 작
자와 그 생몰연대가 대체로 밝혀진 시조(平時調) 작품, 둘째 그 정착 또는
간행의 시기가 분명한 작품으로 하는데,[13] 이는 작품의 창작연대와 원형
보존상태를 알 수 있게 하기 위함이다. 그리고 이에서 20수 이상의 작품을
남긴 사람의 작품은 제외하기로 하는데, 이는 제한된 작품수 내에서 한 개
인적 특성이 두드러지게 되는 것을 피하기 위한 것이다.

이와 같이 하여 비교대상을 구분하고 그 성격을 살펴보기로 하자(그리고
앞에 든 기준에는 들지 않는 것이지만, 임란 전의 초기 시조로서 『청구영언』 이후
정착되어 그 전승 과정에서 원형이 대체로 많이 변이되었을 것으로 보이는 작품들
도 참고로 들어보겠다).

> A: 임란 전의 초기 시조로서 대체로 원형을 잘 보존하고 있는 것 65수.
> (a) 작자 자신의 정착 20수: 정철 1수, 이숙량 6수, 이황 12수, 유희춘
>   1수
> (b) 후인(後人) 정착이지만 임란 이전 정착 8수: 이현보 8수
> (c) 후인 정착이지만 『청구영언』 이전 정착 37수: 박팽년(朴彭年) 1수,
>   김구(金絿) 5수, 허자(許磁) 2수, 허강(許橿) 7수, 강익(姜翼) 3수, 권
>   호문(權好文) 19수

이에서 (a)는 원형을 충실히 보존하고 있고, (b)는 대체로 원형에 가까울

---

13) 정착 및 간행의 연대에 대하여는 심재완, 『시조의 문헌적 연구』, 70~156면을 참조
   할 것.

것으로 보이며, (c)는 원형의 변이가 심하지 않은 것으로 보인다.

B: 임란 전의 초기 시조로서『청구영언』이후에 정착되었으며, 전승 과정에서 원형이 대체로 많이 변이되었을 것으로 추정된다.『청구영언』의 진본에서 A에 나온 작자의 작품을 제외하고 뽑았으며, 진본에서 무명씨(無名氏)로 되었지만 육당본(六堂本; 19세기 중엽 편찬)에서 작자명을 든 경우는 육당본을 따랐다(*표 한 것).
　46수: 진본의 작품번호 7, 8, 9, 10, 11, 12, 13, 14, 15, 16, 17, 23, 24, 25, 26, 89, 90, 91, 92, 95, 106, 107, 111, 216, 286, 287, 288, 291, 293, *295, *305, *313, *341, *348, *358, *359, *363, *364, *365, *386, *393, *403, *417, *426, *444, *449.

C:『청구영언』편찬(1727년)을 중심으로 하여 전후 약 50년(肅宗代～英祖代: 1675～1777) 동안에 활동하거나 사망한 작자의 작품으로 정병욱(鄭炳昱) 편저,『시조문학사전』(신구문화사, 1966)에서 뽑음(작자에 대해 異論이 있는 작품은 제외함).
　113수: 유혁연(柳赫然) 1수, 강백년(姜栢年) 1수, 박태보(朴泰輔) 2수, 송시열(宋時烈) 2수, 이화진(李華鎭) 3수, 남구만(南九萬) 1수, 손만웅(孫萬雄) 1수, 신정하(申靖夏) 3수, 이택(李澤) 2수, 숙종(肅宗) 2수, 김성기(金聖器) 8수, 주의식(朱義植) 14수, 김삼현(金三賢) 6수, 김유기(金裕器) 12수, 김두성(金斗性) 7수, 김창업(金昌業) 3수, 김창흡(金昌翕) 1수, 유숭(俞崇) 2수, 안서우(安端羽) 2수, 장붕익(張鵬翼) 1수, 윤순(尹淳) 1수, 조현명(趙顯命) 1수, 송계연월옹(松桂烟月翁) 13수, 김묵수(金默壽) 5수, 김태석(金兌錫) 2수, 문수빈(文守彬) 1수, 유세신(庾世信) 6수, 이정신(李廷藎) 11수.

숙종대에서 영조대에 이르는 동안은 임란 이후 시조의 전성기라고 할 수 있을 만큼 작품 창작이 활발하고 가집(歌集)들의 편찬도 이루어지기 시작한 시기여서, 후기 시조의 면모를 가장 잘 보여줄 것으로 판단된다.

3. 초기 시조와 후기 시조의 형태 비교

1) 평균치

[표 1]

		初　章				中　章				終　章			
		前句		後句		前句		後句		前句		後句	
		1	2	3	4	1	2	3	4	1	2	3	4
音步別	A	2.78	4.20	3.09	3.98	2.52	3.52	3.29	3.80	3.02	5.35	4.03	3.06
	B	2.89	4.33	3.43	4.07	2.43	3.57	3.43	4.02	3	5.54	3.91	3.02
	C	2.84	4.19	3.43	4.06	2.59	3.68	3.46	4.04	3	5.72	3.98	3.12
句別	A	6.98		7.07		6.04		7.09		8.37		7.09	
	B	7.22		7.50		6.00		7.45		8.54		6.93	
	C	7.03		7.49		6.27		7.50		8.72		7.10	
章別	A	14.05				13.13				15.46			
	B	14.72				13.45				15.47			
	C	14.52				13.77				15.82			
전체	A	42.67											
	B	43.64											
	C	44.11											

※ 숫자의 단위는 음절이며, 시조의 제1행, 제2행, 제3행을 편의상 통칭(通稱)에 따라 초장, 중장, 종장으로 씀(이하 마찬가지임).

평균치는 추상적인 것이어서 실제의 현상을 정확히 보여주기는 어려우나, 이를 통해서도 개략적인 몇 가지 현상들을 지적할 수 있을 것이다.

[현상 1] 대체로 초기 시조(A)는 후기 시조(C)에 비해 음절수가 적었다.

음보별로 보면, 초2(초장 제2음보)·종1(종장 제1음보)·종3(종장 제3음보)이 근소하게나마 예외를 보이지만, 초1·초3·초4·중1·중2·중3·중4·종2·종4의 대부분의 음보들에 이 현상이 나타나며, 특히 초3(+0.33음절)·중4(+0.24음절)·종2(+0.37음절)에서는 그 차이가 현저하게 나타난다.

구별로는 전반적으로 예외 없이 나타나며, 특히 초후(초장의 후구; +0.42음절)·중후(중장의 후구; +0.41음절)·종전(종장의 전구; +0.35음절)에서 차이가 현저한데, 이는 초3·중4·종2의 음보에서 이 현상이 현저하게 나타난 데서 연유한다. 장별로는 중장(+0.64음절)에서 가장 두드러지며, 종장(+0.36음절)이 비교적 적게 나타난다.[14)]

그리하여 전체적으로는 +1.44음절로서 거의 1음절 반에 가까운 차가 나게 되었다.

> [현상 2] 각 장의 전구후구 간 차이가 초기 시조(A)보다 후기 시조(C)에서 커졌다.

각 장의 전구·후구 간 차이는 초기 시조(A)에서 초장 +0.09음절, 중장 +1.05음절, 종장 +1.28음절이던 것이, 후기 시조(C)에서는 초장 +0.46음절, 중장 +1.23음절, 종장 +1.62음절로, 초장에서 0.37음절, 중장에서 0.18음절, 종장에서 0.34음절의 증가를 보이게 되었다. 이는 [현상 1]이 구별로 볼 때, 초장·중장에서는 후구에, 종장에서는 전구에 두드러지게 나타난 데서 연유한 바일 것이다.

> [현상 3] 후대에 정착된 초기 시조(B)는 대체로 초기 시조(A)보다 후기 시조(C)에 더 가깝거나, 또는 그 중간적인 면모를 보인다.

---

14) 편의상 '초장 제1음보'를 '초1'로, '초장 前句'를 '초전'으로 줄여서 쓰기로 한다(다른 부분들의 표시도 마찬가지임).

평균치만으로는 판단하기 어렵겠지만, [표 1]을 통해 볼 때, 음보에서 초2·중1·종4, 구에서 중전·종후의 경우를 제하고는, 모두가 이 현상을 보인다. 이 현상은 후대에 정착된 초기 시조(B)가 전승 과정에서 그 원형(A와 근사함)을 잃고 후기형으로 변이된 것이거나, 또는 그 과정에 위치하고 있음을 보여주는 것이라고 하겠다.

2) 구성 음절수

(1) 음보별

[표 2]

	초 장				중 장				종 장			
	1	2	3	4	1	2	3	4	1	2	3	4
A	2~3 96.9	4~5 90.8	2~4 100	4 86.2	2~3 100	3~4 84.6	3~4 93.9	3~4 89.2	3 92.3	4~6 86.2	4 84.6	2~4 100
	3, (2) 66.2 (30.8)	4 70.8	3 66.2	4 86.2	3, 2 52.3 47.7	3, 4 47.7 36.9	3, (4) 63.1 (30.8)	4 69.2	③ 92.3	5 55.4	4 84.6	3 72.3
B	2~3 97.8	4~5 97.8	3~4 100	4 93.5	2~3 100	3~4 100	3~4 95.7	4 97.8	3 100	5~6 91.3	4 91.3	3 97.8
	3 84.8	4, (5) 69.6 (28.3)	3, 4 58.7 41.3	④ 93.5	2, 3 56.5 43.5	4, 3 56.5 43.5	3, 4 47.8 47.8	④ 97.8	③ 100	5, 6 54.4 37.0	④ 91.3	③ 97.8
C	2~3 95.6	4~5 95.6	3~4 99.1	4 93.8	2~3 98.2	3~4 96.5	3~4 96.4	4 95.5	3 100	5~7 95.6	4 95.6	3~4 99.1
	3 75.2	4 83.2	3, 4 59.3 39.8	④ 93.8	3, 2 55.8 42.5	4, (3) 61.1 (35.4)	3, 4 50.0 46.4	④ 95.5	③ 100	5, 6, 7 46.0 26.6 23.0	④ 95.6	3 86.7

※ A, B, C에서 상단(上段)은 유의범위(10% 이상 나타난 음절수들로 함)에 드는 음절수들을, 하단(下段)은 빈출치(頻出値; 25% 이상 나타난 음절수들로 함)를 그 빈도(%)와 함께 나타낸 것이다. 빈출치에서 원으로 둘러싼 숫자는 90% 이상의 압도적인 빈

도를, 굵은 숫자는 75% 이상의 지배적인 빈도를 보이는 음절수를 표시한 것이며, 빈출치가 둘 이상인 경우에 최빈치(最頻値)에 25% 이상의 큰 차를 보이는 것과 빈출치에 가까운 것은 ( ) 속에 넣었다.

[표 2]를 보면, 유의범위에서 초3(A: 2~4음절, C: 3~4음절)·중4(A: 3~4음절, C: 4음절)·종2(A: 4~6음절, C: 5~7음절)·종4(A: 2~4음절, C: 3~4음절)를 통해서, 또 빈출치에서 초1·초3·중2·중3·종2를 통해서 앞의 [현상 1]을 확인할 수 있다. 그리고 유의범위에서 초3·중4·종2를 통해서, 또 빈출치에서 초1·초3·중2·중3·종2 등을 통해서 [현상 3]도 확인할 수 있다.

[현상 4] 초기 시조(A)는 후기 시조(C)보다 집중도가 훨씬 약하다.

곧 후기 시조에 들어서 음보를 구성하는 음절수가 점차 특정 음절수(들)에로 고정되어 갔다는 것인데, 이러한 양상은 초3·중3·종2와 같이 [현상 1]에서 파생되는 부득이한 경우를 제외하고는 거의 일반적인 현상이다. 초1·초2·초4·중2·중4·종1·종3·종4에서 특정 음절수의 빈도가 훨씬 더 커지게 되었는데, 특히 중4의 경우는 초기 시조(A)에서 유의범위가 3~4음절이고 최빈치인 4음절이 69.2%를 보임에 비해 후기 시조(C)에서는 유의범위가 4음절 하나뿐이며 95.5%라는 압도적인 집중도를 보인다.

이 집중성은 전체적으로 종1·초4·종3에서 가장 높고, 중4·종4·초2·초1에서도 비교적 높은 편이지만, 중1·중2·중3·종2·초3에서는 낮게 나타난다.

주목할 점은 중장에서의 집중도가 초장과 종장에 비해 훨씬 낮다는 점이다. 앞에서 든 집중도가 낮은 음보들 가운데 종2·초3은 [현상 1]로 인하여 불가피한 것이라 하겠지만, 중1·중2·중3에서는 이와 관계없이 집중도가 낮으며, 빈출치도 둘씩이나 되어 어느 일정한 음절로 고정되는 경향이 거의 나타나지 않는다. 이러한 중장의 불안정한 성향은 사설시조 등에서 주로 중장이 길어지게 된 현상[15]과도 관련이 있을 듯하다.

(2) 구별

[표 3]

	초 장		중 장		종 장	
	前句	後句	前句	後句	前句	後句
A	6~8 96.9	6~8 98.5	5~7 87.7	6~8 95.4	8~10 83.1	6~8 96.9
	7, (6) 52.3 (26.2)	7 60.0	5, 7, (6) 35.4 27.7 (24.6)	7 58.5	8 56.9	7 63.1
B	6~8 97.8	7~8 97.8	5~7 100	7~8 97.8	8~9 91.3	7 89.1
	7, (8) 58.7 (28.3)	7, 8 54.4 43.5	6, 5, 7 39.1 30.4 30.4	7, 8 50.0 47.8	8, 9 54.4 37.0	7 89.1
C	6~8 94.8	7~8 96.5	5~7 92.9	7~8 95.6	8~10 95.6	7 88.5
	7 64.6	7, 8 55.8 40.7	5, 7 44.3 28.3	7, 8 49.6 46.0	8, 9, 10 46.0 26.6 23.0	7 88.5

[표 3]도 앞의 [표 2]와 같은 방식으로 되어 있다. 이를 통해 볼 때, 유의 범위에서 초후·중후를 통해, 빈출치에서 초전·초후·중전·중후·종전을 통하여 [현상 1]을 재확인할 수 있으며, 중장·종장의 전구와 후구의 빈출치 비교를 통해 [현상 2]도 상당 정도 확인할 수 있다.

---

15) 정병욱, 앞의 글, 5면 참조.

　　그리고 초전의 빈출치, 초후의 유의범위와 빈출치, 중후의 유의범위와 빈출치, 종전의 빈출치 등을 통하여 [현상 3]도 재확인할 수 있다. 또 초전의 빈출치, 초후의 유의범위, 중후·종후의 유의범위와 빈출치 등을 통하여 [현상 4]도 확인할 수 있다.

3) 음절수 차

　　서론에서 말한 바와 같이, 우리말에서 음절수는 대체로 음량(音量)과 상응하며 음보(音步)가 가지는 음량의 장단 배열이 우리 시가의 리듬[長短律]을 형성한다는 견해에 따라서, 시조의 앞뒤 단위들 간의 음절수 차이를 통해 드러나는 음량의 장단 배열 양상을 살펴보기로 한다.

　　앞뒤 하는 두 단위(음보, 구) 간의 장단 비교를 통해서[16] 뒤 단위의 음절수(음량)가 많은 경우에는 '+'로, 앞 단위의 음절수(음량)가 많은 경우에는 '-'로 표시하고 그 음절수 차(差)를 밝히며, 앞 단위와 뒤 단위가 같은 경우에는 '0'으로 나타내기로 한다.

(1) 음보 간

[표 4]

	初前	初後	中前	中後	終前	終後
A	+1, +2 47.7, 38.5	+1 56.9	+1 58.5	+1, (0) 49.2, (29.2)	+2 61.5	-1 63.1
	3-4, (2-4) 46.2, (23.1)	3-4 56.9	2-3, 3-4 32.3, 26.2	3-4 49.2	3-5 55.4	4-3 61.5
B	+1, +2 56.5, 37.0	+1, 0 56.5, 39.1	+1, (+2) 60.9, (26.1)	0, +1 47.8, 47.8	+2, +3 54.4 37.0	-1 89.1

---

16) 우리 시가에서는 리듬 형성에 관여하는 단위가 대체로 음절이나 음보이고 그 리듬이 음보 간이나 句(半行) 간에서 형성된다고 하는 점을 고려하여, 장(章; 詩行) 간의 비교는 생략한다.

	3-4, (3-5) 56.5, (26.1)	3-4, 4-4 54.4, 39.8	2-3, 3-4 30.4, 30.4	4-4, 3-4 47.8, 47.8	3-5, 3-6 54.4 37.0	**4-3** 89.1
C	+1, (+2) 62.8, (27.4)	+1, 0 58.3, 39.8	+1 72.6	+1, 0 50.0, 45.5	+2, +3, +4 46.0	−1 85.0
	3-4 62.0	3-4, 4-4 55.8, 39.8	3-4, 2-3 44.3, 28.3	3-4, 4-4 48.2, 45.5	3-5, 3-6, 3-7 46.0	**4-3** 85.0

※ A·B·C의 상단은 각 구의 앞뒤 음보 간의 음절수 차를, 하단은 그것을 초래하는 실제 음절수 구성 양상을 빈출치로 나타낸 것임.

　[표 4]에서 초후·중전·중후·종전의 앞뒤 음보 간 음절수 차를 통해 [현상 1]을, 초후·중후·종전의 앞뒤 음보 간 음절수 차를 통해 [현상 3]을 다시 확인할 수 있다.

　또 각 구내의 빈출치를 합산하면, 초기 시조(A)에서 초전이 앞뒤 음보 간에 음절수 차가 나는 것 86.2%와 각 음보의 음절수 구성 유형 69.3%, 초후가 57.0%와 57.0%, 중전이 58.5%와 58.5%, 중후가 78.5%와 49.2%, 후전이 61.5%와 55.4%, 종후가 63.1%와 61.5%인데 비하여, 후기 시조(C)에서는 초전이 앞뒤 음보 간에 음절수 차가 나는 것 90.3%와 각 음보의 음절수 구성 유형 62.0%, 초후가 98.1%와 95.6%, 중전이 72.6%와 72.6%, 중후가 95.5%와 93.8%, 종전이 95.6%와 95.6%, 종후가 85.0%와 85.0%로서 훨씬 더 높은 빈도를 보여준다. 이를 통하여 [현상 4]도 확인할 수 있다.

　　[현상 5] 구내 각 음보 간의 음절수 차(뒤 음보의 음절수가 많음)가 A에
　　　　　　비해 C에서는 감소되었다(종장 전구는 증대함).

　구내 앞뒤 음보 간 음절수 차를 보면, 초전은 초기 시조(A)의 +1음절·+2음절에서 후기 시조(C)의 +1음절·(+2음절)로, 초후는 초기 시조(A)의 +1음절에서 후기 시조(C)의 +1음절·0음절로, 중후는 초기 시조(A)의 +1음절·(0음절)에서 후기 시조(C)의 +1음절·0음절로 앞뒤 음보 간의 음절수 차가 줄어들었음을 알 수 있다(종후를 제외하고는 앞 음보보다 뒤 음보가 길

거나 대등하다). 그러나 종전의 경우는 [현상 1]이 종2에 주로 나타난 까닭으로 인해 오히려 앞뒤 음보 간 음절수 차가 커졌다.

(2) 구간

[표 5]

	초 장	중 장	종 장
A	0, (+1) 43.1, (23.1)	+2, (0) 33.9, (24.6)	−1, (−2) 36.9, (21.5)
	7-7 32.3	(5-7, 7-7) (20.0, 18.5)	8-7 33.9
B	0, (+1) 45.7, (23.9)	+2, +1 41.3, 30.4	−1, −2 50.0, 41.3
	7-7, (7-8) 34.8, (21.7)	(6-8, 5-7) (21.7, 19.6)	8-7, 9-7 47.8, 34.8
C	0, +1 44.3, 35.4	+1, (+2, 0) 37.2, (21.2, 20.4)	−1, −2, (−3) 44.3, 26.6, (19.5)
	7-7, (7-8) 38.9, (24.8)	(7-8, 7-7) (23.0, 18.6)	8-7, (9-7, 10-7) 40.7, (23.9, 19.5)

[표 5]에서는 빈도가 대체로 낮게 나타나는데, 초장의 음절수 구성과 종장의 음절수 차 및 음절수 구성을 통해 [현상 3]을 다시 확인할 수 있으며, 초장·종장의 음절수 차와 음절수 구성을 통해 [현상 2]도 확인할 수 있다. 또 빈출치들의 빈도를 합산해 볼 때 A보다는 C가 훨씬 더 빈도가 높다는 점에서, [현상 4]도 확인할 수 있다. 그리고 앞서 [현상 4]의 설명에서 말한 바처럼 중장의 불안정한 성향도 음절수 구성 비교를 통해 확인할 수 있다 (중장에는 빈출 음절수 구성이 나타나지 않는다).[17]

이상에서 살펴본 바와 같이, 초기 시조(A)는 후기 시조(C)에 비해 전반

---

17) 장(시행)별 길이는 대체로 종장이 가장 길고, 초장과 중장 간에서는 초장이 다소 길거나 비등한 경우가 많다.

적으로 집중도가 훨씬 미약하고 불안정한 면모를 보여준다.

4. 초기 시조의 형태상 특징

앞에서 살펴본 바를 정리하여 초기 시조의 형태상 특징을 들어보기로
한다. 그런데 서술의 편의를 위해 초기 시조의 형태가 후기 시조에서는
어떻게 변모되었는가를 설명하는 방식을 취하기로 한다(이는 초기 시조의
형태상 특징을 설명하는 방식으로 그리 적합하지 못할 듯하지만, 시조형이 초기형
에서 후기형으로 변천되어 갔다는 점에서 부득이한 일일 것이다).

먼저 앞에서 밝힌 현상들을 다시 들어보기로 하자.

[현상 1] 대체로 초기 시조는 후기 시조에 비해 음절수가 적었다.

[현상 2] 각 장(시행) 전·후구 간 차이가 초기 시조보다 후기 시조에서
커졌다.

[현상 3] 후기에 정착된 초기 시조는 초기 시조의 형태보다 후기 시조의
형태에 더 가깝거나, 또는 그 중간적인 면모를 보인다.

[현상 4] 초기 시조는 후기 시조보다 집중도가 훨씬 약하다.

[현상 5] 구내 각 음보 간의 단장(短長) 격차(뒤의 음보가 김)가 초기 시
조에 비해 후기 시조에서 감소되었다(종장 전구는 증대함).

이제 이러한 제 현상들을 각 구성단위별로 살펴보기로 하자.

(1) 초장(제1행)

① 제1음보: 유의범위 2~3음절에서 음절수(음량)가 적은 2음절이 줄어
들고 3음절이 많아졌다.

② 제2음보: 평균치에서도 나타났듯이 [현상 1]과는 반대로 다음절인 5

음절이 줄고 소음절인 4음절이 늘어났다.

③ 전구: 유의범위 6~8음절에서, 제1음보의 변모로 인해 6음절이 줄고, 제2음보에서의 변모로 인해 8음절도 줄게 되어 7음절이 많이 늘어나고 이에 대한 집중도도 높아지게 되었다. 또 제1·2음보 간의 장단 격차도 감소되어, 2-4조와, 3-5조가 줄고 3-4조가 늘어났다.

④ 제3음보: 유의범위 2~4음절에서 2음절, 3음절이 줄고 4음절이 크게 늘어났다.

⑤ 제4음보: 별차는 없으나, 4음절에의 집중도가 높아져 거의 고정화되었다.

⑥ 후구: 제3·4음보에서의 변모에 따라 6음절은 크게 줄고, 7음절은 다소 줄었으며, 8음절이 현격히 늘어났다. 또 같은 이유로 2-4조가 줄고 4-4조가 크게 늘어나서 음보 간 장단 격차가 감소되었다.

⑦ 초장: 후구에서 다음절인 8음절이 크게 늘어남으로 인하여 전구와 후구 사이의 7-8음절 구성이 증대하는 등 구간 격차가 커졌다.

(2) 중장(제2행)

① 제1음보: 별차는 없으나 유의범위 2~3음절에서 다음절인 3음절이 약간 늘어나고, 소음절인 2음절이 약간 줄어들었다.

② 제2음보: 3음절이 꽤 줄고, 4음절이 크게 늘어났다.

③ 전구: 제1·2음보의 변모로 인해 5음절이 줄고 7음절이 크게 늘어났으며, 3-3조 등이 감소하고 3-4조가 크게 증대하였으며 2-4조도 약간 증대하였으나, 음보 간 격차는 별로 없다.

④ 제3음보: 3음절이 크게 줄고, 4음절이 크게 늘어났다.

⑤ 제4음보: 3음절이 쓰이지 않게 되고, 4음절이 현격한 증대를 보여서 거의 고정화되었다.

⑥ 후구: 제3·4음보의 변모로 인해 6음절은 거의 쓰이지 않게 되고 7음절도 줄었으며, 상대적으로 8음절이 현격히 늘어나게 되었다. 또

4-4조가 현격히 증대하였으나 음보 간 격차는 별로 없다.

⑦ 중장: 전구와 후구 사이의 5-7음절 구성, 6-8음절 구성 등이 감소하였으나, 7-8음절 구성이 현격히 증대하였으며 5-8음절 구성도 늘어나서, 구간 격차는 오히려 약간 증대하였다.

(3) 종장(제3행)

① 제1음보: 3음절에로의 집중도가 늘어나서 완전 고정화되었다.

② 제2음보: 4, 5음절이 줄고, 6, 7음절이 늘어났다.

③ 전구: 제2음보의 변모로 인해 8음절이 줄고 9, 10음절이 늘어났으며, 3-5조가 줄고 3-6, 3-7조가 늘어나 음보 간 격차가 크게 증대되었다.

④ 제3음보: 4음절에로의 집중도가 높아져서 거의 고정화되었다.

⑤ 제4음보: 2음절이 줄어들고 3음절이 크게 늘어나, 3음절에로의 집중도가 크게 높아졌다.

⑥ 후구: 6음절이 크게 줄어들어 거의 쓰이지 않게 되고 8음절도 줄었으며, 7음절이 현격히 늘어나게 되었다. 또 4-2조가 줄어들고, 4-3조가 현격히 증대함으로 인하여 음보 간 격차가 감소되었다.

⑦ 종장: 전구와 후구 사이의 8-7음절 구성이 늘어난 반면에, 8-8음절 구성이 줄고, 9-7음절 구성, 10-7음절 구성이 상당히 늘어나 구간 격차는 크게 증대되었다.

이상과 같은 변모를 보인 초기 시조에서 후기 시조에 비해 큰 차이를 보이는 음보로는 초3 · 중2 · 중4 · 종2를 들 수 있는데, 초3에서 4음절은 18.3%의 증대를, 중2에서 4음절은 24.1%의 증대를, 중3에서 4음절은 15.7%의 증대를, 중4에서 3음절은 20%의 감소를, 4음절은 26.3%의 증대를, 종2에서 7음절은 15.3%의 증대를 후기 시조의 형태에서 나타내 준다. 그리고 이러한 현상이 중장에서 가장 심하게 나타나는 것을 보아도 중장의 유동적인 변모 가능성을 알 수 있다.

구내 음보 간 장단 리듬에서는 모든 구들에 걸쳐 큰 변모를 보이게 되는데, 초전에서 3-4조가 15.8%, 초후에서 4-4조가 22.9%, 중전에서 3-4조가 18.1%, 중후에서 4-4조가 25.5%, 종전에서 3-7조가 15.3%, 종후에서 4-3조가 23.4%씩의 증대를 후기 시조의 형태에서 보여 준다. 이러한 리듬상의 변모는 전구보다 후구에서 더 심하게 나타난다.

그런데 이와 같이 특정한 리듬이 현저하게 증대함에 비해 다른 특정한 리듬이 비견할 만큼의 감소를 보이지 않는다는 점을 통해 볼 때, 초기 시조에서의 다양하던 리듬 감각이 후기에는 소수의 특정 리듬으로 집중화되었다는 것을 알 수 있다.

5. 결론

앞에서 살펴본 바와 같이, 임란 이전의 초기 시조는 임란 이후의 후기 시조에 비해 그 형태상 상당한 차이를 보여주고 있는데, 그 차이점 가운데서 뚜렷이 드러나는 현상들을 들면 다음과 같다.

첫째, 대체로 초기 시조는 후기 시조에 비해 각 단위들을 구성하는 음절수[音量]가 적었다.

둘째, 초기 시조는 후기 시조에 비해 특정한 음절수[음량]와 리듬에 대한 집중도가 훨씬 약했다.

셋째, 초기 시조는 후기 시조에 비해, 각 장(시행)의 전·후구 간 음절수(음량) 차이가 적었으며, 각 귀(半行)의 전·후 음보 간 음절수[음량] 차이가 컸다(종장 전구에서는 작았다).

이와 같이 초기 시조는 후기 시조에 비해 보다 단형(短型)의 형태적 제약이 보다 약한 경향을 보여주는 것이다.

그리고 『청구영언』의 편찬 이래 후기에 들어서 정착된 초기 시조는 초기 시조의 형태보다는 후기 시조의 형태에 더 가깝거나 또는 그 중간적인 면모를 보인다.

또 초·종장에 비해 중장은 단위 구성 음절수와 단위 간 리듬에서 집중도가 낮은 유동성을 보여 주는데, 이 유동성은 곧 사설시조에서 주로 중장이 평시조형으로부터 벗어나서 길어지게 되는 현상과 관계가 있을 것으로 보인다는 점을 들 수 있다.

이와 같은 초기 시조와 후기 시조 간의 형태상 차이점을 이해하게 될 때, 우리는 시조의 실상과 그 역사적 변천 양상을 보다 정확히 파악할 수 있게 될 것이다.

원제: 「時調의 初期 形態 考察」
『冠嶽語文硏究』 제5집(서울대학교 國語國文學科, 1980. 12)

5장

조선 전기의 '유사시조'

1. 서론

조선왕조의 창건(1392년) 이래 임진(壬辰)·정유왜란(丁酉倭亂; 1592~1598)에 이르는 사이의 조선 전기의 문학에서 그 주류를 이루던 것은 전대(前代)와 마찬가지로 시가문학이었다. 이 조선 전기의 시가문학은 고려시대가 남긴 시가의 유산을 일단 이어받으면서도 이를 청산하고 새로운 '조선적' 시가를 정립하고자 모색하던 15세기와, 15세기의 모색과 정립을 기반으로 하고 성숙된 유학적(儒學的) 이념과 교양을 바탕으로 한 양반 사대부층 중심의 시가 장르인 시조(時調)와 가사(歌辭)가 주축을 이루던 16세기로 나눌 수 있는데, 16세기에 들어서 시조와 가사는 크게 성장하여 그 말엽인 선조대(宣祖代; 1567~1608)에는 활짝 꽃을 피우게 되고 시가계의 우이(牛耳)를 잡게 되었다.[1]

그런데 이 16세기 말엽 무렵의 시가계에서 새로운 변화의 움직임이 나타나고 있었다. '4음보격(音步格) 3행시(行詩)'로서의 시조도 아니고, 또 '4음보격 연속체(連續體)'로서의 가사라고도 하기 어려운 별양(別樣)의 시가

---

[1] 成昊慶, 『朝鮮前期詩歌論』(새문사, 1988), 40~41면 참조.

작품들이 나타나기 시작한 것이다. 그 대표적인 예로는 정철(鄭澈; 1536~ 1593)의 〈장진주사(將進酒辭)〉와 고응척(高應陟; 1531~1605)의 몇몇 작품들 등을 들 수 있는데, 지금까지 국문학계에서는 이 작품들을 대체로 사설 시조(辭說時調)로 보아 왔다.[2] 그러나 이들의 양식은 일정한 정형을 갖추 지 못하였으므로 어느 특정한 장르로 귀속시키기 어려운 데다, 사설시조 라고 하는 것조차도 아직까지 그 장르적 정체를 뚜렷이 밝혀내지 못하고 있는 형편이어서,[3] 이들을 손쉽게 사설시조 장르로 귀속시키기는 어려울 것이다.

필자는 주로 16세기 말엽에 나타난 이들 별양의 작품들을 일단 '유사시 조(類似時調)'라고 부르기로 하며, 이 글에서 그 유형과 양식적 특징, 발생 근거와 존립기반, 그리고 후대의 전개 양상 등에 대하여 체계적인 고찰을 시도하고자 한다.

지금까지 국문학계에서는 이 조선 전기의 유사시조 작품들에 대한 체계 적인 연구가 거의 없었다고 할 것이다. 다만 사설시조의 발생 시기에 관련 된 문제를 다루는 과정에서 정철과 고응척의 몇몇 작품들이 논급되는 정 도에 그쳤는데, 그 연구들에서는 이 조선 전기의 유사시조 작품들을 근거 로 삼아서 사설시조의 발생 시기를 임란 이전으로 올려 잡는 것이 주된

---

2) 정철의 〈장진주사〉를 가사로 본 사례가 없지 않으나(金聖培·朴魯春·李相寶·丁益燮 편, 『註解 歌辭文學全集』, 집문당, 1961, 70~71면), 대체로는 이를 사설시조로 보아 오 고 있다. 그리고 고응척의 〈浩浩歌〉 3수의 경우에도 사설시조로 보는 것이 대체적인 경향이다. 金東旭, 『韓國歌謠의 研究·續』(선명문화사, 1975), 178면; 崔東元, 『古時調研 究』(형설출판사, 1977), 155면 등 참조.

3) 사설시조를 평시조의 변형으로 보아 시조 장르에 귀속시키는 전통적인 견해에서는 그 형태적 특성을 대체로 다음과 같이 보고 있다.
"3章 6句의 短時調의 규칙에서 어느 두 句 이상이 각각 그 자수가 10자 이상으로 벗 어난 시조"(李泰極, 『時調槪論』, 새글사, 1956, 73면).
이에 반해, 사설시조를 시조 장르와는 별도의 독자적 장르로 보는 견해에서는 그 형 식을 '無型詩'로 보고, 이 사설시조에 내재된 이러한 무형시를 확대한 것이 바로 자유 시라고 하기도 했다. 朴喆熙, 『韓國詩史研究』(일조각, 1980), 66면; 林鍾贊, 『時調文學의 本質』(대방출판사, 1986), 199면 참조.

경향이었다.[4]

그러나 사설시조의 개념과 범주, 그리고 그 장르적 속성을 뚜렷이 규명하지 못하고 있는 형편으로는 이 유사시조 작품들을 간단히 사설시조로 처리하기가 어려울 것이기에, 필자는 이들을 근거로 하여 사설시조의 발생시기를 논하여 온 기왕의 연구들에서 보인 관점과 방향은 적지 않은 문제점을 지니고 있다고 본다. 그 연구의 방향은 오히려 이 유사시조 작품들의 유형과 양식적 특징, 그리고 그 후대의 전개 양상(변천상) 등을 구명하고, 그것이 사설시조와 어떠한 관계를 지니는가를 살피는 쪽으로 나아가는 것이 바람직하다고 할 것이다.

이 글에서 필자는 먼저 조선 전기 시가계의 특징적 현상과 주요 장르들의 전개 양상을 간결하게 정리한 뒤에 당시의 유사시조 작품들을 소개하기로 하고, 그 작품들을 유형별로 분류하여 양식적 특징을 살피며, 그 작품들이 당대에 공존하고 있던 시가 장르들인 시조 및 가사와 어떠한 관계를 지니고 있었는가를 구명하기로 하겠다. 또한 그러한 유사시조 작품들이 발생하게 된 까닭을 당대의 시대적·문화적 동향과 문학적 요구 등의 면에서 추찰(推察)하여 보기로 하며, 당대의 음악의 양상과 추이를 살핌으로써 그 존립의 기반에 대해서도 알아보기로 하겠다. 그리고 끝으로 이러한 조선 전기의 유사시조가 17세기 이래 어떻게 전개되어 갔는가를 살핌으로써 18세기에 흥성한 사설시조와의 관계를 구명하는 발판을 마련하고자 한다.

---

4) 김동욱, 앞의 책, 276~79면; 최동원, 앞의 책, 152~58면 참조.

2. 조선 전기의 시가계와 유사시조

1) 조선 전기의 시가계

(1) 15세기 시가계의 과도기적 양상

조선왕조의 창건 이래 성종대(成宗代; 1470~1494)에 이르는 15세기의 시
가계는 대체로 '과도기적(轉換期的) 양상'을 띠고 있었다.

개국 초의 다소 어수선한 상황에서는 제반 제도와 문물이 채 정비되지
못하였으며, 시가 작품도 전승되어 온 고려시대의 양식을 일단 물려받을
수밖에 없었다. 그러나 고려시대 시가에서 두드러진 3음보의 율격은 당대
사대부들의 취향에 잘 맞지 않았던 데다가, 고려시대 작품들에서 적지 않
게 보이는 비윤리적인 불건전한 내용은 유교적 이념과 덕목을 중시하고
그 교양에 젖게 된 당대 사대부들의 비난의 표적이 되는 경우가 많았다.
따라서 고려시대 시가에 대한 그들의 시각은 대체로 부정적·회의적인 경
향을 보여 왔고, 이에 그들은 그들의 이념이나 취향에 맞는 새로운 시형
(詩形)을 추구하여 모색을 거듭하게 되었으며, 그 모색의 결실로서 15세기
말엽에 들어 시조와 가사의 시형이 확립되게 되었다. 그리고 이 모색의 과
정에서는 일정한 형식의 틀을 정립시키지 못한 것으로 여겨지는 각양의
작품들이 나타나기도 했다.

그들은 개국 초의 송축(頌祝) 분위기에 호응하는 경기체가(景幾體歌)의
시형을 거의 그대로 습용하거나, 또는 새로운 양식을 모색하는 과정에서
과도기적인 다양한 시형을 시험해 보았으며, 또는 궁여지책으로 한시(漢
詩)에다 토(吐)를 달아서 우리말의 구조로 변형시키는 방식으로 시가를 짓
기도 하였는데, 이 현토체(懸吐體) 시가의 존재는 다른 어느 시기에 비해서
도 15세기에 많이 나타나는 편이다.

이 시기에 나타난 시가 양식에서 두드러진 양상으로는 '연형식(聯形式;
stanzaic form)'과 '3단(段) 구조'를 들 수 있다.

연형식은 고려시대 시가에서 성행하였던 것인데, 15세기에 들어서도 여전히 성행하여, 단편시가 작품들에서 〈신도가(新都歌)〉·〈불우헌가(不憂軒歌)〉·〈만대엽(慢大葉)〉의 세 편을 제외한 나머지는 모두 다 연형식으로 되어 있다. 그리고 '3단 구조'도 이 시기의 단편시가에서 가장 많이 보인 양상인데, 대체로 그 중엽까지는 '3행시'로서의 모습을 갖추지 못하고 '6구체(句體)'에 머물러 있었으나, 이는 그 말엽에 '4음보격 3행시'로서의 시조형(時調形)을 확립시키는 데 한 중요한 기반이 되었다.

이처럼 고려시대의 시가 유산을 이어받은 연형식과, 16세기의 새로운 정형 확립에 기반이 된 '3단 구조'가 당대 시가계의 대표적인 현상으로 나타난다는 사실은 곧 15세기의 시가계가 과도기적(전환기적) 양상을 띠고 있었다는 점을 분명하게 드러내어 주는 것이라고 할 것이다.[5]

(2) 시조와 가사의 발생

시조와 가사의 발생 문제는 그 시기와 과정 면에서 많은 논란을 보이고 있다. 시조의 경우 그 발생 시기에 대해 고려 중엽의 형성기를 거쳐 고려 말엽에 형태의 완성을 보였다는 견해가 일반적이지만, 이에 대한 반론도 적지 않다. 그리고 가사의 경우는 고려 말의 나옹화상(懶翁和尙; 惠勤)이 지었다는 〈서왕가(西往歌)〉 등을 발생기의 작품으로 보는 견해와 조선 성종대 정극인(丁克仁)이 지었다는 〈상춘곡(賞春曲)〉을 최초 작품으로 보는 견해가 맞서 있다. 여기서는 이러한 여러 견해들을 일일이 논변하기보다는 필자의 견해만 간략히 밝히기로 하겠다.

시조의 발생이나 가사의 발생이란 곧 시조형의 발생, 가사형의 발생을 말하는데, 시조형과 가사형은 일반적으로 '4음보격 3행시'와 '4음보격 연속체'로 규정되고 있다. 따라서 시조와 가사의 발생 시기는 그 시형들이 처음 나타난 때를 살핌으로써 밝혀낼 수 있을 것이다.

---

5) 성호경, 앞의 책, 21∼25면 참조.

시조와 가사의 공통적인 면모는 '4음보 율격'으로 이루어져 있다는 점인데, 이는 16세기의 경기체가에서도 마찬가지로 나타난 현상으로서, 16세기 시가들이 공통적으로 지닌 시대양식(period style)·집단양식(group style)이기도 한 것이다.

그런데 15세기 또는 그 이전의 시가 작품들에서는 율격의 양상이 어떠한가를 살펴보자.

고려시대의 시가에서 두드러진 율격은 3음보격과 2음보격이다. 4음보의 모습도 간간이 나타나기는 하였으나, 이는 하나의 시대양식·집단양식으로 확립된 율격은 아니었다. 그리고 15세기 초·중엽까지의 국어체 시가 작품들에서는 3음보로 된 시행들과 2음보 또는 4음보로 된 시행들이 함께 나타났는데, 이러한 현상은 한시현토체 시가의 경우에도 마찬가지다.

이처럼 성종 초년까지의 시가 작품 대부분이 아직도 전대로부터 이어받은 3음보격의 면모를 크게 벗어나지 못하고 있던 것이 당대의 율격 양상인데, 이러한 양상 속에서 '4음보 율격'으로서의 시조형과 가사형이 확립되어 있었다고 보기는 어려울 것이다.

그러나 성종대 동안에 사정은 달라진다. 15세기에는 대체로 고려시대의 3음보격의 율격에다 고려 말에 새로이 부각된 것으로 보이는 2음보격의 율격이 함께 쓰이면서, 16세기 이래 뚜렷이 모습을 드러내게 되는 4음보격의 시형을 형성·확립하기 위한 한 모색기·과도기의 양상을 보여주다가, 그 모색의 과정이 성종대에 이르러 일단 정리되고, 그 이래로 새로운 모습으로 확립된 시형들이 나타나게 된 것이다.

오늘날까지 전해지는 시조 및 가사 작품들 가운데는 와전(訛傳)·가탁(假托) 또는 위작(僞作)의 가능성이 많은 작품들이 적지 않다. 그러나 성종이 총신(寵臣) 유호인(兪好仁)을 전별하면서 지었다는 시조 작품 "이시렴 브듸 갈다~"(성종 25년: 1494)와 이인형(李仁亨; 1436~1504)의 가사 작품 〈매창월가(梅窓月歌)〉(성종 6~8년: 1475~1477)는 신빙할 수 있을 최고(最古)의 작품들이라고 할 것이다.

이처럼 필자는, 4음보격의 율격이 채 확립되지 못했던 고려시대 및 15세기 초·중엽까지의 시조와 가사 작품들을 그대로 인정할 수 없다는 관점에서, 시조와 가사의 발생시기를 15세기 말엽인 성종대 후반으로 추정하는 바이다.[6]

(3) 16세기 시가계의 양상

연산군대(燕山君代; 1494~1506)부터 임진·정유왜란까지의 16세기의 시가계는 전대와 마찬가지로 양반 사대부계층을 중심으로 하면서, 15세기 말엽에 확립되었던 새로운 '조선적' 시가 장르로서의 시조와 가사를 주축으로 하여 이루어졌다. 그리고 많이 퇴조하기는 했으나 경기체가도 그 말엽까지는 명맥을 이어갔으며, 그 밖에도 뚜렷한 유형 확립이 이루어지지 못한 채로 몇몇 독특한 시형의 작품들이 간간이 모습을 드러내곤 했다.

이 시기의 시가들은 어느 장르든 간에 대체로 시대적·집단적 양식으로서의 4음보격 율격을 지니고 있었는데, 이는 당대 사대부들의 취향에 맞는 것이었다. 경기체가가 3음보격으로 된 전절(前節)을 탈락시키고 후절(後節)만으로 남게 된 것도 이 시대적·집단적 취향에 따른 것으로 여겨진다.

시조와 가사는 성종대인 15세기 말엽에 그 시형을 확립시키게 되었으나, 16세기에 들어서도 그 초엽까지는 그리 떨치지 못하다가, 그 중엽에 들어서야 비로소 활기를 띠게 되었고, 그 말엽부터는 크게 성행하게 되었다. 이 16세기에 시조와 가사의 양대 장르는 각각 다음과 같은 발달단계를 거쳤던 것으로 보인다.

제1기(搖籃期): 15세기 말엽(成宗代)~16세기 초엽(中宗代 중엽)

제2기(成長期): 16세기 중엽(중종대 말엽~明宗代)

제3기(開花期): 16세기 말엽(宣祖代)

---

6) 이에 관한 자세한 논의는 같은 책, 25~38면을 볼 것.

한편 고려 후기의 〈한림별곡(翰林別曲)〉의 형식을 전형으로 하여 오던 경기체가는 15세기 말엽 이후의 작품들에서부터 많은 변화를 보이게 되었으며, 16세기 중엽(중종대 말엽) 주세붕(周世鵬)의 작품들에서부터는 아예 전절을 탈락시킨 채 후절만으로 작품이 구성되는 일대 변혁을 보이게 되었다. 이때 후절의 장형화(長形化)를 통해 그 시상전개상의 엄격한 제약성을 벗어나고자 하는 시도가 나타났고, 16세기 말엽의 권호문(權好文) 작 〈독락팔곡(獨樂八曲)〉에 이르러서는 그 장형화의 변화가 극에 달하여 경기체가의 본래 모습에서 크게 벗어나게 되었으며, 이에 경기체가는 마침내 소멸되고 말았다.

그리고 시조와 가사가 아직도 요람기와 성장기에 있던 16세기 중엽까지는 〈한림별곡(翰林別曲)〉·〈쌍화점(雙花店)〉·〈감군은(感君恩)〉 등 앞 시대의 시가 작품들이 널리 향수되기도 하였다.

이러한 16세기 시가계의 양식적 특징으로는 앞서 든 '4음보격의 율격' 말고도 '연형식의 퇴조(退潮)' 현상을 들 수가 있다. 고려시대와 15세기에 성행하였던 연형식은 16세기에 들어서는 크게 퇴조하게 되어, 경기체가 등 전대 시가의 유산을 계승한 경우 외에는 거의 찾아볼 수 없게 되었다.[7] 이에 따라 16세기의 시가계는 단편시가(短篇詩歌; 시조)와 장편시가(長篇詩歌; 가사)의 획연한 양분 현상을 보이게 되었다.

2) 유사시조 작품

시조와 가사의 시형이 확립된 이래 16세기 동안에 시조·가사, 그리고 경기체가 외의 다른 시형으로 나타났던 작품들 가운데서 앞 시대 시가의 잔형(殘形)이나 민요를 제외한 작품들을 일단 '유사시조(類似時調)'라고 부르기로 하는데, 이들을 그 작자별로 들어보면 다음과 같다.

---

7) 같은 책, 38~42면 참조.

(1) 이장(李璋; 1505~?)

① 〈이장 장가(李璋長歌)〉

이장이 중종 27년(1532) 겨울에 지어 부른 작품으로, 전 16개 구 9행으로 되어 있다.

이장이 그가 따르던 이행(李荇)이 김안로(金安老)의 잘못을 논하다가 도로 탄핵되어 좌의정에서 판중추부사로 좌천되었다가, 다시 탄핵됨에 삭탈관직되어 유배당하는데도 당시의 삼공(三公)·대간(臺諫)·시종(侍從)들이 이를 적극 구하지 않고 방관하거나, 또는 그 탄핵에 가담한 것을 원망하고 분하게 여겨, 그들의 성명을 두루 들고, 그 이름의 끝 글자와 음이 비슷한 다른 말로써 그들의 성행(性行)을 조롱·비방하여 지은 노래다. 우리말 부분은 이두식(吏讀式) 표기로 되어 있다(아래 작품에서 밑줄 친 부분이 이두식 표기이며, ( ) 속의 우리말 표기는 필자가 시도한 것임).[8]

> 鄭光弼 細筆奴(로) 李弘幹 折簡爲也(ᄒ야)
>
> 張順孫 何孫爲爾(엇던/어느 손 ᄒ며) 韓效元 何(엇던/어느) 官員爲了
> (ᄒ뇨)
>
> 鄭萬鍾 丘從爲古(ᄒ고) 李任 漢任爲也(하님 ᄒ야)
>
> 趙元紀 豪氣奴(로) 柳灌 陶罐(도간) 許磁 莫子(막ᄌ)
>
> 崔世節 無節屎(히) 金鐸 木鐸 加齊(가제)
>
> 黃琦 有氣屎爲尼(히 ᄒ니)
>
> 權輗刀(도) 憎汝羅古(믜워라고) 蔡無擇刀(도) 邪慝多爲件亇隱(다 ᄒ건만)
>
> 任樞 大醉爲也(ᄒ야) 沈彦光 發狂爲尼(ᄒ니)
>
> 金安老 羅毛老奴(나 모로네) [『中宗實錄』 권74]

---

8) 成昊慶, 「李璋長歌 考察」, 『韓國學報』 49(일지사, 1987), 2~32면(이 책, 357~394면) 참조. 이 작품은 『中宗實錄』 권74의 28년 3월 기사(『朝鮮王朝實錄』 ⑰ 401면)에 실려 전하고 있다.

(2) 안동 권씨(安東權氏; 1490~1575. 盧禛의 어머니)

② 〈답가(答歌)〉(〈盧禛 母夫人 答歌〉)

노진(1518~1578)의 어머니 권씨가 그 수연(壽宴)에서 아들이 바치는 〈수연가(壽宴歌)〉에 대해 창화(唱和)한 작품으로 전 4행으로 이루어져 있으며, 선조 8년(1575)경의 작일 것으로 추정된다.[9]

國家 太平ᄒ고 萱堂에 날이 긴 제

머리 흰 判書아기 萬壽盃 드리ᄂᆞᆫ고

每日이 오늘 ᄀᆞᆺ튼면 셩이 무슴 가싀리

아마도 一髮秋毫 聖恩잇가 ᄒ노라 [『玉溪續集』 권1]

(3) 고응척(高應陟; 1531~1605)

고응척의 『두곡집(杜谷集)』에 실린 우리말 시가 작품 28수 가운데서 『대학(大學)』 장구(章句)를 시가화한 25수 중 3수가 시조의 모습에서 벗어나 있고, 또 송(宋)의 마존(馬存; ?~1096, 字는 子才)의 〈호호가(浩浩歌)〉를 번안한 〈호호가〉 3수도 시조형과는 거리가 멀다.[10] 그 창작연대를 임란 이전으로 추측함이 보통이지만, 그 이후의 작일 가능성도 적지 않은 편이다.[11]

③ 〈군자곡(君子曲)〉(No. 6): 전 4행

---

9) 李東英은 이 작품이 權氏의 환갑잔치 때 지어진 것으로 보았으나(李東英, 『朝鮮朝 嶺南 詩歌의 研究』, 형설출판사, 1984, 163면), 이는 잘못된 추정으로 여겨진다. 작품 중의 '判書아기'라는 말로 보아, 이 작품은 노진이 판서가 된 이후에 지은 것으로 보아야 할 터이다. 『玉溪集』 권5의 뒤 「玉溪年譜」에 의하면, 노진은 1575년(선조 8) 6월에 58세로 禮曹判書에 올랐으며, 얼마 후 吏曹判書로 옮겼는데, 10월에 그 어머니가 병이 위중하여 86세의 나이로 별세하였으니, 이 사이의 작일 것으로 추정된다.

10) 高應陟, 『杜谷先生文集』 권5 다음의 「杜谷歌曲」에 실려 전하고 있다.

11) 成昊慶, 「杜谷 高應陟의 詩歌 辨正」, 『韓國學報』 53(일지사, 1988), 95~97면(이 책, 524~527면) 참조.

瞻彼淇隩ᄒ니 빗날손 有斐君子ㅣ
切ᄒ고 磋텃ᄒ니 모롤 일니 므어시며
琢ᄒ고 磨텃ᄒ니 허믈을 몯 보로다
ᄒ믈며 親賢樂利하거아 綠竹興도 낟브도다[12]

④ 〈평천하곡(平天下曲)〉(No. 14): 전 5행
咸陽宮 쇠를 노겨 기(다)흔 호믜 티고
萬里城軍을 내여 面面히 監考定고
海內陳地를 다 除草ᄒ야 두고
天地間 굴믄 사름 다 졋거 보랴터니
秋風이 吹不盡ᄒ니 일동말동 ᄒ여라

⑤ 〈천지일가곡(天地一家曲)〉(No. 15): 전 4행
티미러 도라보니 分明 上帝로쇠
ᄂ리미러 살펴보니 진실로 慈母로다
中間 萬物이 긔 아니 同生이랴
흔 지븨 흔 세간 되여 同樂흔들 엇더료

⑥ 〈호호가(浩浩歌) 1〉(No. 26): 전 18구 10행
天地 萬物이 엇디ᄒ야 삼긴게고
시저리 쓰시면
太倉애 祿米를 쒸 누키고 머그리라
시절리 ᄇ리시면

---

12) 작품의 표기는 근년에 발견되어 重刊된 목판본 『杜谷先生文集』(1987년 影印重刊本)의 것을 따랐는데, ( ) 속에 든 것은 기왕에 金東旭이 소개한 필사본 『杜谷集』의 것을 補添한 것이다(이하 같음). 같은 글, 88~94면(이 책, 512~518면); 김동욱, 앞의 책, 265~268면 참조.

綠水靑山이 어듸가 업시리오
渭川漁父도 낫대 혼나 쑌이오
莘野耕叟도 두어 고랑 바치로다
ᄒ말며 嚴子陵도 帝腹애 발 언즈니
구믈기도 몯ᄒ거든 셩식을 내실너냐
어릴샤 뎌 宰相아 제 지브로 오라 할샤

⑦ 〈호호가 2〉(No. 27): 전 10구 5행

天地 萬物이 엇디ᄒ야 삼긴게고
屈原은 므슨 일로 汨羅水에 빠디며
夷齊ᄂ 긔 므싀 일 西山애 가 굴믈 것고
聖賢의 ᄆ음은 절로 즐겨ᄒ거늘
百姓이 거복ᄒ니 내라 혈마 엇디ᄒ로

⑧ 〈호호가 3〉(No. 28): 전 18구 9행

天地 萬物이 엇디ᄒ야 삼긴게고
玉堂 金馬ᄂ 어듸민 인ᄂ뇨
雲山 石室이 간 듸마다 노플셰고
구프려 바틀 가니 짱이 비록 <u>만코</u>(젹다마ᄂ)[13]
울워러 ᄑ름 부니 하ᄂ리 무흔ᄒ다
내 비즌 한 ᄆ 술 벗님과 취ᄒ새다
二三月 春風은 품에 ᄀ득ᄒ엿(거)늘
九十月 丹楓은 ᄂ치 ᄀ득 오ᄅᄂ다

---

13) 『杜谷先生文集』에서의 "만코"는 金東旭이 소개한 필사본에는 "젹다마ᄂ"으로 되어 있고
   원작인 馬存의 〈浩浩歌〉에도 "低頭欲耕地雖少"로 되어 있으니, "젹다마ᄂ"이 적절하다
   고 할 것이다.

아마도 醉裡乾坤을 나와 너와 놀리라

(4) 정철(鄭澈; 1536~1593)

⑨ "심의산~ ": 전 4행

심의산 세네 바회 감도라 휘도라 드러

오뉴월 낫계즉만 살얼음 지핀 우희

즌 서리 섯거 티고 자최 눈 디여거늘 보앗는다

님아 님아 온 놈이 온 말을 ᄒᆞ여도 님이 짐쟉ᄒᆞ쇼서[14]

[『松江歌辭』李選本 43]

⑩ 〈장진주사(將進酒辭)〉: 전 18구 10행

ᄒᆞᆫ 盞 먹새그려 쏘 ᄒᆞᆫ 盞 먹새그려

곳 것거 算 노코 無盡無盡 먹새그려

이 몸 주근 後면

지게 우희 거적 더퍼 주리혀 미여 가나

流蘇寶帳의 萬人이 우러 네나

어욱새 속새 덥가나무 白楊 수페

가기곳 가면

누른 히 흰 둘 ᄀᆞᄂᆞᆫ 비 굴근 눈

쇼쇼리 ᄇᆞ람불 제 뉘 ᄒᆞᆫ 盞 먹쟈 ᄒᆞᆯ고

ᄒᆞ믈며 무덤 우희 진납이 ᄑᆞ람불 제 뉘우츤ᄃᆞᆯ 엇디리

[『송강가사』 이선본 52]

---

14) "님아님아" 부분은 논자에 따라서 그 앞 행의 "보앗는다"에 붙여서 함께 앞의 행에다
이어지는 것으로 보고, 끝 행을 "온놈이~"부터 시작하는 것으로 보기도 한다(鄭炳昱,
『時調文學事典』, 신구문화사, 1968, 308면 등). 그러나 필자는 "님아님아" 부분이 그 앞
의 "보앗는다"보다는 뒤의 "짐쟉ᄒᆞ쇼셔"와 의미상 더 긴밀한 관계를 맺고 있는 것으로
본다.

(5) 안인수(安仁壽)

⑪ 〈안인수가(安仁壽歌)〉: 전 17구 9행

임진왜란 때 일본에 포로로 끌려갔던 안인수가 지은 작품이다(1592~
1600년 사이).

어와 셜온지고 싱각ᄒ니 더옥 슬픠

萬里外이어 이 어듸라 혼자 와셔

ᄆ음의 믹친 님을 쭘의나 보려 ᄒ여

客窓을 지혀시니

헌ᄉ로온 淸風은 碧海를 지내 불고

외로온 明月은 板屋이 빗겨시니

ᄆ음이 閑暇ᄒ여 줌이조차 아니 온다

아니 오ᄂ 님은ᄏ니와 오던 줌은 어듸 간고

줌조차 無情히 되니 더욱 슬퍼 ᄒ노라 [『松潭遺事』]

(6) 백수회(白受繪; 1574~1642)

⑫ 〈도대마도가(到對馬島歌)〉: 전 4행

작자가 선조 25년(1592) 4월에 19살의 나이로 일본군의 포로가 되어 일
본으로 끌려가다가 대마도에 당도하여 지은 작품으로 추정된다.

海雲臺 여흰 날의 對馬島 도라드러

눈믈 베셔고 左右를 도라보니

滄波萬里를 이 어듸라 홀 게이고

두어라 天心助順ᄒ면 使返故國 ᄒ리라 [『송담유사』]

⑬ 〈화경도안인수가(和京都安仁壽歌)〉: 전 5행

일본에서 포로로 있으면서(1592~1600년 사이) ⑪ 〈안인수가〉에 화답한

작품이다.

> 寒燈 客窓의 벗 업시 혼자 안자
> 님 싱각 ᄒ며서 左右을 도라보니
> 北海ㄴ가 燕獄인가 이 어듸라 홀 쎄이고
> 淸風과 明月을 벗 삼은 몸이
> 爲國丹心을 못내 슬허 ᄒ노라 [『송담유사』]

이상과 같이 6명의 작자에 의한 13편의 작품이 16세기의 '유사시조' 작품들로 남아 전하고 있다.[15]

이 작품들 가운데서 ① 〈이장 장가〉만이 16세기 초엽에 지어진 것으로서 시조 장르와 가사 장르의 요람기에 나타났을 뿐, 나머지 12편은 모두 16세기 말엽 시조 장르와 가사 장르가 개화기(開花期)에 들어서 있던 시기에 지어진 것으로 확인되거나 추정된다. 그리고 이는 경기체가 장르가 쇠퇴기에 있다가 소멸되던 시기와 거의 때를 같이하는 것이기도 하다.[16]

3. 유사시조 작품의 유형과 양식적 특징

1) 유형

현전하는 조선 전기의 유사시조 작품 13편을 유형별로 분류하는 일은 그 작품들의 생성 과정 및 양식적 특징을 살피는 일과 바로 맞닿아 있다

---

15) 이 밖에도 몇몇 작품들이 사설시조로 거론되기도 하나, 필자는 앞에서 든 작품들 외의 것은 시조(평시조)의 시형에서 그리 벗어나지 않는 것으로 판단하여 論外로 한다.

16) 權好文의 『松巖別集』 권1, 「年譜」의 '宣祖 14년 辛巳'조에 의하면, 경기체가의 실질적인 마지막 작품인 〈獨樂八曲〉은 1581년 무렵 또는 그 이전에 지어진 것이다.

고 할 것이다. 그런데 이러한 작업에는 다음과 같은 난점들이 있다.

첫째, 이 13편의 작품들이 어떠한 장르의식 또는 유형의식에 의해 생겨난 필연적인 결과인가, 아니면 우연한 소산(所産)인가 하는 문제에 대해 우리가 뚜렷한 인식을 가지고 있지 못한 실정이다. 물론 이들 중 부분적으로는 기존의 시가 양식의 한계를 인식하고 그것에서 벗어나고자 하는 의식이 뒷받침된 것도 있겠으나, 그러한 의식이 없이 자연발생적으로 이루어졌을 가능성이 높은 것도 없지 않은 것이다. 만약 이처럼 우연히 생겨난 작품들이 적지 않다고 할 경우에는 그러한 작품들을 유형별로 분류한다는 것이 과연 어떠한 의미, 얼마만큼의 의의를 가질 수 있겠는가 하는 문제가 제기될 수 있는 것이다.

둘째, 작품들을 실제로 분류하는 데서도 그 분류되는 유형들의 모태(母胎)가 되는 기존의 시가형을 확인하기가 쉽지 않다는 점이다. 편의상 '유사 시조'라고 이름 붙였지만, 그 모든 작품들의 모태가 시조일 것으로 추정함은 현실적으로 불가능할 것으로 여겨진다. 따라서 그 발생의 기반이 되는 모태 시형은 두 가지 이상일 것으로 상정(想定)되는데, 이 경우 어떠한 근거로써 그 모태 시형을 확인할 수 있는가 하는 점이다.

이러한 난점들을 안고 있기 때문에 그 유형별 분류는 쉽게 이루어지기가 어려울 것이지만, 일단 시행수(詩行數)에 따르는 시형의 크기를 기준으로 하여 이를 시도해 보기로 한다.[17]

그런데 시형의 크기를 기준으로 하여 작품들을 유형별로 분류함에서는, 먼저 그 작품들이 어떤 특정한 시형들을 모태로 하고 그 시형들을 변형·변용시킴으로써 이루어진 것과, 그와는 달리 중국시가 작품의 번역 내지

---

17) 문학의 결정 요인으로는 일반적으로 내용보다 형식이 우세하다는 점(Victor Erlich, *Russian Formalism*, 박거용 역, 『러시아 形式主義』, 문학과지성사, 1983, 327면 참조)을 고려하였으며, 또 당대의 시가 유형 분류에서 '長歌·短歌'와 같은 시형의 크기(분량)에 따른 듯한 논급이 李睟光의 『芝峰類說』(권14, 文章部 7) 등에 散見되고 있기에, 이 '시형의 크기'를 기준으로 한다.

는 번안으로 이루어졌기 때문에 그 형태적 연원을 그 원작(原作; 中國系)에서 많이 구하여야 할 것으로 나누어 보아야 할 것이다. 전자의 경우는 그 시형의 성립을 우리 시가의 전통 속에서 파악할 수 있는 것임에 비해, 후자의 경우는 이와 다소 관련을 지니기는 하지만 그 직접적인 영향의 발신체가 외국의 시가이기 때문이다. 현전하는 13편의 작품들 가운데서, 고응척의 〈호호가〉 3수가 바로 이러한 후자의 경우에 속하는데, 이 작품들에서는 그 율격 등은 우리 시가 자체의 전통에 맥이 닿아 있지만, 시행수와 시편(詩篇)의 크기 등은 중국시가인 원 작품의 영향과 제약을 크게 받을 수밖에 없었던 것이다.

이처럼 먼저 창작시가와 번역·번안시가를 구별하고 나서, 창작시가 10편을 시형의 크기에 따라서 살펴보면, 다음과 같다.

> 4행: 5편(〈盧禛母夫人 答歌〉, 〈君子曲〉, 〈天地一家曲〉. "심의산～", 〈到對馬島歌〉)
> 5행: 2편(〈平天下曲〉, 〈和京都安仁壽歌〉)
> 9행: 2편(〈李璋 長歌〉, 〈安仁壽歌〉)
> 10행: 1편(〈將進酒辭〉)

전반적으로 작품수가 얼마 되지 못한 형편에서 이를 유형별로 분류하는 일에는 적지 않은 위험성이 있겠지만, 앞의 구분을 토대로 하여 10편의 창작시가를 대략 두 가지 종류로 유별(類別)할 수 있을 것이다.

그 하나는 5행 이내의 크기를 가진 단형(短型)인데, 4행 시가 5편, 5행 시가 2편 계 7편의 작품이 이에 속한다. 이들은 대체로 3행으로 된 시조형을 모태로 하여 이루어진 것으로 추정된다. 다른 하나는 그보다 시형이 큰 장형(長型)인데, 9행 시가 2편, 10행 시가 1편 계 3편의 작품이 이에 속한다.[18] 이들은 그 생성의 모태가 되는 시형을 확인하기가 쉽지 않지만, 그 모태 시형을 시조형에서 찾기는 어려울 것으로 판단된다.

이상과 같이 형성의 계통 관계를 고려하면서, 조선 전기의 유사시조 작품들을 시형의 크기를 중심으로 하여 유별한 바를 그림으로 나타내어 보면 다음과 같다.

창작시가
　　단형┌ 4행: 〈노진모부인 답가〉, 〈군자곡〉, 〈천지일가곡〉, "심의산
　　　　│　　　　～", 〈도대마도가〉
　　　　└ 5행: 〈평천하곡〉, 〈화경도안인수가〉
　　장형┌ 9행: 〈이장 장가〉, 〈안인수가〉
　　　　└ 10행: 〈장진주사〉
번역・번안시가 ― 〈호호가 1〉: 10행, 〈호호가 2〉: 5행, 〈호호가 3〉: 9행

개개 작품들에 대한 정치한 분석 고찰이 선행되지 않은 채 대충 나누어 본 데 불과하여 여러 가지 미비한 점들을 지니기는 하나, 편의상 이를 토대로 하여 앞으로는 논의를 전개하기로 하고, 그 논의의 결과에 따라 차후 이 분류를 보완하기로 하겠다.

2) 양식적 특징

(1) 창작시가

A. 단형(短型)

② 〈노진 모부인 답가(盧禛母夫人答歌)〉

이 작품은 제1~3행만으로써 이미 시조형으로서의 면모를 다 갖추고 있다. 제3행은 '3・5・4・3'의 음절수 구성을 보이는바, 이는 형태상으로도

---

18) 〈將進酒辭〉의 경우, 李睟光은 가사 작품들과 함께 '長歌'라고 하였으나, 許筠은 '短歌'라고 하였다. 성호경, 앞의 책, 138면 참조.

내용상으로도 시조의 끝부분(종결부)이 되기에 아무런 흠이 없어 보인다. 이러한 시조형에다 감흥의 자연스러운 진전에 따라 제4행을 부가(附加)함으로써 이처럼 4행체(行體)의 작품이 되었을 것으로 보이는데, 이 덧붙여진 제4행도 시조 끝 행(종장)의 일반적인 면모와 다름이 없다. 이에 이 작품은 두 개의 종결부를 가지고 있는 셈이라고 할 것인데, 종결부(1)(제3행)이 제1·2행의 자연스러운 귀결로서 나타난 것이라면, 종결부(2)(제4행)는 일단 끝맺음한 작품에다 덧붙여진 잉여적인 부분이라고 할 수 있을 것이다.

③ 고응척 작 〈군자곡(君子曲)〉

이 작품은 중간부분이 두 행으로 이루어져 있는데, 그 제2행과 제3행은 '병렬'의 관계를 지니고 있다. 이에 이 작품은 그 모태가 되는 시형인 시조형에서 제2행(중장) 부분이 대구식(對句式)의 병렬에 의해 확장됨으로써 4행체로 이루어진 것이라고 할 수 있을 것이다.

④ 고응척 작 〈평천하곡(平天下曲)〉

이 작품은 모두 5행으로 이루어져 있는데, 이 중 제1~3행이 모두 연결어미 '-고'에 의해 '병렬'되어 있다. 이 작품의 의미 구조는 제4행이 작자의 의도를 나타낸 것이라고 할 때, 제1~3행은 그 의도하는 행위의 전제조건을 나타낸 것이라고 할 수 있으며, 제5행은 그 의도의 달성 여부에 대한 전망(展望)을 표현한 것이라고 할 수 있다.

전제(1~3행) → 의도(4행) → 전망(5행)

이러한 구성에서 제1~3행은 동질적 성격을 지닌 한 단위로 묶일 수 있는데, 이는 시조의 첫 부분에 해당하는 구실을 하고 있다고 할 것이다. 따라서 이 작품의 5행 구성은 시조의 3행체에서 첫 부분(제1행)이 병렬에 의해 확장된 것이라고 보아야 할 것이다.

⑤ 고응척 작 〈천지일가곡(天地一家曲)〉

이 작품의 의미 구조는 연역적(演繹的) 추론의 전형인 3단 논법의 방식과 흡사하다.

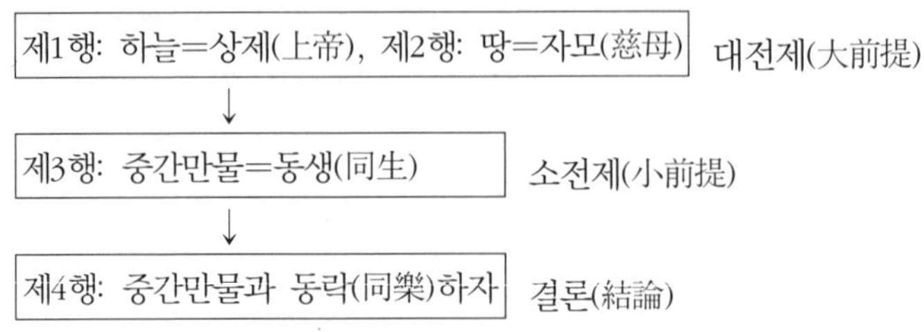

이처럼 제1행과 제2행은 대구에 의한 병렬의 방식으로 확장된 것으로서, 이는 곧 시조의 첫 부분(초장)이 변형된 것이라 할 것이다.

⑨ 정철 "심의산~"

이 작품도 전체 4행으로 이루어져 있는데, 이에서 제4행은 종결부의 구실을 하고 있다. 따라서 제1~3행이 시조의 첫 부분과 중간 부분에 해당하겠는데, 이에서 제3행이 그 의미의 중심이 되는 것이고, 제1~2행은 의미 제시를 위한 전제조건적 상황을 제공하고 있다고 할 것이다.

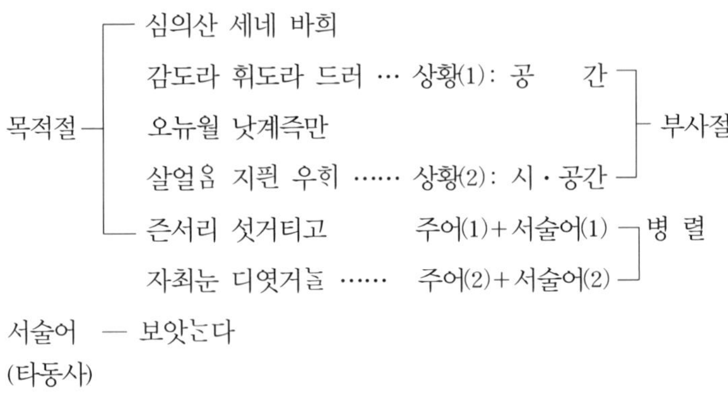

따라서 제1~2행이 시조의 첫 부분에 해당한다고 볼 수 있으며, 그 구성은 '접속에 의한 확장'이라고 할 수 있을 것이다.

⑫ 백수회 작 〈도대마도가(到對馬島歌)〉

이 작품도 제1~2행이 시조의 첫 부분에 해당된다고 할 것이며, 그 구성을 '접속에 의한 확장'이라고 할 수 있을 것이다.

⑬ 백수회 작 〈화경도안인수가(和京都安仁壽歌)〉

이 작품은 전체 5행으로 이루어져 있는데, 그 의미 구조는 다음과 같다.

제1~2행: 조건 및 상황 제시
제3행: 일차적 정서 표현
제4~5행: 최종적 정서 표현

이에서 제1행과 제2행은 시조의 첫 부분이 '접속'에 의해 확장된 것으로 볼 수 있으며, 제4행과 제5행은 종결부가 '관형절화에 의한 포유(包有)'의 방식으로 확장된 것이라고 할 것이다.

이상에서 살펴본 바와 같이, 유사시조 가운데서 단형의 작품 7편은 대체로 3행으로 된 시조형에서 첫 부분·중간부분·끝 부분의 어느 것이 병렬이나 접속 등의 방식에 의하여 확장됨으로써 이루어진 것으로 판단된다. 또 이 가운데서 ② 〈노진 모부인 답가〉처럼 완결된 시조 작품에다 감흥의 진전에 따라 잉여적인 시상을 부가함으로써 생겨난 경우도 있다.

아무튼 이처럼 단형의 유사시조 작품들은 거의 예외 없이 시조 형식을 토대로 하여 생겨난 것으로 보인다.

그런데 이들은 4행의 모습을 띠기도 하고 5행의 모습을 띠기도 하는 등 일정한 시형으로 확립되지 못하고 있다. 그리고 그 시조로부터의 확장 변용방식에서도 혹은 첫 부분이 확장되고(④, ⑤, ⑨, ⑫, ⑬), 혹은 중간부분이 확장되며(③), 혹은 끝 부분이 확장되는(②, ⑬) 등 그 확장 변용되는 부분도 일정하지 않은 편이다. 이에 우리는 16세기까지의 단형 유사시조 작품들은 어떤 일정한 정형을 가지지 못하고 있었음을 확인할 수가 있다.

그리고 한 가지 덧붙여 둘 것은, 시조형을 확장 변형시킨 이들 단형 유

사시조 작품들에서 그 확장 변형된 부분들이 모두 당시의 시대양식이던 '4
음보격'의 율격에서 거의 벗어나지 않는다는 점이다.[19] 이 점은 당시의 장
형 유사시조 작품들이나 후대의 사설시조 작품들에서 간간이 보이는 율격
의 일탈[20]과는 좋은 대조를 이룬다고 할 것이다.

B. 장형

① 〈이장 장가〉: 이 작품은 전체 16구로 9행을 이루고 있으며, 대체로
4음보 율격의 양상을 보이고 있으나, 예외적인 2음보 구인 '편구(片句)'가 2
개소 있다.

이 작품이 지어진 중종 27년(1532) 무렵의 우리 시가계에서는 이와 유사
한 시형의 작품을 찾아보기가 어렵다. 같은 4음보 율격에 의한 것으로서
가사 장르가 당시 '요람기'에 처하고 있었지만, 이 무렵의 가사 작품들은
가장 분량이 적은 〈미인별곡(美人別曲)〉이라고 해도 71구 42행에 이르고,
기봉집본(岐峰集本) 〈관서별곡(關西別曲)〉의 경우는 177구 96행이나 되는
등, 이 작품의 16구 9행과는 비교가 되지 않는다. 이보다는 40여 년 앞선
성종 6~8년(1475~1477) 사이에 이인형(李仁亨)이 지은 〈매창월가(梅窓月
歌)〉의 29구 19행 정도가 비교적 짧은 가사 작품으로서 이에 가깝다고 할
것이나, 그 분량이 이 작품에 비하면 거의 배 가까이나 되는 편이어서, 그
친연성(親緣性)을 말하기가 어려울 것이다. 따라서 이 작품의 형성에 영향

---

19) 16세기의 시가계에서 '4음보격'의 율격은 어느 특정 장르만의 특징이 아니라, 당대의
    모든 시가들(시조, 가사, 그리고 경기체가까지도)에 공통적으로 드러나는 시대적·집
    단적 문체(양식)라고 할 것이다. 같은 책, 28면, 36면, 38면 참조.
20) 16세기의 장형 유사시조 작품들이나 가사 작품들에서는 '2음보 1句'를 聯句로 하여 4
    음보를 이루는 일반적인 양상에서 벗어나 2음보 句의 '외짝'만으로 시행이 이루어지는
    '片句'가 적지 않게 나타나는 편이다. 장형 유사시조 작품들의 예는 이어지는 논의에
    서 밝히거니와, 가사 작품들에 대해서는 成昊慶, 「가사의 '片句'현상에 대한 試論」, 『인
    문연구』 9-1(영남대학교 인문과학연구소, 1987), 111~134면(이 책, 205~233면)을 참
    고할 것.

을 끼쳤을 만한 시형으로 가사를 드는 것은, 보다 더 정치한 비교 작업이 이루어지기 전에는 쉽지 않을 것으로 여겨진다.

그리고 이 작품에 앞서 존재했던 시가 가운데서 이와 비슷한 분량을 가진 작품으로는 태조 때 정도전(鄭道傳)이 지은 〈신도가(新都歌)〉와 성종 3년(1472)에 정극인(丁克仁)이 지은 〈불우헌가(不憂軒歌)〉가 있는데, 8~9행으로 된 〈신도가〉는 그 율격 및 시형구조 면에서 큰 차이를 보이는 편이고, 7행 정도의 분량으로 된 〈불우헌가〉는 그보다는 이에 더 가까운 모습을 보이는 편이라고 할 것이다. 또 당대까지 전해지던 고려시대의 시가 작품으로 〈정과정(鄭瓜亭)〉(10행 정도)과 〈이상곡(履霜曲)〉(助興句와 反復句를 제외할 때 10행 정도) 등이 분량 면에서 이에 가까운 편이기도 하다.

이렇듯이 율격이나 시형구조 면에서는 가사가 이 작품과 비슷하나 시형의 분량에서 적지 않은 차이를 보이고 있으며, 시형의 분량 면에서는 〈정과정〉·〈이상곡〉·〈신도가〉·〈불우헌가〉 등이 이 작품에 가까우나 그 율격 등의 면에서 큰 차이를 보이는 편이어서, 현재까지 발굴된 작품자료나 연구 성과로서는 그 형성의 계통에 대한 문제가 의문으로 남을 수밖에 없다고 하겠다.

⑩ 〈장진주사(將進酒辭)〉

이 작품은 전체 18구 10행으로 되어 있으며, 대체로 정연한 4음보 율격의 양상을 보이고 있으나 예외적인 편구가 2개소 있어서, 앞의 ① 〈이장장가〉와 유사하다고 할 것이다.

⑪ 〈안인수가(安仁壽歌)〉

이 작품은 전체 17구 9행으로 되어 있으며, 편구는 1개소 있다.

이상 3편의 장형 유사시조 작품들은 양식에서 대동소이한데, ① 〈이장장가〉의 경우에는 16세기 초엽에 지어진 것이기에 함께 비교하기 어려울 것으로 여겨지지만, ⑩ 〈장진주사〉와 ⑪ 〈안인수가〉의 경우 그 창작연대가 16세기 말엽인 만큼 그 무렵의 경기체가 작품인 권호문 작 〈독락팔곡〉의 몇몇 연과 율격이나 시행의 분량에서 비슷한 점이 적지 않은 편이다.

太平聖代 田野逸民 太平聖代 田野逸民

耕雲麓 釣烟江이 이 밧긔 일이 업다

窮通이 在天ᄒ니 貧賤을 시름ᄒ랴

玉堂金馬ᄂᆞᆫ 내의 願이 아니로다

泉石이 壽域이오 草屋이 春臺라

於斯臥 於斯眠

俯仰宇宙 流觀品物ᄒ야

居居然 浩浩然

開襟獨酌 岸幘長嘯 景 긔 엇다ᄒ니잇고 [〈獨樂八曲〉 1]

집은 范萊蕪의 蓬蒿ㅣ오 길은 蔣元卿의 花竹이로다

百年浮生 이러타 엇다ᄒ리

진실로 隱居求志ᄒ고 長往不返ᄒ면

軒冕이 泥塗ㅣ오 鼎鐘이 塵土ㅣ라

千磨霜刀인들 이 ᄯᅳ들 긋츠리랴

韓昌黎 三上書ᄂᆞᆫ 내의 ᄯᅳ데 區區ᄒ고

杜子美 三大賦ㅣ 내 동내 行道ᄒ랴

두어라 彼以爵 我以義 不願人之文繡ᄒ야

世間萬事 都付天命 景 긔 엇다ᄒ니잇고 [〈독락팔곡〉 6]

〈독락팔곡〉은 경기체가 작품으로서, 연형식으로 되어 있는 데다가, 각 연의 첫머리에 대체로 '재창(再唱)'이 나타나고 그 결구(結句)가 '……景(경) 긔 엇다ᄒ니잇고'의 방식으로 되어 있는 등 경기체가의 일반적 특징이 나타나고 있어서, 이들을 장형 유사시조 작품들과 함께 동류(同類)의 작품으로 말하기는 어렵지만, 그 시행의 분량(7~13행 정도)이나 율격의 모습(4음보격) 등은 서로 비슷한 양상을 보이고 있다고 할 것이다.

이들 장형의 유사시조 작품들은 모두 작자의 정서적 체험의 표현이라는 면을 적지 않게 드러내면서도 또한 대상의 특성에 대한 설명·교시(敎示)를 어느 정도 지속적으로 서술하여 나타내 주는 면을 함께 갖추고 있다. 곧 단편적인 정서적 체험의 순간적 표현을 주조로 하는 단편시가인 시조와,[21] 비교적 체계적인 일련의 지식을 지속적으로 교시함을 주조로 하는 장편시가 장르인 가사의 양면을 아울러 절충하여 드러내는 '중간적 장르'로서의 면모를 지니는 것이다.

그러나 당시의 가사가, 그 문학적 본령을 '사물에 대한 화자의 설명'인 교시에 두고 있으면서도, 그 지니는 시적 속성상 정서적 체험의 표현이라는 면에서 완전히 벗어날 수는 없었다는 점[22]을 고려하면, 장형의 유사시조 작품들이 지니는 면모는 시조와 가사의 중간적 위치에서도 가사 쪽에 더 많이 가깝다고 할 수 있을 것이다.

한편 이들 창작 유사시조 작품들 가운데서 단형의 작품들과 장형의 작품들을 비교해 보기로 하자.

단형의 작품들은 4행으로 이루어진 것이든 5행으로 이루어진 것이든 간에 대체로 그 시상의 초점이 끝 행(종장)에 놓이는 양상을 많이 보여 준다. 이 끝 부분에 정서적 체험이 집약되는 구조[23] 속에서 나머지 부분은 체험이 집약되는 이 핵심부를 위한 도입이나 전제 또는 과정을 보이는 보조적 부분으로서의 성격을 지니는 편이다. 이러한 성격을 띤 전제 또는 과정을 보이는 부분들에서는 그 나타나는 제반 사상(事象)들이, 물론 그 나름대로의 존재의의를 지니기는 하지만, 대체로 통일적 집중을 위한 매개항(媒介項)으로서의 성격을 다분히 띠게 된다.

---

21) 성호경, 앞의 책, 101~107면 참조.
22) 같은 책, 107~108면 참조.
23) 필자는 시조 시형의 구조 원리를 '체험의 集約'으로 보고 있다. 같은 책, 122면 참조.

그러나 장형의 작품들에서는 사정이 다르다고 할 것이다. 이에서는 작자의 정서적 체험이 그 끝 행에 많이 나타나고는 있지만, 단형 작품들만큼 집약적인 모습을 보이지 못하며, 또 그 끝 행에서 드러나는 정서적 체험이라는 것도 '주제' 그 자체에 가까운 시상의 핵심적인 부분이라기보다는 주제를 보다 뚜렷이 강조하여 드러내기 위해 덧붙여진 보조적인 부분으로서의 성격을 적지 않게 지니는 편이라고 할 것이다. 남아 전하는 세 편의 작품만으로 말하기는 어렵겠지만, 시상의 초점은 그 끝 행에 있다기보다는 전편(全篇)의 각 부분들에 놓인다고 하는 편이 더 적절할 것이다(⑩ 〈將進酒辭〉와 ⑪ 〈安仁壽歌〉의 경우 시상의 초점은 끝 행보다는 오히려 첫 행에 놓이는 편이다). 이러한 장형 유사시조 작품들에서는 그 각각의 부분들이 그 자체로 중요한 의미를 가지고 전편에 함께 참여하고 있다고 할 것이다.[24]

(2) 번역(飜譯) · 번안시가(飜案詩歌)

고응척의 〈호호가(浩浩歌)〉 3수는 중국의 송나라 철종대(哲宗代)의 마존(馬存; ?~1096, 字는 子才)이 지은 〈호호가〉를 번역 내지는 번안한 작품이다. 먼저 원가(原歌)를 들어 보이면 다음과 같다.

> 浩浩歌/ 天地萬物如吾何
> 用之解帶倉太倉/ 不用拂枕歸山阿
> 君不見渭川漁夫一竿竹/ 莘野耕叟數畝禾
> 喜來起作商家霖/ 怒後便把周王戈
> 又不見子陵橫足加帝腹/ 帝不敢動豈敢訶
> 皇天爲忙逼/ 星宿相擊摩

---

24) 필자는 가사의 구성원리를 '독립성이 강한 부분들의 集積'인 '附加作用'으로 파악하고 있는데(같은 책, 130면 참조), 이러한 점에서 장형 유사시조 작품들의 면모는 가사에 가까운 편이다.

可憐相府癡/ 邀請先經過

浩浩歌/ 天地萬物如吾何

屈原枉死汨羅水/ 夷齊空餓西山坡

丈夫犖犖不可羈/ 有身何用自滅磨

吾觀聖賢心/ 自樂豈有他

蒼生如命窮/ 吾道成蹉跎

直須爲弔天下人/ 何必嫌恨傷丘軻

浩浩歌/ 天地萬物如吾何

玉堂金馬在何處/ 雲山石室高嵯峨

低頭欲耕地雖少/ 仰面長嘯天何多

請君醉我一斗酒/ 紅光入面春風和[25]

이 원 작품은 내용상 뚜렷이 세 개의 단락을 짓고 있기는 하지만, 외형상으로는 한 편의 이어진 작품이다.

제1부는 14개 구, 제2부는 12개 구, 제3부는 8개 구로 되어 있어 모두 34개 구로 이루어진 장단구(長短句)의 작품으로서, "君不見黃河之水天上來(군불견황하지수천상래)~"로 시작하는 이백(李白) 작 〈장진주(將進酒)〉와 비슷한 형식을 보이고 있다. 이 작품에서의 각 구들은 3언구(言句) 3개, 5언구 8개, 7언구 21개, 10언구 2개로 되어 있다.

이러한 형식의 원 작품이 고응척에 의해 번역 내지 번안되면서 다음과 같은 변모를 보이게 되었다.

첫째, 그 세 부분들이 각각 독립적인 위치를 가지게 됨으로써, 한 편의 작품이 3수의 연작(連作) 형식으로 바뀌게 되었다. 그리하여 그 각각의 첫

---

25) 今關天彭・辛島驍, 『宋詩選: 漢詩大系 16』(東京: 集英社, 1966), 104~107면에서 인용.

머리에 놓인 "浩浩歌"라는 구가 각각의 단락들에서 '크게 노래한다'라는 첫 시구[26]로서보다는 오히려 작품의 제명(題名)으로 여겨지게 되었다.

둘째, 제1부의 제7·8구와 제11·12구가 생략되었고, 제2부의 제5·6구와 제11·12구도 생략되었다. 제3부의 경우는 제8구(끝 행)의 뒤에 새로운 시상이 첨가되었다.

셋째, 원 작품에서의 각 구들이 번역·번안한 작품에서도 그대로 한 행으로 나타나는 것이 아니라, 한 구가 2행으로 나누어지거나(제1부의 제3구와 제4구, 제3부의 제8구) 두 구가 1행으로 합쳐지기도 했다(제1부의 제13·14구, 제2부의 제7·8구와 제9·10구).

그리하여 번역 내지는 번안 작품으로서의 〈호호가〉 3수는 제1수가 10행, 제2수가 5행, 제3수가 9행(이상은 모두 "浩浩歌"라는 말을 한 행씩으로 계산하지 않은 것임)의 모습을 보이게 되었다. 이에서 편구는 제1수에 2개소 있을 뿐이며, 여타 시행들은 모두 4음보 율격으로 이루어져 있다.

이러한 〈호호가〉 3수는 모두 그 양식적 성격의 면에서 앞서 말한 장형 유사시조가 지니는 면모와 거의 비슷한 편이지만, 교시적 성격이 보다 두드러지게 나타나고 있다.

4. 유사시조의 발생근거와 존립기반

1) 발생근거

앞에서 살핀 바 있듯이, 〈이장 장가〉(1532년)를 제외한 대부분의 유사시조 작품들은 시조와 가사가 개화기를 맞아 흥성하고 있던 16세기 말엽에 생겨났다. 그리고 그 작자들도 모두 시조 장르 또는 가사 장르에 친숙해

---

26) 같은 책, 105면에서 "浩浩歌"를 "浩浩として 歌はん"으로 日譯하였다.

있던 사람들이었다.

노진의 어머니 안동 권씨의 경우는 스스로 시조 또는 가사 작품을 지은 자취를 찾아볼 수 없지만 그의 수연(壽宴)에 아들이 시조 작품 〈모부인수연가(母夫人壽宴歌)〉를 지어 바친 데 대한 화답(和答)으로서 유사시조 작품인 〈답가(答歌)〉를 지었던 것으로 미루어보아 시조의 양식에 친숙해 있었다고 할 수 있을 것이다. 고응척의 경우에는 시조 작품으로 〈대학곡(大學曲)〉 25수 중 22수를 지었으며, 가사 작품으로 〈도산가(陶山歌)〉("腥塵一夕忽起ᄒᆞ니~")가 전해지고 있다. 정철의 경우는 더 말할 나위도 없이 수많은 시조 작품들과 가사 작품들을 남기고 있다. 안인수의 경우는 시조나 가사의 양식에 친숙하였다는 점을 확인할 수가 없지만, 그와 함께 일본에서 포로로 있으면서 상화(相和)한 바 있는 백수회가 유사시조 작품 외에도 '어와 하도 할샤~'의 시조 작품을 남기고 있는 데다, 가사 작품 〈재일본장가(在日本長歌)〉("어와 이내몸이~")도 지었던 점으로 미루어볼 때, 또한 시조와 가사에 어느 정도 친숙해 있었을 것으로 추정된다.

이처럼 〈이장 장가〉를 제외한 다른 작품들 모두가 시조 장르와 가사 장르가 흥성하던 시기에 이들 장르의 양식에 친숙해 있던 것으로 여겨지는 사람들에 의해 지어졌다는 사실을 통해, 우리는 유사시조 작품들의 발생 근거에 대하여 다음과 같이 추리해 볼 수 있을 것이다.

이미 시조와 가사의 양식에 대해 익히 잘 알고 있던 작자들이 그들의 시상을 시조나 가사로서가 아니라 별도의 양식으로 나타내게 된 데에는 어떤 필연적인 사정이 있었을 것으로 보아야 할 것이다. 기존의 시형으로는 그들의 그 시상들을 효과적으로 표현할 수가 없다는 인식, 곧 기존 시형들이 가지는 한계성에 대한 인식이 이들 새로운 변이시형(變異詩形)들을 낳게 되었으리라는 것이다. 이러한 점은 곧 이들 유사시조 작품들이 우발적으로 생겨나기보다는 보다 필연적인 이유로 해서 생겨나게 되었을 가능성이 높음을 시사한다고 하겠다.

문학적 진화는 작가의 감수성이나 기질에 의해서가 아니라, 그가 활동하고 있는 문학적 전통의 특성 또는 그 전통을 수정하고자 하는 우선적인 필연성에 의해서 더욱 자주 결정된다고 하였듯이,[27] 이들 유사시조 작품들의 출현은, 부분적으로는 작자의 개성에 의해 우연적으로 생겨난 점도 없지는 않겠지만, 대체로는 그 시대의 '문학적 요구'에 부응하여 필연성을 띠고 나타난 면이 더 많을 것이다.

이제 이러한 필연성으로서의 16세기 말엽의 '문학적 요구'에 대하여 살펴보기로 하자.

16세기 말엽의 문학적 요구는 첫째 당 시대의 총체적인 문화적 배경과 시대의 기질(氣質), 둘째 당 시대에 존재하던 문학적 계열체(系列體)들의 질서·체계를 함께 고려하여야 할 것이다.

16세기는 15세기에 확립된 지배질서가 무너지고 17세기 이후의 조선 후기적(後期的) 체제가 이미 나타나고 있던 시기라고 할 수 있는데, 이 시기 동안의 정치적·경제적·사회적·사상적 변화는 15세기를 통하여 세워진 전기적(前期的) 체제를 해이나 문란의 단계를 넘어서서 변화시키고 있었다고 한다.[28] 특히 그 말엽은 조선 사회가 내외로 모순이 격화되던 시기로서, 지배층인 양반 사대부들이 동서로 분열되어 서로 대립하게 되었고, 이들 양반층에 의한 토지 겸병(兼竝)이 성행하여 공전(公田)의 사유화 추세가 격심해짐에 따라 과전법(科田法)이 붕괴·폐지되었으며, 이에 따라 백성들은 침탈과 무거운 부담을 견디지 못하여 유리하게 되고, 그 결과 농촌 사회의 빈궁과 민심의 이반을 초래하였다.[29]

이 시기의 유학계(儒學界)에서는 예학(禮學)의 왕성한 발흥이 특기할 만하다. 그 전부터 고취되어 상당한 수준에까지 오른 예의식(禮意識)은 이 시기에 와서는 '오례의(五禮儀)'나 '여씨향약(呂氏鄕約)'만으로는 만족할 수 없게

---

27) Victor Erlich 저, 박거용 역, 앞의 책, 326~27면 참조.

28) 姜萬吉, 「조선 양반사회의 모순과 대외항쟁 槪要」, 『한국사 12』(국사편찬위원회, 1981), 12면 참조.

29) 李丙燾, 『新修 國史大觀』(보문각, 1957), 393~401면 등 참조.

되었다. 실정에 맞고 보다 세밀한 예의 세목(細目)에 대한 지식이 절실히 요구되었던 것이다. 그리고 이에 발맞추어 향약(鄕約)이 시행되기 시작했다.[30]

이러한 16세기 말엽의 변화의 기운은 언어나 예술 방면에서도 적지 않게 나타났다. 이 16세기의 후반기 내지는 말엽에 들어서 15세기 언어의 특징적인 제 사실들이 크게 붕괴 소멸되고 마는데, 받침 'ㆁ'자가 'ㅇ'자로 대체되기 시작하였고, 반치음(半齒音) 'ㅿ'이 소실되었으며, 모음 'ㆍ'의 소실에 따라 모음조화 현상이 무너지게 된 것 등이 이 시기 언어상의 주목할 만한 변화로 손꼽힌다.[31] 음악에서는 이 시기에 이르러 확실히 그 이전과 다른 현상으로 나타나서, 그 이전의 농현(弄絃)이 없는 담백한 음악에서부터 농현·전성(轉聲)·퇴성(退聲)과 그 밖의 여러 가지 기법에 의해 표현력을 가질 수 있는 음악으로 발전하게 되었으며, 당악(唐樂)이 향악화(鄕樂化)되는 추세를 보이게 되었고, 향악의 발전으로 중대엽(中大葉)·삭대엽(數大葉)이 분화 발달하게 되는 등 가히 '향악의 전환기'라고 이를 만한 양상이 나타나게 되었다.[32] 그리고 미술에서도 이암(李巖; 1499~?) 등에 의해 애틋한 서정적 세계의 한국화가 발전하게 되었다.[33]

이렇듯이 16세기 말엽은 15세기 동안에 확립되어 16세기의 초·중엽까지도 계승·발전되어 오던 조선 전기적 체제와 문화에 대한 변화의 기운이 일어나고 있던 시기였다. 그리고 이러한 변화의 기운은 당대의 문학계에서도 일고 있었다고 할 것이다.

16세기 말엽의 시가계에서는 한시류(漢詩類) 장르들을 제외한 우리말 시가 장르들로 시조와 가사가 존재하고 있었다. 경기체가는 당시 몰락의 길을 걷고 있었고, 4음보격 3행시로서의 극단적으로 짧은 시형인 시조와 4음보격 연속체로서 적게는 20행 정도(白受繪 작 〈在日本長歌〉)에서 많게는 150

---

30) 尹絲淳, 「性理學」, 『韓國史研究入門』(지식산업사, 1981), 278~279면 참조.
31) 李基文, 『16世紀 國語의 研究』(탑출판사, 1978), 27~103면 참조.
32) 張師勛, 『韓國音樂史』(정음사, 1976), 211면 참조.
33) 安輝濬, 「美術」, 『韓國史研究入門』, 199면 참조.

행 정도(鄭澈 작 〈關東別曲〉)에 이르는 장편의 가사가 크게 흥성하고 있었다 (대체로는 50행 정도에서 90행 정도에 이르는 작품들이 많다).

시조는 단편적이고 순간적인 정서적 체험을 집약적으로 표현함을 주로 하며, 노래함에 대한 지향성이 강하고 또 실제로 노래함이 용이하기도 한 장르였다.

그런데 시조의 시형이 보이는 3행만의 극단적인 단형(短形)에서는 시상 의 내용과 그 표현방식이 상당히 제약받게 될 수밖에 없다. 시조 시형이 지니는 그 '악착(齷齪)함'[34]은 16세기 초·중엽의 요람기 및 성장기에 비해 16세기 말엽의 개화기에 들어 더욱 더 두드러지게 되었다. 그 이전의 작품 들에서 보이던 다양하면서도 진지하던 창작태도가 16세기 말엽에 들어서 면서는 기계적이고 상투적인 공식적 구조를 고수하여 가는 경향을 보이게 되었던 것이다.[35] 다시 말하여 16세기 말엽에 이르러 시조 시형은 그 형식 의 완비로써 이미 전범화(典範化)되어 간 것이다.

전범화된 시형은 그 자체의 혁신을 위해서 새로운 변화를 모색하게 마련 이다. 혹은 과거의 시형들에서 보이던 양식을 끌어들이거나 혹은 전범화되 지 않은 하층의 장르들로부터 기법들을 끌어들이면서, 시조 시형에서 변화 의 기운이 싹트게 된 것이다.[36] 16세기 말엽에 생겨난 유사시조 작품들 가 운데서 단형 작품들에서는 이러한 현상이 적지 않게 나타났을 것이다.

한편 체계적이며 길고 지속되는 일련의 지식을 교시함을 위주로 하는 가사에서는 사정이 다소간 달랐다고 할 것이다.

가사의 시형은 주지하다시피 '4음보 율격에 의한 연속체'라는 면 이상의 엄격히 제약되는 구속이 없었던 것이다. 그러므로 그 시행수는 일정하게

---

34) 1920년대 후반 이래의 '時調復興運動'에 대해 부정적인 태도를 표명한 사람들은 대체로 시조 시형의 주요한 문제점으로 '齷齪함'을 지적하였다.

35) 성호경, 앞의 책, 98~99면 참조.

36) 예술 형식의 '典範化(canonization)'에 대하여는 Victor Erlich 저, 박거용 역, 앞의 책, 325~335면을 참고할 것.

규정되지 않은 채 다양한 양상을 보여 주었다. 작자가 전달하고자 하는 체험의 폭, 대상의 특성에 따라 그 분량은 다양한 모습으로 나타나게 되었고, 이러한 현상은 가사 장르가 개화기에 들어섰던 16세기 말엽에 이르러서도 마찬가지였다. 시조 장르에서와 같은 전범화의 양상이 가사 장르에서는 훨씬 미약하게 나타난 것이다.

그러면서도 가사 작품들의 대체적인 분량인 50행 정도에서 90행 정도에 이르는 것과는 큰 차이를 보이는, 비교적 제한된 분량의 체험 폭, 대상의 특성을 알리고 전달하기 위해서는, 3행밖에 안 되는 시조형보다는 분량이 많이 늘어나지만, 비교적 짧은 10행 내외의 중편(中篇)시가가 필요하였던 것이다. 유사시조 작품들 가운데서 장형에 속하는 것들은 이러한 문학적 요구에 부응하여 생겨나게 되었을 것으로 보인다.

그리고 함께 고려할 점으로는 이 16세기 말엽에 들어서 연형식 시가로서 각 연들이 중편화(中篇化)된 모습을 보이던 경기체가가 사실상 소멸되고 말았다는 사실을 들 수 있을 것이다(권호문 작 〈독락팔곡〉 전 7연의 각 연은 대체로 7~12행 정도의 분량을 보이고 있었다). 당시 연형식이 퇴조의 양상을 뚜렷이 보이고 있었다는 점은 이미 앞에서도 말한 바 있지만, 15세기 말엽까지도 존속했던 10행 정도 내외의 중편시가에 대한 요구가 이 경기체가 장르의 몰락과 더불어 한층 더 강렬해졌을 것이다.

경기체가처럼 그 시형상의 제반 제약이 엄격하지 않은 새로운 중편시가에 대한 요구가 곧 기존의 시조 시형보다는 크기가 더 크고, 그러면서도 장편의 가사 시형보다는 작은 새로운 '변종(變種)'을 찾게 되었을 것이다. 이 변종은 시조형의 변종으로서보다는 가사형의 변종으로서의 면모를 더 많이 띠는데, 이러한 작품으로서 나타난 것이 바로 장형의 유사시조 작품일 것이며, 넓은 의미로 보자면 이는 그 개념 규정이 불명확한 '가사' 장르의 일종으로도 처리될 수가 있을 것이다.

이러한 점에서 유사시조 작품들 가운데서 10행 정도의 분량을 지닌 장형의 작품들은 한편으로는 가사 장르의 변종으로서의 모습을 띠면서, 다른 한편으로는 15세기 말엽까지 존재하였던 중편시가에 대한 시대적·문학적 요구에 부응하여 생겨났다고 할 수 있을 것이다. 곧 지식을 전달하는 교시적 성격을 주조로 하는 가사 장르와 정서적 체험의 표현을 주조로 하는 시조 장르의 중간적 면모를 가진 새로운 중편시가로서 등장한 것이 16세기 말엽에 나타난 장형 유사시조 작품들이라는 것이다.

2) 존립기반

앞에서 살핀 바와 같이 16세기 말엽의 유사시조 작품들은 현재 6명의 작자에 의한 13편만이 남아 전해지고 있다. 이처럼 전해지는 작품이 얼마 되지 않는다는 사실은, 물론 이들 유사시조 작품들이 주로 구비전승되다가 후대에(또는 당대에) 문헌상 정착될 기회를 얻지 못했기 때문일 가능성도 없지 않다. 그러나 같은 시대에 지어진 시조나 가사의 경우에는 사정이 크게 다르지 않음에도 불구하고 이보다는 훨씬 더 많은 작품들이 남아 전해지고 있다는 점에서, 그 작품수의 영세함을 문헌상 정착의 여부만으로 돌리기는 어렵고, 본디부터 그 작품이 그리 많이 지어지지 않았을 것으로도 추정해 볼 수 있을 것이다. 고응척의 창작시가 25편 중 유사시조 작품은 3편밖에 되지 않으며, 정철의 시조 작품이 80수 가량 전해짐에 비해 유사시조 작품은 단 2편만 전해질 뿐이다.

그러므로 16세기 말엽에 유사시조 작품들은 그리 큰 세력을 얻지 못하고 있었다고 해야 할 것이다. 시조와 가사의 양대 장르가 흥성하고 있던 16세기 말엽에 이들 유사시조 작품들은 그 기성의 장르들과 그 양식이 지닌 한계성을 벗어나고자 하는 요구에서 생겨나기는 했으나, 아직 일정한 양식의 장르로서 확립되지 못한 채 기존 장르들의 양식에 변화의 기운을 보이는 정도를 넘어설 수 없는 미약한 존재였다고 할 것이다.

이제 이러한 유사시조 작품들이 당대에 존립할 수 있었던 근거로서 그 음악적인 면에 대해 살펴보기로 하자.

이들 유사시조 작품들이 음악과 결합되어 노래로 불렸다는 점에 관한 기록은 그리 뚜렷이 나타나지 않는다. 그러나 당시의 시조가 대체로 그랬던 것처럼, 적어도 단형의 작품들은 어떠한 방식으로든 간에 대체로 노래로 불렸을 것이다. 그리고 장형의 작품들 가운데서 〈장진주사〉가 노래로 불렸다는 것은 여러 기록들에 나타나 있으며,[37] 〈호호가〉 3수도 노래로 불렸다고 전해진다.[38] 이에 필자는 이들 유사시조 작품들은 단형이든 장형이든 간에 대체로 노래로 불렸을 것으로 추정하는 바이다.

필자는 16세기에 우리말 시가 작품들을 노래하는 방식에는 두 가지가 있었을 것으로 추정하고 있는데, 그 하나는 작품들을 일정한 악곡과 결합시킴으로써 노랫말과 악곡이 서로 엄격하게 제약되도록 하는 '작곡' 방식이고, 다른 하나는 가락의 격식(格式; style)을 지시함으로써 작품의 가절(歌節)들을 그 격식에 맞추어 노래하게 하는 '가락 맞추기' 방식이다. 그리고 16세기 중엽까지의 시가 작품들에서 '작곡' 방식에 의해 노래로 불린 것은 일부의 작품들에 지나지 않고, 다수의 작품들은 '가락 맞추기' 방식에 의해 노래로 불렸을 것으로 추정한다.[39]

그런데 이러한 양상은 선조대 이래 시조와 가사가 개화기에 들어서자 사정이 다소간 달라졌을 것으로 보이는데, 이 16세기 말엽에는 시조 장르 및 가사 장르와 그 시형이 널리 알려져서 많은 사람들에게 익숙한 것이 된 데다가, 이와 발맞추어 음악에서도 시조 등을 얹어 부를 수 있는 대엽조(大葉調)에서 만대엽(慢大葉)이 퇴조하고 중대엽(中大葉)이 발달하게 되었

---

37) 許筠(1569~1618)의 『惺所覆瓿藁』 권1, 「遼山錄」에 실려 있는 「聽仁伯姬謳」의 註에 "閔希顔也 姬昌城人 最善唱松江詞"라는 말이 있으며, 그 시에 "… 凄絶思君曲 悲哀勸酒詞 留君歌至曙 遮莫斂愁眉"라고 하여 '勸酒詞' 곧 〈將進酒辭〉를 노래로 불렀음을 알려준다. 그리고 『松江別集追錄』 권2에도 北軒 金春澤(1670~1717)의 「飜辭 幷序」에 "… 唱其先祖松江公將進酒辭"라는 말이 있으며, 『三竹琴譜』에는 그 악보도 실려 있다.

38) 김동욱이 소개한 필사본 『杜谷集』에는 〈浩浩歌〉 3수의 끝에 "右浩浩歌 譯馬子才歌 醉則使童子唱之"라는 말이 부기되어 있다고 한다. 김동욱, 앞의 책, 268면 참조.

39) 성호경, 앞의 책, 72~75면 참조.

으며, 또 삭대엽(數大葉)이 나타나게 되었고, 이들에서 여러 곡들이 분기 · 파생하기 시작하였다.

1572년(선조 5)에 간행된 『금합자보(琴合字譜)』에는 '북전(北殿)'의 경우 평조(平調)와 우조(羽調)의 두 곡이 실려 있고, 1610년(光海君 2)의 『양금신보(梁琴新譜)』에는 평조를 기본으로 하여 '괘(棵)'를 바꿈으로써 계면조(界面調) · 우조 · 계면우조(界面羽調)로 할 수 있다는 사실과 "白雪(백설)이"로 시작하는 '변주곡'의 가능성을 시사해 주고 있으며, 1620년(광해군 12)의 『현금동문류기(玄琴東文類記)』에는 박근(朴謹) 소전곡(所傳曲)과 허사종(許嗣宗) 소전곡이 실려 있다. 이로써 보면, 곡의 레퍼토리가 다소 다양해졌다는 점을 짐작할 수는 있겠으나, 큰 변동을 보였다고는 여겨지지 않는다.

그러나 대엽조에서는 적지 않은 변동을 보이고 있었다. 『금합자보』에서 '평조 만대엽'과 '비파만대엽(琵琶慢大葉)'의 두 곡밖에 실려 있지 않던 것이 『양금신보』에서는 '낙시조(樂時調) 만대엽' 외에 중대엽이 나타나 평조 · 우조 · 우조계면조(羽調界面調) · 평조계면조의 네 곡이나 실려 있는 데다가, '평조'에서도 "이몸이~"로 시작되는 변주곡마저 보이고 있으며, '무도지절(舞蹈之節)'에 주로 쓰이는 것이라고 하여 싣지는 않았으나 삭대엽의 존재를 말하고 있다. 그리고 『현금동문류기』에는 '평조 만대엽'도 고조(古調), 박수로(朴壽老) 소전(所傳), 허사종 소전, 윤형(尹珩) 소전 등으로 나뉘어 실려 있으며, 중대엽도 박근(朴謹) 소전곡과 '만대엽'으로 잘못 알려진 중대엽곡(中大葉曲) 등으로 나뉘어 실려 있고, 삭대엽으로 허사종 소전곡과 '일명(一名) 자자대엽(滋滋大葉)', 그리고 이세정(李世鼎) '빈대엽(頻大葉)', '삭대엽 일강(一腔)', '우조 삭대엽', '사조(斜調) 삭대엽'(羽調界面調), '평조 소엽(小葉)' 등의 여러 곡이 실려 있다.

이처럼 시조 장르와 가사 장르가 개화기에 들어서던 16세기 말엽부터는 시조 등을 얹어 부를 수 있는 가곡창(歌曲唱)의 악곡 레퍼토리가 보다 풍부해졌고, 또 이에 발맞추어 시조 장르도 더욱 활기를 띠게 되었을 것으로 보인다. 그러니까 유사시조 작품들 가운데서 시조형을 변형 · 변용한 것으로 보이는 단형의 작품들을 얹어서 노래 부를 수 있는 기반은 어느 정도 조성되어 있었다고 할 수 있을 것이다.

가곡(歌曲)은 초장(初章) 20점(點), 2장 17점, 3장 23점, 4장 17점, 5장 30점 합하여 107점에다가 중여음(中餘音) 10점, 대여음(大餘音) 33점까지 합하여 모두 150점의 매화점(梅花點) 장단(長短)으로 구성되는 것이 원형(原形)이며, 이에서 3장과 5장이 연장되는 것은 변형이라고 한다.[40] 그런데 고악보(古樂譜)들을 살펴보면 『대악후보』·『금합자보』·『양금신보』·『현금동문류기』 등에 실린 만대엽과 중대엽, 그리고 삭대엽의 악보들에서는 아직 3장[三旨]의 뒤에 '중여음'이 나타나지 않으며, 5장[五旨]의 뒤에 나타나는 것도 '대여음'이 아니고 '여음'일 뿐이다. 그러니까 16, 17세기 무렵까지는 3장[三旨] 뒤에 중여음이 나타나지 않았다고 할 것이다.[41]

대엽조의 가곡에서 시조(시)를 얹어 부르는 경우에, 대체로 다음과 같은 노랫말 배분을 보인다.

> 가곡(歌曲)　　시조(시)의 노랫말
> 제1장(旨)……제1행(初章) 전구(前句; 평균 6.84음절)
> 제2장(旨)……제1행 후구(後句; 평균 7.31음절)
> 제3장(旨)……제2행(中章) 전부(평균 13.5음절)
> 제4장(旨)……제3행(終章) 첫 음보(평균 3.01음절)
> 제5장(旨)……제3행 나머지 부분(평균 12.6음절)[42]

이러한 노랫말 배분의 양상을 보이는 대엽조의 가곡에서 각 장(章; 旨)들의 길이는 『대악후보』·『금합자보』·『양금신보』에서는 만대엽과 중대

---

40) 張師勛, 『韓國傳統音樂의 研究』(보진재, 1975), 257면 참조.
41) 中餘音은 17세기 후반의 『白雲庵琴譜』에 '半餘音'이란 이름으로 나타나기 시작한다.
42) (　) 속의 평균 음절수는 16세기의 시조 작품들을 기준으로 한 것임. 성호경, 앞의 책, 114면 참조.

엽을 가릴 것 없이 모두 '(제1장) 2 : (제2장) 2 : (제3장) 3 : (제4장) 2 : (제5장) 3'의 비(比)를 보인다. 그러나 『현금동문류기』에서는 양상이 다소 달라진다. 만대엽(平調)에 속하는 4곡에서 각 장별(章別) 악곡의 길이는

	1旨	2旨	3旨	4旨	5旨
古調:	4행	3행	3행	3행	4행
朴壽老:	5행	4행	6행	4행	5행
許嗣宗:	5행	3행	6행	4행	6행
尹珩:	5행	3행	7행	3행	(?)

와 같이 나타나는데, 이에서 제1·2·3장[旨] 부분만을 살피면 그 평균은 각각 4.75행, 3.25행, 5.75행이고, 그 비는 19 : 13 : 23으로서 대략 5 : 3 : 6에 가깝다. 이는 '제3장 〉 제1장 〉 제2장'의 모습을 보이지만, 제3장과 제1장의 차이가 그리 크지 않은 편이다. 이러한 만대엽에 비해 중대엽에서는 제1·2·3장[旨] 간의 비가 거의 '2 : 2 : 3'으로서 '제3장 〉 제1장＝제2장'의 모습을 보이는데, 이에서 주목할 것은 제3장의 길이가 제1·2장에 비해 1.5배 정도로 길어졌다는 점이다. 그리고 삭대엽의 경우에는, 악보에서 행(行)을 헤아리기 어려운 면이 많지만, 중대엽에서 보이는 양상과 비슷한 면도 있으나 우조 삭대엽이나 사조(斜調; 羽調界面調) 삭대엽들에서 보이듯이 제1·2·3장[旨] 간의 비가 '1 : 1 : 2'의 양상을 보여 제3장의 길이가 제1·2장에 비해 2배 정도 된다.[43)]

이처럼 만대엽에 비해 중대엽과 삭대엽에서 제3장(旨)의 길이가 많이 길어지는 현상에 대해 우리는 다음과 같이 추리해 볼 수 있을 것이다.

대엽조의 가곡창에서 제3장(旨) 부분은 시조의 제2행(中章) 전부를 얹어

---

43) 『玄琴東文類記』의 악보 기록에서는 井間의 표시 등이 없으므로 악곡의 行을 헤아리기 어렵다고 할 것이나, 각 章(旨) 간의 비율은 헤아릴 수 있을 것으로 보인다.

부르는 곳이다. 그런데 제1장과 제2장이 각각 시조 제1행(初章)의 전구(前句)와 후구(後句)를 나누어 얹어 부르는 까닭에 그 각 노랫말의 글자당 배분되는 음악상의 길이 곧 시간이 비교적 긴 데 비해, 제2행(중장) 전부를 얹는 제3장은 노랫말의 글자(음절)당 배분되는 시간이 훨씬 짧아서 그 노래가 보다 촘촘하고 촉급하게 되는 편이다. 이러한 형편에 시조의 제2행(중장)이 확장되는 경우, 그 늘어난 노랫말의 글자당 배분되는 시간은 더욱 짧아지게 되어 제1행(초장)을 노래하는 방식과는 크게 달라져서 마치 서로 다른 작품을 노래하는 것과 같은 느낌을 주게 될 것이다. 이러한 의미에서 제3장(旨) 부분이 많이 길어지게 된 현상은, 노랫말이 늘어나게 되는 경향을 적지 않게 보인 시조의 제2행(중장)을 비교적 자연스럽게 수용할 수 있게 하는 한 장치를 마련하였다고 할 수 있을 것이다. 유사시조 작품들 가운데서 시조의 제2행(중장) 부분이 확장된 것으로 보이는 작품들은 이러한 현상에서 그 음악상의 존립 기반을 가질 수 있게 되었다고 할 것이다.

그런데 단형의 유사시조 작품들 가운데는 시조의 제1행 부분이 확장된 것으로 여겨지는 예들이 오히려 더 많은 것으로 나타난다. 이는 앞서 말한 가곡의 제3장(旨)이 많이 길어지게 된 현상과 어떠한 관계를 지니는가?

19세기까지의 악곡들을 수록한 고종대의 『삼죽금보』에 정철 작 〈장진주사〉가 곡과 함께 실려 있는데, 그 노랫말의 배분방식에 유의하자.

초장(2행): "흔 쟌 먹셔이다"

2장(2행): "쏘 흔 쟌 먹셔이다"

3장(15행): "곳 것거 슈를 노코 무진무진 먹셔이다 이 몸 쥬근 후에 지게 우헤 거젹 덥허 쥬푸루헤 메여가나 뉴쇼보쟝에 백복스마 우러예나 어욱시 더옥시 덕가나무 배양슙헤 가기곳 갈죽시면 누른 히 흰 달과 굴근 눈 가는 비예 쇼쇼리 바람불 졔 뉘 흔 쟌 먹셰 허리

중여음(1행?)

4장(2행): ("흐믈며")

5장(4행): "무덤 우희 진나비 파람불 제 뉘웃츤더 셜듸 잇츠리"

대여음(元無)

악보: 『三竹琴譜』의 '將進酒譜(95a∼96b)

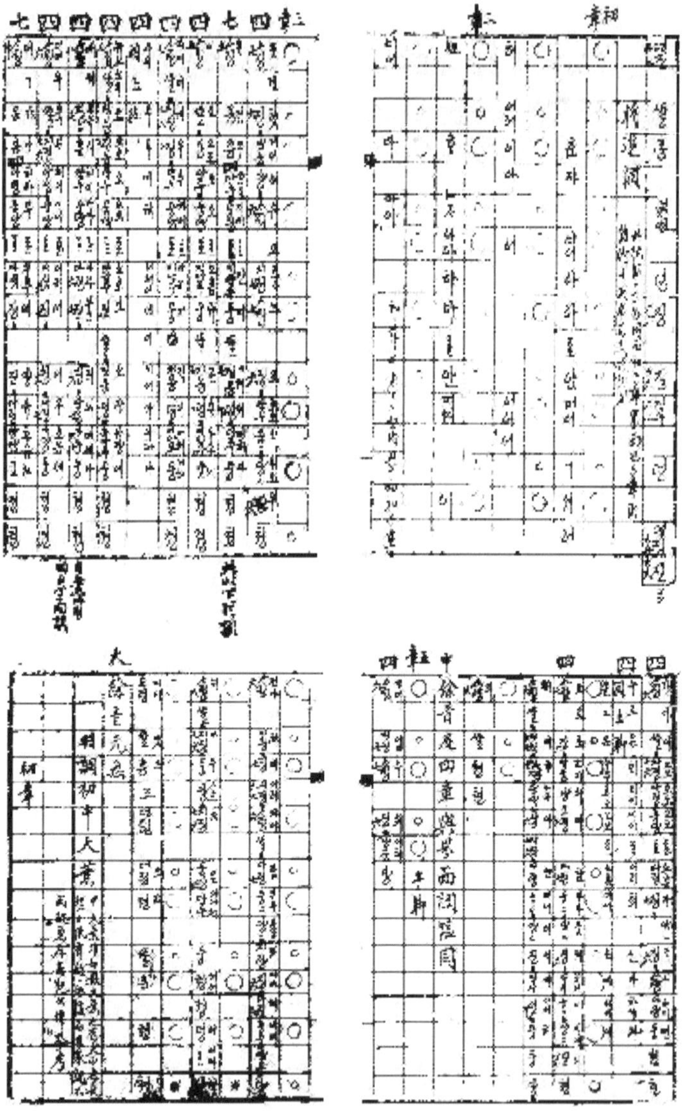

악보: 『三竹琴譜』의 '界面調臨' 中餘音과 四章(70a〜70b)

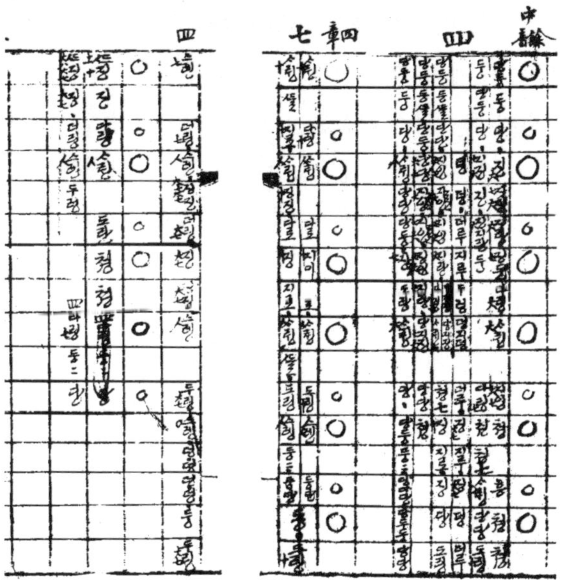

　　노랫말에서 어느 부분이 어떻게 길어지든 간에 그 악곡상의 배분은 제1
행의 전구(前句)는 초장(제1장)에 싣고 제1행의 후구(後句)는 제2장에 실으
며, 나머지 중간에 길어진 부분은 제3장에 모아 실어서 변장단(變長短)인
'각'의 방법으로 하여,[44] 그 악곡의 길이가 많이 늘어나기는 하였으나, 촘
촘히 배열하여 처리하고 있는 것이다.

　　『삼죽금보』의 '상진주'는 대엽조의 가곡창이 후세에 들어 많이 변모된
양상을 보이는 것인 데다 그 노랫말도 단형의 유사시조 작품이 아니기 때
문에, 이를 근거로 하여 16세기 말엽의 단형 유사시조 작품들의 가창 양상
을 알아내기는 어렵겠지만, 이를 통해서 다음과 같은 점을 추정해 볼 수는

---

44) 이 將進酒曲은 그 初・2・4・5章은 歌曲 원래의 長短인 16拍 10點에 의하고, 3장 중간
　　22長短은 완전히 變長短인 '각'의 8박 5점 장단을 채택하고 있다고 한다. 張師勛, 『國樂
　　論攷』(서울대학교출판부, 1966), 311면.

있을 것이다.

대엽조의 가곡에서 제1장에는 노랫말 첫 행의 전구를 싣고, 제2장에는 첫 행의 후구를 실으며, 뒤의 제4·5장에 해당하는 끝 행을 제외한 나머지 중간 부분은 모두 제3장에 모아 실어서 처리한다.

그러니 단형의 유사시조 작품들에서 제1행이 확장된 경우에도 그 확장된 부분의 첫 행만을 가곡의 제1·2장에 싣고, 그 다음부터는 제2행 부분과 합하여 함께 제3장에다 실을 수가 있는 것이다(제4·5장에는 작품의 끝 행만 싣는다).

예를 들어, 정철의 ⑨ "심의산~"의 경우,

제1장: "심의산 세네 바회"
제2장: "감도라 휘도라 드러"
제3장: "오뉴월 낫계즉만 살얼음 지퓐 우희 즌서리 섯거 티고 자최눈 디
　　　　엿거늘 보앗는다"
제4장: "님아 님아"
제5장: "온 놈이 온 말을 ᄒᆞ여도 님이 짐쟉ᄒᆞ쇼셔"

와 같은 방식으로 처리할 수 있었을 것으로 추측된다(그러나 이 작품을 실제로 어떻게 음악적으로 처리했는지에 대해 밝혀주는 자료는 없다).

그리고 이러한 방식은, 이미 정철의 ⑩ 〈장진주사〉에서 드러난 바이지만, 장형의 유사시조 작품들의 경우에도 거의 그대로 적용될 수 있는 것이기도 하다. 많이 늘어난 노랫말들을 늘어난 제3장(旨)에다 다소 촘촘히 배열하여 〈장진주사〉의 예처럼 처리할 수가 있는 것이다.

이상에서 살핀 바와 같이, 주로 16세기 말엽에 지어진 유사시조 작품들은 당대 음악의 변천에 힘입어서 노래로 불릴 수 있는 기반이 마련되어 있었기에, 당대의 시가계에서 비록 약한 세력이나마 시조·가사의 양대 장르의 틈 사이에서 생겨나 존립할 수 있었을 것으로 추측된다.

5. 후대의 전개 양상

앞에서 살펴본 바와 같이 조선 전기의 유사시조 작품들은 16세기 초엽의 〈이장 장가〉를 제외하고는 모두 16세기 말엽인 선조대에 지어진 것이다. 이들 작품들은 평시조를 변형·변용시킨 것으로 보이는 단형의 작품이든 가사 쪽에 보다 가까운 것으로 보이는 장형의 작품이든 간에, 또 창작시가든 번역·번안시가든 간에 모두가 어떤 일정한 유형적 특징을 갖추지는 못하고 있었던 것으로 판단된다. 그리고 당대의 음악 부면의 변천상에서도 이들을 수용할 수 있을 여건이 조성되어 가고 있기는 하였지만, 아직은 이들을 실제로 어떻게 수용 처리하였는가 하는 점에 대한 뚜렷한 표징을 드러내어 주지 않는다.

그러므로 16세기 말엽까지의 유사시조 작품들은 어떤 일정한 장르적 정체성(正體性)을 지니지 못한 채 기존의 양대 시가 장르들인 시조와 가사가 흥성하고 있던 상황 속에서 그 장르들이 지니는 한계를 벗어나고 새로운 문학적 요구에 부응하기 위해 간헐적·산발적으로 시도되었던 '변화의 기운'의 일환으로서, 또는 그러한 양식의 시형 및 장르 정립을 위한 한 준비 단계 또는 모색과정에서의 소산으로 이해될 수 있을 것이다.

이처럼 16세기 말엽까지 작품수도 얼마 되지 못하고 세력도 미약하던 유사시조는 17세기에 들어서도 적어도 그 전반까지는 뚜렷한 발전이나 성장의 양상을 보여주지 않는다.

전승 자료가 갖추어지지 못한 탓이든 또는 다른 어떤 사정에 의한 것이든 간에, 현전하는 작품들 가운데서 17세기까지의 유사시조 작품이라고 인정할 수 있는 것은 얼마 되지 않는다. 작자가 뚜렷한 것으로는 강복중(姜復中; 1563~1639)의 작품들 가운데서 3편을 들 수 있을 정도이며, 작자가 불명확한 것이거나 유사시조인지의 여부 판단이 불확실한 것으로는 강복중 작 2편, 김광욱(金光煜; 1580~1656) 작 1편, 백운암(白雲庵; 1610~1680) 작 1편, 효종(孝宗; 1619~1659) 작 1편 정도를 들 수가 있을 정도다. 그리고 황일호(黃一皓; 1588~1641) 작 〈백마강가(白馬江歌)〉(전 9연)의 연형식으로 된 각 연에서 이와 다소 비슷한 모습을 보이기는 하나 그 양식상의 차이가 워낙 큰 편이다.[45]

　강복중이 지은 유사시조 작품들은 다음과 같다.

宣王이 化仙 後에 고은 大君 어듸 간고
에엿쌘 大妃 公主의 거슴 소긔 즐겨 계셔
밤이나 낫지ᄂ 님 향히 哀情과
懷中 殺子늘 一刻이나 이즈실가
飢寒이 到骨ᄒ야 八十衰翁은 이고이고 ᄒ며
西宮을 ᄇ라보고 눈물질 뿐이로듸
아민나 有情흔 벗님네 뎌 쇠 열길 ᄒ쇼셔 [〈淸溪慟哭六條曲〉 1]

爲祖爲父ᄒ야 水火中의 들거지을
줌줌코 싱각ᄒ니 五十八年를
不計晴雨ᄒ고 長立官門 ᄒ여시니
世上이 非理好訟者ᄂ 날쑌이라 ᄒᄂ다 [〈爲祖爲父慷慨歌〉 1]

忠孝도 늬 못ᄒ고 비록이 주글센들
暮春 明月의 杜鵑의 넉시 되여

---

45) 黃一皓 작 〈白馬江歌〉에서 제1연을 들어보면 다음과 같다(李相寶, 『韓國古典詩歌研究・續』, 태학사, 1984, 25면 참조).

三生이 多累ᄒ야 俗綠을 못다 맛츠
우흡다 니 늬 身世 첫 계규 글너 잇다
陶潛의 五斗米을 뉘라셔 권ᄒ관듸
六載 光陰을 苟且히 지내연고
어와 아희들아 빈 모다 져허셔라 (후렴)

平生의 爲君父 怨恨를
梨花 一枝예 春帶雨ㅣ 되여시니
行人도 닉 뜻을 아라 駐馬愁를 ᄒᆞᄂᆞ다 [〈水月亭淸興歌〉 19]

그리고 유사시조인가의 여부가 불확실한 작품으로서 강복중 작

술을 멉즈ᄒᆞ니 百姓이 셜워 ᄒᆞ고 고기를 먹즈 ᄒᆞ니 샨치도 셜워 ᄒᆞ니
愛婢料 샨[?]의 臺안쥐[?] [?] 及將[?]ᄒᆞ오리 [〈訪珍島郡守歌〉 4]

許筬이 일온 말슴 孝友盡誠ᄒᆞ리 當代예 너ᄲᆞᆫ이라 舜象 此變이 自古로
흘러오니 어즈버 未免遭變이아 네오 귀오 달으랴46) [〈위조위부강개가〉 2]

들이 있고, 백운암 작인

草堂 지어 白雲 덥고 竹風으로 비를 밉여 滿庭 落花를 씨려 닉니 乾坤
이 날다려 일은 말이 아마도 平地神仙은 네ᄲᆞᆫ [『白雲庵琴譜』]

도 있다. 또 효종의 작이라고 하는

뎨 가는 져 기러기 漢陽城池 날 소겨냐
뎌근딧 워여 불너 이닉 消息 傳홀쇼야 못 傳홀쇼야
우리도 님 보라 밧비 가는 길히니 傳홀 동 말 동 ᄒᆞ여라 [『詩歌』 15]

의 경우에서 그 제2행(中章) 부분의 율독에 다소의 논란이 있을 수가 있겠

---

46) 이상 강복중의 작품들은 모두 姜銓爕, 『韓國詩歌文學硏究』(대왕사, 1986), 249~262면에
소개된 대로 따랐다.

으나, 필자는 이를 평시조형에서 벗어난 유사시조로까지는 볼 필요가 없
을 것으로 판단하는 바이다.

한편,

紫扉에 개 즛거늘 님만 너겨 나가 보니
님은 아니 오고 明月이 滿庭흔듸
一陣 秋風에 닙 지는 소릐로다
져 개야 秋風落葉을 헛도이 즈져셔 날 소길 줄 엇졔오 [『靑珍』 493]

의 작품은 여러 가집들에 무명씨(無名氏) 작으로 만횡청(蔓橫淸; 蔓橫淸
類) · 농(弄; 弄歌) · 만삭대엽(蔓數大葉) · 이삭대엽(二數大葉; 界二數大葉) 등으
로 나타나 있는데, 『해동악장(海東樂章)』에는 김광욱의 작으로 나타나 있
다. 『해동악장』의 기록대로라면 이 작품은 17세기 전반의 유사시조 작품
으로 볼 수 있겠지만, 그 신빙성이 그리 높지 않은 편이다.

이상과 같은 몇 예를 제외하고는 17세기의 유사시조 작품으로 판단되는
것들이 별로 남아 전하지 않는 편인데,[47] 이에서 우리는 두 가지의 가능성
을 추측해 볼 수 있을 것이다.

그 하나는 이러한 유사시조 작품들이 17세기에 들어서도 그리 활발히
지어지지 않았을 가능성이고, 다른 하나는 18세기 초엽에 편찬된 『청구영
언(靑丘永言)』에서 김천택(金天澤)이 말한 바 "만횡청류는 말이 음란하고
뜻이 비천하여 족히 본받을 만하지 않다. 그러나 그 유래가 이미 오래되어
일시에 폐하여 버릴 수 없다(蔓橫淸類 辭語淫哇 意旨寒陋 不足爲法 然其流來

---

47) 金得硏(1555~1637)의 작품들 가운데서, "上帝 녁기샤딕 古今文書 相考ᄒᆞ온 딕ᄂᆞ/三百
篇과 李杜詩와 百家語을 불불 分給ᄒᆞ잇갈든/져예도 不足치 아니 커니 이래 엇지 有餘
케 ᄒᆞ리"[『葛峯別集』 권1, 〈山中雜曲〉 33]의 경우는 그대로 시조형으로 볼 수 있을 것
이다. 그리고 "히히히히 쏘 히히히히/이러도 히히히히 져러도 히히히히로다"〈山中雜
曲〉 41]의 경우는 시조의 3행에도 미치지 못하는 파격적인 작품이므로, 논외로 한다.

也已久 不可以一時廢棄)."[48]에서 시사하듯 유사시조 작품들이 17세기에 들어 활발하게 지어졌을 가능성이다.

이러한 두 갈래의 상반되는 가능성에서 현재까지 뚜렷이 남아 전해지는 작품들만으로 본다면 첫째의 가능성을 일단 받아들여야 할 것이다. 그러나 둘째의 가능성을 무시할 수 없는 것이, 앞에 든 김천택의 말처럼 영조 4년(1728) 무렵 당시의 증언에서 '만횡청류의 유래가 이미 오래 되었다'고 했을 때, 늦어도 17세기의 후반까지는 이들 '만횡청류'에 따르는 노래들이 적지 않게 존재하고 있었을 것으로 볼 수 있기 때문이다.

그러면 이 두 갈래의 가능성 가운데서 어느 쪽이 타당성이 보다 높을까? 이에 대한 판단은 직접적인 자료가 영성하기 때문에 간접적인 정황 자료로서 당시의 음악의 추세를 살핌으로써 추정할 수밖에 없을 것이다.

17세기의 가곡에서는 그 초기까지 중대엽이 성행하였고, 그 후기에 들어서부터 삭대엽도 성행하게 되었는데,[49] 이때까지의 음악을 싣고 있는 악보책으로는 『백운암금보』(1610~1681년 사이)와 『금보신증가령(琴譜新證假令)』(『玄琴新證假令』, 1680년 申晟 편찬) 등이 있다. 이 중 『금보신증가령』의 경우 악보가 온전히 실린 중대엽 10곡에서 제1·2·3지(旨)의 악곡 길이는 대체로 '1:1:2'의 비를 보여, 앞('4-2) 존립기반)에서 살핀 16세기 말엽의 '2:2:3' 내지는 '5:3:6'에 비해 제3장(旨)이 차지하는 비율이 보다 높아지게 된 것으로 나타난다(삭대엽의 경우는 헤아리기가 곤란하여 논외로 함). 이러한 현상은 곧 앞서 말한 바와 같이 유사시조 작품들의 음악적 수용이 보다 용이하게 될 수 있는 여건이 조성된 것으로 이해될 수가 있을 것이다.

그리고 17세기의 후반에 이르면서 삭대엽이 성행하게 되고, 이 삭대엽은 새로운 형태의 변주곡으로 발전되어 가서, 제1·2·3 또는 초(初)·2·3이란 명칭으로 파생되어 간 것이다. 이러한 17세기 후반 이래의 삭대엽

---

48) 金天澤, 『靑丘永言』(珍本, 조선진서간행회, 1948), 98면.
49) 宋芳松, 『韓國音樂通史』(일조각, 1984), 413면.

에서 변주곡들이 파생하게 되면서 가곡은 주로 중인(中人)신분의 가객(歌客)들에게 애창되고 크게 성장하기 시작하였다. 그리고 이러한 삭대엽의 변주곡(二數大葉, 三數大葉)들을 바탕으로 하여 18세기에는 '농(弄)·낙(樂)·편(編)'이란 새로운 변주곡들이 파생하게 되었고,[50] 이 새로운 변주곡들은 대체로 이른바 사설시조 작품들을 노래하는 주요한 레퍼토리로서의 구실을 하게 된 것이다.

아직 사설시조의 시형에 대한 구명이 뚜렷이 이루어지지 못한 실정이어서 그것과 유사시조와의 관계를 섣불리 판단하기는 어렵겠지만, '유사시조 작품들을 토대로 하여 사설시조라는 것이 정립되었다'고 하는 가설을 받아들일 수 있다면, 유사시조 작품들의 음악적 수용을 위한 여건은 17세기 전반에 들어서 보다 잘 조성되어 있었고, 17세기 후반부터는 유사시조들이 사설시조로 발전하여 하나의 뚜렷한 문학양식으로 정립될 수 있을 기반이 마련되었다고 할 수 있을 것이다.[51]

이상과 같은 음악상의 추세를 고려할 때, 앞서 든 두 갈래의 가능성 중에서 '17세기에 들어서도 유사시조 작품들은 그리 활발히 지어지지 않았을 가능성'보다는 '17세기에 들어 활발하게 지어졌을 가능성'이 더 높다고 할 수 있을 것이다. 다만, 17세기에 유사시조는 뚜렷이 하나의 장르로서 정립되어 있었다고 보기는 어렵고, 18세기(빠르면 17세기 후반)에 이루어지는 사설시조의 정립을 위한 기반을 마련하는 수준에서 그 앞 시기에 비해 보다

---

50) 같은 책, 418~419면 참조.

51) 國樂學界에서는 대체로 악보의 편찬 연대에 의거하여 그 所載 악곡들의 생성과 변천 시기를 추정하는 경향이 높은 듯하다. 그런데 이러한 논의에서 주의해야 할 것은 옛 악보들에 실려 있는 악곡들이 그 악보 편찬 당시의 음악적 현실을 그대로 반영하기만 하는 것은 아니라는 점이다. 많은 악보책들에서 그 실려 있는 악곡은 바로 당대의 것 이기보다는 그보다 좀 앞선 시대의 악곡인 경우가 적지 않은 편이다.

이러한 점을 고려할 때, 앞서 든 17세기 및 18세기의 음악의 변천상도 실은 그보다는 시기가 좀 더 앞당겨져야 할 여지가 있을 것이다. 특히 '弄·樂·編' 등이 18세기에 나타났다고 하는 것은 金天澤이 18세기 초엽에 '蔓橫淸類의 유래가 이미 오래되었다'고 말한 점으로 미루어 보아 再考의 여지가 있을 것으로 보인다.

활발히 지어졌을 것으로 추측된다.

그리고 17세기에 지어진 작품들이 얼마 전해지지 않는다는 점은, 당시에 그 작자층의 주류가 양반 사대부계층에서 중인계층으로 넘어가기 시작하였으며, 이들 중인계층인들에 의한 작품은 기록 정착(주로 文集 또는 歌集, 歌帖) 면에서 양반 사대부계층인에 비해 상당히 불리할 수밖에 없다는 점에 말미암은 바가 적지 않은 것으로 추정될 수 있다. 그러기에 17세기의 유사시조는 전해지는 작품이 얼마 되지 않는데도, 김천택은 '만횡청류의 유래가 이미 오래되었다'고 표현하였을 것으로 보인다.

또 한편으로 17세기의 유사시조 작품들은 작자가 명기된 것들 외에도 적지 않게 전해지고 있을 가능성을 고려할 수 있다. 김천택의 말처럼 이들 작품이 대체로 '말이 음란하고 뜻이 비천하여 본받을 만하지 못한' 때문에 그 작자의 이름이 밝혀지지 않았을 가능성이 적지 않은 것이다. 이러한 점을 고려할 때, 『청구영언』에 실려 전하는 만횡청류의 작품 116수 가운데서 상당수는 17세기의 작품일 가능성이 있는 것이다.

이러한 제반 상황을 감안하여, 필자는 16세기 말엽부터 모습을 드러내기 시작한 유사시조 작품들은 17세기에 들어서 보다 활발하게 지어지게 되었으며, 이는 18세기에 이루어지는 사설시조의 정립을 위한 기초를 마련하게 되었을 것으로 추측하는 바이다.

6. 결론

시조와 가사가 흥성하던 16세기 말엽의 시가계에서 별양(別樣)의 모습을 지닌 작품들이 나타났으며, 현재까지 밝혀진 바로는 13편의 작품이 남아 전해지고 있다. 필자는 이들을 일단 '유사시조(類似時調)'라고 부르기로 하며, 그 유형과 양식적 특징, 발생근거와 존립기반, 그리고 그 후대적 변천상 등에 대해 살펴보았다. 지금까지 이에 대한 체계적인 연구가 거의 없었기에 이 글에서 필자가 보인 논의들은 불충분한 시론에 그쳤지만, 이제까지 살핀 바를 요약해 보면 다음과 같다.

6명의 작자에 의한 13편의 작품들 가운데서 16세기 초엽에 지어진 〈이장 장가(李璋長歌)〉를 제외한 나머지 작품들은 모두 시조 장르와 가사 장르가 개화기(開花期)에 들어서 흥성하고 있던 16세기의 말엽에 지어졌으며, 이 시기의 시가계는 이들 양대 장르에 의해 단편시가와 장편시가의 획연한 양분 현상을 보이고 있었다.

이들 13편의 작품들은 창작시가 10편과 번역·번안시가 3편으로 나누어지는데, 창작시가는 다시 5행 이내의 크기(분량)를 가진 단형과 10행 내외의 장형으로 분류될 수 있다. 단형의 유사시조 작품들은 대체로 3행체(行體)의 시조형을 모태로 하여 이루어진 것으로 추정되며, 장형 유사시조 작품들의 생성 모태가 되는 시형은 확인하기 어려우나, 최소한 시조형에서 찾기는 어려울 것으로 판단된다. 그리고 번역·번안시가 작품들은 율격 등의 면에서 우리 시가 자체의 전통에 맥이 닿고 있지만, 시행 수와 시편의 크기 등은 중국시로 된 원 작품의 영향과 제약을 크게 받은 것이다.

단형의 작품들은 시조형에서 제1·2·3행의 어느 것이 병렬 또는 접속 등의 방식에 의해 확장됨으로써 이루어진 것으로 판단되는데, 그 확장 변용되는 부분이 일정하지 않은 등 어떤 일정한 정형을 보이지 않고 있다. 장형의 작품들은 작자의 정서적 체험의 표현이라는 면을 적지 않게 드러내면서도 또한 대상의 특성에 대한 설명·교시(敎示)를 어느 정도 지속적으로 서술하여 나타내 주는 면을 함께 갖추고 있어서, 시조와 가사의 양 특성을 아울러 절충하여 드러내는 '중간적 양식'으로서의 면모를 지니고 있다고 할 수 있겠는데, 가사 쪽에 더 많이 가까운 편이다. 번역·번안시가 작품인 〈호호가(浩浩歌)〉 3수는 그 양식적 성격이 장형 유사시조 작품들과 거의 비슷한 편이다.

대다수의 유사시조 작품들이 시조와 가사가 흥성하던 시기에 이들 장르의 양식에 친숙해 있던 작자들에 의해 지어졌다는 사실을 통해 볼 때, 그들이 그들의 시상을 시조나 가사로써가 아니라 별도의 양식으로 나타내게 된 것은 이들 기존의 시형으로는 그 시상들을 효과적으로 표현할 수 없다는 인식, 곧 기존 시형들이 지니는 한계성에 대한 인식이 밑받침되었을 것으로 여겨진다. 이는 곧 유사시조 작품들이 우발적으로 생겨나기보다는 보다 필연적인 이유로 해서 생겨나게 되었을 가능성이 더 높음을 시사해준다. 이 필연성은 작자의 개성에 의한 면도 있겠으나, 대체로는 당대의 '문학적 요구'에 부응하는 면이 더 많다고 할 것이다.

16세기 말엽은 15세기 동안에 확립되어 16세기 초·중엽까지 계승·발전되이 오딘 조선 전기적(前期的) 체제와 문화에 대한 변화의 기운이 일어나던 시기로서 그 변화의 기운은 시가계에서도 일고 있었다.

3행만의 극단적인 단형성을 보이는 시조 시형이 지니는 악착(齷齪)한 제약성은 16세기 초·중엽의 요람기 및 성장기에 비해 16세기 말엽의 개화기에 들어 더욱 두드러지게 되었다. 그 이전까지의 작품들에서 보이던 다양하면서도 진지한 창작태도가 이 시기에 들어서부터는 기계적이고 상투적인 공식적 구조를 고수하여 가는 경향을 보이게 되었는데, 곧 이 시기에 이르러 시조 시형은 그 형식의 완비로서 '전범화(典範化)'되었고, 이 전범화된 시형은 새로운 변화를 모색하게 된 것이다. 단형 유사시조 작품들에서는 이러한 현상이 적지 않게 나타났을 것이다.

한편 시조 장르에서와 같은 전범화의 양상이 가사 장르에서는 훨씬 미약하게 나타났지만, 50행에서 90행 정도에 이르는 장편의 가시에 비해 비교적 제한된 분량의 체험과 대상의 특성을 알리고 전달하기 위한 10행 내외의 중편시가가 필요해졌고, 이러한 문학적 요구에 부응하여 장형의 유사시조 작품들이 생겨나게 되었을 것이다. 그리고 이러한 중편시가에 대한 요구는 경기체가 장르의 몰락과 더불어 한층 더 강렬해졌을 것이다. 경기체가처럼 그 시형상의 제반 제약이 엄격하지 않은 새로운 중편시가에 대한 요구가 곧 기존의 시조 시형보다는 훨씬 더 폭이 넓고, 그러면서도 장편의 가사 시형보다는 폭이 좁은 새로운 '변종(變種)'을 찾게 되었을 것이

고, 이 변종은 시조형의 변종으로서보다는 가사형의 변종으로서의 면모를
더 많이 띠는데, 이러한 작품으로서 나타난 것이 바로 장형의 유사시조 작
품일 것이며, 이는 넓은 의미로 보자면 그 개념 규정이 불명확한 가사 장
르의 일종으로 처리될 수도 있을 것이다.

　이들 유사시조 작품들은 단형이든 장형이든 간에 대체로 노래로 불렸을
것으로 추정되는데, 16세기 말엽에는 시조를 노래할 수 있는 악곡으로 북
전(北殿), 만대엽(慢大葉), 그리고 중대엽(中大葉) 등이 발달하였고, 삭대엽(數
大葉)도 생겨나는 등 가곡창(歌曲唱)의 레퍼토리가 보다 풍부해지게 되었으
며, 이에 시조형을 변형·변용한 것으로 보이는 단형의 유사시조 작품들을
얹어서 노래 부를 수 있는 음악 면의 여건은 어느 정도 조성되어 있었다고
할 수 있다. 특히 중대엽이나 삭대엽에서 '3지(三旨)' 부분의 곡의 길이가 만
대엽에 비해 늘어나는 것으로 나타나는데, 이는 곧 시조형에서 초장 또는
중장이 확장될 경우 그 확장되어 늘어나는 부분을 음악적으로 수용할 수
있는 장치로서의 성격을 지닌다고 할 것이다. 이에 16세기 말엽의 유사시
조 작품들은 당시 음악의 변천에 힘입어서 노래로 불릴 수 있는 기반이 마
련되어 있었기에, 당시의 시가계에서 약한 세력이나마 시조와 가사의 양대
장르의 틈 사이에서 생겨나고 존립할 수 있었을 것으로 추측된다.

　17세기에 들어서 유사시조 작품들이 활발히 지어졌다는 사실을 알려주
는 문헌상의 기록도 없고, 또 그 작품으로 전해지는 것도 얼마 되지 않는
다. 그러나 그렇다고 해서 17세기에 들어 유사시조 작품들이 활발히 지어
지지 않았을 것으로 보기는 어렵다. 17세기 전반에는 중대엽이, 후반에는
삭대엽이 성행하였고, 이들은 새로운 형태의 변주곡으로 발전하여 여러
악곡들을 파생시켜 갔다. 특히 17세기 후반 이래의 삭대엽에서 여러 변주
곡들이 파생되면서 가곡은 중인신분의 가객들에게 애창되고 크게 성장하
기 시작하였는데, 이러한 삭대엽의 변주곡(二數大葉·三數大葉)들을 바탕으
로 하여 18세기에는 '농(弄)·낙(樂)·편(編)'이란 새로운 변주곡들이 파생되
었고, 이 새로운 변주곡들은 대체로 이른바 사설시조 작품들을 노래하는

주요한 레퍼토리로서의 구실을 하게 되었다. 이러한 정황으로 미루어 볼 때, 17세기에 들어서 유사시조 작품들의 음악적 수용을 위한 여건은 보다 더 마련되어 있었고, 이에 따라 유사시조 작품들은 보다 활발하게 지어졌을 가능성이 높다고 할 것이다. 그리하여 17세기 후반부터는 유사시조 작품들이 이른바 사설시조로 발전해 나갈 기초가 마련되어 있었다고 할 수 있을 것이다.

이러한 논의에서 유사시조 작품들의 발생근거와 존립기반, 그리고 그 후대적 전개에 대한 논의의 상당 부분은 뚜렷한 자료 등의 실증적인 근거에 입각하여 이루어지기보다는 개연성에 대한 추론이나 간접적인 정황증거에 의한 면이 적지 않은 편이다. 이에 이 글에서 필자가 보인 논의는 아직 불충분함을 면할 수 없는 가설(假說)의 제기라는 성격을 지닌 한 시론(試論)에 그치고 말았다고 할 것이다. 앞으로 이와 관련된 제반 연구들이 발전해 나가게 될 때, 조선 전기 및 17세기의 유사시조 작품들의 문학적 본질과 존재 양상은 보다 명확히 구명될 수 있을 것으로 기대하는 바이다.

원제: 「朝鮮 前期의 '類似時調' 硏究」
『人文硏究』 제11집 제1호(嶺南大學校 人文科學硏究所, 1989. 8)

6장

'가사'의 개념

1. 서론

'4음보격(音步格) 연속체(連續體)'로 된 조선시대의 문학인 '가사(歌辭)'라는 것은 전기 양반가사(前期兩班歌辭)·후기 양반가사(後期兩班歌辭)·평민가사(平民歌辭)·내방가사(內房歌辭; 閨房歌詞)·개화기가사(開化期歌辭) 등의 여러 다양한 종류(部類 또는 類型)들을 망라하는데, 그 여러 종류의 작품들이 각기 지니는 면모들은 매우 다양하다.

이 때문에 가사의 장르적 성격에 대한 여러 학자들의 의견도 구구하여, 혹은 '운문적 형식에 문필적(文筆的) 내용의 문학',[1] 혹은 '중세기(中世紀)의 산문문학',[2] 혹은 '율문(律文)으로 된 수필',[3] 혹은 '서정적 시가',[4] 혹은 '교술적(敎述的) 율문',[5] 혹은 '혼합 장르'[6] 등으로 규정하였고, 또 혹은 이를

1) 趙潤濟, 「歌辭 文學論」, 『朝鮮詩歌의 研究』(을유문화사, 1948), 127면.
2) 高晶玉, 「國文學의 形態」, 우리어문학회, 『國文學槪論』(일성당서점, 1949), 22면.
3) 李能雨, 『入門을 위한 國文學槪論』(국어국문학회, 1953), 116면.
4) 李泰極, 「歌辭 槪念의 再考와 장르攷」, 『국어국문학』 27(국어국문학회, 1964), 79~80면.
5) 趙東一, 「歌辭의 장르 規定」, 『語文學』 21(한국어문학회, 1969), 85면.
6) 金興圭, 『韓國文學의 理解』(민음사, 1986), 118면.

서정적 가사(시가)와 서사적 가사(수필)로 양분하여 보았으며,[7] 혹은 서정적인 것·서사적인 것·교시적(敎示的)인 것으로 삼분(三分)하기도 했다.[8] 그리고 혹은 '공시태(共時態)로서는 개방성과 복합성을 지닌 관습적 장르이며 통시태(通時態)로서는 역사적 장르로서, 서정의 형식에 정신면으로는 서정·서사·교술의 복합성을 동시에 지니면서 그것이 문학사적 변모를 거치면서 세 가지 성격 중의 어느 하나로 극대화하는 방향을 취해 온 유동적 장르'로 보기도 했다.[9]

이들은 대체로 가사라는 것을 하나의 단일한 문학 장르로 본다는 것을 기본 전제로 하여, 그 범주 내의 다양성 가운데서 가장 두드러진 것으로 판단되는 하나 또는 두세 가지 성격으로써 그 장르적 성격을 규정코자 한 것이다.

가사의 장르적 성격에 대한 논의가 이처럼 분분하게 된 것은 대체로 여러 이질적인 작품들과 그 부류·유형들을 '가사(歌辭)'라는 말로써 함께 묶어서 단일한 장르로 처리해 온 데서 연유한 바일 것이며, 또 이는 가사의 형태를 '4음보격 연속체' 정도로만 규정하는 한 피하기 어려운 현상일 것이다.

그러므로 필자는 '가사(歌辭 또는 歌詞)'라는 말을 특정한 문학 장르의 명칭으로 술어화하고 그 명칭으로써 여러 다양한 작품들 및 부류·유형들을 함께 묶어서, 그것들이 단일한 장르로서의 정체성(self-identity) 또는 변별적(辨別的) 공통성을 가진다고 보아 온 지금까지의 가사 개념에 대한 이해의 시각 및 연구방법에 적지 않은 문제가 있다고 판단한다. 가사의 장르적 성격을 올바로 살피기 위해서는 이러한 시각 및 연구방법으로부터의 전환이 필요할 것이다.

---

7) 張德順, 『國文學通論』(신구문화사, 1963), 182면.
8) 朱鍾演, 「歌辭의 장르考(Ⅱ)」, 『국어국문학』 62·63(국어국문학회, 1973), 279면.
9) 金學成, 「歌辭의 쟝르性格 再論」, 『백영정병욱선생환갑기념논총』(신구문화사, 1982), 310~331면.

이러한 가사 개념에 대한 이해의 시각 및 연구방법의 전환을 통하여 가사의 올바른 장르적 처리 방향을 모색하는 첫 작업으로서, 필자는 이 글에서 '가사(歌辭; 歌詞)'라는 말이 뜻하던 바를 옛 용례를 통해 알아본 뒤, 그것이 20세기에 들어 특정한 문학 장르의 이름으로 술어화 된 과정을 살피고 그 문제점들을 검토함으로써, 지금까지의 가사 연구가 지녀 온 근본적인 문제점에 대하여 반성해보고자 하며, 또 이에 따라 가사의 개념에 대한 올바른 이해를 위한 시각의 정립에 대해서도 나름대로 살펴보고자 한다.

2. '가사(歌辭; 歌詞)'의 옛 용례와 그 뜻

'辭'와 '詞'는 서로 통하는 말로 '말(言)·사설(辭說)'을 뜻하고, '歌辭'·'歌詞'란 말은 본래는 다 같이 '시가의 말, 노래의 사설 곧 노랫말'을 뜻하는 것이었다.[10]

이것이 점차 뜻이 옮겨져 '노래로 부르는 시가'를 이르는 말로도 쓰이게 되고, '가곡(歌曲)'이란 말과도 서로 통용되었다.[11]

이수광(李睟光; 1563~1629)의 『지봉유설(芝峰類說)』에서는 '歌詞'에 해당하는 것으로 중국문학의 경우에 '요(謠)·구(謳)' 등과 '전사(塡詞)·시여(詩餘)·사(詞)·궁사(宮詞)' 등을 들었는데, 이것들은 모두 '노래로 부르는 시가'였다. 우리나라의 경우는 송순(宋純)의 시조 작품 "風霜(풍상)이~"와 〈면앙정가(俛仰亭歌)〉·〈관서별곡(關西別曲)〉 등의 가사 작품들, 〈한림별곡(翰林別曲)〉 등의 경기체가 작품, 그리고 〈장진주사(將進酒辭)〉·〈감군은(感

---

10) 諸橋轍次, 『大漢和辭典』 6(東京: 大修館書店, 1956)에 의하면, '歌辭'는 '詩歌의 말'로서 '歌詞'와 같은 말이고, '歌詞'는 '노래하는 말'로서, 오로지 韻文에만 쓰인다'고 한다.

11) 예를 들어, 『花源樂譜』의 「歌譜跋」에 있는 "象村曰 中國之所謂歌詞 卽古樂府曁新聲被之管絃者俱是 云云"에서의 '歌詞'와 "玄默子洪于海曰 我東方人所作歌曲 專用方言 云云"에서의 '歌曲'은 모두 같은 뜻으로 쓰인 것이다.

君恩)〉·〈어부사(漁父詞)〉 등의 작품들을 들었는데, 이들 또한 모두가 다 '노래로 부르는 시가'였다.[12] 또 정철(鄭澈)의 우리말 시가 작품들을 모아 실은『송강가사(松江歌辭)』에는 가사 작품들뿐만 아니라, 많은 시조 작품들과 〈장진주사〉도 들어 있다.[13]

대체로 근대 이전의 우리나라에서는 한시(漢詩)가 노래될 수 없었고, 우리말 시가만이 제대로 노래로 불릴 수 있었기에, '노래로 부르는 시가'인 '歌辭·歌詞'라는 말은 으레 '우리말 시가'를 지칭하는 것으로 받아들여졌다. 또 이에 따라 우리말 시가 작품들 가운데서 실제로 노래로 불리지 않은 것도 '歌辭' 또는 '歌詞'로 불리었고, 아예 노래로 부를 수 없는 장편 작품들까지도 그 말들의 지칭 대상 속에 포함되곤 했다.[14]

한편 조선 후기에는 정악(正樂) 계열의 성악(聲樂; 歌樂)에 가곡(歌曲)과 시조(時調) 외에 가사(歌詞)란 것이 생겨났고, 이 가사[唱]에 의해 노래하는 작품들로는 〈백구사(白鷗詞)〉·〈황계사(黃鷄詞)〉·〈죽지사(竹枝詞)〉(일명 〈乾坤歌〉)·〈춘면곡(春眠曲)〉·〈어부사〉·〈길군악(軍樂)〉·〈상사별곡(相思別曲)〉·〈권주가(勸酒歌)〉·〈수양산가(首陽山歌)〉·〈양양가(襄陽歌)〉·〈처사가(處士歌)〉·〈매화타령(梅花打令)〉 등이 널리 알려졌으며, 이들 12편의 작품들을 '십이가사(十二歌詞)'라고 부르는데, 국악계에서 '가사(歌詞)'라고 하면 으레 이 십이가사를 일러 왔다.[15]

이처럼 옛사람들에서 '歌辭·歌詞'는 그 개념 및 용례에서 다양한 면모를 보이던 것이었다.

---

12) 李晬光, 『芝峰類說』 권14, 文章部 7.

13) 이 밖에도 '歌詞(또는 歌辭)'라고 한 篇目 아래 가사 작품들 이외에 다수의 시조 작품들을 싣고 있는 문헌들이 많다.

14) 영남지방의 內房歌辭(閨房歌辭)에는 長篇의 작품들이 많이 있는데(800행이 넘는 작품도 있다), 이 '가사'는 '읽는다'고 하지, '唱한다'라는 말을 쓰지 않는다고 한다. 權寧徹, 『閨房歌辭硏究』(이우출판사, 1980), 17면 참조.

15) 그 唱法이 河圭一과 林基俊의 전수에 의해 전해지고 있다. 張師勛, 『國樂總論』(정음사, 1976), 273면 참조.

3. 가사의 현대적 술어화의 과정과 그 문제점

이 '가사(歌辭 또는 歌詞)'에 대한 학문적인 연구는 1930년대에 들어서부터 비로소 이루어지기 시작했으나, 1940년대 전반까지는 그 연구가 본궤도에 오르지 못하고 있었다. 그동안의 사정을 1949년에 정형용(鄭亨容)은 다음과 같이 말하였다.

> 가사(歌詞)라는 일대 집단(一大集團)이 있다. …… 이 방면에 관한 연구는 20세기 초두(初頭)로부터는 당연히 있었어야 할 것이로되, 소위 시조(時調)에 관한 그것에 비하여 매우 엉성하였으며 과문(寡聞)한 필자로서는 지금으로부터 약 십이삼 년 전부터 조윤제(趙潤濟)·이희승(李熙昇)·김태준(金台俊)·양주동(梁柱東) 제씨(諸氏)가 학구적인 태도로 연구의 메쓰를 대었음을 볼 뿐이다. 그 연구의 역사가 짧아서 그러한지 또는 본격적인 연구가 아직 되어 있지 않고 최근에서야 본궤도(本軌道)에 오르려 하는 상태에 놓여 있는 탓인지 가사의 개념조차 안정되지 못한 채로 오늘에 이르고 있다.[16]

해방[光復] 전부터 '가사'의 개념과 범주 등에 대해 논의를 편 학자들로는 조윤제·김태준·이병기(李秉岐) 등이 있다.

김태준은 『조선일보(朝鮮日報)』에 연재한 「조선가요개설(朝鮮歌謠槪說)」(1933. 10. 20~)에서 우리 민족의 가요를 그 내용 성질에 의하여 다음과 같이 분류하였다.

   a. 미언(謎諺)
   b. 동요(童謠)

---

16) 鄭亨容, 「歌辭」, 우리어문학회, 『國文學槪論』(일성당서점, 1949), 161~162면.

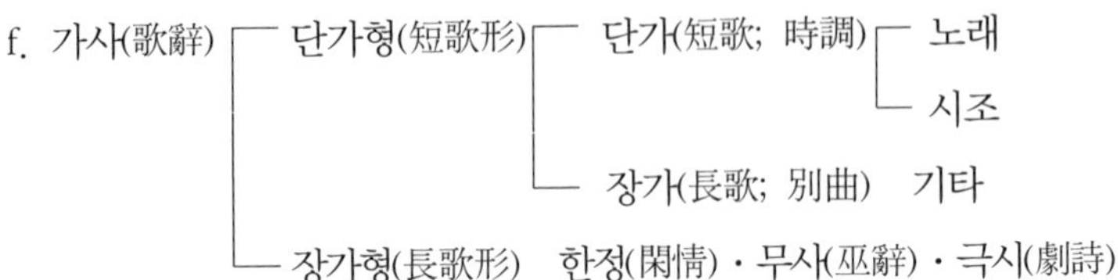

    이에서 신라시대의 '향가'를 제외한 대다수의 옛 창작시가들을 '가사'의 범주 속에 넣고, 그 단가형으로는 시조와 별곡(別曲; 景幾體歌) 등이 있으며, 장가형으로는 '한정·무사·극시' 등이 있다고 하였다(1933. 10. 21). 그리고 그 뒤에 이어지는 글 「가사편(歌詞篇)」에서는,

    '가(歌)'는 음악에 반주하는 노래요 '사(詞)'는 그 '가'를 글월로 쓴 것이니 〈처용가(處容歌)〉 가튼 것은 삼국시대의 가사(歌詞)라고 할 것이요 〈가시리〉·〈감군은(感君恩)〉·〈이상곡(履霜曲)〉 가튼 것은 고려시대의 가사라고 할 것이다.(1933. 12. 19)

라고 하여, '가사(歌詞)'의 개념을 일반적인 '노랫말'로 규정하였으며, 이에 따라 고려시대 및 조선시대의 각종 노랫말은 말할 것도 없고, 신라시대의 향가 작품인 〈처용가〉도 그 시대의 '가사'라고 했다.

    그러나 그는 그 뒤에 『조선가요집성(朝鮮歌謠集成) 고가편(古歌篇) 제일집(第一輯)』(1934. 2)[17]을 엮으면서는 편목(編目)을 '신라향가편(新羅鄉歌篇), 백제고가편(百濟古歌篇; 附 高句麗), 고려가사편(高麗歌詞篇), 이조가사편(李

朝歌詞篇)'으로 나눔으로써 '가사'의 범주에서 '신라향가'와 '백제고가'를 제외시켰다.

그 '고려가사편'에는 〈도이장가(悼二將歌)〉·〈동동(動動)〉·〈정과정(鄭瓜亭)〉·〈한림별곡(翰林別曲)〉·〈서경별곡(西京別曲)〉·〈정석가(鄭石歌)〉·〈청산별곡(靑山別曲)〉·〈만전춘(滿殿春)〉·〈이상곡〉·〈사모곡(思母曲)〉·〈쌍화점(雙花店)〉·〈가시리〉·〈감군은〉·〈관동별곡(關東別曲)〉·〈죽계별곡(竹溪別曲)〉·〈능엄찬(楞嚴讚)〉·〈관음찬(觀音讚)〉·〈서왕가(西往歌)1〉·〈서왕가2〉·〈심우가(尋牛歌)〉·〈낙도가(樂道歌)〉의 22편을 실었고, 또 '이조가사편'에는 〈상대별곡(霜臺別曲)〉 등의 경기체가 작품들과 〈상춘곡(賞春曲)〉·〈사미인곡(思美人曲)〉 등의 가사 작품들 및 〈백구사(白鷗詞)〉 등의 십이가사 작품들, 그리고 〈신도가(新都歌)〉·〈유림가(儒林歌)〉·〈용비어천가(龍飛御天歌)〉·〈월인천강지곡(月印千江之曲)〉·〈장진주(將進酒)〉·〈파연곡(罷宴曲)〉·〈어부사시사(漁父四時詞)〉 등 시조보다 장형(長形)인 각종 작품들 총 50편을 실었다.

그리고 1936년에 그의 교열(校閱)을 거쳐 신명균(申明均)이 엮어 펴낸 『가사집(歌詞集) 상(上)』에서는 「범례(凡例)」에,

> 본집(本集)은 조선의 산일(散逸)한 가사(歌詞)를 '속가집(俗歌集)', 『청구영언(靑丘永言)』, 『가요집성(歌謠集成)』, 『용비어천가』, 『월인천강지곡』, 『송강가사(松江歌辭)』, 『노계집(老溪集; 蘆溪集의 誤記: 필자 주)』, 기타 신현문십(先賢文集)과 일가일곡(一歌一曲)을 기록한 소책자 및 고휴지편(古休紙片) 등에서 가위(可謂) 입립(粒粒)히 수집하고, 이를 속가(俗歌)·산림처사가(山林處士歌)·불교가(佛敎歌)·고가(古歌)로 분류하야 상중하(上中下) 삼편(三篇)에 난호아 편찬한다.[18]

---

17) 金台俊 편, 『朝鮮歌謠集成 古歌篇 第一輯』, 朝鮮語文學會, 1934.
18) 金台俊 교열, 申明均 편, 『歌詞集 上』(中央印書館, 1936), 1면.

고 하고, 상편(上篇)인 '속가편(俗歌篇)'에다 '〈유산가(遊山歌)〉·〈적벽가(赤壁歌)〉·〈난봉가〉·〈노처녀가(老處女歌)〉·〈수심가(愁心歌)〉·단가(短歌)·〈농가월령가(農家月令歌)〉·〈상사별곡〉·〈미인별곡(美人別曲)〉·〈춘면곡〉·〈원부사(怨婦詞)〉·~타령' 등의 갖가지 종류의 노래 가사들을 실었다. 이로써 보면, 이 책에서의 '가사(歌詞)'의 범주 속에는 '속가·산림처사가·불교가·고가'들이 있으며, 중편(中篇)과 하편(下篇)이 출간되지 못하여 그 내용을 제대로 살필 수는 없으나, 연형식(聯形式)으로 된 장편의 악장시가(樂章詩歌)인 〈용비어천가〉와 〈월인천강지곡〉까지도 그 범주 속에 포함된 것이다.

이와는 달리, 조윤제는 「영남여성(嶺南女性)과 그 문학」(1931. 12)에서 영남지방의 여성들 사이에서 성행한 '가사(歌詞)'(내방가사 또는 규방가사)를 토대로 하여 '가사'의 개념과 범주를 살폈다.

그러면 영남여성의 소위 가사라는 것이 무엇인가. 가사라는 의미 내용이 대단히 애매하나 영남여성 사이에는 흔히 가사로써 통칭(通稱)함으로 여긔는 다만 그 칭호를 존중하야 그냥 명명(命名)한 데 지나지 못한다. 보통 일반이 노래의 문구(文句)를 의미하는 그 가사의 내용과도 다르다. 여긔 가사라는 것은 말하자면 일종 운문이라는 의미에 지나지 못하는 것이니 쉽게 말하면 송강(松江)의 〈관동별곡〉과 갓흔 것이 그 범주에 들어간다. 그러나 더 엄밀히 말한다면 단순한 그런 것도 안이다. 이는 …… 째로는 서한문(書翰文), 제축문(祭祝文)까지가 그 범주에 들어가는 일이 잇는 아주 광범한 융통성이 만흔 명칭이다.[19]

그는 이 '가사'는 '노래의 문구'라는 일반적인 의미가 아니라 '운문의 일종'을 가리키는 것이며, 그 범주에는 영남 여성의 가사는 물론이고 정철의

---

19) 趙潤齊, 「嶺南女性과 그 文學: 특히 歌詞文學에 對하야」, 『新興』 6(1931. 12), 68면.

〈관동별곡〉 같은 유가 있으며, 때로는 영남 여성의 가사에서 보이는 서한문, 제축문까지도 그 범주에 드는 매우 광범하고 융통성이 많은 것으로 보았다.

그 뒤 그는 「조선시가의 형식적 분류 시론(試論)」(1936. 11)에서는 '가사(歌辭)'를 '가사'와 '잡가(雜歌)'로 구분하고는, '가사'의 형식상의 특징을 '4-4조(調)를 늘어놓는 단조로운 형식의 장형(長型)시가로, 분절성(分節性)이 없으며 무제한으로 길어질 수 있는 것'으로 보았다.

> 가사는 이조(李朝)에 발달하야 최근에 이르도록 가장 널리 보편적으로 쓰이어 송강과 같은 대작가도 나온 시가나 그 형식은 극히 단조(單調)하야 다만 4·4조를 늘어놓은 장형시가에 지나지 못하는데 ……. 그런대 이 종류의 시가는 앞에서 말한 장가(長歌; 경기체가와 古俗歌; 인용자 주)와 같이 역시 장형시가이나 결코 몇 장(章)에 분절되는 일이 없다. 이것이 실로 분절성을 가지고 있는 장가와는 근본적으로 다른 점인데 그와 동시에 이것은 또 단장(短長)의 제한이 없이 길어질랴면 얼마든지 길어질 수 있다.[20]

그리고는 『조선시가사강(朝鮮詩歌史綱)』(1937)[21]에서,

> 가사(歌辭)라는 명칭은 흔히 이것을 불러서 '가사'라 구전(口傳)하얏다. 지금도 영남 규중(閨中)에는 이 가사제(歌辭體)의 시가가 많이 애장되어 있는대, 모다 '가사'라는 이름으로 부르고, 또 비장(鄙藏)한 장가집본(長歌集本)은 〈화죠연구〉, …… 등의 가사체 장가를 수재(收載)하야 역시 그 표지에 '가사'라 표제(表題)하얏다. 그러면 '가사'라는 것은 무슨 의미의

---

20) 趙潤濟, 「朝鮮詩歌의 形式的分類試論」, 『震檀學報』 6(震檀學會, 1936), 98면.
21) 趙潤濟, 『朝鮮詩歌史綱』, 東光出版社, 1937.

말인가. 보통은 음악의 곡조에 대하야 노래할 내용문구(內容文句)를 가
사(歌詞)라 부른 듯하나, 여기 우리가 말하는 '가사'는 곡조에 합주(合奏)
하야 불리는 것도 있지마는 영남지방 규중에서 애용(愛用)되여 오는 '가
사'를 보면 노래로 부른다는 것보다 차라리 읽는 것이 본의(本義)인 듯하
다. 그러면 '가사'는 음악곡조에 대한 '가사(歌詞)'가 아니고 사설적(辭說
的) 노래라는 의미의 '가사(歌辭)'가 아닐가 한다(235~236면).

고 하여, '가사'의 뜻을 영남 규중에서 성행한 '가사'의 성격을 고려하여
'사설적 노래'로 보고, 이에 따라 그 명칭을 음악곡조에 대한 '歌詞'라 하
기보다 '歌辭'라고 하는 것이 더 합당하다고 하였다. 그리고 그 형식은 '극
히 단조한 형식을 가진 장가로서 대강 8음(音) 1구(句)(音調上 다시 4-4조에
분리됨)를 중첩한 8-8조의 연속체(連續體)'라고 규정하였다(236면). 이에 비
해 '잡가'는 내용으로는 더 속미(俗味)를 띠었으며, 형식으로는 다소 4-4조
가 파격된 것이라고 하였으나, 이들 간의 분별이 극히 막연하고 어렵기 때
문에 이들 양류(兩類)를 합하여 크게 하나로 보는 것이 좋다고 했다(425~
430면).

그 뒤 그는 「가사 문학론」(1948)에서는 '아무런 제약 없이 4-4조를 연속
하여 나아가는 퍽 자유스러운 문학'인 가사는 '운문적 형식을 쓰면서 문필
적(文筆的) 내용을 표현 묘사하는 문학'으로서 '시가와 문필의 양 성격을
동시에 구유(具有)한 특수한 문학형태'이기에, 시가 부문이나 문필 부문에
다 귀속되지 않는 별도의 독자적인 부문(部門)으로 분류하여야 할 것이라
고 보았다.[22] 그리고 『국문학사』(1949)에서는 '가사'를 '순전한 운문으로서
4-4조의 연속체'라고 명확히 규정하였으며,[23] 『국문학개설』(1955)에서는 '잡
가'에 대하여 '시가의 유형적(類型的) 명칭이라 할 수 없고, 보통 가곡에서

---

22) 趙潤濟, 「歌辭 文學論」, 125~129면 참조.
23) 趙潤濟, 『國文學史』(동국문화사, 1949), 143면.

사용되는 그 가사(歌詞)를 의미하는 것으로서 완전한 속가'라고 보아서, 가사로부터 분리하여 '가사 부문'이 아닌 '시가 부문'에다 귀속시켰다.[24]

이러한 조윤제의 견해는 가사의 여러 종류들 가운데서 주로 영조대(英祖代) 이후에 영남지방의 규방에서 지어진 조선 후기의 한 부류(또는 유형)인 내방가사를 가사의 주된 모형으로 삼고, 그 형식과 내용에 대한 논의를 가사에 대한 연구의 기본적인 출발점[立論根據]으로 해서 조선 초 이래의 여러 가사 작품들과 그 부류(또는 유형)들 전체에로 일반화한 것이라고 할 수 있을 것이다.

힌편 이병기는 '십이가사(十二歌詞)'를 중심으로 하여 '가사(歌詞)'의 개념과 범주를 살폈는데, 그는 「시조의 발생과 가곡과의 구분」(1934. 11)[25]에서,

우리 노래를 단가(短歌), 또는 장가(長歌)라 일컬어 왔으며, 항용(恒用) 말하기는 그저 노래라 하고 한자로는 가곡(歌曲), 가사(歌詞), 가사(歌辭), 가요(歌謠), 영언(永言)이라고 하였으며, 이건 또 넷으로 나누어 가(歌), 사(詞), 조(調), 요(謠)라고도 한다.

가는 가곡이니 가곡의 곡조로써 부를 수 있는 모든 단가 장가 등을 이름이요, 사는 가사(歌詞)니, 가사의 곡조로써 부를 수 있는 노래, 곧 〈어부사〉, 〈처사가(處士歌)〉, 〈양양가(襄陽歌)〉, 〈수양산가(首陽山歌)〉, 〈매화가(梅花歌)〉, 〈죽지사(竹枝詞)〉, 〈권주가〉, 〈행군악(行軍樂)〉, 〈춘면곡〉, 〈상사별곡〉, 〈백구사〉, 〈황계사〉 이 열두 가지를 이름이요, 조는 시조니, 시조의 곡조로 부를 수 있는 단가, 또는 장가를 이름이요, 요는 속요(俗謠)니, 속간(俗間)에서 잡되게 부르는 여러 가지 노래들, 곧 광대소리, 인도소리(梵貝), 노랫가락, ……, 중거리, 역금들을 이름이다. (128면)

---

24) 趙潤濟, 『國文學槪說』(동국문화사, 1955), 115면.
25) 李秉岐, 「時調의 發生과 歌曲과의 區分」, 『震檀學報』 1, 震檀學會, 1934. 11.

고 하여, '가사'란 가사창(歌詞唱)으로 부를 수 있는 십이가사를 이른다고 하였다. 또 "십이가사만 아니라, 이런 가사체(歌詞體)로 된 장가들 〈규원가(閨怨歌)〉, 〈상저가(相杵歌)〉, 〈노인가(老人歌)〉 같은 것도 가사라고 할 수 있다."(138면)고 하여, 십이가사 이외에 그러한 가사체로 된 다른 작품들도 가사의 범주에 속할 수 있음을 말하였다.

이병기의 '가사(歌詞)'에 대한 견해 표명이 뚜렷이 구체화된 것은 해방 이후이고, 1930∼1940년대까지는 앞에서 든 정도에 머물러 있었는데, 그의 견해는 일관되게 조선 후기에 경기지방의 가객(歌客)들 사이에서 성행한 십이가사를 가사에 대한 논의의 근거로 삼았다는 점에서, 조윤제가 조선 후기에 영남지방의 규중에서 부녀자들 사이에 성행한 내방가사를 가사 연구의 출발점으로 삼았던 것과는 뚜렷한 대조를 이룬다.

이로부터 20여 년 뒤, 그는 『국문학전사』(1957)[26]에서 '歌詞'와 '歌辭'는 이자동의(異字同義)로서 그 뜻이 '어떤 소리(詞)의 노래(歌)를 말함'이라고 하고, 조선조 말엽에 이르러 십이가사라는 것이 불리게 되자 가사체의 문학이 하나의 뚜렷한 시가형으로서의 자리를 차지하게 되었는데, 이 가사체의 기원은 멀리 고려 말엽에서 찾을 수 있다고 보았다(107면).

그리고 그 뒤 『국문학개론』(1961)[27]에서는 가사를 '십이가사와 같은 독특한 노래를 일컬음'(131면)이라고 한 뒤에,

십이가사란 건 숙종조(肅宗朝) 이후에 일컬은 것임을 알겠으며, 이 가운데 〈어부가〉, 〈행군악〉, 〈황계사〉, 〈죽지사〉, 〈수양산가〉나 체재가 좀 다를 뿐이고, 그 나머지는 다 5자 내지 9자구들을 길게 나열하여 일편(一篇)을 이루고 있다. 이런 형태의 작품은 벌써 근조(近朝) 초부터 있었다. (132면)

---

26) 李秉岐・白鐵, 『國文學全史』, 신구문화사, 1957.
27) 李秉岐, 『國文學槪論』, 일지사, 1961.

고 하여, 가사의 형식을 '대체로 5자 내지 9자구들을 길게 나열하여 일편을 이루는 것'으로 보고, 이 가사체는 여말(麗末) 적에 가곡 창사(唱詞) 곧 시조에서 분화된 것으로서 그 초(初)·중장형(中章形)을 증연(增衍)한 것으로 추측하였고, 가사 가운데서 종구(終句)가 가곡 창사의 종구처럼 안 된 것은 정형(正形)이 아닌 것으로 보았다(133면).

그리고 '잡가'에 관하여는 "민요, 속요, 동요를 총칭함인바, 이를 또 역대로 보면 노래, 별곡(別曲), 타령, 잡가라고 명칭하였다."(14면)고 하고, 그 형태에 대해 '3-3조·4-4조를 기조(基調)로 한 4구 2절형(節形)과 6구 3절형과 또는 3-3조·4-4조·2-3조·3-2조·3-4조·4-3조 등등으로 된 별별형(別別形)이 있다'(99면)고 했는데, 이 경우의 잡가는 조윤제가 말한 잡가와는 크게 다른 것이다.

이 세 사람의 각기 다른 견해들은 1930년대부터 이루어진 가사의 개념과 범주에 대한 논의를 대표한다고 하겠는데, 이러한 세 갈래의 견해들은 광복 후의 국문학계에도 적지 않은 영향을 끼치게 되었다.

이 가운데서 이병기의 견해는 뚜렷이 정립된 것이 보다 후대인 1950년대 말 이래인 탓도 있겠지만, 그 논의의 출발 근거가 된 모형인 십이가사가 과연 전체 가사 가운데서 전형성과 대표성을 지닐 수 있는 것인가에 대해 의문이 제기된다는 점과, 그가 가사의 형태를 규정한 '대체로 5~9자구들을 길게 나열하여 일편을 이룸'이 가사의 형태 규정으로서 타당성을 지니기 어렵다는 등의 문제점을 지니고 있다.[28] 이 때문에 그 형태 규정과 직접적으로 관련되는 개념 및 범주 규정의 타당성도 문제 된다는 점[29]

---

28) 실제로 이 규정만으로써는 가사의 장르적 공통성과 타 장르와의 변별성을 확보하기가 어렵게 된다. 이 점은 그의 논의의 모형이 된 십이가사에 속하는 〈竹枝詞〉·〈길軍樂〉·〈漁父詞〉 등에서조차 나타나는데, 이 작품들은 다른 대다수의 가사 작품들에서 보이는 '연속체'(非聯形式)와는 엄연히 구별되는 聯形式의 양식을 보인다. 또 〈黃鷄詞〉 등도 연형식에 가까운 모습을 지니고 있다.
29) 이러한 문제점은 가사의 개념 및 범주에 대한 그의 견해가 문학적인 양상보다는 음악에서의 창법(歌詞唱)을 토대로 해서 이루어진 데서 주로 기인하는 바일 것이다.

등으로 인해, 그의 견해는 이후의 학자들에게 그리 많은 공명을 얻지는 못한 편이다.

김태준의 견해는 해방 직후 이명선(李明善), 정형용 등에 의해 잠정적으로 받아들여졌고,[30] 1960년대 초까지도 김동욱(金東旭) 등에 의해 비판적으로 수용되기도 했지만,[31] 오늘날의 국문학계에서는 호응을 거의 얻지 못하고 있다.

김태준이 말한 '가사(歌詞 또는 歌辭)'는 그 개념이 사전적 의미인 '노랫말' 또는 옛부터 써 오던 '우리말 시가'란 관습적 의미에서 별로 벗어나지 못하고, '고려시대 및 조선시대의 우리말 시가 가운데서 시조·민요 등을 제외한 나머지 작품들'을 범칭하는 말에 지나지 않는 데다가, 그 범주 속에 경기체가, 가사, 고려시대의 각종 유형의 시가, 조선 초에 악장으로 쓰인 각종 유형의 시가 작품들 등을 망라하고 있다. 그러므로 그 '가사(歌詞)'는 '특정한 시·공간 속에서 특정한 형식 및 내용상의 유형적 공통성을 갖추어 존재한 특정한 문학 장르'를 가리키는 술어가 될 수 없고, 편의적으로 일컫는 이름에 지나지 못하는 것이다.[32]

---

30) 이들은 김태준의 견해를 따르면서도, 다음과 같이 그들의 수용태도를 밝혔다.
"여기서 李朝歌詞라 함은 高麗歌詞에 대하여 이조시대의 歌詞라는 의미로, 마땅한 용어가 없으므로 일시방편으로 썼을 뿐이다. 따라서 前時代에까지 걸치는 時調 民謠를 제외하고는 一切의 長型의 시가를 가르치어, 〈龍飛御天歌〉〈月印千江之曲〉과 같은 특수한 것도 포함시켜 버렸다."(李明善, 『朝鮮文學史』, 조선문학사, 1948, 110면)
"여기서 언급할 歌辭의 범위는 매우 광대하여 분배된 紙面으로는 능히 다할 수도 없거니와, 또 가사 자체도 지금 蒐集途上에 있는 형편이니, 여기서는 高麗歌詞·李朝歌辭로 시대적으로 구분하고, 李朝歌辭를 宮庭歌辭·兩班歌辭·內房歌辭·平民歌辭로 大分하여 …."(鄭亨容, 앞의 글, 166면)
31) 金東旭, 『國文學槪說』(민중서관, 1961)에서는 앞서 든 정형용의 견해와 마찬가지로 '歌詞'를 '高麗歌詞'와 '歌辭(長篇歌詞)'로 나누었다. 그러나 1974년의 改訂版에서는 이를 다소 수정하여, '歌詞'라는 상위개념을 두지 않고 '高麗歌詞'와 '樂章歌詞'와 '歌辭'를 각기 독립적으로 처리하였다.
32) 해방 직후 이명선 등이 조윤제의 견해를 비판하고 김태준의 견해를 일단 받아들이면서도 '그 개념조차 안정되지 못함'을 지적하며, '마땅한 용어가 없으므로 일시방편으로 썼을 뿐'이라고 한 것도 이러한 점 때문일 것이다.

이들에 비해, 조윤제의 견해는 이후 학계에서 큰 영향력을 가지게 되어, 대다수의 학자들이 그의 견해를 그대로 또는 부분적으로 수정 보완하여 받아들이게 되었다. 해방 직후의 고정옥(高晶玉), 김사엽(金思燁) 등을 거쳐,[33] 6·25 이후인 1950년대 이래의 학계에서는 그의 견해가 통설로서의 위치를 확보하게 되었다. (그리고 해방 무렵부터 제기된 가사의 장르적 성격에 대한 그의 논의는 이 문제에 관한 여러 진지한 논의들을 불러일으키는 기폭제가 되었는데, 특히 1960년대 말 이래 趙東一 등에 의해 논의가 활발히 전개되었다).[34]

그리하여 가사에 대한 논의들의 대다수가 가사의 개념과 범주에 대해서는 조윤제의 견해를 토대로 하여 이루어져 왔다.[35] 현재 학계에서 통용되고 있는 바 가사를 '3-4조 또는 4-4조의 음수율을 가진 구절이 하나의 댓귀를 이루어 1행을 이루고, 대체로 그런 시행이 100행 내외로써 한 편의 작품을 이루는 장형시'[36]라고 하거나, 또는 '4음보 율격의 장편 연속체 시가'[37]라는 등의 형태 규정들이 모두 대체로 조윤제의 견해를 바탕으로 하여 이루어진 것들로서, 그 모두가 '가사'라는 것을 하나의 단일한 문학 장르로 본다는 것을 기본적인 전제로 하고 있는 것이다.

조윤제의 견해는 옛날부터 막연히 써 오던 '가사(歌詞·歌辭)'에 일정한 형식 규정을 가하고 그것에 특정한 문학 장르(역사적 장르)로서의 성격을 부여함으로써 연구의 대상을 단일성을 지니는 단위(unit)로 정립시키고자 했다는 점에서는, 김태준 등의 견해에 비해 진전되었다고 할 것이다.

그러나 그의 견해는 특정한 역사적 조건 속에서 발생하여 변천하고 소멸한 역사적 장르를 살피는 데서 그 발생기의 모습으로부터가 아니라, 수

---

33) 高晶玉, 「國文學의 形態」, 우리어문학회, 『國文學槪論』, 19~22면과 金思燁, 『朝鮮文學史』 (정음사, 1949), 175~178면, 189~190면 등에서 趙潤濟류의 견해를 보이고 있다. 그리고 鄭亨容도 '李朝歌辭'에서는 이와 유사한 양상을 보이고 있다.

34) 앞의 주 2)~9) 등을 참고할 것.

35) 대체로 십이가사를 그 범주에서 제외시키는 경향을 많이 보이고 있다.

36) 정병욱, 『한국고전시가론』(신구문화사, 1977), 196면.

37) 金興圭, 앞의 책, 118면 등.

백 년도 더 지난 뒤에 그 장르의 중심지역이라고 하기 힘든 영남지방의 일부 부녀자들에 편중되어 이루어진 변천된 모습으로써 소급하여 논의해 나간 것인데, 그러한 연구방법이 과연 올바른 것일까 하는 회의를 불러일으킬 수 있다. 실제로 그 일반화의 근거가 된 모형인 규방가사는 전체 가사 가운데서 전형성과 대표성을 지니는 것이라고 하기 어렵기 때문이다.[38]

그리고 가사의 형태에 대한 그의 규정인 '4-4조의 연속체'나 이를 계승하여 수정 보완한 '4음보격 연속체'라고 하는 것이 과연 가사의 범주에 속하는 여러 작품들을 함께 묶을 수 있는 공통성이면서 동시에 이들을 다른 장르들과 구별되게 하는 특징이 되는 자기동일성[正體性]으로서의 변별적 공통성이 될 수 있는가 하는 점에서도 문제가 없지 않다.

'4음보 율격(tetrameter)'은 15세기 말엽 이래 조선조 말엽까지 대다수의 율문(律文)들에서 거의 예외 없이 나타난 '시대적·집단적 문체[樣式]'였기 때문에, 가사만의 변별적 특징이라고 할 수가 없는 것이다.[39]

가사의 '연속체'라고 하는 것은 타 장르의 시가 양식과 구별될 수 있는 변별성을 상당히 가지는 것으로 판단되기는 하나, 그 '크기(size)'가 막연하다는 점에서 문제가 된다.

모든 역사적 장르들은 일정한 형식적 구조를 가지며, 따라서 반드시 일정한 크기를 지니는데, 이 특수한 크기는 모든 역사적 장르들의 필수조건이라고 할 것이다. (이러한 크기는 일반적으로 短篇, 中篇, 長篇의 세 가지로 나누어지며, 그 크기의 길이는 경쟁의 필요와 독자들이 작품을 전체로서 파악할 수 있는 능력의 범위에 의해 결정되는 것이라고 한다.[40]) 그리고 이 작품들의 크기

---

38) 權寧徹에 의하면, 규방가사에는 4-4조의 리듬이 단연 우세함에 비해 발생기 이래의 양반가사에서는 3-4조의 리듬이 우세하며, 규방가사의 범주 속에는 小說, 內簡, 祭文이 들어 있음에 비해 양반가사에서는 그런 것들을 찾아볼 수 없는 등 양자 간의 이질성이 적지 않은 편이다. 權寧徹, 앞의 책, 33~37면 참조.

39) 成昊慶, 『朝鮮前期詩歌論』(새문사, 1988), 36면 참조.

40) Alastair Fowler, *Kinds of Literature*(Cambridge, Massachusetts: Harvard University Press, 1982), pp. 62~64 참조.

의 차이에 상응하여 그에 담기는 내용도 큰 차이를 보이게 마련이다.

그런데 가사에 속한다는 작품들 가운데는 양반 사대부들의 가사에서만 보아도 17구 9행의 〈안인수가(安仁壽歌)〉와 29구 19행의 〈매창월가(梅窓月歌)〉 등과 같이 20행 미만의 극히 짧은 것들이 있는가 하면, 8,000구 4,000행이 훨씬 넘는 〈일동장유가(日東壯遊歌)〉를 비롯하여 〈연행가(燕行歌)〉·〈한양가(漢陽歌)〉·〈한양오백년가(漢陽五百年歌)〉·〈농가월령가(農家月令歌)〉 등 수천 행씩으로 된 초장편(超長篇)들까지도 있는 것이다. 이들 20행 미만의 작품들과 수천 행이 넘는 작품들에 공통된 크기의 일정성(一定性)이란 고작해야 이들이 시조의 3행 등보다 적지 않게 크다는 점 정도뿐일 것인데, 이 막연한 점만으로써 가사 장르의 변별적 공통성으로서의 연속체를 말하기는 쉽지 않을 것이다.[41]

이러고 보면, 변별적 공통성이라는 '4음보격 연속체'가 실제로는 변별성과 공통성을 제대로 지니지 못하는 것이고 만다. 곧 이것만으로써는 '가사 장르'의 형태적 특징을 제대로 설명할 수가 없다는 것이다.

또 한편 20세기에 들어서서 정립시킨 그 가사의 개념 및 범주는 옛사람들이 수백 년간에 걸쳐서 관습적으로 써 오던 '가사(歌詞)'와는 적지 않은 차이를 보이는데, 그렇다면 그 술어화로서의 '가사(歌辭)'라는 명명(命名)은 과연 타당하며, 또 그 '가사 장르'는 옛사람들의 관례 및 인식과는 어떠한 관계를 지니며, 서로 얼마만큼이나 합치되는가 하는 점 등이 밝혀져야 할 것이기도 하다.

1930년대 이래 조윤제가 정립시킨 가사의 개념 및 범주는 옛사람들이

---

41) 이 점에서 '辭說時調(蔓橫淸類)' 중의 일부 작품들과의 구분이 뚜렷이 이루어지지 못한다. 사설시조라고 하는 것 가운데는 4음보 율격으로 3행 정도를 크게 넘어서지 않는 작품들도 있지만, 수십 행이 넘는 작품들도 허다하며, 심지어는 60행 가까운 장편의 작품(安玟英 작, 沈載完, 『校本歷代時調全書』, No. 3268)도 있다. 성호경, 「사설시조의 正體에 대한 新考察」, 『千峰李能雨博士七旬紀念論叢』(1990), 154~156면(이 책, 241~244면) 참조.

오랫동안 관습적으로 써 오던 '가사(歌詞)'와는 큰 차이를 보여서, 조윤제는
그 범주에 드는 여러 부류·유형의 작품들 가운데서 '4-4조 연속체 율문'만
을 가사로 보았다. 곧 그는 옛사람들이 전통적으로 써 왔던 '가사' 가운데
서 일부만을 가사로 처리한 것이다. 그러므로 그가 술어화한 '가사'라는 말
은 내방가사에서의 용례에서 따온 것이긴 하지만, 옛사람들의 일반적인
용례와는 직접적인 관계를 가지지 않는 것으로, 후대의 연구자에 의한 임
의적인 명명으로서의 성격을 다분히 띠는 것이라고 하겠다.

그리고 보다 근본적인 문제점으로, 그가 말하는 가사는 그 범주 속에
여러 다양한 작품들 및 부류·유형들을 포용하고 있는데, 이 다양성에도
불구하고 과연 그 가사를 장르적 단일성을 지닌 특정한 역사적 장르로 볼
수 있겠는가 하는 점을 들 수 있다.

앞에서 살핀 바처럼, 1930년대 이래 오늘날에 이르기까지 가사의 개념
과 범주에 대한 제 논의와 '가사(歌辭; 歌詞)'라는 말의 술어화 과정에는 각
기 적지 않은 문제점들이 내포되어 있었다. 그럼에도 불구하고 해방 후의
대다수 학자들은 이에 대한 진지한 검토를 소홀히 한 채 조윤제가 보인
견해를 따라 가사의 장르적 단일성을 인정함으로써, 그 문제점들이 해결
되지 못한 채 오늘날까지 거의 그대로 남아있게 하였고, 이에 가사의 장르
적 성격에 대한 제 논의들은 혼란을 피할 수 없게 되었던 것이다.

4. 가사의 개념에 대한 바른 이해의 시각

앞에서 살핀 바처럼, 지금까지 국문학계에서 '가사(歌辭)'라고 불러서 주
로 논의해 온 것은 영남지방의 내방가사(규방가사)를 기본 모형으로 하여,
그에 대한 논의를 조선 초 이래 사대부들 사이에서 성행한 각종 장편 율
문들(鄭澈의 여러 작품 등)에 적용하고, 또 이를 조선 후기의 '평서민층(平庶
民層)'에 의해 지어진 각종 장편 율문들에까지 적용시킨 조윤제의 견해를

대체로 이어받은 것인데, 가사를 '4-4조 리듬의 연속체 장편으로서 장르적 단일성을 가지는 문학'으로 본 견해를 근간으로 하여 이 가사에 대한 연구들이 이루어지면서, 가사의 범주 속에 내용과 형식에서 서로 적지 않은 차이를 보이는 여러 부류·유형들(前期兩班歌辭·後期兩班歌辭·平民歌辭·內房歌辭·開化期歌辭 등)의 작품들을 포함시키게 되자, 이 '가사 장르'는 극히 다채로운 내용, 다양한 성격을 띠게 되었다. 이 때문에 그 장르적 성격에 대한 여러 학자들의 견해들도 구구하게 되어, 앞에서 든 바와 같은 각양각색의 이견들이 분분히 나타나게 되었던 것이다.

가사의 장르적 성격에 대한 이러한 분분한 논란은 다름 아니라 그 다채로운 내용, 다양한 성격을 띤 작품들과 그 부류·유형들을 막연한 개념 및 범주를 가진 '가사'라는 말로써 포괄하여 하나의 단일한 문학 장르로 보고 그 장르적 성격을 다양한 모습들 가운데서 중심을 이루는 것으로 판단되는 한두 가지 면모로써 규정코자 한 데서 불가피하게 나타나게 된 현상이라고 할 것이다. 가사의 지극히 단순한 양식적 요건이라고 하는 '4음보격 연속체'를 충족시키기만 하면 어떤 것이나 간에 모두 가사의 범주 속에 들 수 있기 때문에, 가사 속에는 작품의 크기나 성격 면에서 많은 차이를 지니는 여러 작품 및 부류·유형들이 함께 들어 있게 된 것이다. 그러므로 이처럼 이질적인 여러 부류·유형들을 함께 묶어서 하나의 장르로 처리하게 되면, 가사의 장르적 성격에 대한 어떠한 규정도 종내 무의미하게 되거나 또는 분분한 논란상을 보일 수밖에 없는 것이다.

장르의 이론은 문학을 조직이나 구조의 문학적 유형들로 분류하는 것이라는 견해(A. Thibaudet)와 더불어, 장르는 외적 형식(특유한 율격이나 구조)과 내적 형식(태도, 어조, 목적)에 함께 기초하여 문학작품을 분류하는 것이라는 견해(A. Warren)를 받아들일 때,[42] 우리는 이질적인 여러 부류·유형

---

42) René Wellek and Austin Warren, *Theory of Literature*(Third edition, Harmondsworth, England: Peregrine Books, 1970), pp. 226~231.

의 작품들을 폭넓게 포용하는 가사를 하나의 장르(역사적 장르)라고 보기는 어렵다. 오히려 그 속에 포용되는 서로 이질적인 몇 종(種)의 유형들이 장르에 더 가깝다고 할 것이다. 그러므로 가사는 그 자체로 하나의 장르를 이루는 것으로보다는, 그 속에 몇 종의 장르들을 포용하는 개념으로 파악되어야 마땅하다. 따라서 가사의 장르적 단일성은 부정될 수밖에 없을 것이다.

이러한 점에서 이능우(李能雨)가 『가사 문학론』(1977)[43]에서 보인 시각(視角)은 주목할 만하다.

그는 1930년대 이래 고착화된 조윤제류의 시각과는 달리, 가사의 개념을 각종 다양한 장르들의 복합 또는 착종(錯綜)으로 보아, 가사의 장르적 단일성을 부정하는 관점에서 그 장르적 처리를 새롭게 시도한 바 있다.

그는 '가사'란 본래 '노래의 사(詞; 辭)'를 가리키는 말이지만, 조선조 이래의 용례를 살펴볼 때, 실제로는 노래[唱]와 무관한 것도 많이 '가사(歌詞, 歌辭)'라고 했으므로 가사문학은 존립방식 면에서 가창물(歌唱物), 음영물(吟詠物), 완독물(玩讀物)의 세 가지로 구별될 수 있다고 하였다.

그리고 "가사는 …… 단순하며 일률로 처리될 문학이 아닌 것 같다. 또 많은 복잡성이 깃든 문학이다."고 하고, 그 가운데는 한사부(漢辭賦)를 그대로 수용한 것이 있는가 하면, 소설의 어느 대문을 압축하여 '잡가'로서 부른 것도 있으며, 또는 한 기행(紀行)을 율문으로 써서 제목에 '가(歌)'자를 붙인 것도 있으며, '소리꾼들의 민요'라는 것이 가사 비슷이도 있었고, 한 수상(隨想)이며 기록들을 율문으로 구성하여 역시 '가'로 생각하기도 했으며, 남도소리인 단가(短歌)도 한 가사문학인 바 틀림없으며, 또 만횡청(蔓橫淸; 사설시조)과 가사도 넘나들고 있다고 하였다. 이러한 가사와 다른 문학 장르들과의 넘나듦(錯綜) 현상을 문학에 있어서의 한 복합 또는 착종으로 볼 수도 있을 것 같다고 하고는,

---

43) 李能雨, 『가사 文學論』, 일지사, 1977.

원래 가사에 저러한 혼란이 전통적으로 있을 수도 있거니와, 가다가는 현대 연구자들에 의하여 폭넓게 포용한 결과가 오히려 우리들에게 한 가사의 다기(多岐)를 가져온 바도 있을 것 같다.

고 하여, 가사의 이러한 다양성과 혼란이 한편으로는 옛사람들이 약간의 길이가 있고, 또 생각을 다듬어 쓴 작품들이라면 대개 소설이나 보통명사로서의 가사로 광범하게 명명하던 전통적인 관례에서 유래하는 것이며, 또 한편으로는 현대의 연구자들이 가사에 이러한 의미의 가사를 폭넓게 포용한 결과일 수 있다고 보았다(41면).

그는 가사문학에 속한다고 하는 작품들을 양반가사(이른바 '正統가사', 紀行가사, 이른바 '流配가사'), 내방가사(上層內房가사, 平庶內房가사), 평서민가사(有識平民가사, 純平民가사, 樂工가사 곧 十二가사, 廣大가사 곧 短歌類, 소리꾼가사 곧 雜歌·民謠)로 나누면서(105면), 가사의 향수자(층)들은 각자 문화와 생활의 처지들이 달랐으므로, 그 가사도 각기 질이 달랐을 것이기 때문에, 이러한 가사를 일률적으로 정의하기는 어려울 것이라고 하였다. 그리고 "이 '가(歌)'며 '사(詞)'는 어쩌면 우리말로 구성지게 씌어진 문학적 작품들이면 몰아쳐 붙여졌었던 당시의 한 관례일 뿐인지도 모른다."고 하였고(102면), 따라서 '서로 다른 몇 개의 생활권에서 생겨난 가사문학들은 상호영향적인 것 내지는 파생적인 것이라기보다는 원칙적으로 독립·공생적(共生的)인 것이었는지도 모른다'고 했다(106~107면).

한편 이러한 가사들의 생성에 관하여 연구가들이 주로 그 형식 면만을 생각했거나, 또는 상층가사만을 생각한 것 같다고 지적하기도 했다.

그리고는 가사의 장르적 처리에 대해 다음과 같은 결론을 내렸다.

오늘날 이른바 가사문학은 이상과 같은 착종을 스스로 초래하게 된 것이거니와, 일괄로 다루고 있는 이 문학은 이제 '잡가'를 따로, '단가'를 따로, '민요'(선소리꾼들의)를 따로, 그리고 기행(律文)이며, 장(長)·단

(短)의 만록(漫錄) 혹은 만필(漫筆)이며 들을 각각 따로따로, 이렇게 복
고(復古)하여 볼 것은 아닐지 모르겠다. (111면)

이능우의 견해를 요약하자면, 가사는 본디 '노랫말'을 뜻하는 말이지만,
옛사람들은 우리말로 구성지게 쓰인 작품들 중 약간의 길이가 있고 생각
을 다듬어 쓴 것이면 일괄적으로 가사라고 했기 때문에, 그 속에는 다양다
기한 여러 종류의 작품들이 들어있다. 오늘날의 연구자들이 살피는 가사
도 이러한 폭넓은 개념을 적지 않게 수용한 것이므로 그 가사에는 다양성
과 혼란이 나타날 수밖에 없다. 그러므로 이에서 잡가, 단가(판소리의 虛頭
歌), 민요, 율문기행,[44] 장·단의 수상 혹은 만필[45]들을 따로따로 '복고'하
여 각기 별종(別種)의 문학으로 살필 필요가 있다는 것이다. 곧 가사의 다
양성과 그 장르적 성격에 대한 논의의 혼란을 불러일으킨 근본적인 원인
이 되는 가사 개념에 대한 이해의 시각 전환을 통해 가사의 장르적 처리
를 새롭게 시도코자 한 것이다.

이 견해는 가사의 장르적 처리에 관한 구체적 연구의 내용 및 방법 면
에서 적지 않은 문제점과 불충분한 면모를 지닌다는 점[46] 등으로 인해 아
직까지 학계의 큰 호응을 받지 못하고 있지만, '가사(歌辭, 歌詞)'를 단일성

---

44) 〈燕行歌〉, 〈日東壯遊歌〉 등이 이에 해당한다고 한다. 같은 책, 75면.

45) 〈星山別曲〉, 〈關東別曲〉, 〈思美人曲〉, 〈續美人曲〉, 〈太平詞〉, 〈船上歎〉, 〈沙堤曲〉, 〈陋巷
詞〉, 〈獨樂堂〉, 〈嶺南歌〉, 〈蘆溪歌〉 등 '吟詠物로서의 가사'들과, 십이가사 중의 〈處士
歌〉, 그리고 內房歌詞와 〈愚夫歌〉, 〈慵婦歌〉, 〈老處女歌〉, 〈老人歌〉, 〈白髮歌〉 등 平庶
民들의 '玩讀物로서의 가사'들이 이에 해당한다고 한다. 같은 책, 19면, 68~75면.

46) 그 견해는 그가 가사에서 떼어내어 각각 별종의 문학으로 처리해야 할 종류들로 든
잡가, 단가, 민요, 율문기행, 隨想 혹은 만록·만필(그는 '歌辭'라고 하는 것의 범주 가
운데서 正統兩班가사, 내방가사, 평서민가사 등 주류를 이루는 몇 종류들의 대다수 작
품들을 '隨想的 만필'로 처리코자 하였음) 등이 실제적인 구분 작업에서는 그 分界線이
뚜렷이 드러나지 않는다는 난점이 있으며(율문기행, 수상 혹은 만록·만필이 그 구분
이 뚜렷하지 않는 대표적인 경우임), 또 이 종류들만으로는 가사문학의 전체 범주를
모두 포용하지는 못하는데, 그렇다면 이들을 제외한 나머지(蔓橫淸類 등)는 어떻게 처
리해야 하는가 하는 등의 간단치 않은 문제가 남게 되는 것이다.

을 지니는 장르 개념으로서가 아니라 여러 장르들이 복합된 것으로 보는 시각은 지금까지의 가사 연구들에서 보이던 문제점과 혼란을 근본적으로 해결할 수 있는 연구의 방향을 제시해 주는 것으로 판단된다.[47]

앞서 살핀 바와 같이, 옛 용례에서의 '가사(歌辭·歌詞)'(매우 다양한 여러 부류·유형들의 律文들을 범칭하는 보통명사)는 말할 것도 없고, 1930년대 이래 조윤제를 비롯한 많은 논자들이 부정확한 추론에 따라 '4-4조의 연속체' 또는 '4음보격 연속체'의 율문에 국한시켜 본 가사(歌辭)라는 것도 그 범주 속에 다양한 여러 부류·유형들을 함께 포용하는 것이기 때문에, 그것은 장르적 단일성을 지닐 수가 없는 것이다.

그러므로 가사의 개념 및 장르적 성격은, 그 자체로 하나의 장르(역사적 장르)를 이루는 것이 아니고, 그 속에 몇 종의 장르들을 포용하는 '장르 복합체(複合體)'로서 이해되어야 마땅할 것이다.

5. 결론

지금까지 필자는 '가사(歌辭·歌詞)'라는 말이 뜻하던 바를 옛사람들의 용례를 통해 알아본 뒤에, 그것이 20세기에 들어서 특정한 문학 장르의 이름으로 술어화하게 된 과정과 그 문제점들을 검토함으로써, 지금까지의 가사 연구가 지녀 온 근본적인 문제를 반성해 보고자 하였으며, 또 이에 따라 가사 개념의 올바른 이해를 위한 시각에 대해서도 소략하게나마 살

---

47) 이능우의 연구가 나온 직후, 金炳國은 "과연 歌辭라는 것이 … 도대체 일종의 장르 개념이기는 한 것이었던가부터 다시 물어보아야 할 것이다."고 하여, 가사를 장르 개념으로 보아 온 종래의 시각에 대해 회의를 보이고는, '歌辭는 우리말로 구성지게 씌어진 文學的 作品들이면 몰아쳐 붙여졌던 당시의 한 관례일 뿐인지도 모른다'는 견해에 동의하였다. 김병국, 「장르論的 관심과 歌辭의 文學性」, 『현상과 인식』 1-4(한국인문사회과학원, 1977), 18면, 34면 참조.

펴보았다.

앞에서 살펴본 바와 같이, 옛 용례에서 '歌辭·歌詞'란 본디 '노래의 사설 곧 노랫말'을 뜻하는 말이었는데, 그 뜻이 변전되어 '노래로 부르는 시가'를 지칭하는 말로, 또 이와 관련하여 주로 '우리말 시가'를 가리키는 말로도 쓰이게 되었던 것이다. 그러므로 그 말은 특정의 문학 장르를 지칭하는 개념이 아니고, 그 말로써 포괄되던 다양한 여러 부류·유형들의 시가 또는 율문을 범칭하는 보통명사로서의 성격을 벗어나지 못하는 것이었다.

한편 이 말이 특정한 술어(용어)로 쓰인 경우도 없지 않았다. 국악계에서는 정악 계열의 성악에서 가곡(歌曲)·시조(時調) 외에 조선 후기에 나타난 가사(歌詞; 歌詞唱)에 의해 노래불린 12편의 작품들을 '가사(歌詞; 十二歌詞)'라 일컬었으며, 또 조선 후기에 주로 영남지방의 여성들 사이에서 창작, 향수된 장편의 율문들을 '가사'(내방가사)로 이르기도 했다. 그러나 이들 경우에서도 그 말은 특정한 문학적 장르를 뜻하는 개념은 아니었다.

가사에 대한 학문적 연구는 1930년대에 들어서부터 조윤제, 김태준, 이병기 등에 의해 이루어지기 시작했는데, 이 가운데서 이후의 학계에 지대한 영향을 끼치게 된 것은 조윤제의 연구다.

그의 연구는 옛부터 관습적으로 써 오던 '가사'에 일정한 형식 규정('4-4조의 연속체')을 가함으로써 가사에 특정한 문학 장르(역사적 장르)로서의 성격을 부여함을 기본 관점으로 하였는데, 가사를 장르 개념으로 보는 이러한 시각은 오늘날까지 대다수의 학자들에게 그대로 수용되어 오고 있다.

그러나 그의 연구는 가사의 여러 종류들 중 전형성을 지니지 못하는 조선 후기 영남지방의 내방가사를 주된 모형으로 삼아 그것에 대한 논의를 조선 초 이래의 여러 가사 작품들과 그 부류·유형들 전체에로 일반화한 것으로서, 그 추론방법이 잘못되었으며, 또 그의 형식 규정(또는 이를 수정 보완한 '4음보격 연속체')도 가사의 변별적 공통성으로서는 다소 불충분하다는 문제점을 지닌다. 그리고 그가 장르명으로 술어화한 '가사(歌辭)'의 개념과 범주는 옛사람들의 관습적인 용례와는 큰 차이를 보이는데, 그는 전통적인 가사(歌辭 및 歌詞) 가운데서 '4-4조의 연속체'로 된 것들만을 가사로 처리하였다. 이처럼 가사를 막연한 전통적 개념에서부터 보다 특정한 것으로 한정시켰음에도 불구하고 그 가사는 여전히 여러 다양한 작품들 및 부류·유형들을 포용하고 있어서, 이를 장르적 단일성을 지닌 특정한 역사적 장르로 보기가 어렵다. 그런데도 그는 이 가사에서 단일 장르로서의 성격을 찾고자 했으며, 이러한 연구 시각은 이후의 대다수 논자들에게도 거의 그대로 계승되어 왔다.

그러나 옛 용례에서의 '가사(歌辭·歌詞)'는 말할 것도 없고, 많은 논자들이 '4음보격 연속체'에 국한시켜 본 가사(歌辭)라는 것도 그 범주 속에 다양한 여러 부류·유형들을 함께 포용하는 것이기 때문에, 그것은 단일성으로서의 장르적 정체성을 지닐 수가 없는 것이다. 그러므로 가사의 개념 및 장르적 성격은, 그 자체로 하나의 장르(역사적 장르)를 이루는 것이 아니고, 그 속에 몇 종의 장르들을 포용하는 '장르 복합체'로서 이해되어야 한다.

앞으로의 가사 연구는 가사의 개념 및 장르적 성격에 대한 이러한 시각을 기반으로 할 때에야 바른 방향으로 나아갈 수 있을 것이며, 그 장르적 처리도 올바르게 이루어질 수 있을 것이다.

가사의 장르적 처리를 기함에서 가장 필요한 전제조건이면서 또한 일차적 중간목표의 핵심이 되는 사항은 그 연구대상이 단일성을 지니는 단위가 되어야 한다는 점일 것인데, 가사는 그 자체로 하나의 단위(장르)를 이루는 것이 아니라, 그 속에 몇 종의 단위들을 포용하는 개념으로 파악되이아 한다. 그러므로 그 가사의 범주에 속한다는 여러 종류들을 단일성을 지니는 단위들로 준별하는 작업이 우선적으로 이루어져야 할 것이다(어떤 부류·유형의 경우는 그대로 한 단위로 처리할 수도 있을 것이고, 다른 부류·유형들의 경우에는 둘 이상의 부류·유형들을 함께 묶어서 한 단위로 처리할 수도 있을 것이며, 또 한 개의 부류·유형을 둘 이상의 단위로 분할하게 될 수도 있을 것이다).

그 단위화(單位化)는 변별적 공통성에 의거하여 이루어져야 하는데, 이에서는 말할 것도 없이 그 작품들의 내용 및 형식상의 특성이 최우선으로 고려되어야 하겠지만, 그 작자층 및 향수자층에 대한 고려도 또한 중시되어야 한다. 그리고 가능하다면 대상의 역사적 변천상까지도 포용하여, 초창기의 모습과 그 변천된 모습들이 문학적 본질 면에서 크게 차이를 보이지 않은 경우 함께 한 단위로 묶일 수 있도록 하는 것이 바람직할 것이다. 또 이를 위해서는 부류들을 지나치게 세분화하지 않는 것이 좋을 것이다.

그런데 앞서 든 이능우의 분류에서 '평서민가사' 중의 '악공(樂工)가사'(十二歌詞) · '광대(廣大)가사'(短歌類) · '소리꾼가사'(雜歌, 民謠)는 이 단위화에서 제외하는 것이 좋을 것이다. 그것은 첫째로 이들이 문학적인 면보다는 주로 음악적인 면인 '창자(唱者) 및 악곡(또는 창법)'의 차이에 의해 묶이고 구별되는 성격이 강하다는 점 때문이고, 둘째는 이들은 같은 부류에 속하는 작품들끼리도 일정한 형태적 공통성을 갖추지 못하므로 그 각 부류들을 문학적 유형으로 보기가 어렵다는 점 때문이며, 셋째는 그 각 부류들을 다시 문학적 유형으로 구분하는 일이 곤란하기도 하려니와 그 일이 가사의 장르적 성격을 밝히는 데서 중심적, 본질적인 것이 되지도 못하기 때문이다.

이들을 제외하고 볼 때, 가사에 속한다는 각 작품들(근대 이전)은 그 작자층 및 향수자층에 따라 일단 양반 사대부들의 가사, 평서민들의 가사(有識平民歌辭, 純平民歌辭, 平庶(內房歌辭), 영남지방 중심의 내방가사(규방가사)의 세 가지로 분류될 수 있을 것이다.

논의의 핵심은 이들 중 양반가사에 속하는 많은 작품들을 어떻게 유형분류할 것인가 하는 점일 터인데, 필자는 이 문제에 대한 고찰을 앞으로의 과제로 삼는다.

원제: 「'歌辭'의 槪念에 대한 反省的 考察」

『民族文化論叢』 제12집(嶺南大學校 民族文化研究所, 1991. 12)

7장

가사의 ‘편구(片句)’

1. 서론

가사 작품을 율독(律讀)하자면, 그 대부분이

[예 1]
无等山 흔 활기 뫼히/ 동다히로 버더 이셔//
멀리 쌔쳐와/ 霽月峯이 되여거늘///
無邊 大野의/ 므슴 짐작 ᄒ노라//
일곱 구비 홈머 움쳐/ 므득므득 버러ᄂ 듯///
가온대 구비ᄂ/ 굼긔 든 늘근 뇽이//
선줌을 곳 ᄭᅵ야/ 머리를 안쳐시니///

[宋純 작 〈俛仰亭歌〉의 첫 부분]

와 같이, 대체로 각 2음보씩으로 된 앞 구(안짝)와 뒷 구(바깥짝)가 연구(聯句)로 한 행(行; //한 단위)을 이루며, 또 이러한 행이 둘씩 짝지어서 한 개의 작은 의미단락(///한 단위)을 이루고 있는데, 이 짜임새의 정연함에 따라서 그 율독도 정연한 규칙성을 지니게 된다.

그런데 이러한 규칙적 짜임새에서 벗어나 정연한 율독을 방해하는 존재가 있다.

[예 2]
너락바희 우희   松竹을 헤혀고   亭子를 안쳐시니
                                    [앞의 예문에 이어지는 글]

이 경우는 앞의 예와는 달리 모두 세 개의 구로 되어 있는데, 이 부분을 어떻게 처리하여 읽을 것인지는 그리 간단하지 않다. 먼저 이를 한 행으로 처리하여,

[예 2-1]
너락바희 우희/ 松竹을 헤혀고/ 亭子를 안쳐시니//

로 하면 '6음보 1행'이 되겠고,[1] 다음으로 이를 두 행으로 처리하여,

[예 2-2]
너락바희 우희//
松竹을 헤혀고/ 亭子를 안쳐시니//

와 같이 하면, 뒷 행은 '안짝＋바깥짝'의 연구(聯句)로서 '4음보 1행'의 모습을 갖추게 되지만, 앞 행은 2음보의 '외짝'(片句)만으로 이루어지게 된다. 이 두 가지 방식 가운데서 어느 쪽이 더 자연스럽고 적합한가는 간단히 판단하기 어렵다.
　이러한 판단의 어려움은, 비단 앞의 [예 2]에만 국한된 것이 아니고, 그

---

1) 金大幸은 이를 한 행으로 보아 6음보로 처리하였다. 金大幸, 『韓國詩의 傳統 硏究』(개문사, 1980), 31～32면 참조.

것이 속한 〈면앙정가〉는 물론 다른 가사 작품들 내에서도 이러한 현상을
보이는 대부분의 경우에 다 해당된다.

그런데 다음의 예들을 보자.

[예 3-A]
賊謀 不測이라   一陣은 徘徊ᄒ고   一陣은 行軍ᄒ다
[楊士俊 작 〈南征歌〉]

[예 3-B]
杜拾遺 曲江暮春에   暖日 平蕪에   緩緩行 ᄒᄂ 듯
[楊士彦 작 〈美人別曲〉]

[예 3-C]
巴陵이 어드메오   洞庭湖 靑草湖   七百里 횟도라
[許橿 작 〈西湖詞〉]

이 예들의 경우에는 비교적 수월히 처리할 수 있을 듯한데, [예 3-A]의
"賊謀不測이라", [예 3-B]의 "杜拾遺 曲江暮春에", [예 3-C]의 "巴陵이 어드
메오"들은 구문(構文)의 양상과 호흡 면에서 각각 뒷 구들과 바로 이어져
하나의 행을 이룬다고 보기가 어려울 것으로 여겨진다. 그러므로 이들은
각각 다음과 같이 두 개의 행으로 처리함이 좋을 것이다.

賊謀 不測이라//
一陣은 徘徊ᄒ고/ 一陣은 行軍ᄒ다//

杜拾遺 曲江 暮春에//
暖日 平蕪에/ 緩緩行 ᄒᄂ 듯//

巴陵이 어드메오//

洞庭湖 靑草湖/ 七百里 흿도라//

　　이와 같이 볼 때, 앞의 [예 2]의 경우도 [예 2-1]보다는 [예 2-2]와 같이 처리함이 좋을 것으로 여겨진다. 실제로 그 출전인 『잡가(雜歌)』[2]의 기사(記寫)에서도

无等山흔활기뫼히	멀니쌔쳐와
동다히로버더이셔	霽月峯이되여거늘
無邊大野의	일곱구비홈머움쳐
므슴짐작ᄒ노라	므득므득버러ᄂᆞᆺ듯
가온대구비ᄂᆞᆫ	선줌을ᄀᆞᆺ끼야
굼긔든늘근농이	머리를안쳐시니
너르바희우희	松竹을 헤혀고
	亭子를안쳐시니

　　…… (이하 줄임) ……

와 같이 하여, "너르바희우희"를 "松竹을헤혀고 亭子를안쳐시니"와 같은 단위(곧 한 行)로 처리하고 있는 듯하다.[3]
　　이러한 양상을 보이는 모든 예들이 다 위의 예처럼 처리될 수 있을지는

---

2) 李聖儀 소장 筆寫本 『雜歌』로서, 그 사진본이 金東旭에 의해 소개되어 『국어국문학』 제 39・40 합병호(1968. 5)의 卷末에 실려 있다.

3) 물론 이러한 記寫方式이 반드시 行 구분의 의식에 의한 것이라고 단정할 수만은 없다. 그러나 그 기사방식이 대체로 行 구분과 부합되고 있는 것 또한 사실이다.

쉽게 단정하기 어렵지만, 필자는 일단 이들 모두를 위와 같은 방식으로 처리하기로 하겠다. 이렇게 할 때, 앞서도 말한 바 있지만, 두 행 중의 한 행(위의 예에서는 앞 행)이 '안짝＋바깥짝'의 연구가 되지 못하고 편구(片句; 외짝)만으로 이루어지는데, 여기에서 문제가 제기된다.

이처럼 편구는 어떻게 해서 생겨나게 되었는가? 또 그 편구는 가사 작품 내에서 어떠한 기능과 역할을 하고 있었는가? 그리고 편구는 양반가사(兩班歌辭) 중 임진왜란(壬辰倭亂; 1592∼1598) 이전의 가사, 특히 〈매창월가(梅窓月歌)〉·〈관서별곡(關西別曲)〉·〈남정가(南征歌)〉·〈미인별곡(美人別曲)〉·〈서호별곡(西湖別曲)〉(및 〈西湖詞〉)·〈면앙정가(俛仰亭歌)〉 등의 비교적 초기의 가사에 집중적으로 나타났다가 이후의 가사 작품들에서는 그리 흔하지 않게 되거나 또는 거의 나타나지 않게 되는데,[4] 이러한 사실이 가사 형식의 사적(史的) 변천상과 어떤 관련을 지니는가?

이러한 문제들에 대하여 체계적으로 살펴보고자 하는 것이 이 글의 목적이다.[5]

그런데 필자는 이 글에서 고찰의 범위를 조선 전기의 양반가사 그 중에서도 16세기 중엽 무렵까지의 초기 가사에 한정하기로 하겠다. 이는 가사의 개념 및 범위에 대한 규정이 아직도 충분하지 못하여,[6] 조선 후기의 평

---

4) 초기 가사 작품들에서는 편구가 〈關西別曲〉(『岐峰集』本) 17개, 〈南征歌〉 16개, 〈美人別曲〉 13개, 〈西湖別曲〉 13개, 〈俛仰亭歌〉 8개 등으로 나타남에 비해, 16세기 말엽 이래의 작품들에서는 〈關東別曲〉 1개, 〈星山別曲〉 1개에 불과하다(〈思美人曲〉과 〈續美人曲〉, 그리고 〈陶山歌〉에는 나타나지 않음). 그리고 후기 가사에서도 朴仁老의 작품들인 〈太平詞〉 3개, 〈船上歎〉 8개, 〈沙堤曲〉 6개, 〈陋巷詞〉 6개, 〈獨樂堂〉 8개, 〈嶺南歌〉 2개 등이 두드러질 뿐, 다른 양반가사 작품들에서는 뚜렷이 드러나지 않는 편이다.

5) 필자는 이러한 문제들 가운데서 가사 형식의 변천상과 관련된 문제에 대하여는 이미 얼마간 논의를 보인 바 있다. 成昊慶, 「16세기 국어시가의 연구」(문학박사학위논문, 서울대학교, 1986), 117∼119면 참조.

6) 가사의 양식을 '4음보격 연속체'로 규정하여 그 범주를 정할 때, 그 연속체로서의 '크기'가 막연하게 되어 29구 19행의 〈梅窓月歌〉와 수천 句 수천 行의 〈日東壯遊歌〉·〈燕行歌〉·〈漢陽歌〉 등이 모두 함께 '가사'로 일컬어지게 된다. 이들을 함께 하나의 장르로 보는 것은 적지 않게 무리한 편이어서, 가사 개념의 장르적 동일성을 확보할 수 있

민가사가 전기의 양반가사와 어떠한 관계를 지니는지 확인하기가 어렵고, 따라서 이들 양자를 동일한 양식, 동일한 장르로 보아 함께 말할 수 있을지에 대해 명확히 판단하기가 쉽지 않기 때문이다.

2. 초기 가사의 편구

앞서 말한 바와 같이, 편구는 〈매창월가〉(李仁亨, 1475~1477년 사이 작), 〈관서별곡〉(白光弘, 1555년경 작), 〈남정가〉(楊士俊, 1555년경 작), 〈미인별곡〉(楊士彦, 1584년 이전 작), 〈서호별곡〉(許橿, 1560~1568년 사이 작), 〈면앙정가〉(宋純, 1569년 이후 작)[7] 등 비교적 초기의 가사 작품들에 집중적으로 나타나는데, 여기에 그 예를 들어보기로 하겠다(다만 〈매창월가〉에 대해서는 뒤에 다시 논하기로 하고, 여기서는 들지 않는다).

　(1) 〈관서별곡〉[8]
　　a. 碧蹄에 말 가라/ 臨津에 빅 건너// 天水院 도라드니[9]
　　b. 山日이 半斜컨을// 歸鞭을 다시 쌔화/ 九岅을 너머드니[10]

　　는 보다 엄정한 규정이 요구된다. 같은 글, 154~55면 참조.
　7) 〈면앙정가〉는 宋純이 귀향하여 俛仰亭을 지은 중종 28년(1533) 작이라는 견해가 많지만, 시상으로 보아 致仕 이후의 작으로 여겨진다. 같은 글, 157면 참조.
　8) 이 작품에는 두 개의 異本이 있는데, 하나는 '岐峰集本'이며, 다른 하나는 '雜歌本'이다. 金東旭은 잡가본이 더 古形을 가진 善本이라고 하였다. 그러므로 잡가본에 의거해야 할 터이나, 편구가 기봉집본에 더 많이 나타나므로 이를 따르기로 하며, 잡가본과의 차이를 밝히도록 하겠다. 金東旭, 「關西別曲攷異」, 『韓國歌謠의 硏究·續』(이우출판사, 1975), 262면 참조.
　9) 잡가본에서는 "延曙驛 구버보고/ 碧蹄에 물롤 ᄀ라// 臨津에 빅을 건너/ 天壽院 도라드니"로서 편구가 나타나지 않는다.
　10) 잡가본에서는 "山日은 半斜ᄒᆞᆫ데/ 行鞭을 다시 ᄆᆡ야// 駒岅 조븐 길을// 急急히 너머드니"로서 편구가 나타나지 않는다.

   c. 十里波光과/ 萬重烟柳는// <u>上下의 어릐엿다</u>

   d. <u>綠衣紅裳 빗기 안자</u>// 纖纖玉手로/ 綠綺琴 니이며[11]

   e. <u>太乙眞人이</u>// 蓮葉舟 트고/ 玉河水로 느리는 듯

   f. 綾羅島 芳草와/ 錦繡山 烟花는// <u>봄비슬 쟈랑흔다</u>[12]

   g. 千年箕壤의/ 太平文物은// <u>어제론 닷 흐다무는</u>

   h. 四方巨陣과/ 一國雄觀이// <u>八道의 爲頭로다</u>

   i. <u>盤回屈曲흐야</u>// 老龍이 쇠리치고/ 海門으로 드난 듯

   j. 거문고 伽倻鼓/ 鳳笙龍管을// <u>부르거니 니애거니 흐는 양은</u>[13]

   k. <u>周穆王 瑤臺上의</u>// 西土母 만나/ 白雲曲 브르난 듯

   l. <u>綠髮雲鬢이</u>// 半含嬌態흐고/ 盞 받드는 양은

   m. <u>洛浦仙女</u>// 陽臺에 늬려와/ 楚王을 놀늬는 듯[14]

   n. 百二重關과/ 千里劍閣도// <u>이럿텃 하던도</u>

   o. 韶華도 슈이 가고/ 山水도 閑暇홀 제// <u>아니 놀고 어이흐리</u>[15]

   p. 琵琶串 느리 저어/ 坡渚江 건너가니// <u>層巖絶壁 보기도 죠토다</u>[16]

   q. 天高地逈흐고/ 興盡悲來흐니// <u>이 쓰히 어드미오</u>[17]

---

11) 잡가본에서는 "綠黛 紅粧이/ 桂棹롤 지허 안자"로서 편구가 생기지 않는다.

12) 잡가본에서는 "綾羅島 芳草와/ 錦繡山 煙花는// 제 흥을 못 이긔여/ 봄빗츨 자랑흔다" 로서 편구가 나타나지 않는다.

13) 잡가본에서는 "거무고 가야고/ 鳳笙 龍管을// 블거니 혀거니/ 이아며 노는 양은"으로서 편구가 생기지 않는다.

14) 이는 "洛浦仙女 陽臺에 늬려와/ 楚王을 놀늬는 듯"으로 처리하면 편구가 생기지 않게 되며, 잡가본에서는 "陽臺 洛浦仙이/ 楚王을 놀늬는 듯"으로 되어 있어서 편구가 생기 지 않는다.

15) 잡가본에서는 "아니 놀고 어이흐리" 부분이 없어서 편구가 생기지 않는다.

16) 이는 "…// 層巖絶壁/ 보기도 죠토다"로 처리하면 편구가 나타나지 않게 되며, 잡가본 에서는 "比巴串 느리 저어/ 波渚江 도라드니// 層巖絶壁은/ 가지록 보기 됴타"로서 편 구가 나타나지 않는다.

17) 잡가본에서는 "天高地逈흐고/ 興盡悲來흐니// 이 짜히 어듸메요/ 思親客淚 절로 난다" 로서 편구가 나타나지 않는다.

(2) 〈남정가〉

  a. <u>혜욤 업슨 뎌 兵使야</u>// 네 딘을 어듸두고/ 達島로 드러간다

  b. 칼 맛거니 살 맛거니/ 枕屍 遍野ᄒᆞ니// <u>어엿쌀샤 南民이야</u>

  c. 桓桓老將과/ 一介書生이// <u>紫霞을 ᄀᆞ득 부어</u>

  d. 不敎흔 軍卒과/ 齟齬흔 器械로// <u>大事를 엇디려요</u>

  e. <u>블틔 밤틔 가라재</u>/ 山路ㅣ 嵯峨ᄒᆞ고/ 草樹 茂密흔듸

  f. 東城애 티ᄃᆞ라/ 賊兵을 구버보니// <u>已在目中이로다</u>

  g. <u>閟彼明宮이</u>// 先聖의 所享이오/ 學士의 攸墍어늘

  h. <u>賊謀 不測이라</u>// 一陣은 徘徊ᄒᆞ고/ 一陣은 行軍흔다

  i. 錦城橫截ᄒᆞ야/ 茅山으로 도라드니// <u>元帥府애 갓갑도다</u>

  j. 龍眠妙手로/ 山行圖를 그려내다// <u>이 ᄀᆞ트미 쉬오랴</u>

  k. 崎嶇峻阪애/ 馳射擊刺를// <u>다 아라 가ᄂᆞ니라</u>

  l. <u>連戰不利ᄒᆞ니</u>// 下有元帥 上有聖主人ᄭᅴ/ 므어시라 슬오려노[18]

  m. 眷佑下民ᄒᆞ샤/ 全我三軍ᄒᆞ시니// <u>先王이 孔靈이샷다</u>

  n. 邦國이 有慶ᄒᆞ야/ 將士ㅣ 蹈舞ᄒᆞ니// <u>我王은 萬歲쇼셔</u>

  o. <u>士女百姓들하</u>// 어듸어듸 가잇다가/ 모다곰 오ᄂᆞᆫ다

  p. 不敎而戰이오/ 進之以殺이면// <u>罔民이 아니닛가</u>

(3) 〈미인별곡〉[19]

---

18) 李相寶 편저, 『韓國歌辭選集』(집문당, 1979), 89면에서는 "連戰不利ᄒᆞ니/ 下有元帥/ 上有聖主人ᄭᅴ/ 므어시라 슬오려노"로 하였으나, "下有元帥 上有聖主人ᄭᅴ"는 함께 붙여서 한 句로 처리함이 보다 자연스러울 것이다.

19) 이 작품에서는 行과 句 구분이 다소 까다롭다. 이상보는 a·c·d를 각각 "양ᄌᆞᄂᆞᆫ 梨花一枝에/ …" · "눈서븐 靑溪鶴 튼 道士이/ 靑鶴洞으로/ ᄂᆞ라드ᄂᆞᆫ 듯" · "머리ᄂᆞᆫ 潮陽太守 南遷흘 제/ …"로 처리했는데(李相寶, 앞의 책, 95면), c의 "靑鶴洞으로 ᄂᆞ라드ᄂᆞᆫ 듯"은 당연히 한 개의 구로 묶어야 할 것이며, a·c·d의 "양ᄌᆞᄂᆞᆫ" · "눈서븐" · "머리ᄂᆞᆫ"의 부분은 비록 음절수는 적지만 구문의 호흡상 따로 떼어 각각 하나의 句로 처리함이 타당할 듯하여 따로 떼어 편구로 본 것이다. 성호경, 앞의 글, 157면 참조.

  a. (양그는// 梨花一枝에/ 둜비치 절로 흘러드는 듯)

  b. 白沙長汀의/ 海棠春栢이// 흐터디여 픠연는 듯

  c. (눈서븐// 靑溪鶴 튼 道士이/ 靑鶴洞으로 ᄂ라드는 듯)

  d. (머리ᄂ// 潮陽太守 南遷홀 제/ 衡山 구룸 헤돈는 듯)

  e. 仙宮 三色桃花// ᄒᄅ 밤 빗기운에/ 절로 픠여가는 듯

  f. 銀屛 소개 안잔는 양// 月中姮娥 桂樹를 지혀는 듯

  g. 漢家 趙飛燕이// 避風臺 속개/ 녀믜칙고 안잔는 듯

  h. 杜拾遺 曲江暮春에// 暖日平蕪에/ 緩緩行 ᄒ는 듯

  i. 天台山 綠蘿月의// 數聲淸猿이/ 구룸소개 흐ᄅ는 듯

  j. 춤치는 양은// 未央宮 늘의딘 버드리/ 자다가 굽니는 듯

  k. 香山居士이// 玉蘭의 지혀이셔/ 弱質을 나오혀는 양은

  l. 嬌態를 계워// 白沙閣畔의/ 오먀가먀 ᄒ는 양은

  m. 七月七夕 烏鵲橋의// 躊躇 更躊躇/ 織女星이론 듯

(4) 〈서호별곡〉 및 〈서호사〉[20]

A. 〈서호별곡〉

  a. 軟沙閑汀의// 안ᄌ며 닐며/ 오며가며 ᄒ여이셔

  b. 묻노라// 洞赤이 丹砂千斛乙/ 뉘라셔 머믈우랴[21]

  c. 巴陵이 어듸오// 洞庭湖 靑草湖이/ 七百里 횟또라

  d. 彭蠡震津과/ 雲夢瀟湘이// 衡陽의 形勝이로다

  e. 믌ᄀ애 雲窓霧閣은// 風月이 閑暇ᄒ야/ 님자 업슨 네로괴야

  f. 松湖늘 도라ᄒ니// 謝公 會稽이야/ 戴逵剡溪이라

---

20) 〈西湖別曲〉과 〈西湖詞〉(許氏家傳舊本)의 관계는 단순히 異本으로만 처리하기가 어렵기 때문에, 여기서는 〈서호별곡〉을 주된 대상으로 하며, 〈서호사〉에만 나오는 편구는 따로 들기로 한다.

21) 이는 "묻노라 洞赤이/ 丹砂千斛乙/ 뉘라셔 머믈우랴"로 읽는 편이 율독상 보다 자연스럽겠지만, 의미와의 관련상 "묻노라"를 따로 떼고, "洞赤이"는 그 뒤에다 붙였다.

   g. 春草池塘은// 靈雲 永嘉이며/ 周茂淑 濂溪로다

   h. 毵毵羊裘와/ 籊籊竹竿으로// 身世를 브텨쏘다

   i. 河陽逸士의/ 漁樵問對乙// 아느냐 모르느냐

   j. 闢彊林泉과/ 栗里田園의// 흘 이리 뵈아히로다

   k. 桃花錦浪의/ 武昌 새 버드리// 가지마다 봄이로다

   l. 葡萄酒 鵝黃酒/ 鸕鶿爵 鸚武杯// 一日須傾 三百杯를

   m. 宇宙勝賞을/ 츠즈리 업스먀// 造物이 숨겻다가

 B. 〈서호사〉(許氏家傳舊本)

   a. 秩秩華岳과/ 幽幽終南은// 龍蟠虎踞ᄒ야

   b. 松江鱸魚의/ 鑒刀若飛ᄒ니// 霏霏霏霏로다

(5) 〈면앙정가〉

   a. 너르바희 우희// 松竹을 헤혀고/ 亭子를 안쳐시니

   b. 구름 탄 靑鶴이// 千里를 가리라/ 두 나리 버렷ᄂᆞᆺ 듯

   c. 玉泉山 龍泉山 ᄂᆞ린 믈히// 亭子 압 너븐 들희/ 兀兀히 펴진 드시[22]

   d. 두르고 쇠즌 거슨// 모힌가 屛風인가/ 그림가 아닌가

   e. 하늘도 젓치 아녀/ 웃독이 셧ᄂᆞᆫ 거시// 秋月山 머리 짓고[23]

   f. 오르거니 ᄂᆞ리거니// 長空의 써나거니/ 廣野로 거너거니

   g. 藍輿를 빗야 트고// 솔아릭 구븐 길노/ 오며가며 ᄒᆞᆫᄂᆞᆫ 적의[24]

   h. 瓊宮瑤臺와/ 玉海銀山이// 眼底에 버러셰라

---

22) 이를 "玉泉山 龍泉山/ ᄂᆞ린 믈히// …"로 처리하면 편구가 나타난다고 할 수 없지만, "ᄂᆞ린 믈히"를 한 구로 보기는 어려울 것 같으므로 일단 편구로 처리하였다.

23) 이는 전후 맥락상 "어즈러온 가온딕// 일홈ᄂᆞᆫ 양ᄒᆞ야/ 하늘도 젓치 아녀// 웃독이 셧ᄂᆞᆫ 거시/ 秋月山 머리 짓고"로 읽을 수도 있겠으나, 『잡가』에서의 기사처럼 "어즈러온 가온딕/ 일홈ᄂᆞᆫ 양ᄒᆞ야// 하늘도 젓치 아녀/ 웃독이 셧ᄂᆞᆫ 거시// 秋月山 머리 짓고"로 읽기로 한다.

24) 『잡가』에서는 "藍輿를 빗야 트고/ 솔 아릭 구븐 길노// 오며가며/ ᄒᆞᆫᄂᆞᆫ 적의"로 처리했으나, "오며가며 ᄒᆞᆫᄂᆞᆫ 적의"를 두 개의 句로 보기는 어려울 것이다.

사실 앞의 예들에서 그 세 구 가운데서 어느 구가 편구인가를 판정하는 일은 그리 쉽지 않다. 더러는 쉽게 구별할 수 있기도 하지만, 쉽게 구별되지 않는 경우도 적지 않은 것이다. 이처럼 '갑/을/병'에서 '갑//을/병'인가 또는 '갑/을//병'인가를 판별하는 일은 이른바 '문장의 호흡'에 따르게 될 것이다. 이러한 판별은 곧 '짝짓기'의 문제인데, 표기된 자료를 눈으로 읽는 방식이 아니고 구두(口頭)로 실현하는 방식이라면 먼저 나오는 것들끼리 일단 짝을 짓는 것이 율독의 일반적인 습성이라고 할 수 있을 것이다.

그러나 시의 형식이 의미와 긴밀히 호응한다는 점을 고려할 때, 이 문제는 심리학에서의 '지각(知覺)의 체제화(體制化) 과정(過程)' 이론과 관련시켜 살펴보는 것이 좋을 것이다. 형태주의 심리학에서 말하는 지각의 체제화 과정 곧 형태화(形態化)의 주된 원리에는 근접성(proximity), 유사성(similarity), 연속성(continuity), 완결성(closedness) 등이 있으며, 이 밖에도 분절(分節), 충분형태(充分形態)와 불충분형태, 형태의 강약, 형태의 대칭성(對稱性), 형태의 비치환성(非置換性), 형태의 의미성 등이 있다고 한다.[25] 이러한 점과 관련시켜 앞의 문제를 해결하고자 할 때, 대략 다음과 같은 점들을 편구 판별(이는 곧 聯句 판별과 표리를 이루는 것임)의 기준으로 삼을 수 있을 것이다.

첫째, 율격구조(또는 리듬체계)상의 대칭성[26]
둘째, 통사적 긴밀성과 의미의 연속성 및 완결성[27]

---

25) 鄭良殷, 『心理學通論』(수정증보판, 법문사, 1980), 221∼224면 참조.

26) 가사의 聯句에서 그 안짝과 바깥짝의 음절수를 비교하면 대체로 '안짝≤바깥짝'의 현상을 많이 보인다. 16세기의 작품들에서 '안짝〈바깥짝'의 현상을 보이는 것은 약 44.7%이며, '안짝=바깥짝'의 현상을 보이는 것은 약 50.9%로서, 이를 합쳐 보면 약 95.6%에 이른다. 또 이러한 양상은 그 후대의 작품들에서도 크게 달라지지는 않는 것으로 보인다. 따라서 특수한 경우가 아닌 한, 이에서 벗어나는 경우를 연구에서 제외시켜 편구로 보기로 한다.

27) 언어학에서 쓰는 통사구조분석에서의 직접구성요소분석(直素分析; 'ICs'로 略稱)의 방

이러한 기준에 의거하여 대충 판별하여 편구로 구분한 것이 앞의 예문들에서 밑줄 친 부분이다.

3. 편구의 생성 원인

다시 말할 필요도 없지만, 가사의 율격은 앞뒤 2음보 구의 연구(聯句; 짝짓기)를 기조로 하고 있으며, 편구는 이러한 일반적인 규칙성으로부터 일탈 현상이다. 그리고 그 편구는 대체로 가사 작품의 정연한 율독을 방해하는 존재가 된다. 그러기에 가사 작품의 정제된 짜임새와 정연한 율독을 위해서는 이 편구가 없는 편이 좋으며, 또 실제로 이러한 편구는 초창기 가사 작품들 이후의 작품들에서는 별로 두드러지게 나타나지 않게 되기도 한다. 이러한 면에서 볼 때, 편구의 출현은 가사 작품에서 일반적인 현상이 아니라 예외적인 현상이라고 할 것이다.

그러면 이 예외적 현상으로서의 편구 출현은 어떻게 하여 생겨나게 되었는가?

일반적인 규칙성으로부터의 일탈로서의 편구는 작품 그 자체의 의미 및 통사구조상의 필요에서 생겨나는 것이다. 그러나 그러한 가운데서도 그 현상의 생성은 우연적으로 이루어지는 것과 보다 필연적인 사정에서 이루어지는 것으로 일단 나누어 생각할 수 있을 듯하다.

먼저 우연적으로 편구가 생겨나게 되는 예들을 〈관서별곡〉에서 찾아보면, '기봉집본'에서의 a·b·f·j·q 등의 경우는 '잡가본'이 더 고본(古本)이라 할 때 그 잡가본에서는 연구로 존재하던 것이 '구의 탈락'을 보임으로써 생겨난 것들이다. 이러한 경우는 필연적인 사정이라기보다는 우연적인 사정에서 편구를 낳은 예라고 할 것이다(이 밖에도 이러한 경우에 해당하는

식이 이 경우에 유용할 것이다.

예가 적지 않겠으나, 他本과의 對校가 불가능한 다른 앞의 작품들에서는 그 예를 구체적으로 제시할 수가 없다).

그런데 앞서 든 편구의 예들 가운데는 단순히 우연적으로 생겨난 것으로만 보기 어려운 것들이 적지 않은 것으로 여겨진다. 몇몇 공통적인 특징들이 두드러지기 때문이다. 이에 필자는 그 두드러진 양상 두 가지를 살펴봄으로써 편구의 생성원인으로서의 필연성을 찾아보기로 한다.

A. 앞의 예들에서 편구부분이 가지는 특징으로 우선 눈에 띄는 것으로는 (1)-c・g・h・n, (2)-c・k, (4) A-d・i・j, B-a, (5)-h 등으로 대표되는 양상이다.

이들은 모두 그 연구되는 각각의 구가 5음절씩이며, 연구를 합하여도 10음절에 불과하다. 가사 작품들에서 한 개 시행이 대체로 13~16음절로 이루어지는 경우가 많다는 점[28]에 비추어 볼 때, 이는 그 음절수의 부족이 현저히 나타난 경우라고 할 것이며, 이 자부족구(字不足句)의 연구로 이루어지는 시행은 다른 시행들에 비해 균형이 맞지 않는다고 느껴질 정도로 짧은 편이다.

이러한 점을 고려할 때, 이 자부족의 시행(聯句) 뒤에 나타나는 편구는 그 앞 시행(연구)의 자부족에 대한 '보충의식'의 작용에 의해 생겨난 것일 가능성이 적지 않다고 할 수 있을 것이다. 이로써 본다면, '연구＋편구'는 형식상 2행을 이루고는 있지만, 한편으로는 '10음절(聯句)＋7음절 정도(片句)'로서 모두 17음절 정도에 불과하여 앞서 말한 바 한 개 시행이 지니는 음절수(대체로 13~16음절)와 거의 대등하게 되어, 한 행에 준하여 읽힐 소지를 지니고 있기도 하다.

---

28) 16세기의 작품 13수를 대상으로 해 보면, 한 행의 평균 음절수는 약 13.92로 나타난다 (편구 제외). 이에서 14음절이 가장 많고(38.7%), 그 다음이 16음절(14.1%), 15음절(13.9%), 13음절(13.6%)의 순으로 나타나며, 이들 이외의 것은 모두 합쳐 보아도 20% 미만이다.

　　千年箕壤의: 太平文物은/ 어제론 닷 ㅎ다ㅁ는//: 風月樓에 숨 씌여/
七星門 도라드니//

　이에서 "千年箕壤의"와 "太平文物은"은 "千年 箕壤의"와 "太平 文物은"
과 같이 각각 2개의 음보씩으로 이루어진 2음보 구들이지만, 이 두 구를
합하여도 그 뒤의 "어제론 닷 ㅎ다ㅁ는"의 8음절에서 크게 넘어서지 않는
다는 점 때문에, 그 연구(聯句)가 한 개 구처럼 여겨질 가능성이 없지 않
은 것이다. 이렇게 될 때, 연구를 형식의 기조로 하는 가사에서 그 '바깥짝'
을 채우고자 하는 조처가 자연스럽게 생겨날 수 있는 것이다. 그러니까 이
러한 자부족구의 연구는 연구이면서도 연구로서의 대접을 제대로 받지 못
하고 한 구에 준하는 대접을 받게 되는 편이라고 할 것이다(앞서 든 12例에
서 (1)-n과 (4) B-a의 두 예를 제외하고는 모두가 그 片句 부분이 7음절 이상으로 이
루어져 있는 것도 이러한 현상과 전혀 무관하지는 않을 듯하다. 앞의 聯句가 10음
절이기 때문에 이를 '안짝'으로 처리할 때 그 '바깥짝'도 이에 버금할 만큼의 음절수
확보가 필요하게 되는 까닭에, 그 '바깥짝'에 해당될 수 있는 편구 부분의 음절수가
가능한 한 많아진 것이 아닌가 하는 추측도 가능할 것이다).
　그리고 이러한 점은 연구되는 각각의 구가 5음절씩으로 되어 있으며,
그 연구의 합이 꼭 10음절인 경우에도 거의 마찬가지이다. 이러한 경우의
예로서는 (4) A-h · k 등을 뚜렷이 들 수 있다.
　그런데 여기서 유의해야 할 것은, 이처럼 연구를 이루는 각 구의 음절
수가 5음절(또는 6음절)이며 그 연구의 음절수가 10음절(또는 11음절)이라고
해서 이러한 경우에 편구 현상이 규칙적으로 반드시 나타나는 것은 아니
라는 점이다.
　앞서 말한 바 있듯이, 편구의 출현은 가사에서 예외적인 현상으로서 정
연한 율독에 장애가 되는 것이므로 가능한 한 이를 해소하여 연구화(聯句
化)하려는 경향이 자연스럽게 나타나게 되기 때문에, 앞에서 말한 상황에
서도 편구가 나타나지 않을 수가 있는 것이다. 대충 살펴보아도, 앞서 든

상황에서 그 연구로써 '(주어)＋서술어'의 형식 곧 '절(節)'로서의 모습을 갖추지 못하는 경우에 편구가 비교적 많이 나타난다. (1)-c・g・h・n, (2)-c・k, (4) A-d・h・j・k, B-a, (5)-h 등이 그 예들인데, 이 점에 대해서는 다음과 같이 추리해 볼 수 있겠다.

'(주어)＋서술어'의 형식을 갖춘 최소단위의 글인 '절'로서의 모습을 제대로 갖추지 못하는 글은 그 의미의 완성을 위해 부족한 부분(성분)의 보충을 필요로 한다. 하나의 시행은 기본적으로는 율격의 단위이지만, 그것은 또한 의미 지향적이어서 그 자체로서 최소한의 의미 정립을 지향하는 것이다. 여기서 그 의미의 정립은 가능한 한 그 시행 내에서 완성됨이 좋겠으나, 율격의 일반적 규칙에서 벗어나게 되는 경우에는 그 다음의 단위로 이행될 수밖에 없을 것이다. 그러나 이미 제시된 시행 자체가 지나치게 짧은 경우에는 다른 시행들과의 대등성을 획득하기 위해 어떤 보충 장치가 필요하게 되겠는데, 부족 부분(성분)의 분량이 그리 크지 않은 경우, 이 부족 부분(성분)이 그 보충의 위치에 처하게 될 것이며, 이에 편구가 생겨날 수 있게 되는 것이다. 물론 부족 부분(성분)의 분량이 큰 경우에는 편구로 나타나기보다는 연구로 나타나는 경향이 높게 될 것이다.

B. 다음으로 눈에 띄는 것으로는 (1)-i・k, (2)-a・e・h・l・o, (3)-a・c・d・f・j, (4) A-a・b・c・e・f・g, (5)-a・d・g 등으로 대표되는 현상이다. 이들은 주어가 주제격조사 '은/는'에 의해 주제화(主題化)되어 있거나((3)-a・c・d・f[29]・j, (4) A-e・g, (5)-d), 독립어 또는 독립문으로 나타나며((2) a・e・h・o, (4) A-b・c), 혹은 상황(조건)의 제시어로 나타나는데((1)-i・k, (2)-l, (4) A-f, (5)-a・g), 이들 모두가 문두(文頭)에 위치하고 있다는 점에 유의할 필요가 있다.

어순(語順)이나 문장 성분들의 구성 순서는 체험의 요소들의 구성을 외

---

29) (3)-f의 "銀屛 소개 안잔는 양// …"에는 '은'이라는 주제격조사가 없지만, 그 의미상으로 볼 때 리듬을 맞추기 위해 이를 탈락시킨 것으로 여겨진다.

적으로 나타낸 것이라고 할 수 있다. 정상적인 어순은 문법적으로 고정된 구문과 표준적인 양식에 의해 이루어지고, 특수한 어순은 정상적인 문장 양식의 기능적인 변이에 의해 구성되는데, 이는 일정한 효과를 낳기 위한 것이라고 한다.

이러한 특수한 어순에 의해 구성되는 글들 가운데서 주목되는 것이 '화제(話題; topic) + 논평(論評; comment)'으로 이루어지는 글이다. 이러한 글에서는 '이야깃거리'가 되는 담화의 화제가 첫머리에 나타나고, 그 뒤의 나머지 부분은 그 화제에 대한 새로운 정보로 이루어짐이 일반적이다. 이러한 글에서 어느 한 요소가 '주제의 돌출(thematic prominence)'을 위해 글의 앞부분[前面]에 나서게 되는 문체상의 장치를 '화제화(話題化; topicalization)' 또는 '주제화(thematization)'라고 한다. 이에 화제화는 '문장의 한 요소(성분)를 화제로서 분리하고, 그것을 문두에 위치시키는 통사적 장치'라고 정의될 수 있다.[30]

이 화제화의 장치는 문학에서 일정한 면모들을 강조하기 위해 개발되는데, 이 장치를 사용함으로써 시인은 그가 시의 주제상 초점으로 착수하고 목표하는 문제의 효과를 강화하게 된다고 한다. 앞서 든 예들은 바로 이 화제화에 직접 해당하는 것이거나 또는 화제화와 밀접한 관계를 지니는 것들이라고 여겨진다(국어의 화제화에 관한 연구는 아직껏 초창기에 머물러 있기에, 그 화제화의 영역이나 범위에 대한 논의가 미진한 상태여서 겨우 '은/는' 등의 조사에 관한 것만 이루어진 형편이기에 그 영역이나 범위에 대한 것은 여기서도 단정적으로 말할 형편이 아니다). 이러한 화제화 또는 그와 밀접한 관계를 지닌 편구의 예들은 문장의 특정 요소와 관계를 갖지 않고 문장 전체와 관계를 가지게 되는데, 이 화제로서의 편구와 그 뒤의 나머지 문장(논평) 사이에는

---

30) Shivendra K. Verma, "Topicalization as a Stylistic Mechanism," M. K. L. Ching, M. C. Haley, and R. F. Lunsford ed., *Linguistic Perspectives on Literature*(London: Routledge Kegan Paul, 1980), pp. 283~290 참조.

가벼운 휴지(休止)가 개입되고 있다.[31]

> 銀屛소개 안잔는 양// 月中姮娥/ 桂樹를 지현는 듯 [(3)-f]

> 혜욤업슨 뎌 兵使야// 네 딘을 어듸 두고/ 達島로 드러간다 [(2)-a]

> 너른바희 우희// 松竹을 헤혀고/ 亭子를 안쳐시니 [(5)-a]

이러한 화제는, 정보전달의 역할 면에서는 나머지 문장보다 문장의 초점이 덜 집중된다는 면을 보이지만,[32] 화자의 정서·감정·주의(注意)의 면에서는 오히려 더 큰 강도(强度)를 지니게 된다. 앞서 말한 휴지도 이러한 면과 관련되고 있을 것이다.

시행(詩行)이 '주의(注意; attention)의 한 단위'라는 점[33]을 이해하고, 이 시행은 같은 단위끼리 주의의 폭에서 서로 대등성을 지닌다는 점[34]을 유념하며, 주의에서 강도(intensity)는 지속시간(duration)과 거의 상호교체 될 수 있다는 점[35]을 생각할 때, 정서·주의가 강하게 집중된 화제는 비록 음절수는 적으나마 그 주의의 강도로 인하여 하나의 시행이 지니는 주의의 폭에까지 이를 수가 있어서, 이들 화제로서의 편구들은 하나의 행으로 존재할 수 있게 되는 것이다.

그리고 이러한 면은 다음과 같은 경우에도 예외가 아닐 것이다.

---

31) 蔡琬, 「助詞 '-는'의 意味」, 『國語學』 4(국어학회, 1976), 93~113면, 특히 101면 참조.

32) 같은 글, 99면, 111면; 蔡琬, 「話題의 意味」, 『冠嶽語文硏究』 4(서울대학교 국어국문학과, 1979), 221면 참조.

33) Cleanth Brooks and Robert Penn Warren, *Understanding Poetry*(New York: Holt, Rinehart and Winston, 1960), p. 562 참조.

34) D. E. Berlyne, *Aesthetics and Psychobiology*(New York: Meredith, 1971), p. 237 참조.

35) W. B. Pillsbury, *Attention*(New York: Arno Press, 1973), p. 10 참조.

양주는// 梨花一枝예/ 듯비치 절로 흘러드는 듯 [(3)-1]

이처럼 화제화 또는 이와 밀접한 관계를 지니는 경우에 편구의 출현이 두드러졌다.

그런데 이에서 또한 유의해야 하는 것은 이러한 경우에도 편구가 나타나지 않을 수가 적지 않게 있다는 점이다. 앞서 A에서도 말한 바 있지만, 규칙성을 중시하는 율문에서 그 규칙성으로부터의 일탈인 예외적 현상으로서의 편구는 가능한 한 해소되어 연구화 되는 것이 보다 자연스럽기 때문이다.

4. 편구의 기능과 성격

1) 기능과 효과

이제 이러한 편구가 가사 작품 속에서 어떠한 기능을 지니는가를 살펴보기로 하자.

우선 편구의 출현은 율격구조의 규칙성으로부터의 한 일탈로서 '율격변화'의 성격을 지니고 있다. 율격구조는 율격단위들의 규칙적 반복(再發)을 근간으로 한다. 그러나 획일적인 반복은 자칫 평판감(平板感)을 불러일으켜 시문(詩文)을 단조롭고 지루하게 할 수가 있게 된다. 이 때문에 변화가 필요하게 되며, 이 변화성은 율격구조의 속성에서 간과할 수 없는 중요한 요소가 되는 것이다. 규칙적 반복성을 잃지 않으면서도, 그것으로부터의 일탈을 꾀하는 변화성을 아울러 적절히 지니는 율격구조를 통해 율격효과는 보다 강화될 수 있게 되는 것이다.[36] 이러한 면에서 편구는 율격효과를 강

---

36) 成昊慶, 「景氣體歌의 構造 硏究」, 『國文學硏究』 49(서울대학교 국문학연구회, 1980), 12

화한다는 면모를 지니고 있다고 할 것이다.

그런데 이러한 율격의 변화는 결코 자의적(恣意的)으로가 아니라, 의미(시상)와 초점이 맞추어지는 말들에 적절한 정도의 강조를 확보하기 위해 사용되는 것이며, 이를 통해 시의 내용 또는 시의 총체적 효과를 강화할 수 있어야 하는 것이다.[37] 이 점과 관련할 때, 앞(3-B)에서 말한 화제화 되거나 또는 화제화와 밀접한 관계를 지니는 경우에 편구의 출현이 두드러졌다는 점에 주목할 수 있을 것이다. 이러한 경우에서 편구는 화제로서 독자의 정서·주의를 강하게 집중시키게 되는 것이다. 이에 필자는 편구가 가지는 또 하나의 기능으로서 이 '정서·주의의 강화·집중'을 들고자 한다.

한편 이러한 '정서·주의의 강화·집중'은 시상의 전환에 특히 효과적으로 쓰일 수 있다. 사물에 대한 설명인 '교시(敎示)'를 위주로 하는 가사 장르[38]에서 그 장편(長篇)으로서의 면모는 설명하고자 하는 사상(事象)들을 다수 포괄하게 되는데, 이 다수의 사상을 설명하는 방식은 대체로 순차적인 것으로 나타나게 되었다.[39] 이 다수의 사상을 설명하고 나서 다른 사상을 설명하고, 또 그 뒤에 다시 또 다른 사상을 설명하는 이 방식에서는, 크든 작든 간에, 전환이 필연적으로 나타나게 되는데, 이 시상의 전환을 효과적으로 수행함에 편구는 크게 유용한 것이 된다. 앞서 말한 바와 같이, 편구는 율격변화로서의 성격을 지니는 데다 화제화와도 긴밀히 관계되고 있기 때문이다.

〈면앙정가〉를 예로 들면, 처음에 면앙정의 건립과 그 형상을 말한 뒤에

면 참조.

37) James R. Kreuzer, *Elements of Poetry*(New York: Macmillan, 1955), p. 40; C. Brooks and R. P. Warren, *op. cit.*, p. 144 참조.

38) 성호경, 「16세기 국어시가의 연구」, 98~99면 참조.

39) 이와 관련하여 필자는 가사의 사상전개, 의미구성방식을 '독립성이 강한 부분들의 集積'으로, 또 그 구성원리를 '附加作用'으로 말한 바 있다. 같은 글, 119면 참조.

정자에서 바라보이는 경치를 서술하는 부분은 “玉泉山 龍泉山 느린 믈히//
亭子 압 너븐 들히/ 兀兀히 펴진 드시//”와 같이 편구로 시작되고, 정자
부근의 사시승경(四時勝景)을 말하는 부분도 “藍輿를 비야 트고// 솔 아릭
구븐 길노/ 오며가며 ᄒᆞᄂᆞᆫ 적의//”와 같이 편구로 시작된다.

〈남정가〉에서도, 처음에 왜구(倭寇)의 침구(侵寇)를 말한 뒤, 전라병사(全
羅兵使)의 항복을 탓하는 부분은 “혜욤 업슨 뎌 兵使야// 네 딘을 어딕 두
고/ 達島로 드러간다”와 같이 편구로 시작되고, 왜침(倭侵)의 참상을 서술하
는 부분은 “칼 맛거니 살 맛거니/ 枕屍 遍野ᄒᆞ니// 어엿쓸샤 南民이야//”와
같이 편구를 동반하는 연구로 시작되며, 방어사(防禦使) 일행의 파견을 말
하는 부분은 “桓桓老將과/ 一介書生이// 紫霞을 ᄀᆞ득 부어//”와 같이 편구
를 동반한 연구로 시작되고, 적진(賊陣)의 무도(無道)함과 기세를 서술하는
부분은 “閟彼明宮이// 先聖의 所享이오/ 學士의 攸墍어늘//”과 같이 편구
로 시작되며, 전투의 시작과 결과를 말하는 부분은 “賊謀不測이라// 一陣
은 徘徊ᄒᆞ고/ 一陣은 行軍ᄒᆞ다//”와 같이 편구로 시작되고, 승전(勝戰) 뒤
의 대책을 논하는 부분도 “士女百姓들하// 어딕어딕 가잇다가/ 모다곰 오
ᄂᆞᆫ다//”와 같이 편구로 시작되고 있다.

이러한 양상은 다른 작품들에서도 마찬가지이며, 특히 〈미인별곡〉의 경
우에는 두드러지게 나타난다.

2) 역사적 성격

『선조영언(先祖永言)』에 있는 허목(許穆)의 「서호사발(西湖詞跋)」에 “공(公;
許橿)은 …… 서호기 승작(西湖記勝作) 이백운(二百韻)을 짓고, 또 〈서호사〉
육결(六闋)도 지었다. 봉래(蓬萊) 양사군(楊使君; 楊士彦)이 이를 악부(樂府)에
실었는데, 삼강팔엽(三腔八葉)을 총 33절(節)로 하여 이를 〈서호별곡〉이라
고 불렀다.”[40]라는 말이 있는데, 이로써 보면 ‘〈서호사〉 6결’이 곧 〈서호별
곡〉으로 된 것이다.

그런데 〈서호별곡〉은 가사 작품으로서 연형식(聯形式)으로 된 시가가
아니고, 또 그 남아 전하는 것이 여섯 편 중의 하나일 가능성도 거의 없다.
이에 그 '6결'이라는 말은 〈서호사〉 및 〈서호별곡〉이 여섯 개의 단위로 이
루어졌음을 알려주는 것으로 이해될 수밖에 없을 것인데, 이를 살펴보기
로 하자.

〈서호별곡〉을 그 시상과 악조(樂調)표시를 함께 고려하여 단락을 나누
어 보면, 다음과 같이 될 수 있을 것이다.[41]

① "[前腔] [1]聖代에 逸民이 되여/ 湖海예 누어 이셔//"~"[12]江之永矣여/
不可方思로다" (12개 행, 23개 구)

② "[附葉] [13]묻노라// [14]洞赤이 丹斜千斛乙/ 뉘라셔 머믈우랴//"~"[27]덜머
리 구버ᄒ니/ 蘇仙의 赤壁이론 둣" (15개 행, 29개 구)

③ "[附葉] [28]巴陵이 어듸오// [29]洞庭湖 靑草湖이/ 七百里 휘쏘라//"~"[小
葉] [36]믌ᄀ싀애 雲窓霧閣은// [36]風月이 閑暇ᄒ야/ 님자 업슨 네로괴야"
(10개 행, 17개 구)

④ "[大葉] [38]松湖늘 도라ᄒ니// [39]謝公 會稽이야/ 戴逵 剡溪이라//"~"[附
葉] [47]河陽逸士의/ 漁樵問對乙// [48]아ᄂ냐 모ᄅᄂ냐" (11개 행, 18개 구)

⑤ "[大葉] [49]辟强 林泉과/ 栗里 田園의// [50]흘 이리 뵈아히로다//"~"[58]愴
溟烟月이야/ 쏘 우리의 물리로다" (10개 행, 17개 구)

⑥ "[前腔] [59]翩躚ᄒ 羽衣道士이/ 江皐로 디나며 무로되//"~"[三葉] [69]舞
雩에 曾點 기상은/ 어써턴고 ᄒ노라" (11개 행, 21개 구)

---

40) "公 … 有西湖記勝作二百韻 又有西湖詞六闋 蓬萊楊使君載之樂府 爲三腔八葉 總三十三節
謂之西湖別曲"(金東旭, 『韓國歌謠의 研究·續』, 199면에서 재인용).

41) 樂調 면만으로 보자면, [三葉]의 뒤에 이어지는 "[附葉] 묻노라// 洞赤이~"는 그 뒤의
"[前腔] 臨汜古縣이/~"보다는 앞의 [三葉] 부분에 이어져야겠지만, 그 뒤의 시상이 銅
雀나루의 漁村에 대한 것이기에 이를 뒷 단락의 첫 부분으로 본다. 성호경, 앞의 글,
115~116면 참조.

이에서 ①은 '창오탄(蒼梧灘) 건너 연사한정(軟沙閑汀)'에서 소요(消遙)하
며 바라보는 경치와 상념(想念)을 말한 것이고, ②는 동적(洞赤; 銅雀)에서
노하(露河; 노들강)·제천정(濟川亭)·용담(龍潭; 龍山)·마포(麻浦)·옹점(瓮
店; 瓮幕)·덜머리(加乙頭; 楊花津 근처 蠶頭峰) 등을 거쳐 서강(西江)에 이르
는 선유(船遊) 과정에서의 경치에 대한 것이며, ③은 여의도(汝矣島)의 풍
경에 대한 것이고, ④는 서강 일대의 경치에 대한 것이며, ⑤는 그 속에서
의 풍류적인 유락상(遊樂相)을 말한 것이고, ⑥은 그러한 유락의 의의를 말
한 것이다. 이들 단락에서도 ②·③·④·⑤단락의 처음은 편구 또는 편
구를 동반한 연구로 시작되고 있다.

허목이 말한 '〈서호사〉가 6결로 되어 있음'이 과연 뚜렷한 근거가 있는
것인지, 아니면 그의 개인적 판단에 그치는 것인가는 확인할 수 없다.

그러나 어쨌든 〈서호별곡〉은 여섯 단락으로 이루어져 있으며, 각 단락
들은 대체로 10~15개 행(17~29개 구) 정도의 비슷한 분량들을 지닌다. 허
목은 이를 '6결'이라고 했을 것이다.

그런데 '결(関)'이란 말은, "음악이 끝나는 것을 '결'이라고 한다(樂終曰
関)"(『辭海』)처럼 본디 악곡이 끝나는 단위를 말한 것이지만, 우리 옛 시가
를 언급하며 쓰인 바로는 '연형식에서의 연'이거나 또는 '낱낱의 독자적인
단편시가'를 가리킨 경우가 많았으며, 단순히 내용상의 단락만을 말하는
경우는 찾아볼 수가 없다. 이에 필자는 〈서호사〉 곧 〈서호별곡〉이 '6결'이
라는 말은 〈서호사〉 곧 〈서호별곡〉이 연형식에 가까운 구성방식을 지니
고 있음을 말해주는 것이라고 판단한다. 다시 말하면, 외형상으로는 연속
체(非聯體)로 되어 있는 이 작품이 그 내면에서는 실질적으로 여섯 개의 단
편(短篇)의 연합에 가까운 모습을 지니고 있음을 시사해 준다는 것이다.[42]
필자는 가사의 형성과정을 두 가지의 계통으로 추정하고 있는데, 그 하
나는 〈낙지가(樂志歌)〉(李緖 작, 중종 18년경) 등에서 보이는 바처럼 단조로

---

42) 같은 글, 115면 참조.

운 연속체의 면모를 이은 것이며, 다른 하나는 연형식 시가의 붕괴로 장편의 비연체(非聯體)가 생겨난 것이다.[43] 이 뒷 계통의 형성과정을 암시해 주고 있는 것으로는 '별곡(別曲)'이라는 말의 용례(用例) 변천[44]과 〈매창월가〉 등으로 대표되는 작품들의 구성방식이 있다. 이러한 형성과정의 면에서 살펴보면, 〈서호사〉 곧 〈서호별곡〉이 '6결'로 되어 있다는 말은 곧 연의 형식 변화를 통해 연형식에서 장편의 비연체로 옮아간 초기 가사 형성과정상의 한 계통을 시사해 준다고 할 것이다.

자립적인 성격을 지니던 연의 형식이 붕괴되어 그 이어지는 연들과 합쳐져 한 개 장편이 비연체 시가를 만들게 된다고 하더라도, 그 원 모습이 이내 완전히 사라지는 것은 아니다. 연형식의 변형으로 이루어지는 각 단락들의 접합지점에 그 단락의 구분을 암시해 주는 유흔(遺痕)으로서 '경계지표(境界指標)'로서의 '율격일탈'이 관습에 의해 생겨날 수 있는데, 편구도 곧 이러한 현상의 하나로 쓰일 수가 있는 것이다. 앞의 〈서호별곡〉의 각 단락들에서도 ②·③·④·⑤단락들이 모두 편구 또는 편구를 대동한 연구로 시작되고 있으며, ⑥단락은 '3-5/ 3-3-3'의, 규칙성에서 적지 않게 벗어난 리듬구조의 시행으로 시작된다.

이러한 '경계지표'로서의 율격일탈 현상은 〈매창월가〉에서도 뚜렷이 나타나며, 고려시대의 연형식 시가를 비연체로 변화시킨 조선 초의 한시현토체(漢詩懸吐體) 장편시가인 〈북전(北殿)〉과 〈봉황음(鳳凰吟)〉(〈滿殿春〉)에서

---

43) 같은 글, 116면 참조.

44) 필자는 '別曲'이라는 말이 처음에는 '연형식 시가로서 各聯이 동일한 악곡을 반복하는 것'에 쓰였다가 후대에 들어서 연형식이 아닌 가사 작품들에서도 쓰이게 된 것은, 초기 가사의 한 부류가 이러한 '別曲'의 성격과 유사한 면을 지니고 있었기에 가능했을 것으로 추측한다. 다시 말해, 연속체의 가사가 그 일면에서는 앞 시대의 연형식 시가(〈西京別曲〉·〈靑山別曲〉, 〈翰林別曲〉 등 경기체가)를 계승하여 변형시킨 것으로서의 모습을 지니기 때문에 그 母胎로서의 연형식 시가의 작품들에 많이 쓰이던 '○○別曲'이라는 題名法을 습용하게 되었으며, 또 한 번 이러한 이름이 쓰여서 널리 알려지게 되면 그 뒤에는 연형식의 遺痕을 보이지 않는 작품들에서도 이러한 제명이 관용적으로 쓰이게 된 것으로 보는 것이다. 같은 글, 49~52면 참조.

도 나타나는데, 〈북전〉과 〈봉황음〉에서 대부분이 7언(言)으로 되어 있는 시행들 사이에서 3언이나 5언이 나오는 경우는 거의가 단락의 바뀜(본디는 聯의 구분이었던 것)과 관련된다.[45]

이러한 면에서 살필 때, 편구는 전대(前代) 시가와의 관련에서 그 변천의 역사적 유흔으로서의 성격도 지니는 것으로 볼 수 있을 것이다.

한편 이러한 편구가 연형식의 붕괴현상과 직접 관련되지 않는 경우에도 초기 가사 작품들에서 집중적으로 나타난 것은 무엇 때문일까?

특히 〈매창월가〉를 보면,

梅窓에 둘리 쓰니/ 梅窓의 景이로다//

梅는 엇더흔 梅고//

林處士 西湖에//

氷肌 玉魂과/ 脈脈 淸宵에//

吟咏ᄒ던 梅花로다//

窓은 엇더흔 窓고//

陶靖節 先生//

漉酒 葛巾ᄒ고/ 無絃琴 집푸며//

瑟瑟 淸風에/ 비기엿던 窓이로다/

달은 엇더흔 달고//

李謫儒 豪傑이//

采石 江頭에/ 一釣船 씌어 두고//

夜被 錦袍/ 倒著 接䍦ᄒ고//

玉盞에 수를 부어//

靑天을 向ᄒ야/ 問ᄒ든 달리로다//

梅도 이 梅요/ 窓도 이 窓이요//

---

45) 같은 글, 116~119면 참조.

<u>달도 이 달</u>[이니]//

[이시면] 一杯酒요/ 업시면 淸談이니//

平生이 흔 詩를/ 을푸기 죠와 ㅎ노라///

전 19행에서 편구로 된 것이 9행이나 된다. 또 〈이장 장가(李璋長歌)〉(李璋 작, 중종 27년: 1532)에서도,

鄭光弼 細筆奴/ 李弘幹 折簡爲也//

張順孫 何孫 爲爾/ 韓效元 何官員 爲了//

鄭萬鍾 丘從 爲古/ 李任 漢任 爲也//

趙元紀 豪氣奴/ 柳灌 陶罐 許磁 莫子//

崔世節 無節屎/ 金鐸 木鐸 加齊//

<u>黃琦 有氣屎 爲尼</u>//

權輗刀 僧汝羅古/ 蔡無擇刀 邪慝多 爲件亇隱//

任樞 大醉爲也/ 沈彦光 發狂爲尼//

<u>金安老 羅 毛老奴</u>///

와 같이 전 9행에서 편구로 된 것이 2행이다.

이 작품들에서처럼 별다른 역할을 하지도 않는 편구들이 다수 나타나게 되는 것을 어떻게 보아야 할 것인가?

여기시 우리는 가사의 율격인 '4음보격(tetrameter)'의 성립에 대해 유의할 필요가 있다.

4음보격 율격의 확립은 15세기 말엽(成宗代) 이전으로 소급하기가 어렵다. 시조와 가사에 두루 나타나는 '시대양식(period style)'으로서의 4음보격은 15세기 말엽에 이르러서야 비로소 확립되었는데, 이는 2음보의 시행들이 둘씩 중첩되거나 또는 3음보의 시행들이 음보의 축약과 시행의 통합을 보임으로써 나타나게 된 것이다.[46] 이러한 4음보격이 15세기 말엽에 확립

되었기에, 16세기의 초·중엽까지에도 그 전단계적(前段階的)인 모습인 2음보격(또는 3음보격)의 유풍(遺風)이 완전히 사라지기는 어려웠을 것으로 여겨지는바, 그 동안에 지어진 가사 작품들에서는 그 유풍이 다소간 잔존하여 있었을 것으로 추측된다. 이에 필자는 초창기 가사 작품들에 적지 않게 나타나는 편구들 가운데서 상당수는 바로 이 '전대 유풍의 잔영(殘影)'일 수 있다고 보는 바이다.

　가사 장르의 전단계 시가로서의 모습을 보여주는 〈역대전리가(歷代轉理歌)〉(申得淸 작, 고려 恭愍王 20년: 1371)를 보면,

貪虐無道　夏傑伊難/　丹朱商均　不肖爲也/　堯舜禹矣　禪位相傳/　於以他可不知爲古

妹喜女色　大惑爲也/　可憐害史　龍逄忠臣/　一朝殺之　無三日高

淫虐尤甚　帝辛伊難/　所見無識　自疾爲多

夏傑爲鑑　全昧爲高/　妲己冶容　狂惑下也/　又亡國　自甘爲尼

六七聖人　先王廟乙/　保存何里　[　　　　　]/　亡國人達　業失孫可

微子仁兄　保宗吉奴/　去國時乙　曼羅西羅

殺剖比干　觀心活齊/　佯狂爲奴　箕子至仁/　何故得罪　若此漢古

　　…… (중략) ……

渭水陽　磻溪石矣/　廣張三千　六百釣難/　待時流送　歲月而羅

　　…… (중략) ……

八百諸侯　尊周河也/　武王聖人　踐位漢而

不食周栗　仗義爲高/　隱於首陽　採微河多/　餓死自盡　可憐河多

등과 같이 앞부분에서 일부를 뽑아 보아도, 밑줄 친 부분들은 각 2음보 구들이 짝(聯句)을 제대로 이루지 못하고 있어서, 이를 도저히 2음보 구의 연

---

46) 같은 글, 25~26면 참조.

구에 의한 4음보격이라고 하기가 어렵다. 이에 필자는 이 작품이 2음보격의 율격으로 되어 있다고 판단하는 바이다.

이처럼 가사의 전단계 양식이 2음보격으로 되어 있으며, 또 그 2음보구(시행)들이 의미 단위로 결합되면서 둘씩 또는 넷씩 짝을 짓지 못하고 셋으로 되는 경우가 많게 되면, 이 2음보 구들이 연구를 이루어 4음보격을 형성하게 될 때에도 그 셋 가운데서 한 구는 외짝으로 남을 수밖에 없는 것이다. 이에 따라 편구가 생겨나게 되었을 것인데, 앞서 든 〈매창월가〉에서의 편구들 중 상당수는 이러한 유풍의 잔영들일 것이다.

이와 같이 2음보격으로서의 선대 시가의 율격적 유풍이 그 연구에 의해 4음보격을 확립시키게 된 15세기 말엽에 이르러서도 상당히 잔존(殘存)하였고, 이것이 16세기의 초·중엽까지도 다소간 영향을 끼치게 되었기 때문에, 16세기 초·중엽까지의 초기 가사 작품들에서는 편구가 적지 않게 나타나게 되었던 것으로 추정된다.[47] 그리고 이러한 역사적 유흔으로서의 편구는 가사가 개화기(開花期)에 들어서게 된 16세기의 말엽부터는 크게 줄어들게 되었다.

이처럼 가사의 편구는 그 적지 않은 부면이 전대 시가와의 관련에서 그 변천의 역사적 유흔으로서의 성격을 지니고 있는 것이다.

[47) 이러한 양상은 흔히 사설시조로 처리하고 있는 〈將進酒辭〉(鄭澈 작)에서도 다분히 드러난다. 〈장진주사〉의 시행을 정리해 보면, 다음과 같이 될 것이다.

혼 盞 먹새그려/ 또 혼 盞 먹새그려//
곳 것거 算 노코/ 無盡無盡 먹새그려//
의 몸 주근 後면//
지게 우히 거적 더퍼/ 주러혀 미여 가나//
流蘇 寶帳의/ 萬人이 우러녜나//
어욱새 속새/ 덥가나모 白楊 수페//
가기곳 가면//
누른 히 흰 둘/ 고는 비 굴근 눈//
쇼쇼리 브람 불 제/ 뉘 혼 盞 먹자 홀고//
흐믈며 무덤 우히 진납이 포람불 제/ 누우츤돌 엇디리///

4. 결론

이상에서 필자는 초창기 가사 작품에 주로 많이 나타난 편구(片句)에 대해 살펴보았다. 이 고찰을 통해, 편구는 한편으로는 작품 구조상의 기능적인 생성물이면서 다른 한편으로는 가사 양식의 변천에 따른 역사적인 유산이기도 하다는 것을 알 수 있었다. 그것은 초창기의 가사 작품들에서는 일정한 역할을 수행하게 되었지만, 그것이 가지는 '정연한 4음보격의 율격에 대한 장애'로서의 역기능으로 인해, 또 '정연한 4음보격의 규칙성을 추구하는' 가사 형식의 정형화(定型化) 추세에 발맞추어 16세기의 말엽부터는 쇠퇴하게 되었던 것이다.

그런데 주목할 것은, 이러한 편구가 가사 형식이 변모되고 붕괴되기 시작하던 18세기 무렵 이래의 평민가사나 잡가(雜歌) 등에 다시 적지 않게 나타나게 되기도 한다는 점이다. '십이가사(十二歌詞)' 중의 몇몇 작품들이 이 현상을 보이며, 후기 평민가사 또는 잡가로 추정되는 〈소상팔경가(瀟湘八景歌)〉·〈사시풍경가(四時風景歌)〉·〈유산가(遊山歌)〉·〈관등가(觀燈歌)〉 등의 작품들에서 이 현상은 두드러지게 나타난다. 그리고 사설시조(辭說時調; 蔓橫淸類) 등에서도 이 현상은 두드러지게 나타난다. 이러한 점으로 미루어 볼 때, 조선 전기의 양반 사대부 취향의 시대양식이었던 '4음보격 율격'이 18세기 무렵 이래로 평민들의 작품들에서 일부 붕괴되거나 변형되었고, 이에 그 일탈로서의 편구의 출현이 다시 두드러지게 된 것일 가능성이 있다고 할 것이다.[48]

---

48) 金惠淑은 〈北遷歌〉(金鎭衡 作, 1853년경)를 살피면서 전체 1,030구 가운데서 20개 구가 외짝으로 떨어진 현상을 통해, 그것이 後期에 이르러 가사의 音步律이 붕괴되어 나가고 있는 일반적 현상이 아닐까 하고 추측한 바 있는데(金惠淑, 「流配가사를 통하여 살펴본 가사의 변모양상」,『冠嶽語文研究』8, 서울대학교 국어국문학과, 1983, 142면, 153면 참조), 이는 양반가사의 경우에도 4음보격 율격이 붕괴 내지는 변형되어 간 예라고 하겠다. 그리고 金起東은 肅宗代까지의 양반가사는 전부 4음보격으로 되어 있는 데 비하여 英祖代 이후의 평민·부녀들의 가사는 2음보격으로 표기되어 있다고 하였는데

이 글은 편구에 대한 한 시론(試論)으로서의 성격을 지니는 것이기에 여러 불충분한 면모들을 보이게 되었다. 앞으로 이에 관련된 논의가 보다 진전되기를 기대하는 바이다.

원제: 「歌辭의 '片句' 현상에 대한 試論」
『人文研究』 제9집 제1호(嶺南大學校 人文科學研究所, 1987. 8)

(金起東, 「歌辭文學의 形態的 考察」, 국어국문학회 편, 『歌辭文學研究』, 정음사, 1979, 100면 참조), 이에서 그 '2음보격'의 문제는 논란의 여지가 있겠으나, 여하튼 18세기 무렵 이래의 평민가사에서 4음보격 율격의 붕괴 내지는 변형 현상이 나타났다는 점만은 분명하다고 할 것이다.

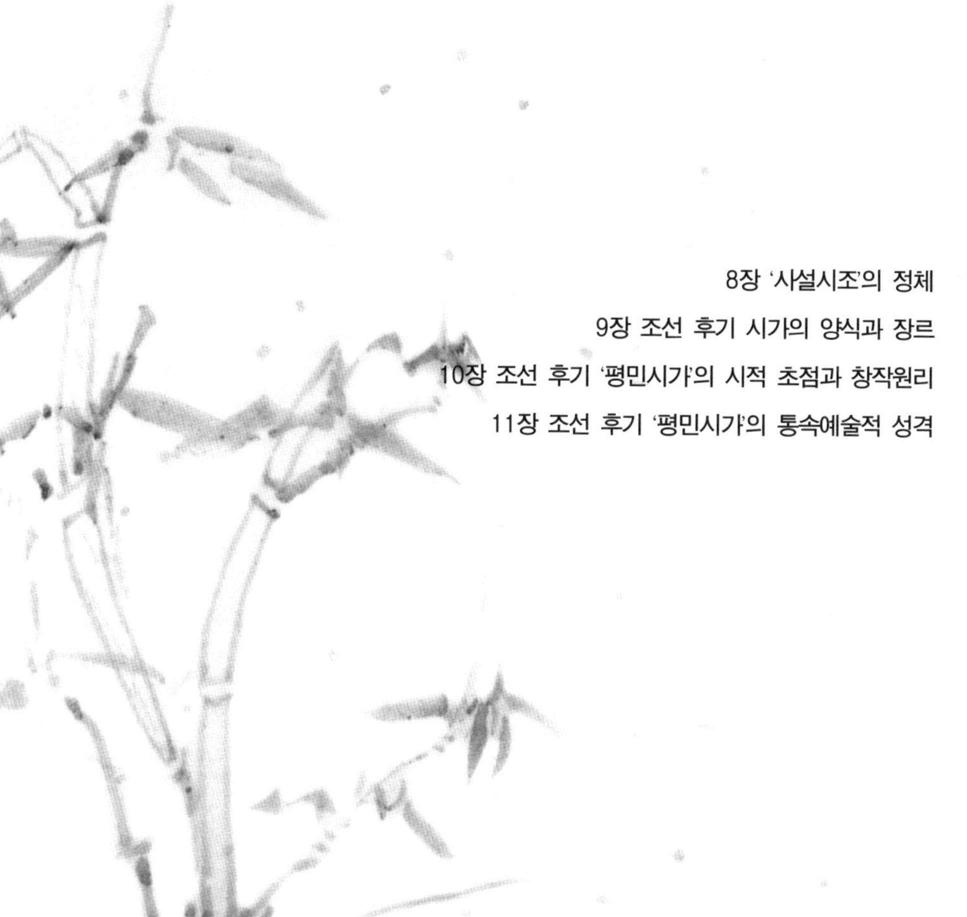

제3부 조선 후기의 시가

8장

'사설시조'의 정체

1. 서론

근년의 한국문학 연구에서는 조선 후기의 문학 특히 18세기 이래 뚜렷이 모습을 드러내었던 '평민문학(平民文學)'에서의 근대적(近代的) 성격을 구명하는 일에 관심이 크게 쏠리고 있고, 이에 따라 '사설시조(辭說時調)' 또는 '장시조(長時調; 長型時調)'가 '평민가사(平民歌辭)'와 함께 가장 주목받는 시가 장르의 하나로 떠오르게 되었다. 사설시조는 평시조(平時調)의 균제된 틀과는 전혀 다른 형태를 통해 평민적 익살, 풍자와 분방한 체험을 표현함으로써 조선 후기 문학사의 새로운 국면에 중요한 한 몫을 한 시가 장르라는 것이다.[1]

그런데 이러한 사설시조(장시조)의 문학적 본질에서 그 실체성(實體性)을 부여하는 외적 형식 곧 형태는 어떠한가?

지금까지의 여러 연구들을 통해 볼 때, 사설시조의 형태적 특징에 관한 견해들은 대략 다음과 같이 나누어진다. 그 하나는 '3장(章) 6구(句)'로 된 평시조에 비해 각 구의 자수(字數)에 제한이 없는 것[2] 또는 어느 두 구 이

---

1) 金興圭, 『韓國文學의 理解』(민음사, 1986), 49면.

상이 각각 그 자수가 10자 이상으로 벗어난 시조라는 등의 전통적 견해이며,[3] 다른 하나는 일정한 정형(定型)이 없는 '무형시(無型詩)' 또는 자유시(自由詩)라는 새로운 견해다.[4]

이 두 가지의 견해는, 사설시조를 시조의 일종으로 보든 또는 별개의 독자적인 장르로 보든 간에, 사설시조에 속한다는 여러 작품들 사이에 그것들을 함께 하나의 동일한 장르로 인식할 수 있게 하면서 다른 장르들과는 준별되게 하는 어떤 요소 곧 장르적 동일성(identity)이 있다는 것을 인정하고 있는 셈이다.

그런데 필자는 기왕의 여러 연구들에서는 충분한 검토도 없이 음악적 용어인 '시조(時調)'·'사설시조(辭說時調)'를 문학장르적 개념으로 수용하게 됨으로써 여러 문제점들 특히 사설시조에 대한 형태 규정의 모호성과, 그에 따른 장르 처리의 혼란상을 적지 않게 초래하여 왔다고 판단하고 있다. 그리고 이와 관련하여 '사설시조'라는 것이 과연 장르적 동일성을 가지는 것인가에 대해서도 의심을 품고 있다.[5]

이 글에서 필자는 '사설시조' 또는 '장시조(장형시조)'라는 것의 형태를 규정한 기왕의 주요 견해들이 지니는 문제점과, 사설시조(장시조)에 속한다는 여러 작품들 사이에 형태적인 면에서의 장르적 동일성이 있는가의 여부를 간략하게나마 검토해 봄으로써, 사설시조(장시조)라는 것의 정체에 대해 새로운 시각에서의 접근을 시도해 보고자 한다.

---

2) 李秉岐, 「時調란 무엇인가?」, 『東亞日報』, 1926. 12. 10~11.

3) 李泰極, 『時調槪論』(새글사, 1956), 73면.

4) 朴喆熙, 「辭說時調의 構造와 그 背景: 사설시조는 自由詩다」, 『국어국문학』 72·73(국어국문학회, 1976), 336~340면.

5) 근래의 몇몇 연구들 특히 朴奎洪, 「辭說時調의 問題點 考察」, 『嶺南語文學』 12(영남어문학회, 1985), 187~200면; 金東俊, 「辭說時調攷」, 『時調學論叢』 3·4(한국시조학회, 1988), 59~101면 등에서도 사설시조의 장르적 동일성에 대해 회의적인 견해가 불분명하게나마 나타나고 있다.

2. 사설시조의 개념과 범위

　오늘날 우리는 조선시대에 ‘단가(短歌)’니 ‘신번(新翻)’이니 하는 등의 말로 지칭되던 ‘4음보격(音步格)의 3행시(行詩)’를 ‘시조’라고 부르고 있는데, 이 시가 장르의 이름이 지금처럼 ‘시조’로 굳어지게 된 것은 1920년대 이래 최남선(崔南善) 등에 의해서이다.

　‘시조’란 본래 가곡(歌曲; 歌曲唱)·가사(歌詞; 歌詞唱)와 함께 조선시대의 정악계(正樂系) 성악(聲樂)에 속하는 시조(時調唱)에서 따온 말이며, 시조창은 주로 시조시를 노래하던 전래의 5장식(章式) 가곡창을 고쳐 3장식으로 만든 18세기 이래의 새로운 창법(唱法)이다. 그리고 가곡에서 ‘농(弄)·낙(樂)·편(編)’ 등의 변주곡이 파생되어 시조시보다 노랫말의 분량이 훨씬 많은 형태의 작품들을 노래할 수 있게 되자, 이를 본떠서 시조창에서 이러한 작품들을 노래할 수 있게 하기 위해 19세기에 들어 생겨난 창법이 바로 ‘사설시조[唱]’인 것이다.[6]

　이러한 ‘사설시조’라는 말이 문학 용어로 쓰이게 된 것은 대체로 1926년 이병기(李秉岐)의 논문 「시조란 무엇인가?」에서부터일 것이다.

　그는

　　시조의 종류는 알기 쉽게 음악형식으로 나누면 평시조·엇(旕)시조·사설시조의 세 가지가 있다

고 하여, ‘음악형식’에 따라 시조를 구분한 뒤에, 다시 이에다 문학적 형태를 규정하였다. 그 가운데서 ‘평시조’는 자수가 어떠한 범위까지는 제한이 있는 것(語調는 平正함)이고, ‘엇시조’는 자수가 초(初)·중(中)·종(終) 3장(章)

---

6)　宋芳松, 『韓國音樂通史』(일조각, 1984), 418~428면; 張師勛, 『國樂總論』(정음사, 1976), 242~272면, 297~307면 참조.

의 어느 부분만 제한이 없는 것(어조는 좀 變調로 됨)이며, '사설시조'는 '자수가 초·중·종 3장이 다 제한이 없는 것(어조는 辭說體로 됨)이라고 하면서, 엇시조는 다만 종장 첫 구의 자수만 변치 않고, 그 외의 다른 구 일부분만은 평시조의 자수 이상으로 지어도 좋으며, 사설시조는 다만 3장만 구별하고 각구의 자수는 평시조 같은 제한이 없다고 하였다.[7]

그리고 그는 1942년의 「고금시조(古今時調)의 형태」라는 글에서, 시조는 창법으로는 평시조·중어리시조·지름시조·사설시조의 네 가지가 있으며, 그 자수와 어조(語調)로 보아 평시조·엇시조·사설시조의 세 종류로 나눌 수 있다고 하였다. 그 가운데서 평시조(詩)는 다 창법의 평시조(唱)로나 중어리시조(창)로 부를 수 있는 것이고, 엇시조(시)는 창법에서 지름시조(창)로 부를 수 있고 혹은 부를 수 없는 것도 있으며, 사설시조(시)는 창법에서 사설시조(창)로 부르는 것으로서, 그 "자수는 초·중·종 3장의 어느 구절이든지를 평시조 자수보다 더러 많이 쓸 수 있으며, 그 중 중장만은 암만이라도 길게 쓸 수가 있다."고 하여,[8] 그 문학적 형식과 창법과의 관계를 규정하였다.

이병기가 말하는 사설시조(시)는 사설시조창으로 부르는 작품들만을 가리키는 것은 아니다. 그는 사설시조창이 '가곡의 율당(栗糖)·소용(騷聳)·농(弄)·낙편(樂編)의 사설(詞說)을 노래로 부르는 것'이라고 밝힘으로써,[9] 가곡창의 농·낙·편 등의 곡에 의해 노래하는 작품들을 마찬가지로 사설시조의 범위에 포함시킨 것이다. 곧 그가 말한 사설시조란 가곡창의 농·낙·편 등의 곡과 시조창의 사설시조창에 의해 노래되는 작품들 중 시조 시형의 제한된 자수 범위를 넘어서는 작품들을 총칭한 것이다.

---

7) 『東亞日報』, 1926. 12. 10~11(재수록: 李泰極 편, 『時調硏究論叢』, 을유문화사, 1965, 118~121면) 참조.

8) 『半島史話와 樂土滿洲』, 1942(재수록: 李泰極 편, 앞의 책, 358~359면).

9) 李秉岐, 「時調의 發生과 歌曲과의 區分」, 『震檀學報』 1, 震檀學會, 1934(재수록: 李泰極 편, 앞의 책, 293면) 참조.

이렇듯이 이병기가 가곡창의 농·낙·편 등의 곡과 사설시조창에 의해 노래된 작품들을 그 창법 중 시조창과의 관련에서 '사설시조'로 이름하고 그 문학적 형태를 시조형에서 변형된 양상에 의해 규정한 이래, 이러한 작품들을 '사설시조'로 부르는 경향이 높게 되었고, 이는 그 창법과의 직접적인 관련을 고려하지 않은 경우에도 마찬가지였다.

이러한 경향의 견해들에서는 그 형태에 대하여 이병기의 견해를 그대로 따르거나, 또는 그것을 보다 한정시켜서 '51자 이상'(鄭亨容)으로 하거나,[10] '3장 6구의 평시조형에서 어느 두 구 이상이 각각 그 자수가 10자 이상으로 벗어난 시조'(李泰極) 등과 같이 하여,[11] 평시조형을 기준으로 하여 그 자수가 늘어나는 양상으로써 규정하는 경향이 높다(그리고 그 명칭을 '長型時調' 또는 '長時調'라고 부르는 사람들에서도 그 형태 규정은 앞의 견해들을 따른 예가 적지 않다).

그런데 문제는 이러한 막연한 규정으로써 사설시조(장시조) 작품들의 형태적 특징을 제대로 나타낼 수 있겠는가 하는 점이다.

다음의 작품들을 보자.

(a) 바룸도 쉬여 넘는 고기(9) <u>구름이라도 쉬여 넘는 고기</u>(11)

　　<u>山眞이 水眞이 海東靑 보라미라도</u>(14) <u>다 쉬여 넘는 高峰 長城嶺 고기</u> (12)

　　그 넘어 님이 왔다 흐면(9) <u>나는 아니 흔 번도 쉬여 넘으리라</u>(13)

[68자(『靑六』 307, 騷聳耳)]

(b) 각시닉 玉 굿튼 가슴을 어이구러 다혀 볼고

　　<u>綿袖紫芝 쟉져구리 속에 깁적삼 안섭히 되어</u>(18) 죤득죤득 대히고지고

---

10) 우리어문학회, 『國文學槪論』(일성당서점, 1949), 221~222면 참조.

11) 앞의 주 3)과 같음.

잇다감 씀 나 붓닐 제 쩌힐 뉘를 모르리라

[60자(『靑珍』 480, 蔓橫淸類)]

(c) 이제는 못 보게도 ᄒᆞ애 못 볼시는 的實커다

萬里 가는 길헤 海口 絶息하고 銀河水 건너쒸여 北海 ᄀ리지고 風土 ㅣ 切甚ᄒᆞ듸 深意山 굴가마귀 太白山 기슭으로 골각골각 우닐며 츳돌도 바히 못 어더먹고 굶어죽는 짜희 내 어듸 가셔 님 츳자보리

아희야 님이 오셔든 주려 죽단 말 싱심도 말고 빨빨이 그리다거 어즐 病 어더서 갓고 쌔만 나마 달바조 밋트로 아장밧삭 건니다가 쟈근 쇼마 보신 後에 니마 우희 손을 언쬬 한 가레 추혀들고 잣바져 죽다 하여라

[177자(『靑珍』 579, 蔓橫淸類)]

(d) 陽春이 布德ᄒᆞ니 萬物이 生光輝라

우리 聖主는 萬壽無疆ᄒᆞᄉ 億兆 ㅣ 願戴己ᄒᆞ고/ 群賢은 忠孝ᄒᆞ야 愛民至治ᄒᆞ고/ 老少에 벗님네도 無故無恙커늘/ 名妓歌伴期會ᄒᆞ야 細樂을 前導ᄒᆞ고/ 水陸珍味 五六駄에 金剛山 도라들어/ 絶代名勝 求景ᄒᆞ고 醉ᄒᆞᆫ 잠에 쑴을 쑤니/ 쑴에 ᄒᆞᆫ 늙은 중이 邀我引導ᄒᆞ야/ 吳楚東南景과 齊州九點烟을 歷歷히 盤廻ᄒᆞ며/ 其間에 英雄豪傑들의 ᄌᆞ최를 무를 썩에/ 夕鍾聲에 씨지고나 / 朝飯을 직촉ᄒᆞ야 望月懷陵으로 正菴齋室 霽月光風/ 水洛寺 玉流川에 塵纓을 씨슨 後에/ 文殊菴 中興寺에 軟泡杯酒ᄒᆞ고/ 晴日에 登臨白雲峰ᄒᆞ니 咫尺天門을 手可摩 ㅣ 라/ 萬里江山 遠近風景이 眼底에 森羅ᄒᆞ야/ 丈夫의 胸襟에 雲夢을 삼켯는 듯/ 브른 빅 나려오니/ 簫鼓는 喧天ᄒᆞ야 洞壑이 울히는 듯/ 山映樓 올라안ᄌ 花煎에 點心ᄒᆞ고/ 伽倻ㄱ고 검은고에 가즌 稽笛 섯겻는듸/ 男歌女唱으로 終日토록 노니다가/ 扶旺寺 긴 洞口에 軍樂으로 드러간이/ 左右 섯는 將丞 分明이 반기는듯/ 往來遊客들은 못늬 부러 ᄒᆞ돗드라

암아도 壽域春臺에 太平閑民은 우리론가 ᄒᆞ노라

[384자(金壽長 작, 『海周』 563)]

(e) 紅塵을 이믜 下直ㅎ고 桃源을 차자 누엇스니/ 六十年 世外風浪 꿈이런 듯 可笑롭다

이 몸이 閑暇ㅎ야 山水에 遨遊헐 졔/ 一小舟의 不施篙艫ㅎ고 風帆浪楫으로 任其所之 ㅎ올 져긔/ 水涯에 視魚ㅎ며 沙際에 鷗盟ㅎ야/ 飛者 走者와 浮者 躍者로/ 形容이 익어스니 疑懼ㅎ비 잇슬 것가/ 杏壇의 비를 미고 釣坮에 긔어 올나/ 고든 낙시 되리우고 石頭에 조으다가/ 漁夫의 낙근 고기 柳枝에 쎄여 들고/ 興 치며 도라올 졔/ 園翁野叟와 樵童牧竪를 溪邊의 邂逅ㅎ야/ 問桑麻 說秔稻 할 졔 杏花村 바라보니/ 小橋邊 쓴 술집이 靑帘酒 날리거늘/ 緩步로 드러가셔 殘츠로 籌 노으며/ 酩酊이 醉ㅎ 後의 東皐의 긔여 올나/ 슈파람 혼마듸를 마음듸로 길게 불고/ 다시금 뫼여 느려/ 臨淸流而賦詩ㅎ고 撫孤松而盤桓타가/ 黃精을 쌰여 들고 집으로 도라들 졔/ 芳逕의 나는 씆츤 衣巾을 침노ㅎ고/ 碧樹의 우는 시는 流水聲을 화답혼다/ 문압페 다다라는/ 막듸를 의지ㅎ야 四面을 살펴보니/ 夕陽은 在山ㅎ고 人影이 散亂이라/ 紫綠이 萬狀인데 變幻이 頃刻이라/ 松影이 參差여늘 禽聲은 上下로다/ 山腰의 兩兩笛聲 쇠등의 아희로다/ 俄已오 日落西山ㅎ고 月卽前溪ㅎ니/ 羅大經의 山中이며 王摩詰의 網川인들/ 여긔와 지날 것가/ 뜰 가온듸 드러셔니/ 셤뜰 밋테 어린 蘭草 玉露의 눌녀 잇고/ 울 가의 셩긴 꼿츤 淸風의 나붓기다/ 房안의 드러가니/ 期約 둔 黃昏月이 淸風과 함긔 와셔/ 불거니 비취거니 胸襟이 洒落ㅎ다/ 瓦盆의 듯는 술을 匏樽으로 바다닉야/ 任과 홈긔 마조 안져 드러 서로 勸할 져게/ 黃精菜 鱸魚膾는 山水를 가츄미라/ 嗚嗚咽咽 洞蕭聲을 늬 能히 부러스니/ 淸風七月 赤壁勝遊ㅣ 여긔와 彷彿ㅎ다/ 거문고 잇그러서 膝上의 빗겨 놋코/ 鳳凰曲 혼 바탕을 任 시켜 불니면서/ 興듸로 집혀스니/ 司馬相如 鳳求凰이 여긔와 밋츨 것가/ 竹窓을 밀고 보니/ 달이 거의 나지여늘 밤은 ㅎ마 五更이라/ 솔그림ㅈ 어린 곳의 鶴의 꿈이 깁허거늘/ 뒤슈풀 우거진

데 이슬바람 션을ᄒ다/ 玉手를 잇쓸고서 枕上의 나아가니/ 琴瑟友之 깁
흔 情이 뫼갓고 물갓타야/ 連理에 翡翠여늘 綠水의 鴛鴦이라/ 巫山의 雲
雨夢이 여긔와 엇덧턴고/ 뭇노라 벗님네야/ 安周翁의 悅心樂志 이만ᄒ면
넉넉ᄒ야

이 後란 離別을 아조 離別ᄒ고/ 桃源의 길이 숨어 任과 함긔 즐기다가/
元命이 다ᄒ거든/ 同年同月 同日時에 白日昇天 ᄒ오리라

[811자(安玟英 작, 『金玉』 177, 言編)]

(a)는 밑줄 친 구들(4개 구)이 모두 10자 이상으로 늘어나 있어서 사설시
조(장시조)의 대표적인 예로 많이 드는 작품이다. (b)는 10자 이상으로 늘어
난 구가 중장 전구(前句) 하나밖에 없어서 앞서 든 이태극의 형태 규정에
따른다면 사설시조로 보기가 곤란하게 된다. 그러나 이 작품은 엄연히 만
횡청(蔓橫淸; 곧 言弄[12])으로 노래되는 사설시조 작품이다.[13] (c)와 (d)는 앞
의 형태 규정에 따를 때 이론(異論)의 여지가 없는 사설시조 작품들이다.
(e)는 정병욱(鄭炳昱)의 『시조문학사전(時調文學事典)』에는 실려 있지 않지
만 심재완(沈載完)의 『교본(校本) 역대시조전서(歷代時調全書)』(No. 3268)에
실려 있는 작품으로서, (c)와 (d)를 사설시조라고 할 때 또한 사설시조 작품
으로 보지 못할 까닭이 없는 것이다.

그러나 (a)와 (b)의 경우에는 평시조형에서 몇몇 구가 그 자수가 늘어난
것이라고 볼 수 있겠지만, (c)의 경우에는 그러한 견해가 그리 적절하지 못
할 것으로 여겨진다. 그리고 (d)와 (e)의 경우에는 그러한 견해가 거의 터
무니없는 것임이 분명히 드러나게 된다. 이들을 그 자수의 늘어남만으로
써 사설시조라고 한다면, 가사(歌辭) 장르나 잡가(雜歌)에 속하는 여러 작
품들까지도 사설시조로 간주될 수 있는 것이다.

---

12) 張師勛, 앞의 책, 263면.
13) 崔東元, 『古時調研究』(형설출판사, 1977), 185면에서도 이를 장시조로 보았다.

　물론 (d)와 (e)는 그 음악적인 처리 면에서 가사 장르나 잡가와는 확연히 구별된다.[14] 그러나 이들을 어떠한 음악에 의해 어떻게 노래하는가 하는 문제는 그 문학적 연구에서 크게 중요한 일이 아니다. 문학 연구에서는 그 작품들의 문학적 구성 형태가 중요한 것이기 때문에, 그 양상으로써 이들을 구별해야 하지, 그 음악적인 처리의 방법을 위주로 하여 구별해서는 안 될 것이다. 이렇게 볼 때, 만약 (d)·(e)와 가사 또는 잡가와의 차이를 문학적인 면에서 뚜렷이 밝혀내지 못하는 한에서는, 이들을 서로 다른 장르들로 구별하는 것은 그 음악적 처리방식의 면에 다분히 의존하는 것이라고 볼 수밖에 없을 것이다. 그러나 지금까지 국문학계에서는 이들 간의 차이를 문학적인 면에서 그리 뚜렷이 밝혀내지는 못하고 있는 실정이다.[15]

　이처럼 사설시조의 형태를 평시조형에서 어느 몇 구가 몇 자 이상으로 늘어난 것이라고 하는 등으로 막연하게 규정하는 견해들은 실제로 사설시조의 형태와 그 특징을 살피는 데서 그다지 유용하지도 않은 데다, 다른 장형의 시가 장르들과의 변별까지도 어렵게 만들고 있는 것이다. 이러한 문제점들은 그러한 방식의 형태 규정들이 알게 모르게 간에 음악과의 관련으로부터 벗어나지 못하여 사설시조라는 말이 원래 유래했던 창법에서의 노랫말의 자수 차이에 초점을 맞추어 왔던 것에 기인하는 바가 적지 않을 것이다.

---

14) 가사는 正樂系인 歌詞(唱) 등에 의해 노래하며, 잡가는 민속악 계통의 음악에 의해 잡가창으로 노래하는 것이다. 張師勛, 앞의 책, 273~276면, 332~334면 참조.

15) (d)와 (e)의 작품은 가사의 '4음보격 연속체'와 크게 다르지 않으며, 趙潤濟가 말한 '歌辭式 連續體'의 잡가와도 뚜렷이 구별되지 않는다(趙潤濟, 『國文學槪說』, 동국문화사, 1955, 115~117면 참조).

3. 사설시조의 형태

한편 이은상(李殷相)이 1928년의 「시조 단형 추의(時調短型芻議)」라는 글에서 고시조(古時調)를 단형(短型), 간형(間型; 中間型), 장형(長型)의 셋으로 나누면서 장형을 '산문형(散文型)'으로 말한 이래[16] 사설시조를 산문적인 것으로 보는 견해들이 1940년대 후반의 고정옥(高晶玉)과 1970년대 후반 이래의 박철희 등에 의해 제기되었다.

고정옥은 사설시조는 초·중장이 다 제한 없이 길고 종장도 어느 정도 길어진 시조로서, 전래 평시조의 정형을 파괴하고 가사(특히 內房歌辭)·민요 등 모든 다른 율문이 가졌던 정서와 운율은 물론이고 소설의 정신과 형태까지도 잡연히 혼입된 특이한 시형이라고 하며, 이는 시에서 산문으로 옮아간 18세기 이래의 세계적 문학조류의 한 구현으로써, 자유시(自由詩)의 선편(先鞭)이라고도 볼 수 있다고 하였다.[17]

그리고 박철희는 이러한 견해를 이어받아, 사설시조는 형식 면에서 평시조의 3장체의 형태적 성격을 살리기는 하지만, 그것이 산문화된 개성적인 리듬을 갖는다는 점 등의 면에서 엄격히 따지자면 '무형시(無型詩)'라고 할 수 있는데, 사설시조에 내재된 이러한 무형시를 확대한 것이 바로 자유시라고 보았다(한편으로는 사설시조가 곧 자유시라고 보기도 했다).[18]

이처럼 사설시조의 형태를 산문적인 것으로 파악하고자 한 견해들은 앞서 살펴본 바와 같이 음악 면의 구애를 적지 않게 받은 이병기 등의 막연한 형태 규정이 지니는 문제점으로부터 어느 정도는 벗어나고 있다. 사설시조의 형태를 창법과의 관련을 떠나 문학적인 면에서 규정함으로써 사설시조로 말해지는 작품들 사이의 형태적 동질성을 일단은 확보해 주고 있

---

16) 『東亞日報』, 1928. 3. 18〜25(재수록: 李泰極 편, 앞의 책, 299면) 참조.

17) 高晶玉, 『國語國文學要講』(대학출판사, 1949), 394〜96면; 우리어문학회, 앞의 책, 29〜30면.

18) 朴喆熙, 앞의 글; 朴喆熙, 『韓國詩史研究』(일조각, 1980), 56〜73면.

는 듯이 보이기 때문이다.

그러나 과연 모든 사설시조 작품들이 다 산문적인 시가인가?

'산문적인 시가'란 산문으로 이루어진 산문시(prose poem)이거나 또는 산문적 리듬(prose rhythm)으로 이루어진 시를 말하는 바일 것이다. 일반적으로 산문이란 반복성이 없거나 불규칙적인 리듬에 의하며, 정연한 행(行) 구분이 없는 글을 말한다.[19] 산문적 리듬은 균제(均齊; balance), 대위법(對位法; counterpoint), 병행(竝行; parallelism), 그리고 대비(對比; contrast)와 같은 보다 큰 율동적 요소들을 내포할 수 있으나, 대체로 불규칙적이고 산만한 형태를 띠는 것이다.[20] 산문시란 이러한 산문으로 이루어져서 율격(meter)을 가지지 않는 시를 이르는 것이다.[21]

사설시조 작품들 가운데서 상당수는 이러한 산문적인 시가에 가까운 듯한 모습을 보여 주고 있다. 특히 장편의 작품들에서 이에 가까운 양상은 많이 드러나고 있다. 그러나 시편의 분량이 적은 작품들에까지 이러한 규정을 그대로 적용하기는 쉽지 않을 것이다.

(f) 大丈夫ㅣ 天地間에 히올이 바히 업다

　　글을 ᄒᆞ쟈 ᄒᆞ니 人生識字ㅣ 憂患始오/ 칼 쓰쟈 ᄒᆞ니 乃知兵者ㅣ 是兇器로다

　　츨ᄒᆞ리 靑樓酒肆로 오락가락 ᄒᆞ리라 [57자; 『靑珍』 473, 蔓橫淸類

이 작품은 시조형의 중장 부분이 확장되어 2행으로 이루어져 있어서, 전체 4행으로 된 모습을 보이는데, 그 율격은 정연한 4음보격이다. 그리고 그 리듬도 규칙적이다. 이처럼 정연한 율격과 규칙적인 리듬을 가지고 있

---

19) Jack Myers and Michael Simms, *Longman Dictionary and Handbook of Poetry*(New York: Longman, 1985), p. 244.

20) *Ibid.*, p. 246.

21) *Ibid.*, p. 244.

는 작품을 '산문적인 시가'라고 말하기는 어려울 것이다.

 '자유시'는 산문처럼 연속되지 않고 짧은 시행으로 끊어지지만, 전통적 율격에 의한 음보의 반복형으로 구성된 규칙적 패턴을 보이지 않는 시를 말하는데, 그 시행들은 대체로 길이가 불규칙한 양상을 보인다.[22] 이러한 면에서 (f)는 결코 자유시라고 할 수 없다. 그리고 다음과 같은 작품도 자유시라고 하기가 어렵다.

(g) 李太白의 酒量은V 긔 엇더ᄒ여V 日日須傾V 三百杯ᄒ며

杜牧之의 風度는V 긔 엇더ᄒ여V 醉過楊州ㅣV 橘滿車ㅣ런고

아마도V 이 둘의 風采는V 못내 부러V ᄒ노라

[58자(『靑珍』 470, 蔓橫淸類)]

 이 작품은 각 음보들(V 표 한 단위)을 구성하는 자수(음절수)가 4~7음절로서 시조형의 2~5음절에 비해 다소 늘어나기는 하였지만, 그래도 시조의 '4음보격 3행시'의 모습에서 크게 벗어나지는 않는다. 곧 시조형에서 다소 변형되기는 하였으나, 시조의 범주를 넘어선다고는 할 수 없다. 따라서 이를 자유시라고 볼 수가 없는 것이다.

 '무형시'라는 말은 일정한 정형(定型)을 가지지 않는 시 일반을 가리킨 말일 것으로 여겨진다. 앞서 (a)~(g)까지의 사설시조 작품들 사이에 어느 일정한 정형이 발견되지 않는다는 점을 생각할 때, 이 '무형시'라는 말로써 그 형태를 규정하는 방법은 일단은 매우 유용한 듯이 보인다.

 그러나 어떤 일정한 정형이 없는 시는 산문시이거나 또는 자유시인 것이다. 그 형태적인 면에서 정형시도 아니고 그렇다고 산문시 또는 자유시도 아닌 또 다른 시란 있을 수가 없는 것이다.

---

22) *Ibid.*, p. 123; M. H. Abrams, *A Glossary of Literary Terms*(Third edition, New York: Holt, Rinehart and Winston, 1971), pp. 66~67.

이 '무형시'라는 말은 뚜렷한 개념을 가진 술어(術語; 전문용어)라고 보기가 어려우며, 시가의 형태에 대해 아무런 실제적 규정성(規定性)도 지니지 못하는 말에 불과한 것이다. 그러므로 이러한 말로써 사설시조의 형태를 규정한다는 것은 곧 사설시조의 형태 규정을 포기한다는 것이나 마찬가지라고 할 것이다.

4. 결론

앞에서 살펴본 바와 같이, 사설시조에 속한다는 여러 작품들은 다양한 형태들을 지니고 있어서 어떤 일정한 형태의 틀로 규정하기가 어렵다. 그렇다면 정형시로 규정할 수도 없고 그렇다고 자유시나 산문시로도 규정하기 어려운 이 형태의 다양성에 대해 우리는 어떻게 보아야 할 것인가?

여기서 우리는 '사설시조'라는 말의 유래와 그 개념에 대해 다시 생각해 볼 필요가 있다.

앞에서 살펴보았듯이, 사설시조란 말은 시조창의 한 종류로서 4음보격 3행시인 시조시형보다 노랫말의 분량이 많은 작품을 주로 노래하기 위한 창법인 사설시조(창)에서 나온 말이다. 이 말이 문학적인 용어로서 쓰이기 시작하면서 그것은 가곡창의 농·낙·편 등의 곡과 시조창의 사설시조창에 의해 노래 불리던 작품들의 대부분을 가리키는 것이 되었다. 지금까지 많은 사람들은 그러한 곡과 창에 의해 노래 불리던 작품들을 한 문학적 장르로 처리하여 오고 있으며, 이에 따라 사설시조라는 말도 그러한 '시가 장르'의 명칭이 되어 오고 있는 것이다.

그런데 그러한 작품들이 하나의 장르로 함께 분류되기 위해서는 그 작품들 간에 장르적 동일성을 공유하고 있어야 할 것이다. 장르 특히 역사적 장르(historical genre)는 외적 형식(특유한 율격이나 구성)과 내적 형식(태도, 어조, 목적)의 양자에 함께 기초한다고 한다.[23] 그러나 앞서 보았듯이 (a)~(g)

의 작품들 사이에는 외적 형식에서 뚜렷한 동일성이 발견되지 않는다. 즉 사설시조라는 것에 속한다는 작품들 사이에는 율격이나 구성면에서 일정한 공통적 요소가 존재하지 않는 것이다. 이러함에도 불구하고 이들을 함께 묶어서 하나의 장르로 처리할 수 있을 것인가?[24]

이러고 보면, 지금까지 많은 사람들은 여러 잡다한 형태의 시가 작품들을 그 노래하는 방법이 같다는 점 때문에 함께 묶어서, 그 노래하는 방법을 가리키는 말로써 이름을 삼아, 하나의 단일한 문학 장르로서 처리하여 왔던 것이다. 사설시조라고 하는 것은 이처럼 여러 잡다한 형태의 시가 작품들을 함께 묶어서 부르는 것에 지나지 않는 것이다.

사설시조라고 하는 것 속에 잡연(雜然)히 혼재(混在)하고 있는 다양한 형태의 작품들 가운데는 앞의 작품 예 중 (a)·(b)·(f)·(g) 등과 같이 시조형의 변종(變種) 내지는 파형(破型)으로 여겨지는 작품들도 있고, (d)·(e)와 같이 가사형에 가까운 작품들도 있으며, 또 (c)와 같이 지금까지 그 형태적 특징이 제대로 밝혀지지 못하고 있는 작품들도 있는 것이다.

그러므로 사설시조에 속한다는 작품들 사이에 일정한 장르적 동일성이 있는 것으로 잘못 판단하여, 이들을 한 장르로 처리할 수 있다고 보아서는 안 될 것이다.

그리고 그 다양한 여러 형태 유형들을 사설시조라는 것의 하위장르(subgenre)로 처리할 수도 없다. 그 여러 유형들 가운데서 어떤 한 유형에 속하는 작품들이, 문학적으로는 일정한 장르에 속하면서도, 음악적인 면에서는 그 음악적 실연(實演)의 양상에 따라 이것 또는 저것으로 달리 분류될 수가 있기 때문이다. 이를테면 가사형의 작품들의 경우 문학적인 면에서는 엄연히 가사 장르에 속하면서도, 그 음악적 처리의 면에서 가곡의

---

23) René Wellek and Austin Warren, *Theory of Literature*(Third edition, Harmondsworth, England: Peregrine Books, 1970), p. 231.

24) 그리고 내적 형식의 면에서도 이들 작품들에 공통적으로 나타나는 태도, 어조(tone), 목적 등이 있다고 하기가 어려울 것이다.

농·낙·편 등의 곡이나 사설시조창에 의해 노래 불리면 사설시조로, 또 잡가식으로 노래하게 되면 잡가로 분류될 수도 있는 것이다.[25]

이러한 양상을 불충분하게나마 그림으로 나타내어 보자면, 대략 다음과 같이 될 수 있을 것이다.

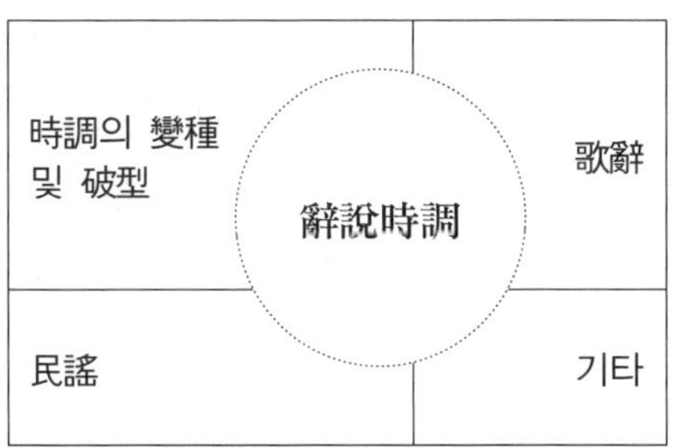

이처럼 사설시조라는 것은 여러 시가 장르들의 양식이 복합된 현상을 이르는 말이기에, 이를 문학적 장르 개념으로서 인식, 처리하기가 어렵다고 할 것이다. 그리고 그것은 음악적인 면을 떠나서는 실체성(實體性)을 거의 가지지 못하는 것이라고까지 말할 수도 있을 것이다.

이규호(李圭虎)는 '잡가'라는 것에 대해,

잡가의 정체는 음악적으로는 유행가라 할 수 있으며, 문학적으로는 가사·사설시조·민요 세 장르의 양식적 복합 현상이라 파악할 수밖에 없다. 온갖 기존의 문학 장르를 음악이 허용하는 한에서 변형·수용하는 것이 유행가의 특성이기 때문이다. 앞으로 잡가라 불리운 노래들의 문학적 형태를 세밀히 분석하여 가장 가까운 장르로 가능한 한 되돌려 주는 작업이 뒤따라야 할 것이다.[26]

---

25) 물론 그러한 경우 작품의 문학적 형태가 그 음악적 처리를 위해 음악의 특성에 맞추어 다소간 조정되는 수도 있을 것이다.

라고 하는 주목할 만한 견해를 제시한 바 있는데, 이러한 견해는 사설시조라는 것의 문학적 처리방법에 대해서도 시사하는 바 크다.

사설시조(장시조)란 것에 속한다고 하는 작품들의 경우에도, 그 장르적 정체에 대한 인식의 근본적인 전환을 바탕으로 하여, 그 음악적 처리 면에 구애되지 말고 문학적 형태를 면밀하게 분석하여 각각의 형태에 가장 가까운 장르들에게로 되돌려 주어야 할 것으로 판단된다.

필자는 앞으로 조선 후기 특히 18·19세기 시가의 양식적 특징과 장르적 양상을 살핌으로써 이러한 작업을 얼마간 수행하고자 하는데, 이 글에서 필자가 보인 시각과 견해에 대해 동학(同學)들의 진지한 검토와 논의가 활발히 전개되기를 기대하는 바이다.

원제: 「辭說時調의 正體에 대한 新考察」
『千峰李能雨博士七旬紀念論叢』(大田: 刊行委員會, 1990. 2)

---

26) 李圭虎. 「雜歌의 正體」, 張德順 외, 『韓國文學史의 爭點』(집문당, 1986), 409면.

9장

조선 후기 시가의 양식과 유형

1. 서론

조선 후기의 시가는 특히 1970년부터 근대적 문학의 기점(起點) 문제와 관련하여 특별한 관심과 주목의 대상이 되어 오고 있으며, 이와 관련하여 많은 연구가 이루어졌다. 그러나 그 연구들에서 관심을 주로 쏟던 것은 18세기 무렵부터 흥성한 사설시조(辭說時調)와 평민가사(平民歌辭) 등의 평민 시가에서 근대적 성격을 찾는 일이었고, 조선 후기의 시가계를 전반적으로 살펴 그 양식적 특징을 밝혀내는 일이나 장르적 위상(位相)을 체계적으로 살피는 일에 대한 관심은 그리 높지 않았다. 이 때문에 이 시대 시가계의 양상을 전체적으로 살피는 연구는 활발히 이루어지지 못하였다.[1]

이에 이 글에서 필자는 조선 후기 시가의 여러 유형들을 대상으로 하여 그 전반적인 양식적 특징과 장르적 성격을 구명함으로써 조선 후기 시가의 장르적 위상을 체계적으로 살피기 위한 바탕을 마련하고자 한다.

---

1) 장르적 위상에 대한 체계적인 연구로 趙東一, 「18・19세기 國文學의 장르體系」, 『古典 文學研究』 1(한국고전문학연구회, 1971) 등이 주목되지만, 이도 각 장르들의 양식에 대한 검토가 불충분한 상태에서 이루어진 탓으로 소략한 試論에 그친 편이다.

지금까지 국문학계에서는 조선 후기의 시가계를 이루었던 시조, 가사, 사설시조, 잡가, 민요 등이 각기 자기동일성(自己同一性; self-identity)을 지닌 '단일 장르'들인 것으로 보고, 이에 따라 그 시대 시가계의 여러 현상 및 각 유형들의 양상들과 그 성격을 살피고자 한 경향이 높았다. 그러나 그 가운데서 시조를 제외한 가사, 사설시조, 잡가, 민요 등이 과연 각기 단일 장르로서의 성격을 뚜렷이 갖추고 있었는가에 대해서는 의문이 제기될 수 있다.

필자는 가사의 개념 및 양식 규정이 매우 막연하여, 그 범주에 속한다는 다양한 작품들 간에 단일 장르로서의 자기동일성을 뚜렷이 찾기 어려우므로, 그 개념과 양식을 보다 엄격히 규정해야 할 필요가 있음을 제창한 바 있다.[2] 그리고 사설시조의 경우도 장르적 자기동일성을 지니지 못하기에, 이를 문학적 장르 개념으로 인식하기가 어렵다는 점을 지적한 바 있다.[3] 이러한 점은 잡가와 민요의 경우에도 마찬가지일 것이다.

문학에서 장르는 작가와 독자에게 실제적인 작용력·영향력을 발휘하는 '역사적 장르(historical genre)'의 경우라야 유용한 논의의 대상이 될 수 있으며,[4] 이는 외적 형식(outer form; 특유한 율격이나 구성)과 내적 형식(inner form; 태도, 어조, 목적)의 양면에서 함께 일정한 공통성을 지니는 것인데,[5] 그 가운데서 외적 형식의 공통성이 가장 두드러진다고 한다.[6]

---

2) 成昊慶, 「16세기 국어시가의 연구」, 문학박사학위논문(서울대학교, 1986), 재수록: 成昊慶, 『朝鮮前期詩歌論』(새문사, 1988), 154~155면; 성호경, 「歌辭의 개념에 대한 반성적 고찰」, 『民族文化論叢』 12(영남대학교 민족문화연구소, 1991), 1~19면(이 책, 179~204면) 등 참조.

3) 成昊慶, 「辭說時調의 正體에 대한 新考察」, 『千峰李能雨博士七旬紀念論叢』(대전: 간행위원회, 1990), 151~161면(이 책, 237~252면) 참조.

4) Alastair Fowler, *Kinds of Literature*(Cambridge, Massachusetts: Harvard University Press, 1982), p. 52.

5) René Wellek and Austin Warren, *Theory of Literature*(Third edition, Harmondsworth, England: Peregrine Books, 1970), p. 226.

6) Alastair Fowler, *op. cit.*, pp. 62~64 참조.

그런데 앞서 든 각 유형들에서는 이러한 장르적 특징으로서의 일정한 공통성, 특히 외적 형식의 공통성들이 잘 드러나지 않는 편이다.

그러므로 필자는 이들 유형들이 각기 단일한 장르로서의 성격을 지니는가, 그리고 만약 그러한 성격을 지니지 않는다면 그 유형들을 장르론적인 면에서 어떻게 처리할 수 있겠는가 하는 문제에 주로 관심을 기울이면서 이 연구를 수행코자 한다.

먼저 조선 후기 시가의 발달 배경으로서 조선 전기 시가계의 양상과 조선 후기 문화계의 동향과 작자층의 성격을 살펴본 뒤, 조선 후기의 여러 시가들을 작품 구성과 시편(詩篇)의 크기, 율격, 리듬 양상 등의 외적 형식 면을 중심으로 하여 유형별로 나누고 그 양식적 특징을 고찰키로 한다. 또 이를 토대로 하여 조선 후기 시가의 전반적인 양식적 특징과 그 성격을 구명하고, 각 유형들의 장르적 성격을 살펴보기로 하겠다.

그러나 조선 후기 시가 장르들의 통시적 전개와 각 장르들 간의 공시적 연관에 대한 체계적인 고찰은 앞으로의 과제로 남기고, 이 글에서는 그 본격적인 연구를 위한 전망을 제시하는 정도에 그치기로 한다.

2. 조선 후기 시가의 발달 배경

1) 조선 전기 시가의 양식과 유형

(1) 15세기 시가계의 과도기적 양식과 시조 · 가사형의 확립

조선왕조의 창건(1392년) 이래 성종대(成宗代; 1470~1494) 무렵까지의 15세기 시가계는 대체로 과도기적(또는 轉換期的) 양상을 띠고 있었다.

개국 초에는 전승되어 온 고려시대의 작품과 그 양식을 일단 계승할 수밖에 없었으나. 고려시가에서 두드러진 불안정한 3음보격(音步格)의 율격은 안정을 지향한 조선조 사대부(士大夫)들의 유교적(儒教的) 취향에 맞지 않았으며, 그 작품들에서 적지 않게 나타난 불건전한 내용은 유교적 이념을 숭상한 사대부들의 비난을 받는 경우가 많았다. 이에 따라 고려시가에 대한 당대 사대부들의 인식은 부정적, 회의적인 경향을 많이 띠게 되었다. 이에 그들은 그들의 이념과 취향에 맞는 '조선적'인 새로운 시가의 확립을 위하여 모색을 거듭했으며, 그 결실로서 15세기 말엽에 들어 4음보격으로 된 시조(3行詩)와 가사(連續體)의 양 시형이 확립되었다.

15세기 시가의 양식에서 두드러진 것으로는 '연형식(聯形式)'과 '3단 구조'가 있다. 고려시대 시가에서 성행한 연형식은 이 시기에도 성행하여, 단편시가 작품들의 대다수가 연형식으로 되어 있다. 그리고 3단 구조의 양식도 단편시가에서 많이 나타났는데, 그 중엽까지는 '3행시'로서의 모습을 갖추지 못한 채 '6구체(句體)'에 머물러 있었으나, 이는 그 말엽의 시조형(時調形) 확립의 한 중요한 기반이 되었다.

시조와 가사의 발생시기에 대하여는 논란들이 많지만, 그 각 형태를 '4음보격 3행시'와 '4음보격 연속체'로 규정하는 한, 그 시행들의 확립기를 15세기 말엽 무렵 이전으로 소급하기가 어렵다. '4음보격'의 율격은 고려시대에는 말할 것도 없고, 15세기의 초·중엽까지도 확립되어 있지 않았기 때문이다. 그러므로 필자는 시조와 가사의 발생시기를 그 4음보격의 형태가 확립된 15세기 말엽 무렵(성종대)으로 추정하며, 현전하는 작품들 가운데서 시조로는 성종 작 "이시렴 브듸 갈다~"(1494년경)를, 가사로는 이인형(李仁亨) 작 〈매창월가(梅窓月歌)〉(1475~1477년 사이)를 신빙할 수 있는 최고(最古)의 작품들로 판단한다.[7]

(2) 16세기 시가의 양식과 그 변천상

이후 임진왜란(壬辰倭亂; 丁酉再亂 포함 1592~1598) 무렵까지의 시가계는 여전히 양반 사대부계층을 중심으로 하여, 15세기 말엽에 확립된 시조와

---

7) 성호경, 앞의 책, 21~28면 참조.

가사의 양 장르를 주축으로 하여 이루어졌다. 그리고 많이 퇴조되었지만 경기체가(景幾體歌)도 말엽까지는 명맥을 이어갔으며, 그 밖에도 뚜렷한 유형 정립이 이루어지지 못한 채 몇몇 독특한 시형의 작품들이 간간이 모습을 드러내곤 했다.

이 시기의 시가들은 어느 장르든 간에 대체로 시대적 · 집단적 양식으로서의 4음보격의 율격을 지니고 있었는데, 이는 당대 사대부들의 유교적 취향에 잘 맞는 것이었다. 경기체가가 3음보격의 전절(前節)을 탈락시키고 4음보격으로 된 후절(後節)만으로 남게 된 것도 이 시대적 취향과 관계있는 것으로 보인다.

시조와 가사는 15세기 말엽 무렵에 그 시형들이 확립되었으나, 16세기에 들어서도 초엽까지는 그리 떨치지 못하다가, 중엽에 들어서야 활기를 띠게 되었고, 말엽부터는 크게 성행하게 되었다. 이 16세기에 시조와 가사는 각각 다음과 같은 발달단계를 거쳤던 것으로 보인다.

> 요람기(搖籃期): 15세기 말엽(成宗代)~16세기 초엽(中宗代 중엽)
> 성장기(成長期): 16세기 중엽(중종대 말엽~明宗代)
> 개화기(開花期): 16세기 말엽(宣祖代)

시조는 단편적 · 순간적인 정서적(情緖的) 체험의 집약적(集約的) 표현을 위주로 한 장르로서, 그 '4음보격 3행'으로서의 시형은 제1 · 2행에서는 주로 3-4조 등의 '단(短)-장(長)'의 상승리듬(前句에서 93.4%와 73.4%, 後句에서 64.8%와 56.3%. 후구의 약 1/3은 4-4조의 '長 · 長'의 수평리듬)을 통해 시적 긴장을 획득하며 이를 해소시키는 체계를 지니다가, 종결부인 제3행에서 3-5조 등으로 긴장을 비약적으로 고양한 뒤에 4-3조의 '장-단'의 하강리듬을 통해 이를 완전히 해소시키는 구조를 지닌다.[8]

---

8) 같은 책, 106면, 117면, 121~122면 참조.

가사는 체계적·지속적인 서술을 필요로 하는 일련의 지식을 교시(敎示)함을 위주로 한 장르로서, 그 '4음보격 연속체'의 시형은 주로 상승리듬(전구에서 81.8%, 후구에서 64.5%를 차지. 후구의 약 30%는 수평리듬)을 통해 시적 긴장을 상승시키며, 그 지속적인 반복에 의해 '긴장과 해소의 체계'를 만들어 내는 것이었으며, 전구와 후구의 연구(聯句)를 통한 대칭균형을 통해 무한히 반복코자 하는 속성을 지녀서, 방대한 규모를 가질 수 있게 되었고, 또 그로써 지속적인 서술이 가능해지게 되었다.[9]

16세기 말엽에 이르러 시조는 시형의 완비로써 이미 전범화(典範化)하여 갔는데, 이전의 작품들에서 보이던 다양하고 진지하던 창작태도가 이 시기에 이르러서는 기계적이고 상투적인 공식적 구조를 고수하는 경향을 많이 보이게 되었다.[10] 그러나 가사는 16세기 말엽 이래 정철(鄭澈) 등의 뛰어난 작품들에 힘입어 안정된 율격 속에서 다양한 문학세계를 개척하며 계속 발전하게 되었다.[11]

한편 고려 말의 〈한림별곡(翰林別曲)〉의 형식을 전범으로 하던 경기체가는 15세기 말엽 이래의 변화를 거쳐, 16세기 중엽부터는 전절을 탈락시키고 후절만으로 구성되는 대변혁을 보였고, 또 그 장형화(長形化)가 극심해져서 경기체가의 본래적 모습에서 크게 벗어나게 되었고, 이내 자취를 감추고 말았다.[12]

이 시대 시가의 양식적 특징으로는 앞서 든 '4음보격 율격' 말고도 '연형

---

9) 같은 책, 108면, 117면, 124면 참조.

10) 같은 책, 99면.

11) 가사의 4음보 율격에서 각 2음보씩으로 된 前句와 後句가 聯句로 한 行을 이루는 일반적인 구성에서 벗어난 '片句'는 16세기 중엽까지의 초기 작품들에 집중적으로 나타났고, 16세기 말엽부터의 작품들에서는 '정연한 4음보격의 규칙성을 추구하는 定型化 추세'가 나타나서 그리 흔하지 않게 되거나 또는 거의 나타나지 않게 되었다(그러다가 18세기 무렵부터 다시 적지 않게 나타나게 된다). 성호경, 「歌辭의 '片句' 현상에 대한 試論」, 『人文硏究』 9-1(영남대학교 인문과학연구소, 1987), 113~118면, 133~134면(이 책, 209~215면, 232~233면) 참조.

12) 성호경, 앞의 책, 41면.

식의 퇴조(退潮)'를 들 수 있다. 고려 후기와 15세기에 성행한 연형식은 16세기부터 크게 퇴조하게 되어, 경기체가 등 전대 시가의 유산을 계승한 경우 외에는 거의 찾아볼 수 없게 되었다. 이에 따라 16세기의 시가계는 단편시가인 시조와 장편시가인 가사가 주축을 이루게 되었다.[13]

한편 시조와 가사가 흥성하던 16세기 말엽의 시가계에서는 미약하나마 새로운 변화의 움직임이 나타나기도 했는데, 그것은 시조와 가사에 친숙해 있던 양반계층의 사람들에 의해 지어진 별양(別樣)의 시가 작품들의 출현이다(필자는 이들을 일단 '類似時調'라 불렀으며, 13편의 작품이 밝혀졌다). 일정한 정형을 갖추지 못한 이들의 출현은 대체로 당대의 문학적 요구에 부응한 것으로서, 기존 시조와 가사의 시형이 지니는 한계성에 대한 인식에서 말미암은 바 클 것으로 판단된다.

이들은 시조형의 확장으로 이루어진 4~5행의 크기를 가진 단형(短型)과, '시조와 가사의 중간적 양식' 또는 '가사의 변종(變種)'으로서의 성격을 띤 10행 내외 장형(長型)의 두 가지로 분류될 수 있다. 단형의 작품들은 3행만의 극단적인 단형성(短型性)을 보이는 시조시형이 16세기 말엽에 들어 형식의 완비로 전범화하게 되자 그 제약성에서 벗어나고자 하는 변화의 모색으로서 나타났고, 장형의 작품들은 가사보다 제한된 분량의 체험을 담을 수 있는 '중편시가(中篇詩歌)'에 대한 요구가 경기체가의 몰락으로 더욱 강렬해지자 이에 부응하여 나타났을 것으로 보인다.[14]

---

13) 같은 책, 42면.

14) 이에 대한 자세한 논의는 성호경, 「朝鮮 前期의 類似時調 研究」, 『人文研究』 11-1(영남대학교 인문과학연구소, 1989), 161~207면(이 책, 125~177면)을 참고할 것.

2) 조선 후기 문화계의 동향과 작자층의 성격

(1) 조선 후기의 시대적 성격과 문화계의 동향

15세기 후반 이래 확립되었던 조선 전기적 체제와 문화는 16세기에 이르러 변화의 기운을 적지 않게 보였는데, 특히 그 말엽에는 지배층인 양반들의 동서 분열과 농촌사회의 빈궁 및 민심의 이반 등 사회의 모순이 격화되어 갔다.[15]

그러다가 7년에 걸친 임진·정유의 왜란(1592~1598)과 뒤이은 정묘(丁卯)·병자(丙子)의 호란(胡亂; 1627, 1636~1637)을 겪어 크게 피폐해진 조선 사회는 17·18세기에 들어 그 이전에 비해 많은 구조적 변화를 보이게 되었다.

명(明)을 대신하여 중국을 석권하게 된 청(淸; 後金)에 굴복한 이후로 국제정세는 대체로 평온한 국면을 유지해 나간 편이었다. 17세기 중엽에 들어 청이 한족(漢族) 저항세력을 완전히 제압하여 안정기를 맞게 되자, 조선은 숙종대부터 북벌(北伐)정책을 포기하고 청과의 친선외교에 힘쓰게 되었으며, 일본과의 관계도 임란 뒤 도쿠가와막부(德川幕府)의 화의(和議)를 받아들여 국교가 회복된 이후로는 별 탈 없이 유지해 나갔다.

그러나 국내 정치면에서는 기구의 변개(變改), 양반계층의 재분열, 서인(西人)에 의한 일당전제(一黨專制)의 추세 등 구조상의 변질이 나타났고, 경제면에서는 전제(田制)·세계(稅制)의 개편, 수취체제(收取體制)의 변혁과 상업 및 수공업의 진취적 활동에 따른 상품화폐경제의 발달, 농업 기술의 큰 향상 등의 변화가 나타났다.

사회적으로는 농촌 인구의 증가 및 그 도회지 유입 현상이 현저해졌고, 양란(兩亂)의 전화(戰禍)와 이로 말미암은 재정난, 병제(兵制) 개편, 관노비

---

15) 姜萬吉, 「조선 양반사회의 모순과 대외항쟁 槪要」, 『한국사 12』(국사편찬위원회, 1981), 12면 참조.

(官奴婢) 체제 붕괴 등에 의해 사회신분체제가 붕괴되어 갔다. 이에 따라, 노비가 상민(常民)으로 또 상민이 양반으로 승격하는 신분상승의 사례가 많아지고, 또 한편으로는 정권에서 배제·소외된 일부 양반과 그 후예들의 지위가 상민과 다름없는 처지로 떨어지게 되는 등 신분의 혼효(混淆) 현상이 나타났다. 그리하여 양반으로서는 중앙의 권세가나 지방의 토호(土豪) 세력들만이 지체를 유지할 수 있었을 뿐, 그 밖에는 대부분 몰락·영락되어 가서, 양반의 위신은 크게 저락되었다.[16]

17·18세기에 붕괴되어 가던 양반사회는 19세기에 이르러 완전한 파탄상을 보이게 되었다. 정조대(正祖代) 이래의 세도정치(勢道政治)로 정치기강이 문란해져서 관료체제가 파탄에 이르고, 수취체제가 문란·붕괴해 갔던 것이다. 삼정(三政; 田政·軍政·還穀)의 문란과 지방관리의 부패에다 계속된 재난과 역질(疫疾) 등으로 인해 사회 불안이 가중됨에 따라, 민심이 동요·이반(離叛)되어 각처에서 도적이 창궐하였고, 대규모의 민중항거가 속출하게 되었다.

조선조는 양반 사대부 문화가 특징적으로 발달한 시대지만, 17세기 말엽 이래로 사정은 크게 달라져서, 문화계에서도 많은 변화가 나타났다.

16세기 후반에 높은 수준에 이르게 된 성리학(性理學)은 곧 이어 예학(禮學)의 발흥을 초래했고, 이 예학은 17세기에 들어 당쟁과도 긴밀한 연관을 맺으며 크게 발달하였다. 예학에 의거하여 계승된 조선 후기의 성리학은 형이상학적 문제들에 대한 논변을 계속하다가, 18세기에는 학파를 형성해 가며 격론을 벌이게 되었다.[17]

그런데 학파·당파의 분열을 자극해 오던 이러한 학풍은 붕괴해 가는 사회체제의 재편 및 혁신에 도움이 될 수 없었다. 더욱이 양란 이후의 절

---

16) 韓㳓劢, 『韓國通史』(을유문화사, 1970), 322~345면 등 참조.
17) 尹絲淳, 「性理學」, 李家源 외 4인 편, 『韓國學研究入門』(지식산업사, 1981), 276~283면 참조.

박한 사회상태는 일부 관료·학자들로 하여금 보다 현실적인 문제에 관심
을 기울이게 하였다. 이에 현실적으로 사회에 기여할 수 있는 '실사구시(實
事求是)'의 학문인 실학(實學)에 힘써야 한다는 주장이 제기되었다.

이러한 '무실(務實)'의 기풍 속에서 종래의 규범에 대한 회의·비판의
태도는 주자학에 대한 도전으로 나타나기도 했고, 18세기 중엽 이후에는
당시 절정에 이른 청나라의 학술·문화의 영향을 크게 받게 되었다.[18]

이러한 변화의 기운은 문학·예술계에서도 뚜렷이 나타났는데, 양반계
층이 지배적 힘과 전통적 문화를 아직 유지시키고는 있었지만, 뒤이어 사
회의 기층에서 서민(庶民)들의 문학·예술이 성장하였던 것이다.[19]

미술에서는 국토(國土) 산하(山河)의 경색(景色)을 여실히 그려낸 진경산
수(眞景山水)와 서민군상(庶民群像)의 생활상을 생동감 있게 묘사한 풍속도
등이 유행하였으며, 서양도법(西洋圖法)도 수용되기 시작하는 등 화단(畫
壇)이 새로운 국면에 접어들게 되었다. 그 가운데서 두드러진 경향으로는
자아(自我)의 각성이 뚜렷이 나타남에 따라 조선 자체의 것을 소재로 하여
정확한 묘사, 입체감의 표현 등을 기하게 되었으며, 개성을 창출하게 되었
다는 점 등을 들 수 있다.[20]

음악에서는 이 동안에 향악(鄕樂) 악조(樂調)의 변천, 성악곡의 기악곡화
(器樂曲化) 현상, 당악(唐樂)의 향악화 현상, 삭대엽(數大葉)을 중심으로 하
여 기존 곡에서 많은 변주곡이 파생된 것, 음악의 절주가 빨라지고 샛가락
이 많이 들어가 선율이 복잡해지는 현상, 그리고 거문고 연주기법의 발전
등 양식 면에서 뚜렷한 변천을 보였다. 그리고 전기에 왕실을 중심으로 양
반사회에서 발달하던 아악(雅樂)·향악·당악·고취악(鼓吹樂) 등이 쇠퇴하
게 되고, 그 대신 중인 출신의 가객(歌客)·악사(樂師) 등 풍류객들에 의한

---

18) 韓㳐劤, 앞의 책, 322~356면 참조.
19) 林熒澤, 「閭巷文學叢書解題」, 『李朝後期閭巷文學叢書 1』(여강출판사, 1985), 1~8면.
20) 安輝濬, 「繪畫의 새 傾向」, 李家源 외 4인 편, 앞의 책, 339~341면 참조.

시조창(時調唱) · 가곡(歌曲) 등의 정악(正樂)과 상민(常民) 출신의 민간 예능인들에 의한 판소리 · 시나위 · 산조(散調) · 단가(短歌) · 입창(立唱) · 잡가(雜歌) 등의 민속악이 부유한 중인층과 지방 양반들의 후원 속에 크게 성장 발달하게 되었다.[21]

(2) 조선 후기 시가의 작자층과 그 성격

조선사회의 신분계층은 크게 양반, 중인, 상민, 천인(賤人)의 넷으로 나뉜다. 양반은 중앙의 문벌가문(門閥家門)과 지방의 향반(鄕班; 土班), 그리고 잔반(殘班; 몰락양반) 등으로 다시 구별될 수 있으며, 중인에는 의생(醫生) · 역관(譯官) 등의 잡직(雜職) 기술관(技術官), 양반서얼(兩班庶孽), 그리고 서리(胥吏) · 향리(鄕吏) · 군교(軍校) · 역리(驛吏) 등의 이서(吏胥)의 구분이 있고, 상민이란 농 · 공 · 상업에 종사하는 일반 백성들의 이름이며, 천인으로는 노비 · 광대(廣大) · 무당 · 창기(娼妓) · 백정(白丁) 등이 있었다.[22]

조선 전기의 주요 시가 장르들인 시조, 가사와 경기체가의 작자는 대부분 양반들이었지만(이들의 접대역을 맡던 기생들도 시조 창작에 일부 참여하였으나, 그것은 대체로 양반들의 문학에 준하는 것이었음[23]), 후기에 들어서 사정은 많이 달라졌다. 여전히 양반들이 시조와 가사의 주요 작자층으로 남아 있었지만, 한편에서 신흥세력으로 부상한 중인들이 그 창작에 적극적으로 참여하게 되고 뒤이어 부녀자들도 가사의 창작에 동참함으로써, 작자층의 대폭적인 확산 현상이 나타났다. 그리고 하층의 서민들에 이해 잡가 등의 새로운 시가들이 창출, 발달하게 되었으며, 민요도 시가계의 표층에 부상하게 되었다.

중인은 양반과 상민의 중간에 위치한 하급 지배신분으로서, 국가경영에

---

21) 宋芳松, 『韓國音樂通史』(일조각, 1984), 367~515면 참조.
22) 한우근, 앞의 책, 266~274면 참조.
23) 성호경, 앞의 책, 43면 참조.

필요한 제반 전문지식과 예술을 담당하거나 통치체계의 하부에서 행정실
무를 맡고 있었다. 이들은 양반에 비해 관인(官人)으로의 진출과 사회적
대우에서 엄연한 제약과 한계를 지니고 있었으나, 상민에 대하여는 사회
적・경제적으로 우위에 있었으며 상당한 교양까지 갖추고 있었는데, 이들
은 한편으로는 그들이 향유한 일정한 사회적 기반을 계속 유지코자 하여
체제순응적 성향을 보이면서도, 다른 한편으로는 그들에게 가해진 제약에
불만과 저항심을 품고 있었다.

17세기 이래 엄격하던 신분제도가 차츰 붕괴해 가서 신분의 혼효 현상
이 나타나게 되자, 중인들이 18세기에 들어 경제적 성장과 지적(知的) 기
반의 확대 등 여러 부면에서 기반을 다지게 되고, 이후 이들은 의식의 고
양과 자기 역할의 증대, 신분상승운동 등을 통해 양반층에 필적하는 사회
세력으로 성장하게 되었다.[24] 특히 18세기 무렵의 서울의 도시적 분위기
는 중인신분 여항인(閭巷人)들에게 의식 및 지식수준의 향상과 더불어 그
들의 재능과 취미를 발전시킬 기회를 주었는데, 그들의 의식・지식수준의
향상은 그들로 하여금 한편으로는 양반층에 비해 사회적 진출이 제한되어
있는 자신들의 처지에 대해 큰 불만을 품게 하였다. 이러한 그들의 기분은
문학・예술에 대한 취향으로 많이 발산되어, 이들에 의한 한시(漢詩)와 시
조, 사설시조 등을 중심으로 하는 여항의 문학이 대두하게 되었다.[25]

그들의 여항문학은 위로 양반 사대부 문학과는 한편으로는 그 아류적
(亞流的)인 것으로서 다른 한편으로는 대척적(對蹠的)인 것으로서의 양면적
성격을 지니고, 아래로 18세기 후반에 대두한 서민의 문학과도 담당 주체
의 사회적 성격상 구별되는 것이었다. 그 지향점은 문학과 예술의 창조를
통한 자아의 구현에 있었고, 거기에는 기존의 체제・질서에 따른 제약들
에 대한 인간적인 자각이 수반되어 있었다. 그러나 그들의 문학은 그 제약

---

24) 鄭玉子, 『朝鮮後期文化運動史』(일조각, 1990), 269면 참조.
25) 林熒澤, 「閭巷文學과 庶民文學」, 李家源 외 4인 편, 앞의 책, 316~321면 참조.

과 사회적 모순을 정치적·사회적 차원에서 바라보아 적극적인 해결을 모색하기보다는 문예적인 추구로만 파고드는 경향을 다분히 보였다.

한편 18세기 후반에 이르면, 문자 교양을 거의 가지지 못했던 농민과 광대 및 자연적인 소리꾼 등 천인의 서민군상들에 의해 잡가·민요 등 주로 구비전승에 의하는 서민적인 시가들이 발달 성행하게 되었는데, 이들 서민시가들은 당시 민중의 생활현실과 저항적인 감정·생각을 잘 반영하고 있었다.[26)]

그리고 또 한편으로 18세기 후반 무렵부터 안동(安東)을 중심으로 하여 영남의 일부 지방에서는 주로 양반계층의 부녀자들 사이에서 규방가사(閨房歌辭; 內房歌辭)가 발달 성행하게 되어, 그들의 생활상과 정서를 서술 표현하게 되었다.

3. 조선 후기 시가의 유형

1) 시조

조선 후기의 시조와 조선 전기의 시조를 형태 면에서 비교해 볼 때, 전기(또는 초기) 시조에서 보이던 보다 다양하던 리듬 양상이 후기 시조에서는 소수(少數)의 특정 음절수와 리듬에로 집중되는 경향을 보이게 되었다는 점 정도는 지적될 수 있지만, 그 밖에는 양자 간의 큰 차이가 뚜렷이 나타나지 않는 편이다.[27)] 곧 15세기 말엽 무렵에 확립된 4음보격 3행시의 시조시형이 발달해 가서 16세기 말엽에 들어 형식의 완비로써 전범화(典

---

26) 林熒澤, 「閭巷文學叢書 解題」, 1~8면 참조.

27) 成昊慶, 「時調의 初期形態 考察」, 『冠嶽語文研究』 5(서울대학교 국어국문학과, 1980), 124~126면(이 책, 111~114면) 참조.

範化)되었고, 이후 그 공식적 구조를 계속 고수해 가던 경향이 후기에 들어서도 크게 달라지지는 않았던 것이다.

애초 양반계층의 문학으로 출발하여 그들의 사고방식과 취향을 집약적으로 나타내던 시조는 후기에 들어 작자층이 확대되었지만, 새 작자층으로 참여한 중인층의 작자들에서도 대체로 사대부 시조를 따르려 하는 성향이 많이 나타났는데,[28] 이러한 점은 시형 면뿐만 아니라, 주제 면에서도 마찬가지다.

김천택(金天澤)·김수장(金壽長) 등의 중인계층 가객들은 시조의 활발한 창작과 가창(歌唱)을 통해 사대부들과 대등한 정신적 위치를 가지고자 했지만, 사대부 시조를 넘어서는 경지를 개척하여 새로운 세계를 펼치는 데까지는 나아가지 못하고 말았다. 이는 본디부터 양반층의 문학으로 출발하여 발달해 왔던 기성 장르인 시조의 한계이자 또한 중인 가객의 한계였던 것이다.[29]

이처럼 시조는 조선 후기에 들어 중인계층인들의 적극적인 참여로 그 작자층이 확대되기는 하였으나, 4음보격 3행시인 평시조(平時調)에 국한할 때, 중인들에 의한 시조는 전기 이래의 양반들의 시조에 비해 양식 및 시상의 면에서 크게 달라진 면이 두드러지지 않는 편이므로, 이들의 시조를 양반층의 시조와 구별되는 유형으로 따로 분류해야 할 필요가 적은 편이다.

한편으로 일부에서 시조형을 변형·변용한 변종(變種)의 작품들이 간혹 나타나기도 했으나, 뚜렷한 유형을 이루지는 못하고 말았다.[30]

---

28) 朴魯埻은 珍本 『靑丘永言』에 실린 '閭巷六人'(張炫·朱義植·金三賢·金成器·金裕器·金天澤)의 작품들을 살펴, 그 표현기법과 詩的 意匠의 면에서 전대의 시조들을 그대로 답습했다고 밝혔는데(朴魯埻, 「靑丘永言 '閭巷六人'의 現實認識과 그 克服樣相」, 『林下崔珍源博士停年紀念論叢 古典詩歌의 理念과 表象』, 간행위원회, 1991, 661~662면), 이 점은 그들의 작품들에 나타나는 리듬의 양상에서도 마찬가지이다.

29) 趙東一, 「國文學의 展開」, 李家源 외 4인 편, 앞의 책, 154~158면 참조.

30) 尹善道(1587~1671)의 〈漁父四時詞〉 40수의 경우는 시조형의 각 작품 중간(제1·2행의 뒤)에 後斂을 넣어 뱃놀이에 적합하도록 변형시킨 것인데, 이 경우에 그 전체 작품들

2) 가사

조선 전기의 가사와는 달리, 후기의 가사는 다양한 전개 양상을 보였기 때문에 그 유형적 성격과 양식을 살핌에 어려움이 적지 않은 편이다.

가사의 변별적(辨別的) 형태를 단순히 '4음보격 연속체'로만 규정하게 되면, 그 범주는 매우 광범위하고 막연한 것이 된다. 시편(詩篇)의 크기와 이에 따른 내용의 차이도 문제가 되고, 비슷한 양식으로 된 일부 민요·잡가·판소리 허두가(虛頭歌; 短歌) 등에 속하는 작품들과의 변별도 어렵게 되기 때문이다.[31] 그러나 여기서는 15세기 말엽 이래 양반계층을 중심으로 하여 계속 발달해 간 작품들을 기본 모형으로 하고, 그에서 파생 또는 변용된 양식(變種)으로 판단되는 부류·유형의 작품들과 더불어, 관습적으로 가사의 범주에 넣기는 하지만 엄밀한 의미에서는 가사라고 하기 어려운 종류의 작품들까지도 일단 함께 고찰 대상으로 하여 살펴보기로 한다.

16세기까지의 전기 양반가사 작품들은 주로 사대부들의 생활상과 유교적 이념을 서술하였는데, 작품 크기는 대체로 40~90행 정도의 범위를 지녔으며(가장 짧은 것은 27행인 高應陟 작 〈陶山歌〉이고, 긴 것은 147행인 鄭澈 작 〈關東別曲〉), 리듬 면에서는 3-4조 등의 상승리듬이 크게 우세한 편이었다(3-4조가 전구와 후구의 과반수를 차지함. 4-4조는 전구에는 거의 없고 후구의 약

은 음악의 有節形式에 어울리는 聯形式의 성격까지 지니게 되기도 한다.

그리고 이른바 '辭說時調' 또는 '類似時調' 작품들 가운데서도 시조형의 破型 및 變種으로 판단되는 작품들이 다수 나타나지만, 이에 대하여는 사설시조를 살피는 자리에서 상론토록 하겠다.

31) 歌辭의 형식을 '4음보격 연속체'로만 규정할 경우, 20행 미만의 짧은 작품(〈梅窓月歌〉 등)에서 천 행 이상의 超長篇(〈日東壯遊歌〉, 〈燕行歌〉 등)까지가 함께 그 범주 속에 들게 됨에 따라, 가사는 매우 다양한 내용들을 아울러 지니게 되는데, 이러한 가사의 장르적 성격은 매우 애매한 것일 수밖에 없다. 필자는 다양한 크기와 다채로운 내용을 지닌 그 작품들을 함께 하나의 장르로 보는 것이 적지 않게 무리한 것으로 판단하여, 가사 개념의 장르적 동일성을 확보할 수 있는 보다 엄정한 규정이 필요함을 주장한 바 있다. 성호경, 앞의 책, 154~155면 참조.

30%를 차지함).

이러하던 가사가 17세기 이후 다양한 전개 양상을 보이게 되는데, 이를 유형별(또는 부류별)로 나누어서 살펴보면 다음과 같다.

(A) 양반계층에서는 대체로 전기 양반가사의 주제 경향과 형식을 거의 그대로 계승하는 양상을 많이 보였다(이에 이를 ‘正統歌辭’라 부르기로 하겠다). 그러나 부분적으로는 ‘4음보 율격으로부터의 일탈 현상’ 등이 간혹 나타나기도 했으며,[32] 전기에 비해 작품들이 대체로 약간씩 길어지는 경향을 보였고, 17세기에는 시대현실의 반영으로 어려운 생활상과 시대상을 그려낸 작품들이 부쩍 많이 지어지기도 했다.

(B) 한편 18세기 무렵부터는 양반가사의 일각에서 장편화(長篇化) 현상이 심화되어 전기 가사의 아류(亞流)로서의 성격을 벗어나는 작품들이 적지 않게 나타나게 되었다.

17세기 말엽부터 청나라와의 친선외교에 힘쓰게 되어, 연경(燕京)을 다녀오는 사행(使行)이 빈번해지자, 이들 사절단의 구성원들에 의해 그 기행을 서술한 가사 작품들이 지어지게 되었다. 이러한 작품들은 긴 노정(路程; 왕복 6천여 리로서 서울―義州 노정의 약 3배) 및 기간(약 반년간)과 많은 이국풍물(異國風物)에 대한 큰 관심 등을 반영하여 작품 분량이 크게 늘어나는 경향을 보이게 되었다(1694년의 〈燕行別曲〉은 99행, 1695년의 朴權 작 〈西征別曲〉은 162행이나, 1866년의 洪淳學 작 〈燕行歌〉는 약 1,800행에 이름). 이러한 양상은 일본행(日本行; 기간: 약 1년간. 노정: 水路 4,600여 리, 陸路 약 2,000리)의 경우에도 마찬가지였다(1763년경의 金仁謙 작 〈日東壯遊歌〉는 4,000행이 넘는 超長篇임).

이들 사행의 견문을 기술한 작품들의 경우를 비롯해서, 조선 후기의 가

---

32) 17세기 초엽 金得硏의 〈止水亭歌〉 등에서 약간씩 보이던 이 定型일탈 현상은 姜復中의 〈墳山恢復謝恩歌〉(1638년경)와 〈爲君爲親痛哭歌〉(1639) 등에서 심화되고, 佛僧인 枕肱 禪師 尹懸辮(1616~1684)의 〈太平曲〉·〈歸山曲〉·〈靑鶴洞歌〉 등에서는 두드러지게 나타나게 되었다.

사계에서는 서술 분량이 크게 늘어날 소지를 지닌 경우가 많아진 데다, 18세기 이래의 문학과 예술에서 뚜렷이 나타난 사실적(寫實的)·구체적 묘사의 기풍에 힘입어, 수백 행이 넘는 장편의 가사가 발달하게 되었다.

이러한 장편가사는 19세기에 들어 중엽에 농가(農家)의 행사와 풍속·범절(凡節)을 기술한 정학유(丁學游) 작 〈농가월령가(農家月令歌)〉(518행), 한양(漢陽)과 조선왕조의 역사와 풍속 등을 기술한 1844년 한산거사(漢山居士) 작 〈한양가(漢陽歌)〉(762행)와 같은 작품들 등에로도 이어졌는데, 유배생활을 그린 1853년경의 김진형(金鎭衡) 작 〈북천가(北遷歌)〉(530행) 등과 같은 작품들도 이러한 유형에 든다고 할 것이다.[33]

전기 이래의 정통가사에서 파생된 한 변종이라고 할 이들 장편가사의 작자들은 대부분 높은 관직에 이르지 못한 사람들로서, 18세기 이래 나타난 '무실(務實)' 및 사실적·구체적 묘사의 기풍 속에서 나라 안팎의 생활의 실상을 면밀히 관찰, 그 내용을 우리말로 서술함에 열의를 가졌다. 이에 따라 장편가사는 대체로 관념적인 표현보다는 실제로 겪은 경험을 전달하고, 생활의 내용을 구체적으로 서술하는 것을 특징으로 하였다.[34] 그리고 정통양반가사와 마찬가지로 정연한 4음보 율격으로 이루어져 있으나, 그 리듬에서 4-4조의 수평리듬의 증대가 두드러진다.

(C) 그리고 또 다른 변종으로서, 18세기 말엽 무렵부터 주로 안동지역[35]을 중심으로 한 일부 영남지방의 양반계층 부녀자들 사이에서 사대부들의 정통가사를 받아들여 변용한 작품들이 많이 지어지게 되었다. 이 영남지방의 규방가사(내방가사) 작품들은 거의가 양반부녀자들의 생활주변사들을

---

33) 李能雨는 양반가사를 '正統가사, 紀行가사, 流配가사'의 세 가지로 나누었지만(李能雨, 『가사文學論』, 일지사, 1977, 105면), 기행가사와 유배가사는 題材 등의 면에서 서로 다르기는 하나, 문학적 본질에서 뚜렷이 구별되는 것은 아니다.

34) 조동일, 앞의 글, 159면 참조.

35) 이 지역은 보수적인 성향이 매우 높아, 최근세에 들어서까지도 전통적 유교이념과 양반문화가 가장 강하게 보전, 유지되는 양상을 보인 곳이다.

유교적 윤리관에 입각하여 서술한 것으로서, 대부분이 교훈적인 내용을 주로 하고 있다. 그 작품들은 대체로 (A)유형에 비해 긴 편이며,[36] 정연한 4음보 율격으로 되어 있고, 4-4조의 수평리듬이 단연 우세하게 나타난다.[37]

중인 이하 계층인의 작품들은 대부분 작자가 알려지지 않아, 신분별로 나누어 살피기가 어려운데, 이능우(李能雨)는 잡가와 민요 일부 등을 포함하는 넓은 개념의 가사의 작자층을 한문화층(漢文化層; 양반층)과 평서민층(平庶民層)으로 나누고, 그 가운데서 평서민들을

(1) 한화(漢化) 치자(治者)들에 예속된 또는 봉사하는 영인(伶人)들(官妓, 광대 등속): 한화 지식인들의 기호에 맞추어 가사를 산출.
(2) 개화층(開化層)에 기생(寄生)하고 있는 아전배류(衙前輩類) 등 또는 아낙네들(아전 내지 다소 유식한 상민, 鄕班, 閨房人 등. 동시에 가객일 수도 있음): 그 가사는 다소의 유식성(有識性)이 바탕의 비속성(鄙俗性)과 혼합되었고, 대개 완독적(玩讀的)·교훈적임.
(3) 자연적인 소리꾼들(서울 四契축, 더벅머리 三牌 기생): 잡가(俗歌)와 민요를 산출.

의 세 부류로 구분하고, 또 이들에 의한 가사 가운데서 영남지방 규방가사를 제외한 것들을 '유식평민(有識平民)가사, 순평민(純平民)가사, 평서규방(平庶閨房)가사, 악공(樂工)가사, 광대(廣大)가사(短歌類), 소리꾼가사(잡가·민요)'로 나누었는데,[38] 그 견해를 토대로 하여 여러 가사 작품들의 유형적 성

---

36) '誡女歌'類의 경우는 300~500구(150~250행)정도가 전형적이라고 한다. 權寧徹, 『閨房歌辭研究』(이우출판사, 1980), 216면.

37) 같은 책, 30면, 35면 참조.
   한편 규방가사 가운데서 가장 일찍 생겨난 계녀가류의 경우에는 3-4조 리듬이 많이 나타난다고 한다. 같은 책, 182면 참조.

38) 이능우, 앞의 책, 94~101면, 105면 참조.

격과 그 양식을 살펴보기로 하자.

중인계층 사람들에 의한 가사로는 우선 ① '유식평민가사'(〈明堂歌〉·〈安宅歌〉·〈玉樓宴歌〉·〈王昭君怨歌〉·〈岳陽樓歌〉·〈花柳歌〉 등)를 들 수 있다.[39] 또 ② '순평민가사'(〈老人歌〉·〈白髮歌〉·〈思美人曲〉·〈斷腸詞〉 등)도 중인계층인들의 작품으로 볼 수 있을 것이다. 그리고 여성의 생활상과 정서를 표현한 ③ '평서규방가사'(〈相思陳情夢歌〉·〈寡婦歌〉·〈閨秀相思曲〉·〈相思回答歌〉·〈老處女歌〉·〈庸婦歌〉 등[40])도 중인계층인들에 의해 창작·향수된 작품들일 것으로 판단된다.

시형 면에서는 리듬에서 4-4조 수평리듬의 상대적 우세가 두드러지며, 작품의 크기는 대체로 (A)유형과 비슷한 편으로 200행이 넘는 장편은 별로 나타나지 않는다.[41] 그런데 ②와 ③의 작품들에서는 대체로 정연한 4음보 율격을 보임에 비해, ①의 작품들에서는 그 정연한 율격으로부터의 일탈 현상을 보이는 예들이 적지 않다(〈明堂歌〉·〈安宅歌〉·〈岳陽樓歌〉 등).

그리고 내용 면에서 대체로 연정(戀情)과 신세한탄, 인생무상과 취락(醉樂), 평민적인 소박한 꿈과 소망 등의 다양한 양상을 보이지만, ①의 경우에는 비현실적이고 반역사적(反歷史的)인 성격을 띤 관념적 내용을 중국 고사(中國故事)의 나열, 한자어구(漢字語句)와 성어(成語)의 빈번한 사용 등을 통해 현학적으로 표현하는 성향이 두드러진다.

이처럼 시형과 내용의 양면에서 자못 이질성을 지니는 ①에 비해, ②와 ③ 사이에서는 공통성이 두드러지는 편이다. 이에 이들 중인계층인들의 가사는 양반계층인들의 (A)유형을 모방한 것으로 보이는 ①의 유형(D)과 평민적인 삶과 정서를 표현한 ②·③의 유형(E)으로 나누어 분류할 수 있

---

39) 이능우가 든 작품들 가운데서 正祖代의 大殿別監 安肇煥 작 〈萬言詞〉(前篇 727행, 後篇 149행)의 경우는 중인계층의 작자에 의한 작품이지만, 양반가사인 (B)유형에 가깝다고 할 것이다. 그리고 〈隱士歌〉는 20세기의 작이다.

40) 이능우가 든 작품들 가운데서 〈怨恨歌〉·〈恨別歌〉·〈良辰和答歌〉는 (C)유형에 속한다.

41) ①의 〈玉樓宴歌〉만이 400행이 넘는 작품으로 눈에 띌 정도이다.

을 것이다.

　이들 중인계층인들의 가사는 17세기 말엽에 대두되어, 주로 서울을 중심으로 하여 18세기 이래 흥성하게 되었다,

　한편 '십이가사(十二歌詞)'(또는 樂工가사)로 일컬어지는 작품들 사이에는 노래함(歌唱)을 위해 비교적 짧은 분량으로 되어 있다는 점을 제외하고는 일정한 형태적 공통성이 드러나지 않는다. 그 가운데는 (A)유형에 가까운 작품들인 〈춘면곡〉·〈백구사〉·〈처사가〉 등, (D)유형 또는 (E)유형에 가까운 작품들인 〈상사별곡〉·〈황계사〉·〈수양산가〉 등, 그리고 가사형(4음보격 연속체)과는 거리가 먼 시형의 작품들인 〈어부사〉·〈길군악〉·〈죽지사〉 등의 각종 작품들이 있는데, 이들은 노래하는 방법 면에서의 공통성(歌詞唱) 때문에 함께 일컬어지고 있는 것이다. 그러므로 문학적인 면에서 이들은 마땅히 각각의 가까운 유형 또는 장르들에 귀속될 것이지, '십이가사'(또는 악공가사)라는 유형으로 함께 분류될 수 있는 것이 아니라고 할 것이다.

　'광대가사'란 판소리 한 마당을 소리하기 전에 목청을 풀고 소리판의 분위기를 가다듬기 위해 부르는 허두가(단가)를 말한다. 이는 판소리의 주요 후원자인 부유한 중인층과 지방 양반들을 위해 봉사하는 문학으로서의 성격을 다분히 띠어서, 그 창자는 광대들이지만, 대체로 (D)유형의 '유식평민가사'에 가까운 성격을 지니고 있다.

　소리꾼들의 가사들 중에는 잡가와 같이 그 일부에서 가사형에 가까운 작품들도 없지 않으나, 대체로는 4음보격 연속체가 잘 지켜지지 않는다. 그러므로 이는 가사로 말하기가 어려울 것이다.

　이를 정리해 보면, 조선 후기의 가사 작품들은 양반계층인들의 것은 (A) 정통가사(12가사의 일부 작품 포함)를 비롯하여 그 변종들인 (B) 장편가사와 (C) 영남규방가사의 세 유형으로, 중인계층인들의 것은 (D)유형(유식평민가사, 십이가사의 일부 작품, 판소리 허두가)과 (E)유형(순평민가사와 평서규방가사, 십이가사의 일부 작품)의 두 유형으로 분류할 수 있게 된다.

3) 사설시조

16세기 말엽부터 일부 양반계층인들에 의해 지어진 별양(別樣)의 시가인 '유사시조(類似時調)'(그 유형은 4~5행 크기의 短型과 10행 내외 長型의 두 가지)는 일정한 정형이나 양식적 공통성을 지니지 못한 채, 시조와 가사의 양대 장르가 지니는 한계를 벗어나며 새로운 문학적 요구에 부응키 위한 변화의 기운으로 나타난 것이었다.

이러한 작품들이 조선 후기에 들어서 음악의 변천과 중인계층인들의 적극적인 참여를 통해 한층 더 활발하게 지어지게 되어 이른바 '사설시조'라는 것으로 나타나게 되었을 것으로 추정된다.

17세기의 후반 이래 성행한 삭대엽(數大葉)에서 여러 변주곡들이 파생·발달하게 되면서 시조 작품들을 얹어 노래하던 가곡이 주로 중인계층 가객들에 의해 애창되고 크게 성장하기 시작했으며, 삭대엽의 변주곡들인 이삭대엽(二數大葉)과 삼삭대엽(三數大葉)을 바탕으로 하여 18세기에는 농(弄)·낙(樂)·편(編)이란 새로운 변주곡들이 파생하게 되자,[42] 이 새로운 변주곡들이 시조형을 벗어나는 작품들을 노래하는 주요한 레퍼토리로서의 구실을 하게 됨으로써, 그 발달을 위한 여건이 마련되었던 것이다. 오늘날 사설시조 또는 장시조(長時調)라고 하는 것은 대체로 조선 후기에 중인계층 가객들을 주된 작자층으로 하여(일부 양반들도 참여함) 성행한 이러한 작품들을 이르는 것이다.

본디 사설시조란 주로 시조 작품을 노래하던 전래의 5장식(章式) 가곡창(歌曲唱)을 고쳐서 간편한 3장식으로 만든 18세기 이래의 새로운 정악계(正樂系) 성악인 시조창(時調唱)의 한 종류로서, 18세기에 가곡에서 농·낙·편 등의 변주곡이 파생되어서 시조보다 노랫말의 분량이 많은 여러 작품들을 노래할 수 있게 되자, 이를 본떠서 시조창에서도 이러한 작품들을 노래할

---

42) 송방송, 앞의 책, 418~419면 참조.

수 있게 하기 위해 19세기에 들어서 생겨난 창법을 말한다. 그러나 이 말이 1920년대 후반부터 이병기(李秉岐) 등에 의해 문학적인 용어로 쓰이게 되면서, 그것은 대체로 가곡창의 농·낙·편 등의 곡과 시조창의 사설시조창에 의해 노래 불리던 시가 작품들의 대부분을 가리키는 것이 되었다.

참고로, 최근까지 전해진 가곡(창)의 연주형태와 구성은 다음과 같다고 한다.

좌정한 선비들의 근엄한 분위기 속에 서창(序唱)인 우조(羽調)의 초삭대엽(初數大葉)이 시작되고, 이어서 장중한 이삭대엽이 나오며, 그 뒤 조금 빠른 중거(中擧)·평거(平擧)가 계속된다. 이어 두거(頭擧)·삼삭대엽·소용(騷聳)을 거쳐, 매우 빠른 반엽(半葉)이 나오는데, 그 중여음(中餘音)에서 계면조(界面調)로 변조(變調)하면 노래는 4장부터 다시 느린 장단에 의하여 계면조 가락으로 전반(前半)이 끝난다. 곧 이어서 우조에서와 똑같은 순서로 계면조의 초삭대엽에서 시작하여 소용까지 부른다. 여기까지로 정격적(正格的)인 가곡은 일단 끝나는 셈이 된다. 이윽고 순배(巡杯)가 돌아감에 따라 농담이 오가고, 차차 너털웃음이 터지기 시작한다.

가곡은 언롱에서부터 차차 멋이 들어가기 시작하여, 계락(界樂)·우락(羽樂)·언락(言樂)으로 내려갈수록 저절로 무릎을 치는 흥이 돋우어져서 편(編)에 이르게 되면 흥이 도도해진다. 이에 이르러서는 자유로운 분위기를 만끽하며 질탕하게 놀고 술 마시게 되는데, 편락(編樂)과 편삭대엽(編數大葉)이 끝나면 언편(言編)으로써 절정에 이른다.

그리고 맨 끝에는 이같이 흐트러진 분위기를 바로잡아 이삭대엽의 변화곡인 태평가(太平歌)로써 다시 제 자세로 돌아간다.[43]

이러한 가곡의 연주에서 초삭대엽 이하 삼삭대엽까지에는 대개 유명씨(有名氏)의 건실한 내용을 중심으로 한 4음보격 3행시인 시조(平時調)가 그 노랫말로 쓰인다. 그러나 소용 이하 언롱·계락·우락·언락·편락·편삭

---

43) 張師勛, 『國樂總論』(정음사, 1976), 245~272면 참조.

대엽·언편에서는 대부분 무명씨(無名氏)의 우스꽝스럽고 외설, 황탄한 내용의 작품들이 노랫말로 쓰이는데, 이들은 52자로 된 것에서부터 수백 자씩으로 된 것(가장 긴 것은 800자가 넘음)에까지 이르며, 그 대다수가 3행을 넘어서는데, 이들 사이에는 일정한 정형이나 양식적 공통성이 뚜렷이 드러나지 않는다. 이러한 면은 시조창의 사설시조창에 쓰인 노랫말들에서도 거의 마찬가지이다.

이와 같이 사설시조에 속한다는 작품들 사이에는 일정한 양식적 공통성 곧 장르적 동일성을 찾을 수 없다. 그럼에도 불구하고 지금까지 학계에서는 노래하는 방법 면에서의 일치 또는 유사성에 의거하여, 여러 잡다한 형태의 작품들을 함께 묶어서 단일한 장르로 보아 오고 있는 것이다.

사설시조라는 것은 기실 시조의 변종 및 파형(破型), 가사, 민요, 기타의 여러 시가 장르(유형)들의 양식들이 복합된 현상을 이르는 말에 지나지 않으므로, 이를 문학적 장르 개념으로 인식, 처리하기가 어렵다. 이에 필자는 이러한 장르적 정체에 대한 인식의 전환을 바탕으로 해서 작품들의 문학적 형태를 살펴, 각각의 형태에 가장 가까운 장르들에로 되돌려 주어야 할 것으로 판단한 바 있다.[44]

이 가운데는 4음보격 3행의 시조형을 기반으로 하여 이를 변형·변용시킨 '시조의 변종'이라고 할 작품들이 대다수를 차지한다.

---

44) 成昊慶, 「辭說時調의 正體에 대한 新考察」, 152~161면(이 책, 239~252면) 참조.
　　한편 金東俊은 사설시조를 '正樂 계통인 시조나 가사와는 동떨어진 民俗樂 계통의 민요나 雜歌의 일종으로서, 여러 형태의 雜歌圈에 든 긴잡가·雜소리·俗歌·俗謠 등과 크게 벗어나지 않는 것'으로 보았다(金東俊, 「辭說時調攷」, 『時調學論叢』 3·4, 한국시조학회, 1988, 63~100면). 그러나 가곡의 弄·樂·編이며 시조창의 사설시조창에 쓰이는 음악은 민간예능인들에 의해 발전된 음악인 민속악의 영향을 많이 입기는 하였지만, 어디까지나 '正樂(선비나 중인 출신 가객·풍류객들에 의해 전승된 음악)의 범주에 속하는 것이다(宋芳松, 앞의 책, 412~413면, 442면 참조). 그러므로 사설시조를 '민속악 계통의 雜歌圈의 노래'로 보기는 어렵다고 할 것이다.

두고 가는의 안과 보내고 잇는의 안과
두고 가는이는/ 雪擁 藍關에 馬不前 쑌이여니
보내고 잇는의 안흔/ 芳草 年年에 恨不窮 이로다 [52자(『靑珍』 468)]

개야미 불개야미 즌등 부러진 불개야미/ 압발에 疔腫 나고 뒷발에 죵
귀 난 불개야미
 廣陵 심재 너머 드러/ 가람의 허리를 ᄀ르무러 추혀들고/ 北海를 건
넛닷 말이 이셔이다
 님아 님아/ 온 놈이 온 말을 ᄒ여도 님이 짐쟉ᄒ쇼셔

[87자(『靑珍』 551)]

　일정한 정형을 이루지 못하였으나, 대체로 4음보격의 율격을 기조로 하
고 있는 이 작품들에서는 시조 중장(中章)에 해당되는 부분 등이 확장되어
4음보를 크게 넘어서게 되어 그 초과 부분(밑줄 부분)을 별도의 시행으로
나눌 필요가 생겼는데(이로써 3행을 넘어섬), 그 시행 분화(分化)가 여러 행
에 이르는 경우가 적지 않으며, 또 그 과정에서 온전한 4음보를 갖추지 못
하는 경우가 부분적으로 생겨났다. 그리고 일부에서 음보를 구성하는 음
절수가 5음절 이상으로 늘어나는 사례가 빈번해짐에 따라 3～4음절을 대
체적인 범위로 하여 이루어지던 시조의 전통적인 리듬 양상(3-4조 등)이 적
지 않게 동요하게 되었다.
　이처럼 시조형의 파형에서 이루어졌던 사설시조가 음악의 변천 추세에
힘입어 주로 그 중장 부분이 길어져서 100자를 훨씬 넘는 분량으로 늘어
나는 경우가 많이 생겨나게 되었는데, 이러한 10행 내외의 작품들은 단편
시가인 시조형의 변형·변용이라는 차원을 넘어서 '중편시가(中篇詩歌)'로
서의 성격을 지닌다고 할 것이다.

　님이 오마 ᄒ거늘 저녁밥을 일지어 먹고

中門 나서 大門 나가 地方 우희 치두라 안자/ <u>以手로 加額호고</u>/ 오는가 가는가 건넌 山 브라보니/ 거머횟들 셔 잇거늘 져야 님이로다/ 보션 버서 품에 품고 신 버서 손에 쥐고/ 곰븨님븨 님븨곰븨 쳔방지방/ 즌 듸 무른 듸 골희지 말고 워렁충창 건너가셔/ 情엣 말 호려 호고 겻눈을 흘긧 보니/ 上年七月 사흔날 골가벅긴 주추리 삼대/ <u>술드리도 날 소겨다</u>

<u>모쳐라 밤일싀만졍</u>/ 힝혀 낫이런들 눔 우일 번 호괘라

[175자(『靑珍』580)]

한편 다음과 같이 수백 자가 넘는 작품들에 이르게 되면, 이는 아예 가사에 가까운 모습을 지니게 된다.

져 건너 놉고 나즌 져 산 밋헤
영웅호걸이여 청춘홍안들이 다 뭇쳐구나
루루즁통 북망산을 뉘 힘으로 쏩아내며
흘러가는 쟝류슈를 뉘 지조로 막아내며
시늬방쳔이면 수영이궤라
녯날녯적 진시황은 만리장성 둘너 놋코
아방궁을 놉히 지여 쟝싱볼스 호려 호고
불스약을 구호려다가 그도 쏘흔 못 되여서
려산황릉 깁흔 곳에 쇽졀업시 누어 잇고
텬하쟝스 쵸픿왕도 오강에셔 즈문호고
륙국지상 소진이도 말이 모잘라 죽어 갓네
멱나슈 깁흔 물에 굴삼녀라도 장어가 되고
시즁텬자 리틱빅은
치월하 둘 붉은듸 국화쥬 춰케 먹고
둘을 스랑호다가 긔경세상텬 호여 잇고
진쳐스 도연명은

> 츄강상 빈를 무어 망월시예 흘니 저어
> 오류촌 도라가서 장취불셩 ᄒᆞ엿건만
> 우리ᄀᆞᄐᆞᆫ 인싱들은 감아니 곰곰 싱각ᄒᆞ니
> 풀ᄭᅳᆺ헤 이슬이오 단불에 나뷔로다
> 금됴일셕이라도 실슈 되여 북망산쳔 도라가면
> 살은 썩어 물이 되고 ᄲᅦᄂᆞᆫ 썩어 진토 되고
> 삼혼칠빅이 훗터질 적에
> 어닉 귀쳔타인이 날 불샹타 ᄒᆞ갓소 [367자(『樂高』 895)]

이는 김수장(金壽長) 작 "陽春(양춘)이 布德(포덕)ᄒᆞ니~"(384자. 『海注』 563)
나 811자에 이르는 안민영(安玟英) 작 "紅塵(홍진)을 이믜 下直(하직)ᄒᆞ고~"
(『金玉』 177, 言編)에서도 마찬가지인데, 이 작품들에서 4음보 율격으로부터
의 일탈 현상을 보이는 예들이 적지 않으며, 또 비현실적·반역사적 성격
의 관념적 내용을 중국 고사의 나열과 한자성어의 빈번한 사용을 통해 현
학적으로 표현하는 성향이 두드러진다는 점에서, 이들은 '유식평민가사'인
(D)유형에 가깝다고 할 것이다.

그리고 민요 계통의 노래일 것으로 판단되는 작품들도 있다.

> 바둑바둑 뒤얼거진 놈아 제발 비자 네게 닉가의란 서지 마라
> 눈 큰 쥰치 허리 긴 갈치 두루채 메오이 츤츤 가물치 부리 긴 공치
> 업젹흔 가잠이 등 곱은 싀오 걸네만흔 곤쟝이 그믈만 너겨 풀풀 쒸여
> 다 다라나는듸 열업시 삼긴 오즁어 둥긔는고나
> 眞實노 너곳 와 셔시량이면 고기 못 잡아 大事ㅣ러리
>
> [『甁窩歌曲集』 1008, 樂戲調]

다른 가집들에서는 농·낙·편의 곡조(蔓大葉, 蔓橫淸, 言樂, 羽樂)에 따라
노래 불리는 것으로 되어 있는 이 작품은 함경북도 성진(城津)지방의 민요

작품과 거의 같으며,[45] "思郞思郞(사랑사랑) 고고이 믹친 思郞(사랑)~"(『甁
窩歌曲集』 No. 948, 蔓橫) 등의 경우도 전형적인 민요라고 한다.[46] 이들 작품
들은 민요라기보다는 중인신분 가객들이나 양반들이 민요를 토대로 하여
고쳐 지은 작품이거나 또는 그들의 노래에 민요의 사설을 대폭 수용한 결
과일 것이다.[47]

이처럼 이른바 사설시조에 속한다는 작품들에는 시조의 변종으로 판단
되는 작품들이 주류를 이루면서도, 중편시가로서의 성격을 지닌 것들도
적지 않고, 가사와 구별이 어려운 작품들과 민요 계통의 작품들 등도 함께
들어 있는 것이다.

4) 잡가, 민요

잡가란 조선 말엽에 사계(四契)축이나 삼패(三牌) 같은 하층의 직업적·반
직업적 소리꾼들에 의해 시정(市井) 놀이판의 여러 청중들을 상대로 하여 가
창(坐唱)된 유락적(遊樂的)인 노래들을 말하는데, 십이잡가(十二雜歌; 〈遊山
歌〉·〈赤壁歌〉·〈鳶子歌〉·〈執杖歌〉·〈小春香歌〉·〈船遊歌〉·〈刑杖歌〉·〈平
壤歌〉의 八雜歌와 〈달거리〉·〈十杖歌〉·〈房物歌〉·〈出引歌〉의 雜雜歌)가 그
대표적인 작품들이다.

음악의 면에서 보면, '긴잡가·잡소리·속가(俗歌)·속요(俗謠)'라고도 불
린 잡가는 19세기 무렵 서울을 중심으로 한 서민층에 의해 생겨나 이후
서도(西道)잡가·남도(南道)잡가 등 타 지방에서도 성행하게 된 민속악 계
통의 성악으로서,[48] 십이가사에 비해 훨씬 더 통속적이지만, 일반 민요보

---

45) 金素雲 편, 『諺文 朝鮮口傳民謠集』(東京: 第一書房, 1933), 568~569면에 실린 '諷笑二篇'
　　중의 No. 2108 참조.
46) 김동준, 앞의 글, 75~76면 참조.
47) 金學成, 「辭說時調의 쟝르形成 再論」, 『大東文化研究』 20(성균관대학교 대동문화연구원,
　　1986), 재수록: 김학성, 『국문학의 탐구』(성균관대학교출판부, 1987), 110면 참조.

다는 선율과 창법이 세련되어 유흥적 화려함을 짙게 띠며, 다양한 악곡으로 가창된 가요들을 이르는 것이다.

그러나 문학적 용어로서의 잡가는 잡가류의 창법에 따라 불린 시가 작품들(일부 시조·민요 등은 제외)을 주로 이르는 말로서,[49] 그 범주 속에 여러 이질적인 형식의 시가들이 포괄되어 있는데, 이들 사이에 일정한 정형이나 양식적 공통성을 뚜렷이 찾아볼 수 없다. 그러므로 이러한 잡가를 단일한 장르로 보기는 어렵다고 할 것이다.

그 가운데는 연속체이지만 4음보의 규칙적인 율격에 매이지 않는 준가사체(準歌辭體; 〈遊山歌〉 등)·타령체(〈새타령〉 등) 등의 작품들도 있지만, 여러 단형의 시가들이 가절(歌節)을 이루는 연형식(聯形式)의 작품들(〈瀟湘八景〉·〈勸酒歌〉·〈梅花歌〉·〈육자배기〉·〈愁心歌〉 등)이 가장 많으며, 일부 작품들(〈경복궁타령〉·〈긴방아타령〉; 〈船遊歌〉·〈성주풀이〉·〈창부타령〉; 〈산염불〉 등)에서는 가절 사이에 갖가지 후렴(後斂)·조흥구(助興句)가 끼어들기도 한다.[50]

이들에서는 규칙적인 율격(律格)의 양상을 보이지 않는다(4음보로 된 시행들이 부분적으로 나타나기도 하나, 전체적으로 규칙적인 4음보격을 이루지는 않음). 또 연형식의 경우에는 대체로 각 연들의 크기나 형식에서 통일성도 찾아보기 어렵다.

이 잡가에 속한다는 작품들은 시조나 한시 등의 짧은 토막들을 끌어다 쓰기도 하고, 민요·가사·판소리 등 온갖 기존의 문학 양식들을 변용·개작하기도 하여 나타난 것으로서, 상층 시가의 통속화(通俗化)와 하층 민요의 세련화라는 두 가지의 성격을 아울러 지닌다고 할 것이다.

이처럼 잡가가 다양한 여러 요소들을 흡수하면서 문학적 형태 면에서

---

48) 송방송, 앞의 책, 469면, 555~556면 참조.

49) 김흥규, 앞의 책, 57~58면.

50) 鄭在鎬, 「雜歌考」, 『韓國歌辭文學論』(집문당, 1982), 389~396면 참조.

잡박한 혼합성을 띠게 된 주요 원인은 그것이 시정 놀이판의 여러 청중들을 상대로 한 유락적 가요로 불린 데 있는데, 대중들을 상대로 한 유락의 기능을 다하고자 하면 가까이서 접할 수 있는 여러 음악적, 문학적 요소들을 두루 흡수하여 그들의 흥미에 적응할 필요가 있었을 것이기 때문이라고 한다.[51]

그런데 유의할 것은 문학에서 잡가의 범주에 포함시키는 작품들 가운데는 구한말(舊韓末) 이후에 각 지방의 전문 소리꾼(잡가명창, 선소리명창)들에 의해 불린 선소리(立唱; 〈산타령〉·〈화초사거리〉·〈보렴〉·〈성주풀이〉 등)와 '봉속민요(通俗民謠)'(순수한 土俗民謠의 맛을 舞臺化에 따라 새롭게 발전시킨 것[52])에 속하는 것들도 적지 않다는 점이다.[53]

이 점에서 국문학계에서 말하는 '잡가'는 그 개념과 범주를 잡는 데서부터 이미 단일한 문학 장르로서의 속성을 지닐 수 없게 되었다고 하겠다.

오늘날 농어촌에서 부르는 민요(土俗民謠)의 유래는 늦어도 조선 후기에서 찾아야 한다고 하는바,[54] 현전하는 토속민요의 상당수가 조선 후기에 지어졌거나 또는 그 이전부터 구전되어 왔던 작품들일 것이다.

일반 백성들에 의해 생활 속에서 자연적으로 생겨난 이 민요는 종류와 형식이 매우 다양하여, 연형식의 작품도 있고, 단련체 또는 비연체(연속체)로 된 것도 있는데, 이들 모두를 단일한 시가 장르로 볼 수는 없는 것이다. 율격에서는 4음보격이 가장 많지만, 3음보격과 2음보격도 흔하며, 아주 드물기는 하나 1음보격도 나타난다.[55]

---

51) 김흥규, 앞의 책, 58면.

52) 송방송, 앞의 책, 470면 참조.

53) 잡가를 趙東一과 같이 '민요에 원천을 두고 의도적으로 다듬은 노랫말을 한층 세련된 가락에 얹어서 부르는 노래로서, 직업적인 소리패가 맡아서 발전시킨 공연물' 등으로 규정하게 되면(조동일, 『한국문학통사 3』, 지식산업사, 1984, 235면), 선소리와 통속민요도 그 범주 속에 포함될 수밖에 없게 되는데, 鄭在鎬의 잡가 범주도 대체로 이러한 경우이다.

54) 송방송, 앞의 책, 470면 참조.

4. 조선 후기 시가의 양식과 장르적 성격

1) 양식적 특징

앞에서 살핀 제 유형들의 양식적 특징을 정리해 보면 다음과 같다.

양반계층인들의 시가에서는 전기 시가를 계승한 경우에는 대체로 4음보 율격을 기조로 한 전기 시가의 양식을 거의 그대로 계승하는 양상을 많이 보였다. 그러나 가사에서와 같이 18세기 무렵 이래 전기 가사를 변용하여 새로운 장르로서의 성격을 지니는 유형[變種]들이 생겨난 경우에는 양식에서 다소간의 변화가 나타났는데, 4-4조의 수평리듬의 현저한 증대 등이 두드러진 현상이다.

중인계층인들(일부 몰락양반 포함)의 시가에서도, 시조의 경우를 제외하고는, 대체로 리듬에서 4-4조의 수평리듬의 상대적인 우세가 두드러졌고, 사설시조 일부에서 음보 구성 음절수가 5음절 이상인 경우가 많아짐에 따라 상승리듬에서도 3-4조의 동요가 다소 생겼다. 그리고 대체로 4음보 율격을 기조로 하면서도, 그 정연한 규칙성으로부터의 일탈 현상을 보이는 예들이 적지 않다.

서민층 사람들의 시가로서 소리꾼들과 민중에 의해 가창된 잡가와 민요는 모두 단일한 시가 장르로서의 성격을 지니지 않으므로, 일정한 정형이나 양식적 공통성을 찾기 어려운데, 대체로 규칙적인 율격이 나타나지 않거나 또는 다양한 율격들을 보이며, 리듬도 다양한 양상을 보인다.

이로써 보면, 조선 후기 시가의 특징적인 현상으로는 양반층 및 중인층 사람들의 시가에서 전기 이래의 3-4조 위주 상승리듬 대신에 4-4조의 수평리듬이 크게 증대된 점, 4음보 율격을 기조로 하면서 그로부터의 일탈 현상도 적지 않게 나타난 점(주로 중인계층인의 시가) 등을 들 수 있겠고, 서민

---

55) 張德順・趙東一・徐大錫・曺喜雄, 『口碑文學槪說』(일조각, 1971), 93면 참조.

층의 시가에서는 율격과 리듬의 다양성 등을 들 수 있을 것이다.

4음보격은 균형 잡힌 안정감을 주는 율격으로서, 안정을 지향하던 조선조 사대부들의 유교적 취향과 이념에 맞았으며, 각 2음보씩으로 된 전구(前句)와 후구(後句)가 짝을 지음[聯句]으로써 이루어졌다. 15세기 후반 무렵에 확립된 이래 조선조의 전 시대를 통해 4음보격은 시대적·집단적 양식으로서 시가계를 풍미하여, 양반층의 시가는 물론이고 많은 중인층의 시가에서도 이를 기조 율격으로 삼았던 것이다.

15세기 말엽 이래 16세기의 초·중엽까지의 요람기 및 성장기의 가사에서 '편구(片句)'를 통해 4음보격의 정연한 규칙성으로부터 다소 벗어나는 현상이 나타났지만, 16세기 말엽에 들어서는 그 일탈 현상이 크게 줄어들게 되었다. 조선 후기에 들어서도 편구 등의 일탈 현상이 일부 양반계층인들의 작품에 나타나기도 했지만, 이는 대체로 우발적인 현상이거나 또는 그 작품 내적 기능(율격 효과의 강조, 정서·注意의 강화·집중)의 필요로 생겨난 현상이었다.[56]

그러나 중인층의 시가 일부(주로 '유식평민가사')에서 나타나는 4음보격으로부터의 일탈 현상 가운데는 편구의 출현이 과도한 데다, 적지 않은 예들이 앞의 경우와는 다른 양상을 보여준다.

> 白頭山이 血脈 되어 景勝之地 되었에라
>
> 玄武山이 主山 되고
>
> 左靑龍 右白虎가 歷歷히 삼겼에라
>
> 뒤에는 夏雲이 多奇峰하고 앞에는 春水滿四澤이라
>
> ……(중략)……
>
> 婢夫로 후리질 낚시질 시켜 고기 낚아 두멍에 채와 두고
>
> 되올벼로 술을 빚어

---

56) 성호경, 「歌辭의 '片句' 현상에 대한 試論」, 125~126면(이 책, 222~223면) 참조.

> 재 너머 金風憲과 마루 너머 崔約正을
>
> 다 請하여 座定 後에
>
> 계집종으로 盞 부으고 男종으로 타령 시키고
>
> 아이들로 초김 불리우니 이 아니 즐거운가
>
> 世上榮辱을 나 몰랐으니
>
> 石崇의 富貴를 부러하며 郭汾陽의 百子千孫을 부러할가
>
> ……(후략)……   [〈明堂歌〉][57]

이러한 작품들에서 나타나는 4음보 율격으로부터의 일탈 양상들 가운데서 상당수는 분명히 '4음보 율격의 붕괴'라고 보아야 할 것이다〈安宅歌〉, 〈岳陽樓歌〉 등에서도 이러한 양상은 두드러지게 나타난다〉.

이와 같이 18세기 무렵부터 중인계층 사람들의 시가 작품들 일부에서는 4음보 율격의 전통과 그 규칙성 및 형식상의 제약에서 벗어나서 보다 자유롭게 작품을 구성하는 경향이 나타나게 되기도 했던 것이다. 이러한 경향은 한편으로는 상급 지배계층인인 양반들의 전통적인 문화를 답습하면서도 다른 한편으로는 그것으로부터 벗어나 독자적인 문화의 정립을 추구하던 조선 후기의 중인들이 지니던 양면적인 성향의 한 발현이라고 할 수 있을 것이다.[58]

4-4조의 수평리듬은 대등한 두 장중한 음보가 이어짐으로써 강력하고 육중한 느낌을 준다.[59] 그런데 리듬 및 율동감은 대등한 단위들 간의 '역학적 이화(力學的 異化; dissimilation dynamique)' 곧 대조에서 생겨나는 것인데, 이 4-4조의 리듬에서는 전후 단위들 간의 차이성(대조)이 나타나지 않

---

57) 출전은 金聖培·朴魯春·李相寶·丁益燮 편저, 『註解 歌辭文學全集』(집문당, 1961), 298~ 299면.

58) 한편 이러한 현상을 歌唱에서의 필요 등 음악 면과의 관련에서 살필 수 있는 소지도 없지 않겠으나, 이에 대한 논의는 별도의 고찰을 필요로 할 것이다.

59) 성호경, 앞의 책, 117면, 245~246면 참조.

는다. 그러므로 이 리듬이 우세하게 될 경우에 그 작품은 율동감을 적지 않게 잃게 되어서 다소 단조롭고 평판적(平板的)인 것이 되고 만다.[60]

이 점에서 전기 이래의 전통적 형식을 거의 그대로 답습한 시조와 정통 양반가사를 제외하고, 18세기 무렵부터 나타난 변종가사들(장편가사, 영남규방가사, 유식평민가사, 순평민가사 및 평서규방가사)에서 4-4조의 리듬이 증대하거나 우세하게 된 현상은 곧 그 작품들에서 율동감이 떨어지거나 퇴조하게 되었음을 말해준다고 할 것이다.

이는 다음과 같은 두 가지의 면으로 해석될 수 있을 것이다.

첫째, 주로 영남규방가사와 중인계층의 가사의 경우로, 단조롭고 평판적인 수평리듬이 우세해짐으로써 작품 전체의 율동감이 떨어지게 된 것은 곧 그 작자들 및 작자층의 시 형식에 대한 인식과 감수능력의 부족 등으로 인해 나타난 일종의 '결핍 현상'일 것으로 볼 수 있다.

둘째, 주로 장편가사의 경우, 전체적으로 율동감이 적지 않게 퇴조함으로써 그 작품들이 율문(律文)의 성격에서 벗어나 산문화를 지향하는 경향을 약간씩 띠게 되었음을 보여주는 것으로 볼 수 있을 것이다. 18세기 이래의 시대는 소설문학의 흥성 등 산문정신이 왕성하던 시대였던 만큼,[61] 가사에서도 일부 장편의 작품들이 4음보의 율격을 지닌 율문의 형식을 지니기는 하나, 율동감을 적지 않게 잃어버리게 됨으로써, 시로서의 성격을 벗어나 수필 등의 산문문학에 가까운 데로 변모해 간 한 징표로서도 이해될 수 있다는 것이다.

이처럼 필자는 조선 후기 가사의 일각에서 나타난 4-4조 리듬의 우세

---

60) 4-4조가 지니는 성격은 유럽시에서의 'spondee'(長長格, 强强格)와 유사하다고 할 것인데, 이 spondee는 시의 기조를 이루는 일은 드물고, 대체로 변화(變體)로서만 나타난다고 한다. Alex Preminger, Frank J. Warnke and O. B. Hardison, Jr. ed., *Princeton Encyclopedia of Poetry and Poetics*(Enlarged edition, London: Macmillan, 1979), pp. 807~808 참조.

61) 趙潤濟, 『韓國文學史』(동국문화사, 1963), 305~332면 참조.

및 증대 현상을 한편에서는 '시형에 대한 인식 및 감수력의 부족'에서 나타 난 것일 가능성이 적지 않으며, 다른 한편에서는 '산문화 경향'을 보여주는 것으로 이해할 수 있다고 판단하는 것이다.

한편 뚜렷한 양식적 정립을 보이지는 못했으나, 주로 사설시조 작품들 일부에서는 10행 내외의 '중편시가'에 대한 요구에 부응한 일면도 없지 않 았을 것으로 판단된다.

고려시대의 〈정과정(鄭瓜亭)〉·〈이상곡(履霜曲)〉, 조선 태조대의 〈신도가 (新都歌)〉, 성종대의 〈불우헌가(不憂軒歌)〉 등 15세기 말엽까지도 존속하던 10행 내외의 중편시가는 16세기에 들어 시가계가 단편시가(시조)와 장편시 가(가사)의 양분화(兩分化) 현상을 보이게 됨에 따라 거의 자취를 찾을 수 없게 되었다. 그러나 극단적인 단형과 장형을 보이는 시조와 가사와는 달 리 비교적 제한된 분량의 체험과 대상의 특성을 표현·전달할 수 있는 중 편시가에 대한 요구는 사라지지 않아, 16세기 말엽에 들어 몇 편에 불과하 지만 장형 유사시조 작품들을 통해서 다시 싹을 보이게 되었고, 조선 후기 에 들어서는 보다 활발하게 나타났을 것으로 추정된다.

18세기 무렵부터 김수장의 몇몇 작품들 등 적지 않은 사설시조 작품들 이 100자를 훨씬 넘어서는 분량으로 이루어지게 된 것은 일면에서 이러한 중편시가에 대한 요구에 부응한 바로서의 성격도 얼마간 지닌다고 할 수 있을 것이다.

2) 각 유형들의 장르적 성격

앞에서 조선 후기의 시가계에 나타났던 시조, 가사, 사설시조, 잡가, 민 요 등을 양식 면을 중심으로 해서 유형 분류해 보았다.

이 가운데서 시조의 경우는 양반계층과 중인계층에서 함께 단일한 유형 과 양식을 보인 편이었다.

그러나 가사는 다양한 양상을 보여 몇 개의 유형으로 구분될 수 있는데,

양반계층의 것으로는 '정통가사'(十二歌詞의 일부 작품 포함)를 비롯하여 그 변종들인 '장편가사'와 '영남규방가사'의 세 유형, 중인계층의 것은 '유식평민가사'(십이가사의 일부 작품 포함)와 '순평민가사·평서규방가사'(십이가사의 일부 작품 포함)의 두 유형으로 구분될 수 있다.

이제 이 다섯 유형들이 '가사'라는 하나의 장르(역사적 장르) 속의 '하위장르(subgenre)'들인지 또는 각기 독자적인 장르로서의 성격을 지닌 것들인지에 대해 검토해 보기로 하겠다.

대부분의 역사적 장르들은 여러 하위장르들로 구분(분할)될 수 있는데, 그 구분은 통상적으로 주제나 모티프에 의한다.[62] 이 점에서 앞의 다섯 유형들을 가사의 하위장르들이라고 보기는 곤란하다. 그것들은 주제나 모티프에 의해 구분된 것이 아니라, 외적 형식을 중심으로 하면서도 내용적 성격까지 아울러 고려되어 구분된 것이기 때문이다.

그렇다면 이들은 각기 독자적인 장르들로서의 성격을 가지는가?

역사적 장르는 외적 형식(특유한 율격이나 구성)과 내적 형식(태도, 어조, 목적)의 양자 모두의 공통성에 기초하는 것인데, 그 가운데서도 특히 형식적 구조(聯 등의 有形的 구분과 인습적인 내용 구성 등의 외적 구조 및 율격구조 등)와 크기의 면에서 공통성을 지닌다는 점이 가장 두드러진다.[63] 그러기에 역사적 장르란 '변별적인 외적 구조를 항상 포함하는 실재적(實在的)이고 형식적인 특징들의 복합에 의해 표지되는, 일정한 크기의 문학작품의 한 유형'이라고도 한다.[64]

15세기 말엽 이래 양반계층 사람들에 의해 발달한 조선 전기의 가사는 사대부들의 삶과 그 정서, 그리고 유교적 이념 등을 주로 표현, 서술함을 내용상의 특징으로 하고, 작품의 크기는 대체로 100행을 크게 넘지 않았

---

62) Alastair Fowler, *op. cit.*, p. 112.

63) *Ibid.*, pp. 60~64 참조.

64) *Ibid.*, p. 74.

으며, 4음보격의 율격 속에서 리듬은 3-4조 등의 상승리듬이 크게 우세한 편이었다.

조선 후기의 가사 가운데서 정통가사는 이러한 전기 가사의 양상을 거의 그대로 계승한 반면, 이를 변용한 나머지 네 유형들은 이와는 물론이고 각 유형들 간에도 형식과 내용의 양면에서 적지 않은 차이를 보인다.

18세기 무렵부터 양반계층의 일부 사람들에 의해 발달한 장편가사는 실제적인 경험 및 생활상을 구체적으로 서술함을 내용상의 특징으로 하고, 작품의 크기가 수백 행 이상으로 되어 있으며, 정연한 4음보 율격을 지니면서도 4-4조의 수평리듬이 현저히 증대됨으로써 율동감이 퇴조되어, 시로서의 성격에서 다소 벗어나 산문화되는 경향을 보여준 유형이다.

18세기 말엽부터 일부 영남지방의 양반계층 부녀자들에 의해 나타난 영남규방가사는 그 지방 양반부녀자들의 생활 주변사들을 유교적 윤리관에 입각하여 교훈적으로 서술함을 내용상의 특징으로 하고, 작품의 크기는 대체로 150~250행으로 정통가사보다는 다소 긴 편이지만 장편가사보다는 훨씬 짧은데, 정연한 4음보 율격을 지니면서도 4-4조의 수평리듬이 단연 우세한 유형이다.

17세기 말엽 무렵부터 일부 유식한 중인계층 사람들에 의해 정통가사의 아류(亞流)로서의 성격을 적지 않게 지니며 나타난 '유식평민가사'는 비현실성·반역사성을 띤 관념적 내용을 현학적으로 표현함을 내용 및 표현상의 특징으로 하고, 작품 크기도 정통가사와 비슷하다. 그러나 정연한 4음보 율격으로부터의 적지 않은 일탈을 통해, 양반층의 시가 양식으로부터 벗어나 독자적인 양식을 추구하던 성향의 일면을 보이기도 했으며, 리듬에서도 4-4조의 수평리듬의 상대적 우세가 두드러진 유형이다.

그리고 그 무렵에 일부 부녀자를 포함하여 중인계층 사람들 사이에서 지어진 '순평민가사 및 평서규방가사'는 그들의 평민적인 삶과 세계관 등을 표출함을 내용상의 특징으로 하고, 작품 크기는 정통가사 및 '유식평민가사'와 비슷한 편이며, 대체로 정연한 4음보 율격을 지니지만, 4-4조의 수평리듬의 상대적 우세가 두드러진 유형이다.

이처럼 이들 유형들은 모두 4음보격 연속체라는 공통성을 지니지만, 각기 내용과 형태의 양면에서 서로 간에 변별되는 특징들을 비교적 뚜렷이 지니는데, 이는 곧 역사적 장르의 성격에 거의 합치된다고 할 것이다. 그러므로 매우 막연하고 느슨한 개념으로서의 '가사'에 함께 속한다는 이 다섯 유형들은 사실상 각기 독자적인 장르들로서의 성격을 적지 않게 띠는 것들이라고 할 수 있을 것이다.

지금까지 학계에서는 '4음보격 연속체'라는 양식상의 공통성을 지닌다는 점만으로 이 다양한 유형들을 함께 묶어서 '가사'라는 이름으로 단일한 장르를 설정해 오고 있다. 그러나 필자는 그 '4음보격 연속체'가 변별적 공통성을 제대로 지니지 못하는 것임을 지적하고, 가사는 그 자체로 하나의 장르가 되는 것이 아니라 그 속에 몇 종의 장르들을 포용하는 '장르 복합체(複合體)'인 것으로 이해되어야 한다고 보는데,[65] 그 '몇 종의 장르들'로 앞의 다섯 유형들을 들 수 있는 것이다.

그러면 이들 간의 관계는 어떠한가?

15세기 말엽 무렵부터 발달한 전기 양반가사는 조선 후기에 들어서도 정통가사를 통해 그 주제적 경향과 양식적·특징이 거의 그대로 계승되었다. 그런데 그것에서 파생된 한 변종으로서, 18세기 무렵부터 실제적인 생활 및 경험의 구체적 서술을 위해 작품이 수백 행 이상으로 길어진 장편가사가 나타나게 되었다. 그리고 또 다른 변종으로서, 18세기 말엽 무렵부

---

65) 성호경, 「歌辭의 개념에 대한 반성적 고찰」, 11~12면, 16면(이 책, 194~195면, 201면) 참조.

　'歌辭·歌詞'란 본래 '노랫말, 노래로 부르는 시가, 우리말 시가' 등을 뜻하거나 '歌詞唱에 의한 시가' 등을 지칭하던 말인데, 20세기에 들어 趙潤濟 등에 의해 '歌辭'로 술어화 되면서부터 그것은 특정한 역사적 장르의 이름으로 쓰이게 되었다. 그러나 막연한 전통적 개념으로부터 보다 특정한 것으로 한정시켰음에도 불구하고, 그 '歌辭'는 조선시대에 존재하던 '連續體의 長篇詩歌 일반'에 대해 역사적 장르로서의 성격을 잘못 부여한 것에 지나지 않을 것이다.

터는 영남지방의 일부에서 양반층 부녀자들 사이에 전기 양반가사 또는
정통가사의 영향을 받아 영남규방가사가 나타나게 되었다.

한편 조선 후기에 신흥 세력으로 성장한 중인계층인들도 17세기 말엽
무렵부터 '가사'(연속체 장편시가)의 창작에 참여하게 되었는데, 한편에서는
전기 양반가사 또는 정통가사를 모방한 그 아류로서의 유식평민가사가 나
타나게 되었고, 또 한편 규방가사가 나타나게 되었는데, 이에는 일부 부녀
자들도 동참하였다.

이에 조선 후기의 정통가사는 전기 양반가사의 계승 장르이며, 그 나머
지들은 이를 기본 모형으로 하여 작자층의 삶 및 세계관과 취향, 그리고
문학적 요구에 부응하여 파생, 변용된 '변종 장르'들이라고 할 수 있을 것
이다.

이러한 관계를 그림으로 나타내면, 다음과 같이 될 수 있을 것이다.

가사계(歌辭界) 또는 연속체 장편시가계(長篇詩歌界)

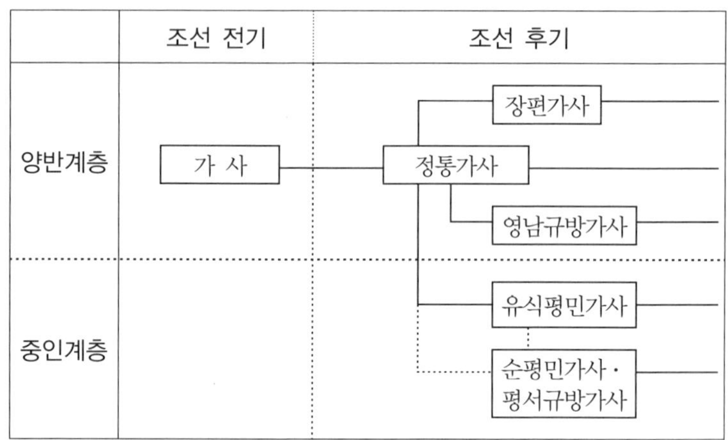

중인계층인들을 중심을 발달한 사설시조는 일정한 정형과 양식적 공통
성을 가지지 못하는 잡다한 형태의 작품들을 포함하는데, 그 가운데는 '시
조의 변종'으로 판단되는 다양한 형태의 작품들이 대다수를 차지하지만,

가사와 비슷한 작품들과 민요 계통의 작품들 등도 있다.

이 '사설시조'라는 말은 1920년대 이래 음악과의 관련 면에서 공통성만 지닌 여러 잡박한 형태의 작품들을 함께 묶고, 이에다 단일한 장르로서의 성격을 부여하여 문학용어로 만든 것인데, 그 여러 작품들 간에는 문학양식 면에서 자기동일성(正體性)이 뚜렷이 드러나지 않는다. 그 대다수를 차지하는 '시조의 변종'으로 판단되는 작품들의 경우에도 그것이 4음보격 3행의 시조형을 기반으로 하여 이를 변형·변용시켰다는 점에서는 마찬가지지만, 그 변형·변용의 양상이 일정하지 않아서 일정한 양식의 정형으로 정립되지는 못하고 말았던 것이다. 그러므로 사설시조는 역사적 장르로서의 성격을 지니지 못하는 것이며, 대체로 시조, 가사, 민요 등의 양식을 기반으로 하여 가곡(창)에서의 '농·낙·편' 등의 곡이나 시조(창)의 사설시조창으로 부르기에 적합하도록 변형·변용시켜 만든 작품들을 함께 일컬은 것에 지나지 않는 것이다.

그런데 이러한 사설시조에서 일부 작품들은 10행 내외의 중편시가에 대한 요구에 부응하여 나타난 것으로서의 성격을 지니기도 한다.

그리고 하층의 서민들을 중심으로 발달한 잡가와 민요도 그 각각의 범주 속에 일정한 정형이나 양식적 공통성을 뚜렷이 지니지 않는 여러 잡박한 형태의 작품들이 함께 들어 있기 때문에, 단일한 시가 장르(역사적 장르)로서의 성격을 지닐 수 없는 '혼합적 시가 부류'라고 할 수 있을 것이다.

5. 결론

조선 후기 시가 제 부류들의 양식적 특징과 그 장르적 성격에 초점을 맞추어 수행된 지금까지의 논의를 요약 정리하면 다음과 같다.

조선 후기 시가계의 여러 시가부류들 가운데서 시조는 양반계층과 중인계층을 막론하고 단일한 성격을 띤 역사적 장르였으나, '장르 복합체(複合

體)'인 가사에 속하는 다양한 작품들은 양반계층에 의한 '정통가사, 장편가사, 영남규방가사'와 중인계층에 의한 '유식평민가사, 순평민가사·평서규방가사'의 다섯 유형들로 분류될 수 있는데, 이들은 역사적 장르 속의 하위장르(subgenre)들이기보다는 사실상 각기 독자적인 장르들로서의 성격을 다분히 지닌다. 이 가운데서 정통가사는 전기 양반가사를 계승한 것이며, 나머지 넷은 이를 토대로 하여 작자층의 삶 및 세계관과 취향, 그리고 문학적 요구에 부응하여 파생, 변용된 변종 장르들이다.

전기 양반가사는 조선 후기에 들어서도 정통가사를 통해 그 주제적 경향과 양식적 특징이 거의 그대로 계승되었다. 그런데 이에서 파생된 한 변종으로서 18세기 무렵부터 수백 행 이상으로 길어진 장편가사가 나타났으며, 또 다른 변종으로서 18세기 말엽 무렵부터는 일부 영남지방의 양반계층 부녀자들에 의해 영남규방가사가 나타나게 되었다. 그리고 조선 후기에 신흥 세력으로 성장한 중인계층인들에 의해 17세기 말엽 무렵부터는 한편에서는 정통가사의 아류로서의 유식평민가사가 나타나게 되었고, 또 한편에서는 그들 특유의 삶 및 세계관과 취향에 맞도록 변용시킨 순평민가사 및 평서규방가사가 나타나게 되었다.

'십이가사(十二歌詞)'에는 정통가사에 가까운 작품들과 유식평민가사 또는 순평민가사·평서규방가사에 가까운 작품들, 그리고 4음보격 연속체의 가사형과 거리가 있는 시형의 각종 작품들이 있는데, 이들은 마땅히 각각의 가까운 장르들에 귀속되어야 하며, '광대가사'(판소리 虛頭歌, 短歌)는 대체로 유식평민가사에 가까운 성격을 지니고 있다. 한편 '소리꾼가사'는 가사라고 하기 어렵다.

중인계층인들을 중심으로 하여 발달한 사설시조는 일정한 정형과 양식적 공통성을 가지지 못하는 잡다한 형태의 작품들을 포함하는데, 그 가운데는 시조의 변종으로 판단되는 다양한 형태의 작품들이 대다수를 차지하지만, 가사와 비슷한 작품들과 민요 계통의 작품들 등도 있다. 그러므로 이는 그 일부에서 새로운 중편시가로서의 모습을 보이기도 하지만, 역사적 장르로서의 성격을 지니지 못하는 것이며, 대체로 시조, 가사, 민요 등의 양식을 기반으로 하여 가곡(창)에서의 '농·낙·편' 등의 곡이나 시조(창)의 사설시조창으로 부르기에 적합하도록 변형·변용시켜 만든 작품들을 함께 일컬은 것에 지나지 않는다.

그리고 하층의 서민들을 중심으로 발달한 잡가와 민요도 그 각각의 범주 속에 일정한 정형이나 양식적 공통성을 뚜렷이 지니지 않는 여러 잡박한 형태의 작품들이 함께 들어 있기 때문에, 단일한 시가 장르로서의 성격을 지닐 수 없는 '혼합적 시가 부류'라고 할 수 있다.

조선 후기의 시가계의 전반적인 양식적 특징으로는, 양반층 및 중인층의 시가에서 전기 이래의 3-4조 위주 상승리듬 대신 4-4조의 수평리듬이 크게 증대하거나 우세하게 된 점과, 주로 중인계층의 시가에서 4음보 율격을 기조로 하면서도 그로부터의 일탈 현상도 적지 않게 나타난 점과 일부 사설시조 작품이 10행 내외 중편시가로서의 모습을 보이게 된 점, 그리고 서민층의 시가에서 율격 및 리듬이 다양성을 보인다는 점 등을 들 수 있다.

17세기 말엽 무렵 이래의 변종 가사들(장편가사, 영남규방가사; 유식평민가사, 순평민가사 및 평서규방가사)에서 4-4조의 수평리듬이 증대하거나 우세하게 된 현상은 곧 그 작품들에서 율동감이 떨어지거나 퇴조하게 되었음을 뜻하는데, 이는 한편에서는 그 작자 및 작자층들의 시형에 대한 인식 및 감수력의 부족에 말미암은 바일 가능성이 적지 않으며, 또 한편에서는 이 시대에 두드러졌던 '산문화 경향'을 보여주는 것으로 볼 수도 있다.

중인층 사람들의 시가 일부에서 나타났던 바 4음보 율격의 전통과 그 규칙성 및 형식상의 제약에서 벗어나서 보다 자유롭게 작품을 구성하는 경향은, 한편으로는 양반계층의 문화를 답습하면서도, 다른 한편으로는 그로부터 벗어나 독자적인 문화의 정립을 추구하던 조선 후기의 중인들이 지니던 양면적 성향의 한 발현으로 볼 수 있을 것이다.

한편 하층 서민들의 시가에는 양반계층의 4음보 율격이 그리 큰 영향을 미치지 않은 것으로 보인다.

여러 면에서 불충분한 논의에 그치고 말았지만, 이 연구는 조선 후기 시가계의 전반적인 양상을 이해함에 적지 않게 도움이 될 수 있을 것이며, 또 그 시가 장르들의 통시적인 전개상과 각 장르들 간의 공시적인 상호연관의 양상 등 그 장르적 위상에 대한 체계적인 고찰을 위한 한 발판이 될 수 있을 것이다.

그런데 앞의 논의에서는 고찰 대상 작품들의 수효와 분량이 워낙 많으므로 그 양식적 특징 등에 대한 엄정한 통계를 기하기 어려워 개략적인 양상만 제시하고 말았기 때문에, 결과적으로 유형 분류와 양식적 특징에 대한 고찰이 불충분함을 면치 못하는 것이 되고 말았다. 그리고 중인계층인들에 의한 가사, 사설시조 등에서도 시대적 추이에 따른 변천의 양상들이 일정하게 있었을 터이나, 그 작품들 대부분이 작자와 창작시기를 상고할 수 없기 때문에, 이에 대한 고찰이 이루어지지 못하고 말았다.

한편 가사에서의 유형 분류를 앞서 든 바와 같이 다섯 가지로 하는 것이 과연 얼마만큼의 타당성을 지닐 수 있는가에 대해서도 앞으로 보다 치밀한 천착·검토가 있어야 할 것이다. 또 이 연구에서 얼마간 구명한 조선 후기 시가의 양식이 19세기 말엽 이래의 개화기(開化期) 시가의 양식과 어떠한 관계를 지니는가 하는 문제는 한국 근대문학의 전통성 구명에의 한 유력한 길잡이가 되어 줄 수 있을 것인데, 이에 대한 고찰도 앞으로의 과제로 남게 된다.

『民族文化論叢』 제13집(嶺南大學校 民族文化研究所, 1992. 12)

10장

조선 후기 '평민시가'의 시적 초점과 창작원리

1. 서론

1960년대에 국사학계에서 보이기 시작한 식민사관 극복 노력은 역사의 '내재적(內在的) 발전'을 강조하여, 우리나라 근대화의 자생적(自生的) 양상과 그 요인들을 조선 후기에서 찾고자 하는 경향을 낳았다. 이에 영향 받아 국문학계에서도 1970년대부터 조선 후기의 문학에서 근대적 성격이나 그 싹을 찾으려는 움직임이 구체화되었다. 고전시가 연구에서는 사설시조(辭說時調)와 이른바 '평민가사(平民歌辭)' 등 양반(兩班) 신분이 아닌 사람들('平民')이 주된 담당층을 이루었던 시가('평민시가')에서 중세적 전통 및 질서를 거부하는 현실비판정신이나 근대를 지향하는 민중적 의식 등을 찾아내고자 하는 경향이 두드러졌고, 이러한 경향은 1980년대를 거쳐 1990년대에도 조선 후기의 시가에 대한 연구와 이해에서 주류를 이루었다.[1]

그런데 1990년대에 들어 사설시조 작품들에 대한 구체적인 고찰을 통해

---

1) 그러한 경향을 보인 주요 논저들로 金文基, 『庶民歌辭硏究』(형설출판사, 초판 1983, 수정판 1985); 金學成, 「가사의 실현화 과정과 근대적 지향」(한국고전문학연구회 편, 『近代文學의 形成過程』, 문학과지성사, 1983); 조동일, 『한국문학통사 3』(지식산업사, 초판 1984, 제2판 1989, 제3판 1994) 등이 있다.

이전과는 다소 다른 연구결과들이 나타나기 시작했는데, 사설시조 작품들에 풍자 등의 현실비판이 있음을 인정하면서도 오락성에 주목하는 경향이 두드러진 것이다. 이러한 경향이 더욱 진전되어서, 근년에는 사설시조의 통속적 성격에 주목한 연구들이 나타나게 되었다.[2] 그러나 평민가사에 대한 연구는 1970년대 이래의 시각과 경향에서 크게 벗어나지 않고 있다.[3]

지금까지의 연구들에서 드러나는 문제점들은 다음과 같이 정리될 수 있을 것이다.

첫째, 1970년대 이래의 연구는 조선 후기 '평민시가'의 담당층의 성격을 잘못 파악하고(中人을 常民과 함께 '평민'으로 봄) 작품의 전체적 양상을 구체적으로 살피지 않은 채 현실비판정신과 민중적 의식 등의 근대적 성격을 강조함으로써, 그 예술적 성격과 문학사적 의의에 대한 바른 이해에 지장을 초래하였다. 둘째, 1990년대 후반 이래 사설시조의 통속성에 주목한 연구들에서 작품을 구체적으로 살펴서 그 시적 형상화의 양상과 예술적 성격에 대해 바른 이해를 기하고자 했으나, 작품 창작의 원리를 구명하지 않았기에 여러 외현(外現) 양상들이나 형상화 방식들을 유기성·통일성을 지니는 관계로 통합하지 못하고 향수 양상과의 긴밀한 상응관계도 살피기 어려웠다. 셋째, 이 새로운 시각 및 경향의 연구가 평민가사에 대하여는 뚜렷이 이루어지지 않아서, 조선 후기 '평민시가'의 전반적인 특징적 양상 및 성격에 대하여 바른 이해를 기하지 못하고 있다.

---

2) 박애경의 「조선후기 시조의 통속화 과정과 양상 연구」(문학박사학위논문, 연세대학교, 1997)는 시조·사설시조의 통속성에 대한 첫 본격적 연구이고, 이수곤의 「사설시조의 통속문학적 성격 연구」(문학박사학위논문, 서강대학교, 2004)에서는 사설시조의 통속문학적 형상화 방식을 살펴서 향유 양상과 관련시켜 논하였다.

3) 1980년대 후반에 金大幸의 「愚夫歌의 주제와 시대성 논의 반성」(『開新語文研究』 5·6, 충북대학교 국어교육과, 1988)에서 〈우부가〉의 주제 등에 대한 기존의 논의를 비판하고 오락성과 흥미에 주목했지만, 그 논의를 여러 작품들에로 확장하거나 일반화하는 데까지 나아가지는 않았고, 이후 이 새로운 시각의 논의를 발전시킨 연구도 뚜렷이 이루어지지 않고 있다(오락성에 주목한 부분적인 연구가 있었지만, 통속성에 대한 논의로는 나아가지 않았다).

필자는 이러한 문제점들을 다소간 해결하기 위하여, 조선 후기 '평민시가'의 대표적인 장르들인 사설시조와 평민가사의 창작원리를 살펴보고, 그것을 기반으로 해서 그 시가들이 지닌 예술적 성격을 구명하고자 한다. 이를 위해, 작품 창작을 통어하는 지배적인 요소를 '초점'[4]으로 보는 관점에서 작품들을 분석하여 그 시적 초점이 '주제(중심사상)의 구현'보다는 '제재·소재에 대한 재미있는 표현의 추구'에 주로 맞추어져 있다는 점을 밝히고, 이에 따라 그 창작원리의 주요한 특징을 살펴보겠다. 그리고 그 시가들이 '오락과 위안을 위한 통속예술(popular art)'로서의 성격을 다분히 지닌다는 점을 담당층 및 발달 조건과의 긴밀한 상관 속에서 구명할 것이다.

그런데 이러한 연구는 적지 않은 분량의 논의를 필요로 하므로, 한 편의 논문으로써는 충실히 이루어지기가 어렵다. 이에 필자는 '시적 초점과 창작원리'를 살피는 논의와 '통속예술적 성격'을 살피는 논의를 두 편으로 나누어서 펴고자 하는데, 이 글은 그 전편(前篇)이다.

일반적으로는 문학작품의 여러 요소들을 통일시키는 지배적인 요소로서 '주제'를 든다. 다른 글들과 마찬가지로 문학작품도 주제를 정확하게 또는 효과적으로 구현함을 주된 목표로 하여 지어지기 때문이다. 그러나 사설시조와 평민가사 작품들에서는 주제가 지배적 요소로서의 구실을 하지 못하는 양상을 다분히 보인다. 이 때문에 그 작품들의 지배적 요소는 다른 것이라고 할 터인데, 필자는 '초점'에 주목한다. 초점은 문학작품의 '조직상의 중심'이며 '모든 다른 요소들을 조지하고 통일시키는 지배적인 요소'인 것이다.[5]

---

4) '焦點(focus)'은 본디 사진촬영에서 주로 쓰여서 '모든 다른 요소들이 종속되는 한 점'을 이르던 말이었다. 문학에서는 작품의 '조직상의 중심'으로서 '모든 다른 요소들을 조직하고 통일시키는 요소'를 가리키는 말로 쓰인다고 한다(Alex Preminger, Frank J. Warnke, and O. B. Hardison Jr. ed., *Princeton Encyclopedia of Poetry and Poetics*, Enlarged edition, London: Macmillan Press, 1975, p. 283). 이러한 점에서 작품 창작을 통어하는 지배적 요소는 '초점'이라고 할 수 있을 것이다.

5) 초점은 이미지나 극적 상황, 평면적 진술, 행동, 심리적 관점, 배경, 성격묘사, 語調 등

필자는 이처럼 초점을 작품 조직화에서의 지배적 요소로 보아 이 글에서 사설시조와 평민가사 작품들을 전체적 통일성을 중시하며 분석해서 그 시적 초점을 밝힐 것이다. 그리고 이를 토대로 하여 '평민시가'의 창작원리의 주요한 특징에 대하여 살펴보겠다.

이러한 고찰은 그 작품들에 대한 바른 이해를 통해 이루어져야 할 터이나, 제한된 지면 내에서는 다수의 작품들을 대상으로 하여 면밀한 분석을 기하기가 어려우므로 사설시조와 평민가사의 대표적인 작품으로 거론되는 일부 작품들[6]을 대상으로 하여 시적 초점과 관련되는 핵심적인 면을 간략히 살피기로 하겠다.

일 수도 있고, 시 작품의 주제가 발전되어 나가는 출발점이 되는 한 구조적 요소를 가리킬 수도 있다고 한다. Jack Myers and Michael Simms, *Longman Dictionary and Handbook of Poetry*(New York: Longman, 1985), p. 115.

6) 사설시조의 경우는 양반 작이 아닐 것으로 판단되는 작품들로서 기존 연구들에서 풍자 등을 통한 현실비판을 보인다고 한 8수와 그 밖의 대표적인 작품으로 꼽힌 13수를 대상으로 한다. 작품의 原形과 표기의 정확성 등을 고려하여 18세기 초·중엽에 편찬된 珍本『靑丘永言』(金天澤 편)과『海東歌謠』(金壽長 편) 등에 실린 텍스트를 우선시하겠는데, 이 작품들의 상당수는 18세기 말 이래 19세기 말까지의 여러 가집들(『瓶窩歌曲集』,『南薰太平歌』, 六堂本『靑丘永言』,『歌曲源流』 등)에도 일부 變異되기도 하며 실려 있어서, 18세기 말 이후에도 적지 않은 관심을 받으며 향수되고 있었을 것으로 짐작된다. 그리고 18세기 말 이후 작품들의 시적 초점도 이 작품들과 거의 마찬가지일 것으로 여겨진다.

평민가사의 경우는 여러 연구들에서 대표적인 작품으로 거론되어 온 〈愚夫歌〉·〈庸婦歌〉·〈老處女歌〉·〈居士歌〉·〈白髮歌〉·〈老人歌〉의 6편을 대상으로 한다(주로 현실비판이나 기존관념에의 도전 등 근대성 논의와 관련되어 거론되었음). 대체로 19세기 초·중엽 작일 것으로 추정되는(권순회,「『초당문답가』의 이본 양상과 주제적 의미」, 고려대학교 고전문학·한문학연구회 편,『19세기 시가문학의 탐구』, 집문당, 1995, 347면 참조) 이 작품群은 그 변별적 성격을 규정하기가 쉽지 않으나, 전형적인 평민가사 작품들의 일부로서(李能雨,『가사文學論』, 일지사, 1977, 94~101면, 105면에서 '平庶民들의 가사'를 분류한 데서 '漢化 治者'에게 봉사하는 부류나 가사로 보기 어려운 부류가 아닌 '純평민가사'와 '平庶內方가사'에 속함), 같은 범주 내의 〈思美人曲〉·〈斷腸詞〉 등과 〈相思陳情夢歌〉·〈寡婦歌〉 등의 작품들(그 시적 특징 등이 아직 뚜렷이 구명되지 않았음)과는 다소 차이를 보이므로 평민가사의 전형적인 양상들을 두루 대표하지는 못하지만, 그 주요한 일부의 시적 특성을 살핌에는 유용할 것이다.

2. 사설시조 작품의 시적 초점

사설시조에서는 '남녀문제'나 '사랑과 향락'을 다룬 작품들이 대다수를 차지한다.[7]

그런데도 1970년대 이래의 논의들에서는 '남녀문제'나 '사랑과 향락'보다는 '현실비판'이 더 부각되었다. 그러나 작품을 정독해 보면 현실비판을 보인다는 작품들도 실제로는 그러한 성격을 얼마 지니고 있지 않음을 알 수 있다.

먼저, 풍자 등을 통한 현실비판을 보인 사례로 거론되었던 작품들을 대상으로 하여 그 시적 초점이 무엇인가를 살펴보자.

(1) 개야미 불개야미 준등 부러진 불개야미 압발에 疔腫 나고 뒷발에 죵귀 난 불개야미/ 廣陵 십재 너머드러 가람의 허리를 ᄀ르무러 추혀 들고 北海를 건너닷 말이 이셔이다
    님아 님아 온 놈이 온 말을 ᄒ여도 님이 짐쟉ᄒ쇼셔 [珍本『靑丘永言』(이하『靑珍』) 551]

(2) 大川바다 한가온ᄃᆡ 中針 細針 ᄲᅡ지거다/ 열나믄 沙工놈이 긋 므된 사엇대를 긋긋치 두러메여 一時에 소릐치고 귀 ᄭᅥ여 내닷 말이 이셔이다

---

7) 이능우, 「蔓橫淸(辭說時調)의 戲詩性」, 『現代文學』 24~27(현대문학사, 1956. 12~1957. 3), 재수록: 이능우, 『古詩歌論攷』(숙명여자대학교출판부, 1983), 277~280면에서는 400수 내외의 작품들의 내용을 'ㄱ) 남녀문제를 다룬 것(ⓐ 淫放에 모티브가 있는 것, ⓑ 癡情들, ⓒ 相愛 이전 이후에 모티브가 있는 것, ⓓ 相悅, ⓔ 相思戀慕, ⓕ 待人, ⓖ 이별); ㄴ) 중국문화에 적셔져 있는 것, ㄷ) 인생허무를 노래하고 있는 것, ㄹ) 人事문제에 모티브가 있는 것, ㅁ) 物象 및 생물을 테마로 한 것'으로 분류하고, 그 가운데서 ㄱ)이 제일 많고(특히 ⓐ) ㄴ)이 그 다음이라고 하였다. 그리고 조규익,『우리의 옛 노래문학 蔓橫淸類』(박이정, 1996), 39면에서는 사설시조의 대부분이 '삶의 노래'에 속하고 그 속에서도 '즐거움의 노래(사랑과 향락, 음주와 향락)'에 속하는 것이 대부분이라고 하였다.

님아 님아 온 놈이 온 말을 ᄒᆞ여도 님이 짐쟉ᄒᆞ쇼셔 [『靑珍』501]

동일한 종장을 보이는 작품들인데, 그 성격은 '거짓된 허세·위대성·웅대함을 조롱하고 비꼼[8] 등으로 파악되었다. 그런데 초·중장에서 진술된 사상(事象)들이 실재할 수 없는 터무니없는 부조리한 것이어서 이를 믿을 사람이 없기에, 종장에서 제시된 '남의 말들을 믿지 말고 스스로 짐작하라'는 주제는 초·중장에서 진술된 바와 긴밀한 관련을 지니기가 어렵다. 이처럼 작품 내 여러 요소들이 종장에서 제시된 메시지를 구현하기 위해 통일성 있게 조직화되어 있다고 보기 어려우므로, 이 작품들에서 주제부(主題部)에 해당하는 종장은 비중 있는 의미를 지니지 못한다고 할 것이다.

(1)에서는 점층적인 반복법 등을 쓰면서 불가능한 일들을 중첩시킨 부조리한 상황 설정과 과장(誇張), 그리고 동의어(同義語)들('疔腫'과 '종귀')을 이의어(異義語)인 양 사용한 어휘재담(語彙才談)의 언어유희[9]를 통해 해학적(諧謔的)인 재미를 추구하고 있고, (2)에서도 부조리한 상황 설정과 과장 등을 통해 해학적 재미를 추구하고 있다. 이에 이 작품들은 진지한 주제의식을 지니고 이를 구현하기보다는, 제재·소재를 해학적으로 재미있게 표현함에 시적 초점이 맞추어져 있다고 판단된다.

(3) "됫들에 동난지이 사오" "져 쟝스야 네 황후 긔 무서시라 웨는다 사쟈"/ "外骨內肉 兩目이 上天 前行後行 小아리 八足 大아리 二足 靑醬 ᄋᆞ스슥 ᄒᆞ는 동난지이 사오"
"쟝스야 하 거복이 웨지 말고 게젓이라 ᄒᆞ렴은" [『靑珍』532]

---

8) 정병욱, 『한국고전시가론』(신구문화사, 1977), 170면.
9) 한국시가에서의 언어유희(word play)에는 同音(類音)異義語를 이용하는 '語戲(pun)' 말고도 異音同義語를 이용하는 '어휘재담'(주로 고유어와 한자어의 뜻과 音을 이용함)도 있고, 사물을 바로 말하지 않고 다른 말로 빗대어 재미있게 말하는 '결말식 재담' 등도 있다고 할 것이다.

'장사치-여인 문답형(問答型)'의 대표적인 작품인데, 그 주제는 '처지에 어울리지 않게 유식한 문구를 장황히 늘어놓는 장사치의 허위의식을 풍자함'이라는 것이 통설이었다.[10] 그러나 게젓 판매를 위해 중장에서처럼 광고한다는 것은 있을 수 없다. 이 작품은 성적(性的) 욕구를 골계적 수법으로 다룬 것으로서, 시적 초점이 '게·게젓' 또는 '남자의 성기(性器; 陰莖)'에 대한 곁말식 재담과 동음이의어(同音異義語) 어희(語戱)에 의한 언어유희적 표현의 재미를 추구함에 맞추어져 있다고 할 것이다.[11]

(4) 두터비 프리를 물고 두험 우희 치드라 안자/ 것넌山 브라보니 白骨松
이 써잇거늘 가슴이 금즉ᄒ여 풀덕 쮜여 내ᄃᆞ다가 두험 아래 잣바지거고
모쳐라 늘낸 낼싀만졍 에헐질 번 ᄒ괘라 [『靑珍』520]

두꺼비가 낭패당하는 과정과 스스로 위로하는 양상을 그렸는데, 풍자적인 뜻을 짙게 나타낸 것으로 파악되기도 했다.[12] 그러나 이 작품은 초·중장에서 의성어(擬聲語)·의태어(擬態語) 등을 통해 해학적 재미를 추구하는 데다, 종장이 주제부로서의 성격을 지니지도 않는다. 이에 그 시적 초점은 주제의 구현이 아니라 제재·소재에 대한 재미있는 표현의 추구에 맞추어져 있다고 할 것이다.

(5) 듕과 僧과 萬疊山中에 맛나 "어드러로 가오" "어드러로 오시는게"
"山 죡코 물 죳흔듸 갈씨를 부쳐보오"/ 두 곳갈이 흔듸 다하 너픈너픈

---

10) 조동일, 앞의 책(제3판), 326면 참조.
11) 김흥규, 『욕망과 형식의 詩學』(태학사, 1999), 244~245면에서는 '게젓'이 音相似나 訛音에 의한 골계적 장난이라고 했고, 이문성, 『조선후기 풍속의 재구성』(한국학술정보, 2008), 137~138면에서는 중장이 남성의 성기를 묘사하고 남녀의 성행위를 상징한다고 보았다.
12) 조동일, 앞의 책, 332면; 조규익, 앞의 책, 81면 참조.

흐는 양은 白牧丹 두 퍼귀가 春風에 휘듯는 듯

　암아도 空山에 이 씰음은 즁과 僧과 둘쑨이라 [朴文郁 작 〈僧尼交脚
之歌〉; 『靑邱歌謠』 74]

(6) "으흠" "긔 뉘오신고" "것년 佛堂에 동녕僧이로런이"/ "홀居師 홀로
자옵는 房에 무슴 것 흐아 와 겨오신고"

　"홀居師님의 노감탁이 버서 건은 말 겻틔 내 곡갈 버서 걸라 왓습
늬" [一石本 『海東歌謠』(이하 『海一』) 573]

(7) 즁놈은 승년의 머리털 잡고 승년은 즁놈의 샹토 쥐고/ 두 쓰니 맛밋
고 이 왼고 져 왼고 쟉쟈공이 쳔는듸 뭇 쇼경이 구슬 보니

　어듸셔 귀머근 벙어리는 외다 올타 흐느니 [『靑珍』 512]

　승려의 파계(破戒)행위를 다룬 작품들로서, (5)는 두 승려 간의 성적 접촉
을 표현했고, (6)은 동침을 바라는 동냥중과 거사 간의 대화를 나타냈으며,
(7)은 남녀 승려 간의 싸움을 둘러싸고 벌어진 터무니없는 정황들을 그린
것이다. 이 작품들에 풍자가 나타난다고 보기도 했지만,[13] 승려들의 비행
(非行)을 직접적으로 비판하고 있는 작품은 하나도 없는 데다 당시에 사회
최하층 신분으로 떨어진 승려들의 삶은 풍자의 대상으로서 적합하지도 않
다.[14] 이 작품들도 주제라고 할 만한 것이 없이, 환유(換喩)에 의한 곁말식
재담이나 이음동의어들(고유어 '듕/즁'과 한자어 '僧')을 사용한 어휘재담 또는
부조리한 상황 설정과 난센스(nonsense)한 표현 등을 통해 해학적인 재미를

---

13) 김제현, 『사설시조 문학론』(새문사, 1997), 70면, 125면 등 참조.
14) 민찬, 「파계승 사설시조 〈어흠아 긔 뉘옵신고〉의 유흥적 단면」, 白影鄭炳昱先生 10週
　　忌追慕論文集 간행위원회 편, 『한국고전시가작품론』(집문당, 1992), 840~841면에서는
　　승려의 파계행위를 소재로 한 작품들에서는 승려가 비판의 대상이 아니라 흥미 또는
　　조롱의 대상으로 나타난다고 하였다.

추구한 것들일 뿐이다.

   (8) 흔 눈 멀고 흔 다리 절고 痔疾三年 腹疾三年 邊頭痛 內丹毒 알는 죠
   고만 삿기개고리/ 一百쉰 대 자 장남게 오를 제 수이 너겨 수로록 소로
   록 허위허위 소솝 쮜여 올나 안자 나릴 제란 어이홀고 내 몰내라 저 개
   고리
      우리도 새 님 거러두고 나종 몰라 ᄒ노라 [『靑珍』 562]

  유사성에 근거를 두는 풍자의 본질을 잘 구현한 작품으로 보기도 했
다.[15] 그러나 '샛서방을 두어 놓고 뒷감당하지 못하는 여인의 걱정'보다는
부조리한 상황 설정과 의성어·의태어 사용이 두드러진 개구리 묘사에서
의 재미있는 표현 추구에 시적 초점이 맞추어져 있다.

  이처럼 풍자 등을 통한 현실비판의 사례로 거론된 작품들이 실제로는
그러한 성격을 얼마 지니지 않으며, 시적 초점을 주제의 구현이 아니라
제재·소재에 대한 재미있는 표현을 추구함에 맞추고 있는 것으로 드러
난다.[16]

---

15) 조규익, 앞의 책, 81~82면 참조.
16) 이는 양반의 작품들에서도 마찬가지일 것이다. 대표적인 예로, 李鼎輔 작 "一身이 사
   샤 ᄒ이 뭄썰 계워 못 견딀쎄~ᄀ 中에 참아 못 견될손 五六月 伏더위에 쉬ᄑ리인기
   ᄒ노라"(周氏本 『海東歌謠』 394)는 갖가지 물것으로 비유되는 衙前 등의 관리들에게
   수탈당하며 사는 서민들의 고통을 寓意的으로 표현(풍자)한 것 등으로 파악되었지만
   (조동일, 앞의 책, 초판, 307면 등), 이는 타당하다고 하기 어렵다. 관청의 수탈을 단적
   으로 나타낸다는 '使令 같은 등에아비'에서의 '사령'은 천한 심부름꾼에 불과하여 수탈
   의 핵심주체라 하기 어려운 데다, 그 직유에서 '등에'의 성질이나 행태('이리저리 돌아
   다니며 남을 괴롭힘')를 표현하기 위한 매체어로 쓰인 것에 불과하다. 이에 그 시적
   초점도 여러 물것들의 각 종들을 열거하며 재미있는 표현을 추구함에 맞추어져 있다
   고 하겠다.
   한편 앞에서 든 작품들 밖의 여러 작품들도 풍자를 통한 현실비판을 보이는 것으로
   파악되었지만(김제현, 앞의 책, 104~108면, 126~127면 등), 그러한 논의에는 무리한
   면이 적지 않아서 설득력을 가지기 어려운 편이다.

다음으로, 사설시조의 대표적의 작품으로 거론되는 여타 작품들을 살펴
보자.

(9) 개를 여라믄이나 기르되 요 개 ▽치 얄믜오랴/ 뮈온 님 오며는 쇼리
를 홰홰 치며 쒸락 ᄂ리쒸락 반겨서 내듯고 고온 님 오며는 뒷발을
버동버동 므르락 나으락 캉캉 즈져셔 도라가게 혼다
    쉰밥이 그릇그릇 난들 너 머길 줄이 이시랴 [『靑珍』 587]

사설시조의 미의식을 대표하는 유형('優雅의 喜劇的 표출')의 작품으로서
인간 본연의 욕구가 해학을 통해 형상화되었다고도 했지만,[17] 삶이나 갈등
을 대하는 태도가 웃음의 추구에 겨냥되어서 갈등은 웃음의 소재 정도로
변질된다.[18] 이에 이 작품은 주제라 할 만한 것도 없이, 의성어·의태어
등을 써서 웃음을 낳을 수 있는 재미있는 표현을 추구함에 시적 초점이
맞추어져 있다고 할 것이다.

(10) 開城府 쟝ᄉ 北京 갈 쩨 걸고 간 銅爐口 짜리 올 쩨 본이 盟誓 痛憤
이도 반가왜라/ 졋 銅爐口 짜리 졀이 반갑꺼든 돌쇠어미 말이야 닐러
무슴 홀이
    들어가 돌쇠엄이 보옵꺼든 銅爐口 짤이 보고 반기온 말씀 ᄒ리라
[『海一』 540]

이를 두고 '사설시조가 시정(市井)에서의 생활을 핍진하게 그리면서 근
대 사실주의문학을 향해서 성큼 다가섰다'고 보기도 했다.[19] 그러나 이 작

---

17) 김학성, 『한국고전시가의 연구』(원광대학교출판국, 1980), 204면.
18) 金大幸, 「〈어이 못 오던가〉 그리고 태도와 표현의 시학」, 백영정병욱선생 10주기추모
    논문집 간행위원회 편, 앞의 책, 850면.
19) 조동일, 앞의 책(초판), 302면.

품은 주제라고 할 만한 것도 없이 '솥(銅爐口)을 건 자리'와 '돌쐬어미'를 상관시켜 '여자의 성기(陰部)'를 곁말식으로 나타내고 오랜만에 성행위를 할 수 있게 되어 반가운 마음을 재미있게 표현한 것일 뿐이다.

(11) 귓도리 져 귓도리 에엿부다 져 귓도리 어인 귓도리/ 지는 둘 새는 밤의 긴 소릐 쟈른 소릐 節節이 슬픈 소릐 제 혼자 우러네여 紗窓 여윈 줌을 술드리도 씨오는고야

　　두어라 제 비록 微物이나 無人洞房에 내 뜻 알 리는 저뿐인가 ᄒ노라 [宋龍世 작(?); 『靑珍』 548]

독수공방하는 여인이 자신의 슬픔을 귀뚜라미에다 기탁한 작품이다. 주제와 관련된 통일성을 적지 않게 보이는 편이지만, 그 진술이 귀뚜라미의 행태 묘사에 집중된 가운데 점층적인 반복법 등을 써서 재미있는 표현을 추구함에 시적 초점이 맞추어진 것으로 판단된다.

(12) 나모도 바히 돌도 업슨 뫼헤 매게 쏘친 가토릐 안과/ 大川 바다 한 가온대 一千石 시른 빈에 노도 일코 닷도 일코 뇽총도 근코 돗대도 것고 치도 쌔지고 브람 부러 물결치고 안개 뒤셧계 ᄌ자진 날에 갈 길은 千里萬里 나믄듸 四面이 거머어득 져뭇 天地寂寞 가치노을 썻는듸 水賊 만난 都沙工의 안과

　　엇그제 님 여흰 내 안히야 엇다가 ᄀ을ᄒ리오 [『靑珍』 572]

임과 사별(死別)한 직후의 암담한 마음을 까투리 · 도사공(都沙工)의 처지와 비교하여 말한 작품으로, 사설시조 가운데서 드물게 보는 역작(力作)이라고 한다.[20] 그러나 초 · 중장의 정서(절박감이나 위기감)와 종장의 정서

---

20) 高晶玉, 『古長時調選註』(정음사, 1949), 65면.

(이별의 슬픔)가 이질적이기도 하여[21] 작중의 요소들이 주제의 구현을 위해 통일성 있게 조직화되었다고 하기가 어렵다. 그 시적 초점은 주제의 구현보다는 특히 중장에서 도사공의 절망적인 상황을 표현하기 위해 쓴 군말에 가까운 열거와 대구, 그리고 과장 등을 통해 재미있는 표현을 추구함에 맞추어져 있다고 할 것이다.

⑬ "니르랴 보쟈 니르랴 보쟈 내 아니 니르랴 네 남진ᄃᆞ려/ '거즛거스로 물깃ᄂᆞᆫ 체 ᄒᆞ고 통으란 ᄂᆞ리와 우믈 젼에 노코 쏘아리 버서 통조지에 걸고 건넌집 쟈근 金書房을 눈ᄀᆡ야 불러내여 두 손목 마조 덤셕 쥐고 슈근슈근 말ᄒᆞ다가 삼밧트로 드러가셔 므스 일 ᄒᆞ던지 즌 삼은 쓰러지고 굴근 삼대 밋만 나마 우즑우즑 ᄒᆞ더라' ᄒᆞ고 내 아니 니르랴 네 남진ᄃᆞ려"

"져 아희 입이 보도라와 거즛말 마라스라 우리ᄂᆞᆫ 마을 지서미라 실삼 죠곰 키더니라" [『靑珍』 576]

주제라고 할 만한 것도 없이, 대화체 구성을 통해 유부녀의 간통행위와 그 현장의 모습, 그리고 목격자의 장난기 섞인 협박과 당사자의 항변을 재미있게 표현한 것일 뿐이다.

⑭ 님이 오마 ᄒᆞ거늘 저녁밥을 일지어 먹고/ 中門 나서 大門 나가 地方 우희 치ᄃᆞ라 안자 以手로 加額ᄒᆞ고 오ᄂᆞᆫ가 가ᄂᆞᆫ가 건넌山 ᄇᆞ라보니 거머흿들 셔잇거늘 져야 님이로다 보션 버서 품에 품고 신 버서 손에 쥐고 곰븨님븨 님븨곰븨 쳔방지방 지방쳔방 즌 ᄃᆡ ᄆᆞ른 ᄃᆡ ᄀᆞᆯ희지 말고 워렁충창 건너가셔 情엣 말 ᄒᆞ려 ᄒᆞ고 겻눈을 흘긋 보니 上年七月

---

21) 서인석, 「〈나모도 바히 돌도〉와 사설시조의 미학」, 백영정병욱선생 10주기추모논문집 간행위원회 편, 앞의 책, 831면.

사흔날 굴가벅긴 주추리 삼대 슬드리도 날 소겨다

　모쳐라 밤일싀만정 힝혀 낫이런들 놈 우일 번 ᄒ괘라 [『靑珍』 580]

임을 애타게 기다리는 사람의 착각에 의한 우스꽝스러운 행태를 그리고 있다. 표현들이 사실성을 결하고 있고 주제부라고 할 종장이 비중 있는 의미를 지니지 못하는 데다, 중장에서는 주제와는 거의 관련되지 않는 군말들의 열거와 과장, 언어유희적 반복 등이 두드러진다. 이에 시적 초점은 제재·소재에 대한 재미있는 표현을 추구함에 있다고 할 것이다.

　⒂ 바룸도 쉬여 넘ᄂ 고기 구름이라도 쉬어 넘ᄂ 고기/ 山眞이 水眞이

　　海東靑 보라미라도 다 쉬여 넘ᄂ 高峰 長城嶺고기

　　　그 넘어 님이 왔다 ᄒ면 나ᄂ 아니 ᄒ 번도 쉬여 넘으리라 [六堂本『靑

　　丘永言』 307]

이 작품은 임과의 만남에 대한 기대나 의지를 나타내는 주제보다는, 점층법과 열거 등을 통해 재미있는 표현을 추구함에 그 시적 초점이 맞추어져 있는 것으로 판단된다.

　⒃ 半여든에 첫 계집을 ᄒ니 어렷두렷 우벅주벅/ 주글 번 살 번ᄒ다가

　　와당탕 드리드라 이리져리 ᄒ니 老都슈의 ᄆ음 흥글항글

　　　眞實로 이 滋味 아돗던들 긜 적브터 훌랏다 [『靑珍』 508]

노총각이 나이 마흔에야 처음 경험한 성행위의 과정과 그 감회를 표현한 작품인데, 주제라고 할 만한 것도 없이 제재·소재에 대한 재미있는 표현을 추구함에 시적 초점이 있다.

　⒄ 싀어마님 며느라기 낫바 벽바흘 구루지 마오/ 빗에 바든 며ᄂ린가

갑세 처 온 며ᄂ린가/ 밤나모 서근 들글에 휘초리나 ᄀᆺ치 알살픠션
싀아바님 볏 뵌 쇳동 ᄀᆺ치 되죵고신 싀어마님 三年 겨론 망태에 새
송곳부리 ᄀᆺ치 샢쥭ᄒ신 싀누으님 당피 가론 밧틔 돌피나니 ᄀᆺ치 싀
노란 욋곳 ᄀᆺ튼 피똥 누는 아들 ᄒ나 두고
건밧틔 멋곳 ᄀᆺ튼 며ᄂ리를 어듸를 낫바 ᄒ시ᄂ고 [『靑珍』573]

'인간 본능의 자연스러움을 긍정함으로써 자유를 구가하던 사설시조의
정신을 구현하는 데 성공한 사례'라고 하는 작품이다.[22] 며느리를 미워하
는 시어머니를 비판하는 내용으로 되어 있지만, 그 시적 초점은 그러한 비
판보다는 제재·소재들에 대한 과장된 비유(直喩)와 그 열거 등을 통한 해
학적인 표현의 재미를 추구함에 맞추어져 있다.

(18) 어이 못 오던다 므스 일로 못 오던다/ 너 오는 길 우희 무쇠로 城을
빠고 城 안에 담 빠고 담 안헤란 집을 짓고 집 안헤란 두지 노코 두지
안헤 櫃를 노코 櫃 안헤 너를 結縛ᄒ여 노코 雙비목 외걸새에 龍거북
ᄌᆞᆷ을쇠로 수기수기 ᄌᆞᆷ갓더냐 네 어이 그리 아니 오던다
ᄒᆫ 달이 셜흔 날이여니 날을 보라 올 홀리 업스랴 [『靑珍』568]

(19) 窓 내고자 窓을 내고쟈 이 내 가슴에 窓을 내고쟈/ 고모장지 셰살
장지 들장지 열장지 암돌져귀 수돌져귀 비목걸새 크나큰 쟝도리로 똥
닥 바가 이 내 가슴에 窓 내고쟈
잇다감 하 답답홀 제면 여다져 볼가 ᄒ노라 [『靑珍』541]

이 작품들은 각각 '임이 오지 않는 데 대해 원망함'과 '답답한 심정 해소
를 희망함'을 주제로 하지만, 중장에서 주제와는 거의 관련 없는 군말들을

---

22) 조규익, 앞의 책, 188~189면.

장황하게 나열하는 진술을 보인다. 이에 시적 초점은 주제의 구현보다는 점층적인 반복과 열거 또는 연쇄법 등을 통해 제재·소재에 대한 재미있는 표현을 추구함에 맞추어져 있다고 할 것이다.

⑳ 夏四月 첫여드릿날에 觀燈ᄒ려 臨高臺ᄒ니/ 夕陽은 빗겻는듸 遠近
   高低는 魚龍燈 鳳鶴燈과 둘음이 남싱이며 鐘磬燈 북燈 懸燈에 水朴
   燈 만을燈과 蓮곳 속에 仙童이요 鸞鳳 우희 天女로다 빅燈 집燈 산
   듸燈과 欄干燈 影燈 알燈 瓶燈 壁欌燈 駕馬燈과 獅子ㅣ 탄 體适이요
   虎狼이 탄 兀良哈와 七星燈 벌엇는듸 東嶺에 月上ᄒ고 곳곳이셔 불
   을 현다 於焉忽焉間에 燦爛도 흔져이고
      이 中에 月明 燈明 天地明ᄒ이 大明 본 듯ᄒ여라 [金壽長 작; 周氏本
   『海東歌謠』 547]

월령체(月令體)의 가사 작품 〈관등가(觀燈歌)〉의 '4월령'에 쓰인 작품이다. 서울 곳곳에 펼쳐진 초파일 연등(燃燈)을 보면서 그 찬란함과 달빛에 의해 천지가 밝아진 것이 명나라를 본 듯하다고 했는데, 주제보다는 중장에서 갖가지 등들을 열거하고 종장에서 '명(明)'자로 끝나는 말들을 반복 열거하면서 재미있는 표현을 추구함에 시적 초점이 맞추어져 있다.

㉑ 紅塵을 이믜 下直ᄒ고 桃源을 차자 누엇스니/ 六十年 世外風浪 꿈
   이런 듯 可笑롭다/ 이몸이 閑暇ᄒ야 山水에 遨遊헐 졔/ ……(48행 생
   략)…… / 巫山의 雲雨夢이 여긔와 엇덧턴고/ 뭇노라 벗님네야/ 安周
   翁의 悅心樂志 이만ᄒ면 넉넉ᄒ야
      이 後란 離別을 아조 離別ᄒ고/ 桃源의 길이 숨어 任과 함긔 즐기다
   가/ 元命이 다ᄒ거든/ 同年同月 同日時에 白日昇天 ᄒ오리라 [安玫英
   작; 『金玉叢部』 177]

가사에 가까운 크기의 작품이다(전 57행 정도). 자연 속에서 살아가는 즐거움과 음악·사랑을 즐기는 흥취를 나타낸 뒤에 임과 즐거움을 길이 함께하기를 희망하고 있는데, 종결부가 작품 전체를 통일시키는 주제로서의 구실을 못하고 있다. 이에 시적 초점은 주제보다는 그 앞에서의 흥취 있는 삶의 양상들을 자세히 표현하는 데 맞추어져 있다고 판단된다.

이상에서 살펴본 바처럼, 사설시조에서 풍자 등을 통한 현실비판을 보인다는 작품들이나 사설시조의 대표적인 작품들로 거론되는 여타 작품들에서는 주제가 뚜렷하지 않거나 중요하지 않은 것으로 파악되기도 하고, 작품 내 여러 요소들이 주제의 구현을 위해 통일되는 양상이 미약하다고 판단되는 경우가 많다. 그러므로 대다수 사설시조 작품들의 시적 초점은 주제의 구현이 아니라, 제재·소재에 대한 재미있는 표현을 추구함에 맞추어져 있다고 할 것이다.

3. '평민가사' 작품의 시적 초점

평민가사에서는 '연정(戀情) 및 신세한탄'(특히 '相思의 情')을 다룬 작품들이 다수를 차지한다.[23)

이 경우에도 기왕의 논의에서는 다수 작품에 나타난 '연정 및 신세한탄'보다는 '기존 관념에의 도전과 인간 본성의 추구'나 '현실적 모순의 폭로와 비판'이 크게 부각되었다. 그러나 작품들을 정독해 보면, 현실비판을 보인

---

23) 김문기, 앞의 책(수정판), 67~119면에 의하면, '庶民歌辭' 작품들은 주제 면에서 ㉠ 현실적 모순의 폭로와 비판; ㉡ 기존관념에의 도전과 인간본성의 추구; ㉢ 戀情 및 신세한탄: ⓐ 연정(관능적인 사랑, 相思의 情), ⓑ 신세한탄(이별의 탄식, 불우한 처지의 한탄, 늙음의 한탄); ㉣ 인생무상과 醉樂; ㉤ 소박한 꿈과 소망: ⓐ 서민의 소박한 꿈, ⓑ 서민의 소망(영웅의 희구)'으로 분류될 때, 총 55편 중 ㉢이 38편으로 가장 많고(특히 ⓐ에서의 '상사의 정'이 23편임) ㉡과 ㉠은 각각 10편과 8편이라고 한다(일부 작품들은 중복되어 분류되었고, 판소리 虛頭歌는 대부분 ㉣이라고 함).

다는 작품들도 실제로는 그러한 성격을 얼마 지니지 않음을 알 수 있다.

평민가사의 대표적인 작품으로 많이 거론되는 〈우부가(愚夫歌)〉, 〈용부가(庸婦歌)〉, 〈노처녀가(老處女歌)〉, 〈거사가(居士歌)〉, 〈백발가(白髮歌)〉, 〈노인가(老人歌)〉를 대상으로 하여,[24] 그 작품들의 시적 초점을 살펴보자.

(1) 〈우부가(愚夫歌)〉(전 110행 내외; 編者 미상 『草堂問答歌』・李用基 편 『樂府』 수록)

"늬 말슴 광언인가 져 화상을 구경허게/ ……(108행 정도 생략)…… / 포청귀신 되엿는지 듯도 보도 못헐네라" [『樂府』 下 297]

(2) 〈용부가(庸婦歌)〉(전 46행 내외; 『草堂問答歌』・『樂府』 수록)

"흉보기도 슬타마는 져 부인의 거동 보소/ ……(42행 정도 생략)…… / 무식헌 창싱드라 져 거동을 즈세 보고/ 그른 닐을 아라쩌든 곳칠 긔쯘 힘을 쓰소/ 오른 말을 드럿쩌든 힝허기를 위업헐지어다" [『樂府』 下 298]

자매편이라 할 만큼 혹사한 양상을 보이는 이 두 작품의 주제에 대한 기왕의 주요 견해들은 다음과 같다.

첫째, 개인적인 삶의 태도에 대한 비판이나 경계(警戒)・교훈을 주려 한 작품이라는 견해다.[25] 둘째, 표면적인 주제와는 달리, 이면적으로 '기존 관념에의 도전'을 표현한 것이라는 견해다. (1)의 표면직인 주제는 반어(反語)일 수 있고 이면적인 주제는 가치관의 커다란 전환을 겪던 시대의 문제를

---

24) 이능우는 이 작품들이 '衙前輩類 등 또는 아낙네들'이 지은 작품들일 것으로 보았다(〈백발가〉는 언급하지 않음; 이능우, 『가사문학론』, 96~99면, 105면). 한편 김문기는 앞의 4편을 '기존관념에의 도전과 인간본성의 추구'를 내용으로 한 작품들로 보았고, 〈노인가〉는 '연정 및 신세한탄'과 '인생무상과 취락'에 함께 들었다(김문기, 앞의 책, 108면, 110면).

25) 김대행, 「우부가의 주제와 시대성 논의 반성」, 재수록: 국어국문학회 편, 『가사 연구』(태학사, 1998), 351면 참조.

포괄적이고 깊이 있게 나타내는 것이라고 보거나,[26] 또는 두 작품이 유교적 이념 및 도덕의 당위성을 의심케 함으로써 기존 관념에의 도전을 표현한 것으로 해석하거나,[27] 화자의 주자주의적(朱子主義的) 훈계보다 등장인물들의 골계스런 행위와 의식이 야기하는 반(反)주자주의적 흥미에 집중된다고 보는 것이다.[28]

한편 그 주제를 개인적인 삶의 태도에서 인간의 도덕적 의무감을 벗어난 것에 대해 비판하고 경계한 것으로 보면서도, 그 작품들이 열등한 대상과의 이질성을 강조함으로써 대상을 희화화(戱畵化)하고 그 결과로 우월감을 만족시키는 단순한 흥미(심리적 代償性을 통한 오락적 흥미) 이상의 다른 의미를 지니지 않는다고 하는 견해가 있는데,[29] 이는 주목을 요한다고 할 것이다.

(1)과 (2)는 각각 '기똥이'·'쏨싱원'·'꾕싱원'과 '져 부인'·'쎙덕어미'라는 등장인물들의 악행(惡行)과 우행(愚行)을 갖가지로 열거한 뒤, 그 말로(末路)가 좋지 못함을 말하고 있다. 그러므로 그 주제는 표면에 드러나는 대로 '반인륜적인 행위를 경계함'이라고 해야 할 것이다(둘 다 五倫을 강조한 『초당문답가』에 실려 있고, 또 (2)의 끝부분에서는 '警世'를 강조하고 있기도 함).

그렇다고 이 작품들의 시적 초점이 이러한 주제에 맞추어져 있다고 보기는 어렵다. 주제와 직결되는 경세나 풍자를 통한 비판이 주된 창작목적이라면, 그 등장인물들의 악행·우행은 풍자의 진정한 목적인 교정(矯正)이 가능한 정도에 그쳐야 할 터이다.[30] 그러나 이 작품들에서 열거된 악

---

26) 조동일, 『문학연구방법』(지식산업사, 1980), 105~112면.

27) 김문기, 앞의 책, 84면.

28) 김학성, 앞의 글, 248면.

29) 김대행, 「〈우부가〉의 주제와 시대성 논의 반성」, 재수록: 국어국문학회 편, 『가사 연구』(태학사, 1998), 351면 참조.

30) 풍자의 진정한 목적은 '惡(및 어리석음)의 矯正'이라는 견해가 널리 받아들여진다. Arthur Pollard 저, 송낙헌 역, 『諷刺』(서울대학교출판부, 1979), 6면; M. H. Abrams, *A Glossary of Literary Terms*(Third edition, New York: Holt, Rinehart and Winston, 1971),

행·우행들은 보통 사람들이 저지를 수 있는 악행·우행에 비해 가짓수도 크게 많은 데다 그 수준도 여느 사람들이 저지를 수 있는 범위를 훨씬 벗어나는 데까지 이르고 있어서,[31] 그 인물들보다 도덕적으로 우위에 있는 '창생(蒼生)들'이 이를 통해 교훈을 얻거나 경계를 삼기에 적합하지 않다. 또 그들의 말로가 그들이 저지른 악행·우행들의 많고 심한 정도에 비해 그리 비참한 결과로 여겨지지도 않는다.[32] 이러한 점에서, 이 작품들은 교훈이나 풍자를 위한 것이라고 보기가 어렵다.

이 작품들은 '반인륜적인 행위를 경계함'이라는 주제를 지녔지만, 그 시적 초점은 인간이 저지를 수 있는 갖가지 악덕과 어리석음을 한껏 갖춘 극단적인 인물들을 설정하고 그들의 악행·우행을 과장되게 그려서, 이를 조롱하면서 재미있는 표현을 통해 해학적 즐거움을 추구하는 데 맞추어져 있는 것으로 판단된다.[33] 곧 이 작품들에서는 주제보다는 제재·소재에 대한 재미있는 표현을 통한 해학적 즐거움의 중요성이 중시된다는 것이다.

이러한 면은 다른 작품들에서도 적지 않게 나타난다.

(3) 〈노처녀가(老處女歌)〉(전 63행; 『樂府』 등 수록)
"人間世上 사롬들아 이 닉 말숨 드러보쇼/ ……(61행 정도 생략)…… /

---

p. 154 등 참조.

31) (1)에서의 '개똥이'의 '계집문서 종 삼기'·'살결박에 소 뺏기', '꼼싱원'의 '僞造文書 非理 好訟', '꾕싱원'의 '남의 과부 겁탈하기'·'누이 자식 조카 자식 色酒家로 換賣하기', (2)에서의 '져 부인'의 '色酒家 운영 계획', '쎙덕어미'의 '모함 잡고 똥 먹이기'·'姦夫 달고 달아나기' 등.

32) (1)에서의 '기똥이'는 '乞客이 됨', '꼼싱원'과 '꾕싱원'은 '출타 후 행적이 묘연함', (2)에서의 '쎙덕어미'는 '여러 번 官婢定屬 당함'에 그친다('져 부인'의 경우는 그 말로가 뚜렷이 나타나지도 않음).

33) 그 때문에 이 작품들에서는 과장된 표현과 열거된 악행·우행들 간에 相馳되거나 통일성을 결한 양상이 나타나기도 한다. 이러한 점은 판소리계소설 〈興夫傳〉·〈沈淸傳〉과 규방가사 〈괴똥어미젼〉에서 '놀부'·'뺑덕어미'와 '괴똥어미'의 악행·우행을 과장되게 열거한 데서도 마찬가지이다.

아마도 모진 목숨 죽지 못히 怨讐로다" [『樂府』上 16]

　(4) 〈거사가(居士歌)〉(전 57행; 『樂府』등 수록)
　　　"어화 그 뉘신고 어듸로셔 오신는가/ 텬상 빅옥경을 엇지ᄒ여 리별
　　ᄒ고/ 이내 산즁 깁흔 곳에 뉘를 ᄎᄌ 오시는가/ ……(53행 생략)…… /
　　이 셰샹 다 진커든 후싱길을 닥그리라" [『樂府』上 49]

　남녀 간 애정을 중심으로 하여 그 욕구의 좌절 또는 성취의 문제를 다
루었는데, 기존 관념에의 도전을 표현한 것으로 파악되기도 했다.[34] 그러
나 이 작품들에서도 주제보다는 웃음과 오락적 흥미가 더 중시되어, 시적
초점이 제재·소재에 대한 재미있는 표현을 통해 해학적 즐거움을 추구하
는 데 맞추어져 있는 것으로 판단된다. (3)은 나이 마흔이 되도록 시집가지
못하는 신세를 한탄하는 내용이지만, 인물 설정 및 표현에서 사실성(寫實
性)이 결여된 상황과 과장 등을 통해 해학적 즐거움을 찾으려는 작품이
고,[35] (4)도 '학덕 높은 인물의 타락에 대한 풍자'이기보다는 그의 비행(非
行)을 희화화해서 해학적 즐거움을 찾으려는 작품일 것이다.[36]

　(5) 〈백발가(白髮歌)〉(전 154행; 『草堂問答歌』·『樂府』등 수록)
　　　"츈일이 노곤ᄒ야 초당의 누엇더니/ ……(150행 생략)…… / 슬푸다

---

34) 김문기, 앞의 책, 84면; 김학성, 앞의 글, 248~249면.
35) 앞부분에서의 "갑갑흔 우리 父母 가난흔 좀兩班이~"와 뒷부분에서의 "우리 父親 兵曹
　　判書 ᄒ아부지 戶曹判書~"는 상치되는 내용인데, 이러한 불일치도 표현의 재미를 중
　　시한 데서 나타난 결과일 것이다. 그리고 김대행은 노처녀의 나이를 40세로 설정한
　　점 등과 일부 표현은 개별적 사실에 주목한 표현이 아니고 作爲的으로 극대화한 표현
　　으로 판단되고, 이에서 戲作的 태도가 드러난다고 했다(김대행, 앞의 글, 357면).
36) 이 때문에 그 표현에서 패러디(parody)의 양상과 과장된 열거 등이 나타나게 되었을
　　것이다(첫 부분은 鄭澈 작 〈續美人曲〉의 첫 부분 "뎨 가ᄂ 뎌 각시 본 듯도 ᄒ뎌이고/
　　天上 白玉京을 엇디ᄒ야 離別ᄒ고/ ᄒ 다 뎌 져믄 날의 눌을 보라 가시ᄂ고"의 패러디
　　라고 할 것임).

청춘네들/ 믈니 경상 볼짝시면 그 아니 무셔운가/ 광음을 허송 말고 늘기 전의 힘쎠 허소" [『樂府』 下 302]

(6) 〈노인가(老人歌)〉(전 98행 정도; 前間恭作 편 『校註歌曲集』 수록)
　　"崑崙山 ᄂ린 脈의 五嶽이 中興ᄒ니/ ……(96행 생략)…… / 아마도 먹고 쓰고 노ᄂ 거시 豪傑인가 ᄒ노라" [前間恭作 편, 『校註歌曲集』 後集 권5 流轉編 5]

　　시상과 표현에서 공통점이 많은 작품들로서, 모두 늙음을 한탄하는 내용으로 되어 있다.[37]

　　그런데 이 두 작품은 내용의 대부분이 젊은 시절을 허랑방탕하게 보낸 사람이 노년에 초라한 몰골과 신세가 되었음을 한탄하는 것으로 이루어지는 공통성을 지니면서도, 주제부라 할 끝부분이 서로 반대의 내용을 보인다((5)는 젊을 때 노력할 것을 당부함에 비해, (6)은 실컷 먹고 놀 것을 강조함). 이처럼 거의 마찬가지의 제재·소재를 토대로 하고도 상반된 주제가 제시된다는 점에서, 이 두 작품에서 주제는 그다지 중요하지 않고 그 앞의 제재·소재에 대한 표현 그 자체가 작품의 핵심적인 요소인 것으로 여겨진다(늙은 모양, 늙음과 백발이 오는 것에 항거할 수 없음, 그리고 젊을 때 유흥공간에서 즐기던 풍류 등을 진술한 데서 재미있는 표현을 추구하는 양상이 뚜렷이 나타남). 이처럼 이 두 작품에서는 주제보다는 제재·소재에 대한 표현이 더 중시되므로, 그 시적 초점이 제재·소재에 대한 재미있는 표현을 통해 해학적 즐거움을 추구하는 데 맞추어져 있다고 판단된다.

　　이상의 작품들에서는 주제가 크게 중요하지 않기도 하고, 다른 여러 요소들이 주제의 구현을 위해 통일되는 양상이 약한 편이라고 판단되는 경

---

37) 이 작품들도 기존관념에의 도전을 표현한 것이라고 보기도 했다. 김학성, 앞의 글, 249면; 김문기, 앞의 책, 108면 참조.

우가 많다. 또 그 작품들에서는 현실비판 등이 거의 나타나지 않거나 또는 부차적인 것으로 나타나고, 현실비판이 나타난다고 할 수 있는 경우에도 그것은 '풍자를 통한 교정'을 목적으로 하는 것이 아니라 '웃음이나 조롱을 통한 즐거움'을 추구함에 그치는 양상을 다분히 보인다.

이처럼 평민가사의 여러 작품들에서도 제재·소재에 대한 표현을 통한 해학(유머)과 오락적 흥미가 주제 못지않게 또는 더 중시되므로, 그 시적 초점은 제재·소재에 대한 재미있는 표현을 통해 해학적 즐거움을 추구함에 주로 맞추어져 있다고 할 수 있을 것이다.

4. 조선 후기 '평민시가'의 창작원리

앞에서 살펴보았듯이, 사설시조의 대다수 작품들에서는 주제가 뚜렷하지 않거나 중요하지 않아서, 작품 내 제 요소들이 주제의 구현을 위해 통일되는 양상이 미약하다. 그보다는 '남녀문제'나 '사랑과 향락' 등을 주요 화제로 하고 그 제재·소재에 대한 재미있는 표현을 추구하는 면이 두드러진다. 이에 그 시적 초점은 주제의 구현이 아니라 제재·소재에 대한 재미있는 표현을 추구함에 맞추어져 있다고 할 것이다. '평민가사'의 상당수 작품들에서도 주제는 크게 중요하지 않아, 작품 내 제 요소들이 주제 구현을 위해 통일되는 양상이 약한 편이다. 그보다는 '연정 및 신세한탄' 등을 주요 화제로 하고 그 제재·소재들에 대하여 재미있는 표현을 추구하는 면이 뚜렷하다. 이에 그 시적 초점도 주제 구현보다는 제재·소재에 대한 재미있는 표현 추구에 주로 맞추어져 있다고 하겠다. 이처럼 조선 후기의 '평민시가'의 다수 작품들에서는 작품 조직화에서의 지배적 요소인 시적 초점이 주제의 구현보다는 제재·소재에 대한 재미있는 표현에 주로 맞추어져 있는 것이다.

이러한 점을 기반으로 하여, 대다수 사설시조 작품들과 상당수 평민가사 작품들의 창작원리의 주요한 특징에 대해 살펴보기로 한다(작품 창작원리를 장르 단위로 살피는 경우에는 주요한 핵심적 특징 위주로 간결하게 규정하여야 개별 작품 창작의 자유로움과 창의성이 무시되지 않게 될 것이다).

사설시조란 가곡창(歌曲唱)의 농(弄)·낙(樂)·편(編) 등의 곡과 시조창(時調唱)의 사설시조창법에 의해 노래된 '4음보격(音步格) 3행(行)'인 시조형(時調形)의 범위를 넘어서는 작품들을 총칭한 것인데, 그 가운데는 '시조의 파형(破型) 또는 변종(變種)'이라고 할 작품들이 다수이지만, 더 길어져서 10행 내외로 이루어진 것들도 있고(앞의 작품들에서는 (13), (14), (15), (20); 그리고 (12), (17), (18) 등), 가사와의 구별이 힘들 정도로 장편화(長篇化)된 작품들도 없지 않다(앞의 작품들에서는 (21)).[38]

'시조의 파형 또는 변종'이란 시조형에서 일부(주로 중장)가 적지 않게 길어진 작품들을 말하는데(4행 이상으로 된 경우가 많으며, 대체로 6행 정도 이내임), 시조와 마찬가지로 '단편(短篇)시가'라 할 수 있다. 이에 비해 10행 내외로 길어진 작품들은 '중편(中篇)시가'에 든다고 하겠고, 수십 행 이상으로 길어진 작품들은 '장편(長篇)시가'로 볼 수 있다.

사설시조 작품들의 조직화에서 가장 널리 쓰인 방법은 제재·소재에 대한 진술을 확대하거나 논의를 확장하는 '부연(敷衍; amplification)'이다. 부연은 매우 포괄적인 수사법으로서 종종 하나의 수사법 이상이기도 한데,[39] 그 방법으로 '단어의 선택, 연속적인 대조(對照), 강조의 점증적(漸增的) 구축, 인상(印象) 면에서 대조되는 것과의 비교, 부차적인 문제의 확대, 집적(集積; 동의어들에 의한 반복)'이 있다고 한다.[40]

사설시조 작품들에서 많이 쓰인 수사법들인 열거와 대구, 그리고 반복과 점층법 등도 부연의 방법이거나 또는 이와 긴밀히 관련되는 것이라는

---

38) 성호경, 「조선 후기 시가의 양식과 유형」, 『민족문화논총』 13(영남대학교 민족문화연구소, 1992), 140~145면(이 책, 273~279면) 참조.

39) A. Preminger, F. J. Warnke, and O. B. Hardison Jr. ed., *op. cit.*, p. 32.

40) Joseph T. Shipley, *Dictionary of World Literary Terms*(Boston: The Writer, 1970), p. 12.

성격을 지닌다(반복과 점층법은 각각 '동의어들에 의한 반복'과 '강조의 점증적 구축'을 위주로 이루어지고, 열거와 대구는 각각 '집적'과 '연속적인 대조'와 긴밀히 관련되는 것임). 이에 대다수의 사설시조 작품들은 부연에 의해 편폭(篇幅)이 길어졌다고 할 수 있다.[41]

  단편시가는 단편적(斷片的)·순간적인 정서적 체험의 응축적(凝縮的)·집약적(集約的) 표현을 주로 하며 단일한 시상(詩想)과 정조(情調)를 지니는데, 이러한 시가에서는 통일성과 집중성이 강하게 요구되므로 작품 내 제 요소들 간의 고도의 유기적 통합을 지향한다.[42] 대다수의 시조 작품들이 이러한 성격과 구성을 보이는데, 다수의 사설시조 작품들도 기본적으로는 이와 비슷한 양상을 보인다. 그러나 사설시조에서는 부연에 의한 확장이 이루어지고, 그 부연이 정서적 체험의 응축적·집약적 표현에 장애가 될 수 있다는 점에서, 시조와는 다소 차이가 있다고 할 것이다.

  중편시가는 정서적 체험을 표현하는 면을 적지 않게 드러내면서도 또한 대상의 특성에 대한 설명이나 교시(敎示)를 어느 정도 지속적으로 진술하여 나타내는 면을 함께 갖추어서, 단편시가와 장편시가를 절충한 성격을 지닌다.[43] 이른바 '10구체' 향가나 조선 초의 〈신도가(新都歌)〉(鄭道傳 작) 등에서 이러한 성격과 구성을 보이는데, 사설시조에서 10행 내외로 길어진 작품들도 기본적으로는 이러한 성격과 구성을 보인다. 그러면서도 그 확장이 주로 제재·소재에 대한 진술을 확대하는 방식으로 이루어진다는 점에서, 10구체 향가 작품 등에서 나타나는 주제 구현을 위해 논의를 확장하는 방식과는 차이가 있다.

---

41) 辛恩卿, 「사설시조의 시학 연구」, 문학박사학위논문(서강대학교, 1988), 171〜172면에서 사설시조의 주류를 이루는 것으로 말한 '열거를 기반으로 하는 엮음'도 부연의 한 방법이라고 할 수 있다.

42) Paul Fussell, *Poetic Meter and Poetic Form*(Revised edition, New York: Random House, 1979), p. 159 참조.

43) 성호경, 「한국시가의 형식」(새문사, 1999), 70〜71면 참조.

그리고 가사와의 구별이 어려울 정도로 장편화된 작품들의 경우는 대체로 가사 작품들과 비슷한 성격과 구성을 보인다고 할 수 있을 것이다.

부연은 주로 제재의 중요성을 강화하고 제고하기 위해서나 감소시키고 헐뜯기 위해서 쓰이는 것이다.[44] 이러한 부연이 사설시조 작품의 조직화에서 널리 쓰였다는 점은 곧 그 대다수 작품들에서 제재·소재 자체가 매우 중요한 위치를 차지한다는 점을 알려준다. 그 작품들에서는 주제를 구현하기 위해 제재·소재들이 통일성 있게 조직화되기보다는, 제재·소재 자체의 중요성이 강조되어서 그것에 대한 진술과 표현이 중심을 이루는 것이다.

이처럼 사설시조의 대다수 작품들에서는 제재·소재 자체가 중시되며, 그 진술의 주축을 이루는 부연의 방법으로서 열거·대구·반복 등이 많이 쓰였다. 그리고 이와 결합되어 제재·소재의 형상과 성질을 재미있게 표현하기 위해 쓰인 수사법들인 과장법과 점층법, 의성·의태어와 언어유희 등은 대체로 강한 정서를 표현하거나 희극적 효과나 흥미 유발 등을 증진하기 위한 것이다.[45]

사설시조 작품들은 '유형화(類型化)된 공식적 형식'을 많이 보이면서 특징적인 표현방식으로 '부조리하거나 우스꽝스러운 상황 설정'과 '언어유희적 표현' 등을 적지 않게 썼다.

'유형화된 공식적 형식'(앞에 든 작품들 가운데 (1)·(2)와 (4)·(14), 그리고 (3)유형의 작품들 등과 같이 일정한 구성방식과 표현이 여러 작품들에서 판박이처럼 사용된 사례들 외에도 常套語句들이 다수의 작품들에 쓰임 등)은 사람들이 별다른

---

44) A. Preminger, F. J. Warnke, and O. B. Hardison Jr. ed., *op. cit.*, p. 32.

45) 과장법은 강한 정서를 표현하기 위한 것인데, 종종 희극적 反語로 발전하기도 한다 (*Ibid.*, p. 359). 점층법은 독자를 설득하거나 감동을 줌에 효과적이며 그 목표는 설득력이나 흥미를 漸强하는 것이다(*Ibid.*, p. 142). 그리고 의성어·의태어와 각종 언어유희도 해학 등 희극적 효과와 흥미 유발에 이바지할 수 있는 수사법이다(*Ibid.*, p. 591, p. 681 등 참조).

지적(知的)인 노력이 없이도 그 작품들에 쉽게 접근하고 향수할 수 있게 해 주며, 그 관습에 길들여 있는 사람들을 편안하게 해 주는 것이다.[46] 또 그 단조롭고 진부하며 뻔한 도식적인 형식은 그것이 익숙한 것이라는 점에서, 한편으로는 그것을 통해 표현되는 말초적·즉각적·직접적인 자극적 내용을 별다른 불편한 느낌 없이 즐길 수 있게 해 주기도 하고, 다른 한편으로는 그것이 익숙한 세계라는 의식작용으로 인해 사람들 내면의 방어적인 긴장을 이완시켜서 그 자극성의 세계 속에 더욱 몰입할 수 있게 해 주기도 한다.[47] 그리고 '부조리하거나 우스꽝스러운 상황 설정'((1), (2), (7), ⑫; (4), (8), ⑭ 등)과 '언어유희적 표현'((1), (3), (5), (6), (7), ⑩, ⑭ 등)은 주로 유희적인 재미를 찾으려는 관심을 기반으로 하고 웃음을 낳기 위한 장치로서의 성격을 지닌 것들이다.[48] 이처럼 사설시조에서는 사람들이 편안하고 쉽게 작품들을 향수할 수 있게 해 주고, 또 웃음을 낳기 위한 표현들을 많이 썼던 것이다.

한편 대다수 사설시조 작품들에서는 주제가 뚜렷하지 않거나 주제다운 주제가 잘 나타나지도 않으며, 또 작중의 여러 요소들이 주제의 구현을 위해 통일되는 양상도 미약한 편이다. 이 점은 곧 사설시조가 주제의식이 미약한 문학이라는 점을 알려준다.

---

46) 박성봉, 『대중예술의 미학』(동연, 1995), 240면, 257면 참조.

47) 같은 책, 249면 참조.
　　한편 그 도식성의 특질과 자극성 사이의 모순된 공간을 채우기 위해 몇 개 또는 매우 풍부한 細目들 및 詳細感覺(sense of details)을 필요로 한다고도 하는데(같은 책, 258~259면 참조), 사설시조에서 제재·소재에 대한 진술을 늘리는 부연이 많이 쓰인 것은 이 점과도 관련될 수 있을 것이다.

48) '우스꽝스러운 불일치'는 농담에서 '펀치라인(punch-line)'이라고 부르는 뒤통수를 치는 효과를 가져서, 오로지 웃음 그 자체를 위해 모든 종류의 난센스들과 유희한다고 한다(같은 책, 327~328면). 그리고 우스꽝스러움의 특징적이고 지속적인 힘에는 악의에 찬 비난 또는 그러한 성격의 관심에 호소하는 부분이 있지만, 그보다는 좀 더 보편적이고 지속적인 관심 즉 유희적인 재미를 찾으려는 관심이 지배적이라고 한다(같은 책, 330면). '언어유희적 표현'도 이러한 성격을 지님은 물론이다.

　그러므로 주제의식이 미약한 대다수 사설시조 작품들의 창작원리는 대체로 체험의 응축적·집약적 표현을 기본으로 하면서도 제재·소재에 대한 진술을 늘리는 부연을 통한 확장을 보이는 가운데서, 진지한 주제의 구현보다는 제재·소재에 대한 재미있는 표현('유형화된 공식적 형식'과 '부조리하거나 우스꽝스러운 상황 설정' 또는 '언어유희적 표현' 등을 많이 씀)을 통해 해학적 즐거움과 웃음 등의 희극적 효과를 추구하는 것을 주요한 특징으로 한다고 할 수 있을 것이다.

　시행들의 형식적 무리 짓기가 없는 비연체(非聯體)의 구성에서는 사상(事象)들에 대한 기술에서 단절이 거의 없으므로 시상의 선형적(線形的) 발전의 효과를 기할 수 있다.[49] 이 때문에 비연체로 된 장편시가인 가사는 체계적·지속적인 진술을 필요로 하는 일련의 지식을 교시하는 것 위주로 발달하였다.[50] 그러나 그 구성에서는 한 목표에로의 집중성과 통일성이 약하고, 독자적인 성격을 다분히 지니는 여러 부분들을 집적하는 '부가작용(附加作用)'의 양상이 두드러진다(각각의 부분들의 중요성이 강조되며, 끝 행이 '결말·완성으로서 시의 통일성과 일관성을 확보해 주는 종결부' 곧 주제부로서의 성격을 잘 갖추지 못함).[51]

　조선 후기의 평민가사도 기본적으로는 이러한 성격과 구성을 보인다고 할 수 있다. 그 작품들은 시상 전개의 방향으로서 각 부분들을 하나로 묶게 할 수 있는 일정한 주제를 가지기도 하지만, 그 주제에로의 집중성과 통일성은 약한 편이다. 그러므로 그 창작원리를 주제 구현을 위한 집중·통일로만 보기가 어렵다. 게다가 그 상당수 작품들에서는 주로 제재·소재의 형상이나 성질을 나타냄을 중심으로 하여 재미있는 표현을 통해 해학적 즐거움을 추구함에 그 시적 초점이 맞추어져 있기도 한 것이다.

---

49) Paul Fussell, *op. cit.*, p. 110.

50) 성호경, 『조선전기시가론』(새문사, 1988), 107~108면 참조.

51) 같은 책, 130면 참조.

앞에서 예로 든 작품들은 대체로 서사적(敍事的) 성격을 드러낸다고 한다.[52] 그러나 그 구성은 사건이나 행동의 전개과정을 시간의 경과에 따라 구체적으로 서술하기보다는, 제재·소재의 형상이나 성질을 진술·묘사함을 주로 하고 있다. 곧 사건이나 등장인물의 행동의 전개과정보다는 등장인물들의 형상이나 성질을 드러냄에 초점이 맞추어져 있고, 그것도 과장 등을 통한 '부정적(否定的) 형상화' 위주의 양상을 보이는 것이다. 그 부정적으로 형상화된 인물에 대해서 작자의 태도나 그 결과로서 형성되는 독자의 태도는 우월감의 확인이고, 그러한 우월감을 바탕으로 할 때 대상에 대한 '희화화(burlesque)'가 가능해지기도 한다고 한다.[53]

이처럼 평민가사의 상당수 작품들에서는 주제에로의 집중성·통일성이 약하고, 서사적 성격을 지닌다는 작품들에서도 스토리가 미약하고 인물 묘사가 중심이 되는 구성을 취하는 경향이 있으며, 그 방법으로 쓰인 지나친 과장과 열거가 엄숙한 교훈보다는 오히려 해학적인 웃음을 짓게 하는 것이다(이러한 점은 그 표현의 역효과이기보다는 창작목적을 달성하기 위한 방법으로서의 성격을 짙게 지닌다고 할 것이다).

평민가사 작품들에서도 '유형화된 공식적 형식'이 많이 나타나는데(앞에 든 (1)과 (2), (5)와 (6)이 구성 및 표현에서 공통점이 많으며, 여러 작품들이 부정적 형상화 등을 통한 희화화를 보임), 이 또한 사람들이 편안하고 쉽게 그 작품들을 향수할 수 있게 해 준다.

앞에서 살펴보았듯이, 평민가사의 여러 작품들에서도 제재·소재에 대한 재미있는 표현을 통한 해학적 즐거움이 주제의 구현 못지않거나 또는 그보다 더 중시된 것으로 나타난다. 이에 평민가사의 상당수 작품들에서

---

52) 김학성, 앞의 글, 243면, 248~249면 등 참조.

53) 이러한 희화화는 필연적으로 오락성과 흥미 위주의 문화를 형성하게 된다. 삶의 진정한 갈등이나 그 해결의 방식을 모색하기 위해서라면 개성적인 인물이 제시되어 마땅하지만, 흥미와 오락을 위한 것이므로 결점이란 결점은 다 모아 지닌 전형화된 인물로 그들은 설정된 것으로 이해될 수 있다는 것이다. 김대행, 앞의 글, 354~359면.

는 주제가 있기도 하지만, 그 창작원리는 여러 부분들을 집적하는 부가작용을 기본으로 하고, 주제의 구현보다는 제재·소재에 대한 표현에 초점을 맞추어서 그 형상이나 성질을 진술·묘사함을 주로 하며('유형화된 공식적 형식'을 많이 쓰며, '부정적 형상화'를 통해 희화화하는 경향이 높음), 그것을 통해 희극적 효과를 추구하는 것을 주요한 특징으로 한다고 할 수 있을 것이다.

이처럼 조선 후기 '평민시가'의 다수 작품들에서는 주제가 작품 내 여러 요소들을 통일시키는 지배적 요소로서의 구실을 온전히 하지 못하고 있어서, 시적 초점이 주제의 구현보다는 제재·소재에 대한 재미있는 표현에 주로 맞추어져 있고, 그 제재·소재에 대한 재미있는 표현을 통해 희극적 효과(해학적 즐거움과 웃음 등)를 추구하는 것이 그 창작원리의 주요한 특징이라고 할 것이다.

5. 결론

앞에서 필자는 조선 후기의 '평민시가'에 대한 바른 이해를 위해, 사설시조와 '평민가사'의 시적 초점과 창작원리를 살펴보았다. 그 결과를 요약하면 다음과 같다.

조선 후기의 사설시조와 평민가사에서는 '남녀문제'나 '사랑과 향락' 또는 '연정 및 신세한탄' 등을 다룬 작품들이 많으며, 풍자 등에 의한 '현실비판'은 뚜렷이 나타나지 않는 편이다. 그 작품 조직화에서의 지배적 요소인 시적 초점은 주제의 구현보다는 제재·소재에 대한 재미있는 표현을 추구함에 주로 맞추어져 있다.

주제의식이 미약한 대다수 사설시조 작품들의 창작원리는 대체로 체험의 응축적·집약적 표현을 기본으로 하면서도 제재·소재에 대한 진술을 늘리는 부연을 통한 확장을 보이는 가운데서, 진지한 주제의 구현보다는 제재·소재에 대한 재미있는 표현('유형화된 공식적 형식'과 '부조리하거나 우스꽝스러운 상황 설정' 또는 '언어유희적 표현' 등을 많이 씀)을 통하여 해학적 즐거움과 웃음 등의 희극적 효과를 추구하는 것을 주요한 특징으로 한다. 평민가사의 상당수 작품들의 창작원리는 여러 부분들을 집적하는 부가작용을 기본으로 하고, 주제의 구현보다는 제재·소재에 대한 재미있는 표현에 초점을 맞추어 그 형상이나 성질을 진술·묘사함을 주로 하며(유형화된 공식적 형식을 많이 쓰며, '부정적 형상화'를 통해 희화화하는 경향이 높음), 그것을 통해 희극적 효과를 추구하는 것을 주요한 특징으로 한다.

이처럼 조선 후기 '평민시가'의 다수 작품들에서는 시적 초점이 주제의 구현보다는 제재·소재에 대한 재미있는 표현에 주로 맞추어져 있으며, 그 제재·소재에 대한 재미있는 표현을 통해 희극적 효과(해학적 즐거움과 웃음 등)를 추구하는 것이 그 창작원리의 주요한 특징이라고 할 것이다.

이상은 각 장르들 내의 제 부류들을 두루 살피지 못하고 대표적이라는 일부 작품들을 통해 핵심적인 면을 개괄적으로 고찰한 결과이므로, 조선 후기 '평민시가'의 실상과 세부적인 면에서 부합하지 않는 점이 있을 수도 있을 것이다. 또 고찰 대상으로 한 평민가사 작품들이 수효도 적은 데다 특정한 부류에 치우쳐 있고 사설시조 작품들도 18세기 중엽까지의 작품들 위주라는 점에서, 이 결과를 그 시가가 전반적으로 보이는 주된 양상이라고 단정하기가 쉽지 않기도 한다. 그리고 조선 후기라고 해도 17세기부터 19세기 말에 이르기까지 근 3세기 동안에 얼마간 변천상을 보였을 수도 있는데,[54] 이 논의에서는 그러한 변천을 고려하지 못하였다. 이러한 한계를 지니기는 하지만, 그 논의 결과들이 실상과 크게 다르지는 않을 것으로 여겨진다. 앞으로 평민가사의 타 부류에 속하는 작품들도 포함하여 더 많은 작품들을 대상으로 하고 변천상도 고려하는 발전된 연구가 이루어져서

---

54) 김흥규, 「사설시조의 詩的 視線 유형과 그 변모」(『韓國學報』 68, 일지사, 1992) 등에서 사설시조의 변천상을 논한 바 있다.

이 논의의 불충분한 점들을 보완해야 할 것이다.

　필자는 이 논의를 기반으로 하여 다른 글(後篇)을 통해 조선 후기 '평민시가'의 통속예술적 성격에 대한 논의를 펼 것이다.

『語文學』 제105집(韓國語文學會, 2009. 9)

11장

조선 후기 '평민시가'의 통속예술적 성격

1. 서론

1960년대에 국사학계에서 보이기 시작한 식민사관 극복 노력은 역사의 '내재적(內在的) 발전'을 강조하여, 우리나라 근대화의 자생적 양상과 그 요인들을 조선 후기에서 찾고자 하는 경향을 낳았다. 이에 영향 받아 국문학계에서도 1970년대부터 조선 후기의 문학에서 근대적 성격이나 그 싹을 찾으려는 움직임이 구체화되었다. 고전시가 연구에서는 사설시조(辭說時調)와 이른바 '평민가사(平民歌辭)' 등 양반(兩班) 신분이 아닌 사람들('平民')이 주된 담당층을 이루었던 시가('평민시가')에서 중세적 전통 및 질서를 거부하는 현실비판정신이나 근대를 지향하는 민중적 의식 등을 찾아내고자 하는 경향이 두드러졌고, 이러한 경향은 1980년대를 거쳐 1990년대에도 조선 후기의 시가에 대한 연구와 이해에서 주류를 이루었다.[1]

그런데 1990년대에 들어 사설시조 작품들에 대한 구체적인 고찰을 통해

---

1) 그러한 경향을 보인 주요 논저들로 金文基, 『庶民歌辭研究』, 형설출판사, 초판 1983·수정판 1985; 金學成, 「가사의 실현화 과정과 근대적 지향」, 한국고전문학연구회 편, 『近代文學의 形成過程』, 문학과지성사, 1983; 조동일, 『한국문학통사 3』, 지식산업사, 1984 (초판)·1989(제2판)·1994(제3판) 등이 있다.

이전과는 다소 다른 연구결과들이 나타나기 시작했는데, 그 작품들에 풍자 등의 현실비판이 있음을 인정하면서도 오락성에 주목하는 경향이 두드러졌다. 이러한 경향이 더욱 진전되어서, 근년에는 사설시조의 통속적 성격에 주목한 연구들이 나타나게 되었다.[2] 그러나 평민가사에 대한 연구는 1970년대 이래의 시각과 경향에서 크게 벗어나지 않고 있다.[3]

지금까지의 연구들에서 드러나는 문제점들은 다음과 같이 정리될 수 있을 것이다.

첫째, 1970년대 이래의 연구는 조선 후기 '평민시가'의 담당층의 성격을 잘못 파악하고(中人을 常民과 함께 '평민'으로 봄) 작품의 전체적 양상을 구체적으로 살피지 않은 채 현실비판정신과 민중적 의식 등의 근대적 성격을 강조함으로써, 그 예술적 성격과 문학사적 의의에 대한 바른 이해에 지장을 초래하였다. 둘째, 1990년대 후반 이래 사설시조의 통속성에 주목한 연구들에서 작품을 구체적으로 살펴서 그 시적 형상화의 양상과 예술적 성격에 대해 바른 이해를 기하고자 했으나, 작품 창작의 원리를 구명하지 않았기에 여러 외현(外現) 양상들이나 형상화 방식들을 유기성·통일성을 지니는 관계로 통합하지 못하고 향수 양상과의 긴밀한 상응관계도 살피기 어려웠다. 셋째, 이 새로운 시각 및 경향의 연구가 평민가사에 대하여는 뚜렷이 이루어지지 않아서, 조선 후기 '평민시가'의 전반적인 특징적 양상과 성격에 대하여 바른 이해를 기하지 못하고 있다.

---

2) 박애경의 「조선후기 시조의 통속화 과정과 양상 연구」(문학박사학위논문, 연세대학교, 1997)는 시조·사설시조의 통속성에 대한 첫 본격적 연구이고, 李秀坤의 「사설시조의 통속문학적 성격 연구」(문학박사학위논문, 서강대학교, 2004)에서는 사설시조의 통속문학적 형상화 방식을 살펴서 향유 양상과 관련시켜 논하였다.

3) 1980년대 후반에 金大幸의 「愚夫歌의 주제와 시대성 논의 반성」(『開新語文研究』 5·6, 충북대학교 국어교육과, 1988)에서 〈우부가〉의 주제 등에 대한 기존의 논의를 비판하고 오락성과 흥미에 주목했지만, 그 논의가 여러 작품들을 대상으로 하거나 평민가사 전반으로까지 나아가지는 않았고, 이후 이 새로운 시각의 논의를 발전시킨 연구도 뚜렷이 이루어지지 않고 있다(오락성에 주목한 부분적인 연구가 있었지만, 통속성에 대한 논의로는 나아가지 않았다).

필자는 이러한 문제점들을 다소간 해결하기 위하여, 조선 후기 '평민시가'의 대표적인 장르들인 사설시조와 평민가사의 창작원리를 살펴보고, 그것을 기반으로 해서 그 시가들이 지닌 예술적 성격을 구명하고자 한다. 이를 위해, 작품 창작을 통어하는 지배적인 요소를 '초점'[4]으로 보는 관점에서 작품들을 분석하여 그 시적 초점이 '주제(중심사상)의 구현'보다는 '제재·소재에 대한 재미있는 표현의 추구'에 주로 맞추어져 있다는 점을 밝히고, 이에 따라 그 창작원리의 주요한 특징을 살펴보겠다. 그리고 그 시가들이 '오락과 위안을 위한 통속예술(popular art)'로서의 성격을 다분히 지닌다는 점을 담당층 및 발달조건과의 긴밀한 상관 속에서 구명할 것이다.

그런데 이러한 연구는 적지 않은 분량을 필요로 하므로, 한 편의 논문으로써는 충실히 이루어지기가 어렵다. 이에 필자는 '시적 초점과 창작원리'를 살피는 논의와 '통속예술적 성격'을 살피는 논의를 두 편으로 나누어서 펴고자 하는데, 이 글은 그 전편(前篇)[5]을 이은 후편(後篇)이다.

이 글에서 필자는 먼저 조선 후기 '평민시가'의 시적 초점과 창작원리에 대해 전편에서 살핀 결과를 간략히 소개한 뒤에, 그 시가들의 담당층과 발달조건에 대하여 살펴보겠다. 그리고 이러한 작품 내·외적 양상들을 종합하여 조선 후기 '평민시가'가 지닌 통속예술적 성격의 몇몇 주요한 국면들을 살펴보겠는데, 먼저 사설시조와 평민가사가 보이는 작품 내외의 제 양상들이 통속예술의 전형적인 양상과 부합한다는 점을 확인하고 나서, 통속예술로서 그 '평민시가'들이 지니는 기능·의의와 이데올로기, 특징적인 표

---

4) '焦點(focus)'은 본디 사진촬영에서 주로 쓰여서 '모든 다른 요소들이 종속되는 한 점'을 이르던 말이었다. 문학에서는 작품의 '조직상의 중심'으로서 '모든 다른 요소들을 조직하고 통일시키는 요소'를 가리키는 말로 쓰인다고 한다(Alex Preminger, Frank J. Warnke, and O. B. Hardison Jr. ed., *Princeton Encyclopedia of Poetry and Poetics*, Enlarged edition, London: Macmillan Press, 1975, p. 283). 이러한 점에서 작품 창작을 통어하는 지배적 요소는 '초점'이라고 할 수 있을 것이다.

5) 성호경, 「조선 후기 '平民詩歌'의 시적 초점과 창작원리」, 『語文學』 105(한국어문학회, 2009), 167~196면(이 책, 295~325면).

현양식 및 체험의 양상과 성격 등에 대하여 고찰하겠다.

2. '평민시가'의 시적 초점과 창작원리

일반적으로는 문학작품의 여러 요소들을 통일시키는 지배적 요소로 '주제'를 든다. 다른 글들과 마찬가지로 문학작품도 주제를 정확하게 또는 효과적으로 구현함을 주된 목표로 하여 지어지기 때문이다. 그러나 사설시조와 평민가사 작품들에서는 주제가 지배적 요소로서의 구실을 하지 못하는 양상을 다분히 보인다. 이 때문에 그 작품들의 지배적 요소는 주제가 아닌 다른 것이라고 해야 할 터인데, 필자는 '초점'에 주목한다. 초점은 작품의 '조직상의 중심'이며 '모든 다른 요소들을 조직하고 통일시키는 지배적인 요소'인 것이다.[6]

필자는 이처럼 초점을 작품 조직화에서의 지배적 요소로 보고 전편에서 사설시조의 대표적인 작품 20여 수('풍자 등을 통한 현실비판'을 보인다는 9수, 그 밖의 대표적인 작품 13수)[7]와 평민가사의 대표적인 작품으로 거론되어 온

---

6) 초점은 이미지나 극적 상황, 평면적 서술, 행동, 심리적 관점, 배경, 성격묘사, 語調 등일 수도 있으며, 시 작품의 주제가 발전되어 나가는 출발점이 되는 한 구조적 요소를 가리킬 수도 있다고 한다. Jack Myers and Michael Simms, *Longman Dictionary and Handbook of Poetry*(New York: Longman, 1985), p. 115.

7) 앞의 9수는 '평민' 작으로 추정되는 "개야미 불개야미~"(珍本 『靑丘永言』 551)·"大川바다 한가온디~"(『靑珍』 501), "뒥들에 동난지이 사오~"(『청진』 532), "두터비 프리를 물고~"(『청진』 520), "듕과 僧과 萬疊山中에 맛나~"(朴文郁 작; 『靑邱歌謠』 74)·"ᄋᆞ흠 긔 뉘오신고~"(一石本 『海東歌謠』 573)·"즁놈은 승년의 머리털 잡고~"(『청진』 512), "흔 눈 멀고 흔 다리 절고~"(『청진』 562)와 양반 작인 "一身이 사쟈 흔이~"(李鼎輔 작; 周氏本 『海東歌謠』 394)이고, 뒤의 13수는 모두 '평민' 작으로 추정되는 "개를 여라믄이나 기르되~"(『청진』 587), "開城府 쟝스 北京 갈 쩨~"(『海一』 540), "귓도리 져 귓도리~"(宋龍世 작?; 『청진』 548), "나모도 바히돌도 업슨 뫼헤~"(『청진』 572), "니르랴 보쟈 니르랴 보쟈~"(『청진』 576), "님이 오마 흐거늘~"(『청진』 580), "바름도 쉬여 넘는 고기~"(六堂本 『靑丘永言』 307), "半여든에 첫 계집을 흐니~"(『청진』 508), "싀어마님 며

6편(〈愚夫歌〉, 〈庸婦歌〉, 〈老處女歌〉, 〈居士歌〉, 〈白髮歌〉, 〈老人歌〉)[8]을 대상으로 하여 전체적 통일성을 중시하며 분석해서 그 시적 초점을 다음과 같이 밝혔다.

사설시조에서는 '남녀문제'나 '사랑과 향락'을 다룬 작품들이 대다수를 차지하며, '현실비판'을 보인 작품은 드문 편이다. 그리고 풍자 등을 통한 현실비판을 보인다는 작품들이나 사설시조의 대표적인 작품들로 거론되는 여타 작품들에서는 주제가 뚜렷하지 않거나 중요하지 않은 것으로 파악되기도 하고, 다른 여러 요소들이 주제의 구현을 위해 통일되는 양상이 미약하다고 판단되는 경우가 많다. 그러므로 대다수 사설시조 작품들의 시적 초점은 주제의 구현이 아니라, 제재·소재에 대한 재미있는 표현을 추구함에 맞추어져 있다고 할 것이다.

느라기 낫바~"(『청진』 573), "어이 못 오던다~"(『청진』 568) · "窓 내고자 窓을 내고쟈~"(『청진』 541), "夏四月 첫여드릿날에~"(金壽長 작; 『海周』 547), "紅塵을 이믜 下直ᄒ고~"(安玟英 작; 『金玉叢部』 177)이다.

　작품의 原形과 표기의 정확성 등을 고려하여 18세기 초·중엽에 편찬된 珍本 『靑丘永言』(金天澤 편)과 『海東歌謠』(金壽長 편) 등에 실린 텍스트를 우선시하겠는데, 이 작품들의 상당수는 18세기 말 이래 19세기 말까지의 여러 가집들(『甁窩歌曲集』, 『南薰太平歌』, 六堂本 『靑丘永言』, 『歌曲源流』 등)에도 일부 變異되기도 하며 상당수 실려 있어서, 18세기 말 이후에도 적지 않은 관심을 받으며 향수되고 있었을 것으로 짐작된다. 그리고 18세기 말 이후 작품들의 시적 초점 및 창작원리도 이 작품들과 거의 마찬가지일 것으로 여겨진다.

8) 여러 연구들에서 주로 현실비판이나 기존관념에의 도전 등의 근대성 논의와 관련되어 거론되어 온 작품들이다. 대체로 19세기 초·중엽 작일 것으로 추정되는(권순회, 「『초당문답가』의 이본 양상과 주제적 의미」, 고려대학교 고전문학·한문학연구회 편, 『19세기 시가문학의 탐구』, 집문당, 1995, 347면 등 참조) 이 작품群은 그 변별적 성격을 규정하기가 쉽지 않으나, 전형적인 평민가사 작품들의 일부로서(李能雨, 『가사文學論』, 일지사, 1977, 94~101면 등에서 '平庶民들의 가사'를 분류한 데서 '漢化 治者'에게 봉사하는 부류나 가사로 보기 어려운 부류가 아닌 '純평민가사'와 '平庶內方가사'에 속함), 같은 범주 내의 〈思美人曲〉·〈斷腸詞〉 등과 〈相思陳情夢歌〉·〈寡婦歌〉 등의 작품들(그 시적 특징 등이 아직 뚜렷이 구명되지 않았음)과는 다소 차이를 보이므로 평민가사의 전형적인 양상들을 고루 대표하지는 못하지만, 그 주요한 일부의 시적 특성을 살핌에는 유용할 것이다.

평민가사에서도 '연정 및 신세한탄'(특히 '相思의 情')을 다룬 작품들이 다수를 차지하며, '현실비판'을 보이는 작품은 얼마 되지 않는다. 평민가사의 여러 작품들에서도 제재·소재에 대한 표현을 통한 해학(유머)과 오락적 흥미가 주제 못지않게 또는 더 중시되므로, 그 시적 초점은 주로 제재·소재에 대한 재미있는 표현을 통해 해학적 즐거움을 추구함에 맞추어져 있다고 할 수 있을 것이다.

이처럼 조선 후기의 '평민시가'에서는 '남녀문제'나 '사랑과 향락' 또는 '연정 및 신세한탄' 등을 다룬 작품들이 많으며, '현실비판'은 뚜렷이 나타나지 않는 편이다. 그 작품 조직화에서의 지배적 요소로서의 시적 초점은 주제의 구현보다는 제재·소재에 대한 재미있는 표현을 추구함에 주로 맞추어져 있다.

이러한 점을 기반으로 하여 '평민시가'의 작품 창작원리에 대해 살핀 결과는 다음과 같다.

주제의식이 미약한 대다수 사설시조 작품들의 창작원리는 대체로 '체험의 응축적·집약적 표현'을 기본으로 하면서도 제재·소재에 대한 진술을 늘리는 부연(敷衍)을 통한 확장을 보이는 가운데서, 진지한 주제의 구현보다는 제재·소재에 대한 재미있는 표현('類型化된 공식적 형식'과 '부조리하거나 우스꽝스러운 상황 설정' 또는 '言語遊戱的 표현'9) 등을 많이 씀)을 통해 해학적 즐거움과 웃음 등의 희극적 효과를 추구하는 것을 주요한 특징으로 한다. 평민가사의 상당수 작품들의 창작원리는 여러 부분들을 집적하는 '부가작용(附加作用)'을 기본으로 하고, 주제의 구현보다는 제재·소재의 형상이나 성질을 재미있게 진술·묘사함을 주로 하며('유형화된 공식적 형식'을 많이 쓰며, '부정적 형상화'를 통해 戱畵化하는 경향이 높음), 그것을 통해 희극적

---

9) 한국시가에서의 '언어유희적 표현'에는 同音異義語를 이용하는 '語戱(pun)' 말고도 異音同義語를 이용하는 '語彙才談'(주로 고유어와 한자어의 뜻과 音을 이용함)도 있고, 사물을 바로 말하지 않고 다른 말로 빗대어 재미있게 말하는 '곁말식 재담' 등도 있다.

효과를 추구하는 것을 주요한 특징으로 한다.

이처럼 조선 후기 '평민시가'의 다수 작품들에서는 주제가 작품 내 여러 요소들을 통일시키는 지배적 요소로서의 구실을 온전히 하지 못하고 있어서, 시적 초점이 주제의 구현보다는 제재·소재에 대한 재미있는 표현에 주로 맞추어져 있고, 그 제재·소재에 대한 재미있는 표현을 통해 희극적 효과(해학적 즐거움과 웃음 등)를 추구하는 것이 그 창작원리의 주요한 특징이라고 할 것이다.[10]

3. '평민시가'의 담당층과 발달 조건

1) '평민시가'의 담당층과 그 성격

조선사회의 신분은 크게 양반(兩班), 중인(中人), 상민(常民), 천인(賤人)의 넷으로 구분된다. 양반은 중앙의 벌열가문(閥閱家門)과 지방의 향반(鄕班; 土班), 그리고 잔반(殘班; 몰락양반) 등으로 다시 구별될 수 있다. 중인에는 의생(醫生)·역관(譯官) 등의 잡직(雜職) 기술관(技術官)과 서리(胥吏)·향리(鄕吏)·군교(軍校)·역리(驛吏) 등의 아전(衙前; 吏胥)의 구별이 있으며, 양반의 서얼(庶孼)도 중인과 거의 마찬가지의 대우를 받았다. 상민이란 농·공·상업에 종사하는 일반 백성들을 이름이다. 천인으로는 노비(奴婢)·광대(廣大)·무당·창기(娼妓)·백정(白丁) 등이 있었다.[11]

이러한 구분에 따라, 작자층을 중심으로 하여 조선 후기 '평민시가'의 담당층을 살펴보자.

작자가 밝혀진 작품이 극소수에 불과한 사설시조의 주된 작자층에 대하

---

10) 이상은 성호경, 앞의 글, 170~191면(이 책, 299~323면)에서 살핀 결과를 요약한 것임.
11) 韓㳓劤, 『韓國通史』(을유문화사, 1970), 266~274면 참조.

여 양반들이라는 견해도 없지 않지만,[12] 중인들 또는 중간계급의 사람들이라는 견해가 대체로 널리 받아들여지고 있다.[13]

17세기 이후 부(富)를 축적한 중인 신분 사람들은 조선 후기의 도시 유흥과 예술사의 흐름을 주도하였다. 대다수의 사설시조 작품들에서는 중세적 관념을 버리고 애정·성(性)에 대한 욕구라는 보편적 정서의 표출 등 현실에 눈을 돌렸지만 현실의 다양한 현상에 집착한 나머지 그 본질에 접근하는 데는 상당한 제한성을 가졌는데, 이러한 역사적 성격은 바로 조선 전기 이래의 양반 중심 사회체제의 해체에 기반을 두면서도 여전히 그것에 기생할 수밖에 없는 양면성(兩面性)을 지녔던 중인들의 계층적 속성과 상응한다고 한다.[14]

그리고 작자가 아예 밝혀지지 않은 평민가사 작품들의 주된 작자층도 중인들이었을 것으로 추정된다.

그 작품들의 시상과 표현은 체계적인 교육을 거의 받지 못했던 상민들이 짓거나 즐길 수 있는 수준을 크게 넘어서므로(특히 그 작품들에 쓰인 어휘 및 典故들에서 이러한 점이 두드러짐), 그 담당층은 상당한 정도의 교육을 받은 사람들이라고 보아야 할 것이다.

가사는 장편시가로서의 많은 분량 등으로 인해 적지 않은 문자 교양을 갖춘 사람이라야 작품을 지을 수 있었는데, 조선 후기에 양반 사대부들 이외에 이러한 가사를 지을 수 있는 능력을 갖추었던 사람들은 주로 중인들이었다. 의생·역관 등의 기술직 중인과 행정 실무를 맡던 아전 등은 직무

---

12) 김대행, 「시조 유형론」, 이화여자대학교출판부, 1986; 김학성, 「사설시조의 장르형성 再論」, 『大東文化研究』 20, 성균관대학교 대동문화연구소, 1986 등.

13) 高晶玉, 『古長時調選註』, 정음사, 1949; 이능우, 「蔓橫淸(辭說時調)의 戲詩性」, 『現代文學』 24~27, 현대문학사, 1956. 12~1957. 3; 고미숙, 「사설시조의 역사적 성격과 그 계급적 기반 분석」, 『語文論集』 30, 고려대학교 국어국문학과, 1991; 姜明官, 「사설시조의 창작 향유층에 대하여」, 『민족문학사연구』 4, 민족문학사연구회, 1993 등.

14) 고미숙, 앞의 글, 재수록: 고미숙, 『18세기에서 20세기 초 한국시가사의 구조』(소명, 1998), 145~146면 등 참조.

수행 등을 위한 교육을 받았고, 이를 통해 사대부들에 버금가는 문자 교양을 갖추게 되었다. 이 점이 평민가사 작품들의 창작기반이 될 수 있었던 것이다.

중인은 양반과 상민의 중간에 위치한 하급 지배계층 또는 중간계급으로서,[15] 국가 경영에 필요한 제반 전문지식과 예술을 담당하거나 통치체계의 하부에서 행정실무를 맡고 있었다. 이들은 양반에 비해 관직 진출과 사회적 대우에서 뚜렷한 제약이 있었으나, 피지배계층인 상민들에 대하여는 사회적·경제적으로 크게 우위에 있었다. 이에 그들은 한편으로는 그들에게 주어진 기존 체제의 제약에 불만과 저항심을 가지면서도, 다른 한편으로는 그들이 지닌 일정한 사회적 기반을 계속 유지코자 하여 체제순응적인 성향을 적지 않게 보이고 있었다.

문학은 기본적으로 작가의 개성적인 체험과 인생관을 표현하는 것이지만, 한편으로 어떤 사회계급이나 공통의 이해관계를 가진 인간집단의 표현이라는 성격도 띠어서, 문학에서의 표현은 그 문학을 창작하고 향수하는 사회계급이나 집단의 계층적 성격을 다분히 반영하게 된다(사회계급이 가장 영속적이고 實效的인 집단이기 때문에, 예술에서의 표현의 필요 및 수단은 '계급 조건적'인 성격을 띠게 된다고 한다).[16] 중인들이 주된 담당층이었던 조선 후기의 '평민시가' 작품들도 중인들의 계층적 성격을 다분히 반영하여, 한편으로는 기존 체제에 대한 불만과 비판을 드러내기도 했지만, 다른 한편으로는 그 체제를 받아들인 기운데서 개인적인 삶의 즐거움이나 안타까

---

15) 중인이 성취적 의미의 계급이 아니라 귀속적 의미의 신분을 가리킨다는 점에서 사회계급론에서의 '중간계급(middle class)'과는 다르다는 견해가 있기도 하지만(宋復, 「간행사」, 연세대학교 국학연구원 편, 『한국 근대이행기 중인연구』, 신서원, 1999, 5~6면), 안정된 전통사회에서는 이러한 계층 요인들이 통합될 수 있었다는 점에서(金泳謨, 『현대사회계층론』, 한국복지정책연구소 출판부, 1982, 170면), 중인은 신분과 계급이 통합된 근대 이전의 중간계급으로 보아도 무방할 것이다.

16) Ernst Fischer, *The Necessity of Art*(Harmondsworth, England: Penguin Books, 1978), p. 148.

움 등에 관한 체험을 표현하였다.[17]

2) '평민시가'의 발달 조건

조선 전기의 엄격하던 신분제도가 17세기 이래 차츰 문란해지자, 중인들이 경제적 성장과 지적 기반의 확대 등 여러 면에서 기반을 다지게 되고, 이후 이들은 양반들에 필적하는 사회세력으로 성장하였다. 특히 18세기 무렵의 서울의 도시적 분위기는 중인들을 중심으로 한 '여항인(閭巷人; 委巷人)'들에게 지적 수준의 향상과 더불어 재능과 취미를 발전시킬 기회를 주었다. 그들의 지적 수준 향상은 그들로 하여금 한편으로는 스스로에 대해 자부심을 가지게도 했지만, 다른 한편으로는 양반들에 비해 사회적 진출이 제한되어 있는 자신들의 처지에 대해 불만을 품게 하였다. 이러한 그들의 기분은 문학·예술에 대한 취향으로 많이 발산되어, 이들에 의한 한시와 시조 및 사설시조를 중심으로 하는 여항의 문학이 대두하게 되었다.[18]

여항의 한시단은 17세기에서 18세기 초엽까지 의생·역관 등 기술직 중인을 중심으로 하여 이루어지다가, 이후 주도권이 서리 등의 경아전(京衙前; 중앙 官署의 아전) 쪽으로 이동하게 되었다. 그리고 17세기 후반 무렵부터는 여항인들 사이에 시조 및 사설시조와 음악 방면에 대한 관심이 고조되어, 진본(珍本) 『청구영언(靑丘永言)』의 '여항육인(閭巷六人)'(張炫, 朱義植, 金三賢, 金聖基, 金裕器, 金天澤) 등이 나타나게 되었고, 18세기에 들어 서리 출신을 중심으로 하여 가객(歌客)·악사(樂師) 등의 예술가들이 많이 생겨났다.

---

17) 중인들의 한시와 시조에서는 전자가 적지 않게 나타나는 데 비해(허경진, 『조선위항문학사』, 태학사, 1997, 382~383면; 정종진, 「閭巷六人' 시조의 전환기적 특성과 그 향방」, 『애산학보』 34, 애산학회, 2008, 45~47면, 51~52면 등 참조), 사설시조와 평민가사에서는 후자 위주의 양상을 다분히 보인다.

18) 林熒澤, 「閭巷文學과 庶民文學」, 李家源 외 4인 편, 『韓國學研究入門』(지식산업사, 1981), 317~318면 참조.

그런데 조선 후기의 경아전들은 경제적으로 성장하였으나, 그 경제적 토대의 속성상 소비적인 생활 분위기가 조성되어, 기악(妓樂)과 같은 유흥으로 흐르게 되었다. 당시 경아전과 기방(妓房)을 중심으로 한 도시 유흥과의 관계는 매우 긴밀했던 것으로 추측되는데, 다수의 사설시조 작품들은 경아전들의 그러한 생활과 의식을 반영한 것이다.[19]

사설시조는 공연물로서의 성격을 다분히 띠고 발달하여, 18세기 이래 서울과 그 부근에서 형성된 놀이문화 속에서 유흥을 위한 문학으로서 주로 중인 가객들에 의해 가창(歌唱)으로 연행되고 있었다.[20] 그 연행공간으로는 기방이나 양반·부자 등이 마련한 자리도 있었고, 가객들의 모임('歌壇' 등)과 가객 혼자만의 자리도 있었다.

양반들의 잔치자리 등에서 사설시조는 시조와 함께 가곡창으로 연행되었다. 최근까지 전해진 가곡창에서 정격적(正格的)인 가곡인 초삭대엽(初數大葉)·이삭대엽(二數大葉)·중거(中擧)·평거(平擧)·두거(頭擧)·삼삭대엽(三數大葉)의 곡들에는 대개 유명씨(有名氏)의 건실한 내용 위주의 작품들이 노랫말로 쓰였지만, 소용(騷聳)과 더불어 그 뒤에 이어지는 농(弄; 言弄)·낙(樂; 界樂·羽樂·言樂)·편(編; 編樂·編數大葉·言編)의 곡들에서는 대부분 무명씨(無名氏)의 우스꽝스럽고 외설·황탄한 내용의 작품들이 노랫말로 쓰였는데, 그 대다수는 사설시조 작품이었다.[21] 곧 가곡창에서 사설시조는 근엄한 분위기가 가시고 술이 거나해져서 농담과 웃음이 나타나는 흥겨운 분위기 속에서 노래 불렀던 것이다(그러나 다른 연행공간에서의 사설시조의 연행 상황은 뚜렷이 알기 어렵다).

이러한 조건 속에서 발달한 사설시조는 유흥 등의 오락을 위한 문학으로서 음악과 더불어 노래로 부르기도 한다는 점 등 때문에, 여항인들의 문

---

19) 강명관, 『조선후기 여항문학연구』(창작과비평사, 1997), 159~170면 참조.
20) 이수곤, 앞의 글, 126~134면 참조.
21) 張師勛, 『國樂總論』(정음사, 1976), 268~272면 참조.

학 가운데서 비교적 진지한 문학의 성격을 띤 한시와 시조에 비해 오락적인 면이 훨씬 더 많이 나타난다.

평민가사의 향수 양상이 어떠했는지를 뚜렷이 알기는 어렵다. 그런데 〈백발가〉와 〈노인가〉에 나타나는 바 기방에서 여러 친구들(〈노인가〉에서는 그 대다수가 중인신분임을 알려줌)과 차례로 노래했다는 작품들 가운데서 가사창(歌詞唱)으로 노래했을 십이가사(十二歌詞) 작품들(〈白鷗詞〉, 〈竹枝詞〉, 〈漁父詞〉, 〈行軍樂〉, 〈黃鷄詞〉, 〈春眠曲〉, 〈相思別曲〉, 〈勸酒歌〉, 〈處士歌〉, 〈襄陽歌〉, 〈首陽山歌〉, 〈梅花歌〉)이 아닌 〈장진주(將進酒)〉(16세기 말엽 鄭澈 작)·〈낙빈가(樂貧歌)〉(작자 미상; "此身이 쓸 딕 업서 聖上이 브리시니~")·〈노승가〉(미상) 등과 〈낙민가(樂民歌)〉(작자 미상; "平生我才 쓸 데 업서 世上功名 下直하고~")·〈노고가(老姑歌)〉(미상) 등은 평민가사가 아니거나 또는 작자층이 불분명한 작품들이다. 이로 보아, 평민가사의 대다수 작품들은 기방이나 잔치자리 등에서 노래로 불리지 않았을 가능성이 적지 않다고 할 수 있을 것이다.

비연체(非聯體)의 장편시가인 가사는 음악과의 친연성(親緣性)이 적으며 노래함에 대한 지향도 약한 편이다. 이 때문에, '삼강팔엽(三腔八葉)'을 붙여서 노래 부를 수 있게 했던 16세기 말의 〈서호별곡(西湖別曲)〉(許橿 작 〈西湖詞〉를 바탕으로 함) 등 이후로는 십이가사와 시편 크기가 작은 특정 작품들을 악곡에 맞추어 노래 불렀거나 〈관동별곡(關東別曲)〉(정철 작) 등 몇몇 저명한 작품들에서 노래한 양상(部分唱이었을 가능성이 높음)이 나타나기는 하지만, 대다수 작품들은 가창되지 않았을 것으로 판단된다(십이가사 외에는 악곡이 거의 전하지 않기도 함).[22] 이로 미루어보아, 〈장진주〉(10행 정도)·〈낙빈가〉(52행)·〈낙민가〉(30행) 등보다 시편이 큰 편인 〈우부가〉·〈용부가〉·〈노처녀가〉·〈거사가〉·〈백발가〉·〈노인가〉(46행 내외에서 154행에 이름) 등의 작품들도 대체로 가창(노래함)이 아니라 완독(玩讀; 읽음) 등을 통해 향수되었을 가능성이 높다고 할 것이다.[23]

---

22) 성호경, 『한국시가의 형식』(새문사, 1999), 84면 참조.

그러면서도 그 작품들은 상당수가 서울과 그 부근에서 형성된 놀이문화 속에서 오락적 성격을 띠고 향수되었을 것으로 추측된다. 〈우부가〉에서 중인 신분 사람일 가능성이 적지 않은 '남촌활량 기똥이'[24]가 일삼았던 주(酒)·색(色)·잡기(雜技)는 서울의 유흥공간 및 놀이문화 속에서 이루어졌을 터이고, 중인으로 추정되는 '져 건너 꼼싱원'과 신분이 불분명한 '산 너머 꾓싱원'이 다니던 술집·색주가(色酒家)와 즐기던 투전·장기·난봉질 등도 반세기나 지속된 금주령(禁酒令)이 풀린 정조대(1776~1800)[25] 이래의 서울의 유흥공간·놀이문화의 일부일 가능성이 높으며, 〈백발가〉와 〈노인가〉에서의 가무·풍류도 당시 서울의 놀이문화를 그린 것일 가능성이 높다. 이처럼 중인들이 중심이 된 서울의 놀이문화를 배경으로 한다는 점에서, 그 작품들도 그 놀이문화 속에서 향수되었을 가능성이 높다고 할 수 있을 것이다.[26]

이러한 조건 속에서 발달한 평민가사에서는, 사설시조보다는 덜한 편이지만, 오락적인 면이 적지 않게 나타날 수밖에 없었을 것이다.

이처럼 사설시조와 평민가사 등의 '평민시가'의 상당수 작품들은 18세기

---

23) 이능우는 가사의 존립방식을 '歌唱物'과 '吟詠物' 그리고 '玩讀物'의 세 가지로 나누면서 〈우부가〉 등의 '平庶民들의 풍자가사'를 완독물로 보았다(이능우, 앞의 책, 26면, 32면 등). 한편 김문기는 '서민가사'를 '음영가사'와 '가창가사'로 나누며 그 작품들을 음영가사로 보았다(김문기, 앞의 책, 수정판, 23면).

24) '남촌활량 기똥이'를 정재호는 양반으로 보았지만(鄭在鎬, 『한국가사문학론』, 집문당, 1982, 107~109면), 강명관은 19세기 한글소설 〈게우사〉에서 妓房에 신분별로 자리 잡은 왈짜들을 들면서 '南村閑良'이 羅將·政院使令·武藝別監·各廛市井과 함께 자리했다고 한 점 등에 근거하여 서울의 남산 기슭에 살던 중인신분의 사람으로 보았다(강명관, 『조선의 뒷골목 풍경』, 푸른역사, 2003, 279면).

25) 영조 2년(1726)에 강력한 금주령을 내려서 술집 단속을 엄히 하고 음주자를 重刑에 처하는 조치를 계속하다가, 정조대 초에 금주령을 해제함에 따라 선술집(木櫨酒店)과 색주가 등이 번창하게 되었다고 한다. 같은 책, 133~147면 참조.

26) 기방이나 잔치자리가 아닌 곳에서 오락적 성격을 띠고 문학이 향수된 대표적인 사례로 趙秀三(1762~1849)의 『秋齋紀異』에 나오는 바 傳奇叟가 서울의 第一橋·第二橋 아래, 梨峴, 校洞·大寺洞 입구, 鐘閣 앞 등에서 사람들을 모아 소설을 재미있게 낭송하여 들려주던 일 등을 들 수 있다.

이래 주로 중인들이 주도하거나 참여한 서울과 그 부근에서 형성된 놀이 문화 속에서 오락을 위한 문학으로서 발달하였던 것이다.

4. 조선 후기 '평민시가'의 통속예술적 성격

1) 조선 후기 '평민시가'와 통속예술

앞에서 본 바와 같이, 조선 후기의 '평민시가'인 사설시조와 평민가사에서는 '남녀문제'나 '사랑과 향락' 또는 '연정 및 신세한탄' 등을 다룬 작품들이 많으며, 풍자 등에 의한 '현실비판'은 뚜렷이 나타나지 않는다. 그 상당수의 작품들에서는 주제가 작품 내 여러 요소들을 통일시키는 지배적 요소로서의 구실을 온전히 하지 못하고 있어서, 그 작품 조직화에서의 지배적 요소로서의 시적 초점은 주제의 구현보다는 제재·소재에 대한 표현에 주로 맞추어져 있고, 그 제재·소재에 대한 재미있는 표현을 통해 해학적 즐거움과 웃음 등의 희극적 효과를 추구하는 것이 그 창작원리의 주요한 특징이라고 할 것이다.

그리고 그 '평민시가'를 짓고 즐기던 주된 담당층은 중인 신분 사람들이며, 18세기 무렵부터 이들을 중심으로 하여 서울과 그 부근의 놀이문화 속에서 그 작품들이 창작되고 향수되었다. 이러한 '평민시가'는 주 담당층인 중인들의 계층적 성격을 다분히 반영하였는데, 그 작품들에서 그들은 그들이 지녔던 양면적인 성격에서 체제순응적인 면을 오락적인 것으로 많이 나타내었고, 또 체제 및 현실에 대한 불만도 이를 통해서 위안하고자 했다.

이처럼 사설시조와 평민가사 작품들의 다수가 상당한 교육을 받은 서울과 그 부근의 중인들에 의해 지어졌으며, 양반들과는 구별되는 그들의 계층적 성격을 반영하고, 상당수가 진지한 주제의식보다는 재미있는 표현 등을 통한 오락과 위안(기분 전환)을 주요한 목적으로 하였는데, 이러한 점들은 바로 '통속예술'이 보이는 전형적인 양상이다.

아놀드 하우저는 예술사회학에서 교육적 요인이 매우 중요한 의미를 갖는다고 보아서,[27] 예술을 교육계층에 따라 교육엘리트층에 의한 '고급예술'과 얼치기교육(중간 정도의 교육)을 받은 도시 거주자들에 의한 '통속예술', 그리고 교육받지 못한 농민들에 의한 '민중예술'로 구분하였다.[28]

그에 의하면, 통속예술은 얼치기교육을 받고 대중화의 경향을 띤 도시사람들을 위한 예술로서, 권태와 불안감·긴장 등에서 벗어나기 위한 오락과 기분 전환 등을 주된 목적으로 하였으며, 소시민적이고 중산층적인 이데올로기를 지닌다고 하는데,[29] 앞에서 살펴본 바처럼 사설시조와 평민가사 작품들도 이러한 양상을 다분히 보이고 있다. 그리고 상민들 등의 기층 민중들에 의한 민중예술에서는 생산자와 소비자가 서로 구분되기 어려움에 비해, 통속예술에서는 감상층과 전문적인 생산자가 구분되는 경향이 많다고 한다.[30] 사설시조의 경우에도 주된 작자들(가객 등)이 일반 향수자들과는 대체로 구별되었을 것이라는 점에서[31] 이러한 양상을 보인다고 할 것이다(평민가사의 경우에는 관련 자료가 없어서 이러한 양상을 확인하기가 어렵다).

---

27) 하우저는 예술과 문화의 사회학에서 경제적·사회적 이익공동체에 의거한 史的 唯物論的 해석이 채우지 못하는 '지속적인 전통, 고양된 감수성, 세련된 취미, 그리고 창조력, 재능 및 자기비판의 신장' 등의 예술 생산의 요인들에 대하여는 교육적인 요인들이 더 중요한 의미를 가진다고 보았다(교육 자체가 물질적인 전제조건들을 가지며, 비교적 소수층의 경제적·사회적 특권들과 관련되어 있기도 하다). Arnold Hauser, *Soziologie der Kunst*, 崔成萬·李丙珍 역, 『藝術의 社會學』(한길사, 1983), 189면.

28) 같은 책, 189~194면 참조.

29) 같은 책, 234면.

30) 같은 책, 194면.

31) 가객들의 모임('歌壇' 등)이나 가객 혼자만의 자리에서는 가객이 사설시조 작품의 작자이면서 동시에 향수자일 수 있었지만, 기방이나 잔치자리 등에서의 연행에서는 작자와 일반 향수자들이 대체로 뚜렷이 구별되었을 것이다.

2) 통속예술적 양상과 성격

조선 후기 '평민시가' 작품들의 기능·의의와 이데올로기에 대하여 살펴
보자.

얼치기교육을 받은 도시 거주자들은 일상적인 생활을 둘러싸고 권태와
긴장 및 근심·불안을 가지게 되는데, 그 권태와 긴장 및 근심·불안을 벗
어나기 위하여 오락·유희와 기분 전환(위안) 또는 도피를 꾀하게 된다. 오
락·유희와 긴장해소는 필요불가결한 생활 조건들로서, 생리적 측면과 심
리적 측면 모두에서 생명력을 유지하고 새롭게 하는 데에, 또 약화된 활동
력을 자극하고 강화하는 데에 필요하다. 또한 그들은 고차적인 질서에 속
하는 사실들과 도덕적인 삶에 내포되어 있는 진지함과 위험으로부터 도피
하고자 하며, 모든 의무와 책임을 회피하려는 유혹에 빠지기도 하는데, 통
속예술은 사람의 마음을 가라앉혀 주는 효과 때문에 그 불안을 진정시키고
삶 속에서 부딪치는 고통스러운 문제들을 피하게 해 준다(이에 비해, 진지한
고급예술은 불안을 야기하고 또 충격과 고통을 주며, 적극적인 긴장, 비판 및 자기
반성으로 자극한다). 이 때문에 통속예술은 도시대중의 애호를 받게 된다고
한다.[32] 그리고 오락의 세계는 대리적 정서체험으로 가득한 철저히 닫힌
세계이고, 오락의 체험은 가상(假想)의 세계 속에서 발생했다가 그 안에서
사라질 뿐 결코 실제 삶의 영역으로 넘어 들어오지 않는데, 이런 점에서 오
락은 현실도피와 밀접하게 연결된다고 한다.[33]

통속예술적 성격을 다분히 지니는 조선 후기의 '평민시가' 작품들 상당
수에서 두드러진 오락적인 면도 서울과 그 부근에 거주하던 중인들이 그
들의 일상적인 생활을 둘러싼 권태와 긴장 및 근심·불안을 벗어나 생명
력과 활동력을 유지하고 강화하기 위한 것이며, 현실도피적 성격을 적지

---

32) 같은 책, 234~244면 참조.
33) 박성봉, 『대중예술의 미학』(동연, 1999), 303~304면 참조.

않게 띠는 것이라고 할 수 있을 것이다.

도시대중을 위해 생산된 통속예술은, 그 감상층에 몰려들어 문화적으로 적응하고 있는 집단의 출신이 무엇이든 간에, 이데올로기에 비추어볼 때 소시민적이고 중산층적이라고 한다(그 이데올로기는 노동자계급 등의 프롤레타리아 계급의식과는 거의 무관함).[34]

근·현대 사회계층·계급론에서 중산층(petit-bourgeoisie) 또는 중간계급(중소상공업자, 자영상인 등의 舊중간계급; 관료, 사무·관리·전문직 종사자 등의 新중간계급)은 노동자계급의 이데올로기와는 다른, 개인주의적이고 온건개혁주의적인 이데올로기를 가진다.[35] 그 계급의 사람들은 개인의 노력에 의한 개인과 가족의 안녕 추구를 중시하고, 사회적 상승이동에 대해 강한 열망을 가져서 기회균등과 공정경쟁을 강조하며 상층계급에 대해 적대적인 태도를 보인다. 그러면서도 그들은 사회의 급진적 변화를 두려워하여 체제 변화 없는 개량적 변화나 현상유지를 추구하는 경향을 지닌다.[36]

조선 후기 '평민시가'의 주된 담당층인 중인들도 대체로 근대 이전의 중간계급에 속한 사람들로서(특히 신중간계급에 가까운 편임), 이러한 중산층적인 이데올로기를 다분히 지니고 있었을 것으로 추정된다.[37] 그들의 문학

---

34) 아놀드 하우저, 앞의 책, 243면 참조.

35) 근·현대의 중간계급의 정치적 역할에 대해서는 의견들이 분분하지만, 그 이데올로기적 속성에 관해서는 대체로 의견이 수렴되고 있는데, 여러 학자들이 공통으로 지적하는 중간계급의 이데올로기의 특성은 다음과 같다(洪斗承·具海根, 『사회계층·계급론』, 다산출판사, 1993, 242~243면 참조).
　(1) 개인주의적 성향이 강함, (2) 사회이동에 대해 강한 열망을 보임, (3) 기회의 평등을 중요한 가치로 삼음, (4) 정치적인 면에서 시민권과 정치적 자유의 확대를 희망함(이러한 태도는 일반적으로 그들 자신의 경제적 이익이 침해되지 않는 범위 내에서만 견지되는 경향이 있음).

36) 같은 책, 242~243면; 김영모, 앞의 책, 100~103면 참조.

37) 기술직 중인(의생·역관)들의 사회적 상승에 대한 강한 열망('通淸운동' 등)과 무사안일주의적 성향('安分풍조', 온건성 등)에 대하여는 정옥자, 『조선후기 중인문화 연구』(일지사, 2003), 163~176면 등을 참고할 수 있고, 행정직 중인(경아전)들의 신분의식에 대하여는 조성윤, 「조선후기 사회변동과 행정직 중인」, 연세대학교 국학연구원 편,

은 이러한 이데올로기를 반영하였을 터이고, 이 때문에 조선 후기의 사설시조의 대다수 작품들과 평민가사의 상당수 작품들에서는 '남녀문제'나 '사랑과 향락' 또는 '연정 및 신세한탄' 등의 개인적인 삶의 애환을 주된 화제로 하고 그 제재·소재에 대한 재미있는 표현을 통해 오락과 위안 등의 소시민적인 만족을 추구하였을 뿐, 사회체제의 변화를 추구하는 '현실비판'을 뚜렷이 보이지 않았을 것이다.

그리고 이들 중인 신분의 사람들뿐만 아니라 그 '평민시가' 작품들의 향수에 참여한 일부 피지배계층 사람들(부유한 상민 등)도 이를 통해 만족을 찾고, 자신이 속한 계층적 성격을 망각한 채 스스로를 중산층 이데올로기의 특권을 누리고 있는 사람들과 동일시하여, 그 중산층의 이데올로기를 자신의 것으로 만들며 그 이데올로기가 지니는 마취적인 효과에 저항 없이 굴복하기도 했을 것이다.[38]

앞에서 말한 바처럼 조선 후기의 '평민시가'에서는 표현이 매우 중요한 의의를 지니는데, 그 특징적인 표현양식들이 지니는 성격을 살펴보자.

사설시조와 평민가사 작품들의 표현 양식으로 '유형화된 공식적 형식'이 두루 많이 쓰였는데(일정한 구성방식과 표현이 여러 작품들에서 판박이처럼 사용된 것과 상투어구들이 다수의 작품들에 쓰임 등),[39] 이것도 통속예술이 전반적으로 보이는 가장 현저한 특징으로서, 사람들이 별다른 지적(知的)인 노력이 없이도 그 작품들에 쉽게 접근하고 향수할 수 있게 해 주며, 그 관습에 길들여 있는 사람들을 편안하게 해 주는 것이다.[40] 또 그 단조롭고 진부하며 뻔한 도식적인 형식은 그것이 익숙한 것이라는 점에서, 한편으로는 그것을 통해 표현되는 말초적·즉각적·직접적인 자극적 내용을 별다른 불편한 느낌 없이 즐길 수 있게 해 주기도 하고, 다른 한편으로는 그것이 익숙한 세

앞의 책, 86~90면 등을 참고할 수 있다.

38) 아놀드 하우저, 앞의 책, 243~244면 참조.

39) 성호경, 앞의 글, 188면(이 책, 319~320면) 참조.

40) 박성봉, 앞의 책, 240면, 257면 참조.

계라는 의식작용으로 인해 사람들 내면의 방어적인 긴장을 이완시켜서 그 자극성의 세계 속에 더욱 몰입할 수 있게 해 주기도 한다.[41]

통속예술을 고급예술과 구별시키는 핵심적 속성으로서의 '통속성'은 그 체험과 관련하여 '웃음의 해학성, 성(性)의 관능성, 폭력의 선정성, 몽상(夢想)의 환상성, 그리고 눈물의 감상성(感傷性)'의 다섯 가지 하위범주를 지닌다고 하는데,[42] 앞에서 보았듯이 조선 후기의 '평민시가'들에서는 '웃음의 해학성'이 가장 두드러진 것으로 나타난다('성의 관능성'도 사설시조에서 적지 않게 두드러지지만, 평민가사에서는 뚜렷하지 않음).

이러한 '웃음의 해학성'과 관련하여, '평민시가'에 많이 나타난 주요 표현 양식들인 '부조리하거나 우스꽝스러운 상황 설정'에서의 '우스꽝스러운 불일치'(특히 사설시조 작품들에 많이 나타남)'와 '부정적 형상화'를 통한 '부정적인 것에 대한 비웃음'(특히 평민가사 작품들에서 두드러짐)이라는 두 가지 특성[43]에 대해 바른 인식을 가질 필요가 있다.

첫째의 특성과 관련하여, 통속예술에서의 '우스꽝스러운 불일치'는 다음과 같은 성격을 지닌다고 한다.

우리는 모든 가능한 우스꽝스러운 불일치 속에서 자극과 정서의 뒤흔들림을 즐깁니다. 그러나 이 불일치는 항상 어떤 종류의 방향을 갖고 있습니다. …… 보통 농담에서 '펀치라인(punch-line)'이라고 부르는, 우리의 뒤통수를 치는 효과입니다. 대중예술(통속예술을 포함하는 개념임; 필자 주)의 우스꽝스러움은 때로는 하나의 그러나 대개는 수많은 펀치

---

41) 같은 책, 249면 참조.
　　한편 그 도식성의 특질과 자극성 사이의 모순된 공간을 채우기 위해 몇 개 또는 매우 풍부한 細目들과 詳細感覺(sense of details)을 필요로 한다고도 하는데(같은 책, 258~259면 참조), 사설시조에서 제재·소재에 대한 진술을 늘리는 부연이 많이 쓰인 것은 이 점과도 관련될 수 있을 것이다.
42) 같은 책, 323~324면.
43) 성호경, 앞의 글, 188~191면(이 책, 319~322면) 참조.

라인들과 함께 그 절정에 도달합니다. 이러한 의미에서 우스꽝스러운 것의 언어는 기대와 놀라움 사이의 어떤 긴장으로 구성되어 있으며, 기대할 수 있는 것과 기대할 수 없는 것 사이의 어떤 역동적인 긴장의 변형에 근거하는 부조리함의 논리 위에 서 있습니다. 대중예술에서 우리는 별로 부적절하다는 느낌 없이 오로지 웃음 그 자체를 위해 모든 난센스들과 유희합니다.[44]

앞서 살핀 바처럼 '평민시가' 작품들에 적지 않게 나타나는 터무니없는 부조리하거나 우스꽝스러운 상황 설정과 진술들 간의 불일치도, 주제를 중심으로 한 통일성이 결여되었다는 면 이외에, 의표(意表)를 찌르는 충격 효과를 통해 웃음을 불러일으키기 위한 난센스(nonsense)로서의 성격도 적지 않게 지닌다고 할 수 있을 것이다.

둘째의 특성과 관련하여, 우스꽝스러움의 특징적이고 지속적인 힘에는 악의에 찬 비난 또는 그런 성격의 관심에 호소하는 부분도 있지만, 그보다는 좀 더 보편적이고 지속적인 관심 즉 유희적인 재미를 찾으려는 관심이 지배적이라고 한다. 유희적인 재미에 대한 이러한 관심은 '비웃는 웃음'뿐만 아니라 '함께 웃는 웃음'도 포용한다고 한다. 곧 우리가 인간의 약점과 결함, 그리고 엉뚱함을 비웃을 때 우리는 동시에 이러한 것들이 우리 자신의 것이기도 하다는 점을 인정한다는 것이다.[45]

평민가사의 상당수 작품들에서 두드러지게 나타나는 비웃음(조롱)도 유희적인 재미를 추구하여 나타난 것이라는 점에서, 인간에 대한 불신과 절망을 바탕으로 한 악의적인 비난(black humor 또는 black comedy)으로만 보기는 어려울 것이다. 거기에는 인간의 어리석음을 비웃으면서도 그 어리석음이 자신을 포함한 인간들의 슬픈 천성(天性)이라는 점에서 연민이나

---

44) 박성봉, 앞의 책, 327~328면.
45) 같은 책, 330~331면 참조.

사랑을 보이는 면도 없지 않다고 할 수 있다.[46] 그 작품들 가운데 〈우부가〉·〈용부가〉에서는 전자에 가까운 면이 적지 않게 나타나지만, 〈노처녀가〉·〈백발가〉·〈노인가〉에서는 후자의 면이 두드러진 편이다(이에 비해, 사설시조 작품들에서의 비웃음은 이러한 인간관을 바탕으로 하는 것이기보다는, 눈앞에 보이는 하나하나의 현상에 대한 반응으로서 나타나는 데 그치는 성격을 띤 '위트'[47]에 가까울 것으로 여겨진다).

한편 사설시조에서는 동음이의어를 이용하는 어희(語戲)와 이음동의어를 이용하는 어휘재담, 그리고 사물을 바로 말하지 않고 다른 말로 빗대어 재미있게 말하는 곁말식 재담 등의 언어유희적 표현도 두드러진다.[48] 그 가운데서 남녀의 성기(性器)를 가리키거나 성행위 등의 성적 접촉을 나타냄에서는 '곁말식 재담'이 많이 쓰였다. 그 표현에서는 말하고자 하는 의미가 언표(言表)의 이면에 숨겨져 있어서, 독자가 추론(推論)이나 직관 등을 통해 그 의미를 파악하기를 요구한다(이 때문에 아직도 적지 않은 사설시조 작품들의 의미가 제대로 破解되지 못하였음). 독자가 그 표현의 의미를 알아차리는 경우에는 숨겨진 것을 파해한 데서 느끼는 지적 희열(위트의 효과와 유사함)을 맛보게 될 뿐만 아니라, 점잖은 식자(識者)들 간에는 금기(禁忌)에 가까운 성에 관한 내용을 체면·품위의 손상 없이도 이를 통해 표현할 수 있고, 또 그 표현을 함께 나누는 사람들 간에 동류의식(同類意識) 또는 연대감을 확

---

46) '유머(humor; 해학)'는 '인간의 행동·언어·문장 등이 갖는 웃음'이나 '그러한 웃음을 인식하거나 표현하는 능력'을 뜻하는데, 그것은 웃음의 대상에의 同情을 수반하는 情的인 작용을 포함하고 있어서, 인간의 어리석음을 비웃으면서도 그것이 자신을 포함한 인간들의 슬픈 天性이라는 데 대해 憐憫과 사랑을 던지는 약간 복잡한 웃음이라고 한다. 『Naver백과사전』의 「유머」항목(http://100.naver.com/100.nhn?docid=122158) 참조.
47) 같은 책, 같은 항목 참조.
   '위트(wit)'는 '익살스러운 驚愕의 충격을 주기 위해서 고의적으로 고안된 간략하고 능숙한 언어적 표현의 한 양식'으로서, '재기발랄하고 역설적인 비유적 표현'을 중심으로 한다. M. H. Abrams, *A Glossary of Literary Terms*(Third edition. New York: Holt, Rinehart and Winston, 1971), p. 179.
48) 성호경, 앞의 글, 188~189면(이 책, 319~321면) 참조.

인할 수 있게 되기도 한다. 이러한 점에서 곁말식 재담은 성을 소재로 한 작품들이 많은 사설시조에서 상당한 비중을 지닌다고 할 것이다.

인간에게 성은 생식(生殖; 종족 번식)을 위한 가장 자연적인 본능이자 원초적인 욕구로서, 그 행위는 인간의 접촉체험 중 가장 강렬한 쾌감을 부여한다. 인간의 성욕(性慾)에는 종족 보존의 요구 외에도 사랑의 표현, 긴장 해소, 감정적 이완, 만족감 및 소속감을 느끼고자 하는 여러 가지 요소들이 함축되어 있다. 성행위는 두 사람이 상대방에 대한 사랑과 관심을 가진 상태에서 서로 만족감과 책임감을 느끼게 하는 행위를 통해 감정적·인격적 일체감을 경험할 때라야, 단순히 긴장·욕구 등의 완화·해소에 그치지 않고, 높은 수준의 만족감과 자부심을 갖게 하며 인간을 성숙시킨다(사랑이 동반되지 않은 성행위를 하면 인간은 허무·죄의식·분노·적대감·불안 등을 느껴서 心性이 황폐화될 수 있다). 이러한 점에서 성과 성행위는 사랑과 불가분의 관련을 지닐 수밖에 없다.

이처럼 성과 사랑은 인간의 기본적인 생존 조건이기도 하며 또한 인간을 인간답게 하는 중요한 요소이기에, 인간은 끊임없이 성과 사랑에 대해 관심을 갖고 갈망하게 된다. 그리고 이러한 관심과 갈망은 예술작품에서도 중요한 비중을 지니고 나타나게 된다(특히 통속예술에서는 그 비중이 매우 높고 중시된다). 사설시조에서 성과 사랑에 관한 것들을 화제로 삼은 작품들이 많은 점도 이 때문이다.

한편 성행위는 쾌감과 동시에 수치심과 죄의식을 부여한다.[49] 그리고

---

49) 성행위가 상대방에 만족감을 주지 못할 때 수치감을 느끼기도 하고, 성적 쾌락에 대한 지나친 추구가 건전한 인격 형성과 생활에 장애가 될 수 있다는 점에서 그것에 대한 관심이 타인이나 스스로에게 바람직하지 않은 인간상('단순히 본능적인 존재' 등)으로 보일까 하여 수치감을 느끼게 되기도 한다. 그리고 성행위가 사회의 규범이나 관습에서 벗어날 때도 학습된 결과로서 수치감이나 죄책감을 느끼게 된다(향락적인 문란한 성행위는 개인뿐만 아니라 가족 평화와 사회질서를 어지럽히거나 파괴할 수도 있기 때문에, 여러 문화권에서는 향락적인 성행위를 억제하거나 금기로 함을 규범이나 관습으로 하는 경우가 많다).

유교에서는 성행위를 자녀 출산을 위한 행위라는 점에서만 의미를 부여하는 데다 13세기 이래의 성리학(性理學)에서는 성적인 욕망을 부정적으로 보는 경향이 높았기 때문에,[50] 그러한 이념과 질서를 바탕으로 했던 조선 후기 사회의 지배층에 속한 사람들에서는 향락적인 성행위에 대한 부정적 인식이 매우 뚜렷했다. 이러한 사회에서는 향락적 성행위와 성에 대한 담화(淫談·肉談 등)가 대체로 수치심과 죄의식을 가지는 가운데서 은밀히 이루어질 수밖에 없었다. 성을 화제로 한 사설시조 작품들에서 곁말식 재담이 많이 쓰이게 된 것은 이 점과도 관련될 것이다.

조선 후기의 '평민시가'에서는 사설시조는 물론이고 평민가사까지도 그 작품들에서 화제로 삼아 표현한 체험들은 대체로 개인적인 흥미 차원에 그치며 감각적인 자극에 강조점을 둔 표면적·일시적·육체적인 종류의 체험들이 대부분이다. 지성 또는 영혼의 즐거움을 지향하는 진지한 예술이 보편적 동의를 주장하면서 합목적적이고 의도된 의지를 강조하는, 영원하며 공기처럼 투명한 고상한 체험을 표현하고자 함에 비해, 통속예술은 육체적 즐거움 그리고 환희와 같은 흥분의 표현을 야기하는 저속한 체험을 주로 표현한다.[51]

인간은 영원성을 추구하고 합리적 정신을 존중하며 높은 수준의 인간성 고양(高揚)을 지향하기도 하지만, 통속적인 사회 속에서 살고 있으면서 수치심을 느끼면서도 일상의 익숙한 사회적 껍질 속에 도사리고 있는 본능적·충동적이고 비합리적인 인간 정신의 한 측면에 호소하는 모든 통속적인 것에 반응하는 존재다. 많은 사람들이 이러한 통속적 체험에 대한 지칠 줄 모르는 탐욕을 지니는데, 이러한 탐욕이 통속예술의 거점이 된다고 한다.[52] 조선 후기의 '평민시가'도 주로 이러한 통속적 체험에 대한 욕구에

---

50) 노영찬, 「유교적 세계관과 성욕의 절제」(이상인 역), 『불교평론』 32(만해사상실천선양회, 2007. 9), http://www.budreview.com/news/articleView.html?idxno=90; 김미영, 『유교문화와 여성』(살림출판사, 2004), 44~45면 등 참조.
51) 박성봉, 앞의 책, 199~200면 참조.

근거하여 생겨나고 발달했을 것이다.

이처럼 조선 후기의 '평민시가'는 그 작품들의 특징적인 표현양식들과 체험들에서도 통속예술적인 양상과 성격을 뚜렷이 보여준다.

이상에서 살핀 바와 같이 조선 후기의 '평민시가'는 오락과 위안을 주된 목적으로 하는 통속예술로서의 성격을 다분히 지니고 발달하였다. 평민가사의 경우에는 고찰 대상으로 삼은 작품들이 소수에 불과하기 때문에 그 대다수가 통속예술로서의 성격을 띤다고 일반화하기가 쉽지 않겠지만, 사설시조의 경우에는 대다수 작품들이 그러한 성격을 띤다고 할 수 있을 것으로 판단된다.[53]

한편 오락 본위의 시가를 가리켜 '경시가(輕詩歌; light verse)'라고 하는데, 경시가는 주제가 사소하거나 그 처리가 경솔하지만 일정 정도의 세련됨 또는 우미(優美)함을 갖추는 것을 특징으로 한다. 그 대다수가 각종 언어적 표현 등에서 교묘하고 전문적인 기교를 보이고, 진지한 시에서 사용된 적이 있는 장치들을 많이 쓰는데, 이처럼 장치 그 자체를 위한 전문적·언어적 재간의 발휘나 그 장치에 유별날 정도로 힘씀은 대체로 그 정신이 유희에 있다는 것을 알려준다. 이에 경시가는 해학적이고 익살스럽거나 정교한 '유희시'로 간주된다고 한다.[54] 사설시조는 이러한 경시가로서의 성격을 다분히 지니고 있고, 평민가사도 이러한 성격을 적지 않게 지니는 편이라고 할 것이다.

---

52) 같은 책, 201면 참조.

53) 사설시조의 이러한 통속적 양상이 18세기 말 이후 시조(평시조)마저 통속화 구도에 편입시키게 되었다고도 한다. 박애경, 앞의 글, 102면 등 참조.

54) A. Preminger, F. J. Warnke, and O. B. Hardison Jr. ed., *op. cit.*, pp. 446~449 참조.

5. 결론

앞에서 필자는 조선 후기의 '평민시가'에 대한 바른 이해를 위해, 사설시조와 '평민가사'의 시적 초점 및 창작원리를 살핀 바를 기반으로 하여, 그 주된 담당층 및 발달 조건과의 긴밀한 상관 속에서 조선 후기 '평민시가'들이 지닌 통속예술적 양상과 성격을 고찰해 보았다. 그 결과를 요약하면 다음과 같다.

조선 후기의 사설시조와 평민가사에서는 '남녀문제'나 '사랑과 향락' 또는 '연정 및 신세한탄' 등을 다룬 작품들이 많으며, '현실비판'은 뚜렷이 나타나지 않는 편이다. 그 작품 조직화에서의 지배적 요소로서의 시적 초점은 주제의 구현보다는 제재·소재에 대한 재미있는 표현을 추구함에 주로 맞추어져 있으며, 그러한 재미있는 표현을 통해 희극적 효과를 얻고자 함을 창작원리의 주요한 특징으로 한다.

그 '평민시가' 작품들은 주로 중인들에 의해 지어져서 18세기 이래 서울과 그 부근의 놀이문화 속에서 오락적 성격을 다분히 띠고 향수되며 발달하였으며, 오락과 위안을 주된 목적으로 하는 통속예술적인 양상을 여러 면에서 보인다. 그 오락적인 면은 당시 서울과 그 부근에 거주하던 중인들이 그들의 일상적 생활을 둘러싼 권태와 긴장 및 근심·불안을 벗어나 생명력과 활동력을 유지하고 강화하기 위한 것이며, 현실도피적인 성격을 직지 잃게 띤다. 그리고 그 작품들은 중산층 이데올로기를 반영하여, 소시민적인 만족을 추구하였다.

그 특징적인 표현양식들 가운데서 '유형화된 공식적 형식'은 작품에의 접근과 향수를 쉽고 편안하게 해주며, 자극적인 세계 속에 더욱 몰입할 수 있게 해 준다. 그리고 '부조리하거나 우스꽝스러운 상황 설정'은 웃음을 불러일으키기 위한 난센스로서의 성격을 적지 않게 지니고, '부정적 형상화'는 유희적인 재미를 추구하여 나타난 것으로 '부정적인 것에 대한 비웃음'뿐만 아니라 연민이나 사랑을 보이기도 한다.

그 작품들에서 화제로 삼아 표현한 체험들은 대체로 개인적인 흥미 차원에 그치며 감각적인 자극에 강조점을 둔 표면적·일시적·육체적인 종류의 체험들이 대부분이다. 조선 후기의 '평민시가'는 주로 이러한 통속적 체험에 대한 욕구에 근거하여 생겨나고 발달하였다.

이처럼 조선 후기의 '평민시가'는 통속예술로서의 성격을 다분히 지니고 발달하였으며, 그 상당수는 오락 본위의 유희적인 '경시가(輕詩歌)'로서의 성격을 지닌다.

이상은 각 장르들 내의 제 부류들을 두루 살피지 못한 채 대표적이라는 일부 작품들을 통해 핵심적인 면을 개괄적으로 고찰한 결과이므로, 조선 후기 '평민시가'의 실상과 세부적인 면에서 부합하지 않는 점이 있을 수도 있다. 또 자료의 성격 및 현황에 따른 바이지만, 고찰 대상으로 한 작품들이 사설시조의 경우는 18세기 중엽까지의 작품들 위주임에 비해 평민가사의 경우는 대체로 19세기 초·중엽의 작품들이라는 점에서, 시차(時差)가 다소 있는 두 대상을 살핀 결과를 조선 후기 '평민시가'가 전반적으로 보인 주된 양상이라고 단정하기가 쉽지 않을 수도 있다. 그리고 조선 후기라고 해도 17세기부터 19세기 말에 이르기까지 근 3세기 동안에 얼마간 변천상을 보였을 터인데, 이 논의에서는 이를 고려하지 않았다. 이러한 한계들을 지니기는 하지만, 그 고찰 결과는 실상과 크게 다르지는 않을 것으로 여겨진다. 앞으로 평민가사의 타 부류에 속하는 작품들도 포함하여 더 많은 작품들을 대상으로 하고 변천상 등도 고려하는 발전된 연구가 이루어져서 이 논의의 불충분한 점들을 보완해야 할 것이다.

한편 앞에서 살펴본 바와 같은 특징과 성격을 지닌 조선 후기의 '평민시가'들이 근대적 성격을 지녔거나 그 싹을 틔웠다고 볼 수 있을지는 미심쩍다.

중인들을 주된 담당층으로 한 그 작품들에서는 중세적 전통 및 질서를 거부하는 현실비판 정신이나 근대를 지향하는 민중적 의식 등을 뚜렷이 찾아보기가 어려운 것이다. 그 작품들에 양반 사대부들이 주된 담당층을 이루던 조선 전기의 시가와는 달리 유교적 이념 및 질서가 많이 반영되지 않았다는 점과 시적 관심이 주제보다 제재·소재에 더 쏠려 있었다는 점, 그리고 통속적 체험을 재미있게 표현하여 희극적 효과를 추구하는 오락 위주의 통속예술로서의 성격을 다분히 지녔다는 점 등에서, 이전의 시가와 뚜렷이 구별되는 시가가 나타나서 발달한 것은 분명하지만, 그 점들을 곧 인간 이성(理性)에 기반을 둔 ‘인간 중심주의’와 ‘합리주의’, 그리고 ‘자연 과학적 세계관’ 등을 주요 속성으로 하는 ‘근대성’[55]의 배태(胚胎)로 보기는 쉽지 않을 듯하다.

조선 후기 ‘평민시가’의 근대성 배태 여부는 그 문학사적 의의와 직결되는 문제로서, 그 논의의 필요성과 의의에 대한 근본적인 검토를 기반으로 해서 바르고 깊이 있게 이루어져야 할 터이므로, 이 글에서 더 이상 논하지 않겠다. 다만, 작품들에 대한 정밀한 고찰이 결여된 채로 그 시가에 실상과 부합하지 않는 성격과 문학사적 의의를 부여해 왔던 종래의 시각 및 경향이 재고되어야 한다는 점은 강조해 두고자 한다.

『韓國古典硏究』 제20집(한국고전연구학회, 2009. 12)

---

55) ‘근대성(modernity)’은 18세기에 서유럽에서 최초로 발생해서 세계의 다른 지역으로 퍼져 나간 현상으로서, 계몽주의, 합리주의, 시민권, 개인주의, 법률적·합리적 정통성, 산업화, 국민국가, 자본주의 세계체제 등과 자주 연관된다. 신기욱·마이클 로빈슨, 「식민지 시기 한국을 다시 생각하며」, Gi-Wook Shin and Michael E. Robinson ed., *Colonial Modernity in Korea*, 도면회 역, 『한국의 식민지 근대성』(삼인, 2006), 48~49면 참조.

제4부 작가와 작품

12장

<이장 장가(李璋長歌)>

1. 서론

『중종실록(中宗實錄)』 권74의 28년 3월 기사에 다음과 같은 시가 작품이 실려 있는데, 당시 사람들은 이를 '이장 장가(李璋長歌)'라고 불렀다.

鄭光弼 細華奴 李弘幹 折簡爲也 張順孫 何孫爲爾 韓效元 何官員爲了 鄭萬鍾 丘從爲古 李任 漢任爲也 趙元紀 豪氣奴 柳灌 陶罐如盞謂煮膠之器 許磁 莫子如松茸謂磨醬之物 崔世節 無節屎 金鎡 大鐸加齊 黃琦 有氣屎爲尼 權輗 刀憎汝羅古 蔡無擇 刀邪憑多爲件亇隱 任樞 大醉爲也 沈彦光 發狂爲尼 金安老 羅毛老奴[1](밑줄 진 부분은 작은 글씨임)

---

1) 『中宗實錄』 권74, 5張 左(영인본: 『朝鮮王朝實錄』, 국사편찬위원회, 1980, ⑰ 401면).

선조대(1567~1608) 이래의 작품들은 적지 않게 남아 전하고 있지만, 그 이전의 시가 유산은 영성(零星)하기까지 한 형편이어서, 우리 옛 시가들의 발달 양상을 살핌에서 적지 않은 어려움을 겪고 있다. 이에 국문학계로서는 그 잃어버린 옛 자료들의 발굴이 긴요하다고 할 터이다.

그런데 이 〈이장 장가〉는 『중종실록』과 같이 널리 보급된 문헌에 실려 있으면서도, 아직까지 학계의 주목을 거의 받지 못한 채 묻혀 왔다. 필자의 과문 탓인지는 모르겠으나, 이 작품에 관련된 연구물은 단 한 편만 있을 뿐이며,[2] 그나마 이는 작품을 소개하지도 않은 채 그 관련 사건만을 다루어 그 작품이 사설시조에 속한다는 논의만 하였을 뿐이다.

이에 필자는 그 관련 기사들을 정리하고 작자와 작품을 소개하며, 그 어석(語釋) 및 해석을 기하고, 나아가서는 이 작품이 우리 시가사에서 어떠한 의의를 지니겠는가를 살펴보고자 하는데, 시가사적 의의에 대한 논의는 차후에 따로 살피기로 하고, 이 글에서는 그 앞의 문제들에 대해서만 다루기로 한다.

2. 관련 기사와 작자

이장(李璋)과 그의 장가에 대한 논급은 중종 28년(1533) 2월 21일(甲午日)에 사헌부(司憲府)에서 중종께 올린 계청(啓請)에서부터 나타나기 시작한다. 당시 권지승문원부정자(權知承文院副正字)이던 이장이 신진(新進)으로서 소행이 흉패(凶悖)함에 이르렀으므로 조열(朝列)에 하루라도 둘 수 없으니 속히 사판(仕版)에서 삭거(削去)해야 한다는 것이다.

이에 대해 중종은 그 흉패하다고 하는 까닭을 알지 못하니 갑작스럽

---

2) 金希珍, 「辭說時調 發生期에 관한 一考察: 李璋의 長歌事件을 중심으로」, 『국어교육』 49·50(한국국어교육연구회, 1984), 129~143면.

게 사판에서 삭거할 수가 없다고 하며, 그 소행을 알리라고 하였다.[3]

다음날(乙未日) 사헌부는 다시 계문(啓文)을 올렸는데, 이 글은 〈이장 장가〉에 대한 이야기가 중심이 되어 있다.

이장은 유생이었을 때 이행(李荇)의 집에 출입하기를 아들이나 사위와 같이 하였으며, 의식(衣食)을 모두 그(이행)에게 의뢰하던 바였습니다. 이행이 득죄(得罪)함에 미쳐서는 길러주던 사은(私恩)을 깊이 그리워하여 늘 흉념(凶念)을 품고 있다가, 이즈음에 조정의 재상 및 대부(大夫)들의 이름을 두루 들고, 음이 같은 다른 글자로써 장요(長謠)를 지었는데, 겉으로는 희롱의 말로 그들을 놀리는 것으로 하였으나, 속으로는 실로 얕잡아 흉보고 요동시키고자 함이었습니다. 그 노래에 '鄭光弼 細筆·李弘幹 折簡'이라 한 것이 있는데, 이는 절간(쪽지편지질)을 즐겨한다는 것으로서 흉보는 것입니다. '張順孫 是何客耶, 韓效元 是何員耶' 하는 것은 모두 업신여겨 놀림감으로 하여 멀리하는 말입니다. 그 사이에 재상의 이름을 가리킨 것이 매우 많으나, 신 등이 미처 들어보지 못하였습니다. 혹 이르기를 '柳灌 道觀, 崔世節 無節, 金安老 吾毛乙奴, 鄭萬鍾 丘從, 蔡無擇 邪慝, 李任 安否何任, 許磁 莫子'라 하고, 또 '沈彦光'으로써 '發狂'하였다 하며 '權輗'로써 '憎汝'라고 하여, 두루 흉보아 크게 노래 불러 기탄함이 거의 없었는데, 이는 조정을 놀림감으로 하고 업신여기며, 한때를 유린하는 것입니다.

근래에 선비들의 풍습이 맑지 못하여, 권세 있는 간신에 아첨하고 섬기기를 노예처럼 하다가, 그가 패하면 같이 수원(殊怨)을 품기를 아들이 아버지를 섬기듯이 하다가 틈을 엿보아 온갖 짓을 다하는데, 종이에다 써서 방문(榜文)을 만들고 입으로 펴서 장가(長歌)를 만듦에까지 이르고 있습니다. …… 가항(街巷) 사이에 방문이 끊이지 않으니, 풍속의 흉

---

3) 『中宗實錄』 권73, 58장(⑰ 396면).

악함이 이보다 심할 수가 없는 까닭으로 감히 계합니다.[4]

이에 대해, 중종은 계문을 보니 그 죄가 큰 줄을 알겠으니 계문대로 따름이 좋겠다고 하였다.

그 다음날부터 대사간 심언광·홍문관 부제학 권예·영의정 정광필·좌의정 장순손·우의정 한효원 등의 거명된 인물들이 혹은 사의(辭意)를 표하고 혹은 이장을 격렬히 탄핵하는 소동이 벌어지고, 26일(己亥日)에는 사간원에서 이장의 죄는 사판을 삭탈함에 그치지 않고 추문하여 의율정죄(依律定罪) 해야 한다는 계를 올리게 되자, 왕은 이장을 의금부(義禁府)에 하옥하여 추고(推考)하게 한다.

이에 의금부와 사헌부는 이장을 추고하여 그 노래의 전모(이 글의 서론에서 보인 바임)를 알아내고, 또 이장과 그의 친우인 예문관 검열(藝文館檢閱) 이원손(李元孫)의 공술(供述)에 따라 그 노래를 지은 때와 동기, 그리고 노래 부르던 상황을 왕에 보고하는데, 그 내용은 대략 다음과 같다.

먼저 이장 자신의 공술에서는, '섬기던 이행이 죄를 얻은 후 마음에 분독을 품어 오다가, 전년(1532) 겨울에 허참면신(許參免新)으로 분주하던 중 술 취한 가운데 생원 이준인(李遵仁)의 집에 이르렀더니, 생원 이성의(李成義)·이추(李樞) 등이 먼저 와서 술을 마시고 있었다. 취하여 이야기하던 사이에, 이행이 원찬(遠竄)될 때 삼공(三公) 및 대간(臺諫)·시종(侍從) 등이

---

4) "李璋爲儒生時 出入李荇家 有同子壻 衣食皆所仰賴 而及李荇得罪 深戀夌養私恩. 常懷凶忿 今者歷擧朝中宰相及大夫之名 以音同他字 作爲長謠 外爲戲語而嘲之 內實鄙詆而搖動之 其曰 鄭光弼細筆 李弘幹折簡云者 是以喜折幹爲詆也 其曰 張順孫是何客耶 韓效元是何員耶 皆弄玩而外之之辭也 其間指宰相之名者甚多 而臣等未及聞見也 或云 柳灌道觀 崔世節無節 金安老吾毛乙奴 鄭萬鍾丘從 蔡無擇邪慝 李任安否何任 許磁莫子 又以沈彦光爲發狂 權輗爲憎汝 歷詆大唱 略無忌憚 是玩弄朝廷 陵轢一時者也 頃其士習不淑 謟事權奸 如奴如隷 及其敗也 同懷殊怨 如子事父 伺間窺隙 無所不至 以至書之於紙而爲榜文 發之於口而爲長歌 … 街巷之間 榜文不絶 風俗凶惡 莫此爲甚 故敢啓之"(『중종실록』 권73, 58~59장; ⑰ 396~397면).

조정에 처하여 책임을 맡은 신하들이면서도 공론을 내어 구하고자 하지 않아서 늘 유감으로 여겨 한스러워 했는데, (이때) 성명을 두루 들고 음이 같은 우리말로써 장요(長謠)를 지었다. 겉으로는 희롱의 말에 붙였으나, (실은) 조정을 놀림감으로 삼아 꾸짖고 어지럽혀 비방하는 것이었다.'[5]고 하였다.

그리고 이원손(1498~1554)의 공술에서는, '나와 이장의 동생형(同生兄) 이규(李珪)는 생원 동년(同年)이어서, 내왕하여 서로 방문하곤 했다. 이규는 아우 이장과 같이 살고 있었는데, 이장은 나이 비록 적지만 재기(才氣)가 남보다 많은 사람이었다. 그래서 지난 정해년(丁亥年; 1527)부터 혹은 집에서 혹은 성균관에서 서로 교제하였다. 그러나 그는 마음씀의 향하는 바가 사류(士類)와는 크게 어그러질 뿐만 아니라, 늘 농지거리함을 일삼았으며, 사림간(士林間)을 해치고자 하는 기상 또한 가지고 있어서 혹은 분을 품고 흉보아 헐뜯는 말을 하기도 했다. (이에 나는) 마음으로 싫어하고 꺼려하여 결코 서로 보지 않았다. (그러다가) 전년에 함께 과거에 급제하여 같이 승문원에 속하게 된 이래 조석으로 대하여 말하게 되었다. 그 사람됨을 본즉 전날의 버릇을 뜯어고치지 않았기에, 더욱 취하지 않았다.

날짜는 기억하지 못하지만, 전년 보름께 동년생원(同年生員) 이준인이 사람을 시켜 부르기에 초저녁에 가서 이추·이성의·이의제(李依堤)·최침(崔沉)·한유(韓瑠) 등과 같이 앉아 함께 술을 마시고 있었는데, 이장이 뒤에 술에 취하여 들어왔다. 각각 행주(行酒)하여 군데군데 짝지어 앉아서 이야기하며 술 마시고 있을 때, 이장이 우리말로 가락에도 맞지 않는 노랫말로써 펴 장가를 만들어, 하늘을 우러러 혼자 노래 불렀다. 마음에 심히 당황하여 귀 기울여 다시 들어보니 삼공·재상·대간·시종의 성명을

---

5) "平生所詔事李荇 得罪後 常懷忿毒 日月不記 前年冬節 以免新奔走 醉酒間 歸到于生員李遵仁家 則生員李成義·李樞等 先到飮酒 我醉談之際 李荇被竄 三公及臺諫侍從等 以當朝倚任之臣 不出公論營救 故常時憾恨. 歷擧姓名 以音同俚語 作爲長謠 外托戲語 玩侮朝廷 濁亂訕謗云"(같은 책, 권74, 5장; ⑰ 401면).

두루 들고 희롱하며 업신여겨 흥보아 부르는 노래였다. 경악을 이기지 못하였는데, 주인은 술 취하였다고 하여 그냥 있었다. 나는 즉시 일어나 나왔을 뿐이어서 그 뒤의 일은 알지 못한다.'[6]고 하였다.

이 두 공술에 의거하여 의금부에서는 이장은 물론이고 그날(12월 15일) 그 자리에 함께 있은 사람들 모두에까지도 '유식학문인(有識學問人)'으로서 듣고 말리지 않았다고 하여 죄주기를 청하였으며, 임금도 이를 윤허하였다. 율(律)에 비추면, 모두에게 장일백(杖一百)을 가하며 이장은 참(斬)하고 이원손은 고신(告身)을 추탈(追奪)하도록 해야 하나, 고쳐서 이장을 '장일백에 유삼천리(流三千里)'하는 것으로 매듭짓게 되었다.[7] 그리고 그 후 이원손에 대하여 사관(史官)으로서의 책임을 물어 그 직을 바꾸게 하였다.[8]

앞서 든 계문과 공술에 의하면, '이장 장가'는 이장이 중종 27년(1532) 겨울에 지은 것이다(그러나 이를 부정하는 견해도 없지 않다. 뒷날 史臣은 이 작품이 본디 이장이 지은 것이 아니라, 그를 미워하는 자가 이장이 李荇의 門人이라는 점을 기화로 두 사람을 함께 묶어서 불측한 화에 빠뜨리고자 하여 없는 말을 얽어 이룬 것이며, 이장은 發明하고자 하여도 길이 없다가 刑鞫을 당하자 誣服하여 자기가 지었다고 공술했다고 하였다.[9] 또 중종 32년 12월에 중종은 이 노래가 이장이 유생일 때 지은 것이라고 하기도 했다.[10]

---

6) "臣與李荇同生兄李珪 生員同年 故往來相訪. 時李珪同居弟李璋 年雖少 才氣有餘人. 故始於 去丁亥年 或同寓或同泮相交. 非徒其心術所向大乖士類 常以恢諧戲談爲事 士林間有害氣象亦 有之 或有含憤詆毁之言 心甚厭忌 絶不相見 自前年同榜之後 同屬承文院 朝夕對語 觀其爲人 則頓無變革前習 故尤爲不取 日不記 前年望時 同年生員李遵仁 使人招致 初昏進去 與李樞· 李成義·李依堤·崔沈·韓瑠等 同坐共飮 李璋隨後乘醉入來 各各行酒 屯屯耦坐談飮時 李璋 或以俚語無律之詞 發爲長歌 仰天獨唱 心甚荒唐 傾耳更聽 則歷擧三公宰相臺諫侍從姓名 戲 侮詆唱之歌也 不勝驚愕 主人處托以醉酒 卽時起出而已 其後事則不得知云"(같은 책, 권74, 5 ~6장; ⑰ 401~402면).

7) 같은 책, 같은 면.

8) 같은 책, 권74, 8장(⑰ 403면).

9) 같은 책, 같은 면.

10) 이에 대하여는 같은 책, 권86, 38장(⑱ 143면)의 다음 기록을 참고할 것.
　　"傳曰 … 文臣李璋 儒時 擧士大夫之名 唱爲長歌 事雖非矣 然狂生戲歌 豈足責哉 雖非此

이장은 자(字)를 군헌(君獻)이라고 하며, 전주 이씨(全州李氏)로서 태조(太祖)의 셋째아들인 익안대군(益安大君) 방의(芳毅)의 5세손(世孫)인데, 그 가계(家系)를 보이면 다음과 같다.[11]

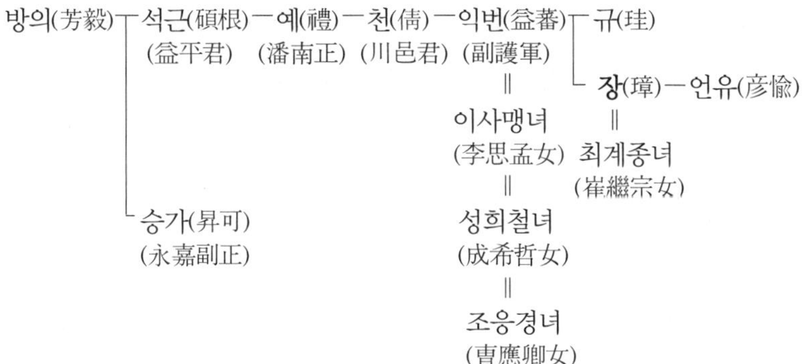

그의 생애는 『국조인물지(國朝人物志)』(安鍾和 纂, 隆熙 3년: 1909)에 『국조방목(國朝榜目)』을 인용하였다고 하여 대략 다음과 같이 기록되어 있다.

① 을유년(중종 20년: 1525) 생원·진사(進士)

② 임진년(중종 27년: 1532) 문과에 올라 검열(檢閱)이 됨.

③ 장가를 지어 김안로(金安老)를 배척했기 때문에 동래(東萊)로 귀양 감.

④ 19년이 지나 김안로가 패하매 정언(正言)으로 소환되었는데, 상주(尙州)에 이르러 길에서 죽음.[12]

___

人 閭閻間亦有戲歌 而以此竄逐 彼人等 指三兇 必有他意而爲之 故立議之 … 殷輔等啓曰 … 李璋其戲歌 果在儒冠之時 則此狂童事 不足深責 多年遠竄 物情未便."

11) 宋允湜 撰『青丘氏譜』(木版本, 1962)의 권1, '全州李氏'篇과『國朝榜目』(奎章閣 소장본; 영인본: 국회도서관, 1971) 中宗 27年 別試榜을 주로 참고하였으며, 이 글 주 6)에 실린 李元孫의 供述도 참조하였다.

12) "李璋 字君獻 全州人. 副護軍益蕃子 益安大君芳毅五代孫. 乙酉生員進士 壬辰文科檢閱, 長於詞賦 作長歌斥金安老 以是謫東萊 十九年而安老敗 以正言召還 至尙州卒于道 國朝榜目"(『國朝人物志 二』, 12면).

그리고 이가원(李家源)은『이조명인열전(李朝名人列傳)』에서 위의 내용을 그대로 따르면서, 그 생년이 1505년경일 것으로 추측한 바 있다.[13]

그런데, 위의 기록에서 ②의 검열(藝文館의 正9品職)이 되었다는 점은 미심쩍다고 하겠다. 앞서 든 사헌부 등의 계문에 분명히 권지승문원부정자(權知承文院副正字; 임시 從9品職)라고 되어 있기 때문이다. 그리고 ④에서 그가 귀양 간 지 19년만에 김안로가 패했다는 것은 사실과 다르다. 19년 후가 되는 해는 1552년(明宗 7)인데, 김안로는 이미 1537년(중종 32)에 패하여 사사(賜死)되었기 때문이다. 그리고『중종실록』권87에 의하면 1538년(중종 33) 2월에 중종은 이장의 직첩을 환급토록 하였으며,[14] 선조(宣祖)가 이장 등을 서용(敍用)하도록 명했다고 한다.[15] 그러니 이장은 1570년(선조 3)까지도 생존해 있었다고 할 것이다. 또 정언(司諫院 正6品職)으로 소환되었다는 것도 신빙하기가 어렵다고 할 것이다. 중종 33년의 조처는 직첩(告身, 곧 承文院權知副正字의 사령장)을 도로 내어줌에 그치는 것이었기 때문이다. 상주에 이르러 길에서 죽었다는 것도 앞의 사실들로 미루어볼 때 의심스럽다고 하겠다.『국조방목』에 그의 관직을 호조좌랑(戶曹佐郎; 정6품직)으로 말한 것으로 보아, 그는 선조 3년의 서용 때 또는 그 이후에 호조좌랑을 지냈거나, 또는 그 직위에 임명되었을 것으로 여겨진다.

이제 이러한 점들을 고려하여 그의 생애를 소략하게나마 정리해 보면 다음과 같다.

○1505년(燕山君 11)경 출생.

○1525년(中宗 20): 생원시 및 진사시 합격.

○1527년(중종 22) 7월: 성균관의 윤차제술(輪次製述)에 입격(入格)하여

---

13) 李家源,『李朝名人列傳』(을유문화사, 1965), 317면.

14) "傳曰 … 前權知正字李璋等 皆還給職牒"(⑰ 167면) 참조.

15) "傳… 李璋… 等 敍用… 尹存性等 職牒還給事 下吏曹"(㉑ 224면) 참조.

왕으로부터 필묵(筆墨)을 하사받음.[16]

　　∘ 1528년(중종 23) 5월: 인정전(仁政殿)에서 열린 유생(儒生) 정시(庭試)에서 책문(策文)이 '상지하(上之下)'로 입격됨.[17]

　　∘ 1532년(중종 27) 10월: 별시에서 병과(丙科)로 급제하여 권지승문원부정자가 되고, 이 해 겨울에 〈이장 장가〉를 지어 부름.

　　∘ 1533년(중종 28) 2월: 장가 사건으로 사헌부의 탄핵을 받아 의금부에 하옥되어 추문(推問)을 받고 자복(自服)하여, 3월에 장일백(杖一百)에 고신(告身)을 추탈(追奪)당하고 동래(?)로 유배됨.

　　∘ 1538년(중종 33) 2월: 전년에 김안로가 패하여 사사(賜死)됨에 따라 왕명에 의해 직첩을 환급받음.

　　∘ 1570년(宣祖 3) 5월: 왕명에 의해 서용(敍用)됨(戶曹佐郎?).

　문재(文才)가 뛰어나 사(詞)와 부(賦)에 능하며 제술(製述)·책문(策文) 등에서도 뛰어난 기량을 지녔던 기예(氣銳)의 신진관료 이장이, 그가 오랫동안 출입하여 모시던 이행이 김안로의 잘못을 논하다가 도로 탄핵되어 좌의정에서 파면되어 판중추부사로 좌천되었다가 다시 탄핵됨에 삭탈관직되어 평안도 함종현(咸從縣)으로 찬배(竄配)되는 데도 당시의 삼공·재상·대간·시종들이 이를 구하지 않고 방관하거나, 또는 그 탄핵에 가담한 것을 원망하고 분하게 여겨 그들의 성명을 두루 들고 그 이름의 끝 글자와 음이 비슷한 다른 말로써 그들의 성행을 조롱·비방하여 지은 노래가 바로 〈이장 장가〉인 것이다.

　그런데 앞서 든 『중종실록』에서의 노랫말에는 약간의 오기(誤記)가 있는 것으로 판단된다. '鄭光弼 細華奴'에서의 '細華'는 '細筆'의 오기임이 사헌부의 계문에서 드러나며, '金鐵 大鐸加齊'의 '大鐸'은 '木鐸'의 오기로 여

---

16) 『중종실록』 권59, 23장(⑯ 583면) 참조.
17) 같은 책, 권61, 47장(⑯ 671면) 참조.

겨진다(이에 대하여는 뒤의 작품 해석에서 상론하도록 하겠다). 이러한 오기를
바로잡으며, 노랫말에서 석주(釋注) 부분을 제외할 때, 〈이장 장가〉는 다
음과 같이 될 것이다.

鄭光弼　細筆奴　李弘幹　折簡爲也
張順孫　何孫爲爾　韓效元　何官員爲了
鄭萬鍾　丘從爲古　李任　漢任爲也
趙元紀　豪氣奴　柳灌　陶罐　許磁　莫子
崔世節　無節屎　金鐸　木鐸　加齊
黃琦　有氣屎爲尼
權輗刀　憎汝羅古　蔡無擇刀　邪慝多爲件亇隱
任樞　大醉爲也　沈彥光　發狂爲尼
金安老　羅毛老奴

이를 통해 볼 때, 이 작품에는 2음보 1구(句)를 연구(聯句)로 하는 4음보
율격의 구조 속에서 연구를 이루지 못하는 편구(片句)[18]가 둘 있는 것으로
판단된다. 따라서 이 작품은 전체 16개 구에 9행으로 이루어졌다고 할 것
이다.

3. 등장인물

〈이장 장가〉는 본디 조롱과 비방을 위한 동기에서 언어유희의 방식으
로 지어진 것이기에, 그 시상 전개의 구조는 단지 조롱과 비방의 감으로서

---

18) '片句'에 대하여는 成昊慶, 「歌辭의 '片句' 현상에 대한 試論」, 『人文研究』 9-1(영남대학교
　　인문과학연구소, 1987), 111～134면(이 책, 205～233면)을 참고할 것.

의 구실만 잘할 수 있으면 되는 것에 지나지 않는다. 그러므로 그 작품세계를 이해하기 위한 첫 걸음은 작품 속에 등장하는 인물들에 대한 이해라고 할 것이다. 이에 먼저 각 등장인물들의 성행(性行)과 그들 간의 상호관계를 살펴보기로 한다.

우선, 작품 속의 등장인물은 아니지만 이 작품의 창작동기에 직접 관련된 이행(李荇)에 대해 살펴보기로 하자.

이행(1478~1534: 成宗 9~중종 29)은 덕수 이씨(德水李氏)로 자는 택지(擇之), 호는 용재(容齋)이며, 아버지 의무(宜茂)와 어머니 창녕 성씨(昌寧成氏: 熺의 딸) 사이의 5남 2녀 가운데서 셋째 아들로 태어났다. 그의 형제들 가운데서 바로 위인 기(芑; 1476~1552)는 을사사화(乙巳士禍; 1545)의 주모자로서 윤원형(尹元衡)과 더불어 '이흉(二凶)'으로 일컬어지는 인물이며, 중종대에 공조판서·우참찬·판중추부사를 역임한 조계상(曹繼商; ?~1543)이 그의 자부(妹夫)다.

어려서부터 총민호학(聰敏好學)하였으며, 1495년(燕山君 1) 18세로 문과(別試 丙科)에 급제하여 승문원 권지부정자로 환로(宦路)에 들었는데, 그의 38년간의 사환(仕宦) 생애를 간추려 보면 다음과 같다.

1495년(연산군 1) 18세~ : 승문원 권지부정자 이래 예문관 검열·성균관 전적·홍문관 수찬·사헌부 지평·홍문관 부교리·교리·사간원 헌납 등 역임.

1504년(연산군 10) 27세~ : 홍문관 응교 때 폐비(廢妃) 윤씨(尹氏)의 추숭(追崇)에 반대하다가 연산군의 노염을 사서 하옥되고 충주·함안·거제 등으로 유배됨.

1506년(中宗 1) 29세~ : 중종반정(中宗反正)으로 홍문관 교리로 소환되고, 부응교 때 사가독서(賜暇讀書)의 혜택 받음. 응교·성균관 사예·사성·사섬시 정·사간원 사간 등을 역임.

1515년(중종 10) 38세~ : 대사간(정3품堂上職)에 올랐다가 폐비 신씨(愼氏)의 복후(復后)에 반대하다 첨지중추부사로 좌천되고, 곧 홍문관 부제학·

성균관 대사성·승정원 좌승지·도승지를 거쳐 사헌부 대사헌(종2품직)에 올랐다가, 신진사류(新進士類)와 뜻이 맞지 않아 1517년 대간의 탄핵을 받아 첨지중추부사로 강등되자 면천(沔川)으로 내려가 창택어수(滄澤漁叟)라 호(號)하고 지냈다.

1519년(중종 14) 42세~ : 기묘사화로 조광조(趙光祖) 등의 신진사류들이 제거되자, 다시 홍문관 부제학이 되어 서울로 돌아온 이래 공조참판으로 홍문관·예문관의 대제학을 겸하게 되었는데, 이 양관 대제학(兩館大提學)의 직임은 그가 실각하던 1531년 12월까지 지니게 된다. 공조판서·의정부 우참찬·우찬성을 거쳐, 1524년 대광보국숭록대부(정1품) 의정부 우의정으로 승차하고 1530년 좌의정이 되었다.

이듬해 10월 김안로를 논척(論斥)하다가 오히려 몰려서 판중추부사로 좌천되고, 다음해 3월 삭탈관직되고 평안도 함종으로 유배되어 2년 후인 1534년(중종 29) 10월에 적소(謫所)에서 57세로 몰(歿)하였다. 3년 후 김안로가 패하자 구직(舊職)을 되찾게 되었다.

평생을 청렴하게 살았으며, 학문에 힘써 양관 대제학을 11년 동안이나 겸대하고 있었을 정도로 문명(文名)이 높았다. 성품이 관후하였으나, 지인지감(知人之鑑)이 부족하여 김안로의 음사(陰邪)함을 모르고 잘못 편들었다가 끝내는 그에 의해 모해를 입은 바 되었다.

처음에 그는 김안로와 함께 예문관에 근무했으며, 또 함께 독서당(湖堂)에 들어갔기에 오랫동안 서로 사이가 좋았다. 그 후 김안로가 기묘사화 후 이조판서에 올라 권세를 휘두르다가 1524년 남곤(南袞)·심정(沈貞) 양인의 탄핵으로 용천(龍泉; 경기도 豊德郡) 등으로 유배가게 될 때, 그는 혼자서 김을 변호하여 "명분 없이 재상을 내쫓는 일은 폐단이 없을 수 없다."고 하며, 눈물을 흘리며 전송하기도 하였다.

1529년(중종 24) 김안로가 방환(放還)되고, 1531년 6월에 서용될 때, 정광필(鄭光弼)은 불가함을 고집하였으나, 그는 김안로가 처음에 '무형지죄(無形之罪)'를 입은 데다 해가 오래 되었으니 뉘우쳤을 것이라고 하며 김안로를 두둔하였다.

마침내 김안로는 서용되어 한성판윤 등을 거쳐 예조판서가 되자, 장순손(張順孫) 등과 깊이 맺어서 대간과 시종에 자당(自黨)을 많이 심어 놓게 되고 혐원이 있는 사람이면 거의 다 내쫓았다. 이에 그는 비로소 김안로의 음사함을 깨닫게 되어, 그를 보게 되면 준절히 꾸짖었다. 이에 김안로는 그를 미워하여 그 일당을 시켜 모해하게 했는데, 마침내 10월에 그가 영의정 정광필 등과 함께, 김안로의 예조판서 기용을 문제 삼아 논하자, 대사헌 심언경(沈彦慶)·대사간 권예(權輗)·정언 허항(許沆) 등을 시켜 그를 탄핵하게 했다. 그가 정승으로서 김안로를 핑계로 하여 사림을 해치고자 한다는 것으로써 대간 및 홍문관에서 탄핵하여 죄를 청하게 되자, 중종은 그를 좌의정에서 파면하여 판중추부사로 좌천시켰다. 이에 그는 집에서 두문불출하며 지내고 있었다.

그러다가 이듬해 3월 생원 이종익(李宗翼)의 상소문 속에서 그의 죄 없음을 변호하는 말이 나오게 되자, 그 배후 조종자로 지목되어 심언광(沈彦光)·권예·채무택(蔡無擇)·황사우(黃士祐)·허항·한효원(韓效元)·장순손 등의 탄핵을 다시 받고, 드디어 삭탈관직되어 함종으로 유배되었다.[19]

〈이장 장가〉는 주로 이 1532년(중종 27) 3월에 이행이 다시 탄핵되어 삭탈관직당하고 유배되는 사건을 둘러싸고 관련된 인물들을 조롱·비방한 작품이다.

등장인물들에 대하여는 그 생애와 성행을 간략히 살피기로 하는데, 특히 중종 26~28년 사이의 행적과 대(對) 이행·김안로 관계에 초점을 맞추기로 하겠다(그러나 관련자료가 풍부하지 못하여 대체로 『중종실록』·『국조방목』·『韓國人名事典』·『국조인물지』 등에 의거하게 되었기에 간혹 소략함을 면치 못하는 경우가 없지 않을 것이다).

---

19) 이상은 李荇, 『容齋集』(영인본: 아세아문화사, 1976)의 「行狀」(周世鵬 찬)과 『중종실록』, 그리고 『韓國人名事典』(신구문화사, 1967)을 참고하였다.

서술은 작품 속에 등장하는 순으로 하지만, 이해의 편의를 위해 김안로를 첫 번째로 다루기로 한다.

김안로(金安老; 1481~1537: 성종 12~중종 32)

자는 이숙(頤叔), 호는 희락당(希樂堂)·용천(龍泉), 본관은 연안(延安). 1506년(중종 1)에 문과 별시에 장원급제하였다. 이후 직제학·이조참의·경주부윤 등을 역임하였으며, 1519년 기묘사화 뒤에 부제학에 오르고 (그의 숙부 金詮은 영의정이 됨), 1524년에 대사헌을 거쳐 이조판서가 되었으나, 그의 아들 희(禧)가 효혜공주(孝惠公主; 당시 世子였던 仁宗의 맏누이)와 결혼한 뒤부터 권력 남용이 잦아 남곤·심정·이항(李沆) 등에 의해 탄핵을 받고 경기도 풍덕으로 유배되었다. 유배 중에도 채무택을 통해 심언경·언광 형제와 결탁하여 동궁(東宮; 仁宗)을 위한다는 명목으로 심정·이항을 탄핵하여 내쫓았으며, 1527년에 남곤이 죽고 그 일파가 실각하자 방환 운동을 펼쳤으며, 그의 방환에 반대하던 이언적(李彦迪)과 성세창(成世昌)을 귀양 보낸 뒤, 1529년 5월에 풀려나 환경(還京)하였다.

1530년 6월에 직첩을 환급받았으며, 이듬해 6월에 서용되어 의흥위 대호군과 오위도총부 도총관을 거쳐 7월에 한성판윤이 되고, 8월에는 예조판서가 되었다. 10월 임인일(壬寅日)에 이행이 정광필·조원기(趙元紀)·김극성(金克成) 등과 더불어서 임금께 그의 예조판서 서용을 문제 삼아 논척하자 일시 체직(遞職)되었으나, 곧 심언경·권예·양연(梁淵)·김희열(金希說)·박홍린(朴洪鱗)·박세옹(朴世蓊)·허항·채무택 등을 사주하여 이행·조계상·김극성 등을 탄핵케 함으로써 도리어 이행 등을 실각시켰다. 12월에는 지중추부사로서 이행을 대신하여 홍문관·예문관의 양관 대제학을 맡았다.

1532년 3월에는 이종익의 상소문을 기화로, 자파가 장악한 대간·시종을 시켜 이행을 다시 탄핵케 하여 그의 관직을 삭탈하고 함종으로 찬배케 하였다. 4월에 다시 예조판서가 되고, 12월 이래 이조판서·호조판서를 거쳐 1534년에 우의정, 이듬해 좌의정에 이르렀다.

그 동안 정적(政敵)들을 모조리 축출하여 귀양 보내거나 살해하는 등 전횡무도한 공포정치를 폈으나, 1537년에 중종의 계비(繼妃)인 문정왕후(文定王后)를 폐위시키고자 하다가 왕의 밀지(密旨)를 받은 윤안인(尹安仁)·양연·김희열에 의해 체포되고, 이어 사사되었다. 이때 함께 잡혀 유배되고 사사된 허항·채무택과 함께 '정유삼흉(丁酉三兇)'으로 일컬어진다.

총명·박학하였으며 문명(文名)이 높았으나, 성품이 음험하고 시기가 많았는데, 1531년의 서용 이래 대간과 홍문관에 자당(自黨)을 많이 심어놓음으로써, 이들을 움직여 반대파를 탄핵하여 실각시키는 등의 막후공작을 잘하였다.

정광필(鄭光弼; 1462~1538: 世祖 8~중종 33)

자는 사훈(士勛), 호는 수천(守天), 시호는 문익(文翼), 본관은 동래.

1492년(성종 23)에 문과에 급제하여 벼슬길에 들어서, 부제학·이조참의 등에까지 올랐다가, 1504년(연산군 10) 갑자사화 때 왕을 극간(極諫)하다가 아산으로 귀양 갔다. 중종반정으로 돌아와, 대사헌·우참찬·예조판서·병조판서·우의정·좌의정을 역임하고 1516년(중종 11)에 영의정이 되었다. 1519년 기묘사화 때 사림을 변호하다가 일시 파직되었으나, 1527년에 남곤이 물러나자 다시 좌의정에 이어 영의정이 되었다.

김안로의 환용(還用)을 반대하였으며, 김안로의 서용 후 이행과 함께 그를 논척하였다. 1531년 10월의 이행에 대한 대간들의 탄핵 때 이행을 변호하였으며,[20] 이듬해 3월의 재탄핵 때는 칭병(稱病)하여 불참하였다.

1533년에 폐빈(廢嬪) 박씨와 복성군(福城君)의 일로 대간의 탄핵을 입어

---

20) 『중종실록』 권71, 38~39장(⑰ 326면) 참조.
  이때 함께 있던 우의정 張順孫은 이행을 추고하고자 한 중종의 뜻에 찬동하고, 대간들의 탄핵을 두둔하였다.

영중추부사로 밀려났으며, 1537년에 김안로의 참소로 김해에 귀양 갔다가, 그 해 겨울에 김안로가 사사되자 곧 석방되어 다시 영중추부사가 되었으며, 이듬해 몰하였다.

외유내강의 성품을 지녔으며, 일찍부터 굉후화평(宏厚和平)한 도량으로 이름을 떨쳤고, 안위(安危)의 기틀과 시비를 분간함에 뛰어나 명상(名相)이라 일컬었다.

이홍간(李弘幹; 1486~1547: 성종 17~명종 2)

자는 대립(大立), 호는 쌍괴(雙槐), 본관은 용인(龍仁).

1513년(중종 8)에 문과에 급제하여 예문관 검열이 되었고, 이후의 사적은 불분명하나, 평안평사를 거쳐 1527년(중종 22)에 사헌부 장령을 지냈으며, 1534년경에는 공주목사로 있었다. 1545년(명종 즉위년)에 봉상시정이 되었고, 1547년(명종 2)에 지중추부사로서 동지부사(冬至副使)가 되어 명(明)의 연경(燕京)에 갔다가 돌아오는 도중에 병사하였다. 당시에 강직·온아한 성품으로 이름이 높았다.

장순손(張順孫; 1457~1534: 세조 3~중종 29)

자는 자호(子浩), 본관은 인동(仁同).

1485년(성종 16)에 문과에 급제하여 벼슬길에 들어 부제학에까지 올랐다가, 1504년(연산군 10) 갑자사화 때 원방(遠方)에 부처(付處)되었다. 1506년에 중종반정으로 풀려나, 대사헌·형조판서·우참찬·호조판서·좌참찬 등을 거쳐 좌찬성에 올랐다. 1518년(중종 13)에 조광조의 천거제(薦擧制)에 반대했는데, 이 해 대간의 탄핵을 받아 파면되었다가, 후에 복직되어 1530년에 이조판서가 되었다. 1531년 정월에 우의정이 되고, 11월에는 이행이 좌천되자 대신하여 좌의정이 되었으며, 1533년 5월에 정광필을 대신하여 영의정이 되었다가, 이듬해 죽었다.

성품이 탐욕스럽고 시험(猜險)했다고 하며, 일찍부터 김안로의 일당이 되어 그를 도왔는데, 김안로의 방환 및 서용을 적극 주선하였고, 이행에 대한 두 차례의 탄핵에 모두 가담하였다.

한효원(韓效元; 1468~1534: 세조 14~중종 29)

자는 원지(元之), 호는 오계(梧溪), 본관은 청주.

1501년(연산군 7)에 문과에 급제하여 예문관 검열이 되고 부제학·대사헌 등을 거쳐 이조판서에 이르렀다가, 1531년(중종 26) 7월에 지중추부사가 되었고, 11월에 좌찬성을 거쳐 우의정에 올랐다. 1533년 5월에 좌의정이 되었다가 이듬해 11월에 영의정에 올랐으나, 곧 죽었다.

효성이 지극하기로 이름났고, 평생을 충직·청렴하였으나, 김안로의 득세 후 그가 지시하는 대로 따랐으며, 1532년 3월의 이행에 대한 재탄핵에 가담하였다.

정만종(鄭萬鍾; ?~?)

자는 인보(仁甫), 본관은 광주(光州).

1516년(중종 11)에 문과에 급제하였고, 이후 정언·도사·지평 등의 벼슬을 거쳐 1531년(중종 26) 10월에는 사헌부 장령을 지내고 있었다. 이후 사간·응교·우부승지·형조참판 등을 거쳐, 1539년에 예조참판으로 진위사(陳慰使)가 되어 명나라에 다녀왔고, 그 뒤 한성부 판윤과 충청도·함경도·경상도의 관찰사를 지냈다.

이행에 대한 탄핵에 참예하지 않았으며, 1537년에 김안로를 소척(疏斥)한 바 있다.

이임(李任; ?~1535: ?~중종 30)

자는 중경(重卿), 본관은 전의(全義).

1524년(중종 19)에 문과에 급제하였고, 1531년에는 홍문관 교리로 있다가 2월에 사헌부 지평이 되고, 6월에 이조정랑이 되었다. 1533년 2월 이래

사간원 헌납·홍문관 응교·사간원 사간·대사간 등을 거쳐 승지를 지내
다 죽었다.

성품이 흉험하고 사특하였는데, 김안로의 일당이 되어 그를 추종하였으
며, 1533년에 정광필을 탄핵함에 앞장선 바 있다. 김안로보다 먼저 죽었는
데, 김안로가 사사된 뒤 관작을 추삭(追削)당하였다.

조원기(趙元紀; 1457~1533: 세종 3~중종 28)

자는 이지(理之), 본관은 한양, 조광조의 숙부.

1496년(연산군 2)에 문과에 급제하였으며, 홍문관 수찬으로 있을 때 연산
군이 사초(史草)를 보려고 하자 이를 거부하다가 파면되었고, 이로 인해
후에 강원도 횡성에 유배되었다. 중종반정으로 풀려 사성·경원부사·대
사간·좌부승지를 거쳐 좌참찬에 올랐다.

1531년(중종 26)에는 좌참찬 또는 우참찬으로 있었는데, 10월에 이행·
정광필 등과 함께 김안로를 논척하였으며, 이행에 대한 탄핵에는 모두 참
예치 않았다. 이듬해 8월에 형조판서가 되고, 1533년에 지중추부사·좌참
찬을 지내다 8월에 몰하였다.

성품이 안중(安重)하였으며, 충효절검(忠孝節儉)으로 크게 이름을 떨쳤다.
청백(淸白)으로 왕의 신임이 두터웠으며, 이행과 친교가 있었던 듯하다.[21]

유관(柳灌; 1484~1545: 성종 15~인종 1)

자는 관지(灌之), 호는 송암(松庵), 본관은 문화(文化).

1507년(중종 2)에 문과에 급제하고, 여러 벼슬을 거쳐 1531년 8월에는
대사헌으로 있었다(9월에 沈彦慶으로 교체). 11월에 동지사(同知事; 部署 미상)

---

21) 李荇의 『容齋集』 권2에 이행이 趙元紀에게 주는 시 두 편이 실려 있는데(〈送趙理之觀察
   全羅道 二首〉와 〈送趙理之朝燕 三首 乙亥〉), 이 가운데 뒤의 작품에는 두 사람 사이의
   도타운 정이 나타나 있다.

가 되었으며, 1532년 3월에는 동지성균관사로 있다가, 8월에 경기도 관찰사가 되고, 1533년 5월에 동지중추부사를 거쳐 예조판서에 올랐다. 이후 이조판서·좌찬성·평안도 관찰사·우의정을 거쳐 좌의정에 올랐으나, 1545년(명종 즉위년) 을사사화 때 윤원형·이기 등에 몰려 충청도 서천으로 귀양 가던 도중 온양에 이르러 대역죄의 누명을 쓰고 처형됐다.

성품이 공명정대하였으며, 강직하기로 이름이 높았다.

허자(許磁; 1496~1551: 연산군 2~명종 6)

자는 남중(南仲), 호는 동애(東厓), 본관은 양천(陽川).

1523년(중종 18)에 문과에 급제하여, 1531년 11월에 홍문관 부교리가 되었다가, 이듬해 3월에 응교가 되었다. 이후 사간·의정부 검상·사인 등을 지냈으며, 1545년(명종 즉위년)에 공조판서로 윤원형·이기 등과 함께 을사사화를 일으켜 좌찬성이 되었으나, 다음해 윤원형의 탄핵을 받아 판중추부사로 밀려났다. 1550년에 이조판서로 있다가 이기의 심복들에 의해 탄핵당하여 홍원에 귀양 가서 죽었다.

성품이 강직하기로 이름났으나, 을사사화 때는 유관 등을 논죄하였다. 1532년 3월의 이행에 대한 재탄핵 때는 홍문관 부교리로 있었으나, 탄핵에 가담치 않았으며, 후에 이조정랑을 지낼 때 김안로에게 몰려나 양근 군수·황주목사를 지내다가 김안로가 패하자 소환된 바 있다.

최세절(崔世節; ?~?)

자는 개지(介之), 본관은 강릉.

1504년(연산군 10)에 문과 별시에 장원급제하였으며, 벼슬이 홍문관 부제학에 이르렀다가, 황해도·전라도 관찰사를 지내고, 1532년(중종 27) 2월에 한성부 우윤이 되었다. 9월에 호조참판이 되고, 이듬해 3월에는 형조판서에 제수되었으나, 대간들의 반대로 취소되고, 5월에 다시 호조참판이 되었다.

성품이 추악·탐욕스럽기로 이름났으며, 대간들의 탄핵을 자주 받았다.

김탁(金鐸; ?~?)

자는 진경(振卿), 본관은 고령(高靈).

1519년(중종 14)에 문과에 급제하여 벼슬길에 올라, 1532년 2월에는 사헌부 집의가 되고, 3월에 승정원 동부승지가 되었으며, 얼마 후 병조참지를 지내다가, 1533년 5월에 경상좌도 병마절도사가 되었다.

1532년 3월의 이행에 대한 재탄핵 때에는 사헌부 집의로 있었으나, 탄핵에 가담하지 않았다.

황기(黃琦; 1498~1539: 연산군 4~중종 34)

자는 중온(仲溫), 본관은 창원(昌原).

1524년(중종 19)에 문과에 급제하여 벼슬길에 들어섰다. 사적이 자세히 전해지지 않는데, 1533년 9월에는 경연시독관(經筵侍讀官; 홍문관의 교리·부교리가 例兼하는 직)에서 사간원 헌납이 되었다.

정광필을 탄핵한 바 있으며, 김안로의 추천에 의해 1537년에 대사간에까지 올랐으나, 김안로의 청탁을 거부하다가 길주목사로 좌천되었다.

권예(權輗; 1495~1549: 연산군 1~명종 4)

자는 경신(景信), 본관은 안동(安東).

1516년(중종 11)에 문과에 급제하여 벼슬길에 올랐으며, 1531년(중종 26) 정월에 홍문관 부제학이 되었다가, 8월에 사간원 대사간이 되어 1533년 2월까지 간원(諫院)을 맡았다. 이후 부제학·공조참판·대사헌·경상도 관찰사 등을 거쳐 1537년에 호조판서가 되고, 후에 이조판서를 역임하였다.

성품이 강직하고 염결(廉潔)·무사(無私)하였으나, 학식이 없어 간당(奸黨)의 잘못을 깨닫지 못하고 김안로를 두둔하여, 1531년 10월과 이듬해 3월에 이행을 탄핵함에 주동이 되었으며, 1533년 5월에 정광필을 무고하여

규탄하기도 했다.

채무택(蔡無擇; ? ~1537: ? ~중종 32)

초명(初名)은 무역(無斁), 자는 언성(彦誠), 본관은 인천.

1524년(중종 19)에 문과에 급제하였으며, 1531년 2월에 사간원 정언에서 홍문관 부수찬이 되었다가, 7월에 사헌부 지평이 되었고, 1533년 2월에 홍문관 부교리가 되었다. 이후 부응교·장령·응교 등을 거쳐 1535년에 대사간에 오르고, 이듬해 부제학·대사헌이 되었다.

본래 김안로의 처족(妻族; 처남의 아들)으로, 그의 수족이 되어 간사하고 음흉한 술책으로 유림을 무고하여 화를 입혔으며, 조정의 상하 조신들 사이를 이간시켜 많은 분규를 일으켰다. 김안로 및 허항과 함께 '정유삼흉'으로 일컬어지는데, 1537년(중종 32)에 이들과 함께 문정왕후 윤씨의 폐위를 모의하다가 유배, 사사되었다.

이행에 대한 두 차례의 탄핵에 모두 앞장선 바 있다.

임추(任樞; 1482~1534: 성종 13~중종 29)

자는 사균(士鈞), 본관은 풍천(豐川).

1507년(중종 2)에 문과에 급제하여 벼슬길에 올랐으며, 지평·헌납·교리·장령·전한·우승지·대사간·형조참의·경상도 관찰사 등을 역임하고 1531년(중종 26) 7월에 한성부 우윤을 제수 받았으나, 사간원(낭시의 대사간은 沈彦光)의 탄핵으로 해임되고, 이듬해 2월에 강원도 관찰사가 되었으나, 3월에 앞의 경상도 관찰사 때의 일로 다시 사헌부의 탄핵을 받아 추문(推問)되어 파직된 듯하다. 1533년에 호조참판으로 동지사(冬至使)가 되어 명나라에 갔다가, 이듬해 귀국 도중 병사하였다.

성품이 관후하고 순근(醇謹)하였으며, 청렴하기로 이름났고, 직언을 잘하였다. 김안로의 일파에 붙지 않아서 그의 미움을 사, 경상도 관찰사를 지내고 한성부 우윤이 되자마자 탄핵으로 해임되고 다시 강원도 관찰사로 나가게 된 것이 그 때문이었다. 또 심언광과의 사이가 크게 나빴는데, 수차 그를 질책하고 기롱한 일이 당시에 널리 알려졌다.[22]

심언광(沈彦光; 1487~1540: 성종 18~중종 35)

자는 사형(士炯), 본관은 삼척(三陟).

1513년(중종 8)에 문과에 급제하여 벼슬길에 올랐으며, 1529년(중종 24)에 형 언경과 함께, 유배중인 김안로의 용서를 주청하여 방환케 했다. 응교·직제학을 거쳐 대사간이 되었다가, 1531년(중종 26) 8월에 강원도 관찰사가 되고, 이듬해 정월 홍문관 부제학이 되었다. 1533년 2월 이래 대사간·대사헌 등을 역임하고 이조판서에 올랐다. 1533년에 김안로가 차츰 전횡을 일삼고 그 외손녀를 세자빈으로 삼으려 할 때, 이를 극력 반대한 탓으로 김안로의 모함을 받아 함경도 관찰사로 좌천되었다가 김안로가 사사된 뒤 우참찬을 거쳐 공조판서가 되었다. 그러나 앞서 김안로를 방환토록 한 일로 탄핵을 받고, 이듬해 삭직당했다가 뒤에 용서되었다.

김안로를 구출한 이래 김안로 및 채무택 등과 일당이 되었으며, 1531년 10월의 이행에 대한 탄핵 때는 강원도 관찰사로 있었기에 참예하지 못하였으나(대신에 그의 형 彦慶이 대사헌으로서 주동자가 됨), 1532년 3월의 재탄핵 때는 부제학으로서 탄핵에 앞장선 바 있다.

이행에 대한 첫 탄핵이 있던 1531년 10월 을사일, 재탄핵이 있던 1532년 3월 신해일, 그리고 〈이장 장가〉가 지어진 1532년 겨울(10월에서 12월

---

22) 『중종실록』에 실린 史臣들의 論에 의하면, 1531년 6월에 任樞가 경상도 관찰사로 부임하고자 떠날 때 당시 대사간이던 沈彦光과 함께 친구 집에서 술을 마셨는데, 그 자리에서 임추는 술 취하여 심언광을 꾸짖어 그 잘못을 바로 배척한 바가 있으며(⑰ 232면), 또 1532년 2월에 임추가 강원도 관찰사를 제수 받아 友人들과 전별할 때, 술잔을 들고서 "속담에 이르기를 '鄕生生捉 有同百士鬼'라 했으니, 너는 또 어느 곳을 따라 붙을 것인가?" 하고 희롱의 말을 하였는데, 이는 심언광(당시 강원도 관찰사에서 홍문관 부제학을 제수 받았음)을 빗대어 기롱하고 모욕한 말이라 한다(⑰ 356면).

사이)의 세 시기에 이들이 재직하고 있던 관직을 보면 다음과 같다.

	1531년 10월	1532년 3월	1532년 겨울
李 荇	左議政	判中樞府事	咸從 유배중
鄭光弼	領議政	영의정	영의정
李弘幹	公州牧使(?)	공주목사(?)	공주목사(?)
張順孫	右議政	左議政	좌의정
韓效元	知中樞府事	右議政	우의정
鄭萬鍾	司憲府 掌令	?	?
李 任	吏曹正郎	이조정랑	?
趙元紀	右參贊	左參贊	刑曹判書
柳 灌	?	?	京畿道 觀察使
許 磁	?	弘文館 副校理	홍문관 應敎
崔世節	全羅道 觀察使	漢城府 右尹	戶曹參判
金 鐸	?	司憲府 執義	承政院 承旨(?)
黃 琦	?	?	?
權 輗	司諫院 大司諫	대사간	대사간
蔡無擇	司憲府 持平	지평	지평
任 樞	?	江原道 觀察使	?
沈彦光	江原道 觀察使	弘文館 副提學	부제학
金安老	禮曹判書	知中樞府事	예조판서

　　이들 가운데서 당시 김안로와 뚜렷이 적대적인 관계에 있었던 사람으로
는 정광필·임추·조원기 등이 있으며, 이행에 대한 첫 탄핵에 가담한 사
람으로는 권예·채무택·장순손 등이 있고, 재탄핵에 가담한 사람으로는
앞의 세 사람 외에 심언광·한효원 등이 있었다. 그리고 당시 김안로의 일
당으로 지목되고 있었던 사람들로는 앞의 다섯 사람은 물론이고 이임·황
기 등이 있으니, 〈이장 장가〉에 등장하는 인물 17인 중 적어도 8인이 김
안로 일당인 것이다.

　　그러니까 김안로파(派)에 속하는 인물들은 이행을 탄핵함에 직접 가담하
였거나, 또는 이에 동조하였다는 점으로 하여 작품 내에 등장하게 되어 조

롱과 비방을 받게 된 것이고, 반(反)김안로파에 속하는 인물들은 이를 적극적으로 저지하지 않았거나 또는 방관하였기에 결국 이행이 삭탈관직되고 유배되기에 이르렀으니 또한 책임이 있다는 점으로 하여 작품 내에 등장하게 되어 조롱과 비방을 받게 된 것이다. 그리고 이 탄핵들과 직접 관련이 없는 인물들(李弘幹·崔世節·任樞 등)은 관련인물들에 대한 조롱 및 비방을 위해 등장하게 된 '보조적 인물'로서의 성격을 띤다고 할 것이다.

4. 작품 해석

이제 앞서 살핀 바 등장인물들의 성행과 그들 간의 상호관계에 대한 이해를 바탕으로 하여 작품의 해석을 기하기로 하겠다.

전 16개 구 9행으로 된 작품 구성에서 각 구들은 대체로 한자어인 성명 및 단어에다 우리말로 어미·조사를 다는 방식으로 되어 있는데, 그 표기는 이두식(吏讀式)이다. 이 이두식 표기의 작품을 바르게 이해하기 위해서는 그 이두식 표기에 대한 이해와 상황에 맞는 문맥 파악이 필요하다. 이러한 점을 고려하면서 각 구별로 어석(語釋)을 기하는데, 어학적 측면보다는 내용 파악에 주안점을 두기로 하겠다(밑줄 친 부분이 이두식 표기).

(1) 鄭光弼 細筆奴(로): 정광필이 세필로

(2) 李弘幹 折簡爲也(ᄒᆞ야): 이홍간에게 절간하여
'절간(折簡)'은 '온 장에 글을 적어 접은 쪽지편지'이니, '절간하다'는 곧 '쪽지편지를 보내다'라는 말이 된다.

(3) 張順孫 何孫爲爾(엇던/어느 손 ᄒᆞ며): 장순손은 어떤(어느) 손(客)하며

(4) 韓效元 何(엇던/어느)官員爲了(ᄒᆞ뇨): 한효원은 어떤(어느) 관원 하느냐?[23]

(5) 鄭萬鍾 丘從爲古(ᄒᆞ고): 정만종을 구종(驅從)으로 하고

‘丘從’은 곧 ‘驅從’을 잘못(?) 표기한 것으로 보이는데, ‘구종’이란 ‘벼슬아치
나 양반들이 가까이 데리고 다니는 하인’이다.

(6) 李任 <u>漢任爲也</u>(하님 ᄒ야): 이임을 하님으로 하여

‘漢任’은 ‘何任’으로도 표기되었으며(사헌부 계문), 곧 ‘하님’(下主)을 나타낸
말일 것이다. ‘하님’은 ‘사대부 집안의 여자종’을 말한다.[24]

(7) 趙元紀 <u>豪氣奴</u>(로): 조원기가 호기로

(8) 柳灌 <u>陶罐</u>(도간) 許磁 <u>莫子</u>(막ᄌ): 유관은 도간(도가니), 허자는 막자

‘陶罐’은 ‘道觀’으로 표기되기도 하였는데(사헌부 계문), 본문의 주에 ‘如盞
謂煮膠之器’라 하였듯이 곧 ‘도간·도가니(坩堝)’로서 ‘주로 쇠붙이를 녹이
는 데 쓰는, 단단한 흙 등으로 만든 우묵한 그릇’을 말한다. 그리고 ‘莫子’
는 ‘막ᄌ’를 표기한 것이며, 주에 ‘如松茸 謂磨醬之物’이라 하였는데, 곧
‘망치’ 또는 ‘방망이’를 말한다.

(9) 崔世節 <u>無節屎</u>(히): 최세절이 무절(無節; 節制 또는 절도가 없음)하게

‘屎’는 우리말 ‘히’를 표기하는 음차자(音借字)로서, 부사를 형성할 때 쓰였
는데, ‘兮’와 통용되기도 했다.[25] ‘-히’·‘-하게’·‘-스럽게’의 뜻이다.

(10) 金鐸 <u>木鐸加齊</u>(가제): 금탁(金鐸)과 목탁(木鐸)을 가져(또는 가졌습니다)

본디 원문에는 ‘大鐸’으로 되어 있으나, 이를 그대로 따르기보다는

木鐸, 木舌也, 文事奮<u>木鐸</u>, 武事奮<u>金鐸</u> [周禮, 天官, 小宰 注]

와 같이 ‘금탁’은 ‘군사에 관한 교령(敎令)을 내릴 때 흔들던 쇠로 된 방울’

---

23) 이는 張順孫·韓效元이 정승·재상으로서 마치 金安老의 사사로운 ‘門客 또는 官員’인
양 처신하였음을 비꼬는 뜻일 것으로 짐작된다. ‘了’는 字音이 ‘료’이지만 口語表記 借字
로는 ‘뇨’만을 나타낸다고 한다. 安秉禧, 『中世國語 口訣의 硏究』(일지사, 1977), 101면
참조.

24) “하님 몡 下主 *上典卽항것 故士夫家婢亦曰 하님 卽下主也 〈華方〉”. 劉昌惇, 『李朝語辭典』
(연세대학교출판부, 1964), 742면.

25) 安秉禧, 앞의 책, 112면, 146면 참조.

로서 조선조 때에도 쓰인 바 있으니, '대탁(大鐸)'은 그 상대되는 것으로서 '문사(文事)에 관한 교령을 내릴 때 흔들던 나무로 된 방울'인 '목탁'이 되어야 마땅할 것이다. 이에 '大'를 '木'의 오기(誤記)로 본다.

'加齊'는 '가지(持)-'+'어(부사형 어미)'일 것으로 판단되지만, 이두의 용례에서 '-齊'라고 한 경우들이 거의 다 평서법의 종결어미로 쓰였던 점으로 보아,[26] '가졌습니다'로 읽힐 가능성도 있을 것이다.

(11) 黃琦 有氣屎爲尼(히 ᄒ니): 황기를 유기(有氣)하게 하니(?)

'氣'의 뜻 가운데는 '기운' 이외에도 '노여움·분노'가 있다.

氣: ㉃ 俗謂憤懣曰氣, 新方言釋言 '今人謂怒爲氣, 實當爲憝' [『辭海』]

또 『훈몽자회(訓蒙字會)』(叡山本)에서도, "氣 : 긔운긔 又憤不泄曰 -了 애ᄃ다"(上 17)라고 했다. 이에 따라 '有氣'를 '노여워하다, 성내다'의 뜻으로 풀이하기로 한다.

이렇게 볼 때, '有氣屎爲尼'는 '노여워하게 하니'·'성내게 하니'로 해석될 수 있을 것인데, 이러한 문장구조에서는 '황기'가 주어로 파악되기가 어려울 것이다. 이에 필자는 '황기'를 목적어로 보아, '(崔世節의 無節한 탐욕이) 황기를 성내게 하니'로 해석하고자 한다.

(12) 權輗刀(도) 憎汝羅古(믜워라고): 권예도 미워라 하고

'憎汝'라는 말은 한자어 용례에서 찾을 수 없다. 이에 이를 한자어가 아닌 우리말의 차자표기로 보아, 음독(音讀)하기로 한다. '憎'을 『신증유합(新增類合)』에서는 '믤 증'이라고 했고, '汝'는 『훈몽자회』에 그 음을 '셔'라고 하였다. 이에 '믤'의 기본형 '믜다(또는 믭다)'의 어간 '믜(또는 믭)'+'셔(여)'로

---

26) '白齊(ᄉᆞᆸ제): -이옵니다·-ㅂ니다', '乙齊(을제): 하다·하라', '爲齊(ᄒ제): 한다·합니다', '是齊(이제): -이니라' 등의 예처럼 '齊'는 '-다(-라)'의 평서법 종결어미로 많이 쓰였다.

일단 처리하였다.

그리고 '믜워라고'를 그대로 두고 해석하자면, '권예를 미워하다'는 뜻이 되겠으나, 작품 내의 문맥이나 당시의 정황으로 볼 때, 오히려 '권예도 최세절을 미워라(믿다고) 하고'의 뜻이 강하다. 이에 '羅古'는 실상 '羅爲古'로 하여야 뜻이 제대로 통한다고 할 것이다.

⒀ 蔡無擇刀(도) 邪慝多爲件亇隱(다 ㅎ건만): 채무택도 사특하다 하건만

여기서도 蔡無擇을 사특하다고 하는 것이 아니라, 채무택이 최세절을 사특하다고 말하는 것이라고 보아야 할 것이다.

⒁ 任樞 大醉爲也(ㅎ야): 임추가 대취하여

⒂ 沈彦光 發狂爲尼(ㅎ니): 심언광이 발광하니

⒃ 金安老 羅毛老奴(나모로네?): 김안로는 "나는 모르네."

'羅毛老奴'는 '吾毛乙奴'로 표기되기도 하였으며(사헌부 계문), 곧 '나는 모르겠네'라는 뜻이다. 다만 '奴'를 (1)과 (7)의 경우처럼 '로'로 읽을 수 있을지, 또는 '네'로 읽을 수도 있는지는 미상이다.

이상과 같은 각 구별 어석을 다시 정리해 보면 다음과 같이 될 것이다.

(1) 鄭光弼이 細筆로

(2) 李弘幹에게 折簡하여,

(3) "張順孫은 어떤(어느) 손 하며,

(4) 韓效元은 어떤(어느) 관원 하느냐?"(즉 조정의 관원으로서 金安老의 사사로운 관원이나 門客처럼 처신한다는 뜻)라고 하였다.

(5) 鄭萬鍾을 驅從으로 하고,

(6) 李任을 하님으로 하여,

(7) 趙元紀가 호기로,

(8) "柳灌은 도간, 許磁는 막자"라고 말하였다.

(9) 崔世節이 無節(無節制 또는 無節度)하게,

⑽ 金鐸과 木鐸을 가져서(또는 가졌습니다),

⑾ 黃琦를 성내게 하니(?),

⑿ 權輗도 (崔世節을) 미워라고 하고,

⒀ 蔡無擇도 (최세절을) 사특하다고 하건만,

⒁ 任樞가 대취하여,

⒂ 沈彦光이 발광하니,

⒃ 金安老는 (최세절의 일에 대해) "나는 모르네"라고 하였다.

이로써 보면, 이 작품은 대략 다음과 같이 세 단락으로 이루어져 있다고 할 것이다.

(1)~(4): 정광필의 절간(折簡)

(5)~(6): 조원기의 호기

(7)~⒃: 최세절의 무절(無節)에 대한 삼사(三司) 언관(言官)들과 김안로의
        태도

이러한 작품 구성에서 각 단락들은 서로 간에 유기적인 관계를 가지지 않으며, 전체적으로 통일성 있는 의미의 연관구조를 긴밀히 지니지도 못한 채 편철(編綴)되어 있는 독자적인 의미체(뜻덩이)로서 존립하고 있다. 이들을 한 편의 작품으로 묶어둘 수 있는 원리 또는 통일성이라고 해야 겨우 '그 세목들이 모두 이행의 피핵(被劾) 및 유배와 관련하여 작자인 이장이 원한을 품거나 또는 책임을 물어 원망하는 인물들에 대한 비방과 조롱거리로 이루어져 있음' 정도뿐이다.

이러한 작품 구조상의 특성으로 인해 이 작품의 예술적 가치는, 달리 뚜렷이 말할 것이 없고, 고작 그 언어유희적 표현의 공교로움과 악의적인 비방 및 조롱의 재미 정도밖에는 찾을 수 없을 것이다.

이제 이 작품을 통해서 작자 이장이 비방·조롱하고자 한 대상 인물들

의 성행은 어떠한 것이며, 또 이를 작품 속에 등장시키게 된 속사정은 어떠한가를 살펴보기로 한다.

   ◦ 정광필: 절간을 즐김, 그리고 동료 정승들에 대한 비방
   [속사정] 사실 작자가 정광필을 미워할 뚜렷한 이유는 찾아지지 않는다. 그러나 이행이 재탄핵을 받아 귀양 가게 될 때, 영의정 정광필은 이에 소극적으로 반대하여 병을 핑계로 그 논의에 참여하지 않음으로써 결과적으로는 이행이 유배되는 것을 구하지 못하고 말았으니, 그 적극적으로 나서서 막지 않은 책임을 물어 이러한 비방 조롱을 하게 되었을 것으로 여겨진다. 당시 투서 · 고변(告變) · 절간 등은 사회적으로 물의가 많던 행태였는데, 정광필이 절간을 좋아했는지는 확인할 수 없다.
   ◦ 이홍간: 미상(뚜렷하지 않음)
   ◦ 장순손 · 한효원: 조정 관원으로서 남의 사사로운 관원 노릇을 함.
   [속사정] 장순손 · 한효원 두 사람은 모두 김안로의 일당으로서 그 수족 노릇을 하였으며, 이행이 탄핵되어 귀양 감에 직접 가담하였기에, 이장은 이들에 대해 원한을 품었을 것으로 보인다.
   ◦ 정만종 · 이임: 관원으로서 재상의 비복 · 하인배와 같은 행동을 함.
   [속사정] 정만종의 경우는 미상이지만, 이임은 김안로(작품에서는 趙元紀로 나타내었으나, 이는 사실이 아닐 것임)의 측근으로서 그의 일에 앞장서곤 히였기에,[27] 이징이 원한을 품있을 것이고, 이에 그 행태를 소롱한 바일 것이다.
   ◦ 조원기: 오만하고 호기로운 인물평
   [속사정] 당시 청백으로 임금의 신임이 두터웠는데도 친교가 있는 이행이 탄핵되어 귀양 감에 이를 적극적으로 구하고자 하지 않은 책임을 물어 원망하여 이러한 비방 · 조롱을 하였을 것으로 보인다.

---

27) 이에 관하여는 『중종실록』 권73(27년 12월)의 4장(⑰ 388면)을 참고할 것.

◦ 유관·허자: 미상('도간'과 '막자'라는 말이 내포하는 이미지가 밝혀져야 알 수 있음).

[속사정] 미상이지만, 이 두 사람의 관계가 불편하였을 것임은 뒷날 을사사화 때 허자가 유관을 논죄했다는 사실로 미루어 짐작할 수 있다.

◦ 최세절: 무절(무절제 또는 무절도)한 탐욕

[속사정] 최세절은 성품이 추악·탐욕스럽기로 이름이 높았으며, 당시의 대간들에 의해 자주 탄핵을 받았다. 또 1532년 9월에 호조참판이 되어 호구(戶口)·공부(貢賦)·전량(田粮)·식화(食貨) 등의 일을 맡고 있었기에 이때의 일을 빗대어 말하였을 가능성도 있을 것이다. 그러나 1531년 10월 당시에는 전라도 관찰사로 있었으며, 이듬해 3월에는 한성부 우윤으로 있었기에 이행의 탄핵과는 직접적인 관련이 없을 것이라는 점에서, 이 작품에 최세절을 등장시킨 것은 그를 자주 탄핵하곤 하던 대간들을 자연스럽게 이끌어내기 위한 방편일 것으로 보인다.

◦ 김탁: 미상(뚜렷하지 않음)

[속사정] 김탁이라는 사람을 비방·조롱하기 위해서이기보다는 최세절의 탐욕·무절함을 드러내기 위해 물명(物名)으로 쓰인 바일 것이다.

◦ 황기: 미상

[속사정] 이는 황기가 평소 화를 잘 내는 것을 조롱한 것일 가능성도 있고, 또는 황기처럼 점잖은 사람까지도 최세절의 무절함에는 화를 내게 되었다는 것을 나타내는 것일 가능성도 있다. 그러나 황기의 성행을 자세히 살필 수 없는 상황에서는 그 어느 쪽인가에 대한 섣부른 단정이나 추측은 어렵다고 할 것이다.

◦ 권예·채무택: 미상(뚜렷하지 않음)

[속사정] 당시 대사간과 사헌부 지평으로서 대간에서도 선봉에 선 사람들이며, 김안로의 일당이었다. 이행을 탄핵함에 주동적인 역할을 하여 이장에게 크게 원한을 샀을 것이다.

◦ 임추·심언광: 미상(뚜렷하지 않음)

[속사정] 임추와 심언광의 관계는 매우 적대적인데, 그 사정은 앞에서 임추를 살필 때 말한 바 있다.

임추는 1531년 10월에는 한성부 우윤에서 탄핵받아 해임된 상태에 있었으며, 이듬해 3월에는 강원도 관찰사로 있었으니, 이행의 탄핵과는 관련이 없을 것이다. 이에 비해 심언광은 1532년 3월의 탄핵 때 홍문관 부제학으로서 주동적인 역할을 한 바 있는 김안로의 측근 인물이다. 그러니 그에 대한 이장의 원한은 컸을 것이다.

이러한 점들로 볼 때, 임추를 등장시킨 것은 그를 비방 · 조롱하기 위해서이기보다는 그와 적대적인 관계를 가진 심언광을 자연스럽게 등장시켜 조롱하기 위한 방편이었을 것이다.

  ◦ 김안로: 음흉함(?)

[속사정] 말할 것도 없이 이행 탄핵의 모주(謀主)로서 김안로는 이장의 원한의 표적이었을 것이다. 그러나 당시 그는 표면에 나서지 않은 채, 그의 심복 및 일파가 장악하고 있던 대간을 조종하여 정적을 축출하는 막후 공작을 자행하고 있었기에, 표면상으로는 그러한 일에 무관한 것으로 보이게 하고 있었다. 이 작품에서도 그는 최세절에 대한 대간(權輗 · 蔡無擇)의 탄핵에 무관한 듯이 "나는 모르네"라고 말하고 있는 것이다. 이장은 이 점을 조롱하였을 것으로 보인다.

표면적으로는 이장의 비방과 조롱이 주로 가해진 대상은 정광필 · 조원기 · 최세절 · 김안로의 네 사람이고, 나머지 사람들은 대체로 부수적인 인물에 지나지 않는다. 특히 이홍간 · 유관 · 허자 · 임추 등은 단지 그 이름의 끝 자가 각각 '절간 · 도간 · 막즈 · 대취' 등의 끝 자와 유사하기 때문에 등장하게 된 '단역(端役; extra)'에 불과할 가능성이 적지 않기도 하다. 그러나 실제로 이행에 대한 탄핵에 직 · 간접으로 관련된 다른 사람들을 제쳐두고[28] 이들을 작품 내에 등장시키게 되었다는 사실로 미루어보면, 혹 이들에 대해 이장이 개인적으로(李荇의 일과는 무관한 채) 원한을 가지거나 원망하던 바가 있었을 가능성도 없지 않을 것이다(그러나 그러한 사정까지 속속들이 밝혀내기는 불가능하다).

물론 이들 등장인물에 대해 이장은 다른 방식으로도 비방·조롱할 수가 있었을 것이고, 또 그렇게 하는 편이 그의 뜻을 보다 효과적으로 잘 드러낼 수도 있었을 것이다. 그러나 일종의 '언어유희' 방식을 통해 '익살(滑稽)맞게' 그의 뜻을 표현하고자 하는 이 작품의 구조상 특성으로 인해, 이름의 끝 자와 비방·조롱하는 말의 체언이나 어간 등의 끝 자를 일치시켜야 하는 제약이 주어지게 되었고, 이 제약은 곧 대상 인물의 선정과 그 비방·조롱의 내용에 모두 작용하게 되는 것이다. 그러기에 작품 속에 나타난 세목들은 간혹 실상과 거리가 있게 될 수도 있는 것이다.

5. 결론

앞에서 필자는 1532년 겨울에 이장이 지었다고 하는 시가 작품 〈이장장가〉를 관련 기사와 함께 소개하고, 그 작자에 대해 살핀 후, 작품 이해를 위한 바탕으로서 그 등장인물들의 성행과 그들 사이의 관계를 알아보았다. 그리고 어석과 내용 파악을 중심으로 하여 그 작품에 대한 해석을 시도하였다.

이러한 논의에서 가장 큰 장애가 되는 것은, 각 등장인물들의 성행과 그들 간의 상호관계의 양상을 뚜렷이 밝히기 어렵다는 점인데, 이 때문에

---

28) 당시 대간(사간원·사헌부)과 侍從(홍문관)은 金安老派가 장악하고 있었으며, 李荇에 대한 탄핵에는 權輗(1531년 10월 당시 대사간→1532년 3월 당시 대사간)·蔡無擇(지평→지평)·沈彦光(강원도 관찰사→부제학) 등 이외에도 許沆(정언→지평)·黃士祐(부제학→대사헌)·沈彦慶(대사헌→예조참판) 등이 주동적인 역할을 한 사람들이었는데(그 가운데서도 허항은 두 차례의 탄핵에서 모두 핵심적인 역할을 수행하였음), 이들은 작품 내에 등장되지 않았다.

작품의 전체적인 내용 파악은 불충분함을 면치 못하게 되었다. 게다가 작품 내의 비유어가 내포하는 의미에 대해서는 거의 살피지 못하고 말았다. 그리고 이러한 불충분함의 일면에는 이두식 차자표기에 대한 필자의 무지 또한 적지 않게 작용하였을 것이다. 이 점 국어학계의 질정(叱正)을 기대하는 바이다.

이 작품에 대한 보다 발전된 논의는 앞으로 그 장르적 성격과 시가사적 의의를 살핌에까지 이르러야만 비로소 본격화될 수 있을 것으로 믿어지는 바, 이 글에서는 작품을 소개하고 그 해석을 위한 기초적 작업을 마련한다는 차원에서 그치기로 하고, 앞으로 별고(別稿)를 통해 논의를 발전시키기로 하겠다.[29]

관련 연보(年譜)

1524년(中宗 19)

　11월: 영의정 南袞·좌의정 李惟淸·우의정 權鈞 등이 예조판서 金安老를 탄핵하자, 대사헌 李沆·대사간 蔡忱 등 臺諫들도 이에 동조함.

　　김안로, 파직되어 告身을 빼앗기고, 豊德으로 竄謫됨.

1525년(중종 20)

　3월: 李璋, 生員試 및 進士試 합격.

1527년(중종 22)

　6월: 延城尉 金禧가 그 아비 김안로의 방환을 청하자, 대신들이 이에 반대함.

　7월: 이장, 成均館의 輪次製述에 入格하여 왕으로부터 筆墨을 하사받음.

1528년(중종 23)

　1월: 김희, 그 아비의 방환을 청함.

　5월: 이장, 仁政殿에서 열린 儒生 庭試에서 策文이 上之下로 入格됨.

---

29) 이와 관련된 논의가 成昊慶, 「朝鮮 前期의 類似時調 연구」, 『인문연구』 11-1(영남대학교 인문과학연구소, 1989), 161~208면(이 책, 125~177면)에서 이루어졌다.

1529년(중종 24)

　5월: 김희, 그 아비의 방환을 청함. 이에 대신들의 동의를 받아 김안로를 방
　　　환함(李荇, 이에 찬성함).

1530년(중종 25)

　6월: 김안로에 職牒을 還給함.

1531년(중종 26)

　6월: 己巳, 김안로를 敍用하여 義興衛 大護軍으로 함. 丁酉, 김안로, 五衛都摠
　　　府 都摠管이 됨. 鄭萬鍾, 사헌부 장령이 됨.

　7월: 己酉, 김안로, 한성부 판윤이 됨. 丁巳, 任樞, 한성부 우윤이 되었으나,
　　　사간원의 탄핵으로 遞職됨(戊辰).

　8월: 庚戌(29일), 김안로, 예조판서가 됨.

　10월: 壬寅(22일), 영의정 鄭光弼·좌의정 李荇·우의정 張順孫·좌찬성·金
　　　克成·우참찬 趙元紀 등, 김안로의 예조판서 敍用에 물의가 많음을 啓
　　　함. 이에 대해 대사간 權輗·사간 梁淵·헌납 金䆖·정언 許沆·朴世熹
　　　등, 대신들을 비판함.
　　　癸卯(23일), 대사헌 沈彦慶·집의 吳準·장령 金希說·지평 朴洪鱗·蔡
　　　無斁, 사간원에 동조함. 병조판서 尹殷輔·공조판서 曹繼商·호조판서
　　　兪汝霖·형조판서 朴壕·병조참판 尹任·형조참판 黃琛·공조참판 金
　　　楊震·예조참판 南世準·병조참의 許寬·참지 南世雄·호조참의 朴好
　　　謙·예조참의 蔡世傑·공조참의 尹衡 등, 김안로를 예조판서에서 遞職
　　　할 것을 청함. 왕이 이를 윤허함.
　　　甲辰(24일),　沈彦慶·權輗·梁淵·金希說·朴洪鱗·朴世熹·許沆·蔡
　　　無斁, 이행과 曹繼商이 대신으로서 김안로를 빙자하여 대간을 모해하
　　　기 위해 飛語를 유포시켰다고 탄핵함.
　　　乙巳(25일), 부제학 黃士祐, 이행을 탄핵하고, 推問할 것을 청함. 王이
　　　이행을 추문할 뜻을 보임. 鄭光弼은 이행을 변호하고, 張順孫은 왕의
　　　뜻에 찬동함.
　　　成均學官 張玉, 이행을 誣告함.
　　　좌찬성 金克成을 의금부에 하옥하고 좌의정 이행을 면직함. 홍문관 직
　　　제학 金銛·수찬 金萬鈞을 이행의 黨으로 몰아 의금부에 하옥함.

丙午(26일), 호조판서 兪汝霖을 하옥함, 張玉을 하옥함.

戊申(28일), 공조판서 曹繼商을 파직하고 호조판서 兪汝霖의 고신을 빼앗음. 직제학 金銚을 豐德으로 徒配하고 수찬 金萬鈞의 고신을 빼앗음. 曹繼商의 고신을 빼앗음.

己酉(29일), 이행을 判中樞府事, 김안로를 知中樞府事로 함. 金克成의 고신을 빼앗고 遠方에 付處함.

11월: 辛亥(1일), 曹繼商을 外方에 竄配함.

丁巳(7일), 韓效元을 좌찬성, 許磁를 부교리로 함.

丙子(26일), 張順孫을 좌의정, 韓效元을 우의정으로 함.

12월: 庚辰(1일), 沈貞을 賜死함.

戊子(9일), 이행의 대제학을 免함.

己丑(10일), 김안로를 대제학으로 함(兼同知經筵事 弘文館大提學 藝文館大提學 春秋館·成均館事).

1532년(중종 27)

1월: 甲戌(25일), 김안로에게 知經筵事를 겸하게 함. 任樞를 강원도 관찰사로, 沈彦光을 홍문관 부제학으로 함.

2월: 丙申(17일), 강원도 관찰사 任樞 拜謝.

丁未(28일), 전라도 관찰사 崔世節을 한성부 우윤, 金鐸을 사헌부 집의로 함.

3월: 庚戌(1일), 機張 流配人 生員 李宗翼의 상소로 조정이 물끓듯함.

辛亥(2일), 金謹思·黃士祐·權輗·沈彦光·蔡無擇·金鐴·許沆·成倫·具壽耼·張順孫·洪淑·韓效元·許洽 등, 이종익의 배후에 이행·曹繼商이 있다고 하며 이행과 조계상을 재탄핵함.

壬子(3일), 이행의 관직을 삭탈하고 咸從으로 竄配, 曹繼商을 洪原으로 移配함.

己未(10일), 任樞, 경상도 관찰사 때의 일로 대간의 탄핵을 받아 推考됨.

戊辰(19일), 柳灌을 同知成均館事로, 金鐸을 승정원 동부승지로 함.

癸酉(24일), 李宗翼을 拿囚함.

甲戌(25일), 許磁를 홍문관 응교로 함.

乙亥(26일), 李宗翼을 斬首함.

4월: 丁亥, 김안로, 예조판서가 됨.

辛丑, 좌참찬 趙元紀, 崇政大夫가 됨.

5월: 甲寅, 金鐸, 동부승지를 그만둠.

8월: 丁卯, 趙元紀, 형조판서가 됨.

9월: 庚戌, 崔世節, 호조참판이 됨.

10월: 辛卯(17일), 文科 別試 殿試.

壬辰(18일), 文科 出榜, 이장·李元孫, 丙科로 급제.

12월: 戊子(15일), 김안로, 이조판서가 됨.

이장, 李遵仁의 집에서 〈李璋 長歌〉를 노래함.

己丑(16일), 柳灌, 경기도 관찰사로 있음.

辛卯(18일), 대간, 김안로의 이조판서 제수를 바꿀 것을 청함(장령 宋麟
壽가 주도했으며, 李任은 이를 만류·협박함).

己亥(26일), 왕이 이를 윤허함.

壬寅(29일), 김안로, 예조판서가 됨.

1533년(중종 28)

2월: 壬午(9일), 沈彦光, 대사간이 됨. 權輗, 부제학이 됨. 許磁, 사간이 됨.
李任, 헌납이 됨.

辛卯(18일), 金鐸, 병조참지가 됨.

甲午(21일), 사헌부, 權知承文院副正字 이장의 仕版을 없앨 것을 계청함.

乙未(22일), 사헌부, 〈이장 장가〉 문제를 논함.

丙申(23일), 대사간 沈彦光·부제학 權輗, 이장의 죄를 논함.

己亥(26일), 사간원, 이장의 죄를 논하고 仕版에서 깎아 依律定罪할 것
을 계청함. 왕이 이장을 의금부에 하옥하여 推問케 함.

壬寅(29일), 사헌부, 이장의 죄를 논함.

沈彦光, 이장의 죄를 논함.

蔡無擇, 홍문관 부교리가 됨.

3월: 乙巳(2일), 김안로, 호조판서가 됨.

의금부, 이장의 일에 관련된 사람들의 처리에 대해 문의함. 사헌부, 이
장의 일을 논함.

戊申(5일), 왕이 〈이장 장가〉에 대해 의금부에 문의함. 판의금부사 金謹

思, 이장이 장가를 노래하던 때의 정황을 보고하고, 노래 전모를 書啓함.

己酉(6일), 의금부, 이장과 예문관 검열 李元孫의 供述을 보고, 이장을 杖一百에 流三千里하며, 고신을 빼앗도록 함.

辛亥(8일), 사헌부, 이장 및 관련 인물을 논함.

壬子(9일), 사헌부, 李元孫의 일을 계청.

乙卯(12일), 李元孫을 遞職함.

1534년(중종 29)

　10월: 이행, 謫所에서 卒함.

1537년(중종 32)

　10월: 김안로·許沆·蔡無擇을 賜死함.

1538년(중종 33)

　2월: 이장의 직첩을 환급하게 함.

1570년(宣祖 3)

　5월: 이장을 서용하도록 함.

원제: 「〈李璋長歌〉 考察」

『韓國學報』 제49집(一志社, 1987. 12)

13장

농암 이현보의 삶과 시가

1. 서론

농암(聾巖) 이현보(李賢輔; 1467~1555, 字는 棐仲)는 한국 시가사상 '강호가도(江湖歌道)의 창도자(唱導者)' 또는 '영남가단(嶺南歌壇)의 중심인물의 한 사람'으로 일찍부터 주목받아 왔고,[1] 이에 따라 그가 지은 우리말 시가 작품들(〈效嚬歌〉, 〈聾巖歌〉, 〈生日歌〉, 〈漁父短歌〉 5수 등의 시조 작품들과 漢詩懸吐體의 〈漁父歌〉 9연)의 특질과 그 시가사적 의의, 그리고 그에 대한 작가론과 그의 문단사적(文壇史的) 위치 등에 대한 연구들이 적지 않게 이루어진 편이다.[2]

그러나 아직도 농암과 그 시가에 대해 충분히 살피지 못한 면들이 적지 않게 남아있어서, 우리는 그의 문학에 대한 바른 이해와 총체적 파악에 어려움을 겪고 있는 실정이다. 필자는 그의 우리말 시가 작품들에 대한 분석

---

1) 趙潤濟, 『朝鮮詩歌史綱』(동광당서점, 1937), 248면; 조윤제, 「退溪를 中心으로 한 嶺南歌壇」, 『靑丘大學 論文集』 8(1965), 1~13면; 崔珍源, 「江湖歌道와 風流」, 『成均館大學校 論文集』 11(1966), 27~32면 등 참조.

2) 농암과 그의 문학에 대한 주요 연구 성과들의 상당수가 安東文化硏究所 편, 『聾巖 李賢輔의 文學과 思想』(안동대학교 안동문화연구소, 1992)에 재수록되어 있다.

적 고찰이 거의 이루어지지 않아 그 작품들의 시세계와 구성 및 표현의 양상 등 문학성에 대한 연구가 매우 불충분한 수준에 머물고 있다는 점과, 그의 우리말 시가가 그의 삶 속에서 어떠한 의미를 지니고 어떤 구실을 했는가 하는 농암 시가의 의의를 구명하는 연구가 부족한 점 등을 두드러진 문제점들로 들 수 있다고 본다.[3]

농암은 '세전(世傳)의 〈어부가〉 양편(兩篇)을 얻은 뒤로는 이전에 즐기던 한시문(漢詩文)의 가사(歌詞)를 모두 버리고 이에만 오로지 뜻을 두었다'고 했다. 그리고 죽기 2년 전에는 '그의 만년의 거취와 일락(逸樂)의 자취가 〈효빈가〉·〈농암가〉·〈생일가〉의 세 편에 다 나타나 있다'고 했다.

그가 이처럼 한시 작품들보다도 우리말로 된 시가 작품들에 더 높은 가치를 부여하고 이를 더 애호한 것은 무엇 때문일까?

이 글에서 필자는 이 물음에 답하는 것을 중심으로 하여, 농암의 우리말 시가가 그의 삶(특히 만년의 삶)에서 지녔던 의의에 대하여 고찰해 보고자 한다.

이를 위해, 먼저 그의 생애를 간략히 개관하고, 그의 만년의 삶의 양상과 우리말 시가 작품 창작에 관련된 활동을 살펴보겠다. 그 다음에는 〈효빈가〉·〈농암가〉·〈생일가〉를 주된 대상으로 하여 그 시상과 표현 및 구성의 양상을 살펴보고, 이를 한시 작품들의 경우와 비교해 봄으로써, 그의 우리말 시가 작품들의 특징을 구명해 보기로 하겠다. 그리고 그가 우리말 시가를 향수한 양상과 우리말 시가에 대한 그의 인식을 살펴본 뒤, 이를 토대로 하고 그 앞의 고찰들에서 얻어지는 결과를 종합하여, 그의 삶에서 우리말 시가가 어떠한 의의를 지녔는가를 추정해 보기로 하겠다.

---

3) 鄭尙均, 「李賢輔論」, 같은 책, 94~108면에서 작품에 대한 분석적 고찰과 농암 시가의 의의에 관련된 논의가 비교적 자세히 이루어진 편이지만, 그 논의는 작품의 시상 파악이나 구조 분석이 불충분한 상태에서 심리 분석을 시도한 것이고, 그 결론도 정치적인 의미를 중심으로 하여 이루어졌다.

2. 농암 이현보의 삶과 시가 창작

1) 생애와 만년의 삶

농암은 1467년(世祖 13) 음력 7월 29일 경상도(慶尙道) 예안현(禮安縣) 분천리(汾川里; 현 慶尙北道 安東市 陶山面 분천리)에서 아버지 흠(欽; 뒤에 中訓大夫 麟蹄縣監을 지냄)과 어머니 안동 권씨(權氏; 謙의 딸) 사이의 맏아들로 태어났다.

본디 집안의 세거지(世居地)는 관향(貫鄕)인 영천(永川)이었으나, 고조부 때부터 분천으로 옮겨 살았다.

어려서는 사냥을 즐겨 학업을 소홀히 하다가, 19세(1485; 成宗 16)에 향교에 입학했고, 이듬해 홍귀달(洪貴達; 1438~1504, 호는 虛白亭, 당시 慶州府尹)에게서 경전(經傳)을 배웠다. 22세에 안동 권씨(孝誠의 딸)와 결혼했고, 29세(1495; 燕山君 1)에 생원시(生員試)에 합격한 뒤, 이듬해 성균관에 들어갔다. 32세(1498)에 문과에 급제하여 교서관(校書館) 권지부정자(權知副正字)로 벼슬길에 들어서서, 34세 때 영흥훈도(永興訓導)로 나갔다가 이듬해 발탁되어 예문관(藝文館) 검열(檢閱) 겸 춘추관기사관(春秋館記事官)이 되고 이후 대교(待敎)·봉교(奉敎) 등을 지냈다. 38세 때(1504) 성균관 전적(典籍) 등을 거쳐 사간원(司諫院) 정언(正言)이 되었다가, 갑자사화(甲子士禍) 직전에 안농부(安東府)의 안기역(安奇驛)으로 유배되었다.

40세 때(1506; 中宗 1) 반정(反正)으로 풀려나, 성균관 전적으로 조정에 돌아가서 사헌부(司憲府) 지평(持平)·예조좌랑 등을 지내고, 42세 때 형조정랑이 되었으나 외직(外職)을 청해 영천군수(永川郡守)가 되었다. 47세 때 조정에 돌아가 사간원 사간(司諫) 등을 역임하고, 이듬해 밀양부사(密陽府使)가 되었다가 그 다음해 파직되어 귀가했다. 50세 때(1516) 충주목사(忠州牧使)가 되었다가, 이듬해 부모 봉양을 위해 안동부사(安東府使)가 되었다. 55세 때 조정에 돌아가 사헌부 집의(執義) 등을 지내고, 이듬해 성주목사

(星州牧使)가 되었다(58세 때 政最로 表裏를 하사받음). 59세 때에는 친로(親老)를 이유로 사임하고 귀가했다.

60세 때(1526) 성균관 사성(司成)이 되어 조정에 돌아가, 군자감정(軍資監正)·세자시강원(世子侍講院) 보덕(輔德) 등을 거쳐, 61세 때 2월에 장악원 정(掌樂院正)이 되었다가 4월에 통정대부(通政大夫; 正3品 堂上官)에 올라 병조참지(兵曹參知)가 되었다. 9월에 승정원(承政院) 동부승지(同副承旨)가 되고, 이듬해 3월부터 의흥위(義興衛) 상호군(上護軍) 등을 지내다가, 4월에 사직하고 귀향했다. 63세 때 영천군수(榮川郡守)가 되었다가, 65세 때 모친상을 당했다(향년 85세). 67세 때 삼년상이 끝나자 조정에 돌아가 형조참의·홍문관(弘文館) 부제학(副提學)이 되고, 9월에 귀성(歸省)하여 '구로회(九老會)'를 열었으며, 11월에 우부승지(右副承旨)가 되었다. 68세 때 경주부윤(慶州府尹)이 되었다가, 70세 때(1536) 여름에 사직하고 귀가했다. 11월에 가선대부(嘉善大夫; 從2品)에 올라 경상도 관찰사가 되었다가, 이듬해 2월에 파직되었다. 4월에 부친상을 당하고(향년 98세), 5월에는 부인상을 만났다. 73세 때 삼년상을 마친 뒤 형조참판이 되어 조정으로 돌아갔고, 이듬해 호조참판이 되었다.

76세 때(1542: 壬寅; 중종 37) 봄에 나이와 병을 이유로 연이어 사직원을 냈으나, 왕의 허락을 받지 못하고 동지중추부사(同知中樞府事)로 갈렸고, 7월에는 목욕할 것을 청하여 허락받자, 마침내 은퇴 귀향을 실행했다. 17일에 배사(拜辭)하고 서울을 나와, 한강의 제천정(濟川亭)과 두모포(豆毛浦)에서 여러 공경대부(公卿大夫)와 명사(名士)들이 참석한 전별행사를 치른 뒤, 배를 세내어 타고 고향을 향해 떠났다. 남한강을 거슬러 올라 10일만에 단양(丹陽)에서 내려 죽령(竹嶺)을 넘었다. 8월에 풍기군(豊基郡)의 이천(伊川)에 이르러 별서(別墅)에 머물다가, 10월에 예안의 집으로 돌아왔다.

77세 때(1543: 癸卯) 3월에 지중추부사(知中樞府事)에 제수되었고, 79세 때(1545: 乙巳, 仁宗 1) 6월에 자헌대부(資憲大夫; 정2품)에 올랐으며, 삼세추증(三世追贈)의 영예를 입고 기로소(耆老所)에 들어갔다. 81세 때(1547: 丁未;

明宗 2) 9월 9일에 '속구로회(續九老會)'를 열었다. 83세 때(1549: 己酉) 8월에 정헌대부(正憲大夫; 정2품)에 올랐다가, 10월에는 숭정대부(崇政大夫; 종1품)에 올랐다(이 무렵 金犀帶과 錦袍를 하사 받음). 89세 때(1555: 乙卯, 명종 10) 5월에 병(학질)이 들어, 6월 13일에 별세했고, 8월 28일에 도곡(道谷; 안동시 도산면 운곡리)의 선영 아래에 장례지냈다(1791년에 예안면 신남리 정자골로 이장함). 1557년(명종 12) 3월에 효절(孝節)이란 시호가 내려졌다.

성품은 호탕하여 얽매임이 없었으나, 맑고 엄격했으며, 겉과 속이 투명했다고 한다.

그의 문집으로 1665년에 목판으로 간행된 『농암선생문집(聾巖先生文集)』(5卷)과, 원집(原集)에서 누락된 글과 관련 기록들을 모아 『연보(年譜)』(2권)와 합편(合編)하여 1911년에 목판으로 간행된 『농암선생속집(聾巖先生續集)』(2권)이 있다.

자녀는 부인 권씨 소생으로 석량(碩樑; 1495~1521), 문량(文樑; 1498~1581, 자는 大成, 호는 碧梧; 察訪), 희량(希樑; 1501~?, 자는 架虛, 호는 虎巖; 縣監), 중량(仲樑; 1504~1582, 자는 公幹, 호는 賀淵, 1534년에 李滉과 함께 문과 급제, 강원도 관찰사), 계량(季樑; 1508~?, 자는 幹之, 號는 串巖, 縣監), 숙량(叔樑; 1519~1592, 자는 大用, 호는 梅巖, 進士, 이황의 門人)의 여섯 아들과 딸 하나(사위 金富仁)가 있었고, 측실 소생에 윤량(閏樑; 1516~?, 호는 杏巖, 醫科, 內醫院 判官?), 연량(衍樑; 1520년경~?, 司僕寺 判官?)의 두 아들이 있었다.

젊었을 때부터 사귀던 친구로 이우(李堣; 1469~1517, 자는 明仲, 호는 松齋, 예안 출신, 1491년에 地藏菴에서 함께 독서함)와 이희보(李希輔; 1473~1548, 자는 伯益, 호는 安分堂, 1496년부터 수년간 성균관에서 함께 지냄) 등이 있고, 나이 들어서는 김안국(金安國; 1478~1543, 자는 國卿, 호는 慕齋) · 김정국(金正國; 1485~1541, 자는 國弼, 호는 思齋) 형제, 권벌(權橃; 1478~1548, 자는 仲虛, 호는 冲齋, 안동 출신), 이언적(李彦迪; 1491~1546, 자는 復古, 호는 晦齋), 그리고 옛 친구 안처선(安處善)의 아들 안정(安珽; 1494~1548, 자는 挺然, 호는 竹窓)과 이웃 마을 출신으로 이우의 조카들인 이해(李瀣; 1496~1550, 자는 景

明, 호는 溫溪) · 이황(李滉; 1501~1570; 자는 景浩, 호는 退溪, 1518년 안동부사이던 농암이 향교에서 講學할 때 가르침을 받았음) 형제 등과 친교가 있었다.

은퇴 이후에 절친하게 사귄 사람들로는 망년지우(忘年之友) 이황[4]과 손서(孫婿; 차남 文樑의 사위) 황준량(黃俊良; 1517~1563, 자는 仲擧, 호는 錦溪, 풍기 출신, 이황의 문인)[5]이 두드러지고, 한동안 주세붕(周世鵬; 1495~1554, 자는 景游, 호는 愼齋 · 武陵, 1542~1545년 풍기군수) · 임내신(任鼐臣; 1512~1588, 자는 調元, 이황의 문인, 1544~1548년 예안현감) · 조사수(趙士秀; 1502~1558, 자는 季任, 호는 松岡, 1550~1551년 경상도 관찰사) 등과도 어울렸으며, 이해(1548. 10~1549. 12 충청도 관찰사)와 안정(1538년에 유배에서 풀려나 명종 초에 陽城縣監이 되기까지 서울에서 지냄) 등과도 교류가 있었다. 그리고 내방한 옛 벗으로 이언적(1544년 경상도 관찰사) 등이 있었다.

은퇴 이후 농암의 삶은 '자연에 대한 애호'와 '풍류(風流)'로 점철되었다.

그는 본디 성품이 영리(榮利)를 즐겨하지 않아, 일찍이 44세 때(1510) 집 남쪽에 명농당(明農堂)을 짓고 벽에 '도연명귀거래도(陶淵明歸去來圖)'를 그려 귀거전원(歸去田園)의 뜻을 드러낸 바 있으며, 산수를 매우 사랑하고 아

---

4) 1542년(42세)에 議政府 舍人으로 농암의 還鄕을 전송했고, 성균관 司成으로 있다가, 1543년 10월에 휴가로 귀향하여 4개월간 예안에 있었다. 1544년 2월에 還朝하여 홍문관 應敎 등을 지내고, 1546년 2월에 외조부 장례차 귀향했다가 병으로 환조하지 않아 해직되어 1년 반 동안 예안에 있었다(7월에 부인상을 만남). 1547년 8월에 응교로 환조했고, 1548년 정월에 丹陽郡守가 되었다가, 10월에 풍기군수로 바뀌었다. 1549년 12월에 사직하고 귀향해서 2년 반 동안 예안에 있었다. 1552년 5월에 환조하여 大司成 · 병조참의 등을 지내다, 1555년 2월에 사직하고 귀향하여 1556년(56세) 5월에 홍문관 부제학으로 환조하기까지 1년 3개월간 예안에 있었다.

5) 1540년(24세)에 문과에 급제하여 성균관 權知學諭가 되고 星州訓導로 승진했다. 1542년에 學諭로 환조하여 學錄 · 學正을 거쳐, 1545년에 承文院 殿考로 있다가 尙州敎授가 되었다. 1547년 가을에 博士로 환조하여 典籍 · 공조좌랑이 되었다가, 1548년에 모친상을 만나 2년여를 고향에서 侍墓했고, 1550년에 服闋하자 전적으로 환조하여 병조좌랑 등을 지냈다. 1551년에 경상도 監軍御史 · 승문원 檢校를 거쳐 사헌부 持平이 되었다가, 9월에 외직을 청하여 新寧縣監이 되어 1556년(40세) 겨울까지 新寧(현 경북 영천시 신령면 일원)에 있었다.

름다워 했다. 그가 살던 분천(부내)은 산수가 빼어났는데, 그는 영지산(靈芝山) 동쪽의 '귀먹바위'를 특히 사랑하여, 46세 때에는 그 위에다 애일당(愛日堂)을 지어 어버이를 봉양하고 유완(遊玩)하는 곳으로 삼았으며, 자호(自號)를 농암(聾巖)으로 지은 바 있다.

그의 만년의 삶을 이황은 「행장(行狀)」(1556)에서 다음과 같이 기술하였다.

강호에 돌아온 뒤로는 더욱 개울과 산 사이에 노닐었으며, 흥이 나게 되면 번번이 돌아오기를 잊곤 했다. 외출할 때는 꼭 유산(遊山)하는 작은 도구를 지녔는데, 혹은 대지팡이에 짚신을 신고 숲에 들며 봉우리를 오르고, 혹은 가마를 타고 두 종과 함께 들과 개울을 돌아다니니, 농부나 목동들이 보고도 그가 재상임을 알지 못했다. 좋은 사람과 함께 물 하나 돌 하나라도 조금 맑고 그윽한 곳을 만나게 되면, 반드시 나무덤불이라도 깔고 앉아 득의하여 기뻐했다. 술은 두세 잔밖에 마시지 않았으나, 담소를 오래 하여 종일토록 지치지 않았다. 풍채가 맑고 상쾌하며 안운(岸韻)이 삼일(森逸)하여 한 점 부귀티끌의 기운이 없었다. 간간이 시문(詩文)을 지어내면 입의(立意)가 청신하여, 젊은이들의 뛰어난 작품들이 미칠 수 없는 바가 있었다.

절에서 놀기를 좋아했는데, 영지(靈芝)·병암(屛庵)·월란(月瀾)·임강사(臨江寺)가 모두 그곳으로, 마지막에는 늘 임강사에서 지냈다. 때때로 가벼운 배에 짧은 노로 오가며 유상(遊賞)하곤 했는데, 시아(侍兒)에게 〈어부사(漁父詞)〉를 노래하게 하여 흥을 붙였고, 표연(飄然)하여 '유세독립(遺世獨立)'의 뜻이 있었다. 그때 사람들이 높이 우러르지 않은 이가 없었고, 지나는 이는 그 문에 나아가 뵙는 것을 다행으로 여겼다.[6]

---

6) "退閒之後 尤自放於溪山間 每遇興到 輒縱游忘返 其出 必以遊山小具自隨 或竹杖芒鞋 穿林陟巘 或藍輿兩奴 傍野巡溪 自田夫牧竪見之 不知其爲宰相也 其遇可人與一水一石稍淸陰處 必班荊而坐 得意欣然 飮酒不過三兩杯 談笑亹亹 終日不倦 風神蕭洒 岸韻森逸 無一點富貴塵埃氣 間出篇章 立意淸新 有非少年盛作之所可及也 好遊僧舍 靈芝·屛庵·月瀾·臨江皆

은퇴 이후 농암은 주로 본가의 긍구당(肯構堂)에서 생활하였는데, 집의 안팎에 화초와 대나무를 심어 두어 마치 신선의 집에 들어온 듯 상쾌한 분위기를 조성했으며, 좁은 방에 그림과 책을 늘어놓은 속에서 향을 피워 두고 포의생(布衣生)처럼 소연(蕭然)했다고 한다.

그는 늙은 나이에도 근력과 이목(耳目)이 쇠하지 않아, 산과 들을 유상하는 것을 즐겨했고, 절을 찾아 승려와 사귀며 바둑두는 것을 좋아했다. 77세 때(癸卯) 정월에는 집 북쪽의 영지산에 정사(精舍)를 지어 때때로 이양(頤養)하는 곳으로 삼았으며, 78세 때(甲辰)는 애일당의 남쪽에 소각(小閣; 江閣)을 세우고 물가 버드나무에 고깃배를 매어 두어 뱃놀이를 즐기게 되었다. 그리고 84세 때(庚戌) 무렵부터는 주로 분천 건너편의 임강사에서 지내며, 반도단(蟠桃壇) 등에서 노닐었다.[7]

이러한 그의 만년의 삶은 중국 도잠(陶潛; 365~427, 자는 淵明, 호는 五柳先生)의 〈귀거래사(歸去來辭)〉에 나타난 삶과 비슷한데, 그는 또 백거이(白居易; 772~846, 자는 樂天, 호는 香山居士)의 삶(만년에 悠悠自適하는 삶을 누렸고, 절과 승려를 좋아했으며, '九老會'를 엶 등) 등을 본받기도 했다.

2) 우리말 시가 창작

농암은 62세 때(1528) 2월에 동부승지로 성친(省親)할 때, 어머니 권씨가 아들이 현달하여 근친(覲親)함을 축하하는 시조형의 〈선반가(宣飯歌)〉[8]를

其所 而最後常寓於臨江 時復輕舟短棹 往來游賞 令侍兒歌漁父詞以寄興 飄然有遺世獨立意 時人莫不高仰之 過者必造門候謁爲幸焉"(『退溪集』 권48, 「崇政大夫行知中樞府事聾巖李先生行狀」).

7) 이상은 「年譜」; 黃俊良, 「聾巖先生墓誌銘」(1555; 『錦溪集』 外集 권8)・「祭聾巖相公文」(1556; 『금계집』 內集 권4; 『농암집』 권4); 周世鵬, 「遊淸凉山錄」(『武陵雜稿』 권7) 등을 참고하였음.

8) "먹디도 됴흘샤 승정원 션반야/ 노디도 됴흘샤 대명뎐 기슬갸/ 가디도 됴흘샤 부모다힛 길히야"(원집 권3, 「愛日堂戲歡錄」).

지어서 어린 여종을 가르쳐 노래 부르게 하여 자기를 환영하는 것을 경험하였다.

그 영향을 받아서인지,[9] 그는 76세 때(1542; 壬寅) 7월에 은퇴하여 고향으로 돌아오며 배 위에서 시조 작품인 〈효빈가〉를 지었고,[10] 10월에 집으로 돌아와서는 시조 작품 〈농암가〉를 지었다.

85세 때(1551: 辛亥) 7월 29에 아들들이 차린 생일잔치에서 시조 작품 〈생일가〉를 지었다. 그리고 87세 때(1553: 癸丑) 윤3월 16일에는 〈효빈가〉·〈농암가〉·〈생일가〉의 뒤에 '병서(幷序)'들을 썼는데, 〈생일가〉의 뒤에 쓴 병서의 뒷부분에서 세 편 전체에 대한 그의 생각을 다음과 같이 나타내었다.

늙은이의 나이가 이제 여든일곱 살로, 치사(致仕)하여 한가롭게 지낸 지 12년이 지났는데, 그 만년의 거취와 일락(逸樂)의 자취가 이 세 단가에 다 나타나 있기에, 글로 써서 스스로 자랑하노라.[11]

한편 그는 손서 황준량이 박준(朴浚)의 가집(歌集) 등에서 작자 미상의 한시현토체 시가 〈어부가(漁父歌)〉 장가(長歌) 12장(章)과 시조 작품으로 추측되는 단가(短歌) 10결(闋)[12]을 구해 바치자, 이전에 뱃놀이에서 즐기던 '가사(歌詞)'들을 모두 버리고 이 작품들에만 뜻을 두다가, 그 노랫말에 차례가 맞지 않거나 중첩됨이 많으므로, 이황 등과의 의논을 거쳐 개찬(改撰)하여,

---

9) 조동일, 『한국문학통사 2』(제3판, 지식산업사, 1994), 343~344면에서는 '광의의 시조인 〈선반가〉를 볼 때, 농암이 시조를 지은 것은, 자기 고장에는 없던 시조를 서울 가서 익혔기 때문이 아니라, 시조를 지을 수 있는 기반이 이미 자기 고장에서 마련되어 있었다고 할 수 있다'고 했다.

10) 「年譜」에서는 8월에 伊川의 別墅에 머물며 지었다고 했지만, 농암 자신이 쓴 「效顰歌 幷序」의 기록을 따름.

11) "翁之年今八十七歲 致仕投閒過一紀 其晩年去就逸樂行迹 盡于此三短歌 聊書以自誇云."

12) 崔東元, 「漁父歌攷」, 『人文論叢』 24(부산대학교, 1983), 3~4면에서는 시조 작품이었을 것으로 보았다.

83세 때(1549: 己酉) 6월에 현토체의 〈어부가〉 9장(長歌)과 시조 작품 〈어부단가(漁父短歌)〉 5결(首)[13]로 만들고 '병서'를 붙였다(12월에는 李滉이 '跋'을 썼다).

그런데 주세붕의 「유청량산록(遊淸凉山錄)」을 보면, 그의 우리말 시가 작품은 이 밖에도 있었을 것으로 짐작된다.

1544년 4월 9일에 청량산으로 놀러가고자 일찍 풍기군을 떠났다. …….

10일에 …… 드디어 분수(汾水)의 자택으로 농암을 찾아뵈었는데, 공이 문밖까지 나와 맞았다. 이끌려 앉아 바둑을 두고는, 밥을 먹고 이어 술을 마셨다. 그리고는 큰 여종에게는 거문고를 타게 하고, 작은 여종에게는 쟁(箏)을 연주하도록 했다. 혹은 〈귀거래사〉를 노래하고, 혹은 〈귀전부(歸田賦)〉(漢代 張衡 작)를 노래하고, 혹은 〈이하 장진주(李賀將進酒)〉를 노래하고, 혹은 〈소설당 행화비렴산여춘(蘇雪堂杏花飛簾散餘春)〉(蘇軾 작 〈月夜與客飲酒杏花下〉)을 노래했다. 그 아들 문량(字는 大成)이 모시고 앉아 또한 '수곡(壽曲)'을 노래했다. 내가 대성과 함께 일어나 춤을 추니, 공도 일어나 춤추었다. …….

14일에 …… 두 사람이 왔는데, 한 사람은 이국량(李國樑)으로 농암의 조카이고, 한 사람은 오수영(吳守盈)으로 인원(仁遠)의 아들이다. 이생이 소매 속에서 농암의 글을 꺼냈는데, 공이 장난삼아 지은 노래였다. 이생에게 노래하게 해서 들음에 예안의 술을 따르고 안동의 악기를 연주하면서 이생에게 농암의 노래를 부르게 하니, 또한 산 속의 한 기이한 흥취이더라. …….

17일에 …… 농암 상공이 대성을 데리고 가마를 타고 방문했다. ……

---

13) 그 가운데서 1闋은 개찬이 아니라 농암이 새로 지은 것이다. 뒤의 주 48)의 이황, 「答聾巖李相國」의 "短歌新作一闋" 참조.

절(龍壽寺)에서 술을 따르고 각각 행례(行禮)했다. …… 술이 반쯤 되자 두 아들 문량과 국량을 시켜 노래하게 했는데, 노래 소리가 종(鐘)과 경(磬)을 친 듯 아름다웠다. 여러 사람들이 모두 일어나 춤을 추었다.[14]

이 기록에서 14일에 이국량이 노래한 것은 분명히 농암이 지은 작품이다(“公戱作歌”). 그리고 작자가 누구인지 불분명한 두 경우에서, 10일에 이문량이 노래한 ‘수곡(壽曲)’은 그 말뜻(‘長壽를 축하하는 곡’)으로 미루어 농암이 지었다고 보기 어렵지만, 17일에 이문량과 이국량이 노래한 작품(들)은 농암이 있는 자리에서 그가 시켜서 불렀다는 점 등을 감안할 때, 그의 작이거나 또는 그 속에 그의 작품도 포함되었을 가능성이 있다고 할 것이다.

그 작품들이 어떤 종류의 것이었는지는 알 수 없으나, 앞의 기록의 양상과 정황으로 미루어볼 때, 대체로 우리말 시가였을 가능성이 높다고 할 것이다. 14일의 노래는 장난삼아 지은 노래라고 하기 어려운 〈효빈가〉 및 〈농암가〉와는 무관할 것으로 추측되고, 17일에 노래한 것은 앞의 세 작품들 중의 일부와 동일한 작품(들)일 가능성도 없지 않다.

이로 보아, 농암이 은퇴 이후에 지은 우리말 시가에는 〈효빈가〉, 〈농암가〉, 〈생일가〉, 〈어부단가〉, 〈어부가〉(장가)만이 아니라, 실전되어 알려지지 못한 다른 작품들까지도 있었을 가능성이 적지 않다.

그리고 농암의 문집에 실린 시문들이 주로 은퇴 이후의 것들이고, 그 이전의 것은 누락되이 얼마 남아있지 않나는 점을 삼안할 때, 그가 은퇴 이전에도 우리말 시가 작품들을 지었을 가능성도 없지 않다. 농암에게는

---

14) “嘉靖甲辰四月初九日丁丑 將遊清凉山 早發豊基郡… 戊寅…遂謁聾巖于汾水之宅 公出迎門外 引坐圍碁 命之食 繼之以酒 使大婢按琴 小婢撫箏 或歌歸去來辭 或歌歸田賦 或歌李賀將進酒 或歌蘇雪堂杏花飛簾散餘春 其子文樑字大成 侍坐 亦歌壽曲 余與大成起舞 公亦起舞…壬午…有二生來 一李國樑 聾巖之姪 一吳守盈 仁遠之子 李生袖出聾巖書 乃公戱作歌 使李生歌 而聽之者 於是酌宣城之酒 奏福州之管 使李生歌聾巖之歌 亦山中之一奇興也… 乙酉…聾巖相公率大成 肩輿臨訪…開酌佛宇 各行禮…酒半 令二子文樑國樑 歌之 歌聲若出金石 諸生皆起舞.”

〈효빈가〉를 짓기 14년 전에 그의 어머니가 시조형의 〈선반가〉를 지어 그를 맞이한 배경이 있었던 것이다.

3. 농암 시가의 특징

1) 〈효빈가〉·〈농암가〉·〈생일가〉

한시(漢詩)는 사대부들의 시적 욕구를 충족시키는 주요한 수단이었을 뿐만 아니라, 지배계층이자 독점적 지식인층으로서의 그들 양반계급의 특권의식을 만족시켜 줄 수 있는 한 방편이기도 했다. 한시작은 그들에게 필수적인 교양이어서, 대다수 사대부들이 이에 익숙했다. 그들은 삶의 시시처처(時時處處)에서 한시를 지었는데, 개인적으로 창작 욕구가 일어날 때는 물론이고, 그들 간의 만남과 모임에서는 으레 한시작이 있었다. 이처럼 당시의 사대부들에게 한시작은 일상생활화되어 있었는데, 이는 농암의 경우에도 마찬가지였다.

그에게는 한시가 38세 이후의 작품만 126편이 남아있고(原集 권1에 105편, 續集 권1에 21편), 그 중 90편이 은퇴 이후의 작이다.

그의 한시에 대하여, 그 스스로는 "나는 본디 시에 능하지 못하다(我本不能詩)"(속집 권1, 〈奉賡溪堂十絶〉 제3수)고 했지만, 그는 글에 능한 사람들만이 맡던 홍문관 부제학을 지낸 바 있다. 그리고 "간간이 시문을 지어내면 입의(立意)가 청신(淸新)하여, 젊은이들의 뛰어난 작품들이 미칠 수 없는 바가 있다"(이황, 「행장」), "시에 크게 마음 쓰지 않았으나, 맑게 깨우쳐주어 전할 만하다(詩不屑意 而淸警可傳)"(황준량, 「묘지명」), "문명(文名)은 십년을 전문가로 일컬어졌네(文名十載稱專工)"(金世弼의 시; 원집 권5, 「永陽別帖」) 등의 높은 평이 있기도 하다.

그런데도 그는 죽기 2년 전에 쓴 「생일가 병서」의 끝부분에서 자신의 만년의 거취와 일락의 자취가 시조 작품들인 〈효빈가〉·〈농암가〉·〈생일가〉의 세 편에 다 나타나 있다고 했지, 한시 작품들의 경우에는 그러한 말을 하지 않았다. 왜 그랬을까?

그 이유로 여러 가지를 추정할 수 있겠지만, 그 세 편의 시조 작품들이 그의 만년의 삶의 자취를 가장 잘 표현했다는 점이 가장 중요한 이유일 것이다. 그리고 그러한 표현력은 그 세 편 작품들의 특징에 따른 바일 것이며, 또 그것을 가능케 한 시조 장르의 성격과 더불어 그만큼의 표현력을 가지지 못한 한시의 한계와도 관련이 있을 것이다.

이에 그의 세 편 시조 작품들의 특징을 살펴보고, 그 작품들과 같거나 비슷한 제재(題材) 또는 주제를 지닌 한시 작품들의 경우는 어떠한지를 비교해보기로 한다.

〈효빈가(效嚬[矉]歌)〉
歸去來 歸去來 말쁜이오 가리 업싀
田園이 將蕪ᄒ니 아니 가고 엇뎰고
草堂애 淸風明月이 나명들명 기드[두]리ᄂ니[15]

1542년 가을에 농암 늙은이는 비로소 벼슬을 마치고 나랏문을 나와, 돌아갈 배를 빌려 한강에서 전별 술을 마셨다. 배 위에 취해 누웠으니, 달이 동산에 떠오르고 산들바람이 삽삽 일었다. 도팽택(陶彭澤)의 "舟搖搖以輕颺(주요요이경양) 風飄飄而吹衣(풍표표이취의)" 구절을 읊조리니 돌아가는 흥겨움이 더욱 짙어져서 즐거워하였다. 스스로 웃고는 이 노래를 지었는데, 노래가 도연명의 〈귀거래사〉를 바탕으로 해서 지어진 까닭으로 〈효빈가〉라 했다.[16]

---

15) 작품 표기는 원집 권3에 따랐고, [ ] 속은 필사본 『歸田錄』에서의 異表記임. 이하 같음.
16) "嘉靖壬寅秋 聾巖翁始解圭組出國門 賃歸船 飮餞于漢江 醉臥舟上 月出東山 微風乍起 詠陶

〈효빈가〉는 은퇴 귀향하는 도중에 자신의 귀거전원의 정당성 또는 불가피한 이유를 말한 작품이다.

제1행에서는 곧잘 '귀거래'를 말하면서도 실천하는 사람이 없는 실정에 대한 개탄의 뜻을 나타낸다. 이로써 다음에 그 잘못을 바로잡는 내용의 시상이 자연스럽게 이어질 수 있을 바탕을 마련한다.

제2행은 작품의 주제인 '귀거전원의 정당성(불가피성)'에 대한 진술로서 〈귀거래사〉의 "田園將蕪胡不歸(전원장무호불귀: 전원이 장차 묵으려 하거니, 어찌 돌아가지 않으랴)"의 시상을 그대로 빌려 썼다. 판단의 근거와 이에 따른 결론이 갖추어졌으므로, 이로써 의미의 논리적인 구성은 일단 완성된 편이다.

제3행의 시상은 다소 애매하다. '기드리ᄂ니'에서의 어미는 과거의 경험을 바탕으로 한 주관적 판단을 서술한 종결어미 '-ᄂ니'로 볼 수도 있겠고 (제2행의 통사구조에 직접적으로 제약되지 않는 별도의 시상을 표현한 것이 됨), 원인이나 근거가 되는 뜻을 나타낸 연결어미 '-니'로 볼 수도 있을 것이다 (이 경우, 이미 제2행에서 '아니 가고 엇델고'라는 판단의 근거로서 '田園이 將蕪ᄒ니'가 제시되었으니, 제3행은 이에 덧붙여서 좀더 필연적이고 확실한 근거를 제시한 것이 됨).[17]

'고향의 초당에서 맑은 바람과 밝은 달이 들락날락하며(조바심하면서) 기다리고 있느니라(또는 있으니까)'. 이에서 '청풍명월'은 내가 즐길 대상으로서의 객체가 아니라, 바로 나와 삶을 함께 하는 내 가족 또는 절친한 친구로 인식되는 지극한 친밀감 내지는 일체감을 지닌 나의 분신인 것이다. 작자의 정서적 강도(情緒的 强度; emotional intensity)는 이 표현에 가장 집중되

彭澤 '舟搖搖以輕颺 風飄飄而吹衣'之句 歸興盇濃怡然 自笑乃作此歌 歌本淵明歸去來辭而作 故稱效嚬."

17) 필자는 전자일 가능성이 더 높을 것으로 보지만, 후자일 가능성을 떠올리는 사람들도 적지 않다는 점에서, 이 표현은 그 曖昧性(ambiguity) 때문에 사실상 重義的 표현으로서의 성격을 띤다고 볼 수도 있을 것이다.

어 있다. 그리고 또한 그 진술로써 '그 자신의 귀거전원의 정당성(불가피성)'이 완성될 수 있다는 점에서, 이 시행은 도연명의 시구를 차용한 표면적 주제 제시부인 제2행에 부가된 차원을 넘어서서, 사실상 작품의 의미의 초점도 된다. 이처럼 제3행이야말로 이 작품의 정서와 의미의 중심·핵심이 되는 시행인 것이다.

이렇게 볼 때, 이 작품은 제1행의 도입을 거쳐, 제2행에서 의미의 논리적 구성을 일단 완성한 뒤에, 제3행에서 일견 앞의 시상에 부가된 것처럼 여겨지기도 하지만, 실제로는 다소 독자적인 성격을 띤 시상을 통해 작품의 정서와 의미의 초점을 맞추는 구성을 보인다고 할 것이다.

농암의 한시에서 그의 귀거전원의 이유와 관련된 내용을 담은 작품들로는 1542년에 은퇴하여 고향으로 돌아오는 도중에 지은 〈차죽창추부양절정주중(次竹窓追賦兩絶呈舟中)〉의 제1수와 〈과벽사 희투사승(過甓寺戲投寺僧)〉 등이 있다.

扁舟短棹影羈孤　납작한 배 짧은 노에 그림자는 외로움을 매달았네.
豈比功成范五湖　어찌 공 이룬 범려(范蠡)가 오호로 간 것에 비할까?
負郭從來田二頃　전부터 기름진 밭 두 경이 있으니,
白頭歸去作耕夫　흰머리로 돌아가 밭가는 이 되려네.

驪興巨刹壓滄灣　어흥 큰 절이 강구비를 누르고 있는데,
幾度經過羨汝閒　몇 번이나 지나가며 네 한가함을 부러워했던가?
我向汾江終老地　나도 분강의 늙은 몸 마칠 땅으로 향하고 있나니,
世間寧獨汝爲安　세상에 어찌 너 혼자만 편안하랴?

이들 칠언절구(七言絶句) 작품들은 '기승전결(起承轉結)'의 시상 구성을 지니고 있다. 앞 작품에서는 주제 제시부인 결구(結句)가 아닌 전구(轉句)에서 귀거전원의 이유를 말하기는 했지만, '전부터 기름진 밭이 있음'은 의

미 면에서의 논리적 필연성도 정서 면에서의 절실감도 지니지 못한 상투적인 진술에 불과한 것이다.[18] 뒤의 작품에서 제시된 것은 '편안함(및 한가함)'인데, 이는 작자의 진솔한 이유에 가까운 것이기는 하나, 〈효빈가〉에서의 표현에 비해 필연성이 부족한 편이다. 게다가 이 두 작품은 작자의 귀거전원의 정당성 또는 불가피한 이유를 핵심 시상으로 하여 이를 뚜렷이 표현함에 초점을 맞춘 것이 아니기도 하다.

그리고 그 며칠 뒤에 지은 〈유죽령(踰竹嶺)〉의 제2수 "……/ 落葉歸根自是常(낙엽귀근자시상: 낙엽이 뿌리로 돌아감은 스스로 바른 법인 것을)"에서는 그 귀거전원을 '낙엽이 뿌리로 돌아감'처럼 바른 이치라고 했는데, 이는 작자의 귀거전원이 불가피한 이유로는 절실한 공감을 얻기 어려운 것이다. 또 그 이듬해에 지은 〈제영지정사(題靈芝精舍)〉의 제1수 "生來成癖煙霞趣(생래성벽연하취: 나서부터 버릇이 된 煙霞趣)/ 白首膏肓未易攻(백수고황미역공: 흰머리 되어선 고질병 되어 고치기 어렵구나)/ ……."에 의하면, 그의 귀거전원은 나면서부터 버릇이 된 '연하취(煙霞趣)'(자연애) 때문이라고 할 것인데, 이 또한 귀거전원의 이유로서 필연성을 갖춘 것이라고 하기가 어렵다.

이처럼 한시 작품들에서 그의 귀거전원의 이유로 제시된 것은 의미 면에서의 논리적 필연성도 정서면에서의 절실감도 지니지 못하는 것이었다.

농암에게 귀거전원은 수십 년간의 '화두(話頭)'이자 숙원이었고, 또 그 실천이야말로 그의 일생에서 가장 자랑스러운 일로 내세울 만한 것이었다(그는 우리나라에서 최초로 恬退하여 귀거전원을 실행한 사람으로 일컬어졌다). 그렇기 때문에, 그로서는 논리적으로나 정서적으로나 자신의 귀거전원의 정당성(또는 불가피성)을 스스로 확인하거나 또는 다른 사람들에게 강조하는 것이 매우 필요한 일이었다. 곧 '귀거전원이 불가피한 이유를 밝히는 것'은 그의 시적 표현의 주요한 제재로서의 성격을 충분히 갖추었다고 할

---

18) 이러한 표현은 〈귀거래사〉에서 표현된 "田園將蕪"의 한 변형으로서, 1520년에 지은 〈歸來亭〉의 제4수 "我有宣城負郭田/ 一區泉石老將專/ …" 등에서도 나타나는 것이다.

수 있는 것이다. 그런데도 그는 그 이유를 시조 작품 〈효빈가〉에서만 정
서적인 공감을 얻을 수 있는 시상으로 절실하게 표현하였지, 여러 한시 작
품들에서는 핵심 시상으로 하지 않았거나 또는 평범하고 상투적인 말로
나타냄에 그치고 말았던 것이다.

> 〈농암가(聾巖歌)〉
> 聾巖애 올라[애]보니 老眼이 猶明이[ ]로다
> 人事이 變흔들 山川이[ ]뚠 가싈가
> 巖前에 某山某丘이 어제 본 듯ᄒ예라

농암 늙은이가 서울에서 오래 벼슬살이하다가 비로소 고향에 돌아와
서 농암에 올라 산천을 두루 보니, '정령위(丁令威)의 감회'가 없지 않았
으나 오히려 그 옛날 놀던 묵은 자취가 전과 다름없기에, 또 이 노래를
지었다.[19]

〈농암가〉는 은퇴 귀향 직후에 본 고향 산천의 의연(依然)함과 친근감을
표현한 작품이다.

제1행에서 '농암(聾巖)애 올라보니'는 말 그대로 작자가 '귀먹바위'에 올
랐다는 말이겠지만, 또 한편으로 '고향에 돌아오니'의 뜻을 드러내는 제유
직(提喩的) 표현으로서의 성격노 지니고 있다.

'오히려(猶)'란 말은 인과관계나 추측 또는 기대와는 반대되거나 다른 결
과가 나타날 때 쓰인다. 젊을 때 밝던 눈이 늙어 가면서는 어두워지는 것
이 일반적인 현상인데, '늙은 눈이 오히려 밝아졌도다'[20]라고 한 것은 시간

---

19) "巖翁久仕於京 始還于鄕 登聾巖周覽山川 不無令威之感 而猶喜其舊遊陳迹之依然 又作此
  歌."
20) 이 표현은 11년 뒤에 지어진 한시 〈偶吟寄仲擧〉(1553)에 "獨上聾巖望眼明/ …"로 거의
  그대로 襲用되었다.

의 경과에 따른 자연스런 변화(노쇠화)를 거슬러서 젊을 때의 시력(視力)을 회복하게 되었음을 말한 것이다. 이는 곧 고향과 그 산천이 부분적으로나마 시간의 경과와 그에 따른 변화를 초월하여 내게 젊음과 활력을 되찾아 주었다는 것이 된다.

'눈'은 직접적이고 구체적인 체험을 할 수 있게 하는 감각기관이니, 시력이 회복된다는 것은 고향의 자연을 똑똑히 체험할 수 있게 됨을 뜻하는 것이다. 변한 눈이 아니라 옛날(젊을 때)의 눈 그대로 보기 때문에, 자연도 옛날 보던 변하지 않은 모습 그대로 보일 수 있게 된다.

이러한 점에서, 작자에게 특수하게 체험된 사실을 서술한 이 시행은 그 자체로 주요 시상의 하나를 이루면서, 또한 전체 시상의 중심이 되는 제3행에서의 표현을 이끌어낼 수 있는 근거를 마련해 주는 구실도 한다고 할 것이다.

제2행에서는 앞의 시상에서 전환하여, 일반적인 상리(常理)로서 사람의 일[人事]의 가변성(可變性)과 자연[山川]의 불변성(不變性)의 대조적 양상을 진술하고 있다. 그 시상의 강조점은 자연의 불변성에 있는데, 이것이 제3행에서의 자연에 대한 작자의 체험으로 자연스럽게 나아가게 하는 디딤돌이 된다.

제3행에서는 앞의 특수 체험과 일반적 상리를 아우르는 새로운 체험이 표현되어 있다.

'어제 본 듯하다'는 '의연(依然)하다'라는 작자의 판단을 표현한 말이겠는데, 이는 앞 시행에서 일반적인 상리로서 강조된 '자연의 불변성'을 이어받아 구체적인 대상에 적용한 것이다. 그리고 이 말은, 오랜만에 보는 것이 낯설고 소원한 느낌을 줌에 비해, 매일 보는 듯하기에 익숙하게 느껴진다는 점에서, '친근감'이라는 정감의 표출로서의 뜻도 지니게 된다.

'모산모구(某山某丘)'의 불특정은 그 정감이 몇몇 특정한 대상에만 국한되지 않음을 나타낸다. 곧 고향의 모든 자연물들에서 의연함을 보고 익숙한 친근감을 느낀다는 것이다(그러면서도 제1행의 "聾巖애 올라보니"와 마찬가지로

"巖前에"를 두어 '귀먹바위'에 대한 각별한 애호를 넌지시 드러내기도 하였다).

이 새로운 체험이 작품 전체의 의미의 중심이 되며, 또 정서적 강도도 이에 집중된다는 점에서(감탄형어미 '-예라'를 쓰기도 함), 이 제3행은 작품의 명실상부한 주제 제시부인 것이다.

이렇게 볼 때, 이 작품은 제1행에서 특수한 체험을 진술하여 주제 시상이 성립될 수 있을 근거를 마련한 뒤에, 제2행에서 앞의 시상을 전환하여 일반적인 상리를 진술하여 다음 시상으로 자연스럽게 나아갈 수 있도록 디딤돌을 놓고, 제3행에서 이를 이어받아 앞의 특수 체험과 일반 상리를 아우른 새로운 체험을 주제로서 자연스럽게 제시하는 구성을 보인다고 할 것이다.

농암의 한시 가운데서 〈농암가〉와 똑같은 제재 및 주제를 지닌 작품은 없고, 비슷한 주제를 보이는 것으로 집에 돌아오기 전에 그의 농막(別墅)이 있는 이천(伊川) 마을을 바라보며 지은 〈도남원 동망농장희음 정성주(到南院東望農庄喜吟呈城主)〉가 있다.

渺渺孤村郡邑東	넓디넓은 외로운 마을이 고을 동쪽에 있고,
松篁無恙蓽門封	소나무도 대밭도 탈 없는데 사립문은 닫혔구나.
滿鄕魚稻堪爲樂	마을 가득한 물고기와 벼가 낙이 되리라.
更乃堂前柿半紅	다시 집 앞의 감이 반쯤 붉었구나.

이 작품도 결구에서 주제를 제시하는데, 그 시상은 〈농암가〉의 주제와 차이가 있다. 〈농암가〉에서 나타낸 것이 자연의 불변성이라면, 이 작품은 변화를 겪는 사물이 한 특정한 시점에서 옛날과 마찬가지의 모습을 보인다는 것만을 나타낸다는 점에서 서로 다른 속성을 표현한 것이다. 게다가 그 서술의 대상도 그가 사랑했던 고향의 자연 일반이 아니라, 그의 농막이 있어 또한 정든 곳이긴 하지만, 딴 마을의 한 특정한 사물(그것도 작자의 특별한 애호가 있었다고 하기 어려운 '집 앞의 감')에 국한되며, 그 인상적인 표현

도 단지 '반가움'의 정서만 환기할 뿐, 〈농암가〉에서처럼 자연의 의연함을 보고 익숙한 친근감을 느끼는 것과는 거리가 있다.

그가 고향에 돌아와서 지은 한시 가운데는 〈추차주경유제애일당봉기(追次周景遊題愛日堂奉寄)〉 2수가 『농암집』에 가장 먼저 실려 있는데,[21] 주세붕의 시에 대한 답시(答詩)여서 그랬겠지만, 이 작품의 시상은 오랜만에 본 고향 자연의 모습이나 그것에서 느낀 감회와는 거리가 있다.

苔蹊蕪沒舊亭臺   이끼 낀 길이 잡초에 묻힌 옛 정대(亭臺).
白首重尋亦幸哉   흰머리로 다시 찾음도 다행이로구나.
騷客來遊題石去   시인이 와서 놀다 돌에다 글 짓고 갔네.
山花開落幾時迴   산꽃이 피고 짐이 몇 때나 돌았던가?

長林東岸大川迴   긴 숲 동쪽 언덕에 큰 내가 돌아 흐르고,
上有奇巖天作臺   그 위의 기이한 바위는 하늘이 만든 대(臺)라네.
氷泮雪消春水漲   얼음과 눈이 녹아 봄물이 불었으니,
倚巖垂釣正時哉   바위에 기대어 낚시 드리우기 좋을 때로구나.

오랜 숙원이었던 귀거전원을 마침내 실행한 그에게는, 그 귀거전원의 필연적인 원인을 제공했으며, 그의 남은 삶 동안 함께 하게 될 그의 분신으로서의 고향 산천의 모습과 그것을 보고 느낀 감회를 표현함이 매우 긴요했을 것이다. 이 점에서 그의 한시에서 이에 초점을 맞춘 시상을 핵심으로 한 작품을 찾아볼 수 없는 것은 뜻밖이라고 하겠다.

농암에게 귀거전원이 불가피했던 이유는 사랑하는 고향의 자연 속에서 물아일체(物我一體)가 되어 함께 하는 유유자적한 삶을 누리고자 하기 때문이었고, 그 함께 하는 자연이란 '일수일석(一水一石)'도 제외할 수 없는

---

21) 「年譜」에서는 77세 때 靈芝精舍를 지은 뒤의 작품이라고 했다.

총체적인 것이었다. 그런데 앞의 한시 작품 〈도남원(到南院)…〉에서 나타
낸 대상과 그 속성, 그리고 그것에서 우러난 정서의 성격은 귀거전원 직후
의 농암에게 긴요했던 시적 표현의 욕구를 충족시키기에 많이 불충분한
것이었다. 그 때문에 그는 〈농암가〉를 통해 그 시적 표현의 욕구를 충족
시켰을 것이다.

> 〈생일가(生日歌)〉
> 功名이 그지 이실가 壽夭도 天定이라
> 金犀씌 구븐 허리예 八十逢春 긔 몃히오
> 年年에 오ᄂ나리 亦君恩이ㅣㅣ샷다

　　7월 29일은 늙은이의 생일인데, 아들과 손자들이 늘 이 날이면 술자
리를 베풀어 늙은이를 위로해 주었다. 1551년 가을에는 따로 성대한 잔
치를 베풀었는데, 향중(鄉中)의 노인들과 이웃 고을의 수령들이 모두 모
였다. 이바지할 그릇을 많이 차려서 차례로 일어나 술잔을 주고받아 마
침내 취해 춤추기에 이르렀다. 각자 노래를 불렀고, 늙은이 역시 화답
했는데, 이것은 그 보잘것없는 작품이다. …….[22]

　　〈생일가〉는 85세의 생일을 맞은 작자가 그가 누린 높은 공명과 장수를
자랑하고, 임금의 은혜에 대한 감사의 뜻을 나타낸 작품이다.
　　제1행의 해석에서는 각별한 주의가 요청된다. "功名(공명)이 그지 이실
가"를 말 그대로 '공명이 끝이 없다'의 뜻으로 보게 되면, 이는 '수요(壽夭)
도 하늘이 정한다'와 합쳐서 하나의 통일된 시상을 이루기가 어렵다. 양자
의 의미가 서로 호응하지 않으며, 진술의 초점도 일치하지 않기 때문이다.

---

22) "七月晦日 是翁初度之辰 兒孫輩 每於此日 設酌以慰翁 辛亥之秋 別設盛筵 鄉中父老 四隣邑
　　宰 俱會 大張供具秩起酬酌 終至醉舞 各自唱歌 翁亦和答 此其小作也 …."

416 제4부 작가와 작품

그러나 '미리 정해짐' 또는 '사람이 마음대로 할 수 없음' 따위의 의미 범주에 속하는 "壽天(수요)도 天定(천정)이라"에서의 '도'가 동일한 범주에 포함시킴을 뜻하는 조사이므로, 그 앞 구의 의미도 이러한 범주에 속하는 것이라야 한다.

작자가 영리(榮利)와 관작(官爵)을 애써 구하지 않았다는 점을 고려하면, 그 '끝없는 공명'이란 작자가 누린 높은 공명을 가리킨 것이기보다는, 많은 사람들이 지니는 '공명을 추구하는 욕심·욕망'을 말한 것일 가능성이 더 높다고 할 것이다. 곧 사람들의 공명욕이 끝이 없다는 뜻이겠는데, 이를 그 뒤의 '수요도 하늘이 정함'과 이어 보면, '공명욕은 끝이 없고, 수명도 하늘이 정한다'가 되겠다. 이 또한 앞뒤 호응이 그리 순탄한 편이 못되지만, '그러므로 지나친 욕심을 가지지 말고 분수를 지켜야 한다'라는 뜻을 넌지시 나타내기 위한 것이라고 볼 때, 진술의 초점이 일치하게 된다는 점에서, 앞 구를 말 그대로의 뜻으로 보는 것보다는 통일된 시상으로서의 성격을 더 잘 갖출 수 있는 것이다.

이에 이 시행은 일반적인 상리를 진술하여 공명과 수명에 대한 과욕(寡慾)·안분(安分)을 강조했다고 할 수 있을 것이다.

제2행에서의 "金犀(금서)씌 구븐 허리예"에서 '금서(金犀)씌'는 일품관(一品官)에 이른 자신의 높은 공명을 제유적으로 표현한 말이고(작자는 이 작품을 짓기 2년 전에 종1품인 崇政大夫에 올랐음), "八十逢春(팔십봉춘) 긔 몃히오"[23]는 봄을 여든 번 만나도록 오래 산 자신의 장수를 자랑하는 뜻을 설의법(設疑法)으로 강조하여 나타낸 것이다.

이처럼 이 시행은 자신의 높은 공명과 장수를 자랑하는 것으로 되어 있는데, 이 자랑이야말로 85세의 생일을 맞은 작자가 가장 절실히 표현코자 한 시상의 핵심인 것이다. 이에 이 제2행은 작품 전체의 의미의 실질적인

---

23) 獨谷 成石璘(1338~1423)의 시구 "八十逢春更謝天"의 詩語를 끌어 쓴 표현임(〈元夕獻筵詩〉의 「幷序」 참조).

중심이면서 정서적 강도도 가장 뚜렷한 시행으로서, 형식상 최종적 귀결의 양상을 보이는 제3행보다 더 핵심적인 주제 제시부라고 할 것이다.

제3행은 '해마다 오늘 같은 날[24]'을 맞게 되는 것이 또한 임금의 은혜로구나'로 해석될 수 있겠는데, 이는 자신이 누리는 지극한 복락(福樂; 공명과 장수를 겸비하여 성대한 생일잔치를 맞음)이 임금의 은혜 덕택이라고 말함으로써, 효성스런 여러 아들들이 해마다 성대하게 차려 주는 생일잔치에 대해 기뻐함과 더불어 임금에 대한 감사를 나타낸 것이다.

형식상으로는 이 제3행이 작품 전체의 의미와 정서를 최종적으로 수렴하는 것처럼 되어 있지만, 의미 및 정서의 핵심이 제2행에서 뚜렷이 표현된 데다, '역군은(亦君恩)이샷다'라는 관용적인 표현에서는 정서 표출의 절실함이 부족하기도 하여, 이를 핵심적인 주제라고 보기가 어려울 것이다. 이에 이 제3행의 시상은 핵심적인 주제 제시부인 제2행에 부가되어 부차적인 주제를 제시하는 것으로 판단된다.

이렇게 볼 때, 이 작품은 제1행에서 진술된 일반적인 상리의 암시된 의미를 통해 다음 시상이 의의를 지닐 수 있을 기반을 조성한 뒤, 제2행에서 앞의 시상을 전환하여 구체성을 띤 체험으로서 핵심적인 주제를 제시하고, 제3행에서는 이에 덧붙여 부차적인 주제를 제시하는 구성을 보인다고 할 것이다.

그러나 이 작품은 제1행의 진술이 앞뒤가 잘 호응하지 않아 시상의 파악에 곤란을 주며, 시행들 간의 긴밀성도 떨어져서 작품 전체의 유기적 통일을 기하기 어려운 등의 문제점들을 지니는데, 이는 이 작품이 취중에 감격한 상태에서 즉흥적으로 지어진 데서 연유한 바일 가능성이 적지 않을 것이다.

농암의 한시 가운데서 같은 해에 지어진 7언 율시 〈봉화퇴계 생신수하 장율(奉和退溪生辰垂賀長律)〉과 그 3년 뒤에 지은 7언 절구 〈원석헌연시(元

---

24) 鄭炳昱, 『時調文學事典』(신구문화사, 1972), 49면.

夕獻筵詩)〉의 제1수에서 〈생일가〉와 비슷한 시상이 표현되었다.

生來窮達稟於天	태어나서 궁달은 하늘에서 받는데,
愧我何垂福履纏	부끄럽구나 나는, 어찌 복록이 얽혀 드리우나?
壽享期頤三世共	백년이나 수 누림은 삼세(三世)가 같고,
官連袍笏一家全	잇달아 벼슬하고 일가도 온전하네.
年年初度來鄕黨	해마다 생일이면 찾아오는 마을사람들,
秩秩華筵鬧管絃	질서 있는 잔치에 난만한 관현소리.
觀者堵墻傳盛事	보는 사람 담을 이루어 성사(盛事)라고 전하네.
更堪稱賀退溪篇	다시금 퇴계의 글로 축하를 받았도다.

八十逢春更謝天	여든 번 봄을 맞아 하늘에 다시 감사한다고
海東耆老著詩篇	해동의 늙은이(成石璘)가 시편을 지었던데,
聾巖樗散尤堪謝	농암 쓸모없는 이는 더욱 감사드리노라.
壽到今辰又八年	나이가 이번 생일로 8년이나 더 이르렀으니.

  앞 작품은 〈생일가〉와 거의 마찬가지의 시상을 보이지만, 그의 생일잔치에 참석하지 못한 이황이 보낸 시 〈이십구일이상공수신 황병미부 작일율송축(二十九日李相公壽辰滉病未赴作一律頌祝)〉[25]에 대한 답시로서 그 뒤에 지어진 것이기 때문에, 그 생일잔치에서의 감격을 그 즉석에서 지은 〈생일가〉만큼 생생하게 표현하지 못하고 있다. 또 7언율시여서 그랬겠기도 하지만, 단편적(斷片的)이고 순간적인 정서적 체험을 응축적(凝縮的)으로 표현하는 서정시의 기본 성격과는 달리, 시상의 구성과 표현이 장황할 정도로 서술적이기도 하다. 그리고 뒤의 작품은 생일날과 무관한 정월 보름날

---

25) "堯黃一厭火流天 南極星芒瑞氣纏 壽似廣仙千未牛 福兼箕範五能全 雙城共設虹橋宴 三隊爭調玉府絃 想像賀賓雲接袂 野人猶獻穆如篇"(『퇴계집』 別集 권1).

저녁에 지은 것으로, 88세까지 장수한 것만을 제재로 하여, 자랑하기보다는 하늘에 감사드리는 내용으로 되어 있어서, 〈생일가〉의 주제와는 거리가 있다.

공명과 장수는 많은 사람들이 희구하는 것이다. 이를 애써 추구하지는 않았지만, 농암에게도 일품관의 높은 공명과 80년이 넘는 장수는 큰 자랑거리였을 것이다. 그리고 해마다 효성스런 아들들이 차려 주는 성대한 생일잔치를 맞는 감회도 여간 아니었을 것이다. 그의 만년의 삶에서 이러한 자랑거리들도 그의 삶을 떠받치는 소중한 요소가 되었을 것이다. 그러므로 그의 공명 및 장수와 성대한 생일잔치, 그리고 이에서 느끼는 감격과 자랑스러움은 그의 시적 표현의 주요한 제재로서의 성격을 충분히 갖추었다고 할 수 있다. 그런데도 그는 그러한 감격과 자랑스러움에 대한 현장감 있는 생생한 표현을 〈생일가〉에서만 이루었고, 한시 작품들에서는 제대로 이루지 못하고 말았다.

'귀거전원의 실행, 자연에 대한 애호, 공명과 장수를 누림'은 농암의 만년의 삶에서 가장 소중한 계기 또는 요소들로서 그의 시작에서의 긴요한 제재였을 터인데, 시조 작품들인 〈효빈가〉·〈농암가〉·〈생일가〉에서는 그 각각을 제재로 하고 그것에서 느끼는 정서를 핵심 시상으로 하였음에 비해, 한시에서는 이를 제재로 하거나 핵심시상으로 한 작품이 얼마 되지 않는다. 또 시상의 진개가 한시에서는 대체로 '기승전결'의 규범적인 구성 방식을 따랐음에 비해, 시조 작품들에서는 일정한 방식으로 획일화되지 않은 다양한 양상을 보였고,[26] 그 표현이 시조 작품들에서는 절실한 정서

---

26) 농암의 시조 작품들이 보인 시상 전개방식의 다양성·비규범성은 그 작품들이 시조 발달사에서 비교적 초기의 작이기에 가능했을 것으로 판단된다.
　　조선 전기의 시조 발달사는 '(1) 搖籃期: 성종대 후반(15세기 말)~중종대 중엽(16세기 초엽), (2) 成長期: 중종대 말엽(16세기 중엽)~명종대 말엽(16세기 중엽), (3) 開花期: 선조대 초엽(16세기 말엽)~'의 3기로 나눌 수 있겠는데, 농암의 작품들은 다양하면서

적 공감을 얻을 수 있도록 이루어졌음에 비해, 한시 작품들에서는 그렇지 못한 양상을 보이고 만 편이다.

이처럼 농암의 한시 작품들이 그의 만년의 삶에서 매우 소중한 계기 및 요소와 그것에서 느끼는 정서를 절실하게 표현하는 면에서 시조 작품들에 미치지 못한 것은 무엇 때문일까?

이는 한편으로는 농암의 개성과 창작 성향 및 능력에 따른 면도 있겠지만, 다른 한편으로는 우리나라 한시가 지닌 성격과 함께 당시에 성행하던 한시작의 경향에 따른 결과인 면도 있을 것이다.

먼저 우리말과 한문의 차이를 통해 우리나라 한시의 성격을 살펴볼 필요가 있다.

우리나라 사람들은 중국어와는 근본적으로 다른 구조의 우리말을 일상어로 하여 왔다. 언어가 사고 등의 정신활동에 지대한 영향을 미친다는 점을 고려할 때, 중국어의 구조에 바탕을 둔 한문의 구조는 우리나라 사람들의 사고·인식 등의 정신활동의 일반적인 양상과는 크게 다른 것이다.

시는 그 언어 구조가 인간의 정신적 활동에 자연스럽게 합치되어야 온전한 시로서의 구실을 할 수 있다는 점에서, 우리나라 사람들의 정신활동을 자연스럽게 표현하기 힘든 한문으로 이루어진 한시는 우리나라 시로서의 구실을 온전히 하기 어려운 문학이었다. 비록 우리나라의 사대부들이 어려서부터 한문을 익혀서 그 구조에 익숙해지고, 학습을 통해 한시를 지을 수 있게 되었다 하더라도, 그것은 우리나라 사람들의 시적 표현의 욕구를 자연스럽고 온전하게 충족시키기 어려운 태생적인 한계를 지니는 것이었다.

그리고 농암의 시조 작품들이 시상 전개의 구성에서 일정한 방식으로

⸻

도 진지한 창작태도를 지니던 '성장기'에 지어졌기에, '개화기'의 시조에서 보이기 시작하던 '典範化되어 기계적·상투적인 공식적 구조를 고수하는 양상'을 지니지 않은 상태였다. 成昊慶, 『朝鮮前期詩歌論』(새문사, 1988), 40면, 99면 등 참조.

획일화되지 않은 다양성·비규범성(非規範性)을 보이며, 그 표현도 간결한 진술을 통해 응축적으로 이루어짐에 비해, 그의 한시 작품들은 시상 전개가 '기승전결'의 규범에 따른 양상을 보이며, 표현에서 다소 서술적인 면모를 보인 것은 당시에 성행하던 한시의 시체(詩體) 및 시풍(詩風)을 따른 결과일 가능성이 적지 않을 것이다.

당시에 널리 쓰인 한시체는 율시(律詩)·절구(絶句) 등의 근체시(近體詩)였는데, 농암의 한시 작품들도 거의 다 근체시로서 칠언절구와 칠언율시가 특히 많았다(五言絶句 5편 7수, 五言律詩 13편 14수, 七言絶句 71편 93수, 七言律詩 34편 36수, 七言排律 1편, 기타 2편).

이 근체시는 성운(聲韻)의 해화(諧和)와 형식의 아름다움을 극도로 추구한 것으로서, 그 절구·율시 등은 고체시(古體詩)에 비해 각 시구의 평측(平仄) 및 압운(押韻)의 제약, 구수(句數) 및 각구(各句)의 성격이 훨씬 더 규범화(規範化)된 시였다.[27] 그러므로 한자의 성운에 정통하기 힘든 우리나라 사람들로서는 그 작시(作詩)에서 어려움이 적지 않았다.

그리고 근체시에서는 '기승전결(起承轉結)'의 시상 구성을 규준(規準)으로 하였기에, 절구의 기구(起句; 율시의 首聯)에서는 한 수의 시에 할 말을 일으키고, 승구(承句; 頷聯)에서는 앞의 말을 이어받아 설명하고 뜻을 넓히며, 전구(轉句; 頸聯)에서는 앞의 두 구(연)와 별로 상관 닿지 않는 방향으로 돌려 말하고, 결구(結句; 尾聯)에서는 전구(경련)와 연결이 되면서도 그 시상을 포괄하여 맺는 방식을 따라야 했다.[28] 또한 근체시는 시상의 광범위한 연결과 지속이 어렵고, 세부의 양상을 생생하고 뚜렷하게 표현하기 어려우며, 그 심상(心像)이 특유의 개체(個體)가 아니라 유형(類型)이 되고 말아 현실감을 잃게 되는 등 표현 면에서 한계를 지니는 것이기도 했다.[29]

---

27) 이러한 면은 율시에서 특히 심하여, 작자의 감정이나 뜻을 크게 속박했다고 한다. 胡雲翼, 『中國文學史』(張基槿 역, 대한교과서주식회사, 1981), 148~149면 참조.

28) 文璇奎, 『韓國漢文學』(이우출판사, 1986), 99면 참조.

29) Yu-Kung Kao and Tsu-Lin Mei, "Syntax, Diction, and Imagery in T'ang Poetry," *Harvard*

게다가 조선조의 시풍은 송시풍(宋詩風), 특히 소식(蘇軾; 1036~1101; 자
는 子瞻, 호는 東坡)을 비롯한 강서파(江西派)의 시풍이 성행하여, 중종·명
종대까지 이 송시풍을 숭상하는 경향이 높았는데, 농암도 이에서 예외가
아니었을 것이다(그는 만년에 소식의 작품 〈月夜與客飮酒杏花下〉 등을 매우 좋
아했다). 송시에서는 논리적인 문장을 추구하여 그 문체가 서술적·산문적
인 경향이 두드러짐을 특색으로 했다.[30]

이에 따라 농암의 한시 작품들에서는, 형식이 매우 짧으므로 순간적인
감정을 응축시켜 표현하기에 알맞은 절구까지도, 근체시가 지닌 작법 면
에서의 어려움과 표현 면에서의 여러 한계들을 아울러 지닐 수밖에 없었
고, 그 시상 전개도 규준에 따라야 하는 제약을 받았으며, 송시풍의 영향
을 적지 않게 입게도 되었을 것이다. 이러한 한시의 한계 때문에, 농암은
그의 만년의 삶에서 가장 소중한 몇몇 계기와 요소들을 시로 표현함에서
우리말 시가(시조)를 한시보다 더 선호하게 되었을 것이다.

2) 〈어부가(漁父歌)〉(長歌)와 〈어부단가(漁父短歌)〉

〈어부가〉(장가) 및 〈어부단가〉에 대한 농암 자신의 「병서(幷序)」는 다음
과 같다.

〈어부가〉 두 편은 누가 지은 것인지 알지 못한다. 내가 전원에 은퇴
한 뒤부터 마음이 한가하고 일이 없어, 옛사람들이 술 마시며 읊조리던
것들 가운데서 노래할 만한 시문(詩文) 약간 수를 모아, 노복들을 가르
쳐 때때로 들으며 세월을 보냈는데, 아들 손자 무리가 이 노래를 늦게

Journal of Asian Studies, 31(Cambridge, Massachussetts: Harvard-Yenching Institude,
    1971), pp. 62~130; 성호경, 『조선전기시가론』, 51~52면 참조.
30) 金學主, 『中國文學槪論』(신아사, 1977), 89면 참조.

얻어 와서 보여주었다. 내가 보니, 그 가사의 말이 한적하고 뜻이 심원하여, 읊조리게 되면 사람으로 하여금 공명을 벗어나 티끌세상 밖으로 표표(飄飄)히 멀리 오르게 하는 뜻을 가지게 할 만했다. 이를 얻은 뒤로는 그 전에 즐기던 가사(歌詞)들을 모두 버리고 이에만 오로지 뜻을 두었다. 손수 책에 베껴, 꽃피는 아침이나 달 밝은 저녁에 술을 준비하고 벗을 불러 분강의 작은 배 위에서 읊조리게 하니, 흥과 맛이 더욱 참되었고 오래도록 피로함을 잊었다.

다만 말에 차례가 맞지 않거나 중첩됨이 많은데, 틀림없이 그 전사(傳寫)에서의 잘못일 것이다. 이는 성현의 경전에 의거한 글이 아니기에, 짓고 고침을 망령되이 더하여, 한 편 12장은 셋을 빼서 아홉으로 만들어 장가로 지어 읊었고, 한 편 10장은 단가 5결로 줄여 짓고, '엽(葉)'을 만들어 창하였다. 합쳐서 한 부의 신곡(新曲)을 이루었는데, 깎아 고쳤을 뿐만 아니라 보태어 기운 곳도 또한 많다. 그러나 또한 각각 구본(舊本)의 본뜻에 의지하여 더하고 줄인 것이다. 이름 하여 '농암야록(聾巖野錄)'이라 하니, 보는 이들은 행여 참람하다고 나를 책망하지 마시길.

때는 1549년 6월 유두 사흘 뒤, 귀밑털에 서리 내린 늙은이인 농암주인이 분강의 고깃배 뱃전에서 쓰다.[31]

농암의 〈어부가〉 양편(장가 9연, 단가 5수)은 자연 속에 묻혀 뱃놀이와 낚시를 즐기며 유유자적하는 어부(漁父; 假漁翁)의 풍류루운 삶과 그 정취를 표현한 작품들이다.

---

31) "漁父歌兩篇 不知爲何人所作 余自退老田間 心閒無事 裒集古人觴詠間可歌詩文若干首 校閱奴僕 時時聽而消遣 兒孫輩晚得此歌而來示 余觀其詞語閒適 意味深遠 吟詠之餘 使人有脫略功名 飄飄遐擧塵外之意 得此之後 盡棄其前所玩悅歌詞 而專意于此 手自謄冊 花朝月夕 把酒呼朋 使詠於汾江小艇之上 興味尤眞 矗矗忘倦 第以語多不倫或重疊 必其傳寫之訛 此非聖賢經據之文 妄加撰改 一篇十二章 去三爲九 作長歌而詠焉 一篇十章 約作短歌五闋 爲葉而唱之 合成一部新曲 非徒刪改 添補處亦多 然亦各因舊文本意而增損之 名曰聾巖野錄 覽者幸勿以僭越咎我也 時嘉靖己酉夏六月流頭後三日 雪鬂翁聾巖主人 書于汾江漁艇之舷"

작자 미상인 세전(世傳)의 〈어부가〉(12연)를 고쳐 만든 그의 〈어부가〉 장가(9연)를 그 원가(原歌)로 추정되는 『악장가사(樂章歌詞)』 소재 〈어부가〉와 비교할 때, 그 개찬(改撰)은 원가의 구성과 표현이 전체 시상('塵外之意')을 드러내기에 불충분하므로 그 소재 및 심상(心像)의 집약화를 통해 시상을 확연하게 전달하며 각 부분들 간의 연관성을 유기적으로 질서화하는 쪽으로 이루어졌다고 한다.[32]

개찬가에서는 원가의 여러 시구들이 자리를 옮기고 적지 않게 삭제되었으며, 몇몇 시구들은 새로 첨가되거나 대체되었다. 이러한 변형은 원가에서 시구들의 차례가 맞지 않거나 중첩됨이 많은 것들을 바로잡고 3개 연만큼 줄인 데 따른 결과이겠는데, 그 과정에서는 원가의 시구들이 '농암의 실제 삶의 양상 및 처지와 어울리는가'의 여부에 대한 고려도 있었을 것이다.[33]

한편 한시구(漢詩句)에다 우리말로 현토(懸吐)한 양상도 많이 달라져서, 개찬가에서는 현토한 부분이 원가에 비해 현저히 줄어들었다.

내용이 서로 같은 원가와 개찬가의 제5장을 예로 들어보면 다음과 같다.

<table>
<tr><td>東風西日에 楚江深하니</td><td>東風西日楚江深</td></tr>
<tr><td>一片苔磯오 萬柳陰이로다</td><td>一片苔磯萬柳陰</td></tr>
<tr><td>이퍼라 이퍼라</td><td>이퍼라 이퍼라</td></tr>
</table>

---

32) 呂基鉉, 「漁父歌의 表象性 硏究」, 문학박사학위논문(성균관대학교, 1989), 104면 참조. 이 개찬을 특별한 의식의 발현으로 보기도 한다. 같은 글, 77~80면에서는 원가에서 보인 고려인들의 강호인식 및 강호생활('향락적 서정'으로서의 풍류)과는 다른 조선조 사대부로서의 강호인식 및 강호생활('정신적 沈潛으로서의 풍류)을 개찬가에서 보이려 한 것이라 했고, 鄭在鎬, 「李賢輔論」, 안동문화연구소 편, 앞의 책, 48면에서는 개찬에서 원가보다 자연에 깊이 파묻혀 세속을 잊고 漁父의 생애에 만족하려는 듯한 태도가 반영된 것으로 보았다.

33) 삭제된 시구들 가운데서 '生來一舸趂隨身'(제4연) · '一瓢長醉任家貧'(제6연) · '落帆江口月黃昏'(제7연) · '片帆飛過碧琉璃'(제9연) · '長江風急浪花多'(제11연) 등은 농암의 실제 삶의 양상과 처지에 어울리는 않는 내용을 지녔다.

綠萍身世오 白鷗心이로다   綠萍身世白鷗心라

　지곡총지곡총어ᄉ와어ᄉ와   　至匊忽至匊忽於思臥

隔岸漁村이 三兩家ㅣ로다   隔岸漁村三兩家라

　이황은 「도산십이곡발(陶山十二曲跋)」에서 "오늘날의 한시는 옛날 한시와 달라, 읊을 수는 있으나 노래할 수 없다. 만약 노래하고자 한다면 반드시 우리말로써 이어야 하니, 대개 우리나라 음악의 가락이 그렇게 하지 않으면 안 되기 때문이다."[34]라고 했다. 국악학계의 연구에 따르면, 한시가 노래로 불릴 수 없는 주된 이유는 우리나라 음악의 종지법(終止法)이 한시와는 맞지 않기 때문이라고 한다. 우리말의 특성을 반영하여 우리나라 음악의 종지는 하강하여 약하고 짧게 이루어지는데, 이러한 '약박(弱拍), 하행종지(下行終止)'로써는 끝의 운자(韻字)를 강조하는 한시의 맛을 제대로 살릴 수가 없다는 것이다.[35] 그러기에 우리나라 음악에 맞추어 노래하기 위해서는, 우리말 시가나 현토체 시가에서처럼 시구의 끝을 우리말 어미(語尾) 등으로 이어야 했다.

　이로써 보면, 개찬가에 뚜렷이 나타난 현토의 현저한 감소는 그 시구들을 우리 음악에 맞추어 노래로 부름에 장애를 초래했을 것으로 판단된다. 우리말 현토가 훨씬 많은 원가는 노래로 불렸음에 비해,[36] 개찬된 장가를 창하지 않고 읊었음은 현토의 현저한 감소 현상과 관련이 있을 것이다.[37]

---

34) "今之詩 異於古之詩 可詠而不可歌也 如欲歌之 必綴以俚俗之語 蓋國俗音節所不得不然也"(『퇴계집』 권43).

35) 李惠求, 『韓國音樂序說』(서울대학교출판부, 1966), 31면; 張師勛, 『國樂總論』(정음사, 1976), 17～24면 참조.

36) "世所傳漁父詞 集古人漁父之詠 間綴以俗語而爲之長言者 凡十二章… 往者 安東府有老妓 能唱此詞 叔父松齋先生時召此妓 使歌之以助壽席之歡"(李滉, 「書漁父歌後」, 『퇴계집』 권43) 참조.

37) 이 개찬된 장가가 후대에 들어 노래로 불리기도 한 것은 이 작품이 널리 알려짐에 따라 作曲이 따로 이루어졌기 때문일 것이다. 『同春別集』에 宋浚吉(1606～1672)이 당대의 '善歌者 洪柱石'에게 이를 歌唱시켰다는 말이 있다고 한다(鄭澈, 『松江集』 別集 권7에

한편 농암은 〈어부가〉 원가를 얻은 뒤로는 이전에 즐기던 가사를 버리고 이에만 오로지 뜻을 두었다고 했다. 그 이전의 '가사'가 '옛사람들이 술 마시며 읊조리던 것들 가운데서 노래할 만한 시문 약간 수'라고 하니, 대체로 〈적벽부(赤壁賦)〉(蘇軾 작)와 〈비파행(琵琶行)〉(白居易 작) 등 주로 뱃놀이를 제재로 한 한문 시(詩)·부(賦) 작품들이었을 것인데,[38] 이 작품들은 실제로는 그 뒤에도 계속 향수되었다. 그러니 그 말은 이전의 뱃놀이에서는 주로 한문 시·부 작품들이 향수되었고, 〈어부가〉를 얻은 뒤부터는 그 한문 시·부 작품들도 향수되었지만 〈어부가〉가 더 애호되었다는 점을 말한 바일 것으로 판단된다.

그는 이전에 즐겼던 한문 시·부 작품들보다 〈어부가〉를 더 애호한 까닭으로서 '그 가사의 말이 한적하고 뜻이 심원하여, 읊조리게 되면 사람으로 하여금 공명을 벗어나 티끌세상 밖으로 표표히 멀리 오르게 하는 뜻을 가지게 할 만하다'고 말하여, 그 애호에 문학성에 대한 고려가 있었음을 밝혔다.

그러나 〈어부가〉 장가의 원가는 현토와 조흥구(助興句) 등이 덧붙어 있기는 하지만, 사실상 그 시상과 표현 및 구성의 양상이 한시나 마찬가지다. 또 그 시어와 시상이 뱃놀이하는 상황에서 '유세독립'의 기상을 표현하고 자연에 대한 애호를 강조하는 면은 〈적벽부〉와 거의 마찬가지인데, 이러한 〈어부가〉의 시어와 시상이 격조 높은 설리(說理)를 담은 명문으로 일컬어지는 〈적벽부〉보다 뛰어나다고 하기는 어렵다. 이 점은 시조 작품이었을 것으로 추정되는 〈어부단가〉 원가(失傳)의 경우에도 마찬가지일 것이다.

그러므로 농암이 한문 시·부 작품들보다도 〈어부가〉(원가)를 더 애호하게 된 것을 문학성의 면에서 살피자면, 그것은 양자 간의 차이점에 의거한

수록된 「畸翁所錄」 참조).

38) "以月艇烟簑 唱赤壁 歌漁父"(황준량, 「농암선생묘지명」); "歌赤壁舞琵琶 唱罷欸乃山水綠"(황준량, 『금계집』 외집 권4, 〈龍山高效永叔次廬山壽聾巖李相公生辰韻〉); "赤壁蘇仙句 潯陽白傳詞"(〈同景明景浩遊屛庵至晩泛舟汾川次景浩〉; 1549)·"亂舞狂歌期盡醉 潯陽赤壁 入高吟"(〈潤六月望泛舟賞月次退溪〉; 1550) 등 참조.

것으로 보아야 할 터인데, 필자는 그 차이점으로 '작품 내의 구체적인 세목(細目)들이 그의 삶의 양상 및 처지에 어울리는지의 여부'를 들 수 있다고 판단한다. 〈적벽부〉에서의 적벽대전(赤壁大戰) 고사(故事) 등 몇몇 세목들은 농암의 삶의 양상 및 처지와는 어울리지 않는 것이고, 〈비파행〉에서는 뱃놀이라는 점만 일치할 뿐 나머지는 사뭇 다른 것이다.

그리고 농암의 그 애호를 '노래함과의 관련'으로써 살필 수 있음은 물론이다. 곧 그의 뱃놀이에서는 노래 부름에 의한 시가 향수가 필요했는데, 비슷한 시상의 작품들이라도 한문 시·부는 노래할 수 없음에 비해[39] 우리말 시가 〈어부가〉의 원가는 장가든 단가든 모두 노래할 수 있었다는 점 때문에, 더 애호된 면이 적지 않은 것이다.

4. 농암의 삶에서의 시가의 의의

1) 농암 시가의 향수 양상

농암은 그의 우리말 시가 작품들을 어떠한 상황에서 어떠한 방법으로 향수하였는가?

농암 자신의 기록에 따르면, 〈생일가〉는 그의 생일잔치에서 내빈들이 취해 춤추고 가자 노래를 부르는 것에 회답하여 지었다고 하니, 작자 사신이 직접 노래로 불러 향수했을 것으로 추정된다. 〈어부가〉의 경우, 한시현토체로 된 장가 9장은 노래로 부르지 않고 읊었음에 비해, 시조 작품들인

---

39) 농암의 시가 향수에 관한 기록들 가운데는 한시문의 경우에도 '노래하다(歌)' 또는 '唱하다'라는 표현을 쓴 예들이 있다(〈歸去來辭〉·〈歸田賦〉·〈李賀將進酒〉·〈蘇雪堂杏花飛簾散餘春〉을 노래했다고 한 것, 〈赤壁賦〉도 唱했다고 한 것 등). 그러나 "潯陽赤壁入高吟"에서 보듯이, 그 작품들은 실제로 박자(長短)를 갖춘 노래로 불렀다기보다는 奏樂에 맞추어 큰소리로 읊은 정도에 그쳤을 것으로 추정된다.

단가 5수는 노래로 불렀다고 하는데, 이 작품들은 내빈 및 자제 몇 사람과 더불어 술을 마셔 가며 저녁부터 밤까지 계속된 뱃놀이[40] 때 악기 연주를 곁들이기도 하며 주로 아이들(侍兒, 歌兒 등)의 합창에 의해 노래불리거나 또는 읊어졌다.[41] 그리고 주세붕 일행이 청량산을 유람하는 도중에 향수한 작품들도 모두 다 술자리에서 악기의 연주와 함께 노래로 불렸다.

이처럼 그의 우리말 시가 작품들은 대다수가 술자리에서 노래로 불리는 일이 많았다.[42]

시조는 발생 초기부터 음송(吟誦)을 통하여 즐기는 문학에 그치지 않고, 노래를 부르도록 되어 있는 양식이었으며, 조선 초기 사대부들의 작품의 노래는 작자 자신이 부르기보다는 주로 기녀 등의 전문적인 가창 능력을 갖춘 사람에게 맡겨서 부르게 하는 경우가 더 많았다고 한다.[43] 그러나 시조 작품은 주석(酒席)이나 연석(宴席) 이외의 상황에서도 많이 향수되었으며, 또 주석·연석에서 향수된 경우에도 기녀 이외의 사람에 의해 노래로 불렸다는 사례가 적지 않다. 16세기 시가의 향수에서는, 그냥 읽거나 읊는 경우에도 그렇지만, 노래함에서도 사대부들 자신과 아동 및 여종이 주요한 실연자(實演者)였던 사례들이 적지 않았다. 오히려 중종·명종대까지는 기녀들의 역할이 두드러진 사례를 찾기 힘들기도 하다.[44]

---

40) 그 양상을 기술한 것으로 원집 권1에 실린 〈醉時歌書示座上諸公〉(1544)과 〈九老會…〉(1548), 그리고 〈雨餘泛舟遊簟石次景浩〉의 「幷序」(1553) 등을 볼 것.

41) "約十二爲九 約十爲五 而付之侍兒 翟而歌之 每遇佳賓好景 憑水檻而弄烟艇 必使數兒並喉而唱詠 聯袂而蹁躚"(이황, 앞의 글) 참조.

42) 崔載南, 『士林의 鄕村生活과 詩歌文學』(국학자료원, 1997), 174면에서는 농암의 시가 향수상황을 '(1) 宴會─(2) 設酌─(3) 詩會─(4) 歌舞─(5) 國文詩歌唱'로 도식화했지만, 그의 시가 향수가 늘 이러한 절차에 따랐던 것만은 아니다.

43) 權斗煥, 「朝鮮後期 時調歌壇 硏究」(문학박사학위논문, 서울대학교, 1985), 6면.

44) 당대의 기녀들이 연석 등에서 노래로 부른 작품이란 대체로 오래 전부터 전승되어 오던 것이거나 널리 성행하던 것, 또는 기존 악곡에 얹어 부를 수 있는 것에 한정되었을 것이다. 시조는 명종대까지도 크게 떨치지 못했던 '신흥 장르'였으니 만큼, 악곡의 레퍼토리도 불충분했을 여건 속에서 기녀들이 이 신흥 장르의 작품들을 그대로 노래부르기는 쉽지 않았을 것이다. 성호경, 앞의 책, 40~41면, 81~82면 등 참조.

농암의 경우에도, 〈생일가〉는 그 자신이 손수 노래로 불렀을 것으로 추정되며,[45] 1544년 4월 10일의 '수곡(壽曲)'은 그의 아들(李文樑)이 노래로 불렀고, 14일의 노래는 조카(李國樑)가 불렀고, 17일의 노래도 아들과 조카가 불렀다. 곧 사대부들 스스로가 시가 향수에서 주요한 실연자로 참여하고 있었던 것이다.

그리고 〈어부가〉(〈어부단가〉)를 주악을 곁들이기도 하며 아이들(侍兒, 歌兒 등)이 합창했다고 하니, 집안의 아동이나 비복들도 실연자로 참여하고 있었다. 앞서 든 주세붕의 「유청량산록」에 의하면, 농암이 집에는 거문고를 타는 여종과 쟁(箏)을 연주하는 여종이 있었는데, 이들은 악기를 연주함에만 그치지 않고 노래를 부르는 역할까지도 했을 것으로 추정된다.

이처럼 농암 시가의 대다수는 노래함이 주가 되어 향수되었는데, 그 주요 실연자는 작자 자신이나 그의 자질들, 그리고 집안의 아동이나 여종들이었고, 기녀들의 참여는 미미한 편이었다.[46]

그런데, '감흥이 깊어져서 지었다'는 뜻의 언급만 있는 〈효빈가〉와 〈농암가〉의 경우, 농암 자신의 '병서(幷序)'만으로는 그 향수가 노래 부르기도 했는지 또는 읽거나 읊는 차원에 그쳤는지 잘 알 수가 없다. 그렇지만 그의 시가 향수에 관한 언급을 보인 여러 친지들(이황, 황준량, 주세붕 등)의 기록에서 이에 대한 것을 찾아볼 수 없다는 점에서, 이 작품들은 다른 사람들과의 교유나 모임에서 널리 향수되지는 않았을 것으로 추정된다. 그렇다면 혼자만의 지리에서 대체로 읽거나 읊는 차원에서 향수되었을 가능성이 적지 않고, 또 노래로 불렀다고 하더라도 그러한 향수가 빈번하지는 않았을 것으로 추측된다(어떻든 이 작품들의 향수에서 주요한 실연자는 작자 자

---

45) 농암이 61세 때(1527) 掌樂院正을 지냈음을 고려할 때, 그의 음악에 대한 조예는 얕지 않았을 것으로 짐작된다.

46) 농암도 기녀들에게 주악과 노래 및 춤을 맡도록 한 적이 있지만, 이는 1547년 9월 9일의 '續九老會'라는 관청의 지원을 받은 특별한 행사 때의 일이기 때문에, 그의 시가 향수에서 기녀들이 주요한 실연자였다고 하기는 어렵다.

신이었을 것이다).

이에 농암의 우리말 시가 작품들 모두가 술자리에서 노래로 불렸다고 일반화하기는 어렵다고 할 것이고, 작자 자신은 그 향수의 주된 실연자가 아니라고 보는 견해[47]는 타당하지 않다고 할 것이다.

2) 우리말 시가에 대한 인식

16세기의 사대부들은 대체로 한시를 본격적인 시로 보고 이를 숭상하는 경향이 높았다. 그러나 그렇다고 해서 그들이 반드시 우리말 시가의 가치를 낮추어 본 것은 아니었다. 비록 한시만큼은 아니라 할지라도 그 나름대로의 존재의의와 가치를 또한 긍정하고 있었던 것이다.

농암은 그의 만년의 삶의 자취가 가장 잘 표현된 시로서 한시가 아닌 시조 작품 〈효빈가〉·〈농암가〉·〈생일가〉를 들고, 이를 자랑스러워했다. 또 〈어부가〉(원가)의 시어가 한적하고 시상이 심원하여, 향수하게 되면 사람으로 하여금 공명을 벗어나 티끌세상 밖으로 멀리 오르게 하는 뜻을 가지게 할 만하기 때문에, 이전에 즐기던 한시문의 '가사(歌詞)'를 버리고 이에만 오로지 뜻을 두었다고 하였다. 곧 그는 우리말 시가의 표현력이나 시어와 시상 등의 문학적 우수성 때문에, 오히려 우리말 시가 작품들에 대하여 한시 작품들보다도 더 높은 가치를 부여했고, 또 이를 더 애호하기도 했던 것이다.

그러기에 그의 우리말 시가 창작 태도 또한 진지한 양상을 보였다.

그와 이황이 〈어부가〉의 개찬에 관해 여러 차례 진지한 의논을 했다는 사실이 이를 잘 알려준다.

---

47) 李源周, 「李賢輔論」, 안동문화연구소 편, 앞의 책, 122면에서는 농암의 시가 작품들을 아이들이나 비복들이 노래 불렀고 농암 자신은 거의 노래 부르지 않았다고 보고, 이것이 '유학자와 노래와의 거리'를 보여준다고 했다.

퇴계에게.

  …… 〈어가(漁歌)〉는 이 같이 많으므로 모름지기 서로 밟지 않도록 해야겠네. 다만 비복(婢僕)들에게 새로운 것을 익히게 하려다가 옛 것도 잃어버리게 한 것이 이미 오래 되었다네. …… 지난번에 촌스럽고 막힌 뜻을 글로 보냈기에, 위아래를 더하고 덜어 글로 보내네. 늙은이의 시구는 듣고 본 바가 넓지 못하여, 고친 바가 많은데도 제대로 되지 못했네. 다행히 보고서 버리고 지우고 고치고 기워서 돌려보내 주심이 어떠한가? 단가에서 '제세현(濟世賢)'의 말〈어부단가〉 제5수의 제3행에 있음은 출처가 없는 듯하고 더욱이 온당하지도 못하지만 버리지 못하였네. 이 글과 남아있는 글을 함께 비추어서 그 품(稟)을 저울질하시게.

  주신 글을 다시 살피니, '야정수한(夜靜水寒)'의 귀〈어부가〉 원가 및 개찬가 제8연의 제1행에 있음가 중복되었네. 고쳐 깁기 바라네.[48]

  농암 이상국(李相國)께 답합니다.

  자애롭게 글 주셔서 깨우쳐 주시고, 아울러 사장(辭狀)의 초(草)와 〈어부사(漁父辭)〉 등도 보여주셨습니다. …….

  〈어부사〉는 지난봄 임성주(任城主)와 더불어 의논한 것이 진실로 온당하지 못하며, 진실로 참람하였습니다. 그 뒤 용수사(龍壽寺)에서 편지 한 통을 보내주셔서 삼가 받아보았습니다. 다만 지난날에 망령되게 고친 것을 후회힌 까닭으로, 감히 사주 회품(回稟)하지 못했습니다. 이번에 온, 장(章)의 차례를 정하신 것과 단가를 새로 1결 지으신 것은 모두가 지난날 보여주신 것보다 나아서, 노래할 수 있고 전할 만한 것입니다. …….

---

48) "… 漁歌如此多 故不須相喋 只以婢僕等邯鄲之失已久… 因前草臆意書送 增損上下書送 老翁詩句 聞見未博 所改處多而未果 幸覽取舍抹改添補 送還如何 短歌'濟世賢'之語 似無出處 尤未穩而未棄 本文存文 幷照銓稟 所稟之文 更考之 '夜靜水寒'之句重複 改補企望"(속집 권1, 「與退溪 3」).

발어(跋語)를 어찌 감히 가벼이 쉽게 짓겠습니까? 마땅히 반듯하게 써서 올려야 하겠습니다. …….[49]

편지의 내용으로 보아, 이 글들 이전에도 〈어부가〉의 개찬과 관련된 의논이 여러 차례 있었다. 첫째 글 이전에도 농암은 〈어부가〉에 관한 편지를 보낸 바 있고, 또 이황도 이에 대한 의견을 답으로 보냈을 것이다. 그리고 둘째 글 이전에 이황은 〈어부가〉에 대해 임내신(任鼐臣)과 의논을 했고, 그 결과를 농암에 회품한 바 있으며, 또 이에 대해 농암도 용수사에서 편지를 보낸 바 있었을 것으로 판단된다.

이와 같은 진지한 의논이 한문시구 위주의 현토체 작품 〈어부가〉 장가에 대해서만 이루어진 것이 아니라, 우리말로만 된 시조 작품인 단가에 대해서도 함께 이루어졌다는 점에서, 농암의 시 창작에서의 진지한 태도는 우리말 시가(시조)라고 해서 예외가 아니었다고 할 것이다. 만약 그가 우리말 시가의 가치를 낮추어 보았다고 한다면, 이러한 진지한 의논은 있지도 않았을 것이다.

이처럼 농암은 우리말 시가를 짓는 데 진지한 태도로 공을 들였다. 그리고 이토록 진지한 태도는 〈어부가〉 개찬의 경우에만 국한되지 않고, 농암의 다른 시가 작품들의 경우에도 거의 마찬가지로 나타났을 것이다. 〈생일가〉의 향수에서, 그리고 아마도 〈효빈가〉와 〈농암가〉의 향수에서도, 그 주된 실연자가 바로 작자 자신이었다는 점도 이를 간접적으로나마 알려준다고 할 수 있을 것이다.

---

49) "伏蒙令慈賜書誨諭 兼示辭狀草及漁父辭等…漁父辭 去春 與任城主所議者 誠不穩愜 誠爲
  叩僭 其後 自龍壽寺寄來一本 謹以承見 但以前日妄改爲悔 故不敢輒有回稟 今來所定章次
  及短歌新作一闋 皆勝於前日之所示 可歌而可傳者也… 跋語何敢輕易爲之 惟當楷寫以上
  …"(『퇴계집』 권9, 「答聾巖李相國」).

3) 농암 시가의 의의

우리말 시가든 한시든 모두가 사람의 사상과 정서를 말로 형상화하여 표현하는 시라는 점에서는 마찬가지이다.

농암에게는 그의 삶에서 겪은 여러 체험들을 시로 표현할 필요가 있었다. 특히 은퇴 귀향한 76세 이래의 만년의 삶에서는 귀거전원의 실행과 그 직후의 감회, 자연의 아름다움과 그에 대한 애호, 자연 속에서 누린 한가하고 편안한 삶, 뱃놀이의 풍류, 은퇴 이후에도 계속된 승작(陞爵)과 왕의 은혜, 큰 병 없이 장수함, 여러 아들들의 효도, 사대부들과의 교유, 그 밖에도 13년간의 만년의 삶 속에서의 갖가지 체험들을 시로 표현하려는 욕구를 가졌을 것이다. 그는 그 체험들을 한시와 우리말 시가로 표현했는데, 그 결과로 남아있는 것이 90편의 한시와 우리말로 된 시조 작품 〈효빈가〉·〈농암가〉·〈생일가〉와 〈어부단가〉 5수, 그리고 한시현토체의 〈어부가〉 9연(장가)이다.

당시의 사대부들은 대체로 한시를 본격적인 문학으로 여겨서 한시를 짓는 일에 크게 힘썼기 때문에, 그들의 시 활동은 대부분 한시를 통해 이루어졌다. 농암의 시에서 한시 작품들이 압도적으로 많은 것도 이러한 풍조에 따른 것이었다. 그의 한시작은 사대부들 간의 교유에서의 수창(酬唱) 때는 물론이고, 개인적으로 시적 욕구가 일어나는 경우에도 그의 시 활동의 대부분을 차지했다.

그런데 시가 지니는 '노래함'으로의 지향은 자연스러운 본능적 충동이고, 한시는 이를 채워줄 수 없었기 때문에, 노래함에의 지향이 강할 때는 노래할 수 있는 시로서 우리말 시가를 찾을 수밖에 없었다. 〈어부단가〉의 원가에 대한 애호와 개찬에 이러한 필요에 따른 면이 적지 않았을 것이다.

그러나 그의 우리말 시가 창작이 모두 노래 부름을 전제했던 것만은 아닐 것이다. 그가 시로 표현코자 한 정서적 체험은 자연스러운 일상언어인 우리말을 통해 표현하게 될 때 효과적이다. 노래 부름으로 향수되었을 가능성이 낮은 〈효빈가〉와 〈농암가〉의 경우처럼, 노래 부르지 않을 거라면 한시로 지어 읊을 수 있었는데도 굳이 우리말 시가로 지었던 사실을 통해서, 우리는 정서적 체험을 우리말의 구조로 된 시가로써 자연스럽게 표현하고자 했던 그의 시에 대한 진실한 요구를 살펴볼 수 있다. '흉내 낸 시나 거짓된 시가 아닌 참다운 시'[50]에의 요구가 자연스럽게 생겨났다고 해야 할 것이다.

그러므로 노래한다는 면을 떠나서도, 그의 자연스러운 성정(性情)에 호응하여 삶의 체험을 자연스럽게 표현할 수 있는 시로서, 그에게 우리말 시가는 요긴한 존재였다.

조선시대에 사대부들의 우리말 시가 작품들은 '사교적 모임에서의 오락거리'로 많이 쓰였다고 하는데,[51] 이러한 면은 농암의 우리말 시가에서도 적지 않게 나타났다. 특히 연석에서 술 취한 상태에서는 한시의 창작과 향수가 쉽지 않기도 하여 우리말 시가의 창작과 향수가 크게 유용했을 것인데, 〈생일가〉의 경우가 이러한 점에 따른 바 적지 않을 것이다.

그러나 〈효빈가〉와 〈농암가〉의 경우처럼, 그의 우리말 시가 가운데는 사교적인 모임과는 무관한 작품들도 있다.[52] 또 몇 번 그런 자리에서 오락거리로 쓰인 작품들이라고 해서 그 향수가 반드시 그러한 양상에만 국한되는 것도 아니다. 더구나 사교적·오락적 성격은 한시의 경우에도 적지 않게 나타난 것이기도 하다. 혼자만의 자리가 아닌 여러 사람의 모임에서

---

50) 金萬重(1627~1692), 『西浦漫筆』 下의 "今我國詩文 捨其言而學他國之言 設令十分相似 只是鸚鵡之人言 …" 참조.

51) 申欽(1566~1628)은 「放翁詩餘序」에서 "我國所謂歌者 只足以爲賓筵之娛"라 했다.

52) 그 무렵의 우리말 시가 가운데는 사교적인 모임에서의 오락거리로서 지은 것이 아닌 작품들이 적지 않기도 하다. 이황의 〈陶山十二曲〉은 '마음의 더럽고 인색함을 씻어내어 융통케 함'과 '自省'을 위해 지은 작품이고(「陶山十二曲跋」), 周世鵬의 여러 작품들도 '스스로를 닦고 풍속을 교화하는 방편'으로 지은 것이며(『무릉잡고』 권5, 「答黃學正仲擧」), 權好文(1533~1587)의 〈獨樂八曲〉도 '暢志 養性'을 위해 지었다고 하였다(『松巖續集』 권6, 「獨樂八曲幷序」).

는 시작(詩作)이나 그 작품 향수가 사교적·오락적 성격을 지님이 다반사이고, 이는 농암의 한시에서도 적지 않게 나타났다.[53]

이러한 점에서, 〈효빈가〉와 〈농암가〉는 물론이고, 농암의 다른 우리말 시가 작품들의 경우에도 '사교적 모임에서의 오락거리'로 존재했다고 간단히 일반화하기는 어려울 것이다.

이처럼 농암의 우리말 시가 작품들은 혹은 노래 부르기 위해 지어지기도 했고, 혹은 사교적 모임에서의 오락거리로 쓰이기도 했지만, 모두가 그러한 목적으로 지어지거나 그러한 용도로 쓰인 것은 아니다. 그의 우리말 시가 작품들은 한시와 마찬가지로 삶의 체험을 표현한 시로서의 성격을 지니면서, 오히려 그의 자연스러운 인간적 성정에 부응하여 삶의 체험을 자연스럽게 표현할 수 있는 '참다운 시'로서, 그의 만년의 삶에서의 가장 소중한 몇몇 계기와 요소들을 자연스럽고 생생하며 절실하게 표현해 주었는데, 이는 여러 면에서 제약이 많은 한시로써는 제대로 표현할 수 없었던 것이다. 그리고 그는 이러한 우리말 시가의 가치를 높이 보고 애호하여, 그 창작에도 매우 진지한 태도를 보였기도 하다.

요컨대 농암의 우리말 시가는 '사교적인 모임에서의 오락거리'로서가 아니라 한시에 못지않은 시로서 인식되어,[54] 한시와 함께 그의 만년의 문학 생활의 중요한 축을 이루고 있었다. 그것은 그의 정신활동에 잘 호응하는 우리말 구조와 시어를 통해 그의 삶의 체험을 자연스럽게 표현할 수 있었으며, 우리나라 음악의 특징과 맞아서 시의 향수에서 지향하는 '노래함'도 가능했던 자연스러운 문학이었다.

그리고 전모가 다 알려지지 못하고 몇 편밖에 전하지 않지만, 농암의

---

53) 농암의 한시에는 남에게 보내거나 보이기 위한 작품들이 다수를 차지하는데, 이러한 양상은 은퇴 이후에 더 두드러져서, 만년의 한시는 거의 모두 남과 어울리며 지었다고 할 수 있을 정도로 사교적인 성격을 압도적으로 지녔다.

54) 그러기에 그는 우리말 시가(〈농암가〉 제1행)에서의 표현을 한시(〈偶吟寄仲擧〉)에다 거의 그대로 쓰기도 했다.

우리말 시가 작품들은 그의 만년의 삶에서 가장 소중한 몇몇 체험들을 한시보다 더 절실하게 효과적으로 표현할 수 있었다. 그 때문에 그 우리말 시가 작품들은 한시 작품들보다 더 높이 평가되었고, 더 애호되었으며, 매우 진지한 태도를 보이며 창작되기도 했던 것이다.

그런데 농암이 벼슬길에 있을 때는 한시로 문학활동을 하다가, 벼슬을 그만두면서부터 우리말 시가로 문학활동을 했다고 하여, 그의 만년의 우리말 시가 창작 및 애호를 '관인(官人)-한시' 대 '야인(野人)-우리말 시가'의 대립적인 관계 속에서 이해하려는 견해가 있다.[55]

그러나 은퇴 이후라고 해서 농암이 우리말 시가만 지은 것은 아니고(오히려 한시가 훨씬 많아 90편이나 됨), 은퇴 전이라고 해서 우리말 시가 창작이 없었다고 속단할 수도 없다. 여러 정황들로 볼 때,[56] 은퇴 전에 지은 작품들이 실전되어 알려지지 못했을 가능성이 있는 것이다. 또 설령 은퇴 전에는 우리말 시가를 짓지 않았다고 하더라도, 그것은 그 창작의 관습과 풍조가 성행하지 않던 여건에 따른 자연스런 결과일 수도 있다.[57]

그러므로 그의 우리말 시가 창작을 반드시 그의 벼슬살이 여부와 연결시킬 수는 없을 것이다.[58] 관직에 매이지 않아 여유가 있을 때 우리말 시

---

55) 鄭尙均, 앞의 글, 94면에서는 한시는 벼슬과 관계된 것으로 '禁制'와 연동되어 있는데, 농암은 벼슬길에 있을 때는 한시로 詩作을 하다가, 고향으로 돌아가려는 뜻을 명백히 할 때부터 우리말 시가로 대체하기 시작했는데, 이는 內心의 禁制를 완화하자 '天性의 노래'가 터져 나온 것이라고 했다. 또 金鍾烈, 「江湖歌道의 개념과 농암의 歸去來」, 안동문화연구소 편, 앞의 책, 206면에서도 농암이 은퇴 후부터 우리말 시가를 위주로 문학적 삶을 영위한 것은 우리말 시가로서 격을 온전히 갖추고자 한 것으로 보았다.

56) 그의 문집에 은퇴 전에 지은 한시 작품들은 얼마 실리지 않고 대다수가 누락되었으며, 주세붕의 「遊淸凉山錄」에서 언급된 그의 작품인 '戱作歌' 등도 수록되지 않았다는 점, 〈효빈가〉를 그의 첫 우리말 시가 작품으로 보기에는 그 구성이나 표현 등이 너무 잘 이루어진 점, 그리고 〈효빈가〉 훨씬 이전에 그가 어머니 권씨의 시조 작품을 경험한 점 등.

57) 농암의 시 창작이 30대부터 이루어졌다고 보면, 그 이래로 은퇴까지의 시기는 시조발달사에서 '搖籃期(15세기 말엽~16세기 초엽)에서 갓 '成長期(16세기 중엽)에 접어들던 시기까지에 해당된다. 성호경, 앞의 책, 39~41면 참조.

가의 창작이 더 많이 이루어질 수는 있었겠지만, 우리말 시가의 창작이 반드시 벼슬살이의 여부와 직접적으로 관련되었다고는 할 수 없다. 그의 삶 속에서 우리말 시가 창작의 충동이 있고, 또 그 창작의 관습이 형성되어 있는 등 여건이 맞기만 하면, 벼슬을 하든 않든 간에 우리말 시가를 지을 수 있었을 것이다.

5. 결론

앞에서 필자는 농암 이현보가 한시 작품들보다도 우리말 시가 작품들에 더 높은 가치를 부여하고 이를 더 애호한 이유를 밝히는 것을 중심으로 하여, 그의 우리말 시가가 그의 삶에서 지녔던 의의에 대하여 살펴보았다.

농암의 우리말 시가는 한시에 못지않은 시로서 인식되어, 한시와 함께 그의 만년의 문학생활의 중요한 축을 이루고 있었다. 그것은 그의 삶의 체험을 자연스럽게 표현할 수 있었으며, 시의 향수에서 지향하는 '노래함'도 가능했던 자연스러운 문학이었다.

그리고 농암의 우리말 시가 작품들은 그의 만년의 삶에서 가장 소중한 몇몇 체험들을 한시보다 더 절실하게 효과적으로 표현할 수 있었다. 그 때문에 그 작품들은 한시 작품들보다 더 높이 평가되었고, 더 애호되었으며, 매우 진지한 태도를 보이며 창작되기도 했다.

농암의 삶에서 우리말 시가가 지녔던 이러한 의의는 그와 교유했고 비

---

58) 농암에 앞서 우리말 시가 작품을 지은 金緱(1488~1534)는 홍문관의 관원일 때(1518년경) 시조 작품들인 "나온댜 今日이야~"와 "올히 댤은 다리~"를 지었고, 주세붕도 15수의 시조 작품들과 6편의 경기체가 작품들을 모두 풍기군수 때(1541~1545)와 황해도관찰사 때(1549~1550)에 지었으며, 宋純(1493~1563)의 시조 작품 "곳이 진다 ᄒ고~"(1545)와 〈自上特賜黃菊玉堂歌〉(1547~1550년 사이)도 그가 조정에 있을 때 지어졌다.

숫한 때에 우리말 시가 작품들을 지은 이황과 주세붕의 경우는 물론이고, 그와 비슷한 양상의 삶을 누렸던 송순(宋純) 등의 경우에도 거의 마찬가지였을 것으로 생각된다. 그리고 그의 아들 이숙량(李叔樑)이나 그의 삶을 흠모했던 권호문(權好文)59) 등의 경우에도 그 영향이 적지 않았을 것이다.

농암 이현보는 한시가 본격적인 문학으로 숭상되어 사대부들의 시작 활동의 중심을 이루던 풍조 속에서, '술자리에서의 오락거리' 정도로나 인식되기 쉽던 우리말 시가의 참된 가치와 의의를 자각하여, 그의 삶에서 가장 소중한 체험들을 우리말 시가로서 진지하게 표현하고, 또 이를 자랑스러워하며 사랑한 진정한 시인이었다.

『震檀學報』 제93집(震檀學會, 2002. 6.)

---

59) 權好文, 『松巖集』 권1, 〈恭次聾巖長篇〉 참조.

14장

〈관동별곡〉의 형상화와 정철의 신선의식

1. 서론

송강(松江) 정철(鄭澈; 1536~1593)이 지은 〈관동별곡〉은 오랫동안 가사의 명작으로 손꼽혀 왔고 또 이에 대한 연구도 많이 이루어졌지만, 작품의 주제(주된 사상 또는 정서)와 그 구현으로서의 형상화에 대한 연구가 불충분하여 그 시세계에 대한 바른 이해와 예술적 가치에 대한 정당한 평가가 아직 충실히 이루어지지 못한 것으로 여겨진다.[1]

좋은 글이란 '가치 있는 주제를 정확하고 효과적으로 전달·표현한 글'이라고 할 것인데, 이는 문학작품의 경우에도 거의 마찬가지이다. 좋은 작품이 되기 위한 핵심 요건으로는 '가치 있는 주제'와 그 구현으로서의 '심미적(審美的)인 형상화'를 들 수 있고, 그 형상화에서는 통일성·긴밀성·강조성을 갖춘 구성과 더불어 인상적이고도 효과적인 표현이 필요하다고 하

---

1) 〈관동별곡〉이 오랫동안 명작으로 손꼽힌 이유로서, 박영주의 「관동별곡의 시적 형상성」(『泮橋語文硏究』 5, 반교어문학회, 1994)에서는 '우리말의 특성과 묘미를 잘 살린 탁월한 표현, 忠君愛民의 이념과 풍류적 흥취가 조화를 이룬 주제, 우리 고유의 풍토성에 바탕을 둔 정서적 공감력'을 들었지만, 그 주제 파악의 문제점은 차치하고도, 이러한 점들로써 이 작품이 명작으로 평가될 수 있다고 하기는 쉽지 않을 것이다.

겠다.

〈관동별곡〉에 신선(神仙)과 관련된 어휘가 다수 등장하며 신선사상이 나타난다는 점은 잘 알려져 있지만, 신선의식이 그 주제의 핵심임을 밝힌 연구는 지금까지 나타나지 않았다.[2] 그리고 그 구성을 주제와 관련시켜 통일성 있게 살피는 연구도 잘 이루어지지 못하였다.[3]

이 작품은 표면적으로는 작자[話者, 詩的 自我]가 강원도 관찰사(江原道觀察使)로서의 공적(公的)인 임무를 수행하여 도내(道內) 여러 고을들을 순력(巡歷)하는 과정에서 체험한 뛰어난 경치들과 그에 따른 감흥을 표현한 것처럼 보인다. 그러나 그 이면에서는 작자가 자신이 선인(仙人)이라는 자의

---

2) 16·17세기 사대부 시가에 수용된 신선모티프의 시적 기능을 체계적으로 살핀 성기옥의 「사대부 시가에 수용된 신선모티프의 시적 기능」(한국고전문학회 편, 『국문학과 도교』, 태학사, 1998)에서도 신선모티프는 주제적 차원에서가 아니라 소재적 차원에서 수용된 것에 불과하다고 보았다.

3) 1950년대의 대표적인 연구로서 金思燁의 『鄭松江研究』(계몽사, 1950)·『松江歌辭』(문호사, 1959)에서는 그 구성을 旅程의 지역·장소 위주로 분단하였다(뒤의 주 25)를 볼 것). 그 방식은 이후의 연구들에서도 부분적인 수정을 보이면서 계승되었는데(崔台鎬, 『松江文學論考』, 역락, 2000, 202∼203면; 김진욱, 『松江 鄭澈 文學의 재인식』, 역락, 2004, 127∼128면 등), 그러한 구성 양상 파악으로는 일정한 주제에 따른 통일성을 찾기가 어렵게 된다.

그리고 1970년대에 김병국의 「가면 혹은 진실」(『국어교육』 18, 한국국어교육연구회, 1972, 재수록: 김병국, 『한국 고전문학의 비평적 이해』, 서울대학교출판부, 1995)에서는 이 작품이 문학적 상상력에 의한 극적 허구물이라는 점을 강조하여, 그 관동 산수의 여정은 작가의 한 순간의 외적 체험의 기록이 아니라 인간 생명의 보편적 歷程에 대한 내적 체험의 기록이기에, 그 형식은 '起-承-轉-結'의 4단 구성이어야 한다고 했다(그 분단 내역은 뒤의 각주 24)를 볼 것). 이는 문학작품의 본질에 대한 진지한 인식에 근거하여 작품 구성의 통일성을 밝히고자 한 시도이지만, 그 구성을 주제와의 관련 속에서 살피지 않은 문제점을 지니고, 문학작품 한 편이 인간 생애의 역정과 일치하며 그 보편적 역정이 '목적-추구-방황-회귀'로 규정된다는 전제와 관점의 타당성도 문제될 수 있다.

한편 근년에 이승남, 『사대부가사의 갈등표출 연구』(역락, 2003), 95∼103면에서는 현실정치에의 참여라는 이념적 정서와 唯美的 자연흥취 정서와의 갈등관계에 주목했지만, 주제를 밝히지 않았고, 그 두 정서가 조화되어 가는 과정도 작품 전체의 구성을 통해 살피지 않았다.

식(自意識)을 가지게 되어 신라 때의 네 선인(永郎, 述郎, 南郎, 安詳)을 만나 자신의 정체성(正體性)을 확인하기 위해 그들을 찾는 사적(私的)인 여행인 것처럼 인식하고, 작품의 구성과 표현에서 그러한 신선의식을 도출하여 실현하는 과정과 결과를 구현한 것으로 판단된다.

이에 이 글에서 필자는 작자가 자신을 선인으로 여기는 자의식 곧 신선의식을 도출하여 실현함이 이 작품의 주제이며, 구성과 표현이 이를 구현함에 초점 맞추어져 있다는 점을 구체적으로 밝혀냄으로써, 그 주제와 형상화에 대한 바르고 깊은 이해에 이바지하고자 한다. 먼저 이 작품의 창작 배경과 정철의 신선의식 등을 살펴본 뒤, 그의 신선의식 실현이 작품의 구성과 표현에 구현된 양상을 살펴볼 것이다.

작품의 기본 텍스트는 『송강가사(松江歌辭)』의 현존 판본들 가운데서 가장 오래된 '이선본(李選本)'(1690년 간행)에 실린 것으로 하고, 고증이 충실한 '성주본(星州本)'(1747년 간행)을 참고 자료로 하겠다.

2. 〈관동별곡〉의 창작배경과 정철의 신선의식

1) 강원도의 특징과 신라사선(新羅四仙)

(1) 강원도지방의 성지적 · 지리적 특징

강원도지방은 일찍이 예맥(濊貊)의 땅으로서, 태백산맥 동쪽[嶺東] 동해안의 예국(濊國; 江陵 중심)과 서쪽[嶺西]의 맥국(貊國; 春川 중심)이 있었다고 한다. 그러다가 삼국시대에 들어서 고구려·백제·신라의 세력 확장 및 성쇠에 따라 이들 나라들의 각축장이 되었다.

신라는 실직국(悉直國; 三陟 중심)을 복속시키고(102년) 동해안 쪽으로 세력을 확장하였다. 그러나 고구려가 영서(嶺西)의 여러 지역들을 차지한 데 이어, 410년에 동해안의 동예(東濊)를 병합하고, 5세기 중엽에는 남진(南進)

하여 실직지역을 빼앗았다. 신라는 5세기 말에 동해안 쪽의 옛 영토를 회복했고, 6세기 초에는 우산국(于山國; 鬱陵島)을 복속시킴으로써, 영동(嶺東)지방 일대는 대부분 신라 영토가 되었다. 551년에는 죽령(竹嶺) 이북 철령(鐵嶺) 이남의 고구려 10군(郡)을 공취(攻取)했으며, 556년에는 함경도 남부까지 진출했다가 후퇴하였다. 그 뒤 637년에는 영서의 춘천지역을 차지했다.

신라가 삼국을 통일한 뒤 685년에 전국을 9주(州)로 나눌 때, 강원도지방은 영서의 삭주(朔州; 춘천 중심)와 영동의 명주(溟州; 강릉 중심)로 구획되고, 삭주 관내에 북원소경(北原小京; 原州)이 설치되었다.

9세기 말에 이 지방은 반란세력들이 발호하던 중, 궁예(弓裔)가 철원(鐵圓)을 근거지로 삼고 강원도·경기도·황해도의 거의 전 지역들을 제패하였다. 궁예는 901년 송악(松嶽; 경기도 開城市)에서 후고구려를 건국했다가, 905년에 철원으로 천도(遷都)했다(國號를 904년에 摩震, 911년에는 泰封으로 고침). 918년에 궁예왕이 쫓겨나 살해되고 왕건(王建)이 왕위에 올라 고려 태조가 되어, 이듬해에 수도를 송악으로 옮겨 갔다. 이후 강원도지방은 오랫동안 나라의 변방으로 밀려나서 피난처나 유배지가 되기도 했다.

후삼국을 통일한 고려는 995년에 화주(和州; 함경남도 永興)·명주·춘주(春州) 등의 군현(郡縣)들로써 삭방도(朔方道)로 하였다. 이후 여러 차례의 개편을 거쳐서, 1388년에는 철령 이북을 삭방도로 따로 떼어내고 강릉도(江陵道; 명주 중심)와 교주도(交州道; 춘주 중심)를 합쳐서 교주강릉도로 했다.

조선시대에 들어 1395년에 강원도로 칭하였고, 이후 수차에 걸쳐 몇몇 지역들의 소속을 변경했다. 이에 따라 강원도에 소속된 지역은 대도호부(大都護府) 1(江陵), 목(牧) 1(原州), 도호부(都護府) 5(淮陽, 襄陽, 春川, 三陟, 鐵原), 군(郡) 7(平海, 通川, 旌善, 高城, 杆城, 寧越, 平昌), 현(縣) 12(縣令 관할: 金城, 蔚珍, 歙谷; 縣監 관할: 伊川, 平康, 金化, 狼川, 洪川, 楊口, 麟蹄, 橫城, 安峽)의 26개가 되었다. 각 지역을 직접 다스리는 수령(守令)들 외에 도정(道政)을 통할하는 관찰사(觀察使; 兵馬節度使와 水軍節度使를 겸함)가 있었고, 관찰사 관아[監營]는 1395년 이래 원주에 있었다.[4]

강원도는 대부분 산악지대로 이루어져서, 수려한 산과 계곡이 많다. 그 가운데서 태백산맥 북부(북한의 金剛郡과 고성군 서부)의 금강산(金剛山)은 대표적인 명산으로서, 계절에 따라 봉래산(蓬萊山; 여름)·풍악산(楓嶽山; 가을)·개골산(皆骨山; 겨울)으로도 불린다. 1만 2천봉이 있다고 하는데, 주봉은 비로봉(毘盧峰; 해발 1,639m)이다. 수많은 절경들로 이루어져서 일찍부터 최고의 명승지라는 찬사를 받아 오고 있다. 그 일대는 서쪽의 '내금강(內金剛)'과 동쪽의 '외금강(外金剛)'으로 구분되는데, 17세기 말부터는 동해안 쪽(북한 고성군·통천군과 남한 고성군 북부)도 '해금강(海金剛)'이라 부르게 되었다.

영동지방은 '관동(關東)'이라고도 하며, 빼어난 자연경관과 그 완상(玩賞)에 적합한 건축물이 많다. 그 가운데서 손꼽히는 명승지들인 '관동팔경(關東八景)'(통천의 叢石亭, 고성의 三日浦, 간성의 淸澗亭, 양양의 洛山寺, 강릉의 鏡浦臺, 삼척의 竹西樓, 평해의 望洋亭과 越松亭을 이르는데, 월송정 대신에 흡곡의 侍中臺를 넣기도 함)은 옛날부터 많은 사람들의 탐승지(探勝地)가 되어 오고 있다.

또한 이 지방은 6세기 말부터 신라의 화랑(花郞)과 인연을 맺고, 명승지를 중심으로 하여 그 무리들의 주요한 유오(遊娛)·수련처(修鍊處)가 되었다.[5] 해금강 일대, 삼일포 주변, 경포대 주변 등이 유명한 유오지였고, 강

---

4) 이러한 행정체제는 府·牧·郡·縣이 승격되거나 강등되는 변화는 있었으나 19세기 말끼지 유지되었다.

　이후 1895년에 8道制를 폐지했다가(전국을 23府로 나눔), 이듬해에 13도제로 개편하면서 강원도청을 춘천에 두었다(1902년 낭천군을 華川郡으로 改稱). 1914년에 금성군은 김화군에, 안협군은 이천군에, 평해군은 울진군에, 고성군은 간성군에 병합되었다(1919년 간성군을 고성군으로 개칭). 1945년에 38선에 따라 양분되었다가, 한국전쟁이 끝나자 휴전선 이남의 철원군(일부), 김화군(일부), 고성군(일부), 양양군, 인제군, 양구군, 화천군이 남한에 속하게 되었다. 1963년에 김화군을 철원군에 편입하고, 울진군을 경상북도로 이관했으며, 이후에도 일부 지역들을 부분적으로 경기도와 맞바꾸었다.

5) 화랑은 道義로써 서로 연마하거나 노래와 음악으로 서로 즐겼는데, 山水를 遊娛하여 멀리 이르지 않은 곳이 없었다고 한다(『三國史記』 권4, 新羅本紀 眞興王 37년). 『三國遺事』에는 진평왕 때 居烈郞·實處郞(突處郞)·寶同郞의 무리가 楓岳(금강산)으로 놀러감

릉에서 대관령(大關嶺)을 거쳐 오대산(五臺山)에 이르는 노정도 중요한 수
련처였다.[6]

(2) 신라사선의 행적

'신라사선(新羅四仙)'은 신라 때의 전설적인 네 화랑들인 영랑(永郎), 술
랑(述郎), 남랑(南郎; 南石 또는 南石行), 안상(安詳)을 이른다.

영랑은 영동지방 및 금강산 오유(遊娛)로써 일찍부터 이름이 알려져서
그의 행적이 고려시대와 조선시대의 문인들 사이에 회자되었지만, 그의
신원은 뚜렷이 밝혀지지 않았다.[7] 그리고 술랑과 남랑 및 안상에 대하여
는 따로 알려진 것이 없다.

이들의 행적에 관한 전승(傳承)들을 정철이 참고할 수 있었을 16세기 초
엽까지의 기록들인 안축(安軸)의 「관동와주(關東瓦注)」(1330년; 『謹齋集』 권1),
이곡(李穀)의 「동유기(東遊記)」(1349년; 『稼亭集』 권5), 『신증동국여지승람(新
增東國輿地勝覽)』(盧思愼·姜希孟·徐居正·成任·梁誠之·金自貞 등이 1481년
에 편찬한 『東國輿地勝覽』을 1530년에 李荇·尹殷輔·申公濟·洪彦弼 등이 增補
함) 등에서 찾아보면 다음과 같다.

사선은 늘 사선봉(四仙峰)이 있는 총석정(叢石亭; 통천군 북쪽 18리)에서
놀았는데, 그 무리가 갈석(碣石)을 세워 이를 기록했다(돌은 남아있지만 글자
는 알아볼 수 없음; 안축, 「次叢石亭詩韻 跋」). 신라 때 '영랑술랑도남사선동(永

(권5, 「融天師 彗星歌 眞平王代」), 효소왕 때 國仙 夫禮郎의 무리가 金蘭(통천)으로 놀러
감(권3, 「栢栗寺」), 그리고 경문왕 때 國仙 邀元郎·譽昕郎·桂元·叔宗郎 등이 금란을
유람함(권2, 「四十八景文大王」) 등의 사례들이 나온다.

6) 'http://www.provin.gangwon.kr/executive/page/sub03/sub03_03_02.asp'의 「강원사(총론)
제3편 古代의 江原地方」, 5~44면 등 참조.

7) 永郎은 『三國遺事』 권3, 「栢栗寺」에 나오는 孝昭王 때(692~702) 무렵의 俊永郎(略稱은
'永郎이며, 그의 郎徒로 眞才와 繁完이 알려졌다고 함)과 동일인물일 가능성이 있다.
또 慶州 남쪽의 川前里(울산시 울주군 두동면) 書石의 銘文에 "戌年六月二日永郎成業"이
라 한 것이 있는데, 이 '永郎이 신라사선의 하나인 영랑으로서, 화랑으로서의 수련을
마친 것을 기념하여 새긴 글로 보기도 한다.

郎述郎徒南四仙童)'이라는 사람들이 있어 그 무리 3천 인과 더불어 바다 위에서 놀았다고 사람들이 말한다(이곡, 앞의 글). 신라 때의 술랑·남랑·영랑·안상이 이곳에서 유상(遊賞)하였기 때문에 사선봉으로 칭한다고 민간에 전한다(『신증동국여지승람』권45, 通川郡, 「樓亭」).

사선은 삼일포(三日浦; 고성군 북쪽 7, 8리)의 물 가운데 작은 섬에서 놀며 삼일 동안 돌아가지 않았고, 물 남쪽 작은 봉우리의 북쪽 벼랑에 '영랑도 남석행(永郎徒南石行)'이라는 단서(丹書) 여섯 자로 된 비(碑)를 남겼다(안축, 「三日浦詩 幷序」). 이는 '술랑도남석행(述郎徒南石行)'으로 판독되며, 서른여섯 봉우리들마다 비가 있었다고 사람들이 말한다(이곡, 앞의 글). 그리고 단혈(丹穴; 고성군 남쪽 11리)도 사선이 놀던 곳이라고 민간에 전한다(『신증동국여지승람』권45, 高城郡, 「山川」).

영랑호(永郎湖; 간성군 남쪽 55리)의 동쪽 작은 봉우리가 반쯤 호수 가운데로 들어간 곳에 옛 정자 터가 있는데, 영랑선도(永郎仙徒)가 유상하던 곳이다(같은 책, 권45, 杆城郡, 「山川」).

한송정(寒松亭; 강릉부 동쪽 15리) 부근도 사선이 놀던 곳인데(이곡, 앞의 글), 술랑선도(述郎仙徒)가 놀던 곳이라고도 한다(『신증동국여지승람』권44, 江陵大都護府, 「樓亭」). 그리고 그 근처 경포대(鏡浦臺; 강릉부 동북쪽 15리)도 영랑선인(永郎仙人)이 놀던 곳이라고 한다(안축, 「鏡浦新亭記」).

그 이남에서는 사선의 행적이 삼척부와 울진현에서는 보이지 않고 평해군에서 나타나는데, 월송정(越松亭; '月松亭'이라고도 함. 평해군 동쪽 7리) 부근에 신라 선인 술랑 등이 놀고 쉬었다고 민간에 전한다(『신증동국여지승람』권45, 平海郡, 「樓亭」).[8]

이 밖에 금강산의 영랑봉(永郎峰)·영랑점(永郎岾)과 지리산(智異山)의 영

---

8) 1830년경에 편찬된 현지의 邑誌인『關東誌』(영인본: 韓國學文獻研究所 편,『江原道邑誌 ①·②』, 아세아문화사, 1986)의 「平海郡誌」'樓亭'에 의하면, 민간에 전하기를 신라 때 영랑·남랑·술랑·安郎의 사선이 여기서 놀고 쉬었다 하기도 하고, 혹은 사선이 처음에 絶勝인 줄 모르고 잠결에 넘어 지나갔다고도 한다.

랑재(下峰 부근)도 영랑 등이 노닐었던 곳이라고 하며,[9] 서해의 백령도(白翎島)·아랑포(阿郎浦; 황해도 長淵郡)에서도 사선이 놀았다고 한다.[10]

이러한 전승들에서는 사선이 함께 놀았다는 사례도 있고, 그 중 한 사람(영랑 또는 술랑)이나 그의 무리만 나오는 사례도 있는데, 사람들은 대체로 특정인의 이름을 따서 유적의 명칭으로 삼은 경우를 제외하고는 함께 다닌 것으로 본 편이다.

그들의 마지막 행적에 관한 전승은 문헌들에서 찾아보기 어렵다(중국 설화에 선인이 바다 가운데 三神山에 산다고 한 것[11]에 따라 동해의 섬으로 갔을 것으로 추측되기도 했다).[12]

2) 정철의 강원도 관찰사 재임과 신선의식

(1) 정철의 강원도 관찰사 부임과 활동

정철(字는 季涵)은 본관이 연일(延日)이며, 1536년(中宗 31) 윤12월에 부친 유침(惟沉; 당시 敦寧府 判官)과 모친 죽산 안씨(竹山安氏) 사이의 4남 3녀 중의 막내로 서울 장의동(藏義洞)에서 태어났다. 어릴 적에 맏누이가 세자(仁宗)의 양제(良娣)여서 동궁에 드나들며 경원대군(慶源大君; 明宗)과 함께 놀기도 했다.

---

9) 成俔元, 「遊金剛錄」(1531년; 『東州逸稿』 中, 「遊金剛山記」); 金宗直, 「遊頭流錄」(1472년; 『佔畢齋文集』 권2) 등 참조.

10) 『신증동국여지승람』 권43, 長淵縣, 「山川」에 나오는 金克己(12세기 말엽)의 시 〈白翎島〉와 南袞의 「遊白沙汀記」 참조.

11) "徐市等上書 言海中有三神山 名曰蓬萊·方丈·瀛洲 僊人居之 …."(司馬遷, 『史記』 권6, 「秦始皇本紀」, 28년); "天子始親祠竈 遣方士入海求蓬萊安期生之屬 …."(같은 책, 권12, 「孝武本紀」, 8년) 등 참조.

12) 李義健(1533~1621)의 한시 〈鏡浦臺〉(『峒隱先生稿』 권1)에서는 栗谷 李珥가 鏡浦에 사는 사람에게서 들은 말에 따라 "四仙遺跡海中山 羽蓋芝輪去不還 湖上至今明月夜 玉簫聲在白雲間"이라고 하였다. 그리고 李山海(1539~1609)는 그곳을 鬱陵島로 추측하였다(『鵝溪遺稿』 권3, 「蔚陵島說」의 "如使神仙不有則已 有之則是島也." 등 참조).

1545년(인종 1: 명종 즉위년; 10세) 을사사화(乙巳士禍) 때 자부(姊夫) 계림군(桂林君; 李瑠)이 역모로 몰리자 가화(家禍)를 만나서, 부친이 이듬해에 함경도 정평(定平)으로 귀양 갔다가 그 다음해에 경상도 연일(경북 포항시)에 부처(付處)되었는데, 그동안 부친을 따라다녔다. 1551년(명종 6; 16세)에 부친이 석방되자, 가족들과 함께 조부의 묘가 있는 전라도 창평현(昌平縣; 전남 담양군)으로 가서 살게 되었고, 하서(河西) 김인후(金麟厚)의 문하에서 수업했다(그 뒤 高峯 奇大升에게서도 배웠다). 이듬해에 문화 유씨(文化柳氏)에 장가들었다. 1556년에 서울에서 율곡(栗谷) 이이(李珥; 1536~1584)와 사귀었고, 그 뒤 우계(牛溪) 성혼(成渾; 1535~1598)·구봉(龜峯) 송익필(宋翼弼; 1534~1599)과도 벗이 되었다. 1561년에 진사시(進士試)에 합격하였다.

1562년(명종 17년; 27세) 3월에 문과(文科) 별시(別試)에 장원급제하고 벼슬길에 들어서서, 성균관(成均館) 전적(典籍), 사헌부(司憲府) 지평(持平), 예조좌랑(禮曹佐郎), 공조정랑(工曹正郎), 예조정랑 등을 지냈다. 1566년 9월에 병조정랑이 되어 북관어사(北關御使)로 함경도에 다녀온 뒤, 11월에 홍문관(弘文館) 수찬(修撰)이 되었고 이이와 함께 뽑혀 사가독서(賜暇讀書)했다. 1568년(宣祖 1) 3월에 이조좌랑이 되고, 6월에 원접사(遠接使) 박순(朴淳)의 종사관(從事官)이 되었다. 1569년 5월부터 지평, 예조정랑 등을 거쳐, 10월에 홍문관 부교리(副校理)로 호남어사가 되었고, 12월에 예조정랑이 되었다. 1570년 4월에 부친상을 당해서 선영(先塋)이 있는 경기도 고양군(高陽郡) 신원(新院; 새원. 고양시 덕양구 신원동)에서 시묘(侍墓)살이했다. 1572년 6월에 복(服)을 벗고 이조정랑, 의정부(議政府) 사인(舍人) 등을 거쳐 사간원(司諫院) 사간(司諫)에 올랐다. 1573년에 군기시정(軍器寺正)을 지내다가, 4월에 모친상을 당해 신원에서 시묘살이 했다. 1575년 6월에 복을 벗고 성균관 사성(司成), 홍문관 직제학(直提學) 등을 거쳐, 10월에 사간이 되었다가 신진사류(新進士類)와 불화하여 사직하고 창평으로 내려갔다(1577년 11월 무렵부터는 고양에 있었음).

1578년 5월에 통정대부(通政大夫; 정3품 堂上官階) 승정원(承政院) 동부승지(同副承旨)가 되었다. 동서분당(東西分黨)이 일어나자 서인(西人)의 중심 인물이 되고, 청렴 강직하지만 속 좁고 과격한 성품과 언행으로 인해 동인 (東人)과 원수처럼 되었다. 11월에 대사간(大司諫)에 제수되었다가 탄핵을 입고 갈리자, 벼슬을 그만두었다.

1580(선조 13; 45세) 정월에 강원도 관찰사에 제수되어 2월부터 1년간 재임하였고, 1581년 2월에 병조참지(兵曹參知)가 되어 조정으로 돌아갔다.[13]

각도(各道)의 최고관직인 관찰사(별칭은 監司)는 종2품직으로 임기가 1년이었다(17세기까지). 지방장관으로서 도정(道政)을 통할했는데, 주된 임무는 도내 각지를 순력(巡歷; 순회 감시)하는 일이었다(봄·가을에 한 차례씩). 또한 도내 모든 수령을 지휘·감독하며 그 근무성적을 평가하는 권한이 있었고, 순찰사(巡察使)를 겸하여 군비(軍備) 태세를 살피는 일도 맡았다.

정철은 탄핵을 받아 물러난 뒤에 '사당(邪黨)'으로 지탄받기도 하며 1년여 동안 벼슬길에서 떨어져 있다가, 1580년 정월에 강원도 관찰사로 다시 기용되자 임금의 은혜에 매우 고마워했다.[14] 곧 서울로 가서 사은숙배한

---

13) 이상은 『松江集』別集 권2·3, 「年譜」를 주로 참고했는데, 그 뒤의 생애는 다음과 같다. 4월에 大司成이 되었다가 탄핵을 받아서, 8월에 창평으로 돌아갔고, 12월에 전라도 관찰사가 되었다. 1582년에 都承旨, 禮曹參判을 거쳐 함경도 관찰사가 되었다. 1583년에 형조와 예조의 判書를 역임하고, 1584년에 大司憲이 되었다가 동인의 論斥을 받자, 1585년에 사직하고 고양에 있다가 창평으로 내려갔다. 이후의 4년 동안에 가사 작품 〈思美人曲〉·〈續美人曲〉·〈星山別曲〉 등을 지은 것으로 추정된다. 1589년에 右議政에 발탁되어 鄭汝立 모반사건(己丑獄事)의 委官을 맡았는데, 혹독한 처리로 많은 동인측 사람들이 화를 입었다. 1590년에 좌의정에 오르고 平難功臣과 寅城府院君에 봉해졌다. 1591년에 光海君의 세자 책봉을 건의했다가 파직되어, 함경도 明川으로 귀양 갔다가 경상도 晉州를 거쳐 평안도 江界로 移配되었다. 1592년에 壬辰倭亂이 발발하자 부름을 받아 왕을 義州까지 호종했고, 충청도·전라도의 體察使를 지냈다. 1593년(58세)에 謝恩使로 명나라에 다녀왔다가, 탄핵으로 사직하고 강화도의 松亭村에서 지내다가 12월에 사망하였다.

14) 이때 정철이 그 직 자체를 달가워했는지는 불분명하다. 강원도 관찰사는 그가 지니고 있던 품계보다 높은 직이기는 하지만, 16세기 중엽부터 통정대부로써 제수된 사례가 많았던 데다가(『관동지』권1, 「監營誌」, '方伯題名錄'의 '守江原道觀察使' 참조), 〈관동별곡〉에서 그가 그 직을 맡아 순력길에 올라서 昭陽江에서 감회를 표현한 "孤臣去國"의

뒤 원주의 감영에 부임하여 직무를 수행하기 시작했다. 3월부터 5월까지 도내를 순력했는데(가을에도 순력했을 것임),[15] 그 과정에서 체험한 경물(景物)과 감흥 등을 가사로 표현한 것이 〈관동별곡〉이다.

그는 강원도 관찰사 때 백성들의 숨은 사정에 마음을 다해 순방(詢訪)했고, 공납(貢納)과 부역(賦役)을 고르게 했으며, 교화(教化)를 숭상하여 권선징악하니, 백성들이 용동(聳動)했다고 한다(이때 지은 〈訓民歌〉 16수도 촌락의 부녀자와 아이들로 하여금 항상 외우게 해서 감동시키려 한 것이다). 또한 영월의 노산군(魯山君; 端宗)묘를 수축(修築)하고 제사지낼 것을 청하는 상소를 올려 성사시키기도 했다. 그러나 완고하고 모난 성행(性行) 등으로 인해 부정적인 인상을 남기기도 했다.[16]

(2) 정철의 신선의식과 이백(李白)

정철의 신선관(神仙觀)이 뚜렷이 나타난 기록은 찾을 수 없지만,[17] 그의 우리말 시가와 한시 작품들에서는 신선과 관련된 어휘와 표현이 적지 않게 나타난다. 이를 통해 보면, 그에게 신선이란 일차적으로 도교(道教)의 신선

'去國'은 주로 유배나 좌천으로 인해 조정을 떠날 때 쓰이던 말인 것이다(蘇軾, 『蘇軾文集』 권17, 「潮州韓文公廟碑」에서의 "公去國萬里 而謫於潮 不能一歲而歸" 등 참조).

15) 정철이 '庚辰(1580년) 秋七月'에 쓴 「洪州館 板記」(原集 권2)로 보아 가을에도 순력하며 홍천에 들렀을 것이다. 그리고 원집 권1의 한시 〈楓嶽道中遇僧〉과 〈金剛山雜詠〉에서 "萬二千峯樹 秋來葉葉丹"과 "穴網峯前寺 … 秋風一聲笛"이라고 한 것은 가을에 금강산에도 다시 들렀음을 시사한다.

16) 강원도지방에 전해오는 감사 정철에 대한 설화들은 대부분 그를 완고하고 부도덕한 인물로 묘사하고 있다. 심술궂은 벼슬아치인 그가 양양군의 '누룩바위'를 뭉개서 부자마을을 망하게 하고, 간성군과 춘천 淸平寺의 穴을 끊는 등의 악행을 저질렀다는 것이다. 『양양군 민속지』(신광종합출판인쇄, 2001), 81~83면, 89면; 최웅·김용구·함복희, 『강원설화총람VI 속초시·고성군·양양군』(북스힐, 2006), 359~361면 등 참조.

17) 정철은 평생을 性理學의 大家들과 긴밀한 관계를 맺고 있었으며, 오랫동안 『近思錄』과 朱子書를 공부했고 유배지에서도 늘 『大學』을 읽었던 儒學 신봉자였기에(별집 권5, 「諡狀」 등 참조), 道家的 개념이 다분한 신선에 대한 체계적인 글은 쓰지 않았을 것으로 추측된다.

사상처럼 천상(天上)의 신선들이거나 인간세계를 떠나 산속에서 벽곡(辟穀)
하며 도를 닦아 불로장생(不老長生)한다는 하계(下界)의 선인(仙人)들을 이
르는 것이다.[18] 그러면서도 그는 중국의 이백(李白; 701~762)·소식(蘇軾;
1037~1101) 등과 우리나라의 신라사선·김성원(金成遠; 1525~1597) 등 실재
한 인물들도 '선(仙)'·'선인(仙人)'으로 칭했는데, 이는 그가 인간세계에 살
면서도 세상사를 잊고 자연과 풍류를 즐기는 사람들(物外閑人, 江湖散人)도
선인으로 여겼음을 알려준다.[19]

  젊어서부터 풍류와 주색(酒色)을 즐긴 정철은 중년 이후에 자신을 선인
이거나 전생(前生)에 신선이었던 사람으로 여기는 자의식(自意識)을 가지게
되었던 것으로 추정된다. 〈관동별곡〉에서 자신을 '취선(醉仙)'으로 칭했고,
끝부분의 꿈에서 신라사선의 한 사람이 그를 '상계(上界)의 진선(眞仙)이다
가 『황정경(黃庭經)』 한 글자를 잘못 읽어서 인간에 내려온 사람' 곧 '적선
(謫仙)'으로 말했다고 하였다. 그리고 한시 〈영동잡영(嶺東雜詠)〉(원집 권1)
에서 자신의 관동여행을 '영랑선(永郎仙)'에 비한 것("行裝竊比永郎仙")도 그
러한 자의식의 발현일 것이다.

  남들이 그를 신선 같이 보기도 했다. 이항복(李恒福)은 '반쯤 취해 손뼉
치며 담론(談論)할 때 바라보면 천상인(天上人) 같았다'고 회고했다고 하며(별

---

18) 정철의 〈題山僧詩軸〉(속집 권1)의 "白髮秋逾長 丹心死未休 方從赤松子 辟穀謝封留" 등
    참조.
      도교의 신선관에 따르면, 上天의 紫微垣(北極星을 포함하는 별자리)에 초월자(玉皇上
    帝 등)가 있고 여러 신선들이 그를 보좌하는데, 지상세계 사람들의 운명은 이 신선들
    에 의해 좌우된다. 사람들 중에서 초월자에게 선택된 자만이 仙人이 될 수 있고, 그 중
    에서도 뛰어난 자만이 昇天하여 신선들 속에 끼일 수 있다. 이들은 인간세계를 떠나
    산속에 숨어 살면서 여러 가지 수련을 쌓고 丹藥을 먹으면 날개가 생겨 하늘을 날게
    되고 상천에 올라가서 살게 된다고 한다. 『네이버백과사전』, 「선인」, http://100.naver.com/
    100.nhn?docid=90988 등 참조.
19) 이러한 점은 정철의 고향마을(담양군 남면 芝谷里) 근처에 別墅(棲霞堂·息影亭)를 짓
    고 은거하여 중년 이후의 삶을 누린 김성원에 관한 작품들에서 뚜렷이 나타난다. 〈星
    山別曲〉에서의 표현들('仙間', '仙翁', '眞仙' 등)과 한시 〈聞鄭友會棲霞堂以詩先寄〉·〈與
    霞丈步屧芳草洲還于霞堂小酌〉(원집 권1)·〈棲霞堂雜詠 四首〉(속집 권1) 등 참조.

집 권7, 「畸翁所錄」 중의 「遲川遺事」), 이정구(李廷龜)는 "호탕한 풍채가 쇄락하고 시원한 기상이 풍겨 거의 신선 중의 사람(神仙中人)이었다."고 했고(「松江集 序」), 신흠(申欽)은 "한 점 티끌도 없어서 사람들이 신선(仙)처럼 바라보았다."고 했다(별집 권6, 「傳」).

정철의 그러한 자의식은 그가 지닌 풍채와 기상 등에서 연유한 바도 있겠지만, 소수의 사람들 외에는 화합하지 못한 그의 속 좁고 편벽된 성격 및 독선의식(獨善意識)과 적지 않게 관련될 것이며(그러한 성격·의식은 자신을 세상 사람들과는 다른 특별한 존재로 의식하게 했을 것임), 그가 선인으로 추중(推重)한 사람들(특히 李白)의 영향도 받았을 터이다.

이백(자는 太白, 호는 靑蓮居士)은 당(唐)나라 때 사람으로 두보(杜甫; 712~770; '詩聖')와 함께 중국 최고의 시인으로 꼽히며, '시선(詩仙)'으로 일컬어진다. 자유로운 정신과 호탕한 기상이 넘치는 시를 많이 지었다.

그는 서역(西域) 출신의 부상(富商)인 부친이 이주한 촉(蜀; 四川省)에서 성장했다. 어려서부터 천재성을 보이며 글공부와 검술에 힘쓴 뒤, 30세에 문장을 이루었다. 벼슬을 구했으나 실패하여 중국 각지를 편력했고, 도교에 심취하여 산속에서 도를 닦기도 했다. 742년에 현종(玄宗)의 부름으로 장안(長安)으로 가서 한림공봉(翰林供奉)이 되었다. 궁정에 들어가 시명(詩名)을 떨쳤으나, 뜻이 크고 기개가 있어서 남에게 매이지 않는 성격과 정치적 포부가 그 분위기와 맞지 않아 술에 빠졌으며, 방약무인한 태도 때문에 쫓겨나서, 45세부터 다시 각지를 유랑했다. 755년에 안록산(安祿山)의 난이 일어나자 여산(廬山; 江西省)에 은거했다가 영왕(永王)의 막료가 되었고, 역모 사건에 연루되어 옥에 갇혔다가 귀양 가던 도중에 풀려났다(759년). 다시 유랑하다가 762년(62세)에 당도(當塗; 安徽省)에서 병사(病死)했다.

이백은 그의 선풍도골(仙風道骨) 같은 모습과 시에 감탄한 하지장(賀知章)에게서 '천상적선인(天上謫仙人)'이란 평을 들었고, 술을 매우 즐겨서 '주중팔선(酒中八仙)'의 한 사람으로 불렸으며 스스로도 '주중선(酒中仙)'이라 칭했다.[20]

정철은 술과 풍류를 즐기며 시작(詩作) 솜씨가 뛰어난 점 등에서 이백과 얼마간 공통된 면을 지니고 있었고, 자신을 이백과 마찬가지라고 한 표현들도 남겼다. 〈관동별곡〉에서 자신을 '취선(醉仙)'으로 칭한 것과 꿈속에서 들었다는 '상계(上界)의 진선(眞仙)이었다가 작은 잘못을 저질러서 인간에 내려왔음'도 자신이 이백과 마찬가지로 '주중선'·'천상적선인'임을 나타낸 것이다. 이로 보아, 정철은 은근히 자신을 선인으로 여기고, '시선'·'천상적선인(謫仙)'·'주중선' 등으로 불린 이백과 마찬가지의 인물 또는 그의 후신으로 자처했을 것으로 추정된다.[21]

3. 〈관동별곡〉의 구성과 신선의식

정철 작 〈관동별곡〉은 전 146행(293구)으로 이루어져 있으며,[22] 작자가 강원도 관찰사로 부임하는 과정에서부터 부임 후 도내 여러 지역들을 순력하면서 보고 느낀 체험들을 형상화한 가사 작품이다.

대다수 가사 작품들의 시상전개가 '독자성이 강한 부분들의 집적(集積; 附加)'으로서의 양상을 보이는 것처럼,[23] 〈관동별곡〉의 구성도 일정한 주제에 의한 통일성을 뚜렷이 갖추지 않은 채 여러 삽화(揷話)들이 집적(부가)

---

20) 이상은 李白, 『李太白全集』(王琦 注, 北京: 中華書局, 2006) 권35, 「李太白年譜」 등을 참고하였음.

21) 〈사미인곡〉과 〈속미인곡〉의 화자를 廣寒殿(달 속의 선녀 姮娥가 산다는 곳)이나 天上白玉京(옥황상제가 산다는 곳)에 仙女로 있다가 下界에 내려온 여성으로 설정한 점도 수사적 장치에만 그치지 않고, 작자의 그러한 신선의식을 바탕으로 했을 것이다.

22) 제67행 뒤의 3개 구로 이루어진 부분은 "玲녕瓏농 碧벽溪계와 數수聲성 啼뎨鳥됴는/ 離니別별을 怨원ᄒᆞ는 듯"과 같이 2개 행(뒷 행은 聯句를 이루지 못하는 片句로 됨)으로 나눌 수도 있지만(성호경, 「가사의 '片句' 현상에 대한 試論」, 『인문연구』 9-1, 영남대학교 인문과학연구소, 1987, 111〜119면; 이 책, 205〜216면 참조), 여기서는 통례대로 한 개 행으로 보기로 한다.

23) 성호경, 『한국시가의 형식』(새문사, 1999), 82면 참조.

된 것으로 여겨질 수도 있다.[24] 그러나 다음과 같은 점들로 보아, 이 작품
은 전편을 통어(統御)하는 주제와 구성의 중심축을 가지고 있는 것으로 판
단된다.

첫째, 작품 속의 여정(旅程)은 작자의 주관적인 관심 또는 의식에 의해
취사선택된 것이다.

이 작품에는 작자가 강원도 관찰사로서 행한 순력의 과정이 모두 나오
거나 고루 나타나지 않는다. 작품 속에 나타나는 여정은 다음과 같다.

부임: 죽림(竹林)→ 서울 연추문(延秋門), 경회남문(慶會南門; 景福宮)→
평구역(平丘驛; 경기 楊州郡)→ 흑수(黑水)→ [섬강(蟾江)]·치악(雉岳;
原州牧)

순력: (1) (원주)→ 소양강(昭陽江)→ 동주(東州; 鐵原府) 북관정(北寬亭),
궁왕(弓王) 대궐터→ 회양(淮陽府;→ 花川: 회양부의 屬縣 和川)

(2) [백천동(百川洞)]→ 만폭동(萬瀑洞)→ [금강대(金剛臺)]→ [소향로
(小香爐)·대향로(大香爐)]→ 정양사(正陽寺) 진헐대(眞歇臺)→ [망
고대(望高臺)·혈망봉(穴望峰)]→ 개심대(開心臺)→ [중향성(衆香
城), 만이천봉(萬二千峰)]→ 비로봉(毗盧峰)→ [원통(圓通)골]→ 사
자봉(獅子峰)→ 화룡(化龍)소→ 마하연(摩訶衍)·묘길상(妙吉祥;
이상 내금강)→ 안문(雁門)재→ 불정대(佛頂臺; 이하 외금강)→ [십

---

24) 김사엽, 앞의 책에서는 그 구성을 '(1) 江原道行(① 緖詞, ② 부임도중); (2) 內金剛 유람
(① 戀君과 懷舊, ② 萬瀑洞, ③ 金剛臺, ④ 眞歇臺上의 眺望, ⑤ 開心臺上에서 萬二千峰을
바라봄, ⑥ 개심대에서 毗盧峰을 바라봄, ⑦ 萬瀑洞·第八潭·火龍淵, ⑧ 十二瀑布); (3)
外·海金剛과 동해안 유람(① 山映樓를 지나서 동해로 감, ② 叢石亭, ③ 三日浦, ④ 洛
山東畔 義相臺에서 日出을 바라봄, ⑤ 江陵 鏡浦, ⑥ 竹西樓, ⑦ 望洋亭에서 동해를 바라
봄); (4) 작자의 풍류(結詞; ① 月出, ② 夢中에 李謫仙이 되어 놀음)'로 나누었다. 한편
김병국, 앞의 글에서는 그 구성을 작가의 내적 욕구와 관련시키면서 '(1) 부임길(강원
도 관찰사 부임과 관내 순력으로 시작됨): 목적, (2) 등정길(내금강 등정): 추구, (3) 하
산길(외·해금강 및 동해안 하행): 방황, (4) 종착역(관동 여로 종착역 망양정에서의 하
루): 회귀'의 네 단계로 나누었다.

이폭포(十二瀑布)→ 산영루(山映樓; 楡岾寺)

(3) (高城郡 쪽으로 나와서 北行함)→ 통천군(通川郡) 명사(鳴沙)길, 해
당화(海棠花; 海棠路)→ 금란굴(金幱窟)→ 총석정(叢石亭), 사선봉
(四仙峰)→ (南行함)→ 고성군 삼일포(三日浦), 단서(丹書)→ [간성군
(杆城郡) 선유담(仙遊潭)·영랑호(永郎湖)]→ [청간정(淸澗亭)·만경
대(萬景臺)]→ 양양부(襄陽府) 낙산(洛山)→ 의상대(義相臺)→ 현산
(峴山)→ 강릉대도호부(江陵大都護府) 경포(鏡浦)→ 경포대(鏡浦臺)
→ [강문교(江門橋)]→ 삼척부(三陟府) 진주관(眞珠館)·죽서루(竹西
樓;→ ?)→ 평해군(平海郡) 망양정(望洋亭;→ 越松亭)25)

※ [   ] 속은 실제로 탐방하지는 않고, 조망하였거나 언급한 곳임.

　당시 각도(各道)의 관찰사는 봄·가을에 한 차례씩 도내 각지를 순회 감
시하는 일을 맡고 있었다. 그러므로 작자가 강원도 관찰사로서 1580년 3월
부터 5월까지 순력한 지역으로는 앞에 든 지역들 외에 횡성현(橫城縣), 홍
천현(洪川縣), 춘천부(春川府), 낭천현(狼川縣), 김화현(金化縣), 안협현(安峽

---

25) 지금까지 거의 모든 연구자들은 작중의 종착지를 '望洋亭'으로 보아 왔다. 망양정에서
의 조망 이후에 다른 장소로의 이동을 뚜렷이 나타낸 말이 없기 때문일 것이다. 그러
나 필자는 다음과 같은 점들로 보아 종착지(실제의 종착지 또는 작자의 意中에 있던
종착지)가 '越松亭 부근'일 가능성이 높다고 판단한다.
　첫째, 제129행의 "松슝根근을 베여 누어"는 머리가 松根을 넘어감(越)으로써 '越松'을
나타내게 되므로, 월송정 부근에서 누워 잠잔 것을 절묘하게 표현한 것이다. 둘째, 월
송정 부근이야말로 신라사선의 행적이 끝난 곳이며, 작품에서 꿈속에 나타난 사람(신
라사선의 한 사람)이 '玉簫소리와 함께 鶴을 타고 昇天했다'는 내용은 월송정 부근의
전승과 관련된 것이다.
　이로써 보면, 실제로 월송정 부근에 들르지 않았을 가능성도 있겠지만(그 경우에는
망양정에서 월송정을 꿈꾸거나 또는 장소이동을 하는 것으로 假想하는 등의 가상체
험을 통해), 작자는 그의 의중의 종착지인 월송정 부근을 배경으로 해서 작품의 시상
을 완결한 것으로 판단된다.
　이에 대한 자세한 고찰이 「가사 〈관동별곡〉의 종착지 '월송정 부근'과 결말부의 의
의」(『국문학연구』 22, 국문학회, 2010)에서 이루어져서, 이 책의 15장(「〈관동별곡〉의
종착지 '월송정 부근'과 결말부의 의의」)에 실려 있다.

縣), 이천현(伊川縣), 평강현(平康縣), 금성현(金城縣), 양구현(楊口縣), 인제현(麟蹄縣), 흡곡현(歙谷縣), 울진현(蔚珍縣), 정선군(旌善郡), 영월군(寧越郡), 평창군(平昌郡)도 있었을 터인데, 이 여러 지역들은 작품에서 누락되거나 뚜렷이 나타나지 않는다. 이에 비해, 금강산 일대(내금강, 외금강)는 매우 상세히 나오고 동해안의 상당수 지역·장소들도 구체적으로 나타난다. 곧 작품 속의 여정 구성은 실제의 여정 그대로가 아니라 작자의 관심 또는 의식에 의해 취사선택된 것이다.

둘째, 특정 지역들에 대한 기술이 비상하게 많은 분량을 차지한다.

작품의 전 146개 행에서 부임 과정과 내륙의 영서(嶺西)지방에 68개 행, 동해안의 영동(嶺東)지방에 78개 행이 배분되어 있다.[26] 서술상의 편의를 위해 이를 각각 전반부와 후반부라 하고, 시상 전개를 고려하여 그 지역들을 구분해 보면 다음과 같다.

전반부 (1) 부임과정(죽림에서 서울로 갔다가 원주까지): 7개 행(제1~7행)

　　　 (2) 원주에서 금강산 어귀까지(소양강·철원·회양을 거침): 8개 행(제8~15행)

　　　 (3) 금강산(내·외금강): 53개 행(제16~68행)

후반부 (1) 동해안 쪽으로 나와서 삼척까지(통천·고성·간성·양양·강릉을 거침): 39개 행(제69~107행)

　　　 (2) 삼척의 뒤(지역 불명): 4개 행(제108~111행)[27]

---

26) 제66~68행 "山산中듕을 미양 보랴 東동海히로 가쟈스라/ 藍남輿여 緩완步보호야 山산瑛영樓누의 올나호니/ 玲영瓏롱 碧벽溪계와 數수聲성 啼뎨鳥됴는 離니別별을 怨원호는 듯"은 전반부와 후반부 간의 연결부·전환부로서의 성격을 띤다. 후반부의 첫머리로 많이 보았지만, 이 부분은 그 앞의 佛頂臺·十二瀑布와 함께 외금강에 속하는 곳에 대한 기술이며 금강산을 떠나는 상황을 나타내는 것이므로 전반부의 끝부분으로 보는 편이 적절할 것이다.

27) 삼척에 들른 뒤의 "王왕程뎡이 有유限혼호고 風풍景경이 못 슬믜니/ …/ 仙션人인을 초

(3) 평해: 35개 행(① 망양정: 제112~128행, ② 꿈: 제129~146행)

전반부보다 후반부의 분량이 약간 더 많은 가운데, 전반부에서는 금강산 일대(내·외금강)가 압도적인 비중을 지니며(53/68행: 77.9%), 후반부의 여러 지역들 중에는 평해지역이 가장 많은 분량을 차지한다(35/78행: 44.3%).

작문의 원리들 가운데는 담화에서의 요소들이 지닌 의도된 만큼의 중요성이 독자에게 명확해질 수 있도록 하기 위해 항목들을 적절히 배치하는 강조성(emphasis)이 있다. 이에는 강조할 내용을 직설적으로 말하는 평면적 진술에 의한 강조와 중심내용을 어디다 두는가 하는 위치에 의한 강조 그리고 문체에 의한 강조도 있지만, 가장 중요한 화제나 논의단계는 이에 걸맞게 최대 분량으로 처리된다는 비율에 의한 강조도 있다.[28] 이 점에서, 전반부의 구성에서는 금강산이 압도적으로 강조된 중요사항이고, 후반부에서는 평해지역이 가장 강조된 중요사항이라고 할 수 있을 것이다.

이와 같이 작품에 나타난 여정이 실제의 여정 그대로가 아니라 작자의 관심 또는 의식에 의해 취사선택된 것이고, 분량 면에서 특정 지역들이 비상하게 강조된 중요사항들이라는 점은, 이 작품이 전편의 형상화를 통어하는 주제와 구성의 중심축을 가지고 있음을 시사한다.

그 주제와 구성의 중심축을 이루는 작자의 관심이나 의식은 후반부에서 뚜렷이 드러난다.

앞부분에서 작자는 스스로를 '취선(醉仙)'이라 하고(제71행 "鳴명沙사길 니근 믈이 醉취仙션을 빗기 시러"), 동해안의 여러 지역들에서 신라사선(新羅四

즈려 丹단穴혈의 머므살가"(제108~111행)를 많은 사람들은 그 앞의 삼척 부분(제105~107행)에 붙여서 함께 보았다. 그러나 그 시상은 삼척 부분에서의 임금에 대한 마음 표현과는 달리, 제한된 공적 여정 속에서 사적 관심사 추구가 지니는 한계에 따른 애수와 차후의 행로에 대한 갈등을 나타내는 것이다. 그러므로 이 부분을 삼척 부분에서 분리하여 볼 필요가 있을 것이다. 그 뜻에 대하여는 뒤의 주 30)을 참고할 것.

28) Cleanth Brooks and Robert Penn Warren, *Modern Rhetoric*(Fourth edition, New York: Harcourt Brace Jovanovich, 1979), pp. 31~32, pp. 222~223 참조.

仙)을 찾아서 그 행적을 따랐다(제78~82행 "高고城성을란 뎌만 두고 三삼日일 浦포룰 츠자가니/ 丹단書셔는 宛완然연ᄒ되 四ᄉ仙션은 어듸 가니/ 예 사흘 머믄 後후의 어듸가 ᄯ 머믄고/ 仙션遊유潭담 永영郎낭湖호 거긔나 가 잇는가/ 淸쳥澗간亭뎡 萬만景경臺딕 몃 고듸 안돗던고" 등).[29]

삼척에 들른 뒤에는 신선 찾기의 다음 행로에 대하여 갈등을 보였고(제110·111행 "仙션槎사룰 ᄯ워내여 斗두牛우로 向향ᄒ살가/ 仙션人인을 츠즈려 丹단穴혈의 머므살가"), 망양정에서는 신선 찾기의 성공 가능성에 대한 회의를 드러내었다(제125~128행 "流뉴霞하酒쥬 ᄀ득 부어 둘ᄃ려 무론 말이/ '英영雄웅은 어듸 가며 四ᄉ仙션은 긔 뉘러니'/ 아미나 맛나보아 녯 긔별 뭇쟈 ᄒ니/ 仙션山산 東동海히예 갈 길히 머도 멀샤").[30]

그 갈등·회의는 작품의 최종 완성을 기하는 마지막 부분[31]에서 해소·

---

29) 그리고 "羽우蓋개 芝지輪륜이 鏡경浦포로 ᄂ려가니"(제93행)에서는 자신의 행차를 신선의 수레를 탔다고 표현했는데, 앞의 주 12)에서 든 李義健 작 〈鏡浦臺〉에서는 그 '羽蓋芝輪'을 신라사선의 행적과 관련된 것으로 말하였다.

30) '仙槎'는 울진의 古號이기도 한데(『신증동국여지승람』 권45, 蔚珍縣, 「郡名」), '민간에 전하기를 博望侯 張騫(?~BC 114; 중국 漢 武帝 때 使臣으로서 西域으로의 교통로를 개통함에 크게 공헌했음)이 뗏목을 타고 이곳에 왔다고 한 까닭으로 이른 것'이라고 한다(『관동지』, 「蔚珍」, '郡名').
  『史記』 권123, 「大宛列傳」에서의 "漢使窮河源"과 "太史公曰 … 今自張騫使大夏之後也 窮河源"은 장건의 使行이 黃河 발원지에까지 이르렀다고 한 것인데, 후세에는 이를 토대로 하여 장건이 河源을 찾아서 뗏목을 타고 天河(銀河水)에 이르러 牽牛와 織女를 만났나고 하는 전설(「荊楚歲時記」 등)이 생겨났다.
  이로써 보면, 제110행은 천상의 신선이 된 장건을 만나기 위해 仙槎를 타고 北斗星과 牽牛星 사이에 흐르는 은하수로 향할 것인지 또는 계속 신라사선을 만나고자 하여 그 앞 여정에서 빠뜨린 사선 유적지 丹穴(고성군)로 찾아가 머물 것인지에 대해 작자가 갈등한다는 뜻일 것이다. 그리고 제125~128행에서는 '英雄'(이승남, 앞의 책, 149면에서는 '李白'을 가리킨다고 했으나, 제110행의 내용으로 보아 '장건'을 이른 것일 가능성이 높음)이나 사선을 찾아 '옛 기별'을 묻기가 어렵다고 한 것으로서, 신선 찾기의 성공 가능성에 대한 회의를 드러내었다고 하겠다. 이에 제108~111행 부분과 제112~128행 부분은 작자의 신선 찾기에서의 갈등과 회의를 드러내는 것으로서, 사선 찾기에서의 위기를 나타낸다고 할 수 있을 것이다.

31) 시의 마지막부분은 예술작품에서 가치 있게 여기는 결말·완성·平靜의 느낌을 강화

해결되어, 꿈속에서 드디어 신라사선의 한 사람을 만나게 되고(사선 찾기-따르기의 목적을 달성함), 그에게서 자신이 본래 '상계(上界)의 진선(眞仙)이었다가 작은 잘못을 저질러서 인간에 내려온 사람'이라는 말('넷 긔별')을 들음으로써(제130~133행 "쑴애 흔 사름이 날드려 닐온 말이/ 그디를 내 모르랴 上샹界계예 眞진仙션이라/ 黃황庭뎡經경 一일字즈를 엇디 그릇 닐거두고/ 人인間간의 내려와셔 우리를 쫄오는다") '적선(謫仙)으로서의 자아정체성(自我正體性)'을 확인하고는, 잠을 깨어서 그 확인(깨달음) 이후에 굽어봄(俯瞰)을 통해 펼쳐진 무궁하고 밝은 세계 곧 신선의 경지를 표현하였다(제144~146행 "나도 좀을 씌여 바다홀 구버보니/ 기픠를 모르거니 ㄱ인들 엇디 알리/ 明명月월이 千쳔山산萬만落낙의 아니 비췬 듸 업다").³²⁾

　　이러한 구성과 표현들은 작자가 자신이 선인이라는 자의식(신선의식)을 가지고, 그의 관동여행이 그 선인(작자)이 옛 선인들(신라사선)을 만나기 위해 그들의 행방을 찾아 옛 행적을 따르는 것인 양 여기고 있었으며(한시 〈嶺東雜詠〉에서도 자신의 관동행을 '永郎仙'에 비하였음), 최종적으로는 자신이 본래는 '상계(上界)의 진선(眞仙)'이었던 '적선(謫仙)'이라고 믿게 되었음을 알려준다.

　　그러기에 후반부에 나타난 여정은 실제의 여정과는 달리, 신라사선의 행적과 관련된 장소가 없는 지역들은 누락시키거나(흡곡, 그리고 평해에서 원주

하며, 독자의 체험에 궁극적인 통일성과 일관성을 부여한다. Barbara Herrnstein Smith, *Poetic Closure*(Chicago: University of Chicago Press, 1968), p. 36.

32) 그 표현은 중국 신선사상의 주요 기반이 된 『莊子』의 「逍遙遊」(內篇 제1)에서의 "하늘이 푸르른 것은 본래의 빛깔인가? 멀어서 끝닿는 바가 없어서인가? (鵬새가) 아래를 굽어보아도 또한 이와 같을 따름이다(天之蒼蒼 其正色邪 其遠而無所至極邪 其視下也 亦若是則已矣)."와 「齊物論」(내편 제2)의 '만물은 서로 조화를 이루는 一體이므로, 차별 없이 존중하며 있는 그대로 따뜻이 감싸야 한다'는 사상, 그리고 「秋水」(外篇 제17)에서의 "큰 지혜를 가진 이는 … 사물의 양이 무궁함을 안다(大知 … 知量無窮)." 등과 상통한다고 할 수 있다. 또한 '明月이 千山萬落에 빠짐없이 두루 비침'을 인지할 수 있는 위치는 매우 높은 곳이므로, 이는 작자가 신선이 되어 하늘 높이 날면서 下界를 굽어보는 것으로 해석될 수 있다.

로 가는 귀환로에 위치한 지역들),[33] 또는 짤막히 말하거나(삼척) 암시적으로 나타냄에 그쳤다('仙槎'를 쓴 重義的 표현으로써 울진을 나타내기도 함). 앞서 살펴보았듯이, 동해안의 영동지방에서 사선의 행적에 관한 전승이 남아있는 곳은 통천의 총석정·사선봉, 고성의 삼일포·단혈, 간성의 영랑호, 강릉의 한송정·경포대 등, 평해의 월송정에 그치고, 그 밖의 흡곡과 삼척 및 울진 등에는 사선의 행적에 관한 전승이 없는 것이다.

그리고 후반부의 기술 내용 대부분이 관찰사의 공적 임무와 무관한 사적인 관심사의 추구와 그 감회로 되어 있고,[34] 그 가운데 사선의 행적과 관련된 것이 대다수를 차지하는 섬도 '사선 찾기-만나기' 등 신선의식 실현 위주의 창작의식에 따른 취사선택의 결과일 것이다.

이렇듯이 후반부에서는 작자의 신선의식 실현이 구성의 중심축을 이루고 있는 것이다.

전반부의 구성에도 그 신선의식은 적지 않게 작용했을 것으로 판단된다.

첫째, 전반부의 기술 내용은 금강산에 관한 것이 압도적으로 많은데, 작자는 금강산의 승경(勝景)을 기술하는 과정에서 자신의 신선의식을 은밀하게 도출하여 부상(浮上)시켰다.

작자는 자신을 회양에서는 중국 전한(前漢)의 무제(武帝) 때 강직한 간관(諫官)이었다가 좌천되어 회양태수로서 선정(善政)을 편 급암(汲黯; 자는 長孺)에 견주었다가(제15행 "汲급長댱孺유 風풍彩치를 고텨 아니 볼 게이고"), 금강산에 들어서는 중국 북송대(北宋代)의 은일고사(隱逸高士) 임포(林逋; 西湖에 은거하며 梅花와 鶴만 사랑했음)에 비유하였다(제23~26행 "金금剛강臺딕 밑

---

33) 동해안 쪽에는 작품에서 기술된 장소 이외에, 관동팔경의 하나로 꼽히기도 하는 흡곡의 侍中臺와 해금강의 海萬物相·香爐峰, 國島 등도 유명한데, 이곳들은 신라사선의 행적과는 무관하다.

34) 이에서 예외라고 할 수 있는 부분은 "江강陵능 大대都도護호 風풍俗속이 됴흘시고/ …/ 比비屋옥 可가封봉이 이제도 잇다 홀다"(제102~104행)와 "眞진珠쥬館관 竹듁西셔樓루 五오十십川쳔 ᄂᆞ린 믈이/ …/ 츨하리 漢한江강의 木목覔멱의 다히고져"(제105~107행) 정도에 불과하다.

우層층의 仙션鶴학이 삿기 치니/ ……/ 西셔湖호 녯 主쥬人인을 반겨셔 넘노는
듯"). 입산(入山)을 계기로 하여 목민관(牧民官)에서 은일고사(작자의 신선관
에 의하면 仙人으로 볼 수 있음)로의 변신을 보인 것이다. 그리고 금강산의
승경을 중국의 여산(廬山)과 비교하면서는 소식(蘇軾; 자는 子瞻, 호는 東坡.
〈성산별곡〉 등에서 '蘇仙'으로 칭함)의 표현인 "不識廬山眞面目(불식여산진면
목)"을 정반대의 뜻으로 바꾸어서 끌어 썼으며(제29행 "廬녀山산 眞진面면目
목이 여긔야 다 뵈ᄂᆞ다"), 그 끝부분(제64·65행 "李니謫뎍仙션 이제 이셔 고텨 의
논ᄒᆞ게 되면/ 廬녀山산이 여긔도곤 낫단 말 못ᄒᆞ려니")에서는 '이적선(李謫仙)'(李
白)을 직접 지칭하여 그의 판단에 대해 회의적인 견해를 나타내었다. 이러
한 과정을 통해 작자는 자신을 은일고사 임포에 비견함은 물론이고 은근
히 소식·이백과 같은 선인으로 널리 간주되는 인물들의 표현이나 판단을
바꾸거나 회의할 수 있는 대등한 위치에 올려놓고자 했고, 이로써 어렴풋
하게나마 자신이 그들(특히 李謫仙)과 마찬가지로 선인이라는 자의식을 도
출하게 되었을 것으로 판단된다.[35]

둘째, 전반부의 끝부분은 작자가 '이적선'과 마찬가지의 선인이라는 자의
식을 은근히 드러낼 뿐만 아니라, 그 뒤의 동해안 쪽 여정이 '이적선'과 마
찬가지의 '취선'으로서 '신라사선 찾기' 등으로 이루어질 것임을 암시하고
이끌어내는 구실도 한다. 그러기에 작자는 자신의 신선의식을 도출하여 부
상시킨 뒤에는 금강산에서 사선과 무관한 나머지 장소들을 건너뛰고[36] 곧

---

35) 제1행 "江강湖호애 病병이 깁퍼 竹듁林님의 누엇더니"도 작자가 선인으로 여긴 金成遠
   등과 마찬가지로 자신이 세상사를 잊고 자연을 즐기는 사람으로서 선인일 수 있다는
   점을 암시한 것으로 볼 수도 있는데, 이로써 보면 이 작품은 첫머리에서부터 신선의
   식을 은연중에 보였다고도 할 수 있을 것이다.
   한편 脫俗의 세계인 산속에 들면 신선이 된 듯한 느낌을 가지게 되는 점도 있지만,
   이 점으로는 그 뒤에 계속 이어지는 작자의 신선의식 실현과정을 온전히 설명하기가
   어려울 것이다.
36) 외금강에는 작품에 기술된 장소 이외에도 九龍淵·九龍瀑布, 萬物相, 玉流洞 등 명승으
   로 알려진 곳들이 적지 않은데, 이곳들도 사선의 행적과는 무관하다.

바로 후반부의 첫머리에서부터 그 신선의식의 실현을 보이기 시작한 것이다.[37]

이로 보아, 전반부에서는 금강산의 승경에 대한 기술이 주된 초점이면서도, 그 속에서 작자의 신선의식을 도출하여 부상시키는 것도 중요한 모티프라고 할 수 있다.

그러므로 이 작품의 주제는 '작자의 신선의식을 도출하여 실현함(신라사선 찾기와 적선으로서의 자아정체성 확인)'이라고 할 것이며, 전체 구성도 그러한 주제의 구현을 중심축으로 하고 있다고 할 것이다.

그 구성은 주제를 작품 전체에 걸쳐서 구현하는 중심축이 있다는 점에서, 주제를 결정하는 기본적 관심이 전체 구성에 스며들어야 한다는 통일성(unity)을 갖추고 있다고 하겠다. 그리고 그 통일성과 함께 구성의 각 단위들이 여정에 따른 공간적 순서와 시상의 연쇄(連鎖)[38] 등을 통해 대체로 자연스럽게 연결된다는 점에서, 담화에서의 제 요소들이 논리적 순서나 시간적 또는 공간적 순서 등의 방식에 의해 달라붙어야 한다는 긴밀성(coherence)도 적지 않게 갖춘다고 할 수 있다.[39]

한편 이 작품에서는 승경들에 대한 기술(특히 묘사)도 중시되었다. 이러한 점은 특히 금강산과 망양정의 경우에 두드러지는데, 금강산의 절경은 더 말할 나위가 없고, 강원도의 승경들 가운데서 동해안의 망양정(정철이 강원도 관찰사였을 때는 평해군의 북쪽 40리 箕城面 望洋里 懸鍾山 기슭의 바닷가

---

37) 내금강에는 영랑이 노닐었다는 永郞峰(비로봉 바로 옆)도 명승으로 이름났고 개심대에서 이를 조망할 수 있었는데도 작품에서 말하지 않은 것은, 전반부가 신선의식의 도출에만 그치고 그 실현으로서의 사선 찾기는 후반부에서 이루어지게 하기 위한 조처였을 수 있다.

38) 특히 제112~128행 부분에서 드러낸 작자의 신선 찾기에서의 갈등·회의의 주된 요인(動機)인 "아믜나 맛나보아 넷 긔별 뭇쟈 ᄒ니"(제127행)에 곧 이어서 "쑴애 흔 사름이 날ᄃ려 닐온 말이"(제130행)가 나타남으로써 제129~143행 부분에서 그 갈등·회의가 바로 해소·해결되게 하는 점이 주목된다.

39) C. Brooks and R. P. Warren, *op. cit.*, p. 21, pp. 24~29 참조.

벼랑 위에 있었음)에서 바라보는 바다 경치도 매우 뛰어난 것으로 손꼽히고 있었던 것이다.[40] 또한 의상대(義相臺)에서 본 일출(日出)과 경포(鏡浦)의 경치에 대한 묘사도 비중 있게 다루어졌다.

그 밖에도, 이 작품에는 목민관으로서의 자세·의식,[41] 그리고 임금에 대한 마음(감사, 그리움, 충성심 등)[42] 등이 간간이 나타나기도 한다.

이에 〈관동별곡〉은 독자성이 강한 부분(삽화)들의 집적(부가)이라는 면을 다소간 지니면서도, 작자의 신선의식을 도출하여 실현함이라는 주제의 구현을 구성의 중심축으로 하고, 금강산과 망양정 등의 승경들에 대한 기술을 부차적인 구성요소로 하면서, 목민관으로서의 자세·의식과 임금에 대한 마음 등에 관한 삽화들을 주변적인 모티프로서 간간이 끼워 넣었다고 할 수 있을 것이다.

그 구성을 신선의식 위주로 보면, 다음과 같이 분단될 수 있을 것이다.

이는 시상의 변화가 거의 없는 단조로운 구성이 아니라, 서사문학의 플롯(plot)처럼 전환을 보이는 위기단계(crisis)가 있음으로써 그 굴곡 있는 시

---

40) 망양정은 고려 때에는 망양리 해안에 있었으나, 1471년(성종 2)에 현종산 기슭으로 옮겼는데(1518년과 1590년에 重修함), 그 일대를 그린 謙齋 鄭敾(1676~1759)의 그림을 본 肅宗이 그 뛰어난 경치를 찬탄하여 '關東第一樓'라는 懸板을 하사했다고 한다. 이후 1858년(철종 9)에 현 위치인 울진현 近南面 山浦里로 移建했고, 1958년에 重建한 것을 2005년에 해체하고 새로 건립하였다. 『네이버백과사전』, 「망양정」, http://100.naver.com/100.nhn?docid=871312 참조.

41) "淮회陽양 녜 일홈이 마초아 ᄀ툴시고/ 汲급長댱孺유 風풍彩치를 고텨 아니 볼 게이고"(제14·15행), "뎌 긔운 흐터내야 人인傑걸을 ᄆ들고쟈"(제42행), "風풍雲운을 언제 어더 三삼日일雨우를 디련ᄂ다/ 陰음崖애예 이온 플을 다 살와 내여ᄉ라"(제56·57행), "江강陵능 大대都도護호 風풍俗쇽이 됴흘시고/ …/ 比비屋옥 可가封봉이 이제도 잇다 ᄒᆞᆯ다"(제102~104행) 등에 이러한 마음이 표현되었다.

42) "關관東동 八팔百빅里니에 方방面면을 맛디시니/ 어와 聖셩恩은이야 가디록 罔망極극ᄒ다"(제2·3행), "昭쇼陽양江강 ᄂ린 물이 어드러로 든단 말고/ 孤고臣신 去거國국에 白빅髮발도 하도 할샤"(제8·9행), "東동州쥐 밤 계오 새와 北북寬관亭뎡의 올나 ᄒ니/ 三삼角각山산 第뎨一일峰봉이 ᄒᆞ마면 뵈리로다"(제10·11행), "眞진珠쥬館관 竹듁西셔樓루 五오十십川쳔 ᄂ린(모든) 믈이/ …/ 출하리 漢한江강의 木목覓멱의 다히고져"(제105~107행) 등에 이러한 마음이 표현되었다.

상 전개를 통해 동성(動性)을 보이며 흥미를 한층 불러일으키는 예술적·정서적 효과를 기한 구성이라고 할 수 있다.[43]

분단		여정 및 장면		주요 성격	
전반부	I	부임과정	제1~7행 (7개 행)	신선의식의 사전 배경	도입
		영서지방 순력	제8~15행 (8개 행)		
	II	금강산 탐승	제16~68행 (53개 행)	금강산의 승경 기술과 신선의식 도출	발단
후반부	III	영동지방 순력	제69~107행 (39개 행)	신선의식 실현으로서의 신라사선 찾기와 동해안의 승경 기술	발전(전개)
	IV	삼척의 뒤	제108~111행 (4개 행)	신선 찾기의 행로에 대한 갈등	위기
		망양정	제112~128행 (17개 행)	망양정에서의 경치 기술과 신선 찾기의 성공 가능성에 대한 회의	
	V	꿈	제129~143행 (15개 행)	사선과의 만남과 謫仙으로서의 자아정체성 확인	결말
		꿈을 깬 뒤	제144~146행 (3개 행)	깨달음 이후의 신선의 경지	

4. 〈관동별곡〉의 표현과 신선의식

앞에서 본 바와 같은 작자의 신선의식이 표현에서도 구현된 양상을 살펴볼 필요가 있다. 신선의식과 관련된 면에 국한하여 시어(詩語) 사용, 표

---

43) M. H. Abrams and Geoffrey Galt Harpham, *A Glossary of Lierary Terms*(Ninth edition, Wasworth, 2009), p. 267 등 참조.

현에서 참고한 시문(詩文)의 출처, 그리고 표현방법에서의 주요한 특징을 구명하겠다.

　첫째, 시어 사용상의 특징을 살펴보자.

　이 작품에는 신선과 관련된 어휘와 표현들이 적지 않게 쓰였는데, 이를 앞에서 든 구성의 분단에 맞추어서 들면 다음과 같다.

분단		여정 및 장면	신선 관련 어휘·표현
전반부	I. 도입부	부임과정 (제1~7행)	("竹林의 누엇더니"; 제1행)
		영서지방 순력 (제8~15행)	-
	II. 발단부	금강산 탐승 (제16~68행)	仙鶴(제23행), (玉笛聲; 제24행), ("西湖 녯 主人"; 제26행), 李謫仙(제64행)
후반부	III. 발전부	영동지방 순력 (제69~107행)	醉仙(제71행), 白玉樓(제75행), 四仙(제79행), 仙遊潭·永郎湖(제81행), 詩仙(제90행), 羽蓋芝輪(제93행), (紅粧古事[44]; 제101행)
	IV. 위기부	삼척의 뒤 (제108~111행)	仙槎(제110행), 仙人(제111행)
		망양정 (제112~128행)	流霞酒(제125행), (英雄)·四仙(제126행), 仙山(제128행)
	V. 결말부	꿈 (제129~143행)	上界·眞仙(제131행), "黃庭經 一字를 엇디 그릇 닐거두고/ 人間의 내려와서"('謫仙'; 제132·133행), (우리; 제133행), "兩腋을 추혀드니/ 九萬里 長空애 져기면 늘리로다"('羽化登仙'; 제137·138행), "鶴을 투고 九空의 올나가니"(제142행), "空中 玉簫소리"(제143행)
		꿈을 깬 뒤 (제144~146행)	"바다흘 구버보니/ 기픠를 모르거니 그인들 엇디 알리/ 明月이 千山萬落의 아니 비쵠 딕 업다"(제144~146행)

---

44) '紅粧古事'도 신라사선의 하나인 安詳과 관련된 것이다. 徐居正의 『東人詩話』에 고려 禑王 때 강릉 기생 紅粧과 府尹 趙云仡이 짜고 안상에 가탁한 신선 놀이를 벌여서 강원

신선과 관련된 어휘와 표현들은 전반부의 금강산 탐승에서부터 뚜렷이 나타나기 시작하여 후반부에서 많이 쓰였고, 이 가운데는 이백과 신라사선에 관련된 시어들이 두드러진다. 작자는 작품의 구성과 더불어 이러한 시어들의 사용을 통해서도 후반부가 금강산 탐승에서 도출된 신선의식의 실현으로 이루어졌으며, 그것이 이백과 신라사선을 중심으로 한다는 점을 알려준다. 그리고 이러한 신선 관련 시어의 대다수는 서로 다른 어휘나 표현으로 나타나며(동일한 어휘의 재출현은 제79행과 제126행에 쓰인 ‘四仙’ 하나뿐임), 또 그러한 표현이 이전까지는 주로 단어 단위로 나타나다가 결말부에서는 문장 또는 절(節) 단위로 나타나고 있다. 이러한 점들은 작자가 표현의 다양성을 추구했으며, 결말부에서 다소 긴 서술을 통하여 신선의식 실현의 결과를 구체화하는 표현방식을 기했음을 시사한다.

둘째, 작품 속의 표현들이 참고한 시문의 출처를 살펴보자.

여러 연구들에서 대부분 밝혀진 바처럼, 전반부의 발단부에서 “金금剛강臺딕 민 우層층의 仙션鶴학이 삿기 치니/ ……/ 縞호衣의 玄현裳상이 半반空공의 소소 쓰니”(제23~25행)에서 학(鶴)을 ‘호의현상(縞衣玄裳)’으로 표현한 것은 소식의 〈후적벽부(後赤壁賦)〉[45](『蘇軾文集』 권1)에서의 표현(“玄裳縞衣”)을 참고한 것이고, 진헐대에서의 “廬녀山산 眞진面면目목이 여긔야 다 뵈ᄂ다”(제29행)라는 표현은 소식의 〈제서림벽(題西林壁)〉(“橫看成嶺側成峯 遠近高低各不同 不識廬山眞面目 只緣身在此山中”; 『蘇軾詩集』 권22)에서의 “不識廬山眞面目(불식여산진면목)”을 참고한 것이다. 또 화룡수에서의 “風풍雲운을 언제 어더 三삼日일雨우를 디련ᄂ다/ 陰음崖애예 이온 플

도 안렴사 朴信을 놀렸다는 고사가 실려 있다(『신증동국여지승람』 권44, 강릉대도호부, 「樓亭」, ‘鏡浦臺’ 참조).

45) “是歲十月之望 … 時夜將半 四顧寂寥 適有孤鶴 橫江東來 翅如車輪 玄裳縞衣 戛然長鳴 掠予舟而西也 須臾客去 予亦就睡 夢一道士 羽衣翩僊 過臨皐之下 揖予而言曰 ‘赤壁之遊樂乎’ 問其姓名 俛而不答 ‘嗚呼噫嘻 我知之矣 疇昔之夜 飛鳴而過我者 非子也耶’ 道士顧笑 予亦驚悟 開戶視之 不見其處.”

을 다 살와 내여ᄉ라"(제56·57행)는 소식의 〈추회(秋懷)〉 제2수("海風東南來 吹盡三日雨 …… 壺漿慰作勞 裹飯救寒苦"; 같은 책, 권8) 또는 〈희우정기(喜雨亭 記)〉("丁卯大雨 三日乃止 …… 農夫相與抃於野 憂者以喜"; 『소식문집』 권11)를 참고했을 것이다.

그리고 십이폭포의 장관(壯觀) 묘사에서 "銀은河하水슈 한 구비를 촌촌 히 버혀내여/ 실 ᄀ티 플텨 이셔 뵈 ᄀ티 거러시니"(제61·62행)라 한 것은 이백의 〈망여산폭포(望廬山瀑布)〉 제2수("日照香爐生紫煙 遙看瀑布掛長川 飛 流直下三千尺 疑是銀河落九天"; 『李太白全集』 권21)를 참고했을 것이다.

이와 같이 발단부인 금강산 탐승에서의 표현에서는 소식과 이백의 시문 을 주로 참고하였다.[46] 이는 구성에서 살핀 바와 같이, 작자가 은근히 자 신을 소식('蘇仙')·이백('李謫仙')과 대등한 위치인 선인 반열에 올려놓고자 했고, '이적선'과 마찬가지의 선인이라는 자의식을 가지게 된 점과 관련될 것이다.

후반부의 표현에서도 이백과 소식의 시문을 많이 참고하였다.

의상대에서 일출을 보면서 "아마도 녈구룸 근쳐의 머믈세라"(제89행)라고 한 표현이 이백의 〈등금릉봉황대(登金陵鳳凰臺)〉("鳳凰臺上鳳凰遊 …… 長安 不見使人愁"; 같은 책, 권21) 중의 "總爲浮雲能蔽日(총위부운능폐일)"을 참고했 음은 "詩시仙션(이백)은 어ᄃᆡ 가고 咳ᄒᆡ唾타('咳唾成珠': 매우 아름다운 글)만 나맛ᄂᆞ니"(제90행)가 알려준다. 양양의 현산(峴山)을 지날 때의 "斜샤陽양 峴현山산의 躑텩躅툑을 므니ᄇᆞᆯ와"(제92행)에서는 이백의 〈양양가(襄陽歌)〉 ("落日欲沒峴山西 …… 江水東流猿夜聲"; 같은 책, 권7)의 시상과 그 "落日欲沒 峴山西(낙일욕몰현산서)"의 표현을 떠올렸을 것이다. 망양정에서 월출(月出) 을 기다릴 때의 "珠쥬簾렴을 고텨 것고 玉옥階계를 다시 쓸며"(제121행)도

---

46) 그 밖에, "毗비盧로峰봉 上상上상頭두의 올라보ᄂᆡ 긔 뉘신고/ …/ 넙거나 넙은 天텬下 하 엇찌ᄒᆞ야 젹닷 말고"(제46~49행)에서는 『孟子』, 「盡心章上」에서의 "孔子登東山而小 魯 登泰山而小天下"를 참고하였다.

이백의 〈옥계원(玉階怨)〉("玉階生白露 夜久侵羅襪 卻下水晶簾 瑛瓏望明月"; 같은 책, 권4)을 참고하고, 거기서 술을 가득 부은 잔을 들고 달에게 묻는 것(제125행 "流뉴霞하酒쥬 ᄀ득 부어 돌ᄃ려 무론 말이")은 이백의 〈파주문월(把酒問月)〉("靑天有月來幾時 …… 月光長照金樽裏"; 같은 책, 권20)의 제명(題名)과 시상 또는 〈장진주(將進酒)〉("君不見黃河之水天上來 …… 與爾同銷萬古愁"; 같은 책, 권3)에서의 "莫把金樽空對月(막파금준공대월)" 등을 참고했을 것이며, "瑞셔光광 千쳔丈댱이 뵈ᄂᆞᆫ 듯 숨ᄂᆞᆫ고야"(제120행)는 소식의 〈중추견월화자유(中秋見月和子由)〉("明月未出羣山高 …… 怳然一夢瑤臺客"; 『소식시집』 권17)에서의 "瑞光千丈生白毫(서광천장생백호)"를 떠올렸을 것이다.

그리고 결말부에서 작자가 풋잠에 들어 꿈속에 사선이 나타나 작자에게 말을 건네고 이를 통해서 자아정체성을 확인하고 꿈에서 깨어난다는 상황 설정은 소식의 〈후적벽부〉 결말부에서 '꿈속에 한 도사(道士)가 우의(羽衣)를 펄럭이며 지나가다가 내게 말을 건네고는 자신의 정체(鶴)가 파악되자 웃었는데, 내가 놀라 깨어나서 문을 열어 살펴보았으나 간 곳을 알 수 없었다'고 한 설정을 참고했을 것이다. 또 꿈속에서 사선이 말한 "黃황庭뎡經경 一일字ᄌᆞ를 엇디 그릇 닐거두고"(제132행)도 소식의 〈부용성(芙蓉城)〉("芙蓉城中花冥冥 …… 下作人間尹與邢"; 같은 책, 권16)에 나오는 "竟坐誤讀黃庭經(경좌오독황정경)" 등을 떠올렸을 것이다.

이와 같이 작자가 작품의 표현에서 주로 참고한 시문은 이백과 소식의 것들인데,[47] 전반부에서 그들의 시문을 참고한 표현들은 자신이 그 선인 반열의 사람들과 대등하다고 인식했음을 암시하고, 후반부에서 이백의 시구를 참고하거나 본뜬 표현들이 많은 점은 작자가 자신을 이백과 동일시하는 신선의식을 적지 않게 지니고 있었음을 드러내는 바일 것이다.

---

47) 金甲起, 『松江鄭澈의 詩文學』(이화문화출판사, 1997), 349~359면에서는 〈관동별곡〉의 여기저기에 杜甫의 시 〈北征〉("皇帝二載秋 … 樹立甚宏達")의 영향이 적지 않다고 보았으나, 그 영향이 표현 면에 뚜렷이 나타난 양상을 찾기는 어렵다.

그런데 작자가 이백과 소식의 시문을 참고한 표현을 많이 썼기는 했지만, 그 표현들은 원 출전에서의 표현을 그대로 쓰기만 한 것이 아니다.

전반부의 금강산과 중국 여산을 비교하는 대목에서 소식의 시구 "盧山眞面目(여산진면목)"을 차용하면서도 금강산이 더 나음을 나타내기 위해 원 시와는 반대의 뜻으로 바꾸어 썼다. 또 결말부의 '잠-꿈' 설정에서도 소식의 〈후적벽부〉 결말부가 '꿈속 방문자의 정체'(鶴)가 확인되도록 함에 그친 것을 변형시켜서, 꿈속 방문자와의 만남으로써 그의 사선 찾기가 달성되도록 하고, 이를 통해서 '작자 자신의 정체성'(적선)이 확인되도록 했을 뿐만 아니라, 그 확인(깨달음) 이후에 자신에게 펼쳐진 신선의 경지를 표현할 수 있게도 하였다.

이렇듯이 작자는 옛 사람의 시문에서의 표현을 많이 참고하거나 끌어 썼지만, 그 뜻이나 방법을 그대로 따르는 도습(蹈襲)이나 표절에 떨어지지 않고, 원 시문의 뜻을 발전적으로 변화시키는 점화(點化) 또는 탈태(奪胎)를 통해 새로운 뜻을 이끌어내어, 자신의 의도나 처지·상황에 적합하게 하여 그의 신선의식 실현을 인상적이고도 효과적으로 표현했던 것이다.[48]

셋째, 표현방법 면에서 두드러진 양상과 그 효과를 살펴보자.

금강산에 들어서서부터 자신을 은일고사(林逋)에 비견했다가, 그 뒤 소식('蘇仙')의 시구를 바꾸어서 인용하고 다시 '이적선'(이백)을 직접 지칭하여 그의 판단에 대한 회의를 나타냄으로써, 작자는 발단부의 주된 화제인 금강산의 승경 속에서 자신이 그들과 대등한 선인이라는 신선의식을 은밀히 도출하였다. 또 이는 작자의 신선관에 비추어보면 신선의식을 점차

---

48) 이처럼 원 출전의 표현을 바꾸어서 쓴 예가 소식의 경우에만 나타나고 이백의 경우에는 나타나지 않는데, 이 점은 작자가 자신을 이백과 동일시하였기 때문일 수도 있다. 곧 소식의 시문은 주로 작자의 신선의식을 드러내는 방편('用')으로서 사용하였고, 이백의 시문은 작자의 신선의식의 본질('體')과 합치되는 것으로 여겼을 수도 있다는 것이다.

'點化·奪胎'의 개념에 대하여는 정요일·박성규·이연세, 『고전비평용어연구』(태학사, 1998), 154~159면을 참고할 것.

더 높은 수준으로 구체화해 간 점층법(漸層法)인바, 이로써 자신이 의도한 목표('李謫仙')에 다가갔으며, 이후의 시상 전개가 '이적선' 위주로 이루어지게끔 하는 단서를 마련하였다.

그리고 위기부의 앞부분에서 "仙션槎사룰 씌워내여 斗두牛우로 向향ᄒ살가/ 仙션人인을 ᄎᄌ려 丹단穴혈의 머므살가"(제110·111행)라고 한 표현은 두 가지 뜻('신선이 타는 뗏목'과 '蔚珍縣의 古稱')을 지닌 '선사(仙槎)'를 쓴 중의법(重義法)과 그 말에 관련되는 중국 고사(故事; 전설)를 끌어 쓴 용사(用事)를 통해, 작자의 신선의식 실현을 위한 선인 찾기의 행로에 대한 판단의 갈등을 축약적으로 표현하면서(이러한 시상은 뒷부분인 제125~128행에도 이어져서 신선 찾기의 성공 가능성에 대한 회의로 나타남) 또한 그 뒤의 여정이 울진행일 수 있음도 복합적으로 교묘하게 나타내었다.

표현의 절묘함이 가장 두드러진 곳은 결말부다. 그 첫머리의 "松숑根근을 베여 누어 풋줌을 얼픗 드니"(제129행)는 ⓐ 머리가 송근(松根)을 넘어감(越)으로써 '월송(越松)'을 나타내게 되어, 작자가 월송정 부근의 소나무 숲에서 누워 잠잤다는 것을 절묘하게 표현한 바일 것이다. 그런데 이는 표현의 묘미를 추구한 것에만 그치지 않고, ⓑ 그 월송정 부근에서의 '잠-꿈'의 상황 설정을 통하여 그곳과 관련되는 신라사선을 그 꿈속에 자연스럽게 끌어들일 수 있게 했으며, ⓒ '풋잠(깊이 들지 못한 잠)'이라고 함으로써 작자가 그 잠-꿈에서 곧 깨어나게 될 것임을 암시하였다.

이러한 표현을 기반으로 해서, ⓑ의 상황에서 "꿈애 흔 시름이 닐ᄃ려 닐온 말이/ ……/ 人인間간의 내려와서 우리를 ᄯᆯ오ᄂ다"(제130~133행)라고 하여, 작자는 사선의 현몽(現夢)을 통해 그동안의 사선 찾기-따르기의 목적인 사선과의 만남을 자연스럽게 달성하였고(이로써 위기부에서의 갈등·회의의 주된 요인이 시상의 연쇄를 통해 긴밀성을 갖추면서 해소·해결됨), 또 그의 말을 통해 적선으로서의 자아정체성 확인(깨달음)이 이루어질 수 있게 했다.[49] 그리고 ⓒ에 따른 결과로서 작자는 "나도 줌을 씌여 바다흘 구버보니/ 기픠룰 모르거니 ᄀ인들 엇디 알리/ 明명月월이 千쳔山산萬만落낙의 아니 비쵠 딕 업다"(제144~146행)라고 하여, 자아정체성 확인(깨달음)과 깨어남(覺夢) 이후에 자신에게 펼쳐진 새로운 세계 곧 신선의 경지를 구상화하였다. 또한 "和화風풍이 習습習습ᄒ야 兩냥腋익을 추혀드니/ 九구萬만里리 長댱空공애 져기면 늘리로다"(제137·138행)에서 어렴풋이 예비되었던 결과이기도 하지만, 작자가 마침내 우화등선(羽化登仙)하여 신선의 경지를 얻게 되었다는 점은 "구버보니"와 하늘 높이 날아야 인지할 수 있는 정황만을 제시하는 고도의 축약적·암시적인 방식으로써 표현되었다.

이와 같이 결말부는 다소 긴 서술을 통해 여러 사항들을 긴밀히 관련시키면서 절묘한 표현법들을 써서, 주제의 최종적 국면들을 매우 효과적으로 구체화하여 나타내었다고 할 것이다.

한편 발단부의 "金금剛강臺딕 밑 우層층의 仙션鶴학이 삿기 치니/ 春츈風풍 玉옥笛뎍聲셩의 첫줌을 ᄭᅵ돗던디"(제23·24행)에서의 '선학(仙鶴)'·'옥적성(玉笛聲)'과 '첫잠을 깸'은 결말부에서의 '학(鶴)'(제142행)·'옥소(玉簫)소리'(제143행)와 '잠을 깸'(제144행)과 거의 같거나 비슷한 말들로써 대응되고 있다. 이 작품의 신선의식과 관련되는 부분으로 보자면, 처음과 끝을 거의 같이 쓰는 수미상관법(首尾相關法)으로써 나타내고자 하는 뜻인 '신선의식을 도출하여 실현함'을 강조하는 표현을 보인다고 하겠다.

이와 같이 작자는 이 작품 속에서 다양한 표현법들을 잘 구사하여 신선의식 실현이라는 주제를 인상적이고도 효과적으로 구현하는 일을 훌륭하게 달성하였고, 특히 결말부에서는 신선의식 실현의 결과들을 절묘하게 구체화했던 것이다.

이처럼 인상적이고도 효과적인 뛰어난 표현력이 신선과 무관한 표현에

---

49) 그리고 "이 술 가져다가 四ᄉ海히예 고로 ᄂᆞ화/ 億억萬만蒼창生싱을 다 醉취케 밍근 後후의/ 그제야 고텨 맛나 ᄯᅩ ᄒᆞᆫ 잔 ᄒᆞᆻ고야"(제139~141행)를 통해서 작자의 목민관으로서의 소임 완수를 넘어서는 經國濟民 곧 국가경영에 대한 희망과 그 이후에 사선과 다시 만나는 것 곧 자신도 天上의 신선이 되는 것('上界의 眞仙'으로 돌아감)에 대한 기대를 드러내기도 했다.

서도 잘 발휘되었음은 물론이다.[50]

5. 결론

지금까지 필자는 정철 작 가사 작품 〈관동별곡〉의 주제와 형상화에 대한 바른 이해를 기하기 위해, 작자가 자신을 선인으로 여기는 신선의식의 실현이 주제이며, 구성과 표현이 이를 구현함에 초점이 맞추어져 있다는 점을 구체적으로 밝혀내고자 했다.

〈관동별곡〉의 구성은 신선의식을 도출하여 실현하는 과정과 결과의 구현을 중심축으로 하고, 금강산과 망양정 등의 승경들에 대한 기술을 부차적인 구성요소로 하면서, 간간이 목민관으로서의 자세·의식과 임금에 대한 마음 등에 관한 삽화들을 주변적인 모티프로서 끼워 넣고 있다.

그 구성을 신선의식 위주로 파악하면, '(1) 도입부(신선의식의 사전 배경), (2) 발단부(금강산의 승경 기술과 신선의식의 도출), (3) 발전부(신선의식 실현으로서의 新羅四仙 찾기와 동해안의 승경 기술), (4) 위기부(신선 찾기 행로에 대한 갈등, 망양정에서의 경치 기술과 신선 찾기의 성공 가능성에 대한 회의), (5) 결말부(사선과의 만남 달성과 謫仙으로서의 자아정체성 확인, 깨달음 이후의 신선의 경지)'로 분단될 수 있다. 이는 동성(動性)을 보이며 흥미를 한층 불러일으키는 구성이다.

표현에서는 이백(李白)과 소식(蘇軾)의 시문을 많이 참고하였는데, 이는 작자가 자신을 그 선인 반열의 사람들과 대등하다고 여기고 이백('李謫仙')과 동일시하는 신선의식을 지녔음을 드러낸다. 그러면서도 원 출전의 뜻이나 방법을 그대로 따르지 않고 '점화(點化)' 또는 '탈태(奪胎)'를 통해 새

---

50) 이에 대해서는 박영주, 앞의 글, 76~84면; 김진욱, 앞의 책, 144~149면, 175~176면, 190면에서 살핀 내용의 일부 등이 참고할 만하다.

로운 뜻을 이끌어내어, 자신의 신선의식 실현을 인상적이고도 효과적으로 표현하였다.

그리고 작자는 다양한 표현법들을 구사하여 주제인 신선의식 실현을 성공적으로 구현하였는데, 특히 결말부에서는 신선의식 실현의 결과들을 절묘하게 구체화하였다.

이와 같이, 이 작품은 작자의 신선의식 실현을 주제로 하고, 이를 통일성·긴밀성·강조성을 갖추며 예술적·정서적 효과를 기한 구성과 매우 인상적이고도 효과적인 표현을 통해 훌륭하게 구현하였으므로, 명작이라고 할 수 있는 것이다.

이 글에서 필자는 분량상의 제약 등으로 인해 구성과 표현의 세부 양상들에 대한 논의를 충분히 펼치지 못하였고, 신선의식 관련 표현과 여타 표현들과의 관계에 대해서도 살피지 못했다. 차후 그 미진한 점들을 보완하는 연구가 이루어져서, 〈관동별곡〉에 대한 바른 이해를 더욱 심화해야 할 것이다.

이 글에서 살펴 밝혀낸 바는 정철의 작가적 특성과 문학세계를 구명하는 데 중요한 토대가 될 수 있다. 그리고 이 작품을 따라 지은 작품들(曺友仁 작 〈關東續別曲〉 등)의 특징을 살피는 데와, 안축(安軸) 작 경기체가(景幾體歌) 작품 〈관동별곡〉과의 비교를 통해 가사 장르와 경기체가 장르의 문학적 본질과 특성을 구명하는 데 유용한 지침을 마련할 수 있게 해 줄 것이다. 앞으로 이 고찰의 결과를 토대로 하여 그 관련되는 연구들이 충실하게 이루어지기를 기대하는 바이다.

『古典文學研究』 제37집(한국고전문학회, 2010. 6)

15장

〈관동별곡〉의 종착지 '월송정 부근'과 결말부의 의의

1. 서론

송강(松江) 정철(鄭澈; 1536~1593, 자는 季涵)의 가사 작품 〈관동별곡(關東別曲)〉은 강원도(江原道) 관찰사(觀察使)이던 작자가 1580년(선조 13) 음력 3월부터 5월까지 실시한 도내(道內) 순력(巡歷; 순회 감시)을 기반으로 하여 지어진 명작으로서, 전 146행(293구)으로 이루어져 있다.[1]

    1   江강湖호애 病병이 깁퍼 竹듁林님의 누엇더니
    2   關관東동 八팔百빅里니에 方방面면을 맛디시니
    3   어와 聖셩恩은이야 가디록 罔망極극ᄒ다
             ……(중략)……
    146 明명月월이 千쳔山산萬만落낙의 아니 비쵠 ᄃᆡ 업다

이 작품은 '작자가 강원도 관찰사를 제수 받아 원주(原州)에 부임하여,

---

[1] 제67행 뒤의 3개 구로 이루어진 "玲녕瓏농 碧벽溪계와 數수聲셩 啼뎨鳥됴ᄂᆞᆫ 離니別별을 怨원ᄒᆞᄂᆞᆫ 둣"을 통례대로 한 개 행으로 보기로 한다.

내(內)·외(外)·해금강(海金剛)과 관동팔경(關東八景)을 두루 유람하는 가운데 뛰어난 경치와 그에 따른 감흥을 표현한 작품' 등으로 많이 알려져 오고 있다. 말하자면 기행가사(紀行歌辭)로서 뚜렷한 주제와 구성의 중심축이 없는 작품으로 여겨졌던 것이다. 그리고 그 속에 나타나는 신선(神仙) 모티프도 작자의 낭만적 상상력이 발현된 것으로서 작품 구성에서 부수적인 요소라고 간주되었다.

그러나 최근에 필자는 작품을 분석적으로 살펴서, 작자가 자신을 선인(仙人)으로 여기는 자의식(自意識; 신선의식)의 실현이 주제의 핵심이며 구성과 표현도 이를 구현함에 초점 맞추어져 있다는 점을 밝혀내었다.[2] 그 구성은 신선의식을 도출하여 실현하는 과정과 결과의 구현을 중심축으로 하는데, 그 신선의식 실현의 결과가 결말부에서 절묘하게 구상화되는 것이다.

그런데 이러한 시상과 그 형상화는 작품 속의 주요 배경과 그 특성의 영향을 다소간 받아서 이루어졌을 수 있고, 특히 그 신선의식 실현의 결과를 나타내는 결말부의 시상과 형상화는 그것이 이루어진 마지막 공간 곧 작품 속 여행의 종착지(終着地)가 지닌 특성의 영향을 적지 않게 받았을 수 있다. 그러므로 이 작품에서 종착지가 어디이며 그 특성이 어떠한가를 밝힐 필요가 있을 것이다.

이 작품에서 작중 종착지에 대한 정보를 제공해 줄 수 있는 부분을 들면, 다음과 같다.

112 天텬根근을 못내 보와 望망洋양亭뎡의 올은말이
113 바다 밧근 하늘이니 하늘 밧근 므서신고
114 ᄀᆞᆺ득 노흔 고래 뉘라셔 놀내관ᄃᆡ
115 블거니 쓤거니 어즈러이 구는디고

---

2) 성호경, 「〈關東別曲〉의 형상화와 鄭澈의 신선의식」, 『고전문학연구』 37(한국고전문학회, 2010), 71~106면(이 책, 439~472면).

116　銀은山산을 것거내어　六뉵合합의 ᄂᆞ리ᄂᆞᆫ 둣
117　五오月월 長댱天텬의　白ᄇᆡᆨ雪셜은 므ᄉᆞ 일고
118　져근덧 밤이 드러　風풍浪낭이 定뎡ᄒᆞ거ᄂᆞᆯ
119　扶부桑상 咫지尺쳑의　明명月월을 기ᄃᆞ리니
120　瑞셔光광千쳔丈댱이　뵈ᄂᆞᆫ 둣 숨ᄂᆞᆫ고야
121　珠쥬簾렴을 고텨 것고　玉옥階계ᄅᆞᆯ 다시 쓸며
122　啓계明명星셩 돗도록　곳초 안자 ᄇᆞ라보니
123　白ᄇᆡᆨ蓮년花화 ᄒᆞᆫ 가지를　뉘라셔 보내신고
124　일이 됴흔 世셰界계　ᄂᆞᆷ대되 다 뵈고져
125　流뉴霞하酒쥬ᄅᆞᆯ ᄀᆞᄃᆞᆨ 부어　ᄃᆞᆯᄃᆞ려 무론 말이
126　"英영雄웅은 어ᄃᆡ 가며　四ᄉᆞ仙션은 긔 뉘러니"
127　아ᄆᆞ나 맛나보아　녯 긔별 뭇쟈 ᄒᆞ니
128　仙션山산 東동海ᄒᆡ예　갈 길히 머도 멀샤
129　松숑根근을 베여 누어　픗ᄌᆞᆷ을 얼픗 드니
130　ᄭᅮᆷ애 ᄒᆞᆫ 사ᄅᆞᆷ이　날ᄃᆞ려 닐온 말이
131　"그ᄃᆡ를 내 모ᄅᆞ랴　上샹界계예 眞진仙션이라
132　黃황庭뎡經경 一일字ᄌᆞ를　엇디 그릇 닐거두고
133　人인間간의 내려와셔　우리를 ᄯᆞᆯ오ᄂᆞᆫ다
134　져근덧 가디 마오　이 술 ᄒᆞᆫ 잔 머거 보오"
135　北븍斗두星셩 기우려　滄창海ᄒᆡ水슈 부어 내여
136　저 먹고 날 머겨ᄂᆞᆯ　서너 잔 거후로니
137　和화風풍이 習습習습ᄒᆞ야　兩냥腋익을 추혀드니
138　九구萬만里리 長댱空공애　져기면 ᄂᆞᆯ리로다
139　"이 술 가져다가　四ᄉᆞ海ᄒᆡ예 고로 ᄂᆞ화
140　億억萬만蒼창生ᄉᆡᆼ을　다 醉취케 ᄆᆡᆼ근 後후의
141　그제야 고텨 맛나　ᄯᅩ ᄒᆞᆫ 잔 ᄒᆞ쟛고야"
142　말 디쟈 鶴학을 ᄐᆞ고　九구空공의 올나가니

143   空공中듕 玉옥簫쇼소릭   어제런가 그제런가

144   나도 줌을 쎄여   바다홀 구버보니

145   기픠를 모르거니   マ인들 엇디 알리

146   明명月월이 千쳔山산萬만落낙의   아니 비췬 딕 업다

이에서 제112~128행 부분은 첫머리인 제112행에 '망양정(望洋亭)'에 올랐다는 말이 나온 뒤로 작자가 그곳에서 밤늦은 시간까지 체험한 바를 그리고 있다. 그리고 결말부인 제129~146행에서는 다른 장소가 뚜렷이 드러나 있지 않고, 그 시간적 배경도 앞과 마찬가지로 '달밤'으로 되어 있다. 이 때문인지 많은 사람들은 그 종착지가 망양정이라고 여겨 왔다.[3]

그러나 필자는 작중 종착지가 '월송정(越松亭) 부근'일 가능성이 높다고 판단하는바, 이 글에서 이를 입증하고자 한다. 그리고 작중 종착지가 월송정 부근으로 설정된 것의 의의를 살펴보고, 이와 관련하여 그 앞에서 전개된 신선의식의 실현 과정을 마무리하여 작품을 완성하는 결말부가 지니는 의의에 대해서도 살펴볼 것이다.

2. 가사 〈관동별곡〉의 주제와 구성

1) 〈관동별곡〉의 창작배경과 정철의 신선의식

정철은 1562년(명종 17; 27세) 3월에 문과(文科) 별시(別試)에 장원급제하고 벼슬길에 나아가서 여러 관직들을 거치고, 1578년(선조 11; 43세) 11월에

---

3) 金思燁, 『鄭松江硏究』(계몽사, 1950), 186면; 김병국의 「가면 혹은 진실: 〈관동별곡〉 평설」(『국어교육』 18, 한국국어교육연구회, 1972, 재수록: 김병국, 『한국 고전문학의 비평적 이해』, 서울대학교출판부, 1995), 36면 등.

사간원(司諫院) 대사간(大司諫)에 제수되었다가 탄핵을 받고 갈리자, 벼슬을 그만두었다. 이후 1년여 동안 벼슬길에서 떨어져 있었다.

1580(선조 13; 45세) 정월에 강원도 관찰사(兵馬節度使와 水軍節度使를 겸함)에 제수되자, 서울로 가서 사은숙배한 뒤 관찰사 관아[監營]가 있는 원주에 부임하였다. 2월부터 1년간 재임하면서(이듬해 2월에 兵曹參知가 되어 조정으로 돌아감) 도내의 민정(民政)·재정(財政)·형정(刑政)과 군정(軍政)을 통할하였으며, 봄·가을에 한 차례씩 도내 각지를 순력(순회 감시)하였다.

정철이 관찰사였을 때 강원도에는 대도호부(大都護府) 1(江陵), 목(牧) 1(原州), 도호부(都護府) 5(淮陽, 襄陽, 春川, 三陟, 鐵原), 군(郡) 7(平海, 通川, 旌善, 高城, 杆城, 寧越, 平昌), 현(縣) 12(縣令 관할: 金城, 蔚珍, 歙谷; 縣監 관할: 伊川, 平康, 金化, 狼川, 洪川, 楊口, 麟蹄, 橫城, 安峽)의 26개 지역이 소속되어 있었다.

강원도의 대부분은 산악지대인데, 대표적인 명산인 금강산 일대는 서부의 내금강(內金剛)과 동부의 외금강(外金剛)으로 구분되었다(17세기 말부터는 동해안쪽도 '海金剛'이라 부르게 되었다). 수많은 절경들로 이루어져서 최고의 명승지라는 찬사를 받아 오고 있다.

그리고 동해안쪽 영동(嶺東)지방은 '관동(關東)'이라고도 하며, 빼어난 자연경관과 그 완상에 적합한 건축물이 많다. 그 가운데서 손꼽히는 명승지들인 '관동팔경'(통천의 叢石亭, 고성의 三日浦, 간성의 淸澗亭, 양양의 洛山寺, 강릉의 鏡浦臺, 삼척의 竹西樓, 평해의 망양정과 월송정 또는 흡곡의 侍中臺) 등은 옛날부터 많은 사람들의 탐승지(探勝地)가 되어 오고 있다. 또한 영동지방은 6세기 말부터 신라의 화랑(化郞)과 인연을 맺고, 명승지를 중심으로 하여 그 무리들의 주요한 유오(遊娛)·수련처(修鍊處)가 되었다.

신라 때의 화랑들 가운데 영동지방 유오로써 후대에 널리 알려진 네 사람을 '신라사선(新羅四仙)'이라 하고, 그 이름들로 영랑(永郞)·술랑(述郞)·남랑(南郞; 南石 또는 南石行)·안상(安詳)을 든다(이들의 신원은 거의 밝혀지지 않았음). 정철이 참고할 수 있었을 16세기 초엽까지의 기록들[4]에 실린 이들의 행적에 관한 전승에 의하면, 이들은 동해안에서 사선봉(四仙峰)이 있는 총석정(통천), 삼일포·단혈(丹穴; 고성), 영랑호(永郎湖; 간성), 한송정(寒松亭) 부근·경포대(강릉), 월송정(평해) 부근 등에서 놀았다고 한다.[5] 그들의 마지막 행적에 관한 전승은 찾기 어려운데, 중국의 설화에 신선이 바다 가운데 산(蓬萊山·方丈山·瀛洲山) 속에 산다고 한 것에 따라서 신선이 되어 동해 가운데 산('三神山' 등)으로 갔을 것으로 추측되기도 했다.[6]

정철은 신선에 대해 많은 관심을 가졌다. 그의 신선관이 뚜렷이 나타난 기록은 찾아볼 수 없지만, 그의 우리말 시가와 한시 작품들에서는 신선에 관련된 어휘와 표현이 적지 않게 나타난다. 그에게 신선이란 일차적으로 도교의 신선사상처럼 천상의 신선들이거나 인간세계를 떠나 산속에서 벽곡(辟穀)하며 도를 닦아 불로장생(不老長生)한다는 하계의 선인들을 이르는 것이다.[7] 그러면서도 그는 중국의 이백(李白; 701~762, 자는 太白)·소식(蘇軾; 1037~1101, 호는 東坡)과 우리나라의 신라사선·김성원(金成遠; 1525~1597, 호는 棲霞) 등 실재한 인물들도 '선(仙)'·'선인'으로 칭했는데, 이는 그가 인간세계에 살면서도 세상사를 잊은 사람(物外閑人, 江湖散人)이나 자연과 풍류를 즐기는 사람들도 선인으로 여겼음을 알려준다.

---

4) 安軸(1282~1348)의 「關東瓦注」(1330년; 『謹齋集』 권1); 李穀(1298~1351)의 「東遊記」(1349년; 『稼亭集』 권5); 『新增東國輿地勝覽』(盧思愼·姜希孟·徐居正·成任·梁誠之 등이 1481년에 편찬한 『東國輿地勝覽』을 李荇·洪彥弼 등이 1530년에 增補함) 등.

5) 이 밖에, 금강산의 永郎峰·永郎岾, 지리산의 영랑재, 서해의 白翎島·阿郎浦(황해도 長淵郡)에서도 놀았다고 한다.

6) 李穡(1328~1396)의 시 〈有感〉(『牧隱詩藁』 권22)에서는 "… 恨不扶輿游海上 四仙千里遠相尋"이라 하여 사선이 바다 멀리 가 있는 것으로 보았고, 李陸(1438~1498)의 〈次江陵東軒韻〉(『靑坡集』 권1)에서는 "… 蓬萊方丈知何處 招恨無因訪四仙"이라 하여 三神山에 사는 것으로 여겼다. 그리고 李義健(1533~1621)은 〈鏡浦臺〉(『峒隱先生稿』 권1)에서 "四仙遺跡海中山 羽蓋芝輪去不還 湖上至今明月夜 玉簫聲在白雲間."이라 하였다.

7) 도교에서는 上天의 紫微垣(北極星을 포함하는 별자리)에 초월자(玉皇上帝 등)가 있고 여러 신선들이 그를 보좌하는데, 지상 사람들의 운명은 이들에 의해 좌우된다. 사람들 중에서 초월자에게 선택된 자만이 仙人이 될 수 있고, 그 중에서 뛰어난 자만이 昇天하여 신선이 될 수 있다. 이들은 인간세계를 떠나 산속에 숨어살면서 여러 가지 수련을 쌓고 丹藥을 먹으면 날개가 생겨 하늘을 날게 되고 상천에 올라가 살게 된다고 한다. 『네이버백과사전』의 「선인」(http://100.naver.com/100.nhn?docid=90988) 등 참조.

젊어서부터 풍류와 주색(酒色)을 즐긴 정철은 중년 이후에 자신을 선인이거나 또는 전생에 신선이었던 사람으로 여기는 자의식을 가지게 되었던 것으로 추정된다(다른 사람들도 그를 신선처럼 보기도 했다). 그러한 자의식은 그가 지닌 풍채와 기상 등에서 연유한 바도 있겠지만, 그가 선인으로 특히 추중(推重)한 사람들인 이백과 김성원 등의 영향도 받았을 터이다.

이백은 자유로운 정신과 호탕한 기상이 넘치는 시를 많이 지었으며, ‘시선(詩仙)’으로 일컬어진다. 또 선풍도골(仙風道骨) 같은 모습과 시로 인해 ‘천상적선인(天上謫仙人)’이란 평을 들었고, 술을 즐겨서 ‘주중팔선(酒中八仙)’의 한 사람으로 불렸으며 스스로도 ‘주중선(酒中仙)’이라 칭했다. 정철은 술과 풍류를 즐기며 시작(詩作) 솜씨가 뛰어난 점 등에서 이백과 얼마간 공통된 면들을 지니고 있었고, 자신을 이백과 마찬가지라고 한 표현들도 남겼다. 그는 은근히 자신을 선인으로 여기고, ‘적선(謫仙)·주중선·시선’이었던 이백과 마찬가지의 사람 또는 그의 후신으로 자처했을 것으로 추정된다.[8]

2) 〈관동별곡〉의 주제와 구성

〈관동별곡〉도 대다수 가사 작품들처럼 그 구성이 일정한 주제에 의한 통일성을 뚜렷이 갖추지 않은 채 여러 삽화들이 집적(부가)된 것으로 여겨질 수도 있다. 그러나 다음과 같은 점들로 보아, 이 작품은 전편을 통어하는 주제와 구성의 중심축을 가지고 있는 것으로 판단된다.

첫째, 작품 속이 여정은, 작사가 강원도 관찰사로서 순력한 실제의 여정 그대로가 아니라, 작자의 주관적인 관심이나 의식에 의해 취사선택된 것이다. 서술상의 편의를 위해 부임 과정과 영서지방에 관한 부분을 전반부, 영동지방에 관한 부분을 후반부라 하고, 시상 전개를 고려하여 그 지역들을 구분해 보면 다음과 같다.

---

8) 이상은 성호경, 앞의 글, 74~84면(이 책, 441~452면) 등의 내용을 추려서 요약한 것임.

　　전반부 (1) 부임 과정(竹林에서 서울로 갔다가 원주까지): 7개 행(제1~7행)

　　　　　(2) 원주에서 금강산 어귀까지(昭陽江·철원·회양을 거침): 8개 행(제8~15행)

　　　　　(3) 금강산(내·외금강): 53개 행(제16~68행)[9]

　　후반부 (1) 동해안쪽으로 나와서 삼척까지(통천·고성·간성·양양·강릉을 거침): 39개 행(제69~107행)

　　　　　(2) 삼척의 뒤(지역 不明): 4개 행(제108~111행)[10]

　　　　　(3) 평해: 35개 행(① 망양정 제112~128행, ② 꿈 제129~146행)

　당시 각도의 관찰사는 봄·가을에 한 차례씩 도내 각지를 순력하는 일을 맡고 있었다. 그러므로 작자가 강원도 관찰사로서 1580년 음력 3월부터 5월까지 순력한 지역은 작품에 나타난 지역들 외에 횡성·홍천·춘천·낭천·김화·안협·이천·평강·금성·양구·인제·흡곡·울진·정선·영월·평창도 있었을 터인데, 이 여러 지역들은 작품에서 누락되거나 뚜렷이 나타나지 않는다. 이에 비해, 금강산(내금강, 외금강)은 매우 자세히 기술되고 동해안의 일부 지역(특히 평해군)도 중시된다. 곧 작품 속의 여정 구성은 실제의 여정 그대로가 아니라 작자의 관심이나 의식에 의해 취사선택된 것이다.

　둘째, 특정 지역들에 대한 기술이 비상하게 많은 분량을 차지한다. 작품

---

9) 제66~68행 "山산中듕을 민양 보랴 東동海히로 가쟈스라/ 藍남輿여 緩완步보ㅎ야 山산瑛영樓누의 올나ㅎ니/ 玲영瓏농 碧벽溪계와 數수聲셩 啼뎨鳥됴는 離니別별을 怨원ㅎ는 듯"은 그 앞의 佛頂臺·十二瀑布와 함께 외금강에 속하는 곳에 대한 기술이며 금강산을 떠나는 상황을 나타내는 것이므로 전반부의 끝부분으로 보는 편이 적절할 것이다.

10) 삼척에 들른 뒤의 "王왕程뎡이 有유限흔ㅎ고 風풍景경이 못 슬믜니/ …/ 仙션人인을 츠즈려 丹단穴혈의 머므살가"(제108~111행)의 시상은 삼척 부분(제105~107행)에서의 임금에 대한 마음 표현과는 달리, 제한된 공적 여정 속에서 사적 관심사 추구가 지니는 한계에 따른 애수와 차후의 행로에 대한 갈등을 나타낸 것이다. 그러므로 이 부분을 그 앞과 분리하여 볼 필요가 있을 것이다. 이 부분의 뜻에 대하여는 각주 11)을 볼 것.

의 전 146개 행에서 부임 과정과 영서지방에 68개 행, 영동지방에 78개 행
이 배분되어 있는데, 전반부에서는 금강산(내·외금강)이 압도적인 비중을
지니며(53/68행: 77.9%), 후반부의 여러 지역들 가운데는 평해(망양정, 꿈)가
가장 많은 분량을 차지한다(35/78행: 44.3%). 그러므로 전반부의 구성에서는
금강산이 압도적으로 강조된 중요사항이고, 후반부에서는 평해지역이 가
장 강조된 중요사항이라고 할 수 있을 것이다.

이와 같이 작품에 나타난 여정이 실제의 여정 그대로가 아니라 작자의
관심이나 의식에 의해 취사선택된 것이고, 특정 지역들이 중요사항으로
강조되어서 비상하게 많은 분량으로 기술되었다는 점은, 이 작품이 전편
의 형상화를 통어하는 주제와 구성의 중심축을 가지고 있음을 시사한다.

이 작품의 주제와 구성의 중심축을 이루는 작자의 관심이나 의식은 후
반부에서 뚜렷이 드러난다.

앞부분에서 작자는 스스로를 '취선(醉仙)'이라 하고(제71행), 동해안의 여
러 지역들에서 신라사선을 찾아서 그 행적을 따랐다(제78~82행 등). 삼척
에 들른 뒤에는 신선 찾기의 다음 행로에 대해 갈등을 보였고(제110·111
행), 망양정에서는 신선 찾기-만나기의 성공 가능성에 대한 회의를 드러내
었다(제125~128행).[11] 그 갈등·회의는 작품의 최종 완성을 기하는 결말부

---

11) '仙槎'는 울진의 古號이기도 한데(『신증동국여지승람』 권45, 蔚珍縣, 「郡名」), '민간에
전하기를 博望侯 張騫(?~BC 114; 중국 漢 武帝 때 使臣으로서 西域으로의 교통로를
개통함에 크게 공헌했음)이 뗏목을 타고 이곳에 왔다고 한 까닭으로 이른 것'이라고
한다("諺傳 博望侯張騫乘槎來此故云耳"; 『關東誌』, 「蔚珍」, '郡名', 영인본: 韓國學文獻研
究所 편, 『江原道邑誌 ①』, 아세아문화사, 1986, 364면).
　　『史記』 권123, 「大宛列傳」에서의 "漢使窮河源"과 "太史公曰 … 今自張騫使大夏之後也
窮河源"은 장건의 使行이 黃河 발원지에까지 이르렀다고 한 것인데, 후세에는 이를 토
대로 하여 장건이 河源을 찾아서 뗏목을 타고 天河(銀河水)에 이르러 牽牛와 織女를
만났다고 하는 전설이 생겨났다.
　　이로써 보면, "仙션槎사를 씌워내여 斗두牛우로 向향ᄒᆞᆫ살가/ 仙션人인을 츠ᄌᆞ려 丹
단穴혈의 머므살가"(제110·111행)는 천상의 신선이 된 장건을 만나기 위해 仙槎를 타
고 北斗星과 牽牛星 사이의 은하수로 향할 것인지 또는 계속 신라사선을 만나러 앞
여정에서 빠뜨린 사선 유적지 丹穴(고성군)로 가서 머물 것인지에 대해 갈등한다는

에서 해결되어, 작자는 드디어 그의 꿈속에서 사선의 한 사람을 만나게 되고(사선 찾기의 목적을 달성함), 그에게서 자신이 본디 '상계(上界)의 진선(眞仙)이었다가 『황정경(黃庭經)』 한 글자를 잘못 읽어 두고 인간에 내려왔다'는 말('넷 긔별')을 들음으로써(제130~133행) '적선(謫仙)'으로서의 자아정체성(自我正體性)을 확인하고는, 잠을 깨어서 그 확인(깨달음) 이후에 굽어봄(俯瞰)을 통해 자신에게 펼쳐진 무궁하고 고루 밝은 세계 곧 신선의 경지를 표현하였다(제144~146행). 이러한 구성과 표현들은 작자가 자신이 선인이라는 의식을 가지고, 그의 동해안쪽 여행이 그 선인이 신선이 된 사선을 만나서 자아정체성을 확인하기 위해 그들의 행방을 찾아 옛 행적을 따르는 것인 양 여기고 있었으며, 마침내 자신이 '본디 상계의 진선'이었던 '적선'임을 확인하고는 본래의 정체성 회복을 지향했음을 알려준다.

그러기에 후반부에 나타난 여정은 실제의 여정과는 달리, 사선의 행적과 관련된 장소가 없는 지역들은 누락시키거나(흡곡, 그리고 평해에서 원주로 가는 귀환로에 위치한 지역들), 또는 짤막히 말하거나(삼척) 암시적으로 나타냄에 그치고 있다(울진).

그리고 후반부의 기술 내용 대부분이 관찰사의 공적 임무와 무관한 사적인 관심사의 추구와 그 감회로 되어 있고, 그 가운데 사선의 행적과 관련된 것이 대다수를 차지하는 점도 '신선(사선) 찾기-만나기' 등 신선의식 실현 위주의 창작의식에 따른 취사선택의 결과일 것이다. 이렇듯이 후반부에서는 작자의 신선의식 실현이 구성의 중심축을 이루고 있는 것이다.

전반부에서도 그 신선의식은 적지 않게 작용했을 것으로 판단된다.

뜻일 것이다. 그리고 "流뉴霞하酒쥬 ᄀ득 부어 둘ᄃ려 무론 말이/ 英영雄웅은 어듸 가며 四ᄉ仙션은 긔 뉘러니/ 아미나 맛나보아 녯 긔별 뭇쟈 ᄒ니/ 仙션山산 東동海ᄒ예 갈 길히 머도 멀샤"(제125~128행)에서는 '英雄'(제110행의 내용으로 보아 '장건'을 이른 바일 가능성이 높음)이나 사선을 찾아 '옛 기별'을 묻기가 매우 어렵다고 한 것으로서, 신선 찾기-만나기의 성공 가능성에 대한 회의를 드러내었다고 하겠다. 그러므로 제108~111행 부분과 제112~128행 부분은 신선 찾기에서의 갈등과 회의를 드러내는 것으로서, 신선 찾기-만나기에서의 위기를 나타낸다고 할 수 있을 것이다.

첫째, 전반부의 기술 내용은 금강산에 관한 것이 압도적으로 많은데, 작자는 그 일대의 승경(勝景)들을 기술하는 과정에서 자신의 신선의식을 은밀히 도출하여 부상(浮上)시켰다. 자신을 회양에서는 중국 한(漢) 무제(武帝) 때 회양태수로서 선정(善政)을 편 급암(汲黯; 汲長孺)에 견주었다가(제15행), 금강산에 들어서는 임포(林逋; 西湖處士)에 비유하였는데(제23~26행), 입산을 계기로 하여 목민관(牧民官)에서 은일고사(隱逸高士; 작자의 신선관에 의하면 선인으로 볼 수 있음)로의 변신을 보인 것이다. 그리고 금강산의 승경을 중국의 여산(廬山)과 비교하면서는 소식('蘇仙')의 표현인 "不識廬山眞面目(불식여산진면목)"을 정반대의 뜻으로 바꾸어서 썼으며(제29행), 그 끝부분에서는 '이적선(李謫仙)'(이백)을 직접 지칭하여 그의 판단에 대해 회의를 나타내었다(제64·65행). 이러한 과정을 통해 작자는 자신을 은일고사 임포에 비견함은 물론이고 은근히 소식·이백과 같은 선인으로 널리 간주되는 인물들과 대등한 위치에 올려놓고자 했고, 이로써 어렴풋하게나마 자신이 그들(특히 이적선)과 마찬가지로 선인이라는 자의식을 도출하게 되었을 것으로 판단된다. 둘째, 전반부의 끝부분은 그 뒤의 영동지방 여정이 '이적선'과 마찬가지의 '취선'으로서 '신선(사선) 찾기-만나기' 등으로 이루어질 것임을 암시하고 이끌어내는 구실도 한다. 그러기에 작자는 자신의 신선의식을 도출하여 부상시킨 뒤에는 금강산 일대에서 사선과 무관한 나머지 장소들을 건너뛰고 곧바로 후반부의 첫머리에서부터 그 신선의식의 실현을 위한 활동들을 보이기 시작한 것이다.

이로 보아, 그 구성과 표현에서는 금강산의 승경에 대한 기술이 주된 초점이면서도, 그 속에서 작자의 신선의식을 도출하여 부상시키는 것도 중요한 모티프라고 할 수 있다.

그러므로 〈관동별곡〉의 주제는 '작자의 신선의식을 도출하여 실현함(신선 찾기-만나기와 적선으로서의 자아정체성 확인)'이라고 할 것이며, 전체 구성도 그러한 주제의 구현을 중심축으로 하고 있다고 할 것이다.

한편 이 작품에서는 승경들에 대한 기술(특히 묘사)도 중시되었는데, 특히 금강산과 망양정의 경우에 두드러진다. 그 밖에도, 목민관으로서의 자세·의식과 임금에 대한 마음(감사, 그리움, 충성심 등) 등도 간간이 나타난다.

이에 〈관동별곡〉은 독자성이 강한 부분(삽화)들의 집적(부가)이라는 면을 다소간 지니면서도, 작자의 신선의식을 도출하여 실현함이라는 주제의 구현을 구성의 중심축으로 하고, 금강산과 망양정 등의 승경들에 대한 기술을 부차적인 구성요소로 하면서, 목민관으로서의 자세·의식과 임금에 대한 마음 등에 관한 삽화들을 주변적인 모티프로서 간간이 끼워 넣고 있다고 할 수 있을 것이다.

그 구성을 신선의식 위주로 파악해 보면, 다음과 같이 분단될 수 있다.

분단		여정 및 장면		주요 성격
전반부	I. 도입부	부임 과정	제1~7행 (7개 행)	신선의식의 사전 배경
		영서지방 순력	제8~15행 (8개 행)	
	II. 발단부	금강산 탐승	제16~68행 (53개 행)	금강산의 승경 기술과 신선의식 도출
후반부	III. 발전부	영동지방 순력	제69~107행 (39개 행)	신선의식 실현으로서의 신라사선 찾기와 동해안의 승경 기술
	IV. 위기부	삼척의 뒤	제108~111행 (4개 행)	신선 찾기의 행로에 대한 갈등
		망양정	제112~128행 (17개 행)	망양정에서의 경치 기술과 신선 찾기의 성공 가능성에 대한 회의
	V. 결말부	꿈	제129~143행 (15개 행)	사선과의 만남과 謫仙으로서의 자아정체성 확인
		꿈을 깬 뒤	제144~146행 (3개 행)	깨달음 이후의 신선의 경지

이는 서사문학의 플롯(plot)처럼 전환을 보이는 위기단계(crisis)가 있음으로써 그 굴곡 있는 시상 전개를 통해 동성(動性)을 보이며 흥미를 한층 불러일으키는 예술적·정서적 효과를 기한 구성이다.[12]

3. 작중 종착지 변증(辨證)

지금까지 거의 모든 연구자들은 〈관동별곡〉의 작중 종착지를 '망양정'으로 보아 왔다. 망양정에서의 조망과 풍류 이후에 다른 장소로의 이동을 뚜렷이 나타내는 말이 없고, 결말부의 시간적 배경이 앞과 마찬가지로 '달밤'이기 때문일 것이다.

그러나 필자는 다음과 같은 점들 때문에, 그 종착지가 '월송정(越松亭)[13] 부근'이라고 판단한다.

첫째, 작품에서의 "松숑根근을 볘여 누어"(제129행)는 땅위에 노출된 솔뿌리를 베개 삼아 베고 누웠다는 말인데, 이는 작자의 머리가 소나무[松]뿌리를 넘어감[越]으로써 '월송(越松)'을 나타내게 되어, 월송정 부근 솔숲에서 누워 잤다는 것을 묘미 있게 표현한 바일 것이다.

월송정 부근에 대하여, 『신증동국여지승람』에서는 "푸른 소나무가 만 그루이고 흰 모래는 눈 같다. 소나무 사이에는 땅강아지와 개미가 다니지 않고 새들도 깃들지 않는다. 민간에 전하기를, 신라 선인 술랑(述郞) 등이 여기서 놀고 쉬었다고 한다."[14]고 하였다. 그리고 1593년부터 3년간 평해에서 귀양살이 한 이산해(李山海; 1539~1609)는 「월송정기(越松亭記)」에서 다음과 같이 기술하였다.

---

12) 이상은 성호경, 앞의 글, 84~94면(이 책, 452~463면)의 내용을 보완하며 요약한 것임.

13) '月松亭'이라고도 하며, 평해군(현재 경상북도 울진군 평해읍) 동쪽 7리(月松里)에 있다. 고려 충숙왕 13년(1326)에 강원도 按廉使 朴淑이 창건하였고, 조선 연산군 때 관찰사 朴元宗이 重建했다. 이후 퇴락하여 1933년에 중건했던 것을 일제 말기에 일본군이 철거해버렸다. 1969년에 옛 모습과 다르게 신축했던 것을 해체하고, 1980년에 현재의 정자로 복원하였다. '디지털울진문화대전'의 'http://uljin.grandculture.net/ gc2/common/ sub.jsp?pact=view_id&h_id=GC01800429' 등 참조.

14) "蒼松萬株 白沙如雪 松間螻蟻不行 禽鳥不棲 諺傳 新羅仙人述郎等 遊憩于此."(권45, 평해군, 「樓亭」, '越松亭').

월송정은 군청의 동쪽 6, 7리에 있다. 그 이름에 대해, 혹은 '나는 신선이 솔숲을 넘다'라는 뜻을 취한 것이라 하고, 혹은 '月'을 '越로 한 것은 같은 소리로 인한 잘못이라고 하는데, 두 설의 어느 것이 옳은지 알 수 없다. 내가 '月'을 버리고 '越을 취한 것은 정자의 편액을 따른 것이다.

푸른 덮개 흰 비늘들이 우뚝우뚝 높이 솟아 해안을 둘러싸고 있는 것이 몇 만 그루인지 모르겠다. 그 빽빽함이 빗과 같고 그 곧기가 먹줄과 같아, 우러러도 하늘의 해가 보이지 않고, 다만 보이느니 은모래 옥가루가 나무뿌리 아래 평평하게 깔려 있는 것이다. …… 때로 혹 밤이 깊어 인적이 끊기고 만뢰(萬籟)가 모두 고요할 때면 생황(笙簧)과 학의 소리 같은 것이 은은히 공중으로부터 내려오기도 한다. …….

내가 일찍이 화오촌(花塢村; 솔숲 서쪽 마을)에 우거(寓居)하면서 기이하고 뛰어난 경관을 실컷 차지하였다. 따스한 봄날 새들이 서로 지저귀면 두건을 쓰고 지팡이를 끌며 꽃 붉고 소나무 푸른 사이를 배회하였고, 불덩이 같은 해가 하늘에 떠 있어서 땀이 줄줄 흐르게 되면 소나무에 기대어 한가롭게 졸면서 정신이 울릉(蔚陵; 鬱陵島)의 밖에서 노닐었다.[15]

이처럼 월송정 부근은 음력 5월의 여름더위를 피해 시원한 솔숲에서 개미·땅강아지 등 벌레들의 침해를 받지 않고(낮에는 햇볕도 피하며) 소나무에 기대거나 솔뿌리를 베고 누워서 졸거나 잠자기에 적합한 곳이었다.[16]

다음은 월송정과 그 부근을 그린 겸재(謙齋) 정선(鄭敾; 1676~1759)의 진경산수화(眞景山水畵)와 연객(烟客) 허필(許佖; 1708~1768)의 그림이다.

---

15) "越松亭 在郡治之東六七里 其名也或以爲取飛仙越松之義 或以爲以月爲越 乃同聲之誤 二說 未知孰是 而余之捨月取越 從浦樓之扁額也 翠蓋白甲 亭亭高聳 環擁海岸者 不知其幾萬株也 其密如櫛 其直如繩 仰之不見天日 而但見銀沙玉屑 平鋪於樹根之下… 時或夜深人絶 萬籟俱寂 則依依如笙鶴之聲 自空而下 … 余嘗僑寓花塢 飽占奇勝 春日暄暖 禽鳥交鳴 則岸巾曳杖 徘徊於花紅松碧之間 火日當空 流汗如瀉 則倚松閑睡 神遊於蔚陵之外."(『鵝溪遺稿』 권3).

16) 월송정 부근에서 지어진 이산해의 한시 〈蔚陵島〉(『아계유고』 권1, 「箕城錄」)의 제3수에서도 "倦倚松根午夢間 冷風吹上鶴天寒 …."이라고 하였다.

■ 1738년, 紙本淡彩, 32.3×57.7cm

■ 紙本淡彩

이 같은 월송정 부근에 비해, 정철이 강원도 관찰사였을 때의 망양정 일대는 '솔뿌리(松根)를 베고 누워 잠듦'이 어려웠을 매우 험준한 지형이었다.

20세기 초에 신작로를 낼 때 바닷가 벼랑의 대부분이 잘려나갔기에 이제는 옛 모습을 찾기 어려운 그 일대에 대하여, 채수(蔡壽; 1449 ~ 1515)의 「망양정기(望洋亭記)」에서는 다음과 같이 기술하였다.

이 정자는 여덟 기둥으로 둘렀는데, 기와도 옛것을 쓰고 재목도 새로 모으지 않았다. 웅장하지도 화려하지도 않지만, 경치의 기이함은 이루 헤아릴 수 없다.

정자의 조금 북쪽에 여덟 칸을 둘러서 지었으니 이름을 '영휘원(迎暉

院)'이라 한다. 벼랑을 따라 내려가면 또 돌 하나가 우뚝 솟아있고 그 위에 7, 8인이 앉을 만하며 그 아래는 땅이 없는데, '임의대(臨漪臺)'라 한다. 북쪽으로 백 보 밖을 바라보면 험한 사다리가 구름을 의지하여 있는데, 그 위로 사람이 가면 반은 하늘에 있는 것 같으니 이름을 '조도잔(鳥道棧)'이라 한다. …….[17]

다음은 망양정[18] 일대를 그린 정선의 진경산수화다.

■1738년, 紙本淡彩, 32.3×57.7cm

---

17) "是亭繚以八柱 瓦用其舊 材不新聚 雖不壯不麗 而景物之奇 莫可端倪 亭之小北 環搆八間 名迎暉院 緣崖而下 又有一石突起 上可坐七八人 下臨無地 名臨漪臺 北望百步外 有險棧欹雲 人行如在半天 名鳥道棧 …."(『신증동국여지승람』 권45, 평해군, 「누정」, '望洋亭').

18) 정철이 강원도 관찰사였을 때는 평해군의 북쪽 40리 箕城面 望洋里 懸鍾山 기슭에 위치하였다. 고려 때에는 망양리 해안에 세워져 있었으나, 낡아서 허물어진 것을 조선 성종 2년(1471)에 평해군수 蔡申保가 현종산 기슭으로 옮겼다고 한다. 1517년에 폭풍우로 넘어지자 다음해에 重修하였다. 이후 1860년(철종 11)에 현 위치인 울진현 近南面 山浦里로 移建하였고, 1959년에 重建했던 것을 2005년에 해체하고 새로 건립하였다. '디지털울진문화대전'의 'http://uljin.grandculture.net/gc2/common/sub.jsp?search=&menu_idx=11&find=%EB%A7%9D%EC%96%91%EC%A0%95&pact=view&set_id=11476&table_name=GC_O_TBL&pos=0&totalCnt=1' 등 참조.

이처럼 망양정 일대는 깎아지른 벼랑으로 이루어져서,[19] 사람이 솔뿌리를 베고 누워서 잠자기에는 매우 위태로운(밤 시간에는 더욱 위험한) 지형이었다. 게다가 앞의 그림에서 보듯이 산비탈 외에는 일대에 사람이 베고 누울 수 있을 만큼 뿌리를 드러낸 소나무가 없는 등, 월송정과는 달리 소나무와 별다른 인연을 가지지 않은 곳이었다고 할 수 있기도 하다.[20]

둘째, 월송정 부근이야말로 신라사선의 동해안쪽 행적이 마지막으로 남은 곳이며, 작품의 결말부에서 작자가 신선이 된 사선의 한 사람을 만나고 그의 말('넷 긔별')을 통해 자아정체성('본디 上界의 眞仙'이었다가 작은 잘못으로 인간에 내려온 '謫仙'임)을 확인하게 되는 대목의 바로 뒤에 나오는 "말 디쟈 鶴학을 투고 九구空공의 올나가니/ 空공中듕 玉옥簫쇼소리 어제런가 그제런가"(제142·143행)는 다름 아닌 월송정 부근의 전승 및 특성과 관련을 가진 것이다.

그 부근에 대하여, 『신증동국여지승람』에서는 '신라 선인 술랑 등이 여기서 놀고 쉬었다'는 민간전승이 있다고 했으며, 『관동지(關東誌)』(1830년경 편찬)의 「평해군지(平海郡誌)」에서는 "솔숲과 모래의 경계에 돌 봉우리가 험하게 솟았는데, 숨은 용이 뿔을 드러낸 것처럼 기울어 서 있다. 민간에 전하기를, …… 신라 때 영랑·남랑·술랑·안랑(安郎)의 사선이 여기서 놀고 쉬었다고도 하고, 혹은 사선이 처음에는 절승(絶勝)인 줄 모르고 잠결에 넘어 지나갔다고도 한다."[21]고 하였다.

---

19) 이러한 망양정 일대의 험한 지형에 대하여 여러 사람들이 시로 묘사하였다.
  '조도잔'에 대하여, 徐居正(1420~1488)은 "蒼崖萬仞臨海堤 鳥飛不度靑天低 縈紆一棧細如縷 丹梯十二勤攀蹟 行人失脚馬頻僵 危於灩澦高太行 …."이라고 묘사했다(『신증동국여지승람』 권45, 평해군, 「題詠」, '鳥道棧). 또 '임의대'에 대해, 成俔(1439~1504)은 "望洋亭前千尺臺 龍挐虎攫靑崔嵬 槎牙亂石揷海滋 波湧萬丈飛雪堆 …."라고 하였다(『虛白堂詩集』 권9, 〈平海八詠〉).

20) 그림 속에서 벼랑 위를 두른 나무는 香柏(側柏나무; 喬木이지만 흔히 灌木처럼 자라고, 절벽이나 석회암지대에 잘 자람)으로 추정된다. 채수의 앞의 글 뒷부분에서 "香柏蔓生於石隙"이라고 하였다.

21) "松沙一畔 石峰崒起 歆若蟄龍露角 諺傳 … 新羅時 永郎·南郎·述郎·安郎四仙 遊憩于此

이러한 전승들로 인하여, 월송정과 그 부근에서 지어진 한시 작품들에서는 신라사선과 관련된 일들이 많이 부각되었다.

안축(安軸)의 〈차월송정시운(次越松亭詩韻)〉(『謹齋集』 권1)에서는 "일도 갔고 사람도 옛사람 아니며 물도 절로 동으로 흘렀지만, 천금 같은 남긴 종자는 정자 소나무에 있네(事去人非水自東 千金遺種在亭松). …… 어느 선랑(仙郎)이 있어 함께 학을 삶을까? 나무꾼에게 용 잡는 것 배우게 하지 마라(有底仙郎同煮鶴 莫令樵父學屠龍). ……."라 하였으며, 이곡(李穀)의 〈차월송정시운〉(『稼亭集』 권20)에서는 "옛 자취 찾아 가을바람에 말머리를 동쪽으로 돌려서, 울창하게 그늘진 정자 소나무를 기쁘게 바라본다. 몇 년이나 신선 땅 찾으려 하여 마음 졸였던가? 도를 물으려고 천 리의 양식을 미리 찧었다네(訪古秋風馬首東 喜看鬱鬱蔭亭松 幾年心爲尋眞切 千里糧因問道春). ……."라고 했다. 이달충(李達衷; ?~1385)의 〈차이가정곡평해월송정운(次李稼亭穀平海越松亭韻)〉(『霽亭集』 권1, 「補遺」)에서는 "…… 선인의 자취는 이미 묵어서 초목과 같지만, 웅장한 모습은 속되지 않아 괴룡(槐龍)을 낮추게 했네(僊迹已陳同卉木 雄姿不俗陋槐龍). ……."라 했고, 송인(宋因; 고려 말)의 〈차평해월송정운(次平海越松亭韻)〉(『東文選』 권16)에는 "땅이 봉래산·방장산과 닿았는데, 월송의 신선은 간 지 몇 해나 되었나?(地接蓬萊方丈山 越松仙去幾炎寒) ……."라 했으며, 이행(李行; 1352~1432)의 〈평해월송정〉(『騎牛集』 권1)에서는 "…… 읊기를 그치고 정자 가운데 취해 넘어져서, 단구(丹丘)의 신선과 꿈에 서로 만난다(吟罷亭中仍醉倒 丹丘仙侶夢相逢)."라고 하였다. 또 서거정(徐居正)의 〈평해팔영(平海八詠)〉(『신증동국여지승람』 권45, 평해군, 「題詠」, '월송정')에서는 "…… 객이 일 년마다 와서 퉁소를 부니, 풍류는 모두 신선 무리이네(客來一稔吹洞簫 風流盡是神仙曹). ……."라 했으며, 성현(成俔)의 〈평해팔영〉(『허백당시집』 권9)에서도 "…… 때로 들리노니, 신선이 퉁소를 불고 안개치마 펄렁펄렁 나

或曰 四仙初不知絶勝 和睡越過 …."(제9책, 「平海郡誌」, 「樓亭」, '越松亭', 한국학문헌연구소 편, 앞의 책, 357면).

부껴 옥패 울리는 소리가(時聞羽人吹洞簫 霞帔翩翩鳴玉佩). ……."라고 하였다. 그리고 이산해의 앞에 든 「월송정기」에서도 '때로 생황(笙簧)과 학의 소리(곧 신선이 학을 타고 생황을 부는 소리) 같은 것이 은은히 공중으로부터 내려오기도 한다.'고 했고, 한시 〈월송정〉(『아계유고』 권1)에서도 "…… 속된 이들이 티끌 자취 남기지 못하게 하라. 응당 선옹(仙翁)이 학을 타고 옴이 있으리니(莫敎俗子留塵躅 應有仙翁跨鶴來)."라고 하였다.[22]

이렇듯이 월송정 부근은 신라사선이 놀고 쉬었다는 전승이 있는 데다, 울창한 솔숲이 바람에 부딪쳐 나는 소리가 음악소리와 비슷하며 그 위로 신선이 탄다는 학과 혼동되기 쉬운 황새[23]가 날아든다는 등의 특성들로 인해, 신선(특히 사선)이 학을 타고 찾아와서 노니는 곳으로 상상되고 있었다.

이에 비하여, 망양정 일대는 신라사선의 행적에 관한 전승이 없는 데다, 학(실은 황새)이 찾아오기에 적합한 소나무나 솔숲도 없고 그 절벽과 부근 바위들에 부딪치는 파도의 소리와 형세가 요란하며 야단스러운 점 등으로

---

22) 이 밖에, 沈彦光(1487~?)의 〈次平海八詠〉(『漁村集』 권4)에서는 "… 人傳此地見仙曹 荷衣蕙帶兼蘭佩."라 했고, 黃俊良(1517~1563)의 〈越松亭〉(『錦溪集』 外集 권6)에서는 "… 吹簫仙子來中夜 散展遊人至下春 月碎枝稍驚白鶴 風翻鱗甲起蒼龍 …."이라 하였다.

23) 鶴은 두루미((Red-Crowned Crane)인데, 시베리아 우수리지방과 중국 북동부 등지에서 번식하며, 겨울에는 중국 남동부와 한국 비무장지대 등지에서 지내는데, 한국에서는 겨울철새로서 10월 하순부터 수천 마리가 떼를 지어 찾아와 겨울을 난 뒤 봄에 돌아간다(일본 홋카이도에서 번식하는 두루미는 텃새임). 서식장소는 논밭·해안이나 갯벌이고, 주로 가족단위로 생활하며 겨울에는 큰 무리를 이루기도 한다. 잠은 얕은 호수나 강의 중앙에서 잔다. 모두 목과 다리가 길고 모습이 비슷하며 물가에 살기 때문에, 최근까지 텃새였던 황새(鸛; Oriental White Stork)와 자주 혼동되는데, 두루미의 머리꼭대기가 붉다는 특징이 외형상의 주요 차이점이다.
두루미는 개방된 습지나 초원 또는 농경지에서 서식하며 땅위에 짚이나 마른 갈대를 높이 쌓아올려 둥지를 짓는 데 비해, 황새는 나무에 앉기 좋아하며 둥지도 나무위에 짓는다(우리나라의 '松鶴圖'들에 나오는 학은 소나무 위에 앉은 황새를 두루미와 혼동한 것으로 여겨진다). 두루미는 울음소리가 몇 km에 울려 퍼지지만, 황새는 울음소리를 내지 못하고 큰 부리를 맞부딪쳐서 소리를 낸다. 『Naver 자연도감』의 「두루미」(http://animalsearch.naver.com/dbplus.naver?pkgid=200911161&query=%EB%91%90%EB%A3%A8%EB%AF%B8&id=00000004117c) 참조.

인해 신선이 찾기에 적합하지 않은 장소로 여겨져서인지, 그곳에서 지어졌거나 그곳을 제재로 한 여러 한시 작품들에서 신선과 관련된 내용은 잘 나타나지 않는다.[24]

셋째, 작자가 강원도 관찰사로서 도내 지역들을 순력하면서 평해군을 빠뜨렸을 리가 없는데(망양정도 평해군 관내에 위치함), 그 관아에 들르고서도 월송정을 찾지 않았을 가능성은 낮은 편이라고 하겠다. 월송정 부근은 신라사선의 동해안쪽 행적이 마지막으로 남은 곳이기에 그의 신선(사선) 찾기에서 매우 중요한 장소였던 데다, '관동팔경'의 하나로 꼽히는 명승으로서 평해군 관아에서 6, 7리밖에 떨어져 있지 않은 평탄한 지형에 위치하기 때문에, 특별한 사정이 없는 한 작자의 여정에서 제외되었다고 보기가 어려운 것이다.

그렇다면 우천(雨天)이나 급환 등이 없는 정상적인 상황 속에서 이루어진 작품 결말부에서 '송근(松根)을 베어 누워 풋잠에 들어 꿈속에서 사선을 만나 적선으로서의 자아정체성을 확인하게 되는 것'은, 그 표현 자체가 암시하기도 하는 데다, 그러한 행위와 정황이 개연성을 지니며 유사한 사례들도 적지 않은 월송정 부근에서 이루어진 일이라고 봄이 합리적일 것이다.

이러한 점들로 보아, 〈관동별곡〉의 작중 종착지는 '월송정 부근'일 가능성이 높고, 작자가 실제로 작품 속에 망양정을 떠나는 것으로 설정했는지는 확실하지 않을 수도 있지만, 작자의 의중(意中)에 있던 실질적인 종착

---

24) 정철은 강원도 관찰사 때 적지 않은 한시 작품들을 지었을 것으로 추정되지만, 그의 글들이 적지 않게 散佚된 채 불완전하게 실린 것으로 추정되는 『松江集』에 월송정에 대한 글은 없고 망양정에 대한 한시 〈望洋亭〉 1수가 있다(原集 권1).
"놀란 물결이 돌에 부딪쳐 성난 우레 드날리고, 남은 거품이 사람에게 불어 뼈가 떨리누나. 玉山을 깎아내려 조각조각 날리고, 銀기둥을 꺾어내어 층층이 떨어지네. 비린내가 바닷비에 전하니 魚龍이 싸우고, 광채가 扶桑을 쏘자 日月이 오르네. 관동의 일 천리를 다 다니고, 망양정 위에 홀로 와서 올랐노라(驚濤擊石怒雷騰 餘沫吹人骨戰兢 刬却玉山飛片片 折來銀柱落層層 腥傳海雨魚龍鬪 光射扶桑日月升 行盡關東一千里 望洋亭上獨來登)."

지는 월송정 부근이라고 하겠다.

그러므로 월송정 부근에 실제로 들르지 않았을 가능성을 전적으로 배제하기는 어렵겠지만(그 경우에도 망양정에서 꿈이나 상상을 통해 假想으로 월송정 부근으로 이동하는 것임), 작자는 그의 의중의 실질적인 종착지인 월송정 부근에서 자신의 정체성이 본디 '상계(上界)의 진선(眞仙)'이었다가 작은 잘못으로 인간에 귀양 온 '적선'이라는 점을 확인하며 그의 신선(사선) 찾기 등을 완결한 것으로 판단되는 것이다. 이에 작품 결말부의 내용은 월송정 부근에서의 체험이라고 보아야 할 것이다.

4. 종착지 '월송정 부근'과 결말부의 의의

1) 종착지 '월송정 부근'의 의의

작자는 금강산에 들어서 자신이 임포(西湖處士)·소식('蘇仙')·이백('李謫仙')과 마찬가지의 선인이라는 자의식을 은밀히 도출하여 부상시켰다. 그리고 동해안쪽 여정들에서 그러한 자의식을 가지고 신선이 된 옛 선인을 만나서 자아정체성을 확인하기 위해 신라사선의 옛 행적을 찾아다녔다.

그러다가 삼척에 들른 뒤에는, 신선 찾기의 다음 행로로서 천상의 신선이 된 장건(張騫)을 만나기 위해 선사(仙槎)를 나고 은하수로 향할 것인지 또는 계속 사선을 만나고자 하여 앞 여정에서 빠뜨린 사선 유적지 단혈(丹穴)로 찾아가 머물 것인지의 갈등을 보였고, 망양정에서는 '선산(仙山) 동해로 가는 길이 너무 멀어서 영웅(장건)이나 사선을 찾아가서 옛 기별을 묻는 것이 어렵다'고 하여 신선 찾기-만나기의 성공 가능성에 대한 회의를 드러내었다. 이러한 갈등과 회의는 곧 신선 찾기-만나기에서의 위기를 나타낸다고 할 수 있다.

이러한 위기를 해결하여 '신선(사선) 찾기-만나기'를 성공적으로 종결하기 위해서는 사선과의 만남이 이루어져야 할 터이다. 그런데 사선은 망양정 일대와는 무관하고, 월송정 부근에서 노닐었다는 등의 전승이 남아있다. 이에 따라 신선(사선) 찾기-만나기 과정에서의 위기는 사선이 노닐었던 월송정 부근에서 사선과 만남으로써 해결될 수밖에 없을 것이다. 그러나 사선은 오래 전에 신선이 되어 이 세상을 떠나갔기에, 꿈속에서나 만날 수 있는 존재다. 이에 이들을 만나려면 잠-꿈이 필요하게 된다. 일찍이 사선이 노닐었던 월송정 부근은 울창한 솔숲이 있어서 풋잠을 자기에 불편함이 없는 데다 신선이 탄다는 학(실은 황새)이 날아드는 곳이기도 하다. 그러므로 신선(사선) 찾기-만나기 과정에서의 위기는 작자가 월송정 부근 솔숲의 지면에 노출된 솔뿌리를 베고 누워 잠들고 그 꿈속에서 학을 타고 찾아오는 신선(사선)을 만남으로써 해결되는 것이 가장 자연스럽다고 하겠다(또한 월송정은 '月松亭'이라고도 하여, 끝부분에 나타나는 '明月'이 비치는 정황과 잘 어울리는 곳이기도 하다).

그러므로 월송정 부근은 신선(사선) 찾기-만나기 과정에서의 위기를 해결하고 사건을 종결하여 작품을 완성하기 위한 공간적 배경인 작중 종착지로서 최적의 장소라고 할 수 있다.

그러기에 작자는 이곳에서의 잠-꿈을 통해 하늘(九空)에서 학을 타고 찾아내려온 신선(사선)의 한 사람을 만나서 그에게서 자신이 '본디 상계의 진선이었다가 황정경 한 글자를 잘못 읽어두고 인간에 내려온 사람' 곧 '적선'이라는 말을 듣게 된 것이다.

한편 월송정과 그 부근은 시인 묵객들이 동해의 섬 울릉도(鬱陵島; 월송정 부근에서 東北東쪽으로 약 145km 떨어짐)를 아스라이 바라보거나 또는 그곳에 가는 것을 꿈꾸던 곳이기도 하다.[25]

---

25) 뒤에 들 이산해의 사례가 대표적인 경우이며, 金時習(1435~1493)도 동해안을 유람하면서 "遊越松 望鬱陵于山."이라고 하였으며(許穆, 『眉叟記言』 권11, 原集 중편, 「淸士列傳」), 吳道一(1645~1703)도 울진현령을 지낼 때 지은 한시 〈越松亭次任大年韻〉(『西坡集』 권3)에서 "縱目乾坤一蕩胸 扶桑瑞色鬱陵通 淸都咫尺三山近 碧海東南大地窮 …."이

울릉도는 우산국(于山國)이 512년에 신라의 아슬라(阿瑟羅) 군주(軍主) 이사부(異斯夫)에게 정벌된 뒤로 우릉도(于陵島)라 했으며, 고려시대 이래 우릉도(芋陵島, 羽陵島)·무릉도(武陵島)·울릉도(蔚陵島, 鬱陵島) 등으로 불렸다(강원도에 속함). 1403년(조선 태종 3)에 왜구(倭寇)의 침략을 경계하여 거주민들을 육지로 나오게 한 뒤로는 사람이 살지 않는 섬이 되어 있었다.[26)]

그런데 여러 사람들은 이 울릉도를 중국 전설에서 신선들이 산다고 한 바다 가운데 산으로 여기곤 했다.

『습유기(拾遺記)』(10세기에 王嘉가 중국의 전설을 모은 志怪書)에 이르기를, "부상(扶桑; 동녘)으로 5만 리를 가면 방당산(磅磄山)이 있는데, 그 위에 백 아름 되는 복숭아나무가 있어 만년에 한 번씩 열매가 연다. 울수(鬱水)가 방당산 동쪽에 있는데, 천 상(常; 1常은 16尺)이나 되는 푸른 연뿌리가 난다." 하였다. ……. 『습유기』에 이르기를, "봉래산은 높이가 2만 리인데, …… 그 동쪽에는 울이국(鬱夷國)이 있다."고 하였다.[27)]

이수광(李睟光; 1563~1628)의 견해에 의하면, '방당(磅磄)'은 '방장(方丈)'과 소리가 서로 가까우며 '울이(鬱夷)'와 울릉도(鬱陵島)도 소리가 서로 가깝고 울릉 또한 옛 나라 이름이었으므로, 방당산(방장산)의 동쪽에 있다는 '울수'와 봉래산 동쪽에 있다는 '울이국'은 곧 울릉도를 말한 바일 수 있다는 것

라 하였다.

26) 『신증동국여지승람』 권45, 蔚珍縣, 「산천」, '于山島 鬱陵島'; 李圭景, 『五洲衍文長箋散稿』 권35, 「鬱陵島事實辨證說」 등 참조.
　　이후 1882년(高宗 19)에 400년 넘게 시행되던 空地정책을 철폐하여, 주민을 이주시키고 島長을 두었으며(이듬해 島監로 함), 1900년(光武 4)에 울릉도를 鬱島郡으로 개칭하며 강원도에 편입했고, 1906년(광무 10)에 경상남도에 편입하고, 1914년에 경상북도로 이속했다(1915년에 鬱陵島로 변경했다가, 1949년에 울릉군으로 함). '울릉군 홈페이지'(http://www.ulleung.go.kr/)의 '울릉군 소개', '연혁' 참조.

27) "拾遺記日 扶桑五萬里 有磅磄山 上有桃樹百圍 萬歲一實 鬱水在磅磄山東 生碧藕長千常 … 拾遺記日 蓬萊山 高二萬里 … 東有鬱夷國云."(李睟光, 『芝峯類說』 권2, 地理部, 「山」).

이다.[28]

　이러한 점과 관련하여, 이산해는 「울릉도설(蔚陵島說)」에서 다음과 같이 말하였다.

　　아, 신선에 관한 설이 오래되었도다. 이른바 봉래·방장·영주가 과연 참으로 있는지는 알 수 없으며, 곤륜의 현포(玄圃)를 본 사람은 또한 누구인가? 만약 신선이 없다고 한다면 그만이겠지만, 있다고 한다면 이 섬(울릉도)이 봉래나 곤륜의 하나로서 이인(異人)과 선객(仙客)이 있는 곳일지 어찌 알겠는가? 한 폭의 베돛을 바람 따라 높이 걸면 불과 하루 밤낮 만에 몸을 그 사이에 이르게 할 수 있어서 세상의 여러 의혹들을 이에 좇아서 깨뜨릴 수 있을 터인데, 이렇게 하지 못하니 사람으로 하여금 부질없이 목을 빼내어 동쪽을 바라보면서 헛되이 몽상(夢想)과 음영(吟詠) 속에 들게 한다. 슬프구나!"[29]

　이처럼 월송정과 그 부근에서 아스라이 바라보이는 울릉도를 중국 전설에서 신선들이 산다고 한 바다 가운데 산(三神山)이라고 여겼기 때문에, 여러 사람들은 월송정 부근에서 울릉도의 신선을 그리워하거나 꿈꾸었다.

　그러기에 이산해는 「월송정기」에서 "소나무에 기대어 한가롭게 졸면서 정신이 울릉의 밖에서 노닐었다."고 하였으며, 또 월송정 부근에서 지은 한시 〈울릉도(蔚陵島)〉(『아계유고』 권1, 「箕城錄」)의 제1수에서는 "한 무제와 진시황이 신선을 찾았을 때, 용주(龍舟)가 오히려 울릉의 바람에 막혔었지.

---

28) 같은 글에서의 "余意磅磄與方丈 音相近 … 所謂鬱水 恐指鬱陵島而言 … 鬱夷與鬱陵島 音相近 鬱陵亦古國名 王維送日本晁監序曰 扶桑若薺 鬱島如萍此也." 참조.

29) "噫 神仙之說 尙矣 所謂蓬萊方丈瀛洲 未知果眞有 而崑崙玄圃 見之者抑誰歟 如使神仙不有 則已 有之則是島也安知蓬萊崑崙之一 而異人仙客之所在耶 一幅布帆 便風高掛 則不過一晝夜之頃 可以致身其間 而世之群疑衆惑 從此可破 旣不得此 則令人徒費引領東望 而空入於夢想吟咏之中 悲夫."(『아계유고』 권3).

찬 물결이 오랜 세월 공연히 나고 들고 하는 동안, 밝은 달 아래 반도(蟠桃)는 몇 번이나 붉었을까?(漢武秦皇訪異翁 龍舟猶阻蔚陵風 滄波萬古空朝暮 明月蟠桃幾度紅)"라고 하였고, 제3수에서는 "나른하여 솔뿌리 의지해서 낮꿈 꾸는 동안, 찬바람 불어서 학이 하늘 높이 오르네. 훨훨 날아서 푸른 바다 밖 지나니, 삼신산(三神山)과 부상(扶桑)이 눈 깜짝할 사이네(倦倚松根午夢間 冷風吹上鶴天寒 翻躚飛過滄溟外 三島扶桑瞥眼間)."라고 했던 것이다.

이와 같이 월송정 부근은 신라사선이 놀았던 곳이며 그들의 동해안쪽 행적이 끝난 곳으로서, 그 솔숲에 신선이 학을 다고 찾아오기도 한다고 상상되고 있었던 데다, 그곳에서 아스라이 바라보이는 울릉도를 신선들이 산다는 바다 가운데 산이라고 여겨서(신선이 된 신라사선이 갔다는 곳도 울릉도를 말한 것일 수 있음) 여러 시인 묵객들이 월송정 부근에서 몽상에 들고 시편을 지어 읊기도 했다. 이러한 점들로 보아, 〈관동별곡〉에서 작자가 그곳에 실제로 들렀든 또는 망양정에서 꿈이나 상상을 통해 가상으로 들르는 것으로 했든 간에, 월송정 부근을 종착지로 삼은 것은 그의 신선의식 실현을 효과적으로 구현하기 위한 최선의 설정이었다고 하겠다.

2) 결말부의 의의

일반적으로 문학작품들은 그 자체로써 완성됨을 지향하는 경향이 높다. 특히 서사문학 등처럼 사건이나 살능을 중심으로 하여 구성되는 경우에는 작품이 끝나기 전까지 사건이 종결되고 갈등이 해결되기를 꾀한다.

〈관동별곡〉도 '신선의식 실현'을 주제로 하여 '도입부→발단부→발전부→위기부→결말부'로 구성된 가운데 '신선(사선) 찾기-만나기'라는 일종의 사건을 가지며 그 전개과정에서 갈등·회의 등의 위기를 보이는 작품이다. 그러므로 이 작품의 완성을 기하기 위해서는 '신선(사선) 찾기-만나기' 과정에서의 위기가 해결되며 사건이 종결되어야 할 것인데, 그 위기의 해결과 사건의 종결은 결말부에서 사선과의 만남 달성을 통해 이루어진다.

작자는 이러한 결말이 자연스럽고도 효과적으로 이루어질 수 있도록 하기 위해서, 신선들이 산다는 바다 가운데 산으로 여겨졌고 신선이 된 사선이 간 곳일 수도 있는 울릉도를 아스라이 바라보거나 꿈꿀 수 있으며 일찍이 사선이 노닐었던 곳인 월송정 부근을 작중 종착지로 삼아서, 그곳 솔숲에서의 잠-꿈속에서 사선의 한 사람을 만나고, 그의 말을 통해서 자신이 본디 '상계의 진선'이었다가 작은 잘못으로 인간에 내려온 '적선'임을 밝히게 하였다. 이로써 작자는 신선(사선) 찾기-만나기 과정에서의 위기를 해결하고 자아정체성을 확인하여 사건을 완결한 것이다.

또한 결말부의 끝부분(종결부)에서는 이러한 위기 해결과 사건 종결을 넘어서서, 더욱 진전된 새로운 정보(시상)를 제시하고 있기도 하다. 작자가 자신의 정체성이 '적선'임을 깨달은 이후에 그에게 '신선의 경지'가 펼쳐지는 새로운 상황이 나타나는 것이다.

144　나도 줌을 씌여　바다홀 구버보니

145　기픠를 모르거니　フ인들 엇디 알리

146　明명月월이 千쳔山산萬만落낙의　아니 비쵠 뒤 업다

'명월이 천산만락에 빠짐없이 비춤'을 확인할 수 있는 위치는 매우 높은 곳이므로, 이는 작자가 우화등선(羽化登仙)하여 하늘 높이 날면서 하계(下界)를 굽어보는 것으로 해석될 수 있다. 또 이를 포함하여 제144~146행에서의 표현과 내용은 중국 신선사상의 주요 기반이 된 『장자(莊子)』에 나타난 위대한 인물('鵬', '大知' 등)의 경지에 관한 표현 및 내용과 상통하여,[30]

---

30) '바다를 굽어보니 그 깊이와 가를 알 수 없다'는 표현과 뜻은 『莊子』「逍遙遊」(內篇 제1)에서의 "하늘이 푸르른 것은 본래의 빛깔인가? 멀어서 끝닿는 바가 없어서인가? (鵬새가) 아래를 굽어보아도 또한 이 같을 따름이다(天之蒼蒼 其正色邪 其遠而無所至極邪 其視下也 亦若是則已矣)."의 내용과 거의 마찬가지이며, 이는 「秋水」(外篇 제17)에서의 "큰 지혜를 가진 이는 … 사물의 양이 무궁함을 안다(大知… 知量無窮)." 등에

신선의 경지를 나타내는 것이라고 할 수 있을 것이다.[31]

이러한 면에서, 이 작품의 결말부는 그 앞에 나타난 위기를 해결하고 적선으로서의 자아정체성을 확인하는 데 그치지 않고, 그 끝부분(종결부)에서 신선으로서의 본래 정체성이 상당 정도 회복되는 새로운 상황까지도 제시하는 진전을 보이는데, 관직과 정치에 대한 희망·의지를 지닌 관찰사의 처지에서는 이로써 그의 신선의식 실현이 현실적으로 달성될 수 있는 최고수준에 이르게 되었다고 할 수 있다.

이를 통하여, 그 결말부는 더 이상이 전개기 없음(불필요함)을 알려주고 정당화하며, 모든 선행 요소들이 포괄적으로 조망될 수 있고 그것들의 관계가 의미 있는 구도의 부분으로 파악될 수 있는 지점을 제공함으로써, 작품에 대한 독자의 체험에 궁극적인 통일성과 일관성을 부여하며 결말·해결·안정의 효과를 성취하는 시적 종결을 보이고 있는 것이다.[32]

한편 이 작품의 결말부는 그 앞과는 달리 여러 사항들을 긴밀히 관련시키는 문장 구성 속에서 여러 절묘한 표현들을 통해 신선의식 실현의 결과

서의 경지와 상통한다고 할 수 있다. 그리고 '明月이 千山萬落에 빠짐없이 두루 비친다'의 뜻은 「齊物論」(내편 제2)의 '만물은 서로 조화를 이루는 一體이므로, 차별 없이 존중하며 있는 그대로 따뜻이 감싸야 한다'는 사상과 통한다고 할 수 있을 것이다.

31) 김병국, 앞의 글, 56면에서는 이 작품에서 '餘韻과 餘白의 멋'을 강조하여, "깊이를 모르거니 가인들 어찌 알리"의 語勢가 제법 토의적 사변적 귀결로 몰아갈 듯하더니, 느닷없이 끝 행에서 마땅히 뒤따라야 할 논리적 귀결이 아닌, 심상의 자의적 환기에 놓아둠으로써, 향수자의 심리적 여운과 사변적 여백에 방치해 버리는 것이라고 하였지만, 이는 종결부의 의미를 필자와는 다르게 파악한 데 따른 견해라고 할 것이다.

32) Barbara H. Smith, *Poetic Closure*(Chicago: University of Chicago Press, 1968), p. 36; B. H. Smith, "Closure," Alex Preminger and T. V. F. Brogan ed., *The New Princeton Encyclopedia of Poetry and Poetics*(Princeton, New Jersey: Princeton University Press, 1993), p. 221 참조.

또한 끝 행의 리듬구조('3-5-5-2')가 그 앞 시행들에서의 리듬구조('3-4-3-4' 등)를 변용한 것('terminal modification')도 조선시대의 관습적 시형들인 가사와 시조 등의 시형에서 많이 쓰이던 것으로서('3-5-4-3' 등이 많음), 고조된 시적 긴장을 해소하고 더 이상의 전개가 없음을 알려주는 등의 종결 효과를 위한 것이라고 할 수 있다(B. H. Smith, *Poetic Closure*, p. 50; 성호경, 『朝鮮前期詩歌論』, 새문사, 1988, 119면, 131면 참조).

들을 매우 효과적으로 구체화하여 인상적으로 나타내고 있다.

그 첫머리의 "松송根근을 볘여 누어 풋즘을 얼픗 드니"(제129행)는 (a) 머리가 솔뿌리(松根)를 넘어감(越)으로써 '월송(越松)'을 나타내게 되어, 작자가 월송정 부근의 솔숲에서 누워 잠잤다는 것을 절묘하게 표현한 바일 것이다. 그런데 이는 표현의 묘미를 추구한 것에만 그치지 않고, (b) 그 월송정 부근에서의 '잠-꿈'의 상황 설정을 통하여 그곳과 관련되는 신라사선을 그 꿈속에 자연스럽게 끌어들일 수 있게 하며, (c) '풋잠(깊이 들지 못한 잠)'이라고 함으로써 작자가 그 잠-꿈에서 곧 깨어나게 될 것임을 암시한다.

이러한 표현을 기반으로 해서, (b)의 상황에서 작자는 사선의 현몽(現夢)을 통해 그동안의 신선(사선) 찾기의 목적인 사선과의 만남을 자연스럽게 달성하였고(이로써 위기부에서의 갈등·회의의 주된 요인이 시상의 연쇄를 통해 긴밀성을 갖추면서 해결됨), 또 그의 말을 통해 적선으로서의 자아정체성 확인(깨달음)이 이루어질 수 있게 했다.[33] 그리고 (c)에 따른 결과로서 작자는 자아정체성 확인(깨달음)과 깨어남(覺夢) 이후에 자신에게 펼쳐진 새로운 세계 곧 신선의 경지(신선으로서의 본래 정체성 회복)를 구상화하였다. 또한 작자가 마침내 우화등선하여 신선의 경지를 얻게 되었다는 점은 "구버보니"와 하늘 높이 날아야 확인할 수 있는 정황만을 제시하는 고도의 축약적·암시적인 방식으로써 표현되었다.

그리고 결말부에서의 '학(鶴)'(제142행)·'옥소(玉簫)소리'(제143행)·'잠을 깸'(제144행)은 발단부에서 신선의식을 도출하기 시작하는 부분인 "金금剛강臺팀 민 우層층의 仙션鶴학이 삿기 치니/ 春츈風풍 玉옥笛뎍聲셩의 첫즘을 찍돗던디"(제23·24행)에서의 '선학'·'옥적성'·'첫잠을 깸'과 같거나 비

---

33) 그리고 "이 술 가져다가 四ᄉ海ᄒ예 고로 ᄂᆞ화/ 億억萬만 蒼창生ᄉᆞᆼ을 다 醉취케 밍근 後후의/ 그제야 고텨 맛나 ᄯᅩ 흔 잔 ᄒᆞ쟛고야"(제139~141행)를 통해서, 작자의 목민관으로서의 소임 완수를 넘어서는 經國濟民 곧 국가경영에 대한 희망과, 그 이후에 九空에서 살고 있는 사선과 다시 만나는 것 곧 자신도 '上界의 眞仙'으로 돌아감에 대한 기대를 드러내기도 했다.

슷한 말들로써 대응되고 있다. 이 작품의 신선의식 관련 부분만으로 보면, 수미상관법(首尾相關法)으로써 발단부에서 암시되었던 주제의 핵심인 '신선의식의 실현'을 결말부에서 묘미 있게 강조하고 있기도 한 것이다.[34]

또한 그 앞까지는 묘사와 독백적 화법(話法) 위주로 서술이 이루어지다가 결말부에서는 중간 중간에 "그딋를 내 모르랴 上상界계예 眞진仙션이라/ 黃황庭뎡經경 一일字주를 엇디 그릇 닐거두고/ 人인間간의 내려와셔 우리를 쏠오는다/ 져근덧 가디 마오 이 술 흔 잔 머거 보오"(제131~134행)와 "이 술 가져다가 四수海회예 고로 논화/ 億억萬만 蒼창生싱을 다 醉취케 밍근 後후의/ 그제야 고텨 맛나 쏘 흔 잔 흐쟛고야"(제139~141행)라는 사선과 작자 사이의 대화가 직접 인용으로 나타나는데, 이는 결말부에서 적지 않은 비중을 지닌다.

대화의 사용은 극적인 정신의 발현인데, 극적인 정신은 어떤 한 방향(이념)을 향해 개별적인 사물들을 질서화하는 목표지향적 전진을 통해 강한 긴장 등의 극적 효과를 유발한다고 한다.[35] 그리고 그 대화를 실제 발화의 형태로 나타내는 직접 인용은 현장감·실감을 통해 가상의 일조차도 실제의 일인 듯이 여겨질 수 있게 하는 박진감과 신뢰감을 준다.

시에서의 대화 사용은 작품의 주제를 객관화하고 고조된 극적 긴장을 낳는다고 하며,[36] 독백적인 시 안에 대화적 특성과 직접 인용의 극적 화법의 활용 등 다른 화법을 삽입하는 방식은 시의 단성성(單聲性)을 극복하고 시인이 지향하는 바를 효과적으로 표현할 수 있게 해 주는네, 그 직접 인용으로 쓰인 시구는 대개 시의 궁극적인 의미 혹은 주제와 밀접한 것이라고 한다.[37]

---

34) 이에 관한 자세한 논의는 성호경, 「〈關東別曲〉의 형상화와 鄭澈의 신선의식」, 99~101면(이 책, 469~471면)을 볼 것.

35) Emil Staiger, *Grundbegriffe der Poetik*, 李裕榮·吳鉉一 역, 『詩學의 根本概念』(삼중당, 1978), 224~225면, 246~247면 참조.

36) A. Preminger and T. V. F. Brogan ed., *op. cit.*, p. 291.

37) 이은정, 『현대시학의 두 구도』(소명출판, 1999), 162면.

그러므로 이러한 방식이 이 작품의 결말부에서 쓰인 것은 작자의 자아정체성이 적선임을 확인함과 작자의 궁극적인 지향 목표인 '진선(眞仙)으로서의 본래 정체성을 회복함'을 극적 효과와 박진감·신뢰감을 유발하면서 효과적으로 추구하고 인상적으로 표현하게 해 준다고 할 수 있을 것이다.

이상과 같이, 이 작품의 결말부는 신라사선 등 신선과 관련이 있는 월송정 부근을 종착지로 하고 그 앞과는 다른 문장 구성과 화법을 쓰면서, 사선과의 만남을 통해 주제인 신선의식 실현을 위한 신선(사선) 찾기-만나기 과정에서의 위기를 해결하며 적선으로서의 자아정체성을 확인하여 사건을 종결하고, 더 나아가 끝부분(종결부)에서 신선으로서의 본래 정체성을 상당 정도 회복하는 새로운 상황까지도 제시하여 작자의 신선의식 실현이 현실적으로 달성될 수 있는 최고수준에 이르게 됨으로써 더 이상의 전개가 불필요함을 알려주는 등의 시적 종결의 효과를 성취하며, 또한 그러한 주제의 최종적 국면을 절묘하고 효과적으로 표현함으로써 독자들에게 강렬한 인상을 준다.

5. 결론

이상에서 살핀 바를 요약하면 다음과 같다.

〈관동별곡〉은 작자 정철이 자신을 선인(仙人)으로 여기는 신선의식의 실현이 주제의 핵심이며 그 형상화도 이를 구현함에 초점 맞추어져서, 작자가 신선을 만나서 자아정체성을 확인하기 위한 '신선(新羅四仙) 찾기-만나기'를 구성의 중심축으로 하는데, 결말부에서 작자는 꿈속에서 사선을 만나 자신의 정체성이 '본디 상계(上界)의 진선(眞仙)이었다가 작은 잘못으로 인간에 내려온 적선(謫仙)'임을 확인한 뒤, 본래 정체성을 상당 정도 회복하게 된다.

작중 종착지는 '망양정(望洋亭)'으로 알려져 왔지만, 결말부의 표현 "松송根근을 베여 누어~"와 월송정(越松亭) 부근 및 망양정 일대의 특성 그리고 신선(四仙) 관련 전승 등으로 보아 '월송정 부근'일 가능성이 높으며, 작자의 의중(意中)에 있던 실질적인 종착지는 월송정 부근이라고 할 것이다.

월송정 부근은 신라사선이 놀았던 곳이며 그들의 동해안쪽 행적이 끝난 곳으로서, 그 솔숲에 신선이 학을 타고 찾아오기도 한다고 상상되고 있었던 데다, 그곳에서 아스라이 바라보이는 울릉도가 신선들이 산다(신선이 된 사선이 간 곳일 수도 있는)는 바다 가운데 섬이라고 여겨졌기 때문에, 작자의 '신선(四仙) 찾기-만나기' 과정에서의 위기를 해결하고 사건을 종결하여 작품을 완성시키기 위한 공간적 배경인 작중 종착지로서 최적의 장소이다. 그러므로 작자가 그곳에 실제로 들렀든 또는 망양정에서 꿈이나 상상을 통해 가상으로 들르는 것으로 했든 간에, 월송정 부근을 작중 종착지로 삼은 것은 그의 신선의식 실현을 효과적으로 구현하기 위한 최선의 설정이었다고 할 것이다.

결말부는 이러한 월송정 부근을 종착지로 하고 그 앞과는 다른 문장구성과 화법을 쓰면서, 사선과의 만남을 통해 주제인 신선의식 실현을 위한 신선(四仙) 찾기-만나기 과정에서의 위기를 해결하며 적선으로서의 자아정체성을 확인하여 사건을 종결하고, 이에서 더 나아가 끝부분(종결부)에서 신선으로서의 본래 정체성을 상당 정도 회복하는 새로운 상황까지도 제시하여 작자의 신선의식 실현이 현실적으로 달성될 수 있는 최고수준에 이름으로써 더 이상의 전개가 불필요함을 알려주는 등의 시적 종결의 효과를 성취하며, 또한 그러한 주제의 최종적 국면을 절묘하고 효과적으로 표현함으로써 독자들에게 강렬한 인상을 준다.

〈관동별곡〉은 옛날부터 가사의 명작으로 손꼽혀 왔으며, 대한민국의 제1차 교육과정기(1954~1963년)부터 현행 제7차 교육과정기(1999년~현재)에 이르기까지 여느 작품들과는 달리 한 차례도 빠짐없이 고등학교 '국어' 교과서에 실려 왔기에, 고등학교를 졸업한 사람이면 누구나 알게 되는 '국민적 작품'이라고 할 수 있을 것이다. 그러므로 그 시세계에 대한 바른 이해는 어떤 작품들보다 더 긴요하다고 하겠다.

작자 정철은 이 작품에서 그가 경험한 순력여행의 현장들에 대한 감동적이며 생동감 있는 정서적 체험을 바탕으로 하고, 적지 않은 독서(특히『신증동국여지승람』)와 견문을 통해 얻게 된 강원도 여러 지역들에 대한 풍부한 정보와 더불어 이백(李白)·소식(蘇軾) 등 중국 대시인들의 작품들에 대한 해박한 지식을 잘 활용하면서, 특유의 뛰어난 시적 창조력을 발휘하여 그의 내면세계를 훌륭하게 형상화하였을 것으로 추정된다.

그러나 그동안의 연구들에서는 이 작품의 주제와 그 구현으로서의 형상화에 대한 고찰이 불충분하여, 그 예술적 가치에 대한 정당한 평가는 물론이고, 그 시상에 대한 바른 이해조차 충실히 이루어지지 못하고 있다.

이 작품의 시상에 대한 바른 이해를 위해서는, 연구자들이 이 작품 창작에 기울인 작자의 노력을 따라가려는 마음가짐을 가지고 여러 표현들의 의미와 특성을 치밀하게 살펴서 밝혀내어야 할 터인데, 그 관건은 결말부에 대한 바르고 깊은 이해에 있다고 할 수 있다. 이 때문에 그 작중 종착지의 실상과 이를 공간적 배경으로 하여 이루어지는 결말부의 특성과 의의에 대한 면밀한 고찰이 긴요하다고 할 것이다.

이에 필자는 이 글과 그 앞에 발표된 글을 통해서 그 일단(一端)을 나름대로 꼼꼼히 살펴보았는데, 이 글들에서 밝혀낸 바는 불충분하나마 〈관동별곡〉의 시세계에 대한 바르고 깊은 이해에 얼마간 이바지하고, 정철 문학의 특질 및 가치 구명과 가사 결말부의 특성에 대한 연구에 유용한 길잡이가 될 수 있을 것이다. 앞으로 이러한 고찰들의 결과를 기반으로 하여 그 관련되는 연구들이 충실하게 이루어지기를 기대하는 바이다.

원제: 「가사 〈관동별곡〉의 종착지 '월송정 부근'과 결말부의 의의」
『국문학연구』 제22호(국문학회, 2010. 11)

[참고]

두곡 고응척의 시가

1. 두곡 시가의 출전

조선 선조(宣祖) 때의 유학자(儒學者) 두곡(杜谷) 고응척(高應陟; 1531~1605: 중종 25~선조 38)의 우리말 시가 작품 28수가 1963년에 소개된 이래,[1] 국문학계에서는 사설시조(辭說時調)의 발생기를 선조대 이전으로 올려 잡는 추세를 보이게 되었다. 그의 시가 작품 28수 가운데서 22수는 시조(平時調)지만, 〈군자곡(君子曲)〉("瞻彼淇隩ᄒ니~") · 〈평천하곡(平天下曲)〉("咸陽宮 쇠를 노겨~") · 〈천지일가곡(天地一家曲)〉("티미러 도라보니~")의 3수와 〈호호가(浩浩歌)〉 3수("天地萬物이 엇디ᄒ야 삼긴게고"로 시작되는 점은 마찬가지이지만, ᄀ 뒤가 각각 "시지리 쓰시뎐~" · "屈原은 므슥일로~" · "玉堂金馬ᄂ~"으로 되어 있음)가 사설시조의 모습을 지니기 때문이라는 것이다.[2]

이처럼 두곡 고응척의 작품들은 우리 시가사를 일부 고쳐 쓰게 한 요인이 되기도 한 것으로서 시가사상 적지 않은 의의를 지닌다고 할 수 있을

---

1) 金東旭, 「杜谷時調研究: 壬亂前의 資料」, 『東方學志』 6(연세대학교 국학연구원, 1963), 재수록: 金東旭, 『韓國歌謠의 研究 · 續』(선명문화사, 1975), 265~279면.

2) 崔東元, 『古時調研究』(형설출판사, 1977), 154~155면 등 참조.

것이다.

그런데 이를 학계에 처음 소개한 김동욱의 논문에서 고찰의 저본(底本)이 된 『두곡집(杜谷集)』은 원고본(原藁本)이나 간본(刊本)이 아니라 후세에 필사(筆寫)한 책으로[3] 부정확한 부분이 없지 않고, 또 완질(完秩)도 아니다. 이에 따라 소개된 작품들의 기사(記寫)는 표기 면에서 다소 문제점을 지니고 있지만 바로잡기가 어려웠고, 그 때문에 그 작품들의 시상(詩想) 이해에 다소간 지장을 주게 되었다. 그리고 그 사본(寫本)이 완질이 아니어서 두곡의 생애를 소상히 밝혀내기가 어렵게 되기도 했다.

『두곡집』과 두곡의 시가 작품들을 처음 소개한 논문에 의하면, '임란(壬亂) 전의 문헌'『두곡집』 필사본은 상·하 2권에 상·하 양책(兩冊)으로 성책(成冊)되어 있으며, 상권 62장(張) 하권 83장으로 이루어져 있다고 한다. 김동욱은 이를 소장자 통문관(通文館) 주인 이겸로(李謙魯)의 호의로 예용해(芮庸海)의 손을 거쳐 학계에 소개하게 되었다고 하였다.[4]

그런데 근년에 목판본(木板本) 『두곡선생문집(杜谷先生文集)』 5책(冊)이 발견되고, 또 이를 영인(影印)한 중간본(重刊本) 5책이 반행(頒行)되었다(1987년 3월 15일 발행, 발행인 高熙哲, 인쇄 大田 回想社). 발행인 고희철(高熙哲)이 그 중간(重刊)의 「발(跋)」에서 밝힌 바에 의하면, 그가 사는 경북 선산군(善山郡) 해평면(海平面) 해평동[1995년부터 구미시 해평동이 됨]의 이웃 사람 최종석(崔鍾奭; 杜谷의 門人인 訒齊 崔晛의 후손)이 서울로 이사 갈 때 짐을 꾸리다가 그의 집에 전해 내려오던 책상자 가운데서 『두곡선생문집』 5권을 찾아내어 이를 고희철에 빌려줌으로써 이 책의 중간(影印)이 이루어졌다고 한다.[5]

---

3) 金東旭, 앞의 책, 269면 참조.
4) 같은 책, 265면, 269~270면 참조.
5) 『杜谷先生文集』(影印重刊本) 第五冊의 卷之五(卷之六의 다음) 33張 참조.

2. 『두곡집』의 서지와 고응척의 생애

이 『두곡선생문집』의 중간본은 다음과 같은 편차(篇次)로 되어 있다.

　제1책
杜谷先生文集目錄(15張)
重刊序(1985년 朴鎬龍. 1張. 新活字[6])
卷之一(43張)
　賦 40편

　제2책
卷之二(51張)
　賦 18편(22張)
　詩 五言絶句 17편, 七言絶句 67편, 六言絶句 1편, 五言四韻 32편, 七言
　　四韻 23편, 五言長篇 11편, 七言長篇 6편

　제3책
卷之三(65張)
　疏 2편, 議 1편, 書 8편, 雜著 13편, 序 4편, 記 7편
卷之四(14張)
　表·箋檄 6편, 祭文 6편, 銘 1편, 碣銘 1편, 墓誌 3편

　제4책
卷之五(36張)
　別錄 6편, 圖 10편

---

6) 이 중간본에서 '新活字'로 된 것은 모두 1987년의 중간 때 편입한 것이다.

杜谷歌曲(7張)

제5책

卷之五(1張)

卷之六(2張)

卷之一(35張)

顔子書 卷之一(16張)

顔子書 卷之二(19張)

卷之六(28張)

附錄 年譜

言行錄(崔晛)

挽章(張顯光·鄭經世 등 10편)

祭文(張顯光·崔晛·高騁雲 등 14편)

杜谷先生文集跋(崔晛)

奉安文, 告由文

卷之五(7張)

墓碣銘(新活字), 改碣告由文(新活字), 跋 4편(新活字)

이러한 편차에서 제5책은 착란(錯亂)이 많이 나타나는 편이다.

이 책은 총 297장(重刊時의 編入分을 합하면 총 305張)으로 되어 있는데, 각 장의 매면(每面)이 11행, 각 행 22자씩이어서, 이를 개산(概算)하면 14만 여 자가 된다. 그런데 김동욱이 소개한 필사본은 총 145장에 매면 10행 각 행 20자씩이라고 하니,[7] 모두 합해 5만 8천 자에 미치지 못하는 것이다. 그 부족한 것이 대략 8만여 자로서, 판본(板本)을 기준으로 할 때 1백 7십 여 장 가량이 누락된 것이다(그러나 필자는 그 필사본을 보지 못하였기에, 구체

---

7) 김동욱, 앞의 책, 269면 참조.

적으로 어떤 글들이 누락되었는지에 대해서는 밝힐 수가 없다).

　이 책의 초간본(初刊本)이 언제 이루어졌는지는 최현(崔晛; 1563~1640)의 「두곡선생문집발」(卷之六)에 나타나 있지 않아서 정확히 알 수 없는데, 「언행록(言行錄)」이 1626년(仁祖 4) 겨울("時天啓丙寅冬")에 쓰인 것이라는 점으로 보아, 인조대(1595~1649) 또는 그 이후일 가능성이 적지 않다고 할 것이다(板式의 魚尾紋으로 미루어보면, 英祖代 이후의 간행일 가능성도 없지 않다고 하겠다).

　김동욱의 논문에서는 두곡의 생애를 소상히 밝히지 못하였는데, 이 책의 「연보(年譜)」(第五冊 卷之六) 등에 의거하여 보충해 보면 다음과 같다.

　　자(字)는 숙명(叔明), 호(號)는 두곡(杜谷) 또는 취병(翠屛). 본관은 안동(安東). 처사(處士) 몽담(夢聃)[8]과 동래 정씨(東萊鄭氏) 사이의 6남 중 4남.
　1531년(中宗 26년) 7월 6일 경상도 선산부(善山府) 해평현(海平縣) 문량동(文良洞)에서 출생.
　1541년(11세) 부모를 따라 상주(尙州) 구도곡(求道谷)으로 옮김.
　1542년(12세) 후계(後溪) 김범(金範)에게 『중용(中庸)』을 수학할 것을 청했으나, 알아듣지 못한다고 하여 거절당함. 〈도자부(道字賦)〉 70여 구(句)를 지음.
　1547년(明宗 2년; 17세) 화산(花山; 安東)에서 아내를 맞음(英陽 南氏). 『대학(大學)』을 읽음.
　1561년(31세) 식년시(式年試) 문과(文科)에 유학(幼學)으로서 병과(丙科)에 급제함.[9]

---

8) 같은 책, 270면에서는 '識'이라고 하였으나, '識'은 杜谷의 祖父이다.
9) 같은 책, 270면에서는 杜谷이 19세이던 明宗 4년(1549)에 司馬試에 급제한 것이라 하였고, 이를 따라서인지 다른 논저들에서도 그렇게 기술하고 있으나, 실은 이 해 사마시의 初試에만 합격하였을 뿐이다. 두곡은 끝내 生員試나 進士試에는 급제하지 못하고 바로 문과에 급제하였다.

1562년(32세) 관직에 나아가 함흥교수(咸興教授)로 부임하였다가, 이듬
해 봄에 교서관(校書館) 저작(著作)으로 옮기고, 겨울에 환향(還
鄕)하여 도포동(陶圃洞)에서 살았다. 1564년 안동교수(安東教授)
가 되고, 1568년(宣祖 元年: 38세) 사헌부(司憲府) 감찰(監察)이
되어 서울에서 살게 되었다. 이듬해 교서관 박사(博士)가 되고,
그 다음해 회덕현감(懷德縣監)이 되었다.

1571년(선조 4년; 41세) 모친상을 당하여 여막에서 지내다가, 1573년 복
(服)이 끝나자, 도포(陶圃)에서 두곡(杜谷)의 종가(宗家)로 옮겨
지냈다. 이듬해 하양현감(河陽縣監)이 되었다.

1576년(46세) 사도시(司導寺) 첨정(僉正), 교서관 교리(校理), 성균관(成
均館) 직강(直講)을 거쳐, 이듬해 승문원(承文院) 교검(校檢)에 제
수되었다가, 곧 임피현령(臨陂縣令)으로 옮겼다. 그 다음해 함양
군수(咸陽郡守)에 제수되었으나 부임하지 않았다.

1579년(49세) 부친상을 당하였고, 복(服)이 끝난 뒤 1582년에 예안현감
(禮安縣監)으로 부임하였다. 1585년에는 상주제독(尙州提督)[10]이
되었다.

1589년(59세) 경상도사(慶尙都事)에 제수되었으나 부임하지 않았고, 이
듬해 감사(監司) 김수(金晬)에게 육예(六藝)를 설(設)하고 강무당
(講武堂)을 세울 것을 청하였으나 받아들여지지 않았다. 그 다음
해 안동제독(安東提督)이 되었다.

1592년(62세) 임진왜란을 만났다. 이때 화산(花山; 安東)에 있었다.

1596년(66세) 성균관(成均館) 사성(司成)이 되었으나, 부임하지 않았다.

1605년(선조 38년; 75세) 경주제독(慶州提督)이 되었다가, 환가(還家)하
여 8월 28일 졸(卒)하였다.

---

10) '提督'은 선조 때에 各道의 鄕校 學事를 감독하기 위해 둔 벼슬이었음.

3. 두곡 시가 작품

　새로 발견된 책에서 두곡의 시가 작품들은 제4책에서 권5 다음에 '가곡
(歌曲)'이라는 편목(板式에서는 '杜谷歌曲 卷之一')으로 실려 있다.

右君子曲

右小人曲

右矜誇曲

右誡意曲

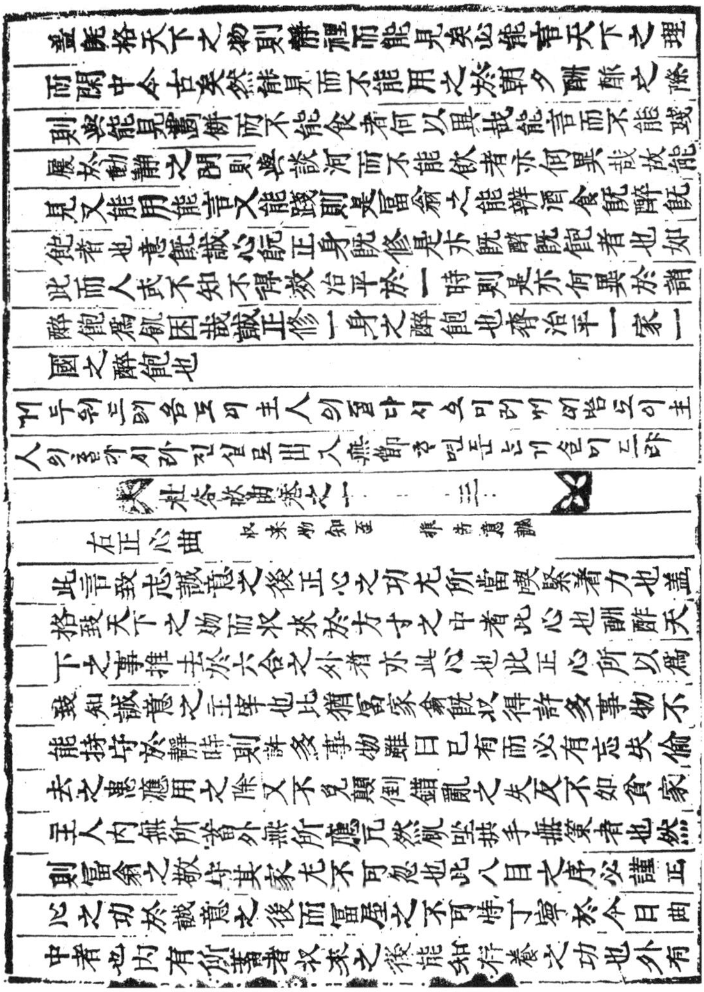

盡厥格天下之物則靜程而能見矣必能盡天下之理
而閑中今古矣然梏具而不能用之於朝夕酬酢之除
則婆能見書冊樹而不能食者何以異哉能言而不能踐
履於動靜之間則婆談河而不能飲者亦何異哉故能
見又能用能言又能踐則是居衾之能辨酒食醉飽
此能者也意能誠心既正身既修是亦既酢既飽者也如
而人武不知不得救冶平於一時則是亦何異於蕭
爲飢困哉誠正修一身之醉飽也將冶乎一家一
國之醉飽也

人이 ᄆ 等을 혜 혜아려 일로쎠 ᄆ 等을 主人이 至 ᄒᆞ야셔 ᄆᆯ 혜여 ᄆᆯ 집의셔 ᄒᆞᆯ ᄂᆞ니 ᄂᆞᆯ 셔

右正心曲

此言致志誠意之後正心之功无所當喫緊着力也盡
格致天下之物而求求於方寸之中者此心也酬酢天
下之事推去於六合之外者亦此心也此正心所以爲

所應有者 但上海而已

… 右修身曲

五倫을 … 一家中에 … 大夫 … 右齊家曲

江上에 老精工로 … 大夫天 … 右治國曲

咸陽倍 … 萬里城軍을 … 四海內陳地를 … 秋風이 … 不盡 … 天地間을 …

右平天下曲

… 分明上市 … 中閒萬物 … 同樂 …

右天地一家曲

… 成物 … 智 … 齊治 … 成已 …

右仁智曲

右唐虞曲

右鳶魚曲

右然然曲二節

大集善言天地萬物之理消長之所以然也

右晝夜曲三疊

그 작품들을 김동욱이 소개한 것과 비교하면서 들어보기로 한다(차이가 나는 경우는 밑줄을 치고 金東旭 소개본에 나타나는 것을 ( ) 속에 밝히며, 밑줄을 치지 않고 [ ]한 것은 김동욱 소개본에만 있는 것임을 나타냄).[11]

① 〈대학곡(大學曲)〉

  혼 권 大學冊이 엇디ᄒ야 됴흔 글고

  나 술(살)고 ᄂᆞᆷ 사니 긔 아니 됴한 글가

  나 속고 ᄂᆞᆷ 소길 그리 <u>아니라</u>(아) <u>안</u>(×) 닐어 므슴 ᄒ료

② 〈입덕문곡(入德門曲)〉

  格致로 눈을(늘) 떠셔 誠意로 걷게 <u>ᄒ</u>(하)니

  눈 ᄯᅳ고 걷거니 <u>문의</u>(무ᄂᆡ) 아니 드러가랴

---

11) 김동욱이 소개한 것으로는 같은 책, 265~268면에 재수록된 것을 따른다.

엇쩌(짜)셔 古今에 사ᄅᆞ만(믄) 몰 보고셔 든ᄂᆞᆫ다

③ 〈명명덕곡(明明德曲)〉

萬物을 삼겨두고 日月 업시 살리러냐

方寸神明이 긔 아니 日月인가

진실로 學問봇 아니면 日月食이 저프니라

④ 〈신민곡(新民曲)〉

혼 지븨 혼ᄃᆡ 누어 자ᄂᆞᆫ 사름(람) 겯틔 두고

火燃積薪커니 설워 아니 씌올러냐

진실로 아니옷 씌(×)오면 [쎄] 제나 내나 다르랴

⑤ 〈지선곡(至善曲)〉

솔(소)를 넙게 티고 貫을 엇디 ᄃᆞ란ᄂᆞᆫ고

左右邊幅인들 긔(긔) 아니 마즌(친) 쟉가

진실로 至妙處을 보랴 ᄒᆞ면 별ᄃᆞᆫ 되사(야) 어렵다

⑥ 〈군자곡(君子曲)〉

瞻彼淇澳ᄒᆞ니 빋날손 有斐君子ㅣ(이)

切ᄒᆞ고 磋텃ᄒᆞ니 모를(틀) 일니(이리) 므어시며

琢ᄒᆞ고 磨텃ᄒᆞ니 허믈을(를) 몯 보로다

ᄒᆞ믈며 親賢樂利ᄒᆞ거아 綠竹興도 낟브(낫보)도다

⑦ 〈소인곡(小人曲)〉

間居屋漏中에 忌憚 업슨 져(뎌) 사름아

너 소기(속)고 ᄂᆞᆷ 쇠기니 디(긔) 므스일 그러ᄒᆞᆫ다

아마도 配天地ᄒᆞ(ᄒᆞ)ᄉᆞ 나히 됴케 산들 엇더(얻쩌)료

⑧ 〈격치곡(格致曲)〉

　　두 귀를 넙게 하니 閑中에(예) 今古ㅣ(고금이)로다

　　두 눈(누)을 불게 하니 靜裡에(예) 乾坤이로다

　　하말(믈)며 豁然處예(에) 오(올)르면 日月인들 멀리잇갓(니까)

⑨ 〈성의곡(誠意曲)〉

　　비골하 섧드(셟다) 하야 畫餠이 긔 됴하(하)랴

　　終日談河인들 止渴을 엇니(시)하료

　　진실로 富潤屋하면 窮타 한달(달) 엇(얻)더하료

⑩ 〈정심곡(正心曲)〉

　　거두워(어) 드려옴도 이 主人의 홀 다시오

　　미러내여 뽐(뿔)도 이 主人의 홀 다시라

　　진실(살)로 出入無節는면 둔는거(돈손키)술 미드랴

⑪ 〈수신곡(修身曲)〉

　　뇹(남)글 심거두고 불희브터 갓고는 뜨든

　　千枝萬葉이 이 불희로 조차 난(난)다

　　하믈며 萬事根本을 아니 닷고 엇디하료

⑫ 〈제가곡(齊家曲)〉

　　五倫을 성각하니 一家中에 셰(서)히로다

　　이 셰홀(흘) 모르면 뎌 둘홀 엇디하료

　　엇다셔 이제 先輩는 舍近趣遠 하느뇨

⑬ 〈치국곡(治國曲)〉

　　江上에(×) 老梢工도 웰(월) 소리면 드라든다

大丈夫이 되여나셔 一身만 엇디 혜(세)료

진(진)실로 건넬 힘 이시면 아(안)니 가고 엇디[히로(료)

⑭ 〈평천하곡(平天下曲)〉

咸陽宮 쇠를 노겨 기[대흔 호미 티고

萬里城軍을 내여 面面히(×) 監考定고(코)

海內陳地를 다 除草ᄒ야 두고

天地間 굴믄 사름(람) 다 겻거 보랴터니

秋風이(×) 吹不盡ᄒ니 일동말동 ᄒ여라

⑮ 〈천지일가곡(天地一家曲)〉

티미러 도라보니 分明[히] 上帝로쇠

ᄂ리미러 살(술)펴보니 진실(살)로 慈母로다

中間萬物이 긔(그) 아니 同生이랴

흔 지븨 흔 세간 되여 同樂흔들(홀) 엇더료

⑯ 〈인지곡(仁智曲)〉

格致로 시작ᄒ의(니) 成物홀 智 아니냐

齊治로 ᄆ츠니 成己흔 仁이로다(나)

仁智로 終始한 주를 아니 츳고 엇디ᄒ리(료)

⑰ 〈당우곡(唐虞曲)〉

唐虞를(를) 브라다오(보)며 三代를 그리다보(오)랴

니간듸(건너) 오라건(커)니 이제아(제야) 보며 오랴

출아리 江山主인(이) 되여 方寸唐虞호리라

⑱ 〈연어곡(鳶魚曲)〉

티미러 도라보니 짓(딧)_도텨 노피 눈다
ᄂ(ᄅ)리미어(러) 슬펴보니 비늘 도텨 논(노)니ᄂ듯(다)
우리도 그 ᄉ이 낫거니 아니 놀고 엇뎌(뎨)료

⑲ · ⑳ 〈연연곡(然然曲)〉 이절(二節)

그리 그러ᄒ샤 엇디ᄒ야 그런게고
그리 아의(니)코ᄂ 그리티(치) 몯(모)홀런가
그린 줄 아디(지) 몯(못)ᄒ니 그런 주리 셜웨라

그리 그러모로(도) 그리 그러텃다
그러티 아니면 이제도록 그러ᄒ랴
진실(시)로 그러ᄒ덧(텃)짜 그런 주리 깃게라.

㉑ · ㉒ 〈주야곡(晝夜曲)〉 이절(二節)

나줄 삼겨 두고 밤을 엇(얻)디 삼긴 게고
千古興亡이 번개칠 ᄉ이로다.
진실(시) 長生不死ᄒ곤 들이 造化룰(을) [못]ᄒ리잇가

밤이 업스면 나지 엇(얻)디 이실것고(쇠)
千古興亡이 매(맷)돌 ᄉ니(×)예 도ᄂ니라
진실(시)로 長呼不吸ᄒ면 一朝生도 못ᄒ리라

㉓ · ㉔ 〈마석곡(磨石曲)〉 이절(二節)

구울고 ᄯᅩ 구우니 매쏠(쏠) ᄀᆞᆺ튼 니(이)리로쇠
死生得喪을 뉘 맛다 시기ᄂ고
아마도 삼기ᄂ 거슬 다 고ᄅ게 못ᄒ리잇가(ᄒ룰아 ᄒᆞᆫ 말솜 ᄒ쇼셔
나도 알랴 ᄒ뇌다)

매쏘(도)리 도는 [쁘든 大쿄롤(을) 낼 만ᄒ다

巨細厚薄이아(야) 맷도린들 엇디ᄒ료

우리ᄂ 無心코 돌거든(×)이시되 절로 不齊ᄒᄂ다(나)

㉕ 〈유무곡(有無曲)〉

有形타 혼자 이시며 無形타 어듸 보료

잇거냐(니) 업거나 ᄒ듸 브(보)튼 이리로다

어듸셔 눈(는) 업슨 사름의(미) 두 가지라 ᄒᄂ뇨(노료)

㉖ · ㉗ · ㉘ 〈호호가(浩浩歌)〉

浩浩歌

天地萬物이 엇디ᄒ야 삼긴게고

시저리 쁘(쓰)시면

太倉애 祿米롤(을) 씌(쩌) 누키고 머그리라(랴)

시절(저)리 브리시면

綠水靑山이 어듸가 업시(스)리오

渭川漁父(夫)도 낫대 ᄒ나뿐이(쌕니)오

莘野耕叟도 두어 고랑 바치(티)로다

ᄒ말(믈)며 嚴子陵도 帝腹애 발 언(연)즈니

구믈기도 몯 ᄒ거든 셩식을(글) 내실너(러)냐

어릴샤 뎌 宰相아 제 지브로 오라 홀샤

浩浩歌

天地萬物이 엇디ᄒ야 삼긴게고

屈原은 므슨(식) 일로 汨羅水에 싸디며

夷齊ᄂ 긔 므식일 西山애 가(기) 굴믈 것고

聖賢의 ᄆ음은 절로 즐겨ᄒ거늘

百姓이 거복ᄒᆞ니 내라 혈마 엇디(더)ᄒᆞ료(료)

浩浩歌
天地萬物이 엇디ᄒᆞ야 삼긴게고
玉堂金馬ᄂᆞᆫ 어듸민(만) 인ᄂᆞᆫ(ᄂᆞ)뇨
雲山石室이 간 듸마다 노플셰(세)고
구프려 바틀(틀) 가니 쌍이[야 비록 만코(젹다마ᄂᆞᆫ)
올워리 픔룝(림)부니 하ᄂᆞᆫ(ᄅᆞ)리 무흔ᄒᆞ(하)다
내 비즌 한 몰(ᄒᆞᆫ 말) 술 벗(벋)님과 취ᄒᆞ새다
二三月 春風은 픔에(푸메) ᄀᆞ득(득) ᄒᆞ엿[게]ᄂᆞᆯ
九十月 丹楓(風)은 ᄂᆞ치 ᄀᆞ득(득) 오르ᄂᆞ다
아마도 醉裡乾坤을 나와 너와 놀리라.

이처럼 양자 간의 차이는 ①·⑩·⑰·㉑·㉔·㉕·㉗·㉘ 등에서 적지 않게 드러나고, 특히 ㉓에서는 그 종장이 완전히 다른 모습으로 나타나게 된다. 이에 이 둘을 교합(校合)하는 작업이 필요하다고 할 것이다.

그리고, 김동욱이 소개한 것에는 〈호호가〉 3수의 끝에 "右浩浩歌(우호호가) 譯馬子才歌(역마자재가) 醉則使童子唱之(취즉사동자창지)"라는 말이 있으나, 새로 발견된 책에는 그냥 "右浩浩歌(우호호가)"로만 되어 있고 다른 말들은 없다.

4. 두곡 시가의 창작시기

이들 두곡의 시가 작품들의 창작시기에 대하여 살펴보기로 하겠다. 김동욱은

두곡이 『대학』의 제편(諸篇)을 시조화하였다는 것은 「도산십이곡(陶山十二曲跋)」에 있는 교회적(教誨的) 의도를 간직하고 교훈시로 엮은 것이다. 그는 이미 명종 6년 21세 때 송(宋) 예사의(倪士毅)가 집석(輯釋)한 「대학주자혹문(大學朱子或問)」을 수사(手寫)해서 일년을 두문(杜門) 미독(味讀)한 뒤부터 그는 『대학』에 경도(傾倒)하여, 지행체용(知行體用)의 언(言)을 일세(一世)가 적연한데 홀로 그는 구담부지(口談不止)하고 이를 도설(圖說)하고 혹은 시(詩)로 부(賦)로 가(歌)로 곡(曲)으로 지어 군몽(羣蒙)의 지남(指南)으로 개시(開示)하고 후학으로 하여금 개심명목(開心明目)케 하였다는 것이다.[12]

라고 하였다. 이는 그 창작연대에 대해 뚜렷이 말하지는 않았으나, 대체로 명종 6년(1551) 이후 임란(1592~1598) 이전의 작일 것으로 추정한 듯하다.
  그리고 이상보는

  명종 16년(1561) 31세로 식년문과(式年文科)에 급제하고, 이듬해 함흥교수(咸興教授)로 나갔다가 명종 18년(1563) 사임한 뒤 여러 해를 시골에서 도학(道學) 연구에 몰두하면서 『대학』의 여러 편을 시조로 읊어 교훈시를 만들었으니 …… 등의 26수(25수의 착오; 인용자 注)와 〈마자재가(馬子才歌)〉를 번역한 사설시조 양식의 〈호호가〉 3수를 짓기도 하였다. 선조 3년(1570)에 회덕현감(懷德縣監), 선조 27년(1594)에 풍기군수(豊基郡守)를 지내고, …….[13]

라고 하여, 그 창작시기를 명종 18년(1563) 이후에서 선조 3년(1570)까지 사이로 보았다.

---

12) 같은 책, 275면.
13) 李相寶, 『韓國歌辭文學의 研究』(형설출판사, 1974), 302~303면.

  그런데 『두곡집』 권6의 고빙운(高騁雲; 杜谷의 姪)의 「제문(祭文)」에서는 두곡의 임란 이후의 행적을 기술하면서,

  만년에 『주역』을 즐겨 읽었는데 늙도록 게을리 하지 않았다. 천지만물의 이치와 음양귀신의 묘(妙)를 우러러 가까이하고 굽어 살피며, 형상·형하지분(形上形下之分)과 위기·위인지학(爲己爲人之學)을 정신으로 만나고 마음 깊이 깨달으면, 도(圖)와 설(說)로 만들고 혹은 시로 짓고 혹은 부로 읊었으며, 가(歌)와 곡(曲)은 군몽(羣蒙)이 길잡이로 열어보았다.[14]

라고 하였는데, 이로써 보면 그 시가 작품들이 임란 이후의 '만년(晩年)'에 지어졌을 가능성이 적지 않다고 할 것이다.

  그리고 『두곡집』 권2에 실린 한시들 가운데는 〈용대학곡(用大學曲)〉과 〈입덕문곡(入德門曲)〉이 있는데,

  一卷大學冊 何關學之初 成己又成物 斯稱第一書 誤身又誤人 何用誦盈車 萬卷有今日 鑑彼梁國虛 [〈用大學曲〉]

  一卷大學冊 何稱入德門 格致兩眼明 誠意兩足蹇 眼明足又蹇 不難入藩垣 如何今古儒 不見足欲奔 聖門不可望 躓彼莉棘樊 [〈入德門曲〉]

이 작품들은 각각 두곡의 시가 작품 ① 〈대학곡(大學曲)〉 및 ② 〈입덕문곡(入德門曲)〉과 시상(詩想) 및 그 전개 방식에서 흡사한 것으로서, 이를 번역한 것이 우리말 시가 작품으로 나타났을 가능성이 적지 않다고 할 수 있을 것이다.

---

14) "晚喜讀易 至老不倦 天地萬物之理 陰陽鬼神之妙 仰親而俯察 形上形下之分 爲己爲人之學 神會而心得 爲圖爲說 或詩或賦 歌爲曲爲 開示羣蒙指南"(『杜谷集』 권6, 22張).

 그런데 이 두 한시 작품들은, 대체로 창작연대순에 따른 것으로 여겨지는 권2의 시 배열에서, 갑진년(甲辰年; 1604)의 〈제자성당(題自醒堂)〉·〈우(又)〉·〈증조안중(贈趙安仲)〉·〈만최진보(挽崔眞寶)〉, 을사년(乙巳年; 1605)의 〈유감(有感)〉·〈사월재생혼(四月哉生魂)〉의 뒤에 위치하고 있으며, 그 뒤에는 '병정간(丙丁間)'(?)의 〈억쌍류(憶雙柳)〉와 연대가 적히지 않은 〈감구유(感舊遊)〉가 있을 뿐이다. 이러한 배열에서 이 두 작품은 을사년(75세)의 작으로나 연대 불명의 것으로 처리되겠는데, 그 뒤에 배열된 두 작품이 모두 노년기의 작인 것으로 보아,[15] 이 두 작품도 75세 때의 작이거나 또는 연대 불명의 노년기 작일 가능성이 적지 않다고 할 것이다.

 이로 보아, 두곡의 우리말 시가 작품 28수도, 청·장년기(임란 이전) 작으로 보는 견해와는 달리, 노년기의 작일 가능성이 적지 않다고 할 것이다(그렇다고 필자가 임란 이후의 작으로 보아야 한다고 단정하는 것은 아니다). 그러므로 이 작품들을 근거로 삼아서 사설시조의 발생기를 임란 이전으로 소급하여 보는 논의들은 그 창작시기에 대한 면밀한 검토를 거친 연후에야 타당성을 인정받을 수 있을 것으로 판단되는 바이다.

　참고: 마존(馬存; ?~1096, 宋人) 작 <호호가(浩浩歌)>
　　浩浩歌/ 天地萬物如吾何/ 用之解帶食太倉/ 不用拂枕歸山阿/ 君不見渭川漁父一竿竹/ 莘野耕叟數畝禾/ 喜來起作商家霖/ 怒後便把周王戈/ 又不見子陵橫足加帝腹/ 帝不敢動豈敢訶/ 皇天爲忙逼/ 星宿相擊摩/ 可憐相府癡/ 邀請先經過

　　浩浩歌/ 天地萬物如吾何/ 屈原枉死汨羅水/ 夷齊空餓西山坡/ 丈夫犖犖不

---

15) 〈憶雙柳〉는 첫머리에 "今日吾初度"라 한 것으로 보아, 그의 '初度' 곧 환갑을 맞던 선조 24년(1591)의 작일 것으로 여겨지며, 〈感舊遊〉는 "卯角漁樵地 于今三十年 人多新白髮 山犖舊蒼烟 …"이라는 내용으로 보아 노년기의 작일 것으로 추측된다.

可羈/ 有身何用自減磨/ 吾觀聖賢心/ 自樂豈有他/ 蒼生如命窮/ 吾道成蹉跎/
直須爲弔天下人/ 何必嫌恨傷丘軻

　浩浩歌/ 天地萬物如吾何/ 玉堂金馬在何處/ 雲山石室高嵯峨/ 低頭欲耕地
雖少/ 仰面長嘯天何多/ 請君醉我一斗酒/ 紅光入面春風和

　[今關天彭・辛島驍,『宋詩選』(漢詩大系 第16卷; 東京: 集英社, 1966), 104～
107면]

원제: 「杜谷 高應陟의 詩歌 辨正」
『韓國學報』 제53집(一志社, 1988. 12)

라

바

아

자

차